JN145125

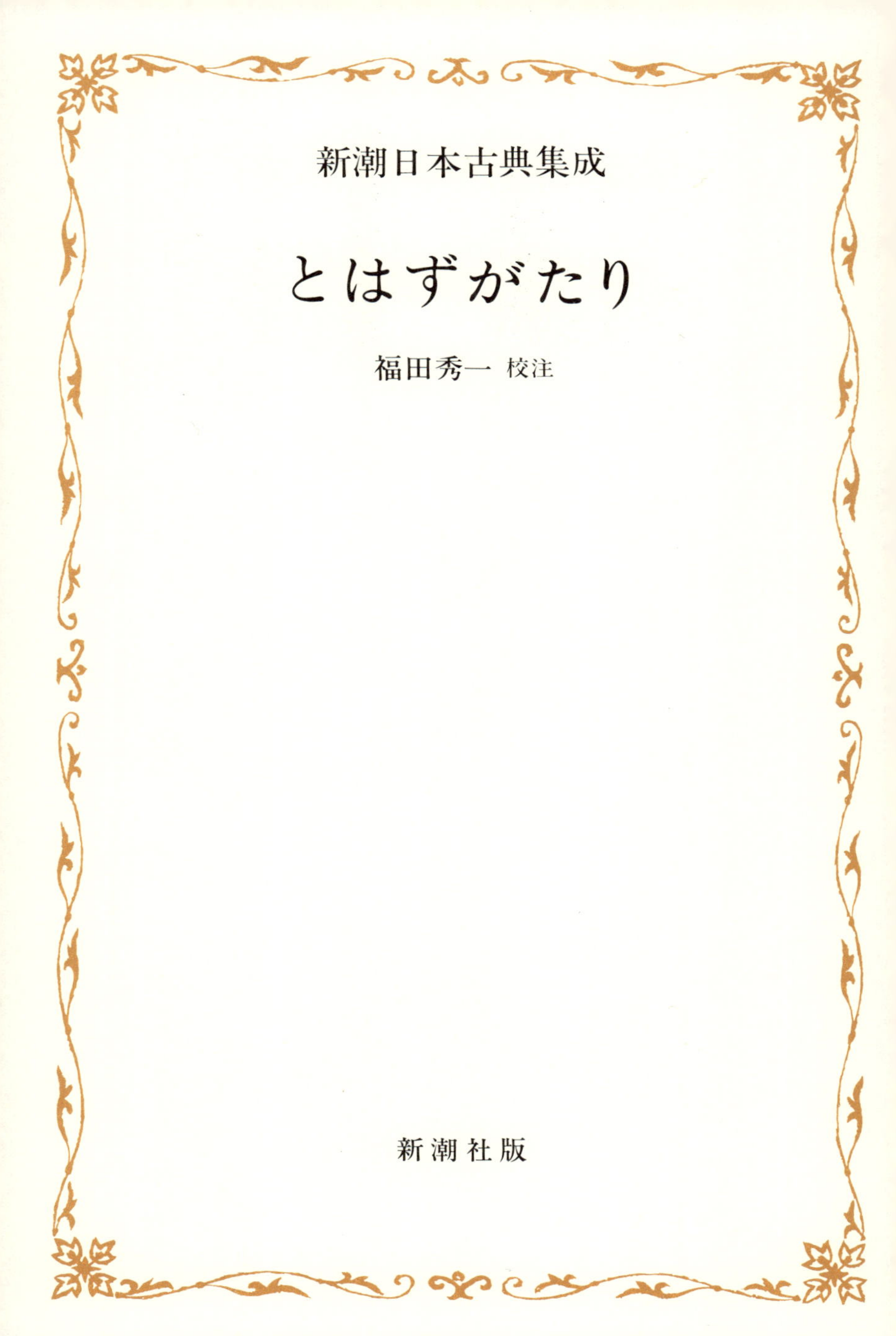

新潮日本古典集成

とはずがたり

福田秀一 校注

新潮社版

目次

凡例

一、『とはずがたり』は、鎌倉時代の中期、十三世紀後半の宮廷で後深草院に仕えた二条と呼ばれる女性の自伝とも言うべき作品で、日記文学の異色として先年来多くの注目を集めているが、伝本はただ一つ、宮内庁書陵部蔵本しか知られていない。従って、本書もそれを底本とした。

一、底本を翻刻して本文を作成するに当っては、今日の一般の習慣や読みやすい本文を提供するということの集成の目的などをも考慮に入れて、およそ次のような方針をとった。

＊底本は各冊に外題（題簽（だいせん）、霊元院筆）として「とはすかたり一（〜五）」を有するが、本書では巻一（〜五）として扉とした。

＊漢字・仮名を適宜改め、必要に応じて句読点・引用符（会話や引用の「 」）・濁点・送り仮名などを補った。

＊漢字・仮名はともに通行の字体とし、仮名遣いは歴史的仮名遣いに統一した。なお、「あいなし」「いわけなし」など歴史的仮名遣いが未確定の語は、適宜に処理した。

＊語の清濁は、努めて最新の研究成果によることとしたが、当時の発音が必ずしも明確でない語（例、「思ひがけず」）は、種々の辞書・文献等を参照の上、適宜に判断した。

＊反復記号は、「ゝ」「〱」は用いず、漢字一字を繰り返す場合の「々」を用いるにとどめた。

＊多少とも読みにくいと思われる漢字・漢語には、努めて振り仮名を付した。但し、底本が漢字でその訓みが一概に決し得ないもの（日付・年齢等の数詞などや音訓両方に訓まれる語）には、敢えて振り仮名を施さなかった。なお、振り仮名も字音を含めて歴史的仮名遣いとした。

＊「むさしのくに」「とみのこうぢ（富小路）」「かはらのゐん（河原院）」のような「地名＋の＋地域・地形名または建物名」や「たかあきの大納言」「さいをんじの大納言」のような「人名・家名＋の＋官職名」、「かげゆの次官」「さがみのかみ」のようなある種の官職名、その他「のちのさがの天王」のような場合における「の」（元来は同格や所有・所属を表す助詞と見られる）は、その前後の語が漢字で表記されているときは、古来の慣例に従って本文中には表記せず、振り仮名で処理した。但し、語形的にはほとんど同じでも、一語としての意識が弱く「の」を省いて表記する習慣が必ずしも確立していないもの（例、「赤坂の宿」「三島の社」）や、「の」を補って表記することに古来の習慣がかなり固定しているもの（例、「富士の嶺」）は、「の」を本文に出したが、なお微妙なものもある。

＊本文を適宜改行して段落に分ち、更にある程度の区切りごとに小見出し（色刷り）を立てて、それを頭注欄に記した。

＊以上のほか、底本の誤字や脱字と思われる箇所には、必要に応じて校訂を加えた。その場合、別の読解も可能で多少とも問題になる所は、その旨を頭注に示したが、単純な誤脱等で近年諸家の見解も一致していると見られるものについては、紙面の制約もあり、煩を避けて一々は断らなかった。

一、傍注（色刷り）は、本文の読解を助けるために、現代語訳を行い、また省略されている主語などを補ったものである。主語や補足語（目的語・修飾語等）など本文にない語句を補ったものは〔　〕で、会話・和歌等の話者・詠者等は（　）で、それぞれくくって示した。なお、これらを含め傍注に関して、二通り以上の読解が考え得る場合には、原則として校注者の考えを傍注に示し、他の読解を読者の参考に頭注として示すこととした。

一、頭注には、主として人名・地名・史実・事項（有職故実等）あるいは引歌等の出典や文脈のかかり・うけなどの説明のほか、右に述べたような校訂上の注や異説の紹介などを記すこととしたが、傍注に収めきれない現代語訳を記した場合もある。なお漢文体のものには、適宜返り点・送り仮名を加えた。また、頭注の説明文中の振り仮名は現代仮名遣いとした。

一、傍注・頭注を通じて、語句の現代語訳に当っては、語義・語法上の正確さを第一とし、かつ平明な現代語でもあることを心がけた。

一、各巻の中扉の裏に、それぞれの巻の内容に応じて、時代背景や作者の動向などを簡潔に記した。

一、巻末の解説は、「とはずがたりの特質と主題」「作者の生い立ちと環境」「作者をめぐる男性達」「構成と成立」「読解に際して——注解補説」の五章から成る。問題点を中心に、また『とはずがたり』の特質として校注者の考えるところに重点を置いて、簡潔に述べた。

一、巻末に付録として、年表、系図、および図録として服飾・殿舎・地図などを、掲げた。

一、本書の執筆に当っては、本文の校訂や注解に際して、従来の諸家の研究に、はかり知れない恩恵を受けた。紙幅の都合などから、本文ではそれらを一々の箇所に断らなかったが、左の諸書からは、特に学恩を受けた。左にあげなかった論著と併せて、ここに深い感謝を捧げる。

◇富倉徳次郎訳『とはずがたり』昭和四一年四月　筑摩書房刊

◇中田祝夫監修 呉竹同文会著『とはずがたり全釈』昭和四一年七月　風間書房刊

◇次田香澄校註『とはずがたり』（日本古典全書）昭和四一年一一月（今回は昭和四三年三月刊の第二版を用いた）朝日新聞社刊

◇松本寧至訳注『とはずがたり上巻・下巻』（角川文庫）昭和四三年八・一二月　角川書店刊

◇次田香澄校注『とはずがたり』（校注古典叢書）昭和四五年四月　明治書院刊

◇松本寧至著『とはずがたりの研究』昭和四六年四月　桜楓社刊

◇玉井幸助著『とはずがたり研究大成』昭和四六年四月　明治書院刊

◇伊地知鐵男編『とはずがたり』（笠間影印叢刊）昭和四七年一・二月　笠間書院刊

◇松本寧至編『とはずがたり』昭和五〇年三月　桜楓社刊

◇宮内三二郎著『とはずがたり・徒然草・増鏡新見』昭和五二年八月　明治書院刊

そのほか、仏典の検索に関しては山田昭全氏に御誘掖（ゆうえき）いただいた点があり、建築史に関しては太田博太郎氏に直接御教示を得た点もある。また、幕府の位置など中世鎌倉の地理については、石井進氏にお教えを受けた。順不同ながら、記して御礼申し上げる。また、新潮社の関係各位には、校注・解説の全体にわたって協力を得た。特に記して謝意を表する。

とはずがたり

巻一

作品は、文永八年（一二七一）元旦の後深草院御所の情景から始まる。院はこの年二十九歳、父後嵯峨院や母大宮院の意向で不本意にも弟の亀山院に譲位させられてからすでに十余年、この年に国号を元と改めた蒙古も先年来何度か来牒しているが、まだ襲来の恐れも切実ではなく、後嵯峨院は、文永五年に剃髪して法皇となった後も、治政の君として院政を執っていた。鎌倉時代としては珍しく政局も安定し、宮廷貴族文化が花と咲いた後嵯峨院時代の末期であるが、南北朝五十年の動乱の遠因となった持明院・大覚寺両統の対立も、後深草院の譲位と共に始まっていたと言える。また近くは、数年後に元の来襲を受けるのであり、そうした暗い世相を一部に感じながら、宮廷貴族達は、幕府に政治の実権を奪われつつある憂さや不安を、詩歌や遊宴など、しばしの悦楽に紛らわしていたのであった。

この年作者は十四歳。二歳で母を失い、四歳の年から後深草院の御所に出入りして、院からは「あがこ」(わが子)と可愛がられていた。父久我(こが)雅忠はこの年四十四歳、大納言正二位で源氏の長者であり、院の近臣でもあった。一方作者の母は、四条隆親(たかちか)の女(むすめ)で、もと院の幼少時に仕えて大納言典侍(だいなごんのすけ)と呼ばれた女房であり、院にとっては特に思い出のある女性であった。従って院と作者との関係は『源氏物語』の光源氏と紫上とのそれにも近く、作者もそうした構想で書いていると見られるが、十四歳の作者はその点に全く気づいていなかった。そうした状況でこの年の正月は始まるのである。

文永八年の新春

呉竹[一]の一夜に春の立つ霞、今朝しも待ち出で顔に花を折り、匂ひを争ひてなみゐたれば、われも人なみなみにさし出でたり。莟紅梅[二]にやあらん七つに、紅の袿、萌黄の表着、赤色の唐衣などにてありしやらん。梅唐草を浮き織りたる二つ小袖に、唐垣[三]に梅を縫ひて侍りしをぞ着たりし。

今日の御薬[四]には、大納言[五]陪膳[六]に参らる。外様[七]の式果てて、また内へ召し入れられて、台盤所[八]の女房達など召されて、如法[九]折れこだれたる九献[一〇]の式あるに、大納言三々九とて、外様にても九返りの献盃にてありけるに、「また内々の御事にもその数にてこそ」と申されけれども、「このたびは九三[一一]にてあるべし」と仰せありて、如法上下酔ひ過ぎさせおはしましたる後、御所の御土器を大納言に賜はすと

一 (大晦日の)一夜が明けて春が立つ(春になる)とともに立つ霞(の中に)、の意。「呉竹の」は、「よ(節・夜)」「ふし」などにかかる枕詞。序詞とする説もある。「立つ」は上下両方にかかる。作者が仕えている後深草院(以下「院」と略称)の御所の情景。

二 以下、この時の作者の服装。莟紅梅だったかの七枚重ねの袿の一番上が紅で、その上に表着・唐衣を着したと言うのである。「莟紅梅」は、表紅梅色、裏蘇芳色(赤紫)、正月〜三月の着用。「袿」(ウチギとも)は表着の下に着る服。「萌黄」は薄緑。「唐衣」は、礼装で表着の上に羽織るもの。赤は勅許を要した。「小袖」は袖を丸く縫った下着。

三 中国風の垣根。一説に、竹または草を編んだ垣。

四 正月三が日に、天皇・上皇などが邪気を払うために屠蘇・白散などを服用する儀式。

五 作者の父。久我(源)雅忠。院の近臣。

六 高貴な人の食事の際に給仕する役。バイゼンとも。

七 簾の外(所定の場)での公式の儀式。賀宴。

八 御所の一室で、女房達の詰所。

九 本来は、作法通り、の意だが、ここは、例によって、ひどく、すっかり等の意。

一〇 盃を三々九度さすこと。詳しくは、一つの料理で酒を三盃勧めるのを一献と言い、三献が一つの作法。それを三回行うこと。転じて酒宴、または酒。

一一 九献を三度。

て、「この春よりは一たのむの雁もわが方によ」とて賜ふ。〔父雅忠が〕ことさらかしこまりて、九三返し給ひてまかり出づるに、何とやらん、〔院が父に〕忍びやかに仰せらるる事ありとは見れど、何事とはいかでか知らん。

（一 お前の娘を私にな）（九三を返盃なさって退出する際に）（何やら）（ひそひそと）（何のことかは〔私には〕わかる筈もない）

拝礼など果てて後、二局へすべりたるに、「三昨日の雪も今日よりは跡踏みつけん、行く末」など書きて四御文あり。五紅の薄様八つ、濃き六単、萌黄の表着、唐衣、袴、三つ小袖、二つ小袖など、七平包みにてあり。いと思はずにむつかしければ、返しつかはすに、袖の上に八薄様の札にてありけり。見れば、

（拝賀式）（自室にさがっていると）（今後も変らずに）（深紅の）（三枚一組の小袖）（全く思いがけないことで困ってしまい）（返そうとして見ると）（書いてあった）

九つばさこそ重ぬることの叶はずと
着てだに慣れよ鶴の毛衣

心ざしありてしたため賜びたるを、返すも情なき心地しながら、

（せっかく心をこめて用意して）（下さったのを〔むげに〕）（薄情なような気はしたが）

一〇「よそながら慣れてはよしや小夜衣
いとど袂の朽ちもこそすれ
思ふ心の末空しからずは」など書きて返しぬ。

（〔私〕）（私へのお心が将来も変らないならば〔またいつか頂く折もございましょう〕）

一 「たのむの雁」は、「田の面」に「頼む」をかけ、育てている娘、ここでは作者を指す。『伊勢物語』十段の「み吉野のたのむの雁もひたぶるに君が方にぞよると鳴くなる」及びその返歌による。

二 宮中・御所などで女官がいただく小部屋。

三 昨日までは雪（あなた）に跡（文）をつけるのを遠慮しておりましたが、今日からは、踏み込んで手紙を送る（求愛する）ことにします、の意か。「雪」は、今日から春（新年）になったことを言ったもの。「跡踏み」は「雪」の縁語で「文」をかける。

四 お手紙。送り主は、「雪の曙」と呼ばれる作者の初恋の男性（四六頁参照。今後も愛人関係を続ける）。西園寺実兼（当時権中納言正二位、二十三歳）が擬せられている。

五 紅から順に薄くして白に至る八枚重ねの袿。

六 「ひとへぎぬ」の略で、裏のない衣服。小袖の上に着る。「単衣」とも書く。

七 袋包みに対し、袱紗・風呂敷の類で包んだもの。

八 薄様（薄く漉いた鳥の子紙）の短冊形の紙。

九 夫婦となることはできなくても、せめて鶴の毛衣ならぬこの衣裳を着てなれて下さい、の意。「つばさを重ぬ」は、夫婦となること。「慣れ」は、衣服が着なれて体になじむことに慣れ親しむ意をかける。「鶴の毛衣」は仙人の衣裳だが、ここは贈る衣裳の美称。

一〇 御一緒になれないのにこの衣裳を着慣れてしまってよいものでしょうか、たとえ頂いたとしても、夜ご

上臥(うへぶし)に参りたるに（御所の宿直に参ったところ）、夜中ばかりに一一下口(しもぐち)の遣戸(やりど)をうち叩く人あり。一二何心なく、小さき一三女童(めのわらはあ)開けたれば、差し入れて使はやがて見えずと（そのまま見えなくなった）て（とのことで）、またありつるままの物あり（さっきのままの包みが置いてあった）。

一四契(ちぎ)りおきし心の末の変らずは
一人片敷(かたし)け夜半(よは)の狭衣(さごろも)

一五いづくへまた返しやるべきならねば（どこへまた返してやるということもできないので）、とどめぬ（手許に置いた）。

三日、法皇の御幸（後嵯峨院の御来訪）この御所へなるに（あった折）、〔私が〕この衣(きぬ)を着たれば、大納言（父雅忠）、「なべてならず色も匂ひも見ゆるは（色もつやも格別立派に見えるな）。御所より賜はりたるか（院から頂いたのか）」と言ふも、胸騒がしくおぼえながら、「一六常盤井准后(ときはみのじゆごう)より」とぞ、つれなくいらへ侍りし（そ知らぬふりで答えておきました）。

後深草院の来訪

〔正月〕十五日の夕つ方、一七河崎(かはさき)より迎へにとて〔私を〕人訪(たづ)ぬ。いつしかとむつかしけれども（もう迎えに来たかと憂鬱だったけれども）、否(いな)と言ふべきならねば、〔御所を〕出でぬ。〔実家に着いて〕見れば、何とやらん、常の年々よりもはえばえしく（晴れがましく）、屏風(びやうぶ)・畳も、几帳(きちやう)・一八引き物まで、心ことに見ゆるはと思へども（いつもと様子が違っているなあと思ったが）、年の初めの事なればにやなど思ひて（新年のためだろうかなどと思って）、

との悲しみの涙でせっかくの袂もいたんでしまうかと思われます、の意。「よしや」は上下両方にかかるか。「小夜衣」は夜着、特に男女の愛に関連していう。
一一 裏口の引き戸。「遣戸」は、「妻戸(つまど)」（中から外へ押し開ける）に対して、滑(すべ)らして開ける戸。
一二 このあたり、地の文か会話文か、やや不明瞭。
一三 少女。特に宮仕えの女房の雑用などをする少女。
一四 かねて約束した愛情が将来とも変らないのなら、たとえ夫婦になれなくても、あなた一人でこの衣裳を身につけていて下さい、の意。「狭衣」は「衣」に同じ。「片敷く」とは、枕を交わす相手がなく一人で寝ること。この歌で、作者がかねて「雪の曙」と恋愛関係にあったこと、かつ前頁の手紙の語から、それがまだ心情的なものであったことも分る。
一五「曙」からの贈り物であることは分っているのだから、この一句は、受け取ってしまったことの弁解とも、「曙」をまだ伏せておくための朧化(ろうか)ともとれる。
一六 西園寺実氏の室貞子。北山准后。「准后」は、皇后・皇太后・太皇太后に准ずる意。准三后とも。作者の大伯母（一五頁系図参照）。ここは、「曙」が西園寺家の人であるところから、とっさに同家の人で、しかも作者を後見している外祖父四条隆親(たかちか)の姉にも当る准后の名を出したもの。
一七 一条京極の東、賀茂川の西岸。河崎観音堂の辺。作者の実家（父雅忠の家）があった。
一八 壁代(かべしろ)、帳(とばり)など、室内に引き張りめぐらす幕の類。

その日は暮れぬ。

明くれば、供御(くご)[一]の何か［とか何とか］と、ひしめく［〔皆が〕騒いでいる］。「殿上人(てんじやうびと)[二]の馬、公卿(くぎやう)の牛」［〔はどこそこ〔へ〕］など言ふ。母の尼上[三]など来集まりてそそめく[四]時に、「何事ぞ」と〔私が〕言へば、大納言うち笑ひて、「いさ［いやなに］、今宵(こよひ)御方違(かたたが)[五]へに〔院が〕御幸なるべしと仰(おつ)せらるる［しゃるので］時に、年の初めなれば、ことさら引きつくろふなり［特に〔支度を〕念入りに整えるのだよ］。その御陪膳[六]の料(れう)に〔お前を〕こそ迎へたれ」と言はるるに、「節分(せちぶん)にてもなし。何の御方違へぞ」と〔私が〕言へば、「あら、言ふ甲斐なや[七]［しようがないわね］」とて、皆人笑ふ。

されども〔私には〕わけのわかる筈もなく、いかでか知らんに、わが常に居たる方にも［私がふだん居る部屋にも］、なべてならぬ［特別立派な］屏風立て、小几帳(こぎちやう)[八]立てなどしたり。「ここさへ晴れにあふべきか［ここも晴れのお席に使われるのですか］。かくしつらはれたるは［こんなに飾りつけてあるのは］」など〔私が〕言へば、皆人笑ひて、とかくの事言ふ人なし。

夕方になりて、白き三つ単(ひとへ)[九]、濃き[一〇]［深紅の］袴を、着るべき[一一]とて〔侍女が〕おこせたり。空薫(そらだ)[一二]きなどするさまも、なべてならず［並々でなく］ことごとしきさまなり［ものものしい様子である］。灯(ひ)ともして後、大納言［雅忠］の北[一三]の方、あざやかなる［色あざやかな］小袖を持ちて来て、「こ

一 召し上がり物。この部分、お料理がどうだこうだと、ともとれる。

二 院に随従して来る近臣達の馬や牛車の牛のつなぎ場所などを手配しあう人々の語。「殿上人」は、清涼殿の殿上の間あるいは院・東宮の御所などに昇殿を許された者。通例四位・五位の者の一部と六位蔵人(ろくいのくろうど)。「公卿」は、三位以上の者と四位(しいの)参議。

三 作者の義理の祖母（久我通光後室、父雅忠義母）。久我尼(こがのあま)・三条の尼上（四一頁注二六）とも呼ばれる。

四 ざわざわするので、の意。「時に」は、接続助詞的な句で、この作品によく見える。二行後も同じ。

五 陰陽(おんよう)道の信仰で、目的地が天一神（なかがみ）のいる方角とぶつかって移動に差し支えるとき、前夜に他の方角へ行ってそこに泊り、翌日方向を変えて目的地へ行くこと。節分の夜は方違えをする習慣があった。

六 お給仕のために、の意。「陪膳」は前出（一一頁注六）。「料」は、……のため、の意。

七 「言ふ甲斐なし」は、元来、言ってもしかたがない、役に立たない、等の意。

八 几帳の小さいもの。「几帳」は、室内に立てる障(しよう)屏具(いぐ)の一で、台に立てた二本の柱の上に二本の横木を渡し、それに布をかけて垂らす。

九 三枚重ねの単。

れ着よ」と言ふ。またしばしありて大納言おはして、一四御竿に御衣掛けなどして、「御幸まで寝入らで宮仕へ。一五女房は、何事もこはごはしからず、人のままなるがよき事なり」など言はるるも、何の物教へとも心得やりたる方なし。何とやらん、うるさきやうにて、一六炭櫃のもとに寄り臥して寝入りぬ。その後の事いかがありけん、知らぬ程にすでに御幸なりにけり。

大納言、御車寄せ、何かひしめきて、供御参りにける折に、「言ふ甲斐なく寝入りにけり。起せ」など言ひ騒ぎけるを聞かせおはしまして、「よし、ただ寝させせよ」と言ふ御気色なりけるほどに、起す人もなかりけり。

これは、障子の内の口に置きたる炭櫃に、しばしは倚りかかりてありしが、衣ひきかづきて寝ぬる後の、何事も思ひわかであるほどに、いつの程にか寝おどろきたれば、灯火もかすかになり、引き物も降してけるにや、障子の奥に寝たるそばに、慣れ顔に寝たる人あ

一〇 女子の服装で「濃き」と言えば、通例紅の濃いこと。
一一 着なさいと（父の言いつけで）持ってきた、の意。
一二 来客の折などに、別室から匂ってくるように香を薫き匂わすこと。
一三 正妻。雅忠の正妻は、作者の継母に当る。あるいは、『尊卑分脈』に「雅忠卿室」と注する源輔道女か。
一四 衣桁・衣文掛の類。室内に衣服を掛けるのは来客接待の装飾で、一定の様式があった。
一五 「女は、心柔かなるなむよきなど、今より教へ聞え給ふ」（『源氏物語』若紫）によるか。
一六 いろり・火鉢の類。

四条隆衡
貞子（准后）
西園寺実氏—公相—実兼
隆親
後嵯峨院
大宮院
東二条院
後深草院
亀山帝
久我通光—雅忠
大納言典侍
作者
隆顕（善勝寺大納言）

り。こは何事ぞと思ふより（これはどうしたことかと思うや否や）、〔私は〕起き出でて去（い）なんとす。〔起きようとする私を〕起し給はで、いはけなかりし（幼かった）昔より〔私のことを〕おぼしめしそめて、一十とて四つの月日を待ち暮しつる（十四年という年月を待ち暮したのだ）、何くれ（とか何とか）、すべて書き続くべき言（こと）の葉もなき程に〔院は〕仰せらるれども、〔私は〕耳にも入らず、ただ泣くよりほかの事なくて、二人（院）の御袂（たもと）まで乾く所なく泣き濡らしぬれば、〔院は私を〕慰めわび（慰めかねられて）給ひつつ、さすが情（なさけ）なくもてなし給はねども（乱暴なこともなさらなかったけれども）、「あまりにつれなくて年も隔て行くを（相変らず思いの叶わぬまま年月も経つので）、三かかる便（たよ）りにてだになど思ひ立ちて。今は、四人もさとこそ五知りぬらめ（思っているだろうに）、〔お前が〕かくつれなくてはいかがやむべき（どうにもすまされないではないか）」と仰せらるれば、さればよ（その通りだ）、人知らぬ夢にてだになくて（人の知らない秘密などではなくて）、〔これからは〕人にも知られて、一夜（ひとよ）の夢のさむる間もなく物をや思はん（寝てもさめても物思いに悩むことだろうか）など案ぜらるるは（などと心配されるのは）、六なほ心のありけるにやと、あさまし。

（私）「さらば、などやかかるべきぞとも承りて（どうしてこうなる筈だとも〔前もって〕伺って）、大納言をもよく見せさせ給はざりける（父ともよく話し合わせて下さらなかったのですか）」と、〔そして〕「今は、人に顔を見すべきかは（人に顔を見せることもできません）」と、口説（くど）きて泣きゐたれば、〔院は私を〕あまりに言ふ甲斐なげに（頼りないと）おぼしめして、うち笑は

一 「十とて四つ」は、ここでは十四の意。「年だにも十とて四つは経にけるをいくたび君を頼み来ぬらむ」（『伊勢物語』十六段）の例がある。なお、ここから作者の年齢がわかる（当時は数え年で言った）。

二 「われ」と対比したときの「人」は、あの人、彼（または彼女）など、自分の対した相手を指す。

三 せめてこうした機会にでも（思いを遂げようと）思い立って（こうしてやって来たのだ）、の意。

四 家人や院の供の者達を指す。

五 二人は結ばれたと、の意。

六 こんなせっぱつまった時にも、やはり理性はあったのだなあと、今思い返しても何とも言いようもない、の意。「心」は、自分の運命を考え予測する理性・判断力。「曙」を慕う心とする説は採らない。「あさまし」は、執筆時点で当時を回顧しての感想。一九頁注一五参照。

せ給ふさへ、心憂(う)く悲し。

夜もすがら、終(つひ)に一言葉(ことば)の御返事だに申さで、明けぬる音して、「還御は今朝にてはあるまじきにや」など言ふ音すれば、「七ことあり顔なる朝帰りかな」とひとりごち給ひて、起き出で給ふとて、「あさましく思はずなるもてなしこそ、八振分髪(ふりわけがみ)の昔の契りも、甲斐なき心地すれ。いたく人目あやしからぬやうにもてなしてこそ、よかるべけれ。あまりに埋(うづ)もれたらば、人いかが思はん」など、かつは恨みまた慰め給へども、終(つひ)に答(いら)へ申さざりしかば、「あな、力なのさまや」とて起き給ひて、九御直衣(なほし)など召して、「御車寄せよ」など言へば、大納言の音して、「一〇御粥(かゆ)参らせらるるにや」と聞くも、またも見るまじき人のやうに、一一昨日は恋しき心地ぞする。

〔一晩中〕〔私は〕〔御返事すら申さず〕〔気配がして〕〔院のお帰りは今朝ではないのかな〕〔〔人々の〕声がすると〕〔〔院は〕ひとりごとをおっしゃって〕〔何とも意外だった〕〔お前の応対で〕〔〔お前の〕幼時からの約束も〕〔無駄であった〕〔ような気がする〕〔あまり〕〔一方では〕〔引きこもっていては〕〔一方では〕〔〔私は〕〕〔どうしよう〕〔もない様子だな〕〔〔院は〕〕〔〔人が〕〕〔父雅忠〕〔〔父〕〕〔お粥は召し上がるのか〕〔もう〕〔顔向けができない人のように思えて〕

翌日の朝から昼

還御なりぬと聞けども、同じさまにてひきかづきて寝たるに、いつの程にか、「一二御文」と言ふもあさまし。大納言の北の方、尼上など来て、「いかに。などか起きぬ」など言ふも悲しければ、「夜より

〔院はお帰りになった〕〔〔私は〕そのまま衣を引きかぶって寝ていると〕〔早〕〔〔院の〕〕〔困ってしまった〕〔祖母〕〔なぜ〕〔昨夜から〕

七 事のあったような、情事の後(あと)のような、の意。「夜深う出で給ふも、ことありがほなるに」(『源氏物語』若紫)「うちとけて寝もみぬものを若草のことありがほに結ぼほるらむ」(同、胡蝶)などによるか。

八 幼児の髪形。「くらべこし振分髪も肩過ぎぬ君ならずして誰か上(あ)ぐべき」(『伊勢物語』二十三段、「筒井筒」の歌の返歌)による語。院は作者を幼時から愛育し、紫上に対する光源氏を気どっていた。

九 ノウシと訓(よ)む。貴人の正式なふだん着。

一〇 「粥」は、当時の朝食。下の「聞く」の主語は、父と見たが、家人(父への質問)ともとれる。また、「参らせらるる」は語法的にやや落着かない。最も正確には「差し上げなさるのか」の意で、父が院の愛人としての作者に尊敬の「らる」をつけたことになるが、恐らくそうではあるまい。「参る」なら「(院が)召し上がる」、「参らする」なら「(院に)差し上げる」の意であるが、ここは「参る」に更に尊敬語法「せらるる」のついたものと見、それを直接院にではなく作者に尋ねたものと解しておく(父が家人に尋ねているのを作者が耳にしているとの解もある)。

一一 まだ何事もなく、また知らなかった昨日の自分が、恋しく思われる、の意。

一二 情事の翌朝の男からの手紙、すなわち後朝(きぬぎぬ)の文である。それが早く来るほど、男の愛情が深いことを示すとされた。

心地わびしくて」と言へば、「新枕の名残か」など人思ひたるさまもわびしきに、この御文を持ち騒げども、誰かは見ん。「御使立ちわづらふ。いかにいかに」と言ひわびて、「大納言に申せ」など言ふも耐へがたきに、「心地わぶらんは」とておはしたり。この御文を持て騒ぐに、「いかなる言ふ甲斐なさぞ。御返事は[二]まだ申さじにや」とて、繰る音す。

[三]あまた年さすがに慣れし小夜衣
　重ねぬ袖に残る移り香

[四]紫の薄様に書かれたり。この御歌を見て面々に、[五]「このごろの若き人には違ひたり」など言ふ。いとむつかしくて起きもあがらぬに、「さのみ[六]宣旨書きも、なかなか便なかりぬべし」など言ひわびて、御使の[七]禄などばかりにて、「言ふ甲斐なく、同じさまに臥して侍るほどに、かかるかしこき御文をもいまだ見侍らで」などや申されけん。

昼つ方、[八]思ひよらぬ人の文あり。見れば、

一 院の後朝の文を持って来た使が、作者からの返事を待っているのである。

二 底本「又」。「まだ」と解したが、「また」（一体、どだい）ともとれる。

三 長年の間、さすがに慣れ親しんだお前のことゆえ、昨夜は重ねなかった（契りを結べなかった）私の袖にも、お前の衣服の匂いが移って、恋しいことだ、の意。「慣れ」は「衣」の縁語。語句は、「あやなくも隔てけるかな夜を重ねさすがになれし夜の衣を」（『源氏物語』葵）によるか。

四 薄く漉いた鳥の子紙（雁皮から作る紙）。

五 「重ねぬ袖」の句から昨夜作者が院の意に従わなかったことを知った、家人達の批評。

六 代筆。宣旨（天皇の命令を記した文書）は代筆させたことから、代筆のことを言う。

七 労力に対する報酬・褒賞や祝儀。駄賃。通例衣裳などを与えた。

八 愛人「雪の曙」を指す。この段階でこうした歌をよこすことが「思ひよらぬ」のであろう。

九 これからは、私はあなたへの思いに耐えきれず消え入って（死んで）しまうでしょう、もしもあなたがあの方（院）だけになびいてしまったならば、の意。語句は、「須磨の海士の塩焼く煙風をいたみ思はぬ方に

「今よりや思ひ消えなん一方に
煙の末のなびき果てなば

これまでこそ、つれなき命もながらへて侍りつれ。今は何事をか」などあり。「かかる心の跡のなきまで」とだみつけにしたる、縹の薄様に書きたり。「忍ぶの山の」とある所をいささか破りて、

知られじな思ひ乱れて夕煙
なびきもやらぬ下の心は

とばかり書きて遣ししも、とは何事ぞと、われながらおぼえ侍りき。

院に従う

かくて日暮し侍りて、湯などをだに見入れ侍らざりしかば、「別の病にや」など申し合ひて、暮れぬと思ひし程に、「御幸」と言ふ音すなり。またいかならんと思ふ程もなく、引き開けつつ、いと慣れ顔に入りおはしまして、「悩ましくすらんは、何事にかあらん」など御尋ねあれども、御答へ申すべき心地もせず、ただうち臥した

たなびきにけり」(『伊勢物語』百十二段)による。
一〇 今となっては、何を励みに生きて行けましょう、の意。
一一 「消えねただ忍ぶの山の峯の雲かかる心の跡のなきまで」(『新古今集』恋二、藤原雅経)の歌を、彩色で葦手(絵文字の如きもの)風に描いたのであろう。文の主(曙)は、この古歌にも心境を託している。
一二 薄藍色(花色)の薄様(薄く漉いた鳥の子紙)。
一三 前出(注一一)の歌の第二句。奥州の信夫山(現在、福島市)をかける。
一四 お分りにならないでしょうね、あなたへの愛にも引かれて思い乱れ、夕風に迷う煙のように、どちらへもなびき切れずに(前夜院を拒んだことを暗示する)悩んでいる私の本心は、の意。
一五 意外・驚きを表す言い方で、当時の日常語。作者には、ついこの間まで「曙」だけが恋人だった。それが、昨日から院に強く言い寄られてみると、院を拒み続けることもできないような気持になり、「思ひ乱れ」てしまった。そうした自身の心の動き・変化を当時みずから不審に思ったと、ここで述べているのである。なお作者には、このように、思い悩みあるいは動顚している時にも、そうした自分を見つめ時にはそれを批評する第二の自分がいたように記すことが多い。一六頁注六や二〇頁注六の場合も同様である。
一六 特別の、の意。

るままにてあるに、添ひ臥し給ひて、さまざま承り尽すも、今やいかがとのみおぼゆれば、「なき世なりせば」と言ひぬべきにうち添へて、思ひ消えなん夕煙一方にいつしかなびきぬと知られんもあまり色なくやなど、思ひわづらひて、つゆの御答へも聞えさせぬほどに、今宵はうたて情なくのみ当り給ひて、薄き衣はいたく綻びてけるにや、残る方なくなり行くにも、「世に有明」の名さへ恨めしき心地して、

　　心よりほかに解けぬる下紐の
　　　　いかなる節に憂き名流さん

など思ひ続けしも、心はなほありけると、われながらいと不思議なり。

「形は世々に変るとも、契りは絶えじ。逢ひ見る夜半は隔つとも、心の隔てはあらじ」など数々承るほどに、結ぶ程なき短夜は、明け行く鐘の音すれば、「さのみ明け過ぎて、もて悩まるるも所せし」

一　嘘というもののない世の中であったなら、このお言葉もどんなにか嬉しいことだろうに、の意。「偽のなき世なりせばいかばかり人の言の葉嬉しからまし」（『古今集』恋四、読人知らず）による。

二　「雪の曙」の歌（一九頁）の語句による。

三　力ずくで院のものにされてしまったことを言う。語句は、「ただ単の御衣にまとはれ給へど、いたく綻びて、あえかにをかしげなる御身なり」（『狭衣物語』流布本、巻二・上）によるとの説もある。

四　夜の明ける有明（夜明け）というものがこの世にある、その名までも、の意。「かくてのみ世に有明の月ならば雲隠してよ天下る神」（『詞花集』雑下、読人知らず）など、歌の語句。

五　心ならずも院のものとなってしまった私は、これからどんな折々につらい評判を立てられることであろうか、の意。「下紐」は肌着の紐で、「下紐を解く」とは、女が男に肌を許すこと。「憂き名」は「浮き名」（浮わついた女だとの評判）とも解される。

六　こんな動顚した時にもやはり理性はあったのだなあと、の意。「心」は、自分の将来を思いめぐらす理性。

七　本作品執筆時点で当時を回想しての感想。

八　仏教の生々流転（輪廻転生）の思想。

九　毎晩は逢えなくても、の意。作者の将来を暗示する伏線。「見る」は、男女間の場合、多く愛を交すこと。

一〇　お見送りに部屋の端（多くは妻戸だが、この場合は遣戸か）あるいは廂のあたりへ出て見ると。

とて起き出で給ふが、「あかぬ名残などはなくとも、見だに送れ」と切にいざなひ給ひしかば、これさへさのみつれなかるべきにもあらねば、夜もすがら泣き濡らしぬる袖の上に、薄き単ばかりを引きかけて立ち出でたれば、十七日の月西に傾きて、東は横雲渡る程なるに、桜萌黄の甘の御衣に、薄色の御衣、固文の御指貫、いつよりも目とまる心地せしも、誰がならはしにかと、おぼつかなくこそ。

隆顕大納言、縹の狩衣にて御車寄せたり。為方卿、勘解由次官と申しし、殿上人には一人侍りし。さらでは北面の下﨟二、三人、召次などにて、御車さし寄せたるに、折知り顔なる鳥の音もしきりにおどろかし顔なるに、観音堂の鐘の音、ただわが袖に響く心地して、「左右にも」とはかかる事をやなど思ふに、なほ出でやり給はで、「一人行かん道の御送りも」など誘ひ給ふも、「心も知らで」など思ふべき御事にてはなけれども、思ひ乱れて立ちたるに、隈なかりつる有明の影、白む程になり行けば、「あな心苦しのやうや」とて引

一一 表萌黄、裏赤または紫。ただし異説もある。
一二 上皇や親王の平服で、狩衣直衣。三七頁注九参照。
一三 男子の衣服で「濃き」「薄き」と言えば、通例紫。
一四 糸を浮かさずに沈めて文様を織り出したもの。
一五 裾を括った袴で、狩衣に用いる。奴袴とも言う。
一六 女心の微妙な変りようを、われながら不審に思っているのである。ここも執筆時の感想。
一七 作者の母方の叔父。善勝寺大納言と呼ばれた。
一八 中御門（吉田）。当時正五位下右兵衛佐（『公卿補任』によれば文永十年勘解由次官）。「勘解由次官」は、勘解由使（本来は国司などの交代の際の引継書類を審査する官、この当時は名目だけ）の次官。
一九 「北面」は院の御所を警護する武士。「下﨟」は身分の低い者。ここは下北面（六位の侍）。
二〇 院の御所に仕える下級官人。
二一 こうした場合（情事の翌朝）を心得顔な、の意。
二二 どちらにつけても（ここは、つらくも慕わしくも）涙がこぼれる、の意。「憂しとのみひとへに物は思ほえで左右にも濡るる袖かな」（『源氏物語』須磨）により、作者の好む句。
二三 （車には乗ったが）出発に踏み切らず、の意か。
二四 院の御本心も分らずに（院になびいた私は、この先、途中で捨てられることになるのだろうか）、の意で、「山の端の心も知らで行く月は上の空にて影や絶えなむ」（『源氏物語』夕顔）により、これも巻三以降に対する伏線と見られる。

き乗せ〔車に〕給ひて、御車引き出でぬれば、〔私は〕かくとだに〔父達にも〕言ひ置かで、昔物[一]語めきて、〔自分の運命は〕何となり行くにかなどおぼえて、〔これからどうなって行くのかなどと思われて〕

鐘の音[二]におどろくとしもなき夢の
　名残も悲し有明の空

道すがらも、〔御所への〕今しも盗み[三]出でなどして行かん人のやうに〔私に〕契り給ふも、〔約束なさるのも〕をかしとも〔冷静に見れば〕言ひぬべきを、〔趣深いとも言えようが〕つらさを添へて〔増しながら〕行く道は、〔私には〕涙のほかは言(こと)[四]問(と)ふ方(かた)もなくて、〔院の御所に〕おはしまし着きぬ。

[五]角(すみ)の御所の中門(ちゅうもん)[六]に御車引き入れて、〔院は〕降りさせ給ひて、善勝寺大納言〔叔父隆顕〕に、「あまりに言ふ甲斐なきみどり子のやうなる〔赤ん坊のようなので〕時に[七]、うち捨てがたくて〔放って置けなくて連れて来た〕伴ひつる。しばし[八]〔この次第を〕人に知らせじと思ふ。後見(うしろみ)[九]せよ」と言ひ置き給ひて、常(つね)[一〇]の御所へ入らせ給ひぬ。

幼くより候(さぶら)ひ慣れたる〔御奉公し慣れた〕御所ともおぼえず、恐ろしくつつましき〔気のおける〕心地して、立ち出で[一一]つらん事もくやしく、〔わが身は〕何となるべき事にかと思ひ〔あれこれ〕続けられて〔思いめぐらされて〕、また[一二]涙のみ暇(いとま)なきに、大納言の音するは、〔父雅忠の声がするのは〕〔私を〕おぼつかな〔気がかりに〕

一 男が愛する女を盗み出す場面は、『伊勢物語』『大和物語』『源氏物語』『狭衣物語』など王朝以来の物語にしばしば見える。作者は前頁一二行辺で自分を夕顔になぞらえているが、このように自分の体験を物語化し、自分をそのヒロインに見立てるのが好きであった。六〇頁三行も同じ。

二 （一晩中眠れなかったので）鐘の音にさめるというのでもない夢のような一夜の名残が（夢ならばさめもしようが、さめようもない現実が）、この有明の空に何とも悲しいことだ、の意。

三 注一参照。

四 （作者がわが身の行先を）尋ねる相手もなく、の意。

五 後深草院の御所（冷泉富小路殿(れいぜいとみのこうじ)）の東北の隅にあった建物。後には東二条院の御産所（二五頁）や東宮御所（七四頁）などにもなっており、御所に対する小御所（一種の「離れ」）の機能を有している。八九頁注一五参照。

六 寝殿造りで、左右（時には片方）の渡廊（中門廊）の中程に設けた門。機能的には現在の玄関口に当る。

七 ので、の意。一四頁注四参照。

八 院のこの語から、作者の身分が、少なくとも院の気持や処遇では、きわめて私的な愛人に過ぎないことが分る。次頁二行辺参照。

九 精神的・経済的に世話し面倒を見ること。

一〇 内裏や院御所の中で、天皇や上皇が日常居る所。ここは冷泉富小路殿の寝殿の一室。

く思ひてかと、一三あはれなり。善勝寺（隆顕が〔父に〕）、一四仰せのやう伝ふれば、「今さ（父）ら、一五かくなかなかにてはあしくこそ（中途半端ではよくありません）。一六ただ日頃のさまにて召し置かれてこそ（今まで通りに〔お傍に〕召し置いて頂きたいものです）。忍ぶにつけて（隠しておくにつけ）、洩れん名もなかなかにや（それが世間に洩れるのも却って〔まずくは〕）」とて出でられぬる音するも（気配がしたが）、げにいかなるべき事にかと（〔わが身は〕どうなることであろうかと）、今さら身の置き所なき心地するも悲しきに、入らせ給ひて（〔院は私の室に〕）、尽きせぬ事（尽きぬ御愛情のお言葉）をのみ承るを、さすが次第に慰まるるこそ、一七これや逃れぬ御契りならんとおぼゆれ。

十日ばかりかくて侍りしほどに、一八夜離れなく見奉るにも、一九煙の末（雪の曙）いかがと（はどうしているかと）、なほも心にかかるぞ、二〇うたてある心なりし。さてしもかくてはなかなかあしかるべき由（していては却ってよくないと）、大納言（父）しきりに申して（〔院に〕）、出でぬ（〔私は御所を〕）。人に見ゆるも（人々に見られるのも）耐へがたく悲しければ、なほも心地の例ならぬなどもてなして（相変らず気分がすぐれないなどとつくろって）、わが方（自分の居室）にのみゐたるに、「二一この程にならひて、積りぬる心地するを、とくこそ参らめ（早く参上せよ）」など、また御文（〔院の〕）細やかにて、

二二かくまでは思ひおこせじ人知れず
　見せばや袖にかかる涙を

一一 お見送りに立ってしまったこと（二一頁三〜四行辺）。院の愛人として御所へ来たこと、ともとれる。
一二 またも、涙ばかりは尽きなかったが、の意。
一三 せつなく、心打たれる、の意。
一四 前頁の院の語「あまりに……後見せよ」を指す。
一五「なかなか」は中途半端、従って、そうしない方がよい、の意。ここは、院の愛人であるのかないのか、（院の意向で伏せておけば）はっきりしない状態になることに、父が難色を示したもの。「却って特別の扱い」と解する説もある。
一六 それまで院が作者を、少女として大っぴらに可愛がっていたことを指すか。
一七 これは、逃れることのできない前世からの御縁だったのだろうと、の意。仏教の宿世観。
一八 毎晩欠かさず（院を）お迎えするにつけても、の意。「夜離れ」は、女のもとへ通う男の足がとだえること。
一九「今よりや……」の歌（一九頁）を受ける。
二〇（われながら）困った心であった、の意。本作品執筆時に当時を反省しての感想。本作品中には、こうした執筆時の感想が多い。物語における草子地の手法をまねた点があろう。
二一 このところ（の毎晩の逢う瀬）に慣れて、（逢わないでいると恋しさの）積る心地がするから、の意。
二二 お前は私のことをこれほどには思ってくれていまいが、お前を思って人知れず私の袖にかかる涙を、他人には知らせず（そっと）見せたいものだ、の意。

あながちにいとはしくおぼえし（むやみにうるさく思われた）御文も（〔院の〕お手紙も）、今日は待ち見る甲斐ある心地して、御返事もくろみ[一]過ぎしやらん、

われ（〔私〕）故[二]の思ひならねど小夜衣
涙の聞けば濡るる袖かな

幾程の日数も隔てで、この度は常[三]のやうにて参りたれども、何と（何だか）やらん、そぞろはしきやうなる事もある上（落着かないようなこともある上に）、いつしか[四]（早くも）人の物言ひさがなさ[五]（世間の人の口の悪いことには）は、「大納言の秘蔵して（雅忠が特に大事にして）、女御[六]参りの儀式にもてなし参らせたる（〔院に〕さし上げた）」などいふ凶害（中傷）ども出で来て、いつしか女院[七]の御方ざま、快からぬ御気色になりもて行くより、いとど物すさまじき心地しながら（いよいよ興ざめな気がしながらも）、まがよひゐたり[八]（ぐずぐずしていた）。御夜離れと言ふべきにしあらねど（言うほどではないが）、積る日数も（そうした日数が積る）すさまじく（のも面白くなく）、また参る人の出し入れ[九]も、人のやうに子細がましく申すべきならねば（他の女房達のように不平たらしく申すべき立場でもないので）、その道芝[一〇]をするにつけても、世に従ふは憂きならひ[一一]かなとのみおぼえつつ、とにかくに、「またこのごろや偲ばれん[一二]」（いつか懐かしく思い出すこともあろう）とのみおぼえて、明け暮れつつ、秋にもなりぬ。

一 「黒み」で、黒々と（こまやかに）書きすぎ、の意であろう。一説に、はぐらかし、の意、また「御返事、目論みすぎし」（こりすぎた）とも解する。
二 私ゆえの御思いではないと存じますが、御夜着に涙が伝わっていると伺いますと、私の袖も涙で濡れて参ります、の意。「涙の」は「涙と」とあるべきところ。
三 前頁一～三行の父の要望を受けて、「日頃のさま」で御所に勤めることになったものであろう。
四 「いつの間にか」のニュアンスも持つ語。
五 「忍び給ひける隠ろへごとをさへ、語り伝へけむ人の物言ひさがなさよ」（『源氏物語』帚木）による。
六 女御入内の儀式のように取りはからって、の意。
七 東二条院。後深草院后公子。「御方ざま」は敬称。
八 「紛よふ」は、はっきりしないでいる意。
九 院の夜に奉仕する女性達の出入りの世話も、の意。
一〇 恋愛や情事の手引き。
一一 作者の一つの人生観。
一二 「永らへばまたこのごろや偲ばれむ憂しと見し世ぞ今は恋しき」（『新古今集』雑下、藤原清輔）による。
一三 史実としては前年（文永七年）九月と考えられる。
一四 底本「なかる」。「なさる」あるいは「ある」の誤写とする説、「なかる」のままで、角の御所などですべきではない、と解する説もある。
一五 文永八年には東二条院四十歳。
一六 弘長二年（一二六二）と文永二年（いずれも女子）が知られている。

東二条院の御産

[13]八月にや、東二条院の御産、角の御所にて[14]なるべきにてあれば（なさることになったが）、[15]御年も少し高くならせ給ひたる上、[16]さきざきの御産もわづらはしき（御難産だったので）御事なれば、皆肝をつぶして（大いに気をもんで）、[17]大法・秘法残りなく（一つ残らず）行はる。[18]七仏薬師、[19]五壇の御修法、[20]普賢延命、[21]金剛童子、[22]如法愛染王などぞ聞えし（ということであった）。五壇の軍荼利の法は、[23]尾張国にいつも勤むる（尾張国が常にその費用を負担するのだが）に、この度はことさら（特に）御心ざしを添へてとて（〔父が〕お心を込めたいと言って）、金剛童子の事も大納言申し沙汰しき（金剛童子の法の費用も父雅忠が承って手配した）。[24]御験者には、[25]常住院の僧正参らる。

二十日余りにや（二十日過ぎだったか）、その御気（出産の気配が）おはします（おありになる）とてひしめく。「今々（今だ今だ）」とて二、三日過ぎさせおはしましぬれば、誰々も肝心をつぶしたるに、いかにとかや（どんなふうにか）、変る御気色見ゆるとて（御様子が変って見えるというので）、御所（院）へ申したれば、入らせおはしましたるに（〔女院の ところへ〕おいでになったが）、いと弱げなる御気色なれば（〔女院は〕ひどく衰弱した御様子なので）、御験者近く召されて（〔院は〕〔を女院の〕）、御几帳ばかり隔てたり（几帳一つを隔てた所で祈らせなさった）。如法愛染の[26]大阿闍梨にて（として）[27]大御室御伺候ありしを、近く入れ参らせて（〔院は〕そばにお呼びになり）、「叶ふまじき御気色に見えさせ給ふ（〔女院は〕助かりそうもない御容態に）。いかがし侍るべき（どうしたものでしょう）」と申されしかば、「[28]定業亦能転は、仏・

一七 共に密教の修法（加持祈禱）。「大法」は七仏薬師・五壇などの大規模な修法、「秘法」は秘密の修法。

一八 衆生済度のために七つの形で現れる薬師如来（七仏薬師）を本尊として薬師本願経を誦し、息災・安産を祈る修法。叡山四箇大法の一。

一九 五大明王（中央に不動、南方に軍荼利、北方に金剛夜叉、東方に降三世、西方に大威徳の各明王、五大尊とも）を五壇に祀って修する法。兵乱鎮定・息災など国家大事の時に行う。

二〇 普賢延命菩薩（普賢菩薩の一体）を本尊として除障・延命を祈る大法。

二一 金剛童子を本尊として増益・除難を祈る法。

二二 愛染明王を本尊として如意宝珠法によって修する秘法。東密（真言密教）の大事。

二三 尾張は、作者の父雅忠の知行国（所領）であった。

二四 修法で加持祈禱を勤める行者。

二五 三井寺の一院（三門跡の一）。京都市（旧愛宕郡）にあった。この僧正は良尊（後京極良経子）。

二六 修法を主となって担当する僧。

二七 「大」は衍字か朧化のための付加で、仁和寺の性助法親王（後中御室）と考えられる。後深草院の異母弟で、後に「有明の月」として登場。

二八 定まった宿業は変えがたいが、信心懺悔の心の厚い者にはその宿業を転じてやろう、ということ。『法華文句記』十下に見える語。

菩薩の誓ひなり。さらに御大事あるべからず（決して御心配は要りません）」とて、（〔御室が〕）御念誦あるにうち添へて、御験者（良尊僧正は）、証空が命に代りける本尊にや（証空の命に代ったという本尊であろうか）、絵像の不動、（〔女院の〕）御前に掛けて、「奉仕修行者、猶如薄伽梵、一持秘密呪、生々而加護」とて数珠押しすりて、「われ、幼少の昔は、念誦の床に夜を明かし、長大の今は（成人した現在は）、難行苦行に日を重ぬ。玄応擁護の利益、空しからんや（空しい筈はない）」と揉み伏するに、すでにと見ゆる御気色あるに（今にも生れそうという御様子になったのに）力を得て、（〔一層護摩を焚き〕）いとど煙も立つ程なる（ますます煙も上る程だった）。女房達の単襲、生絹の衣、面々に（めいめい）（〔簾の下から〕）押し出せば、御産奉行取りて殿上人に賜ぶ。上下の北面、面々に御誦経の僧に参る（呈上する）。階下には公卿着座して、皇子御誕生を待つ気色なり。陰陽師は、庭に八脚を立てて、千度の御祓を勤む。殿上人これを取り次ぐ。女房達の袖口を出して、これを取り渡す（その受け渡しをしている）。御随身、北面の下臈、神馬を引く。（〔それを院は〕）御拝ありて、二十一社へ引かせらる（奉納なさる）。人間に生を享けて女の身を得る程にてはかくてこそあらめ（このようでありたい）と、めでたくぞ見え給ひし（すばらしい御様子だった）。七仏薬師大阿闍梨召されて、伴僧三人、声すぐれたる限りにて（声の美しい僧ばかりで）、

一 証空は平安中期の人で常住院の開基。常住院の不動明王（いわゆる泣不動）が証空の命に代ったとの説話があり、巻五、三〇八～九頁にも見える。
二 不動明王に奉仕する修行者は如来と同じであり、一旦不動明王の秘密呪を保持すれば永遠に明王の加護を受ける、の意。『不動経』の偈と言うが、後半の二句は同経のほか諸経に見える。
三 神仏の感応と加護。
四 数珠を揉んで悪霊を祈り伏せると、の意。
五 単を二枚重ねたもの。女子の夏ごろの服装。以下、祈禱の僧達への布施で、その受け渡しのさま。
六 練らない生糸で織った布。練絹に対する。
七 御産の行事をとりしきる責任者。
八 上北面は四位・五位の諸大夫で北面の侍となって院の昇殿を許された者、下北面は六位の侍。
九 御殿（角の御所）の廂から庭への階段の下。
一〇 陰陽寮に属し、占いや地相を観る役の者。
一一 神供を載せる台。左右各四脚あるから言う。
一二 中臣祓（大祓の祝詞）を千度読み上げること。
一三 この祓のための撫物（形代）を、の意。
一四 出衣のように撫物の受け渡しをする女房達の袖口が簾の下から出ているさま。「の」を衍字と見る説も。
一五 院や摂関に供奉する警護の舎人。武装した。ズイジンとも訓む。
一六 神に献上する馬。
一七 国家の重大事に奉幣することになっている、伊

〔七仏薬師経〕薬師経を読ませらる。「見者歓喜（けんじゃくわんぎ）」[一九]といふわたりを読む折、御産なりぬ。まづ内外（うちと）[二〇]、「あなめでた」と申す程に、〔甑を〕内へ転ばし[二一]しこそ、本意（ほい）なく〔残念に思われたけれども〕おぼえさせおはしましかども、御験者の禄（ろく）[二二]いしいしは、常の事なり。

この度（たび）は、[二三]姫宮〔姫宮ではいらっしゃったけれども〕にては渡らせ給へども、法皇〔後嵯峨院〕ことにもてなし参らせて〔おかわいがりになって〕、[二四]五夜（ごや）・七夜（しちや）などことに侍りしに〔特に盛大に行われたが〕、七夜の夜（よ）、事ども〔諸行事〕果（は）てて、院〔後深草院が〕の御方の常（つね）の御所にて御物語あるに〔雑談をしていらしたところ〕、[二五]丑（うし）の時ばかりに、[二六]橘（たちばな）の御壺（つぼ）に、大風の吹く折に荒き磯（いそ）に波の立つやうなる音、おびたたしくするを、〔院〕「何事ぞ。見よ」と〔私に〕仰せあり。見れば、頭（かしら）は[二七]かいふといふもののせい[二八]にて、次第に〔順に〕盃ほど・すゑき[二九]ほどなるもの〔位の大きさの〕の、青めに白きが〔青みがかって白いのが〕、続きて十ばかりして〔続いて十箇ばかり見えて〕、尾は細長にて〔細長く〕、おびたたしく光りて〔ひどく光って〕、飛びあがり飛びあがりする〔上下に飛んでいる〕。〔私は〕「あな〔ああ〕悲し〔こわい〕」とて逃げ入る。廂（ひさし）[三〇]に候（さぶら）ふ公卿達、「何か見騒ぐ〔何を見て騒いでいる〕。人魂（ひとだま）なり」と言ふ。「[三一]大柳の下に、[三二]布海苔（ふのり）といふ物を溶（と）きてうち散らしたるやうなる物あり」などののしる〔〔皆〕騒いでいる〕。やがて〔直ちに〕御占（うら）

勢・石清水（いわしみず）・賀茂以下二十一の社。
一八 七仏薬師法を修した天台座主慈禅。
一九 『阿娑縛抄（あさばしょう）』四十八に「七仏経云」として見え、生れた子の容貌の端正なのを見た人々が喜ぶ場面の一句。
二〇 簾もしくは御殿の内と外と。一説に、公私の意。
二一 御産の時、甑（こしき）（素焼の蒸器、腰気に通わせる）を棟から転がす風習があり、男子の時は南へ、女子の時は北へ転がしたと言う。角御所は棟が南北に走っていたが、入母屋ならば北へも転がし得る。ともかくここは、皇女であったのは、の意。「内」は「北」の誤写かとも、北側が内庭になっていたためとも言う。
二二 「以次以次」の意で、次々、順々に続く折の語。
二三 後の遊義門院。一五八頁注二参照。
二四 誕生の後、五日目・七日目に行う祝の儀。
二五 「丑の時」は、今の午前二時頃。
二六 橘を植えてある中庭。
二七 「海賦（かいぶ）」（又は「海部（かいぶ）」）すなわち大波・海松（みる）・貝など海岸の風物を描いた文様か。また、「匙（かい）」の誤写で匙（さじ）の類とも、「土器（かわらけ）」（盃の類）の誤写とも言う。
二八 「勢」で形・大きさの意か。「てい（体）」（姿・形）の誤写とする説もある。
二九 底本「すへき」。「酢坏（つき）」の誤写とも考えられる。
三〇 廂の間。寝殿造りで、母屋の外側の板敷の部分。
三一 冷泉富小路殿の東寄りには大柳があった。『弁内侍日記』に「京極面の大柳」とある。
三二 海藻の一種。煮て糊として用いる。

後嵯峨院発病

あり、法皇（〔あれは〕後嵯峨院）の御方の御魂（一）の由、奏し申す。今宵よりやがて（直ちに）招魂（二）の御祭、泰山府君（三）など祭らる。

かくて九月の頃にや、法皇御悩み（御病気）と言ふ。腫るる御事にて（むくむ御病状で）、御灸いしいしとひしめきけれども（御灸御灸と騒ぎ立てたけれども）、さしたる（それほどの）御験もなく（御効験もなく）、日々に重る御気色のみありとて、年も暮れぬ。

あらたまの年ともにも（四　年が改まっても）、なほ御わづらはしければ（相変らず〔法皇の〕お具合が悪いので）、何事もはえなき御事なり（五　晴れ晴れしないことである）。正月の末になりぬれば、叶ふまじき御さまなりとて（〔所詮〕助かりそうもない御様子だということで）、嵯峨御幸（六）なる。御輿にて入らせ給ふ。新院（七）やがて（直ちに）御幸。御車の尻に（〔私は院の〕八）参る（奉仕する）。両女院（九）御同車にて（相乗りなさって）、御匣殿（一〇）御尻に参り給ふ。道にて参るべき（途中で〔法皇が〕召し上がる薬の）御煎じ物を（煎じ薬を）、種成・師成（一一）二人して、〔法皇の〕御前にて御水瓶二つにしたため入れて（調合して入れて）、経任（一二）、北面の下臈信友（一三）に仰せて（命じて）持たせられたるを、内野（一四）にて参らせんとするに（さし上げようとしたところ）、二つながら露ばかりもなし（二つとも一滴も残っていなかった）。いと不思議なりし事なり。それよりいとど臆せさせ給ひてやらん（それ以来〔法皇は〕一層気落ちなさったためか）、御心地も重らせ給ひて見えさせおはしますなどぞ（御容態も重くおなりになったようにお見えになるなどと）、聞き参らせし（お聞きした）。

一　底本「御たまのはし」。「御魂延ばし」で延命招魂の法（をなさるように）、と解する説もある。
二　肉体から抜け出た魂を呼び戻すこと。
三　中国泰山の神（「府君」は神の意）。寿命を司る神として元来道家で祭るが、日本では陰陽師や仏家（僧侶）が祭る。
四　文永九年（作者十五歳）。「あらたまの」は「年」の枕詞。「年ともにも」は、年と共にも（新年になっても）、の意。「年どもにも」と訓む説もある。
五　「栄え」または「映え」で、明るく派手なこと。
六　嵯峨（ほぼ今の天龍寺の地）に、後嵯峨院が造営して愛好した離宮（嵯峨殿、一名亀山殿）があり、院自身、最期はそこでと願っていた（『五代帝王物語』）。なお、後嵯峨院の御幸は史実では一月十七日。
七　後深草院を指す。院（上皇・法皇）が二人以上いるとき、一番新しく院になった人を新院と言い、古い方を本院、中間を中院（チュウインとも）と言う。
八　車（牛車）の後部を「尻」と言う。「尻に参る」は、陪乗してお供をすること。
九　大宮院と東二条院。一五頁系図参照。
一〇　御匣殿が、両女院の車のお供をなさる、の意。「御匣殿」は、後深草院後宮房子。三条内大臣公親女。久明親王（後の将軍）母。
一一　共に和気氏。侍医。
一二　吉田為経男。後嵯峨院の近臣。三一頁三行参照。
一三　未詳。

この御所は（後深草院は）、[一五]大井殿の御所に渡らせ給ひて、ひまなく（ひっきりなしに）、男・女房（男でも女房でも）、[一六]上臈・下臈を嫌はず（上臈でも下臈でも構わず）、「只今の程いかにいかに（今の御様子はどんな風だ）」と申さるる御使、夜昼ひまなき（絶え間がなく）に、〔私もそれで〕長廊を渡る程、（時には）大井河の波の音、いとすさまじく（背筋も凍るように）ぞおぼえ侍りし。

二月の初めつ方になりぬれば、今は時を待つ御さまなり（最期を待つ御容態である）。九日にや、両六波羅[一七]、御とぶらひ（お見舞）に参る。〔彼等が〕面々に（それぞれに）嘆き申す由、西園寺大納言[一八]（実兼）披露せらる（公表された）。十一日は〔亀山帝の〕行幸、十二日は〔帝〕御逗留、十三日〔帝〕還御などはひしめけども（騒ぎ立てているが）、〔帝を迎えても〕御所の内はしめじめとして（しんみりとして）、いと取り分きたる物の音もなく（特に取り立てた音曲の催しなども）、新院（院は）〔帝と〕御対面ありて、かたみに（互いに）御涙所狭き[一九]御気色も、「よそさへ露の[二〇]」と申しぬべき心地ぞせし。

さるほどに、十五日の酉[二一]の時ばかりに、都の方におびたたしく煙立つ。「いかなる人の住まひ所（いったい誰の家が）、跡なくなるにか（焼けているのだろうか）」と聞くほどに（きいてみると）、[二二]「六波羅の南方、式部大輔（北条時輔）討たれにけり。その跡の煙なり」と申す。あへなさ（あっけなさは）、申すばかりなし（何とも言いようがない）。九日は君の御病の御とぶらひに参り（法皇の御病気のお見舞に参上し）、

一四 今の千本通をはさみ、一条から二条にかけての辺。平安京の大内裏のあった地で、この当時はさびれて野原であった。

一五 嵯峨殿の中で南寄り、大井川に臨む建物。『増鏡』おりゐる雲に「桟敷殿」と見えるものであろう。

一六 「上臈」は位・身分の高い者、「下臈」は低い者。

一七 鎌倉幕府が承久の変後京都に置いた六波羅探題には、南方と北方とがあった。この時は南方北条時輔、北方同義宗。

一八 作者の愛人としては「雪の曙」として記されているが、作品中に公式の立場で出るときは、官職名で明記されている。前年三月から権大納言正二位。西園寺家は関東申次（朝廷・公家側における鎌倉幕府との連絡役）であった。

一九 お涙の止らぬ御様子も、の意。

二〇 血縁につながらぬ者も涙にくれる、の意で、恐らく引歌があると思われるが、未詳。

二一 「酉の時」は、今の午後六時頃。

二二 執権北条時宗が、六波羅南方時輔を叛意ありとして、北方義宗に命じて討たせた事件で、「二月騒動」と言う。

今日とも知らぬ（〔法皇の〕今日明日とも分らぬ）御身に先立ちて、また失せにける（何とまた死んでしまったのは）、東岱前後のならひ、始めぬ事ながら（今に始まったことではないが）、いとあはれなり。十三日の夜よりは、〔法皇は〕物など仰せらるる事もいたくなかりしかば（ほとんどなくなったので）、かやうの無常も知らせおはしますまでもなし（お知りになることもなかった）。

法皇の崩御・葬送

さるほどに、十七日の朝より、〔法皇の〕御気色変るとてひしめく。御善知識には経海僧正、また往生院の長老参りて、さまざま御念仏も勧め申され、「今生にても（この世でも）、十善の床を踏んで（帝位につき）百官にいつかれましませば（かしずかれていらっしゃったから）、黄泉路未来も頼みあり（極楽往生も期待できます）。早く上品上生の台に移りましまして、かへりて（ふりかえって）、娑婆の旧里にとどめ給ひし衆生も導きましませ（残して行かれた人々をもお導き下さい）」など、さまざま、かつはこしらへ（なだめすかし）、かつは教化し申ししかども、三種の愛に心をとどめ、懺悔の言葉に道を惑はして（誤って）、終に教化の言葉に〔俗念を〕ひるがへし給ふ御気色なくて（ふり捨てなさる御様子もなくて）、文永九年二月十七日酉の時、御年五十三にて崩御なりぬ。一天かきくれて、万民憂へに沈み、花の衣手（はなやかだった人々の服装も）おしなべて、皆黒み渡りぬ（皆一様に黒い喪服となった）。

一 老少不定、誰が先に死ぬか分らないこの世のならい、の意で、『浄業和讃』無常讃にも見え、中世の慣用句。「東岱」は泰山で、人の死後その魂がここに帰ると言う。

二 元来は人を導いて悟りに入らせる高僧のことであるが、通例臨終に引導を渡す僧を言う。

三 吉田資経子。叡山の高僧。

四 嵯峨清涼寺の西、二尊院の北にあった寺。今の祇王寺は、その名残。その長老（首長）は未詳。

五 「十善」とは、元来十善戒を保つこと、すなわち十善業のこと。天子の位につくのは前世に十善を行った功徳によるとの考えから、天子のことを「十善の主」または「十善の君」、その位を「十善の床」などと言う。

六 文武百官。官僚貴族達を総称して言う。

七 来世の冥途への道。死後。

八 九品浄土（極楽の九つの段階）の最上位。

九 蓮台（はすのうてな）。仏の座。極楽の仏達は皆蓮の花の上に居ると言う。

一〇 今まで住んでおられたこの現世、の意。

一一 臨終の際に起る三種の愛着心。眷属・家財に対する境界愛、自己の身に対する自体愛、未来の生処（生れる所）に対する当生愛。『往生要集』巻中に見えるが、ここは『豊明絵草子』によるか。

一二 嵯峨殿の中の一院。寝殿の西北方にあった。

一三 滋野井実冬。当時蔵人頭右中将。三十歳。

父の嘆き

十八日、薬草院殿へ送り参らせらる。内裏よりも、頭中将御使に参る。御室・円満院・聖護院・菩提院・青蓮院、皆々御供に参らせ給ふ。その夜の御あはれさ、筆にもあまりぬべし。経任、さしも御あはれみ深き人なり、出家ぞせんずらんと皆人申し思ひたりしに、御骨の折、なよらかなるしじらの狩衣にて、瓶子に入らせ給ひたる御骨を持たれたりしぞ、いと思はずなりし。新院、御嘆きなべてには過ぎて、夜昼御涙のひまなく見えさせ給へば、さぶらふ人々も、よその袖さへしぼりぬべき頃なり。天下諒闇にて、音奏・警蹕とどまりなどしぬれば、花もこの山のは墨染にや咲くらんとぞおぼゆる。

大納言は、人より黒き御色を賜はりて、この身にも御素服を着るべき由を申されしを、「いまだ幼き程なれば、ただおしなべたる色にてありなん。取り分き染めずとも」と、院の御方御気色あり。

さても大納言、たびたび大宮院・新院の御方へ、出家の暇を申さるるに、おぼしめす子細ありとて、御許されなし。人よりことに侍

一四 以下、後嵯峨院の皇子で法親王となった者の門跡名。「御室」は前出（二五頁注二七）性助、「円満院」（三井寺の一院、洛東岡崎にあった）は円助、「聖護院」（三井寺の一院、岡崎にある）は覚助、「菩提院」（延暦寺の一院）は最助、「青蓮院」（延暦寺の別院、花頂山の西）は慈助と考えられる。
一五 経任（二八頁注一二）は、あれほど後嵯峨院の御寵愛の深い人だった、の意。御骨を、安置する浄金剛院まで運んだ。
一六 火葬の後、骨上げした御骨を運ぶとき、の意。
一七「緘」「縮羅」とも書く。皺をよらせた織物。
一八 壺の類。ここは、骨壺。
一九「なべての事には過ぎて」の意と解したが、「なべての人には……」（誰よりも深く）ともとれる。
二〇 当事者でない者までも、貰い泣きをすること。
二一 天皇が父母の喪に服する期間。
二二 御所で、当直の者が声高に時刻を奏上すること、またその声。
二三 貴人の通行に前払いをすること。
二四「深草の野辺の桜し心あらば今年ばかりは墨染に咲け」（『古今集』哀傷、上野岑雄）による。
二五 父雅忠も、後嵯峨院の近臣であった。
二六 喪服は黒ないし鼠色・藤色等であるが、故人に近い間柄の者ほど濃い色のものを着る習慣であった。
二七 喪服。
二八 後嵯峨院中宮。後深草院・亀山帝の母。

る嘆きのあまりにや、日ごとに御墓に参りなどしつつ、重ねて、定[一]実大納言をもちて、新院へ申さる。「九歳にしてはじめて君に知られ奉りて、朝廷にひざまづきしよりこのかた、時に従ひ折に触れ、御恵みならずといふ事なし。ことに父に後れ[二]、母の不孝[三]をかうぶりても、なほ君の恩分を重くして、奉公の忠をいたす。されば官位昇進、理運を過ぎて、なほ面目を施ししかば、叙位除目[四]の朝には聞書[五]を開きて笑みを含み、内外に恨みなければ、公事に仕ふるに物憂からず。蓬萊宮[六]の月をもてあそんで、豊明[七]の夜な夜なは、淵酔[八]・舞楽[九]に袖をつらねてあまた年、臨時[一〇]の調楽の折々は、小忌[一一]の衣に立ち慣れて、御手洗河[一二]に影をうつす。すでに、〔この〕身、正二位、大納言一臈[一三]、氏[一四]長者を兼ず。すでに大臣の位を授け給ひしを、近衛大将を経べき由を、〔兄の〕[一五]右大将通忠書き置く状を申し入れて、この位を辞退申すところに、君すでに崩れましましぬ。われ世にありとも、頼む蔭枯れ果てて立ち宿るべき方なく、何の職に居ても、その甲斐なくおぼえ

一 雅忠の叔父定通（通光の弟）の孫。土御門。
二 雅忠の父通光は、宝治二年（一二四八）六十二歳で没。当時雅忠二十一歳。
三 母は、義母久我尼を指すか。「不孝」は勘当の意であるが、あるいは雅忠の同母兄通忠が父通光の遺領をめぐってこの義母と争論した（『百錬抄』宝治二年五月二十七日）ことと関係があるか。
四 叙位は、五位以上の位を天皇が授ける儀式。除目は、官職を任命する儀式。
五 叙位・任官の理由などを記した文書。除書。
六 中国で言う仙人の宮殿で、上皇の御所をたとえた。仙洞。
七 豊明節会。陰暦十一月、大嘗祭または新嘗祭の翌日に行われる宴会。以下の部分は『豊明絵草子』の詞とほぼ同文で、その先後については両説がある。
八 節会などの後に清涼殿で行われる酒宴で、歌舞管絃を伴う。
九 舞を伴う雅楽。
一〇 臨時祭（例祭と別に行われる祭、賀茂では十一月下の酉の日、石清水では三月中の午の日）に行う舞楽の予行演習。
一一 朝廷の神事に奉仕する公卿・舞人などが装束の上に着る衣。白麻に山藍で花・蝶・鳥などを摺る。
一二 神社の境内を流れる川。
一三 最年長または最古参の意。ここは大納言の首座。
一四 雅忠は前年（文永八年）三月、大納言首座となる。

侍る。齢すでに五十一六に満ちぬ。残り幾年か侍らん。恩を棄てて一七無為に入るは、真実の報恩なり。御許されを（〔院の〕お許しを）蒙りて、本意（〔出家の〕素志）を遂げ、聖霊の御跡をもとぶらひ申すべき」（〔法皇の〕御霊の追善御供養も致したい）由、ねんごろに申されしを、（〔院は〕）重ねて叶ふまじき由仰せられ、また直に一八もさまざま仰せらるる事もありしかば、一日二日過ぎ行くほどに、一九忘るる草の種を得けるにはあらねども（忘れ草の種を食べたわけではないが）、自然に過ぎつつ、御仏事何かの営みに明かし暮しつつ、御四十九日にもなりぬれば、御仏事など果てて、みな都へ帰り入らせおはします程より、二〇御政務の事に（御政務のことについて）、関東へ御使下されなどする事もわづらはしくなり行くほどに（〔あっていろいろ〕面倒になって行くうちに）、あはれ五月二一にもなりぬ。

五月は（五月は一般に）なべて、袖にも露のかかる頃なればにや（〔五月雨のため〕袖も濡れる時節だからであろうか）、大納言（父雅忠）の嘆き、秋にも過ぎて露けく見ゆるに（〔露の置く〕秋以上に涙がちに見えて）、さしも一夜もあだには寝じとするに（あれほど一晩も女なしでは寝まいという位だったのに）、さやうの事もかけても（まるでなく）無く、酒などの遊びもかき絶え無き故にや（ぱったりやめたためか）、如法痩せ衰へたるなど（〔皆が〕）申すほどに、五月十四日の夜、大谷なる所二二にて念仏のありし（念仏の会のあったのを）、聴聞して帰る車にて、御前二三など（前駆なども伴っていたが）もありしに、「あ

父の発病

一四 宣旨で任命される源・平・藤・橘の各代表者。ここは源氏で、源氏の長者は淳和・奨学両院別当に補す例であったが、雅忠も文永七年以来両別当であった。
一五 底本「道□」。雅忠の兄。建長二年没、三十五歳。当時正二位大納言右大将。
一六 この年雅忠四十五歳（『公卿補任』）。概数で言ったともとれるが、四十代の半ば以後は五十と言う。
一七 出家の時に唱える文句「流転三界中、恩愛不能断、棄恩入無為、真実報恩者」（『法苑珠林』二十二に『清信士度人経』の偈として引き、『諸経要集』四等にも引く偈に酷似）による。俗世間の恩愛を捨てて仏の悟りの世界に入るのが真に恩に報いる道である、の意。「無為」は「有為」（相対の世界）に対し絶対の世界。
一八 上の「仰せられ」は御使（恐らく前出の定実）を通じて仰せられたのであるが、この「直に」は、直接本人（父）へ、であろう。
一九 「忘るる草」は「萱草」。カンゾウの類。『詩経集伝』に「萱草食レ之、令二人忘一レ憂」とあると言う。
二〇 後嵯峨院崩御後、院政や立坊の問題で後深草院と亀山帝との間に対立があり、幕府の裁定を求めた。
二一 底本「はつき」。「あはれは次に（悲嘆に後回しに）」と解する説もある。
二二 京都市東山区の、今の知恩院の地。法然が布教し往生した所。
二三 底本「御せむ」、「御饌」（お食事）と解する説も。

まりに色の黄に見え給ふ。いかなる事ぞ」など申し出したりしを、「あやし」とて医師に見せたれば、黄病といふ事なり。あまりに物を思ひて付く病なりと申して、灸治あまたするほどに、いかなるべき事にかとあさましきに、次第に重り行くさまなれば、思ふばかりなくおぼゆるに、わが身さへ、六月の頃よりは心地も例ならず、いと侘しけれども、かかる中なれば、何とかは言ひ出づべき。

大納言は、「いかにも叶ふまじき事とおぼゆれば、御所の御供に今一日もとくと思ふ」とて、祈りなどもせず。しばしは六角櫛笥の屋にてありしが、七月十四日の夜、河崎の宿舎へ移ろひしにも、幼き子供はとどめ置きて、静かに臨終の事どもなど思ひしたためたる心地にて、大人しき子の心地にて、一人まかりて侍りしに、心地例ざまならぬを、しばしはわが事を嘆きて物なども食はぬと思ひて、とかく慰められしほどに、しるき事のありけるにや、「ただならずなりにけり」とて、いつしか、わが命をもこのたびばかりはと思ひ

一 黄疸。
二 悪阻を指す。妊娠の徴候。
三 当時は、病気・出産など健康が異常な時には僧侶を頼んだり寺社に捧げ物をしたりして祈禱するのが普通であったのに、それをしようとしなかったことを言ったもの。なお、「せず」の下は読点でもよい。
四 「六角櫛笥」は三条の南、大宮の西。雅忠の邸の一つがあり、義母（久我尼）が居た。
五 河崎観音堂近くにある雅忠の家。一三頁注一七参照。
六 雅忠の後妻の子供達。作者の異腹の弟・妹。『尊卑分脈』には雅顕しか記さないが、大勢いたと分る。
七 比叡山延暦寺の根本中堂。
八 ここは、形のごとく、正式に、の意。一一頁注九参照。
九 滋賀県大津市坂本にある日吉神社。山王権現とも言う。摂社・末社合わせて二十一社を上・中・下の七社に分ける。

なりて【ようになって】、はじめて中堂にて、[七]如法(にょほふ)、[八]泰山府君(たいざんぶくん)といふ事、七日祭らせ、[九]日吉にて[一〇]七社(ななやしろ)の七番(しちばん)の[一一]芝田楽(でんがく)、[一二]八幡(やはた)にて[一三]一日の大般若(だいはんにゃ)、[一四]河原にて石【石を積む供養】の塔、何くれと沙汰せらるるこそ【手配なさるのも】、わが命の惜しさにはあらで【父上自身の命が惜しいからではなくて】、この身の事の行く末の見たさにこそとおぼえしさま【この私の有様の将来が見たいからだと思われると】、[一五]罪深くこそおぼえ侍れ。

院の見舞

二十日頃には、さのみ【〔父の容態は〕さほど】、いつとなき事なれば【いつということでもないので〔私は〕】、御所へ参りぬ。[一六]【〔院は〕】ただにもなきなどおぼしめされて後は【〔私が〕普通の体でもないなどとお知りになって以来】、ことにあはれどもかけさせおはしますさま【格別にお情けをかけて下さる御様子で】、何も【万事が】「[一七]いつまで草の」とのみおぼゆるに【しきりに思われるが】、[一八]御匣殿(みくしげどの)さへこの六月に、産するとて失せ給ひにしも【お産の際にお亡くなりになったのも】、人の上かはと恐ろしきに【ひとごとではないと不安であるが】、大納言の病のやう【父の病状も】、つひにはかばかしからじと見ゆれば【結局はかばかしく〔回復することも〕あるまいと見えるので】、「[一九]何となる身の【どうなるわが身の果てか】」とのみ嘆きつつ、七月も末になるに、二十七日の夜にや、常よりも御人少(ひとずく)なにてありしに、「寝殿の方へ、いざ【〔院〕寝殿の方へこい】」と仰せありしかば、御供に参りたるに、人の気配(けはひ)もなき所なれば、静かに昔今(むかしいま)の御物語ありて、「無常のならひもあぢきなく【無常という世のならいもつらく】[二〇]おぼしめさるる【思われる】」

一〇 ここは上の七社。いわゆる山王七社。

一一 舞台を構えず芝生で演ずる田楽（当時流行の芸能）。祈願のために日吉社に奉納したのである。

一二 京都府八幡市にある石清水八幡(いわしみずはちまん)。男山(おとこやま)（オノコヤマとも）の頂上にあり、男山八幡とも言う。源氏の氏神で、当時は神仏混淆(こんこう)であった。

一三 大般若経六百巻を一日で転読（各巻の題目と首尾だけを拾い読むこと）すること。

一四 賀茂川の河原。

一五 父にこの世への執着を起させた点で、自身の有様が罪深く思われるのである。仏教では現世やその恩愛への執着を捨てよと教える。

一六 妊娠したことを指す。

一七 いつまで（この幸せが続くことやら）、の意。「いつまで草」は壁に生える草で、木蔦(きづた)の異名と言う。『栄花物語』（十三・ゆふしで）にも、「いつまで草のとのみおぼし乱る」とある。

一八 後深草院後宮房子。二八頁注一〇参照。

一九 「あはれなり何となるみの果なればまた憧れて浦伝ふらむ」（『続古今集』羇旅、藤原光俊、「なる身」に「鳴海」をかける）によるか。

二〇 院の、いわゆる自敬表現。天皇・上皇など、ごく高貴の人は、自身に対しても敬語を用いるのが常であった。そうした用法の敬語を、自称敬語・自敬表現あるいは尊大表現などと言うことがある。

など、さまざま仰せありて、「大納言（雅忠）もつひには（結局は到底）よもと（〔助かるまい〕と思われる）おぼゆる。一いかにもなりなば（どうかなった時には）、いとど（〔お前は〕いよいよ頼る者もなくなるだろう）頼む方なくならんずるこそ。われよりほかは、誰かあはれもかけんとする」（誰が親身に面倒を見てくれようぞ）とて、御涙もこぼれぬれば、二「問ふにつらさ」（尋ねられてつのるつらさ）もいと悲し。月なき頃なれば、灯籠（とうろ）の火かすかにて内も暗きに（室内も暗い折）、人知れぬ御物語（二人きりでのお話に）、小夜（さよ）更くるまでになりぬるに（夜が更けるまでになったところ）、うち騒ぎたる人音して（騒しい物音がして）、尋ぬ（〔私を〕捜している）。「誰ならん（私）」と言ふに、三河崎より、「今（御臨終）と見ゆる」（と見えます）とて告げたるなりけり。

とかくの事もなく（取るものも取りあえず）、やがて（すぐさま）出づる道すがらも（〔御所を〕退出する途中でも）、四はや果てぬやと聞かんと思ひ行くに、急ぎ行くと思へども、道の遥けさ（道の遠いことは）、五東路（あづまぢ）などを分けん心地する（分けて行くような気がする）に、行き着きて見れば、なほ永らへておはしけりと（まだ御存命でいらっしゃったよと）いと嬉（うれ）しきに、「風待つ露も消えやらず（〔父〕六いくばくもない余命もまだ尽きず）、心苦しく思ふに（思う上に〔お前の体が〕）、ただにもなしとさへ（普通でもないと知りながら）見置きて行かん道の空なく（見捨てて行く死出の旅路は不安で）」など、いと弱げに泣かるるほどに（お泣きになるうちに）、更けゆく鐘の声只今聞ゆる程に（聞える折しも）、「御幸」（〔院の〕）と言ふ。いと（まことに思いがけず）思はずに、病人（やまひびと）も思ひ騒ぎたり（狼狽した）。

一 死ぬことを指す。

二 「忘れてもあるべきものをなかなかに問ふにつらさを思ひ出でつる」（『続古今集』恋四、西院皇后宮）や、「吹く風も問ふにつらさのまさるかな慰めかぬる秋の山里」（同、雑中、花山院定雅）を引いたもので、作者の愛用句。

三 「河崎より」も「誰ならん」と同じく直接話法的に、「河崎からです、御臨終と見えます」とも解し得る。一方、「今と見ゆる」も、地の文とも見得る。

四 もう息をお引き取りになりましたよ、と言われるだろうと思いながら行くので、の意。「果てぬや」の「や」は詠嘆感動の助詞。一方、「はや果てぬとや」の誤写として、「や」はいわゆる疑問の係助詞、そこまでの句は「聞かん」にかかる、と解する説もある。

五 東国（当時未開の原野であった）の道。この部分のこの語句を、巻四に記された東国遍歴の後に記された証とする説があるが、むしろ慣用的な表現と見られる。

六 「風待つ露」は無常の人生、あるいは余命少なく死に瀕（ひん）していること、「消えやらず」はそれがまだ尽きてしまわないことを言う。「小笹原（をざさはら）風待つ露の消えやらでこ（「子」をかける）の一節（ひとふし）を思ひ置くかな」（『新古今集』雑下、藤原俊成）などの例がある。

御車さし寄する音すれば、急ぎ出でたるに、北面の下臈二人、殿上人一人にて、いとやつして入らせ給ひたり。二十七日の月、只今山の端（は）分け出づる光もすごきに、[七]われもかう織りたる[八]薄色の[九]御小（こ）直衣（なほし）にて、取りあへずおぼしめし立ちたるさまも、いと[一〇]面立（おもだ）たし。「今は、狩の衣を引き掛くる程の力も侍らねば、見え奉るまでは思ひ寄り侍らず。かく入りおはしましたると承るなん、今はこの世の思ひ出なる」由を奏し申さるる程なく、やがて引き開けて入らせ給ふほどに、起きあがらんとするも叶はねば、「ただ、さてあれ」とて、枕に[一一]御座を敷きてつい居させ給ふより、袖の外まで洩る御涙も[一二]所狭（せ）く、「[一三]御幼くより慣れ仕りしに、今はと聞かせおはしましつるも悲しく、今一度とおぼしめし立ちつる」など仰せあれば、「かかる御（み）幸（ゆき）のうれしさも[一四]置き所なきに、[一五]この者が心苦しさなん、思ひやる方なく侍る。[一六]母には二葉にて後れにしに、われのみと思ひはぐくみ侍りつるに、ただにさへ侍らぬを見置き侍るなん、あまたの憂へにま

〔私が〕出てみると　〔お供は〕
たいそうお忍びの様子でいらっしゃった
荒涼としていて
とっさに〔見舞を〕思い立たれた御様子も
（父）狩衣を引き掛けるほどの体力もございませんので　お目通り申し上げようとは思いも寄りません
こうしておいで下さったと承るだけで
〔人を介して〕奏上なさる間もおかず〔院は〕すぐに〔戸を〕
〔父は〕　（院）ただそうしていよ
枕もとに　お坐りになるや否や〔院は〕
幼時から親しく仕えてくれたので　今は〔もう最期が近い〕と耳にしたのも悲しく
もう一度〔会いたい〕と思い立ってやって来た
（父）
恐縮に存じますが　気にかかってなりません
ごく幼くて先立たれましたので　私だけ〔が頼り〕と思って育てて参りましたが
その上普通の体でもないのを見捨てて参りますのが

七　ワレモコウ（吾木香・吾亦紅などとも書く。バラ科の多年草。名は、自分もこのように咲いている、の意）を織り出した、の意。
八　男子の服装の場合は通例薄紫色。女子の場合は薄紅または薄紫。
九　襴（らん）（裾につけた横巾の布）をつけ、袖に括緒（くくりお）のある狩衣（かりぎぬ）。狩衣直衣（のうし）とも言い、上皇・親王・高官等の平常の服装。
一〇　面目を施すさま。晴れがましい、光栄である、の意。
一一　坐る場所に敷くもの。円座（えんざ・わろうだ）の類。
一二　溢（あふ）れて止らず、おさえかね、の意。
一三　「御幼く」「聞かせおはしましつる」「おぼしめし立ち」は、自敬表現。また「慣れ仕り」も主語（父雅忠）の動作を下げた点で、やはり尊大表現。
一四　身の置き所がない、の意。
一五　この子（を残して行くこと）の不憫さだけが、の意。
一六　四条隆親女。大納言典侍（だいなごんのすけ）として後深草院に仕え、後、雅忠に嫁す。作者は二歳（生れた翌年）で母に死に別れた。三九頁一四行・四三頁注一〇・一〇〇頁九行等参照。

さりて、悲しさも哀れさも、言はん方なく侍る」由、泣く泣く奏せらるれば、「[一]程なき袖を、[二]われのみこそ。[三]まことの道の障りなく」など細やかに仰せありて、「ちと休ませおはしますべし」とて、立たせ給ひぬ。

明け過ぐる程に、「いたくやつれたる御さまも、空恐ろし」とて急ぎ出で給ふに、[四]久我太政大臣の[五]琵琶とて持たれたりしと、[六]後鳥羽院の御太刀を、遙かに移され給ひける頃とかや、太政大臣に賜はせたりけるとてありしを、御車に参らすとて、[七]縹の薄様の札にて、御太刀の緒に結びつけられき。

[八]別れても三世の契りのありと聞けば
なほ行く末をたのむばかりぞ

「あはれに御覧ぜられぬる。何事も心安く思ひ置け」など、返す返す仰せられつつ、還御なりて、いつしか御自らの御手にて、

[九]このたびは憂き世のほかにめぐりあはん

一 狭い袖で涙をとどめかねるが、の意。「涙をも程なき袖にせきかねていかに別れをとどむべき身ぞ」(『源氏物語』浮舟、浮舟の歌)による。

二 私が確かに引き受けよう、の意。「のみ」は強意、「こそ」の下に「後見せめ」などを補う。

三 「まことの道」は、菩提(悟り)を目ざす道。ここは、死後極楽往生することと考えてよい。現世に執着・未練があると悟りに入れず極楽往生できないとされた。

四 通光。雅忠の父。従一位太政大臣に至り、宝治二年(一二四八)没、六十二歳。

五 (遺愛の)琵琶として(形見に)、の意。

六 八二代の天皇。承久の変(一二二一)に敗れ、隠岐に遷された。「御太刀を」は、語法的には「太政大臣に賜はせたりける」にかかるが、「御太刀で」と意訳してもよい。

七 縹(薄青色)の薄様紙の短冊に書いて、の意。

八 今こうしてお別れしても主従は三世の縁があると聞いておりますので、やはりひたすら来世を期待することです、の意。「三世」は前世(過去)・現世・来世(未来)。仏教で、主従の縁はこの三世にわたると言う。

九 今度は、つらいこの世(現世)以外のところ(来世)でめぐり会おう、われわれの待つ弥勒菩薩がこの世に現れて衆生を救って下さる夜明けに、の意。「待つ暁」は、弥勒菩薩が釈迦入滅後五十六億七千万年の後に華林園中の龍華樹の下で三度説法して衆生を済度すると言われるその時。「龍華下生の暁」「龍華三会の

待つ暁の有明の空

「何となく、御心に入りたるもうれしく」など思ひ置かれたるも、あはれに悲し。

八月二日、いつしか善勝寺大納言、「御帯[一〇]」とて持ちて来たり。「諒闇[一一]ならぬ姿にてあれと、仰せ下されたる」とて、直衣[一二]にて前駈[一三]・侍[一四]ことごとしく引きつくろひたるも、見る折[一五]とおぼしめし急ぎけるにやとおぼゆ。病人もいと喜びて、勧盃[一六]など言ひ営まるるぞ、これや限りとあはれにおぼえ侍りし。御室[一七]より賜はりて秘蔵せられたりし塩釜といふ牛をぞ引かれ[一八]たりし。

今日などは、心地も少し怠るやうなれば、もしやなど思ひゐたるに、更けぬれば、傍にうち休むと思ふほどに、寝入りにけり。おどろかされて起きたるに、「あなはかなや[一九]。今日明日[二〇]とも知らぬ道に出で立つ嘆きをも忘られて、ただ心苦しきことをのみ思ひゐたるに、はかなく寝たるを見るさへ悲しうおぼゆる。さても二つ[二一]にて母に別

暁」などと言い、衆生がそれを待つから「待つ暁」とも言う。それと、二十八日の朝の実際の状況としての「暁」「有明」とを、かけたのであろう。

一〇 妊娠五か月目から締める結肌帯（後世訛って岩田帯と言う）。胎児の父から贈る習わしであり、それを締める儀式を「着帯」と言う。ここも、「院から下された御帯」の意で、妊娠四か月で届けられたので「いつしか」と言ったのであろう。

着帯と父の遺言

一一 後嵯峨院の諒闇中だが喪服でなく、の意で、着帯を晴れの儀としてやろうとの、院の配慮である。

一二 ノウシと訓む。高貴な人々の正式な通常服。

一三 短くゼンクとも言う。馬に乗って先導すること、またその人。

一四 警固・護衛の武士。

一五 父雅忠が見ることのできるうちに、の意。

一六 酒を勧めること。ここは使者(隆顕)へのねぎらい。

一七 性助法親王か。三一頁注一四参照。

一八 使者隆顕への禄である。

一九 一四行と同じく、作者の現状を他愛ないと評したものと見たが、作者の将来が心もとない、不安だ、の意にもとれる。

二〇 今日明日とも知らず（分らず）知らぬ道に（まだ行ったことのない死出の道に）、の意。

二一 三七頁注一六参照。

れしより、われのみ心苦しく（私一人で心配して）、あまた子供ありといへども、おのれ（お前）一人に三千の寵愛もみな尽したる心地を思ふ（つぎ込んだ気がする）。笑めるを見ては（〔お前の〕笑っているのを見ると）、百の媚ありと思ふ。憂へたる気色を見ては、共に嘆く心ありて（私も一緒に悲しい思いをして）、十五年の春秋を送り迎へて、今すでに別れなんとす。君に仕へ世に恨みなくは（院にお仕えしてこの世に不満もない限りは）、慎みて怠る事なかるべし（努めて〔奉公を〕怠らぬようにせよ）。思ふによらぬ世のならひ（思い通りにならぬ世のならいゆえ）、もし君にも世にも恨みもあり、世に住む力なくは、急ぎてまことの道に入りて、わが後生をも助かり（自分の後生も救われるようにし）、二つの親の恩をも送り（二親の〔菩提をとむらって〕恩に報い）、一つ蓮の縁と祈るべし。世に捨てられ頼りなしとて（世間に見捨てられ頼る当てがないからと）、また異君にも仕へ、もしは（もしくは）、いかなる人の家にも立ち寄りて（どんな人にもせよ人の家に厄介になって）、世に住むわざをせば、亡き後（〔私の〕）なりとも不孝の身と思ふべし（勘当の身と思うがよい）。夫妻のことにおきては（男女の間というものは）、この世のみならぬ事なれば（この世だけのことではないから）、力なし（致し方ない）。それも（それにしても）、髪をつけて（出家をせずに）好色の家に名を残しなどせんことは、返す返す憂かるべし。ただ世を捨てて後は（出家遁世した後は）、いかなるわざも苦しからぬ事なり」（どういうことをしてもさしつかえないものだ）など、いつよりも細やかに言はるるも、これや教への限りならん（これが最後の教訓であろうか）と悲しきに、明け行く鐘の声聞ゆるに、

一 三四頁注六参照。
二 私のあらゆるすべての愛情を、の意。「後宮佳麗三千人、三千寵愛在一身」（「長恨歌」）による。
三 こぼれるような愛嬌があると思う、の意。「回眸一笑百媚生」（「長恨歌」）による。
四 俗世間に生きていく気力がなくなったら、の意。
五 仏道修行の道。ここは、出家遁世することを指す。
六 極楽で（両親と）同じ蓮の台（台座）の上に生れるようにと、一蓮託生を、の意。
七 他の主君。
八 摂関・大臣家などの女房となって暮すことを指す。
九 底本「ふさひ」。「相応」（「ふさはし」と同語源）と当てて「夫婦の間柄」ととる説もあるが、実質的には同じ。
一〇 仏教で、夫婦の縁は二世（現世と来世）と言うが、ここは前世の因縁の意か。
一一 「好色」には美女・遊女の意があるから、原文を素直にとれば、遊女の家に（住み込んで）名を残し、あるいは好色者であるとの評判を家系に残し、の意となる。なお、底本「かうしよく」で、「風流」「文雅」の意にとって、文雅の家に汚名を残し、と解したり、「いうしよく（有職）」の誤写として、由緒ある家系に汚名を残し、と解したりする説もある。
一二 オオバコ科の多年草。葉や種は利尿剤や咳止めとされるが、体の下に敷くのも何かの療法であろう。

父の死

例の、下に敷く[一二]車前草の蒸したるを、[一三]仲光持ちて参りて、「敷きかへん」と言ふに、「今は近づきておぼゆれば、何もよしなし。[一四]何まれ、まづこれに食はせよ」と言はる。[一五]只今は何をかと思へども、しきりに、「わが見る折、とくとく」と言はるるより、今ばかりこそ見られたりとも後はいかにと、あはれにおぼえしか。[一六]芋巻といふ物を、土器に入れて持ちて来たれば、「[一七]かかる程には食はせぬ物を」とて、よにわろげに思ひたるもむつかしくて、まぎらかして取り除けぬ。

明け離るる程に、「[一八]聖呼びにつかはせ」など言ふ。七月の頃、[一九]八坂の寺の[二〇]長老呼び奉りて、[二一]頂剃り、[二二]五戒受けて、[二三]れんせうと名づけられて、[二四]やがて善知識と思はれたりしを、[二五]などいふ事にか、[二六]三条の尼上、「[二七]河原院の長老[二八]しやう光房といふ者に[二九]沙汰せさせよ」としきりに言ひなして、それになりぬ。「変る気色あり」と告げたれども、急ぎも見えず。

一三 雅忠の家司仲綱の子。次頁一行目以下参照。
一四 「何にもあれ」の約。何でもよいから、の意。
一五 今のこんな際に何が食べられるものかと、の意。
一六 芋籠の異名。米の粉に山芋をすり合せ、昆布に包み、たれ味噌で煮て小口切りにしたものと言う。
一七 芋は体が冷えやすいので、妊婦には食べさせてはならぬとされていた。
一八 「善知識の聖」（三〇頁注二参照）の略で、臨終に際し引導を渡す僧。
一九 京都市東山区八坂の法観寺。今は塔のみ残る。
二〇 寺の最高位の僧。
二一 出家の儀式として、頭の頂（脳天）の毛を剃ったか、少なくとも剃刀を当てたのである。
二二 在家の者の守るべき五つの戒律。不殺生・不偸盗・不邪淫・不妄語・不飲酒。（殺生戒・偸盗戒等とも言う）。
二三 戒名。蓮生あるいは蓮照か。
二四 この長老がそのまま善知識の聖になると、の意。
二五 「何といふ」の音便。
二六 「久我尼」に同じ。雅忠の義母。一四頁注三参照。
二七 平安時代に源融（河原左大臣）の邸跡を寺としたもの。六条坊門の南、万里小路の東（今の河原町正面の東の辺）にあった。
二八 未詳。
二九 「沙汰」には、処置・執行、のほか、手配・連絡、等の意もあり、連絡させなさい、と解する説もある。

さるほどに、「すでにとおぼゆるに、起せ」とて、仲光[一]といふは、仲綱[二]が嫡子にてあるを、幼くより生し立てて、身放たず使はれしを呼びて、起されて、やがて[三]後に置きて、倚り[四]かかりの前に女房一人よりほかは人なし、これはそばにゐたれば、「手の首とらへよ」と言はる。とらへてゐたるに、「聖の賜びたりし袈裟は」とて請ひ出でて、長絹[五]の直垂の上ばかり着て、その上に袈裟かけて、「念仏、仲光も申せ」とて、二人して時の半ら[六]ばかり申さる。

日のちとさし出づる程に、ちと眠りて、左の方へ傾くやうに見ゆるを、なほよくおどろかして念仏申させ奉らんと思ひて、膝をはたらかしたるに、きとおどろきて、目を見開くる[七]に、あやまたず見合せたれば、「何とならんずらんは」と言ひも果てず、文永九年八月三日辰[八]の初めに、年五十[九]にてかくれ給ひぬ。

念仏のままにて終らましかば、行く末も頼もしかるべきに、よしなくおどろかして、あらぬ言の葉にて息絶えぬるも心憂く、すべて

一 「仲光に」あるいは「仲光を呼びて」などと書こうとして、その仲光について説明する必要を感じ、文脈がやや屈折したもの。
二 雅忠の家司。作者の乳母の夫すなわち作者の乳父でもあった。四八頁注一〇参照。
三 そのまま仲光を背後に居させて（注四参照）、の意か。「置き」は底本「をき」、うしろ向きに起きて、と解する説もあるが、疑問である。
四 曲彔（僧の用いる折りたたみ式の椅子）か。臨終の際は、正座するか曲彔に腰掛け、家人は後方に控え、前には善知識の僧が対するのが作法であった。
五 「長絹」は固く張りをつけた絹。「直垂」は平服。袴をつけず、上半身だけ直垂を着たことを言う。
六 一時（ひととき、いっとき）の半分すなわち約一時間ばかり、の意。
七 底本「見あくる」、「見上ぐる」と解する説もあるが、曲彔に坐っている父と作者との位置からも疑問。
八 「辰の初め」は、午前七時頃。
九 『公卿補任』によれば四十五歳。三三頁注一六参照。

何と思ふばかりもなく、天に仰ぎて見れば、日月地に落ちけるにや、光も見えぬ心地し、地に伏して泣く涙は、河となりて流るるかと思ひ、母には[一〇]二つにて後れにしかども、心なき昔は覚えずして過ぎぬ（物心つかぬ昔は何とも思わずに過ぎた）。生を享けて四十一日といふより、はじめて膝の上に居そめけるより（〔父の〕坐りはじめて以来）、十五年の春秋を送り迎ふ。朝には鏡を見る折も、誰が蔭ならんと喜[一一]び、夕に衣を着るとても、誰が恩ならんと思ひき。五体身分を得し[一二]事は、その恩、迷廬[一三]八万の頂よりも高く、養育扶持の心ざし、母に代りて切なりしかば（こまやかだったので）、その恩、また四大海[一四]の水よりも深し。何と報じ（どう報い）、いかに報いてか余りあらんと思ふより（どのように返したら足りるであろうかと思い始めると）、折々の言の葉（〔父の〕）は、思ひ出づるも忘れがたく、今[一五]を限りの名残は、身に代へてもなほ残りありぬべし。

ただそのままにて、なり果てん[一六]さまをも見るわざもがなと思へど（〔遺体の〕なり行く有様を見ることができたらなあと）も、限りあれば（そうも行かないので）、四日の夜、神楽岡[一七]といふ山へ送り侍りし（〔父の〕火葬の）。空しき煙にたぐひても伴ふ道ならばと（煙とともにでも一緒に行ける道ならばと）、思ふも甲斐なき（思ってもどうしようもない）袖の涙ばかりを形

一〇 三七頁一三行・三九頁一四行等参照。
一一 誰のお蔭か（他ならぬ父のお蔭だ）、の意に、鏡の縁語としての「影」（面影）をかけたもの。
一二 五体満足の身体、の意か。
一三 仏教で、宇宙（世界）の中心にあると言う蘇迷盧山（須弥山の別名）の八万由旬の頂のこと。一由旬は、四十里・三十里・十六里など諸説がある。
一四 須弥山を取り巻く四方の大海。このあたり、君や親の恩をたたえる慣用的表現。
一五 これきり会えないという名残惜しさは、私が代りに命を捨ててもまだ及ばぬような気がする、の意。文末は、「……残りありぬべくおぼえし」の意か。
一六 仏教で、死体の変化に九段階があると言い、これを観ずるのを九相（九想）観と言う。
一七 京都市左京区吉田にある山。カグラガオカとも言う。通称吉田山。当時の葬祭場。

見にてぞ、帰り侍りし。空しき跡を見るにも、（人気のない父の居室など見ても）一夢ならではと悲しく、昨日の〔父の〕面影を思ふ。二今とてしも勧められし事さへ、（今は〔最期〕と言って教訓なさったことまでが）返す返す何と言ひ尽すべき言の葉もなし。

三 わが袖の涙の海よ三瀬河に

流れて通へ影をだに見ん

五日夕方、仲綱、四濃き墨染の袂になりて参りたるを見るにも、〔父が〕大臣の位に居給はば、五四品の家司などにてあるべき心地をこそ思ひ六つるに、（なっている筈の〔彼の〕心中を〔私は〕）思はずに、（予想外に）只今かかる袂を見るべくとはと、七〔私は〕いと悲しきに、八「御墓へ参り侍る。御ことづけや」（御父上のお墓へ参ります お言伝てはありませんか）と言ひて、彼も〔涙に〕墨染の袂乾く所なきを見て、涙落さぬ人なし。

九日は、初めの七日に、（初七日に〔当り〕）九北の方、女房二人、侍二人出家し侍りぬ。一〇八坂の聖を呼びつつ、一一「流転三界中」とて剃り捨てられしを見る心地、うらやましさを添へて、あはれも言はん方なし。（切なさも言いようもない）一二同じ道にとのみ思へども、一三かかる折節なれば、（こんな場合なので）思ひ寄るべき事ならねば、甲

家人達の出家、仏事・弔問

一 夢でなくては（もう会えないのだ）と、の意。
二 三九頁一四行～四〇頁一三行の辺を指す。
三 私の袖にたまった涙の海よ、三途の川へと流れて行け、せめて、そこに映る父の影だけでも見ようと思うから、の意。「三瀬河」は三途の川の別名。
四 出家の姿を言う。
五 「四品」は四位。「家司」は大臣あるいは三位以上の貴族の家の執事・家令の類。家司で四位は出世である。
六 この部分、やや落着かない。「思ひつらむに」の意にとれば「思ふ」の主語は仲綱となる。
七 こうした出家の姿を見ることになるとはと、の意。仲綱が気の毒になったのである。
八 「御山へ参り侍る。御ことづてや」（『源氏物語』須磨）による。
九 作者の継母。
一〇 四一頁注一九・二〇の「八坂の寺の長老」と同一人。恐らく高齢・高徳の僧である上に、得度受戒の師とも仰いだから「聖」と言ったのであろう。
一一 出家剃髪の折に唱える偈。（俗界に生きるわれわれは）三界すなわちこの娑婆世界を流転して（恩愛のきずなは断つことができない）、の意。輪廻転生の考え方。三三頁注一七参照。
一二 彼女達と同じく出家したい、の意。

斐なきねの[一四]み泣きゐたるに、三七日をばことさら取り営みしに、御所よりもまことしく、さまざまの御とぶらひ[一五]どもあり。御使は一、二日に隔てず承るにも、見給はましかばとのみ悲しきに、京極女院[一六]と申すは、実雄大臣[一七]の御娘、当代の后、皇后宮とて御おぼえも人には異にて、春宮[一八]の御母にておはします上は、御身柄と言ひ御年と言ひ、惜しかるべき人なりしに、常は物怪[一九]にわづらひ給へば、またこの度もさにやなど皆思ひたるに、「はや御事きれぬ」と言ひ騒ぐを聞くにも、大臣の嘆き、内の御思ひ、身に知られていと悲し。

五七日にもなりぬれば、水晶の数珠[二〇]、女郎花の打枝[二一]につけて、「諷誦[二二]に」とて賜ふ。同じ札[二三]に、

[二四]さらでだに秋は露けき袖の上に
昔を恋ふる涙添ふらん

かやうの文[二五]をも、いかにせんともてなし喜ばれしに、「苔[二六]の下にもさこそと、置き所なくこそ」とて、

一三 作者が妊娠していることを言う。
一四 「ね」は、泣くこと、またはその声の意で、「ね(を)泣く」は「泣く」に同じ。
一五 供物の類を指す。
一六 京極院。亀山院后佶子。後宇多院母。洞院実雄女。文永九年八月没、二十八歳。ここも、文脈屈折。
一七 洞院(山階)左大臣実雄。西園寺公経男。この年従一位前左大臣、五十六歳。翌年出家、没。
一八 世仁親王、後の後宇多院。この年六歳。
一九 物怪に悩まされていらしたので、の意。「物怪」は人にとりついて心身を冒し、時には死に至らせる生霊(生きている人の霊)・死霊(死んだ者の霊)の類。
二〇 底本「すゝに」、「に」の左に「こ歟(か)」とあり、諸説あるが、一応衍字で「数珠を」の意と見た。
二一 金銀の造花。
二二 諷誦文(死者の冥福を祈るため僧に読んで貰う文)の布施に、の意。
二三 短冊。同じ枝につけた短冊に、の意。
二四 そうでなくても秋は露で湿りがちな(お前の)袖の上に、父の生前を偲ぶ涙の露が置き添っているだろう、の意。
二五 「御文」の意か。院のお手紙に「御」を脱した例は作中に多い。
二六 苔の下でも、(父が)さぞ感激していることと、まことに恐縮に(存じます)、の意。

思へただ さらでも濡るる袖の上に
　　かかる別れの秋の白露

頃しも秋の長き寝覚は、物ごとに悲しからずといふ事なきに、千万声の砧の声を聞くにも、袖に砕くる涙の露を片敷きて、空しき面影をのみ慕ふ。

露消えにし朝は、御所御所の御使よりはじめ、雲の上人おしなべて、尋ね来ぬ人もなく、使をおこせぬ人なかりし中に、基具大納言一人訪れざりしも、世の常ならぬ事なり。

その折のその暁より、日を隔てず、「心の内はいかにいかに」と訪ひし人の、九月の十日余りの月をしるべに、訪ね入りたり。なべて黒みたる頃なれば、無文の直衣姿なるさへ、わが色に紛ふ心地して、人づてに言ふべきにしあらねば、寝殿の南向きにて会ひたり。昔今のあはれとり添へて、「今年は常の年にも過ぎて、あはれ多かる。袖のひまなき。一年の雪の夜の九献の式、常に逢ひ見よとかや

一 どうか御推察下さい、そうでなくても秋の露で濡れている袖の上に、こうした父との別れの涙の白露が置いているのを、の意。
二 夜中に目がさめて眠れないこと。
三 「八月九月正長夜、千声万声無了時」(『和漢朗詠集』秋、擣衣、白居易)による。
四 上皇(後深草)・天皇(亀山)・東宮その他女院・皇族達の御所からの弔問の使。
五 堀川(源)。当時雅忠と並んで正二位大納言。雅忠の後を襲って氏長者となる。雅忠と権勢の上で対抗心があって、氏長者であった父の死に弔問しなかったのを、作者が非難したもの。
六 この言葉は、作者に対する悔みや見舞であるが、併せて作者に何らかの(例えばかねてからの求愛の)返答(諾否)を求める語のようにもとれる。

曙の来訪

七 「雪の曙」である。
八 後嵯峨院・京極院の喪で天下諒闇のためである。
九 「無文」(無紋とも)は、この場合は黒で、喪服。
一〇 南に面した部分。客には通例南向きで応対する。
一一 「昔」は、あるいは作者の母の死なども含んでいるかも知れない。なお、ここから「曙」の語と見る説もある。
一二 (御父君が私に)いつまでも面倒を見てやって下さいなどとおっしゃったのも、の意。ここの記述から、雅忠が作者の将来を「曙」に託しておいたともと

も、せめての心ざし（格別の御愛情〔の現れ〕と思われます）とおぼえし」など、泣きみ笑ひみ（泣いたり笑ったり）、夜もすがら（一晩中）言ふほどに、明け行く鐘の声聞ゆるこそ、げに逢ふ人からの秋の夜[一三]は、言葉残りて鳥鳴きにけり。（曙）[一四]「あらぬさまなる（一風変った）朝帰りとや、世に（世間で）聞えん（噂するだろう）」など言ひて、帰るさ（帰って行く折の）の名残も多き心地して、

（私）[一五]
別れしも今朝の名残をとり添へて
置き重ねぬる袖の露かな

はした者して（召使の女に命じて〔右の歌を〕）、車へつかはし侍りしかば、

（曙）[一六]
名残とはいかが思はん別れにし
袖の露こそひまなかるらめ

夜もすがらの名残も、誰（た）[一七]が手枕（たまくら）にかと、われながらゆかしき（気になってしまい）ほどに、今日は（〔曙のことが〕）思ひ出でらるる折節、檜皮（ひはだ）[一八]の狩衣着たる侍、文の箱[一九]を持ちて中門の程に（あたりに）たたずむ。彼（曙）よりの使なりけり。いと細やかにて（大層こまごまと書いて〔後に〕）、

（曙）[二〇]
忍びあまりただうたたねの手枕に
露かかりきと人や咎むる

れる。

一三 相手次第で（長くも短くも感じられる）と言う秋の夜は、の意。「長しとも思ひぞ果てぬ昔より逢ふ人からの秋の夜なれば」（『古今集』恋三、凡河内躬恒）、および「秋の夜の千夜（ちよ）を一夜（ひとよ）になせりとも言葉残りて鳥や鳴きなむ」（『伊勢物語』二十二段）による。

一四 男女とも喪服姿で、床にも入らなかったことを指す。

一五 父に別れた悲しみの上に、今朝の名残も加わって、私の袖には涙の露が置き重ねたことです、の意。

一六 私への名残とは到底思えません、お父君に別れたための涙の露が（あなたの）袖に絶え間なくこぼれるのでしょう、の意。恋愛の贈答歌では、相手の訴える恋慕の情を疑いはぐらかすのが通例であった。

一七 誰の手枕で寝たからか（誰と共寝をしたというのでもないのに）と、の意。

一八 檜皮色（ひわだいろ）。黒みがかった蘇芳色。中年以上の者が四季を通じて用いる。

一九 手紙などを入れて運ぶ箱。文箱（ふばこ）。

二〇 思いをこらえかねてちょっと手枕でうたたねをした（一夜を過した）だけなのに、私の袖に（あなたの涙の）露がかかった（二人は結ばれた）と、人が見咎めるでしょうか、の意。「かりそめに伏見の野辺の草枕露かかりきと人に語るな」（『新古今集』恋三、読人知らず）によるか。初句、底本「忍あまり」、「忍ぶあまり」と訓（よ）む説もある。

父の四十九日　乳人の家へ

よろづあはれなる心なれば（万事に悲しい気持だったので）、かやうのすさみごとまでも名残ある心地して（こんなたわいもないやりとりまでも心に残るような気がして）、われもこまごまと書きて、

[一]秋の露はなべて草木に置くものを
　　袖にのみとは誰か咎めん

〔父の〕四十九日には、雅顕少将[二]が仏事、河原院[三]の聖、例の（例によって）「鴛鴦の衾[四]の下、比翼の契り」とかや、これにさへ言ひ古しぬる事果てて後（私達でさえ言い古している文句〔の朗読〕が終った後）、憲[五]実法印〔が〕導師にて、文どもの裏に自ら法華経を書きたりし[六]（父の手紙の裏に私が自身で法華経を書いたのを）、供養せさせなどせしに、三条坊門大納言[七]・万里小路[八]・善勝寺大納言（叔父隆顕）など、聴聞にとておはして、面々にとぶらひつつ（それぞれ悔みを言って）、帰る名残も悲しきに、今日は行き違ひ[九]なれば、〔私は〕乳人[一〇]が宿所、四条大宮なるにまかりぬ。帰る袂の袖の露は、かこつ方なきに（悲しさもやる方なく）、何となく集ひゐて、嘆かしさをも言ひ合せつる人々にさへ離れて、一人ゐたる心の内、言はん方なし（〔乳人の家に〕落着いた心中〔の悲しさ〕は言いようもない）。

さても、いぶせかりつる日数の程にだに、忍びつつ入らせおはして（気の滅入っていた〔中陰の〕日数の間にさえも〔院は〕人目を忍んでお越しになって）、[一一]まして、なべてやつれたる頃なれば（皆が諒闇で無地の喪服を着ている時だから）、色の袂も苦しかるまじければ（黒い喪服も差し支えあるまいから）、

一 秋の露は、一面草木に置くものですから、（あなたの袖がたとえ私の涙で濡れたとしても）あなたの袖にだけ置いたと誰が咎め怪しみましょう、の意。なお、前歌と併せ、濡れた袖を作者の袖と解する説もある。

二 雅忠の子。作者の異母弟。ここは、雅顕主催（施主）の仏事が行われ、の意。

三 前出（四一頁）の「しやう光房」であろう。

四 河原院の聖が読み上げた願文の文句。元来は「長恨歌」による文句だが、次に言うように陳腐になっていたので、「例の」と言ったのである。

五 法印隆承子。安居院の澄憲の曾孫で、安居院流説法の大家。

六 当時故人の供養として、その手紙・和歌など筆蹟の裏に経文を書いて納めること（紙背写経）が、よく行われた。

七 源（中院）通頼。作者の又従兄弟。当時権大納言正二位、四十一歳。

八 源（北畠）師親。作者の又従兄弟。当時権中納言従二位左衛門督、二十九歳。

九 中陰（人の死後四十九日間）の間法要に籠っていた遺族達が、忌明けで解散すること。

一〇 作者の乳母ないしその夫仲綱。四二頁注二参照。

一一 以下、「参るべき」まで、院の意向を記したもの。

一二 底本「いかき五しゆん」。「五十日忌」とすると下の「五旬」と畳語となるが、一応そう解しておく。

五十日忌[一三]五旬過ぎなば参るべき由仰せあれども（四十九日が過ぎたら出仕すべき由）、よろづ物憂き心地（万事気がふさいで）して籠りゐたるに、四十九日は九月二十三日なれば、鳴き弱りたる虫の音も袖の露を言問ひて[一三]、いと悲し。御所（院）よりは、「さのみ里住[一四]みも、いかにいかに（どんなものか）」と仰せらるるにも、動かれねば（〔私は〕動く気がしないので）、いつさし出づ（出仕する）べき心地もせで（という気も起らず）、神無月にもなりぬ。

心のほかの新枕

十日余りの頃（〔十月の〕）にや、また使（〔暁の〕）あり。「日を隔てずも申したきに（日を空けず毎日でもお便りしたいのですが）、御所の御使など見合ひつつ（〔私の使が〕院の御使などと鉢合せしては）、頃とも知らでやおぼしめされんと[一五]、心のほかなる日数積る（心ならずも御無沙汰してしまいました）」など言はるるに、この住まひ（〔乳人の〕）は四条大宮の隅なるが、四条面[一六]と大宮の角の築地[一七]、いたう（ひどく）崩れ退きたる所に（崩れ落ちた所に）、猿取[一八]といふ茨を植ゑたるが（〔それが〕）、築地の上へ這ひ行きて、本の太きがただ二本あるばかりなるを、この使見て、「ここには番の人侍るな（いますね）」と言ふに、「さもなし（そうでもありません）」と人（家人が）言へば、（使）「さてはゆゆしき（絶好の）御通ひ路になり[一九]ぬべし」と言ひて、この茨の本を刀して切りてまかりぬ（根もとを刀で切って行った）と言へば[二〇]、とは何事ぞ（これはどうしたことか）と思へども、必ずさしも思ひ寄らぬほどに[二一]（きっとそうなるとも思っていなかったが）、子一つ[二二]ばか

「いかき」を「忌が期」あるいは「斎籬」すなわち服喪で謹慎している期間と解したり、「斎き」（物忌み）あるいは「忌み」の誤写と見たりする説もある。

一三 （私の）袖の露を（どれほど深いかと）尋ねるようで、の意。

一四 元来、宮仕えの者が実家に下がって暮すことを言うが、ここは乳人の家に滞在していることである。

一五 あなた（作者）が他の男へ心を移したと院に思われて御迷惑だろうと思って、の意。「波越ゆる頃とも知らで末の松待つらむとのみ思ひけるかな」（『源氏物語』浮舟、浮舟の変心をなじった薫の歌）による。

一六 四条大路に面した部分。四条大路側。

一七 土塀。

一八 サルトリイバラ。蔓に堅いとげがあるユリ科の蔓性灌木。ここは、築地の崩れの応急対策に植えたもの。

一九 それでは、私の御主人の恰好なお通い道になるでしょう、の意。「人知れぬわが通ひ路の関守は宵々ごとにうちも寝ななむ」（『伊勢物語』五段）を踏まえる。

二〇 この部分、家人からの報告。その末尾は「まかりぬ」だが、初めは「この使見て」の辺からとも見得る。

二一 「さしも」の「さ」は、ここでは、次のようなこと、の意。作者は家人の報告から何かが起ることは半ば予測したが、それが次頁に記すような男の来訪とは思いもかけなかったのである。

二二 今の午後十一時半ごろ。

りにもやと思ふ（でもあろうかと）月影に、妻戸を忍びて（こっそり）叩く人[一]あり。

　中将といふ童、「水鶏にや。思ひ寄らぬ音かな」と言ひて、開くると聞くほどに、いと騒ぎたる声にて（ひどく驚いた声で）、「ここもとに（そこに）立ち給ひたるが（お立ちの方が）、『立ちながら対面せん（立ったままでお会いしたい）』と仰せらるる」と言ふ。思ひ寄らぬ程の事なれば、何と答へ言ふべき言の葉もなくあきれゐたるほどに（茫然としているうちに）、かく言ふ声をしるべにや（こう言っている童の声を手がかりにか）、やがてここもとへ（早くも私のところへ）入り給ひたり[二]。紅葉を浮き織りたる狩衣に、紫苑[三]にや、指貫の、ことにいづれも[四]なよらかなる姿にて、まことに忍びけるさまもしるきに（人目を忍んでいる様も歴然だったが）、思ひ寄らぬ身の程[五]にもあれば（〔私は情交など〕思いも寄らぬ状態だったので）、「御心ざしあらば（御愛情があるなら）、後瀬の山の後には[六]」など言ひつつ（〔私は〕）、今宵は逃れぬべくあながちに言へば（勘弁して貰おうと強く言ったところ）、「かかる御身の程なれば（〔男〕こんなお体の際ですから）、つゆ御うしろめたき振舞あるまじきを（決してやましい振舞には及ばないつもりですが）、年月の心の色を[七]（長年の思いのたけを）ただのどかに言ひ聞かせん（ゆっくり申し上げたいのです）。よその仮臥[八]は、御裳濯河[九]の神も許し給ひてん」など、心清く誓ひ給へば、例の心弱さは（〔私は〕いつもの気弱さから）、否とも（いやとも）言ひ強り得でゐたれば（強く言い得ないでいると）、夜の御座[一〇]にさへ入り給ひぬ（寝所にまで入っていらした）。

一　この「人」は、従来「曙」と考えられていたが、別の高貴な男のようでもある。注二・解説参照。
二　以下次頁まで、この男の動作には必ず尊敬の「給ふ」を付しており、言動や作者の応対も他の箇所の「曙」や「曙」に対する作者の態度の描写とそぐわず、この主語は「曙」ではなく描かれているとも見られる。
三　表薄紫、裏青（異説もある）。
四　狩衣（上衣）も指貫（袴）も、どちらも糊気のない姿で、の意。衣ずれの音を立てぬための配慮であろう。
五　作者が当時懐妊中であったことを指す。
六　いずれ後には必ず、の意。「かにかくに人は言ふとも若狭路の後瀬の山の後も逢はむ君」（『万葉集』巻四、坂上大嬢）以来の慣用句。
七　感動強意の助詞ともとれる。
八　他人行儀の仮寝。離れてのうたたね。
九　伊勢神宮（内宮）の境内を流れる五十鈴川の別名。従って「御裳濯河の神」は、皇室の祖先神である天照大神のこと。中世では一般にも信仰が厚く、よく起誓に引かれたが、この「男」が皇族であるために用いたとも考えられる。
一〇　寝所。通例宮中の天皇の寝所を言うが、作者は常常院を迎えていたから、また、むしろこの「男」が皇族のような高貴な身分だから、こう呼んだとも考えられる。翌日の条（五二頁一四行）には「寝所」とある。
一一　熱意にほだされ、深く感動することの慣用的表現であるから、「げに」と言ったのである。

長き夜すがら、とにかくに（〔男の〕あれこれと）言ひつづけ給ふさまは、げに（実際）[一一]唐国（からくに）の虎（〔獰猛な〕異国の虎も涙を落しそうな有様で）も涙落ちぬべき程なれば、[一二]岩木ならぬ心には、[一三]身に換へん（わが身に換えよう）とまでは思はざりしかども、心のほかの（思いのほかの）[一四]新枕は、御夢にや見ゆらん（〔院の〕御夢に見えるのではないかと）と、いと恐ろし。

鳥の音（ね）におどろかされて（起されて）、夜深く出で給ふ（〔男が〕暗いうちにお帰りになるのも）も、名残を残す心地して、[一五]又寝にやとまでは思はねども（又寝でもとまでは思わなかったが）、そのままにて臥したるに、まだ[一六]東雲（しののめ）も明けやらぬに、〔男の〕文あり。

[一七]「帰るさは涙にくれて有明の
　月さへつらき東雲（しののめ）の空

いつの程に積りぬるにか（積る思いに）、暮（くれ）までの心づくし、消えかへりぬべきを（消え入ってしまいそうですのに）、なべてつつましき（いろいろ慎しまねばならぬ）[一八]世の憂（う）さも（〔思いやって下さい〕）」などあり。御返事（〔私の〕）には、

[一九]帰るさの袂は知らず面影は
　袖の涙に有明の空

かかるほどには（こうなっては）、[二〇]強（し）ひて（努めて）逃れつる（〔彼を〕避けていたのも無駄になった）甲斐なくなりぬる身の[二一]式（有様も）も、か（誰）

一二 木石ならぬ、人情を解する心。「人非木石皆有情」（白居易、『白氏文集』四）による慣用句。

一三 （院の寵を受けている以上）命をかけて、何もかも捨ててこの人に、の意。「思はざりしかども」は、下文へ、結局心の外の新枕を交わしてしまい、そのことは、と続く。

一四 「男」との初めての情交を指す。

一五 朝、一度起きてまた眠ることだが、多く、愛人を送った後で余情をかみしめ、夢にその面影を慕って、もう一度寝ることを言う。

一六 東の空がかすかに明るくなること。またその時刻や、その時の明るさ（薄明）。「暁」と「曙」の間。

一七 （あなたとお別れしてからの）帰り道は、涙にくれて（いつもなら趣深く見る）有明の月までもつらく思われた夜明けの空でした、の意。

一八 この世の定めのつらさ。「世」は、男女の間柄、の意を含む。二人の間が秘密の仲であることを言う。

一九 あなたのお帰り道の袂はどうであったか存じませんが、あなたの御面影は、有明月のかかる空の下、私の袖に流した涙に浮んでいました、の意。

二〇 「逃れつる」の対象は、一応「男」と見ておく。すなわち、彼は今までに少なくとも間接には、求愛していたと考えられる。ただやや一般的に、院以外の男を、とか、そういう男との密通を、とかにも解し得る。

二一 底本「しき」。「仕儀」ともとれるが、どちらも、様子、定めなどの意。この作品に折々用いられる語。

こつ方なく（にこぼすわけにもいかず）、いかにもはかばかしからじとおぼゆる（あまりよくはあるまいと思われる）行く末も[一]推し量られて、人知らぬ泣く音（ね）も露けき昼つ方、〔院との〕文[二]あり。「いかなる方に思ひなりて（どんなことに心を引かれて）、かくのみ里住み久しかるらん。この頃は、なべて御所[三]ざまもまぎるる方なく（御所の雰囲気も心の紛らしようもなく）、御人少ななるに」など、常よりも細やかなるも、いと[四]あさまし。

男の再訪

[五]暮るれば、今宵はいたく（あまり）更（ふ）かさでおはしたるさへ（夜のふけぬうちにいらしたのも）[六]空恐ろしく、始（はじ）めたる事のやうにおぼえて（めてお会いする間柄のように思われて）、物だに言はれずながら（〔私は〕口もきけなかったが）、[七]乳人（めのと）の入道なども、出家の後は[八]千本の聖の許（もと）にのみ住まひたれば、いとど立ちまじる（以前以上に出入りをする）男子（をのこご）もなきに（なかったが）、[九]今宵しも、（仲綱）「珍らしく里居したるに（家に帰っていますので）」など言ひて、来たり（〔挨拶に〕来た）。[一〇]乳母子（めのとご）ども集（つど）ひゐてひしめくも（さわぐのも）、いとどむつかしきに（いよいようるさい上に）、[一一]御姆（はは）にてありし者は（乳母だった人は）、さしもの（あれほど由緒ある）[一二]古宮（ふるみや）の御所にて生ひ出でたる者ともなく（らしくもなく）、むげに用意なく（ひどく無躾で）、ひた騒ぎに、[一三]今姫君が母代体（ははしろてい）なるがわびしくて（いやになり）、〔私は〕いかなる事かと思へども（どうしたものかと思案したが）、〔家の者に〕「[一四]かかる人の」など言ひ知らすべきならねば、火（灯火）などもともさで（ともさずに）月影見る由して（月を見るふりをして）、寝所（ねどころ）にこの人（男）

一 漠然と、わが身の将来、の意にもとれる。
二 院の手紙である。四五頁注二五参照。
三 「御所も」というのに近いが、「御所」は多く（建物でなく）人を指し、接尾語「ざま」は、その様子・流儀・雰囲気あるいはそこの人々、などの意を表す。
四 元来、あきれたものだ、の意だが、ここは、後ろめたいところを突かれ、何とも答えられない、の意。
五 この段落の男は、前段との続きから前夜の「男」と考えられるが、敬語法などから「曙」らしく見せかけた跡もあると考えられる。
六 「空恐ろし」は、後ろめたく不安な意。今後の自分の運命が不安なのである。
七 仲綱。雅忠の死の直後、出家した。四四頁参照。
八 千本通の北にある大報恩寺。通称「千本釈迦堂」。その聖が誰かは不明。
九 よりによって今宵（その晩）、の意。但し、「今宵しも」を入道の語と見ることもできる。
一〇 乳母（または乳父）の子。仲綱の子供達を指す。
一一 「姆」は、原文「はゝ」。乳母の意。「ばば」と訓むべきかも知れない。
一二 古い宮家。宣陽門院（後白河院皇女）を指す。乳母の母はここに仕えて伊予と呼ばれた女房で、乳母もそこで育ったらしい。一二九頁七行参照。
一三 （『狭衣物語』の）今姫君の母代りの（無教養な）女みたいな様子なのが、の意。
一四 「こうこういう人（「男」を指す）が（おられます

をば置きて、障子の口なる炭櫃(すびつ)に倚(よ)りかかりてゐたる所へ、御姆こそ出で来たれ。あな悲しと思ふほどに、「秋の夜長く侍る。弾棊(たぎ)[一五]しなどして遊ばせ侍らんと、御父(てて)[一六]申す。入らせ給へ」と訴訟顔になりかへりて言ふさまだに、いとむつかしきに、「何事かせまし。誰がしさぶらふ。彼も候ふ」など、継子(ままこ)[一七]・実(じち)の子が名乗(なのり)[一八]言ひ続け、九献(くこん)の式行ふべきことといしいし[一九]、伊予の湯桁[二〇]とかや、数へゐたるも悲しきに、「心地わびしき」などもてなしてゐたれば、「例の、わらはが申す事をば、御耳に入らず」とて立ちぬ。生賢(なまさか)しく、女子(をんなご)[二一]をば近くをにや、言ひならはして、常の居所も庭続きなるに、さまざまの事ども聞ゆる有様は、夕顔の宿り[二二]に踏みとどろかしけん唐臼(からうす)[二三]の音をこそ聞かめとおぼえて、いと口惜(くちを)し。

とかくのあらましごとも、まねばんもなかなかにて漏らしぬるも、念なくとさへおぼえ侍れども、事欠く[二四]もむつかしければ、とくだに静まりなんと思ひて寝たるに、門(かど)いみじく叩きて来る人あり。誰な

〔私は〕　他ならぬ　乳母がやって来た　ああ困った　(乳母)　おいで下さいまし　慇懃無礼に　言う様子さえも　ひどくうるさかったが　(乳母)何をして遊びましょう　誰々　が来ております　宴会　というのか　あれこれ数え立てているの　も情けなく　(私)気分が悪いの　あしらっていると　(乳母)例によって　私の　お聞き入れにならないのですね　利口ぶり　居間も〔私のいる所から〕庭続きなので　聞いているかのようで　あれこれ前から考えていたことも　口に出して言うのも却って気がひけて言わずにおくのも　残念だとも思われましたが　〔皆が〕せめて早く寝静まってほしいと　〔私達は〕

ので〕」などと、の意。

一五 中高の盤の両側に白黒の石を並べてはじき、相手の石に当てて取る遊戯。石はじき。

一六 仲綱を指す。作者からは乳父に当る。

一七 乳母から見て継子すなわち仲綱の先妻の子や自分の生んだ子。

一八 男子の元服後の正式な名。実名。

一九 「以次以次」の音読で、元来は、次々と、の意だが、通例、……以下、……等々、の意。

二〇 伊予（今の愛媛県）の道後温泉の湯の回りに渡す桁(けた)のことで、数の多いたとえ。「十、二十、三十、四十など数ふるさま、伊予の湯桁もたどたどしかるまじう見ゆ」（『源氏物語』空蟬）など、よく引かれる。

二一 「女達を身辺に置いて」というのか、手なずけていて、の意。『狭衣物語』の今姫君の母代（注一三参照）が、女性を大勢身近に集めて乱痴気騒ぎをしていたのを踏まえているか。なお、「女子」は底本「女こ」、これを「女御」と解し、（私、即ち作者が）女御（になるの）を近日のことと毎度（皆に）言いふらして、ととる説などもある。

二二 『源氏物語』夕顔の一場面を踏まえる。

二三 「柄臼(からうす)」で、臼を地面に沈め、てこ仕掛けにした杵(きね)の柄を踏んでつく臼。踏み臼。

二四 底本「ことかく」。満足に行かない、あるいは（「男」への）応対が粗略になる、の意か。または「ことから（事柄）」の誤写で、事態・状況の意か。

らんと思へば、仲頼[一]なり。（〔仲頼〕）「陪膳[二]遅くて」など言ひて、（〔仲頼〕）「さてもこの大宮の角に、故[三]ある八葉[四]の車立ちたるを、うち寄りて見れば、車の中に供の人は一[五]はた寝たり。とうに[六]牛はつなぎてありつる。いづくへ行きたる人の車ぞ」と言ふ。[七]あなあさまし（ああまずいなと）と〔私は〕聞くほどに、例の（例によって）御姆、「何（何の）しにか見せける（ために見させるんだ）。いかなる人ぞと、人して見せよ（人をやって見させなさい）」と言ふ。御父が声にて、「何しにか見せける。人の上ならんに（他人様のことなのに）、よしなし（意味もない）。また、御里居[八]の隙をうかがひて、忍びつつ入りおはしたる人もあらば（人目を忍んでいらっしゃった人でもあるなら）、築地のくづれより『うちも寝なん』[九]とてもやあるらん（などと思っておいでだろう）。懐[一〇]の中なるだに、高きも卑しきも、女はうしろめたなし[一一]（気がもめる）」など言へば、また御姆、「あなまがまがし（まあ縁起でもない）。誰か参り候はん（誰が来ているものですか）。〔院の〕御幸ならば、また何故か忍び給はん」など言ふも（言う声も）、ここもとに聞ゆ（ここまで聞えてくる）。「六位宿世[一二]とや〔院に〕咎められん（叱られましょう）」と、〔乳人の〕御姆なる人言はるるぞ〔私は〕わびしき（切なかった）。子さへいま一人添ひてひしめく（さわぐので）ほどに、寝ぬべき程もなきに（寝ることもできなかったが）、[一三]〔家人に〕聞ゆる物ども出で来たりとおぼしくて（話しておいたものができたらしく）、「こなたへと申せ（こちらへとお呼びしなさい）」とざざめく（ざわついている）。人来て（侍女が来て）[一四]案内すなり。[一五]前なる人、〔姫は〕「御

一 仲綱の末子。亀山帝の蔵人。一九八頁注四参照。
二 （帝の）お給仕が遅くなって。一二頁注六参照。
三 由緒ありげな、りっぱな、の意。
四 網代車（五八頁注五参照）の一種。屋形に八葉（八枚の花弁を放射状に置いた形）の紋をつけたもので、大小あるが、大は大臣・公卿または僧正等の用。
五 このままなら「ぎっしり」の意だが、「一方」（お一人）の誤写とか、「一、はた」で、「一人、また（何とまあ）」の意とかの説もある。
六 「とほ（遠）」の誤写か。筒（車の輻が集まり、中を車軸が通る部分）ととる説や、榻（牛をはずした時に轅を置く台）の音読とする説もあるが、牛のつなぎ方としては不自然である。
七 男が人目を忍んで来たのが、ばれたからである。
八 作者の里居（四九頁注一四参照）。作者が主人筋だから（その上、院の愛人でもある）「御」をつけた。
九 四九頁注一九参照。
一〇 胸に抱いているうちでさえ、赤ん坊の時から、あるいは、どんなに大切に守っていても、の意。なお、この一文を妻（乳母）への非難として、身近にいる者でさえ、ととる説もある。
一一 「うしろめたし」に同じ。不安だ、の意。
一二 元来、六位風情すなわち身分の低い者との結婚のこと。ここは、身分違いの（低い）男を近づけたとでも、の意。「宿世」は宿縁、縁組。「めでたくとも、物の初めの六位宿世よ」（『源氏物語』少女、雲居雁の乳

心地を損じて〔御気分がすぐれませんので〕」と言ふに、内の障子荒らかにうち叩きて、御姆〔乳母〕来たり。今更知らぬ者の来ん心地して〔今更ながら〕、胸騒ぎ、恐ろしきに、「御心地は何事ぞ〔（乳母）御気分はどうしたのですか〕。ここなる物御覧ぜよ[一六]。ならなう[一七]〔さあさあ〕」と、枕の障子〔枕許の〕を叩く。さてしもあるべきならねば〔放ってもおけないので〕、「心地のわびしくて〔（私）気分が悪くて〕」と言へば、「御好みの白物[一八]なればこそ申せ〔（乳母）お好きな……だから申すのです〕。なき折は〔ない時は〕御尋ねある人の[一九]〔おねだりになる方が〕、申すとなれば〔お勧めするとなると〕、例の事[二〇]。さらば、さてよ〔では（どうぞ）御随意に〕」とつぶやきて去ぬ。をかしくもありぬべき言の葉ども言ひぬべきとおぼゆるを〔（平素なら）気のきいた一言二言をやり返すのにと思うが〕、死ぬばかりにおぼえてゐたるに[二一]〔（恥ずかしくて）消え入らんばかりにしていると〕、「御尋ねの白物は何にか侍る〔（男）おねだりの白い物とは何ですか〕」と尋ねらる。霜・雪・霰と優ばむとも〔風流ぶっても〕、まことしく思ふべきならねば〔（男が）本気にしそうにもなかったので〕、ありのままに、「世の常ならず〔（私は）変っていて〕、白き色なる九献〔酒〕を、時々願ふ事の侍るを〔ほしがることがありますのを〕、かく名だたしく申すなり〔大げさに言い立てるのです〕」と答ふ。「かしこく[二二]今宵参りてけり〔（男）今夜はいいところへ来ました〕。御わたりの折は〔（私の所へ）おいでの折は〕、唐土までも白き色を尋ね侍らん〔探しましょう〕」とて、うち笑はれぬるぞ忘れがたきや。憂き節には[二三]、これ程なる思ひ出で、過ぎにし方も行く末も、またあるべしともおぼえずよ[二四]。

母が婿の夕霧の身分の低いのをさげすんだ語）による。
一三 敬語を正確にとれば、「男」に申し上げておいた、となる。また、（この家で）評判の、ととる説もある。
一四 声をかける気配だ、の意。「案内」は声をかけること。終止形につく「なり」は、声・音を聞いてその声・音の主の動作を推測する助動詞。
一五 自分達（作者と男）の前に控えている侍女。
一六 ここでは、「召せ」（召し上がれ）に同じ。
一七 人をうながす語。もしもし、などの意。
一八 後に「白き色なる九献」とあり、白酒と分る。
一九「御尋ねある」（おねだりになることよ）で文を切って、「人」を自分（乳母）の意とし、私が申し上げると、と解する説もあるが、文のリズムから「御尋ねある人の」と続けて解した。
二〇 例によっていらないなんて、の意。
二一 下に、男がいるのでそれもできず、の意を補う。
二二「かしこく」は、主語の動作が結果的に賢明であったのを、追認して言う語。
二三 この一文、一応執筆時の感想と見られるが、必ずしも明快でない。「憂き節には」は、（その後もいろいろ経験した）つらい折々には、と解すべきであろう。また、「これ程」は、前行の「うち笑はれぬるぞ……」から考えて、思い出の常として、今（執筆時）では愉快な（少なくとも、印象深い）位のニュアンスであろう。
二四 底本「覚えはてよ」。「覚え果てず」「覚え、果ては」（次の段落へ続ける）などの訓みもある。

祖母の死

かくしつつあまた夜も重なれば、心にしむ節々もおぼえて、いとど思ひ立たれぬほどに、神無月二十日頃より、母方の祖母権大納言わづらふ事ありといへども、今しも露の消ゆべしとも、見る見るおどろかで侍るほどに、幾程の日数も積らで、「はや果てぬ」と告げたり。東山禅林寺、綾戸といふわたりに家居して、年頃になりぬるを、今日なん今はと聞き果てぬるも、夢のゆかりの離れ果てぬるさまの心細き、うち続きぬるなどおぼえて、

秋の露冬の時雨にうち添へて
　しぼり重ぬるわが袂かな

この程は御訪れのなきも、わが過ちの空に知られぬるにやと案ぜらるる折節、「この程の絶え間をいかにと」など、常よりも細やかにて、この暮に迎へに給ふべき由見ゆれば、「一昨日にや、祖母にて侍りし老人、空しくなりぬと申すほどに、近き穢れも過ぐしてこそ」など申して、

一 このようにして（乳母の家で秘密の男を通わせて）、の意。
二 院への出仕、すなわち院の御所へ戻ることを。
三 作者の外祖父四条隆親の妻の一人と考えられるが、あるいは善勝寺隆顕や作者の母の母か。
四 通称永観堂。京都市左京区永観堂町、南禅寺の北にある。
五 今の南禅寺門前の地。
六 （この世は仮の世で、俗世の縁は夢の縁と言うが）その夢のような俗縁の切れてしまった有様の心細いことが、の意。
七 （今年は）秋の露、冬の時雨と言うように、秋にははかない父の死、また冬に入っては悲しい祖母の他界と、引き続いて、涙をしぼることの重なる私の袂であることよ、の意。
八 院からのお便り。
九 先日来の「曙」や「男」との密会を指す。
一〇 「空」は元来神のいる所で、ここも「空恐ろし」（五二頁注六参照）などの場合と同じく、（自分の罪が）神に知られて、のニュアンスを含む。
一一 近親の服忌。
一二 御推察下さい、この秋には父を失った悲しみの涙の露に濡れ、今また時雨の冬になって祖母を失って、時雨のように降り落ちる涙に濡れている私の袂を、の意。「過ぎにし秋の露」は、前歌と同じく父の死が秋（八月）であったことも含んでいる（注七参照）。

つかのまの出仕

(私)思ひやれ[一二]過ぎにし秋の露にまた
涙しぐれて濡るる袂を

たちかへり、（折返しすぐに）

(院)重ねける[一三]露のあはれもまだ知らで
今こそよその袖もしをるれ

十一月の初めつ方に参りたれば、（〔院の御所へ〕）いつしか[一四]世の中[一五]もひき変へたる[一六]（変ってしまった）心地して、大納言（〔一方〕父雅忠）の面影もあそこここにと忘られず、身も何とやら（わが身も何やら）ん振舞ひ[一七]にくきやうにおぼえ、女院[一八]の御方ざまもうらうらともおは[一九]（おだやかでもいらっしゃらず）しまさず、とにかくに物憂きやうにおぼゆるに、（何かにつけて気が重くいやになってしまったが）兵部卿[二〇]・善勝寺（隆顕）などに、(院)「大納言がありつる折のやうに、（雅忠が生きていた時のように）見沙汰して候はせよ。（後見して仕えさせよ）装束などは、上へ参るべき物にて」（上納品で〔ととのえてやれ〕）など仰せ下さるるは、畏き[二一]仰せ言なれども、ただとくして[二二]（早く）世の常の身になりて、（ふつうの体になって）静かなる住まひをして、父母の後生をも弔ひ、六趣[二三]を出づる身ともがなとのみおぼえて、（俗世間を離れて仏道修行の身となりたい）またこの月の末には出で侍りぬ。（〔御所を〕退出しました）

一三 引き続いたという近親者との死別の悲しみも、まだよく知らずにいたが、（そう聞いた）今は、他人の私の袖も同情の涙に濡れることだ、の意。「まだ」は「また」と訓んで軽い強意・整調と見ることもできる。
一四 通例、早く、早くも、の意だが、ここはそのニュアンスを含み、いつの間にか、の意。
一五 具体的には、院の御所の様子を指す。
一六 底本「ひきかへたき」で、宮廷生活も切り替えてしまいたい、と解する説もある。いずれにしても、「心地して」の次に「一方」などと補わないと下へ続きにくい。
一七 かなり長い間御所を下がっていたため、勝手が違う上に、後見していた父を亡くしたことによって作者の立場も変り、その上身重の体のため、窮屈で動きにくく、場違いな感じがするのである。
一八 東二条院。後深草院の正妃。「女院の御方ざま」（女院の御あたり）は、「女院」に同じ。
一九 作者と東二条院との仲は、以後次第に険悪になる。なお、「おはしまさず」で文を切ってもよい。
二〇 四条隆親。作者の外祖父。この年七十歳。
二一 恐れ多いお言葉。
二二 出産をすませることを指す。
二三 地獄・餓鬼・畜生・修羅・人間・天上の六つの迷いの世界。六道とも言う。「六趣を出づ」とは、この迷いの世界を出て悟りの世界に入ること。

醍醐の勝倶胝院の真願房は、ゆかりある人なれば、まかりて法文をも聞きてなど思ひて侍れば、「煙をだにも」とて、柴折りくべたる冬の住まひ、筧の水の訪れもとだえがちなるに、年暮るる営みも、あらぬさまなるいそぎにて過ぎ行くに、二十日余りの月の出づる頃、いと忍びて御幸あり。網代車のうちやつれ給へるものから、御車の尻に善勝寺ぞ参りたる。「伏見の御所の御程なるが、只今しもおぼしめし出づる事ありて」と聞くも、いつあらはれてとおぼゆるに、今宵はことさら細やかに語らひ給ひつつ、明け行く鐘に催されて立ち出でさせおはします。

有明は西に残り、東の山の端にぞ横雲渡るに、むら消えたる雪の上にまた散りかかる花の白雪も、折知り顔なるに、無文の御直衣に同じ色の御指貫の御姿も、わが鈍める色に通ひて、あはれに悲しく見奉るに、暁の行ひに出づる尼どもの、何としも思ひ分かぬが、あやしげなる衣に、真袈裟などやうの物、気色ばかり引きかけて、

（〔行って〕みますと／年末の用意も／世間一般とは異なった準備で／〔院の〕／質素にしていらっしゃるものの／隆顕／〔隆顕〕／伏見の御所に御滞在中だが／ほんの今〔あなたのことを〕思い出しなさることがあって／〔院は〕／うながされて／〔の月〕／〔黒の〕／私の／勤行／何とも分別のない連中が／形ばかり）

醍醐へ　院の訪問

一　京都市伏見区にある真言宗の大寺院。山の上と下とに院坊があり、それぞれ上醍醐・下醍醐と言う。勝倶胝院は、下醍醐にあった念仏道場。今の一言寺の境内と言う。

二　勝倶胝院の院主（庵主）の尼僧。久我家の縁者か。醍醐寺文書によれば信願とあり、建長四年以来院主。

三「さびしさに煙をだにも断たじとや柴折りくぶる冬の山里」（『後拾遺集』冬、和泉式部）による。

四「年暮れしその営みは忘られてあらぬさまなるいそぎをぞする」（『山家集』、『西行物語』上、『玉葉集』雑一、西行）による。

五　牛車の一種。屋形の前後の上方と左右に網代を張ったもの。大臣・納言等は略式用、四位以下は常用。

六　伏見（現在、伏見区桃山の辺）にあった持明院統の離宮。伏見殿。醍醐からは近い。なお、以下の語の話者は自敬表現を含んだ院ともとれるが、次行に「承る」でなく「聞く」とあり、隆顕と見ておく。

七（私がここに居ることが）いつ露顕して（知られたのか）と、の意。

八「明け行く鐘」「有明（の月）」「横雲」などは、作者が愛人との後朝の別れを描写する折に好んで用いる素材。二二頁四行以下・一九〇頁四行以下等参照。

九（院の還幸を見送るという）場合を心得ているかの様子で、この場に一層の風情を添える風で、の意。

一〇　四六頁注九参照。後嵯峨院の喪中のためか。

一一　喪服の濃い鼠色を言う。

「晨朝[14]下り[15]侍りぬ。誰がし房[16]は、何阿弥陀仏」など呼びありくも、うらやましく見ゐたるに、北面の下臈どもも、皆鈍める狩衣にて、御車さし寄するを見つけて、今しもことあり顔に逃げかくるる尼どももあるべし。「またよ」とて出で給ひぬる御名残は、袖の涙に残り、うちかはし給へる御移り香は、わが衣手にしみかへる心地して、行ひの音をつくづくと聞きゐたれば、「輪王[17]位高けれど、終には三途[18]に従ひぬ」といふ文を唱ふるさへ耳につき、回向[19]して果つるさへ名残惜しくて、明けぬれば文あり。「今朝の有明の名残は、わがまだ[20]知らぬ心地して」などあれば、御返しには、

曙の訪問

君[21]だにもならはざりける有明の
面影残る袖を見せばや

雑

年の残りも今三日ばかりやと思ふ夕つ方、常よりも物悲しくて、主[22]の前にゐたれば、「かく程のどかなる事、またはいつかは」など言ひて、心ばかりはつれづれをも慰めんなど思ひたる気色にて、物

一二（事態を）院の御幸とも見分けられぬ連中が、と解することもできる。
一三 山伏の着る結袈裟の類と言う。粗末な袈裟。
一四 明け六つ（日の出時）、またその時に行う勤行。ここは、六時念仏（一日を六回に分け、晨朝・日中・日没・初夜・中夜・後夜に行う）の一か。
一五（終えて）下がって来ました、の意。（時刻が）過ぎましたよ、と解する説もある。
一六 誰々房さんは（どうなさいました）、何阿弥陀仏さん、の意。尼が互いに交代者を呼び出す声。誰それ坊の何阿弥陀仏さん、と解する説もある。
一七『浄業和讃』無常讃に類句がある。転輪聖王は位は高いけれども、結局は三途（三悪道）を逃れ得ない、の意。
一八 三悪道。地獄道・餓鬼道・畜生道。
一九「廻向」とも書く。自分が修めた功徳を転じて他の人々に向わせるよう祈ること。ここは、そうした内容の回向文を唱えること。勤行は回向文を唱えて終る。
二〇「いにしへもかくやは人のまどひけむわがまだ知らぬ東雲の道」（『源氏物語』夕顔）による。
二一 上皇様さえ慣れておられない（まだ知らなかったようだ）とおっしゃる有明の別れに、上皇様の御面影が残って涙に濡れている私の袖をお見せしたいものです、の意。第四句は、涙の雫に院の面影が（幻となって）映る、ともとれる。
二二 院主の真願房。

語して、年寄りたる尼達呼び集めて、過ぎにし方の物語などするに、前なる槽[一]に入る筧の水も、氷り閉ぢつつ物悲しきに、向ひの山に薪こる斧の音の聞ゆるも、昔物語[二]の心地してあはれなるに、暮れ果てぬれば、御灯[三]の光どもも面々に見ゆ。「初夜[四]行ひ、今宵はとくこそ」など言ふほどに、そばなる妻戸を忍びてうち叩く人あり[五]。「あやし、誰ぞ」と言ふに、おはしたるなりけり。

「あなわびし。これにては、かかるしどけなき[六]振舞も、目も耳も恥づかしくおぼゆる上、かかる[七]思ひの程なれば、心清くてこそ仏の行ひもしるきに、御幸[八]などいふは、さる方にいかがはせん、すさみごとに心汚くさへは、いかがぞや[九]。帰り給ひね」など、けしからぬ[一〇]程に言ふ。折節、雪いみじく降りて、風さへ烈しく、吹雪とかや言ふべき気色なれば、「あな耐へがたや。せめては内へ入れ給へ。この雪やめてこそ[一一]」など言ひしろふ。主の尼御前達、聞きけるにや、「いかなるけしからず、情なさぞ。誰にても、おはしますべき御心

談して　過ぎ去った昔の話などしていると　庭先の　あちこちに　〔今頃〕変ね　誰かしら　〔曙が〕　（私）ああ困った　ここでは　こんな　ふしだらな振舞は　〔人の〕目も耳も憚られます上に　仏道修行の効験もあるので　院の御幸などは　それはそれで致し方ありませんが　たわむれごとで心を汚してまでいては　お帰り下さい　風までもはげしく　吹雪とでも言えそうな気配になったので　（曙）ああ　たまらない　この雪を　待って　〔帰るから〕　〔私と〕言い争う　何と　無茶で　薄情なんでしょう　どなたにせよ　おいで下さろうというお気持

一　水槽の類。

二　単に、昔の物語にあるような情景といった意味で、特にどの物語を指すと言うのではあるまいが、「筧の水も氷り閉ぢつつ」は、『むぐらの宿』にそうした場面があったと『風葉集』雑三に見える。

三　仏前に立てる灯明。

四　初夜のお勤め（勤行）は、今晩は早目に（しましょう）、の意か。「初夜」はほぼ今の午後八時頃（五九頁注一四参照）。なお、「初夜行ひ」を地の文と見ることもでき、そうすると「今宵はとくこそ」の下には「休みましょう」とでも補うことになる。

五　この段落に登場する男は、情景や敬語法から考えて「雪の曙」と見られる。

六　男との密会を指す。院の来訪は許しているのだから、単に男の訪問を受ける不謹慎ではあるまい。

七　こうした（尼寺に籠るという）敬虔な気持でいますから、の意。

八　この部分（「いかがはせん」まで）挿入句。

九　元来は、どんなものだろうか、の意だが、懐疑から婉曲に拒否を表すことが多い。

一〇　「けしからぬ」の原義から、常軌を逸した位に、（ふだんの私なら）考えられぬほどきつく、の意か。なお、下の「言ふ」は、「折節」へ続けてもよい。

一一　事実としては「やみてこそ」に同じだが、この雪をやり過してから、といったような気持で、他動詞の「やむ」（下二段活用）を用いたのであろう。

ざしにてこそ、ふりはへ訪ね給ふらめ。山颪(おろし)の風の寒きに、何事ぞ」とて、妻戸外(はづ)し、火など起したるにかこちて、やがて入り給ひぬ。

雪はかこち顔に、峯も軒端(のきば)も一つに積りつつ、[一二]夜もすがら吹き荒るる音もすさまじとて、明け行けども起きもあがられず、慣れ顔なるも、なべて[一三]空恐ろしけれども、何すべき方なくて案じゐたるに、日高くなる程に、さまざまの事ども用意して、伺候の者二人ばかり来たり。[一四]あなむつかしと見るほどに、主(あるじ)の尼達の[一五]取り散らすべき物など分かちやる。「[一六]年の暮の風の寒けさも忘れぬべく」など言ふほどに、念仏の尼達の袈裟・衣、仏の手向(たむけ)[一七]になど思ひ寄らるるに、「いよいよ[一八]山賤(やまがつ)の垣ほも光出で来て」など面々に言ひ合ひたるこそ、[一九]聖衆(しやうじゆ)の来迎(らいかう)より外(ほか)は、君の御幸(みゆき)に過ぎたるやあるべきに、いとかすかに見送り奉りたるばかりにて、「ゆゆし」「めでたし」など言ふ人もなかりき。「言ふにや及ぶ。かかる事やは」[二〇]とも言ふべきことは、

一二「夜もすがら……すさまじ」は、「曙」の語、それも必ずしも正確な直接話法ではない引用であろう。

一三 院の目を忍ぶ密会の相手の「曙」が、こんなに大胆なことが後ろめたく、またそれから思われる将来の自分の運命が不安で、恐ろしいのである。

一四「曙」との秘密の仲が、露顕して行くからである。

一五 めいめいが取る（貰う）べき物、の意か。一説に、日用品。

一六 以下二行難解。「年の暮の……」を「曙」の語として、……お忘れになるよう、ととる説もあるが、敬語法から、尼達の語と見ておく。

一七 供養になるだろうなどと（見ていて私には）思われるが、の意と解して、作者の感想と見ておくが、「思ひ寄る」を、思って寄進する、の意として、供養になどと言って（曙が）寄進なさると、ととることもできる。なお、「念仏の尼達の……光出で来て」を一続きに院主もしくは尼達自身の語と見る説もある。

一八「山賤」は山里に住む人。ここは醍醐の院主ないし尼達が、自分達を謙遜して言ったもの。なお、この部分、『源氏物語』若紫の影響があるか。

一九 西方極楽浄土からの仏・菩薩の来迎。阿弥陀如来が観音・勢至以下二十五菩薩や多くの天人などを率いて念仏者の臨終に迎えに来るとされた。

二〇 このあたり、文脈が屈折しており、「言ふべきことは」の次に「誰も言わず」とか「何も言われないで」とかを補うべきである。

只今の賑(にぎは)はしさに【豪華さに】、誰も誰もめでまどふさま【喜び夢中になっている様子は】、世のならひもむつかし【世のならいとは言え情けない】。〔私には〕春待つべき装束【正月用の衣裳の】、華やかならねど、縹(はなだ)にや、あまた重なりたるに【何枚も重ねてあるのに】、白き三つ小袖【三枚一組の】取り添へなどせられたるも、一よろづ聞く人やあらんとわびしきに、今日は日暮し【一日中】九献にて【酒宴で】暮れぬ。

明くれば、〔曙〕二「さのみも」とて帰られしに【と言ってお帰りになった際】、三「立ち出でてだに見送り給へかし」【せめて縁先へでも出て見送って下さい】と〔曙に〕そそのかされて起き出でたるに【うながされて起き出たところ】、ほのぼのと明くる空に、四峯の白雪光りあひて、すさまじげに【寒々とものさびしく】見ゆるに、五色なき狩衣着たる者二、三人見えて【現れて】、〔曙の〕帰り給ひぬる名残も、また忍びがたき心地するこそ【何とも耐えがたく思われるのは】、われながらうたておぼえ侍りしか【情けなく思われました】。

晦日(つごもり)には、六あながちに【強引に】七乳人(めのと)ども、八「かかる折節【このような折に】、山深き住まひも九いまいまし【よろしくありません】」など言ひて迎へに来たれば、〔私は〕心の外(ほか)に都へ帰りて、年一〇も立ちぬ【新年になった】。

よろづ世の中も一一栄(は)えなき年なれば【晴れやかさのない年なので】、元日一二元三(ぐわんさん)の雲の上もあいなく【宮中もつまらなく】、一三私の袖の涙も改まり、やる方もなき年なり【どうにもならぬ新年である】。春の初めには【新年早々には】、〔いつも〕いつし【早々と】

一 （私達の秘密の仲を）万事聞いて（知って）しまう人があるだろうと切ないが、の意。
二 そんなに長くもいられない、の意。
三 この部分、二二頁一〜五行に類似の描写がある。
四 この情景から、「雪の曙」の称が出たと思われる。
五 恐らく白色であろう。諒闇のためとの説もあるが、むしろ身分的なものか。
六 次行の「迎へに来たれば」にかかる。
七 底本「めのと」。「乳母」とも解し得る。
八 新年を迎えることを指すとも考えられるが、恐らく、身重の体であることを指すのであろう。
九 元来、不吉だ、の意。
一〇 文永十年（一二七三）、作者十六歳になった。
一一 「映え」と宛ててもよい。諒闇のため、ぱっとしないことを言ったもの。
一二 元日（年・月・日の三つの初め）のことも言うが、ここは三が日のこと。
一三 私自身の（父を失った悲しみの）袖の涙も年を越して新たに溢れ、の意。
栄えなき年
一四 ここは、作者の属する源氏の氏神、石清水(いわしみず)八幡宮。
一五 父の喪中のため。また当時は懐妊中も参拝は禁じられていた。
一六 「うば玉」は、ここでは「夢」に同じ。夢に見た父の面影（のこと）は、の意。なお、この文面によれば、この夢のことは別に記したとあるが、現存していない。ただ、当時一般に夢想を記す習慣があり、作中に他にもこうした断りが見えるので、執筆は実際に行われたのであろう。

一七 底本は「よゐ」。「十日余日」（十日過ぎ）の意かとも考えられる。一一二頁注三参照。

一八 具体的には、後嵯峨院の諒闇のためとも、大覚寺統や鎌倉幕府との関係が面白くないためとも言うが、そのほかに、院が作者を疎んずる東二条院に責められていたとも考えられる。

一九 仁和寺性助法親王。三一頁注一四参照。

二〇 二五頁注二二参照。

二一 「鳴滝にては延命供とかや」の意。「鳴滝」は葛野郡（現在、右京区鳴滝）の般若寺。ここは四条隆親弟隆助か。「延命供」は普賢延命菩薩を本尊とする延命の祈禱。

二二 上京の出雲路（今の相国寺の東）にあった寺。ビシャモンドウとも言う。その僧正は経海。

二三 七仏薬師の法。二五頁注一八参照。

二四 北畠雅家（雅忠の従弟）子。後に天台座主。

二五 聖観音を本尊とする修法。「請観音の法」（請観音経による修法。疫病の時修する）と解する説もあるが、当時の記録から「聖観音の法」と解した。

二六 雅忠弟。権僧正。石山座主。また当時醍醐座主。

二七 父方の叔母か。後深草院に初め新典侍、後に大納言典侍として仕えた。後出（七四頁一〇行）。

二八 この部分、文脈が屈折しているようである。

皇子出産

か参りつる（参拝していた）神の社[14]も（神社も）、今年[15]は叶はぬ事なれば、門の外まで参りて祈誓申しつる心ざしより（お祈り申した心の内をはじめ）、うば玉[16]の面影は別に記し侍れば、これには（ここには省いた）漏らしぬ。

二月の十日、宵[17]の程に、その気色（出産の気配）出で来たれば、御所ざまも（院も）御心[18]むつかしき折から（心の晴れぬ折であり）、私もかかる思ひの程なれば（こんな（悲しい）気持の時なので）、よろづ栄えなき折なれど（万事ぱっとしない折であるが）、（叔父の）隆顕大納言取沙汰して（手配して）、とかく言ひ騒ぐ（あれこれ指示する）。御所よりも（院からも）御室[19]へ申されて、御本坊にて愛染王[20]の法。鳴滝[21]、延命供とかや。毘沙門[22]堂の僧正、薬師[23]の法。いづれも（それぞれの）本坊にて行はる。わが方ざまにて（私の家の方では）親[24]源法印、聖観音[25]の法行はせなど、心ばかりは営む。七条の道朝[26]僧正、折節峯より出でられたりしが（丁度吉野の大峯から出て来られたところだったが）、「故大納言、心苦しきことに言ひ置かれしも忘れがたく」（雅忠卿が（あなたのことを）気がかりだと言い残しておられたことも忘れられずに）とて、（私の所へ）おはしたり。

夜中ばかりより、ことにわづらはしく（苦しく）なりたり。叔母の京極[27]殿、（院の）御使とておはしなど（おいでになるなど）、心ばかりはひしめく（いくらか騒がしくなる）。兵部卿（祖父隆親）もおはしなどしたるも、あらましかばと思ふ（（父上が）存命だったらと）涙[28]は、人に倚りかかりてちとまどろみ（ちょっとうとうとし）

たるに、昔ながらに変らぬ姿にて、心苦しげにて後[一]の方へ立ち寄るやうにすと思ふ程に、皇子誕生と申すべきにや、事故なくなりぬるはめでたけれども、それにつけてもわが過ち[二]の行く末いかがならんと、今始めたる事のやうにいとあさましきに、御佩刀[三]など忍びたるさまながら、御験者[四]の禄など、ことごとしからぬさまに、隆顕ぞ沙汰し侍る。昔ながらにてあらましかば、河崎[五]の宿所などにてこそあらましかなど、よろづ思ひつづけらるるに、御乳の人が装束など、いつしか隆顕沙汰して、御弦打[六]いしいしの事まで数々見ゆるにつけても、あはれ[七]今年は夢沙汰[八]にて、年も暮れぬるにこそ。晴れがましくわびし[九]かりしは夢の疵[一〇]、弓弦打[一一]、よろづの人に身を出して[一二]見せしことぞ。神の利益[一三]もさしあたりては、よしなきほどにおぼえ侍りしか。

扇に油壺の夢

十二月には、常は神事何かとて、御所ざまはなべて御暇なき頃なり。私にも、年の暮は何となく行ひをもなど思ひてゐたるに、あい[一四]

一 当時は座産で、後ろから支えた。
二 「曙」や例の「男」との密通を指す。
三 皇子誕生の折、父の、帝または上皇から賜る剣。
四 加持祈禱をする僧。「禄」は謝礼・褒美の品。
五 父の生前の住居。一三頁注一七参照。
六 出産の折などに、矢をつがえずに弓の弦を弾き鳴らして悪魔を追い払う儀式。
七 以下、文脈が乱れている。誤脱あるか。
八 夢の事件（父の夢想など）、の意か。夢の話、または夢のような騒ぎ、ともとれる。
九 「びびし（美々し）」の誤写とする説もあるが、このままで、晴れがましくもつらかったのは、と解した。
一〇 底本「ゆめのきすゆつち」。一応下のように宛てておくが、「疵」は不明。あるいは注八のような意か。「ゆめのことゆへに」の誤写かとする説もある。
一一 注六の「弦打」に同じ。
一二 底本「いたして」。「致して」とも解し得るが、いずれにせよ不明確。自分の本当の姿（「曙」や「男」との密会など）を皆に見られた、の意か。素朴に、出産の場面を皆に見られた、の意にもとれる。「見せしことぞ」を「見せしことこそ」の誤りとする説もあるが、ここで文末と見ておく。
一三 底本「りやう」。「利養」とする説もあるが、落着かない。また、この文末を「おぼえ侍りしが」として次の段落へ続ける解もある。

なく言ひならはしたる（情がないと）十二月（しはす）の月をしるべに、また思ひ立ちて、[15]夜もすがら語らふほどに、〔まだ〕[16]やもめ鴉（がらす）の浮かれ声など思ふほどに、（曙）「明け過ぎぬるもはしたなし（体裁が悪い）」とてとどまりゐ給ふも、〔院に知られそうで〕空恐ろしき（恐ろしい気がしながら）心地しながら、向ひゐたるに、〔院の〕文あり。いつよりもむつまじき（愛情のこもった）御言の葉多くて、

（院）「[17]うば玉の夢にぞ見つる小夜衣（さよごろも）

あらぬ袂（たもと）を重ねけりとは

[18]さだかに見つる夢もがな（はっきりと見た夢だったらなあ）」とあるもいとあさましく（まことに言葉もなく）、〔院は〕何をいかに見給ふらん（どう御覧になったのだろう）とおぼつかなくもおぼゆれども（と気がかりにも思われたけれども）、[19]思ひ入り顔にも（思い当るふうにも）何とかは（とうてい）申すべき（申せない）。

（私）[20]ひとりのみ片敷きかぬる袂には

月の光ぞ宿り重ぬる

われながらつれなくおぼえしかども（あつかましいとは思われたけれど）、申しまぎらかし侍りぬ（言い紛らわして御返事しました）。

今日はのどかにうち向ひたれば（[21]のんびり〔彼と〕向い合っているので）、さすが里の者どもも、女のかぎ（女達は皆知っ）

一四『源氏物語』槿（あさがお）・総角（あげまき）『狭衣物語』『枕草子』などに、十二月の月を情趣のないものとしている。

一五 下に「おはしたり」と補うとわかりやすい。この男は、一応「曙」と考えられるが、懐妊・出産という後への展開から、「男」と見る説もある。七〇頁注一〇参照。

一六「可憎（あなにく）の病鵲（へいしやく）のやもめがらすや、半夜（よなか）に人をおどろかす……」（『魚山本朗詠要抄』、もとは『遊仙窟』の句）による。やもめ鴉は淋しがって夜半から明け方にかけて寝ぼけて鳴くと言う。従ってここは、まだ夜半と思っているうちに、の意。なお、「やもめ鴉の……」からを「曙」の語と見ることもでき、その場合は、（夜明け前に帰ろうと思ったが）まだ夜半と思っているうちに、その時刻を過し、の意となる。

一七 夢に見たぞ、（お前が）私以外の男と枕を交わしたと、の意。

一八「夢」を将来のこととして、（夢に見たことを）はっきり知りたいものだ、ととる説もあるが、語法上は困難。

一九 この語も難解。原義は、考え込んだ様子、だが、心配そうに、あるいは、（「曙」が）思案顔なのにつけても、ととることもできる。

二〇 一人きりで、寝るのも淋しくつらい私の袂には、月の光が毎晩宿っています、の意。「片敷きかぬる」は、片敷く（一人で寝る）ことさえもしかねる意。

二一 主語は「曙」と見ることもできる。

一 ここも難解。思いを口(胸)に含み、の解もある。
二 塗骨(漆塗の骨)に松を蒔絵にしてある扇。それに油壺を入れて、と言うのは、油壺を添えて、の意か。いずれにしても性的な夢。
三 文永十一年(一二七四)。作者十七歳。
四 六条西洞院にあった御所。邸内に長講堂があった。後白河院の仙洞御所を後深草院が伝領したもの。但し文永十年十月に焼失(同十二年四月再建)しているから、ここは記憶違いまたは虚構と見られる。
五 経を書写する者。経生。
六 一定の作法で書写する経。通例法華経。
七 通説には「去年」は「一昨年」の誤りで後嵯峨院の崩御を指すとするが、前年に両統間の皇位継承などのいざこざがあったと推測する説もある。文永十年五月には亀山帝が後院(七四頁注三参照)を置いて譲位後も院政を執る姿勢を示しており、東宮(後の後宇多院)もまだ若くて(七歳)、後深草院の皇統が帝位に即く当てもはっきりしていなかったし、血写経(注九参照)をしたという点からは、この説も一考に値する。
八 塗籠の物をその費用に当てて、の意。「塗籠」は周囲を壁で塗り込めた室で、寝所や納戸として用いる。
九 血書をしたわけである。血写経は求法心の強いときや特別の祈願のとき行われた。
一〇 御筆蹟の紙を裏返して、の意。いわゆる紙背写経(四八頁注六参照)で、故後嵯峨院の供養ならば、そ

りは知り果てぬれども、かくなど言ふべきならねば、[一]思ひむせびて過ぎ行くにこそ。さても今宵、[二]塗骨に松を蒔きたる扇に銀の油壺を入れて、この人の賜ぶを、人に隠して懐に入れぬと夢に見て、うちおどろきたれば、暁の鐘聞ゆ。いと思ひがけぬ夢をも見つるかなと思ひてゐたるに、そばなる人、同じさまに見たる由を語るこそ、いかなるべき事にかと不思議なれ。

作者罪の子を懐妊

[三]年返りぬれば、いつしか[四]六条殿の御所にて、[五]経手十二人にて[六]如法経書かせらる。[七]去年の夢、名残おぼしめし出でられて、人のわづらひなくてとて、[八]塗籠の物どもにて行はせらる。正月より、[九]御指の血を出して、[一〇]御手の裏をひるがへして法華経をあそばすとて、今年は、正月より二月十七日までは[一一]御精進なりとて、[一二]御傾城などいふ御沙汰、絶えてなし。

さるほどに、二月の末つ方より心地例ならずおぼえて、物も食はず。しばしは風邪など思ふほどに、やうやう見し夢の名残にやと思

ひ合せらるるも（候かと思い当るけれども）、何と紛らはすべきやうもなき事なれば（どうごまかす方法もないことなので）、せめての（重大な）罪の報いも思ひ知られて、心の内の物思ひやる方なけれども（悩みはやり場もなかったが）、かく（身ごもったとは到底）ともいかが言ひけん[一三]。神業（かみわざ）[一四]に事づけて（かこつけて）、〔私は〕里がちにのみゐたれば、〔曙は〕常に来つつ（やって来て）、見知る事も（気づくことも）ありけるにや、〔曙〕[一五]「さにこそ（そうか）」など言ふより（言って以来）、いとどねんごろなるさまに（いよいよ思いやりの深い様子で）言ひ通ひつつ、〔曙〕「君に知られ奉らぬわざもがな（院に知られないですます方法があったらなあ）」と言ふ。[一六]祈りいしいし（祈禱など次々と）心を尽すも、[一七]誰（た）が咎（とが）とか言はんと思ひ続けられてあるほどに（いるうちに）、二月の末よりは、〔私は〕御所ざまへも参り通ひしかば（院の御所へも出仕したので）、五月の頃は、[一八]四月（よつき）ばかりの由を（四か月程と）〔院は〕おぼしめさせたれども（思っていらっしゃったけれども）、まことには（本当は）六月（むつき）なれば（六か月なので）、違ひざまも行く末いとあさましきに（先行きまことに困ったものだったが）、六月七日、〔曙が〕「里へ出でよ（退出せよ）」としきりに言はるれば、何事ぞと思ひて出でたれば（退出したところ）、[一九]〔曙〕帯を手づから（自身で）用意して、〔曙〕「[二〇]ことさらと思ひて。[二一]四月にてあるべかりしを（四月にすべきだったのに）、世の恐ろしさに今日までになりぬるを（世間の目も恐ろしいので今日になってしまったが）、[二二]御所（院）より十二日は着帯の由聞くを（聞いたので）、[二三]ことに思ふやうありて」と言はるるぞ、〔曙の〕心ざしもなほざりならずおぼゆれども（愛情も並み並みならぬものと感じられるが）、〔わが〕身のなり行かん果（はて）ぞ、悲しくお

の筆蹟。

一一 精進潔斎。この部分、次に出てくる作者の腹の子が院の胤（たね）ではないことをあらかじめ示す伏線。

一二 美女。ここは美女を近づけること。

一三 口に出せなかった、の意。底本「いひけん」。執筆時の回想と見ておくが、「いひ出ん（言ひ出でん）」の誤写とする説もあり、その方が意味は通じやすい。

一四（御所での）神事。そうした際は、作者のような女房は遠慮するのが常であった。

一五 作者の懐妊を指す。下に「ありしか」などを補う。

一六 安産のための祈禱であろう。一説に、院に知られぬよう、との祈り。

一七（こうなったのは一体）誰の罪と言うべきか、の意。

一八 院の精進が明けた二月十八日以後に妊娠したものなら、五月には四か月にしかならない（妊娠月数は足掛けで数えるから）。「おぼしめさせ」の「せ」は使役にもとれるが、下に謙譲語がなく、落着かない。

一九 岩田帯。三九頁注一〇参照。「曙」がこの腹の子を認知し、引き取って育てようとの意思表示である。

二〇 特に私からして上げようと思って、の意か。

二一「四月（うづき）」「四か月」の両説があるが、前者か。去年の十二月に妊娠しているから、四月には五か月になる。

二二 この「を」、文末の間投助詞と取れぬこともない。

二三（その前にこちらも）特に思うところがあって、の意。

ぼえ侍りし。

三日(一 三日間は)は、(〔曙が〕特に)ことさら例の(二)隠れゐられたりしかば(隠れて〔付添って〕いてくれたので)、(〔私は〕)十日には参り侍る(〔御所に〕参上す)べきにてありしを(る筈だったが)、その夜より俄(には)かにわづらふ事ありしほどに(加減が悪くなったので)、参る事も叶はざりしかば(参上することもできなくなったため)、十二日の夕方、善勝寺(叔父隆顕)、「(三)先の例に」とて御帯を持ちて来たりたるを見るにも、故大納言(亡くなった父)の「(四)いかにか」など思ひ騒がれし夜の事、思ひ出でられて、(五)袖には露のひまなさは、「必ず秋のならひならねど」(必ずしも秋のものとは限らないと分ってはいても)とおぼえても、一月(ひとつき)などにてもなき違ひも、(六)いかにとばかりなすべき心地せず(どのようにしたらよいという思案も浮ばない)。さればとて(だからといって)、水の底まで思ひ入るべきにしあらねば(入水しようとまでは決心できないので)、(七)つれなく過ぐるにつけても(〔日数が〕過ぎて行くにつけても)、「いかにせん」(どうしたものか)と言ひ思ふより外(ほか)の事なきに、九月にもなりぬ。

世の中も恐ろしければ(世間の目も恐ろしかったので)、二日にや、急ぎ何かと(八)申しことづけて出でぬ(退出した)。その夜、やがて(早速)彼にもおはしつつ(曙もいらっしゃって)、「いかがすべき」(〔私達〕どうしたものか)と言ふほどに、「(〔曙〕)まづ、大事に病む由を(ひどい病気である旨を)申せ。さて(そして)、(九)人の忌ませ給ふべき病なりと(一〇)陰陽師(おんやうじ)が言ふ由を、披露せよ(世間に広めよ)」などと、添ひゐて言はるれ(傍に坐っておっしゃるので)

秘密の出産

一 毎月三日は父の命日で作者が引きこもっている例だった、との解もあるが、六月の七・八・九の三日間であろう。

二 例の通り。「曙」が来て隠れるようにしていることとは「例の通り」だが、来てくれた心づかいを「特に」「わざわざ」と感じて喜んでいるのである。

三 下に「より」などを補う。前回（初度）の懐妊の折に隆顕が着帯の院使として来たこと（三九頁四行以下参照）を指す。

四 院使をどのようにもてなそうか、の意。

五 袖に涙の露がとめどなく落ちるのは、の意。「露は袖に物思ふ頃はさぞな置く必ず秋のならひならねど」（『新古今集』秋下、後鳥羽院）による。

六 この部分、区切り諸説あり、中で、「いかにと、謀(はか)りなす（計略をめぐらす）……」と解するのも一案。

七 何事もなく、そのままずるずると、の意であろう。平静を装って、と解する説もある。

八 「申しことづけて」と一続きで、伝言して、の意。また、底本の字形は「申かこつけて」と訓むことも可能で、申し、何かにかこつけて、の意にもとれる。

九 通説では「人の忌む病」と同義に解しているが、「せ給ふ」とある点から、「人」は二人称（院）を指し、院にとって憚りある病であると、の意であろう。

ば、そのままに言ひて、昼はひめもす(ひねもす)に臥し暮し、[一一]疎(うと)き人も近づけ
〔私は〕その通り〔人々に〕
ず、心知る人二人ばかりにて、「湯水も飲まず」など言へども、[一二]と
気心の知れた侍女二人だけを傍に置き　喉を通らない　広めるけれども
りわき尋(と)め来る人のなきにつけても、あらましかばといと悲し。御
特に　見舞に来る人　〔父が〕生きていたらと　院
所ざまへも、「御いたはしければ、御使な給ひそ」と申したれば、
の方へも　(私) お気の毒ですから　〔お見舞の〕御使は下さらぬよう
時など取りて御訪れ。かかる心構へ、つひに漏りやせんと、行く末
時を見ては〔お見舞の〕御文　こんな細工は　結局は漏れてしまわないかと　将来がま
いと恐ろしながら、今日明日は、皆人さと思ひて、善勝寺ぞ、[一三]「さ
ことに恐ろしいが　当座のところは　隆顕　そ
てしもあるべきかは。医師(くすし)はいかが申す」など申して、たびたびま
んなことをしていてはいけない　どう言っているか　や
うで来たれども、「ことさら広ごるべき事と申せば、[一四]わざと」など
って来たけれども　(私) 特に伝染する病気だと〔医者が〕申しますので
言ひて、見参もせず。[一五]強ひて、「おぼつかなく」など言ふ折は、暗
面会もしない　(隆顕) 心配で　〔部屋を〕
きやうにて、[一六]衣(きぬ)の下にていと物も言はねば、まことしく思ひて立ち
〔私は〕　全然口もきかないので　〔叔父は〕本当だと思って帰って行く
帰るもいと恐ろし。さらでの人は、誰訪(と)ひ来る人もなければ、添ひ
のも　それ以外の人は　誰も訪ねて来ないので　〔曙はいつも傍
ゐたるに、その人はまた、[一七]「春日に籠りたり」と披露して、[一八]代官を
に〕　この人はこの人で　春日に参籠している　世間に広めて
籠めて、「人の文などをば、[一九]あらましとて返事をばする」などささ
参籠させて (曙)　〔私に〕さ
めくも、いと心苦し。
さやくのも

一〇 陰陽寮に属し、易占を行う者。
一一 親しい人は無論、本来自分の動静に関心が薄く、自分の近況を漏らす恐れもない疎遠な人も、の意。
一二 上に、そんな警戒の手を打たなくても、の意を補う。
一三 そうなのだ、つまり、本当に重病なのだ、と思って、の意。
一四 (叔父上ではありますが) わざと (お目にかかりません)、の意。
一五 地の文として「言ふ」に掛けたが、隆顕の語の中に入れて、むやみと不安で、と解する説もある。
一六 ここは、衣を引きかぶって寝ているのである (もともと、後世のような夜具はなく、寝る時は衣服を脱いで体の上に掛けた)。
一七 奈良の春日神社。「曙」に擬せられている西園寺実兼も属する藤原氏の氏神。
一八 上に「実際は自分は行かず」を補うと分りやすい。「代官」は、ここでは代理の者、の意。また「代願」の宛て字違いとする説もある。
一九 以下、やや難解。「あらまし」は「推量」で、(代参の者が「曙」に代って) 当て推量で返事をしているよ、の意か。「……返事をばするな、と……」と解する説もあるが、その場合は文法上は「……すな」が正しく、禁止表現と見るためには、破格または誤写としなければならない。

かかるほどに、二十日余りの曙(あけぼの)より、[一]その心地出で来たり。人にかくとも言はねば【こうとも言わなかったので】、ただ心知りたる人【気心を知った侍女】、一、二人ばかりにて、とかく心ばかりは言ひ騒ぐも【あれこれ気ばかりはあせり騒いでいるが】、[二]亡き後までもいかなる名にかとどまらんと思ふより【思ってみると】、なほざりならぬ心ざしを見るにも【並大抵ではない〔曙の〕気持を知るにつけても】、いと悲し。いたく【特に】取りたる事なくて【取り立てるほどの事もなくて】、日も暮れぬ。火ともす程よりは、ことのほかに近づきて【〔出産が〕】おぼゆれども、ことさら弦打(つるうち)[三]などもせず。ただ衣(きぬ)の下ばかりにて【〔私は〕】、一人悲しみゐたるに、深き鐘【夜半の】の聞ゆる程にや、あまり耐へがたくや【苦しかったせいか】、起き上(あが)るに、「いでや【〔曙〕それ】、腰とかやを抱(いだ)く[四]なるに、さやうの事がなき故に、滞(とどこほ)るか。いかに【どうだ】。耐ふべき事ぞ[五]【がまんするのですよ】」とて、かき起[六]さるる袖にとりつきて【とりすがったら】、ことなく【無事に】生れ給ひぬ[七]。まづ、「あなうれし【ああ よかった】」とて、「重湯(おもゆ)[八]とく【〔曙〕 早く】」など言はるるこそ、いつ習ひける事ぞと【〔曙は〕いつ覚えたことかと】、心知るどち【気心の分った侍女たち】はあはれがり侍りしか【は感心したのでした】。

さても【ところで】何ぞと、[九]火ともして【〔曙は〕明りをつけて】見給へば、[一〇]【〔赤子は〕】生髪(うぶがみ)黒々として、今より【早くも】見[一一]開(あ)け給ひたるを、ただ一目見れば、恩愛のよしみなればあはれなら【親子の情ゆえ可愛くないことはないけれども】

一 産気づいてきたことを指す。
二 (自分がこの出産で命を落したら) 亡き後までもどんな浮き名を残すだろうかと、の意。
三 六四頁注六参照。ここは、妊娠の月をごまかした秘密の出産だからである。
四 腰とかを抱くということだが、の意。当時は座産。六四頁注一参照。
五 底本「たとへき」。「だくべき」または「いだくべき」の誤写と見て、上から続けて、どのように抱くものなのだろうか、と解する説もある。
六 このあたり、『源氏物語』葵の影響が見られる。
七 表面上は皇女であるから「給ひ」と敬語をつけた。
八 産婦に力をつけさせるため、分娩後すぐに重湯を飲ませる習慣があった。
九 男女どちらかと、の意。
一〇 敬語法から、この主語は「曙」とは別の高貴な「男」でそれが赤子の実父であると見て(六五頁注一五参照)、この秘密の出産には「曙」と「男」の両人が付き添っており、それが「給ふ」の有無で区別されている、と見る説もある。解説参照。
一一 目を見開いているのである。一説に「見上げ」。四二頁注七参照。
一二 以下、次行の「出で給ひぬ」までの主語を、前述

ずしもなきを、[一二]そばなる白き小袖に押し包みて、[一三]枕なる刀の小刀にて臍(ほぞ)の緒(を)うち切りつつ、かき抱(いだ)きて、人にも言はず外(と)へ出で給ひぬと見しよりほか、また二度(ふたたび)その面影見ざりしこそ。「さらば、など今一目も」[一四]と言はまほしけれども、[一五]なかなかなれば物は言はねど、袖の涙はしるかりけるにや、「[一六]よしや、よも。ながらへてあらば、見る事のみこそあらめ」など慰めらるれど、一目見合せられつる面影忘られがたく、[一七]女にてさへものし給ひつるを、いかなる方へとだに知らずなりぬると思ふも悲しけれども、[一八]いかにしてと言ふに、さもなければ、[一九]人知れぬ音(ね)をのみ袖に包みて、夜も明けぬれば、「あまりに心地わびしくて、この暁はや[二〇]堕(おろ)し給ひぬ。女にてなどは見え分く程に侍りつるを」など奏しける。「温気(ぬるけ)などおびたたしきには、皆さる事と、医師(くすし)も申すぞ。[二一]構へていたはれ」とて、薬どもあまた賜はせなどするもいと[二二]恐ろし。

ことなるわづらひもなくて、日数(ひかず)過ぎぬれば、[二三]ここなりつる人も

〔曙は〕 〔赤子を〕
その子の顔を見なかったことだ （私）それなら　なぜもう
一目だけでも　言いたいのだが　口には出さないが
袖の涙で〔曙は〕はっきり分ったのか （曙） 〔あなたが〕
きっと会うこともあろう　見かわしてしまった
その上女の子でもいらっしゃったのを　どこへ〔連れて行かれたの
か〕ということさえ分らなくなったと思うのも悲しいが
（使者）
気分が悪くて　女の子だということは見分
けがつく位になっておりましたが 〔院に〕 （院） 発熱などがひどい時には
そうするものと　ぜひよく静養しろ
下さったりするのも
特別な余病もなくて　ここにいた人

（注一〇）の「男」と見る説もある。

一三 枕許に置いた守り刀についている小柄(こづか)で、の意。

一四 下に、見せて下さらなかったのですか、の意を補う。

一五 （見れば）かえって未練が残ってつらいので、の意。どうせ育てられないからである。

一六 まあ、いいではないか、よもや（これきりということはあるまい）、の意。

一七 この女子を、後の永福門院とする説もあったが、昭訓門院（亀山后）と思われる。但し年齢は合わない。

一八 何とかして（もう一度会いたい、あるいは手許で育てたい）と言っても、そうも行かないので、の意。「いかにしてといふわざもなければ」の誤写と見て、何とかして（もう一度会いたい）とも（口に出して）言うわけにも行かないので、と解する説もある。

一九 人知れぬ泣き声を袖でおおい隠すようにして、の意。四五頁注一四参照。

二〇 流産なさいました、の意。「給ひぬ」は底本「給ぬ」。やや落着かないが、使者の作者に対する敬意とする通説に従う。

二一 「構へて」は、命令・禁止を強める言い方。

二二 院をだましているため、罰が当るようで恐ろしいのである。

二三 「曙」を指す。但し、付き添いの侍女（六九頁二行・七〇頁二行参照）を指すとする説もある。次頁注二参照。

皇子の死　出離の思い

帰りなどしたれども、「百日過ぎて、御所ざまへは参るべし（御所の方へは参仕せよ）」[一]とてあれば、（〔私は〕することもなくて）つくづくと籠りゐたれば、夜な夜なは隔てなくといふばかり通ひ[二]給ふも、いつとなく世の聞えや（いつか世間の評判になりはせぬかと）とのみわれも人[三]も思ひたるも、心のひまなし（休まる時がない）。

さても、去年（こぞ）出で来給ひし御方（お生れになった皇子は）、人知れず隆顕の営みぐさにておはせしが（叔父の隆顕に養育されていらっしゃったが）、この程御悩みと聞くも（御病気と聞くにつけても）、身の過ち[四]の行く末はかばかしからじと思ひもあへず（あまりよくあるまいと思っている矢先）、神無月（十月の）の初めの八日[五]にや（八日だったか）、時雨（しぐれ）[六]の雨（あま）そそき、露と共に消え果て給ひぬと聞けば（お亡くなりになったと聞くと）、かねて思ひまうけにし事なれども（予期していたことではあったが）、あへなくあさましき心の内（はかなくつらい思いに〔私の〕心中は）、おろかならんや（言いようもない）。前後相違の別れ（子に先立たれる）、愛別離苦（あいべちりく）[七]の悲しみ、ただ身一つにとどまる（全くわが身一つに集まった感じである）。幼稚にて母に後れ、盛りにて（女盛りで）父を失ひしのみならず、今またかかる思ひの袖の涙（こうした悲しみの涙は）、かこつ方なきばかりかは（嘆き訴える相手もいないことだ）。慣れ[八]行けば、帰る朝（あした）（〔その〕）は名残を慕ひて又寝の床（とこ）に涙を流し、（〔彼を〕）待つ[九]宵には更け[一〇]行く鐘に音（ね）を添へて、待ちつけ[一一]て後（のち）はまた世にや聞えんと苦しみ（世間の噂になりはしないかと悩み）、里に侍る折は君（院）の御面影を恋ひ、

一　この語、院の命令とも「曙」の指示ともとれる。
二　この主語は一応「曙」と解しておく。但し、「給ふ」をつけている点から前頁の「ここなりつる人」と対比させて、この主語を「男」と見る説もある。
三　「曙」を指す。一説に「男」。
四　「曙」（または「曙」と「男」）との密通を指す。
五　八日。中（なか）の八日（十八日）、末（または、下（しも））の八日（二十八日）に対して言う。
六　時雨の雨だれのように、の意。「雨そそぎ」は雨だれ。旧暦十月なので「時雨」と言い、また十月初めで秋が過ぎて間もないので「露と共に」とも言った。
七　愛する者に別れる苦しみ。仏教で言う八苦の一。
八　以下二行後の「世にや聞えんと苦しみ」までは、密通の相手に対する作者の対応。
九　「待つ宵に更け行く鐘の声聞けばあかぬ別れの鳥は物かは」（『新古今集』恋三、小侍従）による。
一〇　夜ふけの鐘の音に自分の泣く声を合わせて、の意。
一一　待っていて会ってからは、の意。「待ちつく」は「待ち得（う）」に同じで、待った甲斐あって会うこと。
一二　仏教で、数の多いことを言う語。『安楽集』下に引く『浄度菩薩経』に「人生レテ二世間ニ一凡経ルニ二一日一夜ヲ一有リ二八億四千万念（おもひ）ノ一」とある。
一三　下に述べる内容をあらかじめ受けて、……には及ぶまい、……が一番よい、という意の語。
一四　このあたり文脈がやや屈折しており、前注の「し

かたはらに侍る折はまたよそに積る夜な夜なを恨み、わが身にうと（院のお傍に伺候している時は〔院が〕他の女達と過される夜々を恨めしく思い　私に対して疎遠にお）くなりまします事も悲しむ（なりになることをも嘆く）。人間のならひ（人の世のならいで）、苦しくてのみ明け暮る。一日一夜に八億四千とかやの悲しみも[一二]、ただわれ一人に思ひ続（〔集まっていると〕）くれば、しかじ[一三]、ただ恩愛の境界を別れて（世界を離れて）、仏弟子となりなん（出家してしまおう）、九[一四]つの年にや、西行が修行の記[一五]といふ絵を見しに（「西行の修行の記」という絵物語を見たが）、片方（かたかた）に深き山を描（か）きて、前には（手前には）河の流れを描きて、花の散りかかるに[一六]居て眺むるとて（腰をおろして眺めながら）、

風吹けば花の白浪岩越えて[一七]
渡りわづらふ山川の水

と詠（よ）みたる[一八]を描きたるを見しより、うらやましく[一九]、難行苦行は叶は（〔女の身に〕）ずとも、われも世を捨てて足にまかせて行きつつ、花の下（もと）露の情（なさけ）[二〇]をも慕ひ、紅葉（もみぢ）の秋の散る恨み[二一]をも述べて、かかる修行の記を書き記して、なからん後の形見にもせばやと思ひしを（〔わが〕亡き後の形見ともしたいものだと思ったことがあったが）、三従（みしよう）の愁（うれ）へ逃れざ[二二]れば、親に従ひて日を重ね、君（院）に仕へても、今日まで憂き世に過ぎ（〔つらいこの世に日を〕）つるも心のほかになど思ふより（送ってきたのも本心からではなかったなどと思うと）、憂き世を厭（いと）ふ心のみ深くなり行く

かじ」を受けて「には」を補い、ここで文を切ることもできるが、一応このままで文の勢いが一四行の「など思ふより」に続くと見ておく。

一五 西行物語絵巻の一種と考えられるが、現存本には次の歌は見えない（似たような情景はある）。

一六 この一句を次の歌の詞書の引用と見る説もある。

一七『新勅撰集』春下所収の西行の歌。

一八（西行が）口ずさんでいるところを描いてあったのを見て以来、の意。「描きたるを」で切って、描いてあったが、と解する説もある。

一九 西行のような遍歴修行の生き方がうらやましかったのである。また、「難行苦行は……」は、巻四・五の伏線。

二〇 春の花の下や秋の露置く野の風情、の意。西行の「願はくは花の下（もと）にて春死なむその二月（きさらぎ）の望月の頃」（『続古今集』雑上、『山家集』にも）、「言の葉の霜枯れにしに思ひにき露の情もかからましかば」（『山家集』）を踏まえるか。なお二八六頁注八参照。

二一 紅葉の美しい秋に、紅葉も散り、また秋も暮れゆく恨みを歌にでも詠んで、の意。「散る」は「紅葉」「秋」の両方を受ける。「暮れ果つる秋の形見にしばし見む紅葉散らすな木枯の風」（『山家集』）によるか。

二二 三従のつらさは遁（のが）れ得ないので、の意。「三従」は女の徳としての三従（幼くしては親に従い、嫁しては夫に従い、老いては子に従う）。底本「みせう」。

に、[一]この秋頃にや、御所ざま（院の方でも）にも世の中[二]すさまじく（味気なく）、[三]後院別当など置かるるも御面目なしとて、太上天皇の宣旨を天下へ（朝廷へ）返し参らせて、御随身ども召し集めて、皆禄（手当など）ども賜はせて、暇賜びて、（院）「[四]久則一人、[五]後しに侍るべし（後始末のため仕えていよ）」とありしかば、面々に袂をしぼりて（涙を流して）まかり出で（〔院の御所を〕退出し）、御出家あるべしとて[六]人数定められしにも（お決めになった際にも）、（院）「女房には（女房としては）[七]東の御方、[八]二条」とあそばされしかば（〔御指示〕なさったので）、[九]憂きはうれしき便りにもやと思ひしに、[一〇]鎌倉よりなだめ申して、東の御方の御腹の[一一]若宮、位に居給ひぬれば（〔東宮〕位におつきになったので）、御所ざまも華やかに（院御所の空気も明るくなり）、[一二]角の御所には[一三]御影御渡りありしを、[一四]正親町殿へ移し参らせられて（お移し申し上げなさって）、角の御所、春宮の御所になりなどして、[一五]京極殿とて院の御方に候ふは、昔の新典侍殿なれば（なので）、何となくこの人は過ごさねど（親しくしていないが）、[一六]憂かりし夢のゆかりにおぼえしを、立ち返り（返り咲いて）、[一七]大納言典侍とて春宮の御方に候ひなどするにつけても、よろづ世の中物憂ければ、ただ[一八]山のあなたにのみ心は通へども、いかなる宿執（どんな宿縁から〔私は〕）なほ逃れがたきやらん（まだ逃れがたいのか）、嘆きつつまた経る年も暮れなんとする頃（この年も暮れようとする頃）、

一 直接には次行の「太上天皇の……」へかかり、史実としては建治元年四月のこと。
二 亀山帝との対立や幕府の干渉などを指す。
三 天皇（ここでは亀山帝）在位中に設けておく仙洞御所。これを置くのは譲位後も院政を執ることの表示で、東宮（後宇多）が亀山帝の皇子であったからそのこと自体は当然だが、後深草院が一層前途を悲観する契機にはなった。六六頁注七参照。「別当」はその長官（事務長）で、ここは花山院通雅、文永十年五月任。
四 秦氏。左将曹。院の随身の一人。
五 「後に」の誤写とする説、「所司に」が「後司に」と誤ったかとする説などもある。「所司」は役目、役人。
六 お供して出家する人数。「人数」はメンバーの意。
七 愔子。洞院実雄女。伏見院母。後の玄輝門院。
八 作者の女房名。
九 つらいこと（ここでは、院の出家）は（かねての望み、つまり出家の叶う）嬉しい機縁にもなろうかと、の意。一種の慣用句。
一〇 執権北条時宗を指す。
一一 熙仁親王（後の伏見院）。その立坊は建治元年（この部分の記述の翌年）十一月だが、この段落は一連の事件を一続きに趨勢的に記している。
一二 二二頁注五参照。
一三 御肖像（後嵯峨院のか）がおありになったのを、の意。
一四 正親町高倉（今の御所内）にある後深草院の御所。

一五 六三頁注二七参照。ここの叙述で、後深草院の在位時代に「新典侍」と呼ばれたことが分る。「新典侍」は、「典侍（ないしのすけ）」（内侍所の女官の次官）四人の中の新参の意。なお、ここは文脈屈折。

院、嵯峨に大宮院訪問

一六 つらい別れ（父との死別を指す）の縁者として（懐かしく）思っていたが、の意。この語から、父方の叔母かと思われる。彼女がうまく立ち回って東宮に仕えたのを見ても、宮仕え生活がいやになったと言うのである。
一七 大納言（雅忠）の縁者で昔の新典侍ゆえの名か。
一八 遁世（とんせい）の志を言う。「み吉野の山のあなたに宿もがな世の憂き時の隠れ家（が）にせむ」（『古今集』雑下、読人知らず）による。
一九 「世」には、「男女の仲」のニュアンスもある。
二〇 父を失った作者の不安定な状態を言うと見る説もあるが、やはり祖父隆親のやり方の描写ととるべきであろう。
二一 「曙」（または「曙」や「男」）を指す。
二二 次行の「御入立も」以下にかかる。
二三 「八百万神（やほよろづ）もあはれと思ふらむ犯せる罪のそれとなければ」（『源氏物語』須磨）によるか。
二四 院御所の中で、（東二条院の）御殿への出入りを作者が差し止められたのである。
二五 出仕の女房の名を記す札。「簡を削る」とは除籍すること。
二六 そういう点で、それにつけて、の意。

（大変強く〔院の〕お召しがあったので）いといたう召しあれば、さすがに捨て果てぬ（捨て切れぬ）一九 世なれば（この世なので）、参りぬ。
兵部卿の沙汰にて装束などいふも（外祖父隆親の手配で装束などが用意されるのも）、ただ例の（ただ例の如く）二〇 正体なき事なるにも（お座なりな風ではあるが）、よろづ見後（うしろ）まるるはうれしとも言ふべきにやなれども（後見してくれるのはうれしいと言わねばならないのだろうが）、露消え果て給ひし御事の後（のち）は（〔若宮が〕お亡くなりになってからは）、二一 人の咎身の誤りも心憂く（あの人の罪やわが過ちもつらく）、何心なくうち笑（ゑ）み給ひし御面影の（〔故若宮の〕）、たがふ所なくおはせしを（〔院に〕そっくりでいらっしゃるのを）、忍びつつ出で給ひて（〔院は〕お忍びで〔隆顕の所へ〕）、「いとこそ鏡の影に違（たが）はざりけれ」（〔院〕全く鏡に映った私の顔に そっくりだ）など申し承りしものを、などおぼゆるより（思い出し始めると）、悲しき事のみ思ひ続けられて、慰む方なくて明け暮れ侍りしほどに、女院の御方ざまは（東二条院の方では）、二二 何とやらん（どういうわけか）、二三 犯せる罪はそれとなければ（これと言ってないので）、さして（特に）その節（ふし）といふ事はなけれども（それと思い当るふしもないのに）、二四 御入立（いりたち）も放たれ、二五 御簡（ふだ）も削られなどしぬれば、いとど（いよいよ）世の中も物憂けれども（いやになったが）、この御方ざまは（後深草院の方では）、「さればとて（そうかと言って）。われさへは（私まで〔見捨てはしない〕）」などいふ御事にてはあれども（言っては下さるけれども）、とにかくにわづらはしき事あるも（何につけても面倒なことがあるのも）あぢきなきやうにて（面白くない感じで）、よろづの事には（〔私は〕万事にいつも）引き入りがちにのみなりながら（引込みがちになっていたが）、二六 さる方（かた）に、この御方ざまには（後深草院は）、なかなかあはれなる事におぼしめされたるに（〔私を〕かえってふびんなことと思って下さるのに）命をかけて（〔私は〕ひたすらがって）、立ち出で（出仕していま）

て侍るに、まことや[一]、斎宮[二]は後嵯峨院の姫宮にてものし給ひしが、御服[三]にて降り給ひながら、なほ御暇を許され奉り給はで、伊勢に三年まで御渡りありしが、この秋[四]の頃にや、御上りありし後は、仁和[五]寺に衣笠といふわたりに住み給ひしかば、故大納言、さるべき[六]ゆかりおはしまししほどに、つかうまつりつつ、御裳濯河[七]の御下りをも、ことに取沙汰し参らせなどせしも懐かしく、人目稀なる御住まひも、何となくあはれなるやうにおぼえ[八]させおはしまして、常に参りて御つれづれも慰め奉りなどせしほどに、十一月の十日余りにや、大[九]宮院に御対面のために、嵯峨[一〇]へ入らせ給ふべきに、「われ一人はあまりにあいなく侍るべきに、御渡りあれかし」と東二条[一一]へ申されたりしかば、御政務[一二]の事、御立ちのひしめきの頃は、女院[一三]の御方ざまもうちとけ申さるる事もなかりしを、この頃は常に申させおはしましなどするに、「またとかく申されんも」とて入らせ[一四]給ふに、「あの[一五]御方ざまも御入立なれば」とて、一人御車の尻に参る。枯野[一六]の三つ

一 話題を転換する時の語。
二 伊勢神宮に奉仕する未婚の内親王又は女王。ここは後嵯峨院皇女愷子内親王。弘安七年（一二八四）没。なお、以下の話は『増鏡』草枕に取られている。
三 父後嵯峨院の喪で退下しておられながら、の意。
四 文永十一年（後嵯峨院崩御後三年目）か。
五 仁和寺（の一角）で衣笠と言う辺に、の意。「衣笠」は仁和寺の東北、衣笠山の麓。
六 久我通光の先妻で雅忠の義母に当る女（藤原親兼女）が、斎宮愷子内親王の祖母になる。
七 斎宮としての伊勢への御下向も、の意。「御裳濯河」は五〇頁注九参照。
八 「おぼえて」（思われて）の敬語。事実としては、「（私が）お思い申し上げて」と言うのと同じだが、「おぼゆ」は思う対象を主語として自発の意を有する動詞だから、こういう言い方になる。
九 後嵯峨院后、後深草・亀山両院母。東二条院姉。
一〇 嵯峨殿（二八頁注六参照）。当時大宮院は嵯峨殿に滞在していた。
一一 大宮院の申し入れの相手を「東二条院へ」と誤解した後人の注記が本文に混入したものか。
一二 後嵯峨院崩御後の院政や亀山帝親政の決定のことなどを指す。七四頁一～二行等参照。
一三 大宮院は亀山院の肩を持っていた。
一四 （今回大宮院の誘いを断って）またあれこれ言われるのも（面倒だから）、の意か。「申す」の主語を後

深草院とし、ほとんど地の文（間接話法）と見て、何かと言ってお断り申し上げるのも（よくないから）、とる説もある。

一五（お前は）斎宮の方へも出入りを許されているから、の意。「あの御方ざま」は、大宮院を指すと見る説もあるが、作者と前斎宮との関係（前頁注六参照）から、前斎宮と見ておく。

一六 表黄、裏薄青。冬の用。「三つ衣」は三枚重ねの袿。八四頁注一〇参照。

一七 表紅、裏蘇芳または紫（異説もある）。元来、春の用と言うが、添え重ねだから構わぬか。

一八（後深草院の皇子煕仁親王が）東宮にお立ちになってからは（院の御所では格式ばって）、の意。

一九 台盤所の女房。

二〇 わが子、の意。ここは、院から作者を呼ぶ愛称。

二一 大納言典侍（だいなごんのすけ）であった作者の亡母。

二二 心をこめてお仕えした形見にも（この子をよろしく）などと、の意。

二三「し慣れたる人こそよけれ」の気持であろう。次に「そうした人が」と補うと分りやすい。

二四 下に「相談しなさい」の意を補う。作者への言葉。

二五 いつまで（この幸せが続くことやら）、の意。三五頁注一七参照。

衣（ぎぬ）に[一七]紅梅の薄衣（うすぎぬ）を重ぬ。[一八]春宮に立たせ給ひて後は、みな唐衣（からぎぬ）を重ね〔重ねて〕しほどに〔いたので〕、〔私も〕赤色の唐衣をぞ重ねて侍りし〔〔その上に〕重ねて着ました〕。[一九]台所も渡されず〔お連れにならず〕、ただ一〔〔私〕〕人参り侍りき。

〔〔院は〕大宮院のところへおいでになって〕女院の御方へ入らせおはしまして、のどかに御物語ありしついでに〔ゆっくり世間話をなさったついでに〕、〔（院）〕「[二〇]あのあが子が、幼くより〔幼い頃から〕生（おほ）し立てて候ふほどに〔育てて参りましたので〕、さる方に〔それ相応に〕宮仕ひも物慣れたるさまなるにつきて〔よく心得ている様子なので〕、具し歩き侍るに〔〔いつも〕連れ歩いていますが〕、あらぬさまに取りなして〔とんでもないふうに誤解して〕、女院の御方ざまにも〔東二条院の方でも〕御簡（ふだ）削られなどして侍れども〔出入りを差し止められたりしていますが〕、われさへ捨つべきやうもなく〔私までが見捨てるわけには参りませず〕、[二一]故典侍大（すけだい）と申し、雅忠（まさただ）と申し、[二二]心ざし深く候ひし形見にもなど、申し置きしほどに〔言い残しましたので〕」など申されしかば、〔（大宮院）〕「まことに〔全く〕、いかが御覧じ放ち候ふべき〔決してお見捨てなさることはありません〕。宮仕ひはまた、[二三]し慣れたる人こそ〔物慣れた人が〔いいので〕〕、しばしも候はぬは〔しばらくでもいないのは〕、たよりなき事にてこそ〔不便なことですからね〕」など申させ給ひて〔おっしゃって〕、〔（大宮院）〕「何事も心置かず〔遠慮せず〕、われにこそ」[二四]など情（なさけ）あるさまに承るも、「[二五]いつまで草の」とのみおぼゆ。

今宵はのどかに御物語などありて〔〔院と大宮院は〕〕、供御（くご）も女院の御方にて参りて〔お食事も大宮院の方で召しあがって〕、更けて、「御寝みあるべし」とて、懸りの御壺の方に入らせおはしましたれども、人もなし。西園寺大納言・善勝寺大納言・長相・為方・兼行・資行などぞ侍りける。

院と前斎宮の対面

明けぬれば、「今日斎宮へ御迎へに、人参るべし」とて、女院の御方より御牛飼、召次、北面の下﨟など参る。心ことに出で立たせおはしまして、「御見参あるべし」とて、われもかう織りたる枯野の甘の御衣に、龍胆織りたる薄色の御衣、紫苑色の御指貫、いといたう薫きしめ給ふ。

夕方になりて、「入らせ給ふ」とてあり。寝殿の南面取り払ひて、鈍色の几帳取り出され、小几帳など立てられたり。御対面ありと聞えしほどに、女房を御使にて、「前斎宮の御渡り、あまりにあいなく淋しきやうに侍るに、入らせ給ひて、御物語候へかし」と申されたりしかば、やがて入らせ給ひぬ。御太刀もて、例の御供に参る。大宮院、顕紋紗の薄墨の御衣、鈍色の御衣引きかけさせ給ひて、同

一 院の自敬表現。地の文と見ることもできる。四・六行目も同じ。
二 蹴鞠の競技場に面した部屋。「懸り」は蹴鞠をする場所。四隅に柳・桜・松・楓を植える。「壺」は庭（通例中庭）。
三 添臥の女房もいない（ので、私が勤めた）、の意。
四 実兼。当時二十六歳。愛人「雪の曙」に擬せられているが、公人としては官名で書かれている。
五 以下四名とも、院の近臣。順に持明院（当時四位右少将）・吉田（五位右衛門権佐、二二頁注一八参照）・楊梅（四位左少将）・山科（四位中将か）。
六 院の御所に仕える下級官人。
七 三七頁注七参照。
八 「枯野」は、前頁注一六参照。「甘の御衣」は、狩衣直衣で上皇や親王の平服。
九 南側に面した方、つまり正面（の格子などを）。
一〇 薄墨色。
一一 御対面なさったと伺って間もなく、の意。
一二 文様を織り出した紗（うすぎぬ）。
一三 「三つ衣」（七七頁注一六）の尊敬語。
一四 斎宮の衣裳の配色がくどくしつこいのを批判したもの。大体、作者は野暮ったいのは嫌いであり、春のものであるべき紅梅襲を十一月頃着ているというのも、センスに欠ける。

じ色の小几帳立てられたり。斎宮、紅梅の[二三]三つ御衣(ぞ)に青き御単(ひとへ)ぞ、
（[一四]かえってうるさかった　仕えておられる）
なかなかむつかしかりし。御芳心(はうしん)[一五]とてさぶらひ給ふ女房、紫の匂ひ[一六]
（大人びて成熟）
五つにて、物具(もののぐ)[一七]などもなし。斎宮は二十(はたち)[一八]にあまり給ふ。ねびとと
（なさった御様子は）
のひたる御さま、神[一九]も名残を慕ひ給ひけるもことわりに、花[二〇]と言は
（はた目では恐らく優劣はあるまいと思われ）
ば桜にたとへてもよそ目[二一]はいかがとあやまたれ、霞[二二]の袖を重ぬる隙(ひま)
（どうしたものかと〔誰もが〕思うに違いない御様子なので　抜け目のない〔院の〕）
も、いかにせましと思ひぬべき御有様なれば、ましてくまなき御心
（御心中は　早くも　どんなお気持が生じたことかと　はた〔の私〕としても〔斎宮が〕お気の毒に思われた）
の内は、いつしかいかなる御物思ひの種にかと、よそも御心苦しく
ぞおぼえさせ給ひし。

（〔院と〕　〔斎宮は〕　伊勢滞在中の話などぽつりぽつり申し上げなさり　（院））
御物語ありて、神路山(かみぢの)[二三]の御物語など絶え絶え聞え給ひて、「今宵
（すっかり更けました　ごゆっくり　葉の落ちた梢などども御覧になってお帰りなさい）
はいたう更け侍りぬ。のどかに[二四]、明日は、嵐の山[二五]の禿(かぶろ)なる梢どもも
（御自分の部屋へお戻りになると）
御覧じて御帰りあれ」など申させ給ひて、わが御方へ入らせ給ひて、
（早速　（院）どうしたものか　〔私に〕　〔私は〕案の定だ）
いつしか、「いかが[二六]すべき、いかがすべき」と仰せあり。思ひつる
（わと　おかしく思っていると　（院）　〔私に〕仕えてきたよしみで　このことを叶えてくれたなら〔お前を〕本当に誠意があると思おう　おっしゃったので）
事よと、をかしくてあれば、「幼くより参りしるしに、この事申
し叶へたらん、まめやかに心ざしありと思はん」など仰せありて、

一五 この語難解。底本「はうしん」。ここでは、一応「芳心」として、配慮、心づかいの意と解した（但し院・大宮院どちらの厚意かは決めがたい）。「芳心」には他に、信任厚い者、あるいは後見・世話役などの意味もあり、その意に解する説、また「傍親」として、縁者やおそばづきとする説もある。「側近」の意として、「傍臣」の語もあるが、女房を指すには不適当か。
一六 白から紫へと、順に色を濃くした五つ衣(ぎぬ)。
一七 正装の裳・唐衣(からぎぬ)の類。
一八 二十歳を越していらっしゃる、の意。当時の標準から言えば、女盛りはとうに過ぎている。
一九 （伊勢の）神も名残を惜しんでお引き止めになったのも道理で、の意。斎宮退下後三年間も伊勢にぐずぐずしていたのを、やや皮肉ったもの。
二〇 このあたり、『源氏物語』野分を踏まえるか。
二一 諸説あるが、「いかが」の下に「区別できようか」「欺されぬことがあろうか」「優劣がつけられようか」等の意が略されていると見るべきであろう。
二二 （花ならば霞が立ち隠すのだが）霞ならぬ袖を（お顔の前に）重ねる（つまり、顔を隠している）間も、の意。「霞の袖」は、袖が帯状に長いことをもある程度取り入れた比喩。喪服ととる説は疑問。「一隙(ひま)も」は、隙間から（見える顔立ち）も、ともとれる。
二三 伊勢内宮の裏の山。
二四 「のどかに」で文を切ることもできる。
二五 大井川の南岸、嵯峨の対岸の山。嵐山。

やがて御使に参る。ただ大方なるやうに、「[一]御対面うれしく。御旅寝すさまじくや」[二]などにて、忍びつつ文あり。[三]氷重ねの薄様にや、

[四]知られじな今しも見つる面影の
　　やがて心にかかりけりとは

更けぬれば、御前なる人も皆[五]寄り臥したる。御主も小几帳引き寄せて、御とのごもりたるなりけり。近く参りて、事のやう奏すれば、御顔うち赤めて、いと物も宣はず。文も、見るとしもなくて、うち置き給ひぬ。「何とか申すべき」と申せば、「思ひよらぬ御言の葉は、何と申すべき方もなくて」とばかりにて、また[六]寝給ひぬるも心やましければ、帰り参りて[七]この由を申す。「ただ寝給ふらん所へ導け導け」と責めさせ給ふもむつかしければ、[八]御供に参らんことはやすくこそ、しるべして参る。

甘の御衣などはことごとしければ、[九]御大口ばかりにて忍びつつ入らせ給ふ。まづ先に参りて、[一〇]御障子をやをら開けたれば、ありつる

一　お目にかかれて嬉しく思います。御旅寝は、つまらないでしょう、の意。「旅（寝）」は、自宅以外の所で泊り暮すこと。「すさまじ」は、殺風景だ、面白味がない、の意。

二　などという口上で、（それと別に）こっそりお手紙がある、の意。手紙を持たせる使者には、それと別に口上（口頭の伝言）も託すのが常であった。

三　表白磨き、裏白無地の襲。ここは手紙だが、衣服に準じた。「薄様」は「薄様鳥の子紙」の略（一八頁注四）。

四　（あなたは）お分りになりますまいね、ほんの今（初めて）お逢いしたあなたの面影が、たちまち（私の）心にかかったとは、の意。

五　互いに寄り添って、あるいは何かに倚りそって、寝ている、の意。

六　（そのまま）寝ておしまいになったのも気が咎めるので、の意。院を迎える心用意もできていない所へ院が乗り込むことになるので、気が咎めるのである。

七　斎宮が返事もなさらずまた寝込んでしまったことを指す。注六参照。

八　弁解の挿入句と見たが、「やすくこそ」の下に「と」のある気持で、作者の院への語と見る説もある。

九　（上衣や表袴は略して単か衵と）大口袴だけで、の意。「大口」は裾口を大きく仕立てた袴で、表袴の下に着る下袴。従ってここは、いわば下着姿。

一〇　（斎宮が寝ておられる部屋の）襖。

ままにて御とのごもりたる。御前なる人も寝入りぬるにや、音する人もなく、小さらかに這ひ入らせ給ひぬる後、いかなる御事どもかありけん。うち捨て参らすべきならねば、御上臥したる人のそばに寝れば、今ぞおどろきて、「こは誰そ」と言ふ。「御人少なるも御いたはしくて、御宿直し侍る」と答へば、まことと思ひて物語するも、用意なき事やとわびしければ、「眠たしや。更け侍りぬ」と言ひて空眠りしてゐたれば、御几帳の内も遠からぬに、いたく御心も尽さず、はやうち解け給ひにけりとおぼゆるぞ、あまりに念なかりし。心強くて明かし給はば、いかに面白からんとおぼえしに、明け過ぎぬ先に帰り入らせ給ひて、「桜は、匂ひは美しけれども、枝もろく、折りやすき花にてある」など仰せありしぞ、「さればよ」とおぼえ侍りし。日高くなるまで御とのごもりて、昼といふばかりになりて、おどろかせおはしまして、「けしからず。今朝しも寝ぎたなかりける」などとて、今ぞ文ある。御返事にはただ、「夢の面影

一一 院の行動の描写で、身を小さくして、身を縮めて、の意だが、後深草院は元来小柄であったらしい。
一二 無論、作者は執筆時には五～六行後のことは一応推察承知していて、婉曲に言っているのである。
一三 御所などで、仕える貴人のそばに宿直すること。
一四 あるいは、「いへば」の誤写か。
一五 斎宮の寝ている所を指す。
一六 （院が）あまり心をお尽しにもならぬうちに、の意。斎宮がほとんど拒まなかったことを指す。
一七 （斎宮が）気強く（拒んで一夜を）お明かしになったならば、の意。境遇から来るのであろうが、斎宮の性格の弱さを示す一例。
一八 ここは院の語のままの引用かも知れないが、前出（七九頁四～五行）の斎宮の描写と相応じている。
一九 これはどうしたことだ、の意。理解・納得しがたい気持を表す語。後朝の文が遅いと愛情が薄いことになってしまうが、院としては、本来そのつもりではなかったのである。「今朝しも」は、この大事な今朝に、の意。
二〇 夢の（ような昨夜の）御面影は、（まだ目の前にちらついて）さめようもありません、の意。後朝の文に対する女の返事は、ある程度男を焦らし、はぐらかすのが普通だが、初心な斎宮は、手放しで思慕を示している。

は覚むる方なく」などばかりにてありけるとかや。

院、前斎宮・大宮院と遊宴

「今日は、珍らしき御方の御慰めに、何事か」など、女院の御方へ申されたれば、「ことさらなる事も侍らず」と返事あり。隆顕卿に、九献の式あるべき御気色ある。夕方になりて、したためたる由申す。女院の御方へ事の由申して、入れ参らせらる。いづ方にも御入立なりとて、御酌に参る。三献までは御空盃、その後、「あまりに念なく侍るに」とて、女院御盃を斎宮へ申されて、御所に参る。御几帳を隔てて長押の下へ、実兼・隆顕召さる。御所の御盃を賜はりて、実兼に差す。「雑掌なる」とて、隆顕に譲る。「思ひ差しは力なし」とて、実兼。その後、隆顕。女院の御方、「故院の御事の後は、珍らしき御遊びなどもなかりつるに、今宵なん、御心落ちて御遊びあれ」と申さる。女院の女房召して琴弾かせられ、御所へ御琵琶召さる。西園寺も賜ふ。兼行、篳篥吹きなどして、更け行くままにいと面白し。公卿二人して、神楽歌ひなどす。また善勝寺、例の「芹生

一 斎宮を指す。
二 下に、「御計画は」とか「面白いことはありませんか」等が略されている。
三 酒宴（の用意）をするようにとの御意向、の意。
四 「ある」は、「あり」の誤写か。
五 （院・斎宮、そして恐らくは大宮院にも）どちらへも出入りを許されている者だからと、の意。
六 一一頁注一〇参照。なお、「空盃」は酒を注がないことで、主語は斎宮だけであろう。
七 この部分難解。女院が斎宮に盃を勧められ（その後）、の意にとっておくが、女院が（私に）斎宮へつげと申され、ともとれる。下の「御所に参る」も、文脈上は、院へお注ぎする、ととりたいが、敬語法からは、院が（それを）召し上がる、ととるべきか。（私が）院にお注ぎする、ともとれる。
八 母屋から一段下がった廂の間へ。「長押」は鴨居又は敷居に添えて渡した板で、ここは下長押。
九 （今日の）お世話役ですから、と言って、の意。
一〇 隆顕の語で、御指名だから仕方がない（お受けなさい）、の意か。「思ひ差し」は、ここでは作者の意向（指名）の意であろう。
一一 後嵯峨院の崩御の後は（天下諒闇のため）、の意。
一二 琵琶を所望なさる、の意。院は琵琶の名手。
一三 西園寺実兼も（弾けと言って琵琶を）あてがわれる、の意。西園寺家も琵琶の家。

の里」数へなどす。

いかに申せども、斎宮、九献を参らぬ由申すに、御所、「御酌に参るべし」とて、御銚子を取らせおはします折、女院の御方、「御酌を御つとめ候はば、こゆるぎの磯ならぬ御肴の候へかし」と申されしかば、

売炭の翁はあはれなり、おのれが衣は薄けれど、薪を採りて冬を待つこそ悲しけれ

といふ今様を、歌はせおはします。いと面白く聞ゆるに、「この御盃をわれら賜はるべし」と、女院の御方申させ給ふ。三度参りて、斎宮へ申さる。また御所持ちて入らせ給ひたるに、「天子には父母なしとは申せども、十善の床を踏み給ひしも、賤しき身の恩にましまさずや」など御述懐ありて、御肴を申させ給へば、「生を享けてより以来、天子の位を踏み、太上天皇の尊号を蒙るに至るまで、君の御恩ならずといふ事なし、いかでか御命を軽くせん」とて、

一四 七八頁注五参照。「篳篥」は、雅楽用の短い横笛。
一五 ここでは、神楽歌のこと。
一六 今様（今様歌の略。平安後期に発生した歌謡の一種。多く七五調の四句から成り、白拍子が舞い歌った）の題名か。「例の」とあるから、隆顕の十八番だったのであろう。「芹生」は洛北大原の西の地名。今様を歌うことは「数ふ」と言う。
一七 酒を入れて盃に注ぐ、長柄の金属又は木の器。
一八 こゆるぎの磯ではないが、何か酒肴（余興）をお出しなさいよ、の意。「こゆるぎの磯」は元来相模（大磯付近）の地名だが、「玉垂れの、小瓶を中に据ゑて、主はも、や、魚求きに、魚取りに、こゆるぎの、磯の若藻、刈り上げに」（風俗歌「玉垂れ」）による。
一九 現在伝わらない今様。『白氏文集』四・売炭翁によった作。
二〇 底本「我〱」。「〱」を、謙遜の接尾語「ら」の誤写と見て、「私」の意と解しておく。「我に」の誤写とする説、また「われ〱」のまま、大宮院が斎宮と二人の意識で複数形で言ったとの説もある。
二一 三杯受けたのか、今も改まった時（三々九度など）にするように三口で飲み干したのか、未詳。
二二 「天子無レ父」（『北史』の句と言う）によるが、『平家物語』一・二代后にも「天子に父母なし」とある。
二三 しんみりおっしゃって、の意。「述懐」には多少「愚痴」のニュアンスがある。
二四 （今度は自分のために）余興を所望なさったので。

御前（一）の池なる亀岡に、鶴こそ群れゐて遊ぶなれ。齢は君が為なれば、天の下こそのどかなれ

といふ今様を、三返ばかり歌はせ給ひて、（二）三度申させ給ひて、（〔院〕）「この御盃は賜はるべし」（三 いただきましょう）とて御所に参りて、（四 院は召しあがって〔院〕）「実兼は傾城（五）の思ひ差ししつる。羨しくや」（六 羨ましいだろう）とて、隆顕に賜ふ。その後殿上人の方へおろされて（〔盃を〕お与えになって）、事ども果てぬ（酒宴は終った）。

今宵は定めて入らせおはしまさんずらんと思ふほどに（〔院は斎宮の方へ〕おいでになるだろうと思っていたところ）、（〔院〕）「九献過ぎて（飲みすぎて）、いとわびし（とても苦しい）。御腰打て（腰を打ってくれ）」とて、御とのごもりて（おやすみになって）明けぬ（〔その夜は〕）。斎宮も、今日は御帰りあり。この（七）御所の還御、今日は今林殿へなる。准后、御風の気おはしますとて、（〔院は〕）今宵はまたこれに（今林殿）御とどまりあり、次の日ぞ、京の御所へ入らせおはしましぬる。

東二条院の嫉妬

還御の夕方、女院（東二条院）の御方より御使に（〔院へ〕）中納言殿（八）参らる。「何事ぞ」と聞けば（〔私も〕）、「二条殿が振舞のやう、心得ぬ事のみ候ふ時に（納得できぬ事ばかりですので）、この（九）御方（こちら）の御伺候をとどめて候へば（への出仕を差し止めておりますところ）、（〔院には〕特に寵愛なさって）殊更もてなされて、三つ衣（一〇）を着て御（〔院〕

一 今様の一。『平家物語』一・祇王にも類似のものがある。「鶴」「亀」によそえて長寿をことほいだもの。「池」は底本「まへ」。誤写と見て改めた。
二 （院が大宮院に）三度（盃を）お勧めになって、の意。
三 底本「給へし」。「給ふべし」と訓み、この前後の主語やこの語の話者を大宮院と見て、回しましょう、と解する説もある。
四 八二頁注七の後半に述べたところと同じ語法で、御所においては、の意と解しておくが、前注のように、（大宮院が）院に差し上げて、と解する説もある。
五 「傾城」は美人のこと。作者自身を指す。この句、やや難解だが、美人が（さきほど）思い差しをした、すなわち、美人から御指名で酌を受けた、の意か。
六 主語は「お前」（隆顕）。下に「あらん」を補う。
七 院は今日、今林殿へお帰りになった、の意。「今林殿」は嵯峨清涼寺の東にあり、大宮院の母の准后貞子（北山准后、今林准后とも。一五頁系図参照）が居た。
八 東二条院に仕える女房の名。
九 七五頁九行・七七頁七行参照。
一〇 三枚重ねの袿。薄衣と共に、高貴な女性に許され

た服装である。七六頁末行～七七頁一行・八七頁六～七行参照。
一一「女院」はここでは普通名詞的用法で、東二条院を指すのではあるまい。
一二（自分としては）致し方ない、どうしようもない、の意。
一三（そちらから）とやかく言って頂く筋のことではありません、の意か。承るまでもありません、承る必要もありません、と解する説もある。
一四 故大納言典侍（なる者）がおりました、の意。「大納言典侍」は作者の亡母。三七頁注一六参照。
一五 どのようにも（報いてやろう、目をかけてやろう）と思っていましたが、の意。
一六 何とか（この子をよろしくお願いします）と申し残しましたので、の意。
一七 承知したのです、の意。「領掌」は了承すること。
一八 以下「君の恩による事に候ふ」までを雅忠の語の引用（二重引用）と見る説もある。
一九（この子をよろしくと）申し残しましたことを、の意。一説（注一八参照）には、「申し置き」の内容を前文の「君の君たるは……」とする。
二〇 諺「綸言汗の如し」（帝王の語は汗と同じで、一旦出されたら引込めることはできない）を踏まえる。

車に参り候へば［〔院の〕御車に奉仕しますので］、人の皆、一一女院の御同車と申し候ふなり［女院が御陪乗していると申しているそうです］。これ、一二詮(せん)なくおぼえ候ふ［困ったことに存じます］。よろづ面目(めんぼく)なき事のみ候へば、［〔私は〕］暇(いとま)を賜はりて、伏見などに引き籠りて、出家して候はんと思ひ候ふ」といふ御使なり。

［〔院の〕］御返事には、

承り候ひぬ［〔仰せは〕承りました］。二条が事、今さら一三承るべきやうも候はず［承るべきことでもありません］。故一四大納(だいな)言典侍(ごんのすけ)あり。その程［当時］、［〔私に〕］夜昼奉公し候へば、人よりすぐれて［誰にもまして］不憫(ふびん)におぼえ候ひしかば、一五いか程もと思ひしに、あへなく失せ候ひし形見には［あっけなく亡くなってしまいました形見には］、一六いかにもと申し置き候ひしに、［〔私は〕］一七領掌(りやうじやう)申しき。故大納言［雅忠］、また最後に申す子細候ひき［申した子細もあります］。一八君の君たるは［主君が主君であるのは］、臣下の心ざしにより［忠誠により］、臣下の臣たることは、君の恩による事に候ふ。［〔雅忠が〕］最後終焉(しゆうえん)に一九申し置き候ひしを、［〔私は〕］快く領掌し候ひき。従ひて［それ故に］、［〔雅忠は〕］後の世の障りなく思ひ置く由を申して［後世の〔安楽の〕妨げもなく安心したと］、まかり候ひぬ［他界したのです］。二〇二度(ふたたび)返らざるは、言の葉に候ふ。［〔雅忠が〕］定めて草の蔭にても見候ふらん［草葉の蔭からも見ておりましょう］。何事の身の咎(とが)も候はで、いかが［どうして］御所をも出し［追放し］、行くへも知らずも候ふ［行方もわからないような放浪をさ］

べき【せられましょう】。

また三つ衣を着候ふ事【着ております件】、今始めたる事ならず候ふ【今回が初めてというのではありません】。四歳の年、初参（しょさん）の折、「わが身【（雅忠）】位浅く候ふ【位が低うございます】。祖父[一]久我太政大臣（おほぢこがの）が子にて【通光の子として】参らせ候はん【出仕させましょう】」と申して、五つ緒（を）[二]の車、数祖（かずあこめ）[三]・二重（ふたへ）[四]織物、聴り（ゆ）候ひぬ【許されました】。そのほかまた、大納言典侍【〔母の〕】は、北山入道太政大臣[五]の猶子とて候ひしかば【養子として出仕しましたので】、ついでこれも【その例を受けてこの子も】准后御猶子の儀にて、袴を着初（そ）[六]め候ひし折、【〔准后が〕】腰を結（ゆ）[七]はせられ候ひし時、いづ方[八]につけても、薄（うす）衣（ぎぬ）、白き袴などは聴す（ゆる）べしといふ事、ふり候ひぬ[九]。車寄せ[一〇]などまでも聴り（ゆ）候ひて、年月になり候ふが【長年になりますが】、今さらかやうに承り候ふ【こんなふうに伺うのは】、心得ず候ふ【納得致しかねます】。言ふ甲斐なき【取るに足らぬ】北面[一一]の下臈風情（ふぜい）の者などに、一つなる振舞などばし候ふ、など言ふ事の候ふやらん【あったのでしょうか】。さやうに【そんなこと】も候はば【がありましたら】、細かに承り候ひて【詳しくうかがった上で】、はからひ沙汰し候ふべく候ふ【考えて処置することにいたしましょう】。さりと言ふとも【そうは言っても】、御所を出し行く【追放し】へ知らずなどは候ふまじければ【できませんから】、女官（にょうくわん）[一二]風情にても【程度としてでも】召し使ひ候はんずるに候ふ。

一 作者にとって祖父に当る、すなわち雅忠の父通光の猶子（ゆうし）（養子）として、の意。

二 簾に五本の緒を垂らした牛車（ぎっしゃ）。特別の身分の者に許される。『徒然草』六十四段参照。「五つ緒の車数」と切って、「五つ緒の車を許される人数の中」と解する説もある。

三 後に「薄衣」とあることから沢山の衵（女性の下着）か。「うすあこめ」の誤写と見る説などもある。

四 綾の地文の上に更に文様を浮き出した織物で、着用には特別の許可を要した。

五 西園寺実氏。北山准后の夫。北山殿（西園寺家の別邸で今の金閣寺の地にあった）を構えたから言う。

六 袴着の儀式を指す。男女とも多く三歳に行う。

七 袴の腰の紐を結ぶ役をお勤めになった時、の意。

八 父方・母方（准后方）どちらの縁からも、の意か。次行の「ふり候ひぬ」にかけて解しておく。

九 「触れ候ひぬ」、すなわち披露されました、の意であろう。「旧（ふ）り候ひぬ」（古い話です、すでに周知のことです）と解する説、その上の「といふ」で文を切って「事、ふり候ひぬ」と訓む説もある。

一〇 車寄せから乗降・出入りすること。資格が要る。

一一 この部分、やや難解だが、北面の下臈達が「二条が（女院と）同じような振舞などをしています」などと言っている、の意か。「……者などに一つなる」と続けて、北面の下臈達同然の（はしたない）振舞をしたなどということ、とも解される。「振舞……」は、

大納言、二条といふ名をつきて候ひしを返し参らせ候ひし事は、世かくれなく候ふ。されば呼ぶ人候はず、呼ばせ候はず。「われ、位浅く候ふ故に、祖父が子にて参り候ひぬる上は、小路名をつくべきにあらず候ふ。詮じ候ふ所、ただしばしはあが子にて候へかし。何さまにも大臣は定まれる位に候へば、その折一度につけ候はん」と申し候ひき。太政大臣の女にて、薄衣は定まれる事に候ふ上、家々面々に、われもわれもと申し候へども、花山・閑院、ともに淡海公の末より、次々また申すに及ばず候ふ。久我は村上の前帝の御子、冷泉・円融院の御弟、第七皇子具平親王より以来、家久しからず。されば今までも、かの家女子は、宮仕ひなどは望まぬ事にて候ふを、母奉公の者なりとて、その形見になど、ねんごろに申して、幼少の昔より召し置きて侍るなり。定めてそのやうは御心得候ふらんとこそおぼえ候ふに、今さらなる仰せ言、存のほかに候ふ。御出家の事は、

「振舞などは、為候ふ」とも訓めるが、やはり「ばし」は強意の助詞であろう。
一二 御湯殿・台盤所などに仕える身分の低い女房。
一三 底本字形は「よふ人々はすよはせ候はす」。「呼ぶ人々、さは呼ばせ候はず」と訓む説もある。
一四 京都の小路・大路の名から取った女房名。小上臈すなわち大中納言の女に与える名と言う。それにも上下があり、「二条」はその中では上の名。
一五 ここは院から作者を呼ぶ固有名詞的呼称。
一六 やや難解。雅忠が家格その他から生前任大臣を予期していたものと解しておくが、この辺は院がかつて雅忠に言った語を回想していると見る説や、「……定まった位ゆえ、望むのも無理ですが、もしなったら」ととる説もある。「一度に」は、初めに姑息な名をつけず、暫く無名の「あが子」でいて、雅忠任大臣後に、一挙にそれにふさわしい大上臈の名を、ということ。
一七 (薄衣勅許を)望んでおりますが、の意。家格を主張しておりますが、ともとれる。
一八 「花山」は「花山院」のこと。「閑院」と共に藤原氏の一族。
一九 淡海公の子孫から(分れ)、次々(と遠く隔たっていること)、の意か。「淡海」は藤原不比等の贈り名。
二〇 昔の帝。「先帝」の誤りと見ても意味は同じ。
二一 今はレイゼイと訓む。
二二 家が(成り立ってから)長く経っておりません、の意。

宿善(しゅくぜん)[一]（心の中に起り）内に催し、時至る事に候へば（時節が来て叶うことですから）、何とよそよりはからひ中すによるまじき事に候ふ（何かとはたから御意見申し上げてそれに従うというようなことではありません）

とばかり、御返事に申さる。その後(のち)は、いとど（一層）事悪(あ)しきやうなるも（事態が険悪なようなのも気づまりだったが）むつかしながら、ただ御一所(ひとところ)[二]の御心ざし（御愛情が）、なほざりならずさに（一通りでないことに）、（自らを）慰めてぞ侍る。

院と前斎宮のその後

まことや（そうそう）、前斎宮は、嵯峨野[三]の夢の後は（院の）御訪れもなければ、（斎宮の）御心の中も御心苦しく（お気の毒で）、わが道芝も（私の手引きも）かれがれならず[四]など思ふにと（途切れぬようになどと思っているのにと）、わびしくて（つらくて）、（私）「さても年をさへ隔て給ふべきか」（それにしても年を越されてよいものでしょうか）と（院に）申したれば、（院）「げに」（全く）とて、（斎宮へ）文あり。「いかなる暇(ひま)[五]にてもおぼしめし立て」（思い立ってお越し下さい）など申されたりしを、御養母(やしなひはは)[六]と聞えし尼御前(ごぜん)、やがて[七]聞かれたりけるとて、（私が）参りたれば、（尼は）いつしか（早速）かこち顔[八]なる袖のしがらみせきあへず（恨み顔からあふれ落ちる涙は袖にもとどめかね）、（尼）「神よりほかの御よすがなくて（御縁は（宮には）ないものと）と思ひしに、よしなき（はかない）夢[九]の迷ひより（以来）、[一〇]御物思ひの」いしいしと（などなどと）、くどきかけらるるも煩はしけれども（愚痴を言われるのも（私は）迷惑だったが）、（私）「暇しあらばの御使にて参りたる」（お暇があったらとの（御伝言の）お使で参ったのです）と答ふれば、「これの御暇(ひま)は（こちらの宮の）、いつも（いつだって）

一　前世から積んだ善根（よい功徳）。

二　お一方(ひと)。院を指す。

三　七九～八二頁辺に述べられた、嵯峨殿での先夜の一件を指す。

四　「枯れ」に「離(か)れ」を懸けた。「かれがれならず」の下には「あってほしい」の意が略されているのであろう。

五　どんな暇でも（おありになったら）、の意。

六　『尊卑分脈』近衛道経女に、「愷子内親王養母」とある。

七　この部分やや難解だが、（院から斎宮への申し入れを）そっくりそのままお聞きになったとのことで（作者が呼ばれて）、の意か。「やがて」は、直ちに、ととることもできる。また、「やがて聞かれたりける」を尼御前の返事の文句と見て、「聞く」の主語を斎宮とする説もある。

八　「涙川落つる水上速ければせきぞかねつる袖のしがらみ」（『拾遺集』恋四、紀貫之）などによるか。

九　注三に同じく、嵯峨殿での一件。

一〇　下に「種となって」「積って」等の意が略されている。

一一　「葦分け」は、差し支え。従ってここでは、何の差し支えもある筈がない、の意。「湊(みなと)入りの葦分け小舟(を)障(さはり)多みわが思ふ君に逢はぬ頃かな」（『拾遺集』恋四、人麿、原歌は『万葉集』巻十一）などによる。

何の葦分けかあらん」など聞ゆる由を伝へ申せば「端山繁山の中を分けんなどならば、さもあやにくなる心焦られもあるべきに、越え過ぎたる心地して」と仰せありて、公卿の車を召されて、十二月の月の頃にや、忍びつつ参らせらる。

道も程遠ければ、更け過ぐる程に御渡り。京極面の御忍び所も、この頃は春宮の御方になりぬれば、大柳殿の渡殿へ御車を寄せて、昼の御座のそばの四間へ入れ参らせ、例の御屏風隔てて御伽に侍れば、見し夜の夢の後かき絶えたる御日数の御恨みなども、ことわりに聞えしほどに、明け行く鐘に音を添へて、まかり出で給ひし後朝の御袖は、よそも露けくぞ見え給ひし。

年も暮れ果てぬれば、心の中の物思はしさは、いとど慰む方なきに、里へだにえ出でぬに、今宵は、東の御方参り給ふべき気色の見ゆれば、夜さりの供御果つる程に、「腹の痛く侍る」とて局へすべりたりしほどに、「如法夜深し」とて、上口にたたずむ。世の中の

一二 人里近い山と奥深い山。「筑波山端山繁山しげけれど思ひ入るには障らざりけり」(『新古今集』恋一、源重之)により、恋路の障りに言う。
一三 思うようにならぬいらだたしさ、の意か。多少はそういうものがあった方が、恋路には張合いがあると言うのである。
一四 (この件は、もう恋路の山を) 通り越してしまった感じがして (いささか張合いがない)、の意。
一五 富小路御所の、北側すなわち冷泉小路寄りで京極大路に面した、角の御所 (二二頁注五) を指す。七四頁九行参照。
一六 大柳殿へ向う渡り廊下。「大柳殿」は大柳を前にした建物。二七頁注三一参照。
一七 天皇の昼間の御座所。ひのおまし。
一八 四の間 (第四・五の柱の間) の意か。
一九 夜の奉仕をすること。ここは宿直。
二〇 先般の逢う瀬以来 (院のお訪ねが) すっかり途絶えていた日数の (斎宮の) お恨み、の意。
二一 明け行く鐘の音に忍び泣く声を添えて。一一〇頁一～二行、一九〇頁五行にも見え、作者の愛用句。

文永十一年末の感慨

二二 一夜を共にした男女の翌朝の別れを言う。
二三 後の玄輝門院 (伏見院母)。七四頁注七参照。
二四 晩のお食事。
二五 すっかり夜もふけた、の意。「雪の曙」の語。
二六 局の上手の戸口。

恐ろしさ、いかがとは思へども、この程は、とにかくに積りぬる日数言はるるも、ことわり[一]ならずしもおぼゆれば、忍びつつ局へ入れて、明けぬ先に起き別れしは、今日を限りの年の名残には、ややたちまさりておぼえ侍りしぞ、われながらよしなき物思ひなりける。[二]思ひ出づるさへ袖濡れ侍りて。

しさ〔から〕　どうしたものかとは思ったが　会えずに過ぎ去った日数の〔多い〕ことを言われるのも　こっそり〔曙を〕　夜の明けぬうちに起きて別れたが　〔その名残は〕　よりも　まさって感じられましたのは　どうしようもない　〔今〕思い出しても〔涙で〕袖が濡れてきます

一　前後関係から、無理ではなく、無理とばかりも言えず、の意と思われる。あるいは、「ことわりなからずしも」の脱字か。

二　「思ひ出づる」は、この作品を書いている時点で事件当時のことを回想していることを指す。「袖濡れ侍りて」は、王朝物語の巻の末尾などに多い、余韻を残した、いわゆる「て止め」の語法。この巻の初め(十四歳の春)で、作者は思いもかけず院の愛人となった(それはかつての院と作者の母との間柄から宿命的なものであった)。従ってそれまでひそかに思いを交わしていた「雪の曙」とは表向き別れねばならず、しかし秘密の交際は続いて女の子まで生んだ(その前後、覆面のもう一人の「男」が密通して来たようにも読める箇所がある)。一方院の愛人となって間もなく、その皇子をみごもっているうちに父を、ついで祖母を失い、また院の皇子も夭折したと聞き、罪の子(女子)には晴れて会えない。そんな嘆きからかねて憧れていた西行のように出家遁世して諸国を遍歴したいと思うこともあるが、院その他に引き止められてそれもできずにいる。そういった状態のところへ訪ねてきた「曙」との密会を思い出すと、そのころのつらかったことなども併せて思い出されて、若き日の自分がかわいそうになり、つい涙が出るのである。

巻二

巻二は、巻一の最後が文永十一年（一二七四）の暮であったのを承けて、翌十二年（四月二十五日に建治と改元）の正月から始まる。作者十八歳である。

作者は文永九年に他界した父のことを、折にふれて思い出しては涙にむせんでいる。けれども後深草院御所の空気は、作者の茶目気が引き起したこの巻の冒頭近くのいわゆる粥杖事件に見えるように、後嵯峨院没後、皇位継承問題をめぐって亀山院側と対立した抗争も一応解決して、いくらか明るさを取り戻したようである。

ところで作者は、院の愛人となってからも、院に隠れて、「雪の曙」と会っていたこと、またある時は「曙」と別の高貴な男とも会ったらしいことなどを、巻一に記しているが、巻二に入って、「曙」に次ぐ第三の男が現れる。「有明の月」と名づけられた高貴な阿闍梨である。巻二から巻三の前半にかけては、院との関係を述べる第一主題に加えて、第二主題としてのこの「有明」との激しい恋が、特に印象的に描かれている。その間に「雪の曙」も折々登場するが、巻二末尾の「近衛大殿」との事件をきっかけに、彼は作者に冷たくなる。

こうした何人かの男性と交渉を持つ一方、自尊心の強い作者は、父を失っても家柄や院の寵を支えに誇りをもって懸命に生きるが、この巻でも、侮辱に耐えかねた時などには、巻一に述べられた「出離の思い」が折にふれて再燃し、いわば低音部リフレインとして巻四以下の主題を暗示している。

文永十二年の元旦

隙[一]行く駒の早瀬川[二]、越えて帰らぬ年波の、わが身に積るを数ふれば、[三]今年は十八になり侍るにこそ。[四]百千鳥さへづる春の日影、のどかなるを見るにも、何となき心の中の物思はしさ、忘るる時もなければ、華やかなるもうれしからぬ心地ぞし侍る。

今年の[五]御薬には、[六]花山院太政大臣参らる。去年、[七]後院別当とかやになりておはせしかば、何とやらん、この御所ざまには心よからぬ御事なりしかども、[八]春宮に立たせおはしましぬれば、世の御恨みも、をさをさ慰み給ひぬれば、また後までおぼしめし咎むべきにあらねば、御裏に参り給ふなるべし。ことさら女房の[九]袖口も引繕ひなどして、[一〇]台盤所ざまも人々心ことに、衣の色をも尽し侍るやらん。[一一]一年、[一二]中院大納言御薬に参りたりし事など、[一三]改まる年とも言はず思ひ出

一 年月の過ぎ去るのが早いことのたとえ。「人生天地之間、若白駒過郤、忽然而已」(『荘子』知北遊)による。「隙」は戸のすき間。

二 「老いらくの月日はいとど早瀬川帰らぬ波に濡るる袖かな」(『新古今集』雑下、覚弁)によるか。

三 文永十二年(建治元年、一二七五)。

四 多くの鳥。「百千鳥さへづる春は物ごとに改まれどもわれぞ旧りゆく」(『古今集』春上、読人知らず)による。

五 正月三が日に、邪気を払うために天皇・上皇などが屠蘇を召し上がる儀式。一一頁注四参照。

六 藤原通雅。この年八月太政大臣。四十三歳。

七 天皇在位中に設けておく仙洞御所の長官。七四頁注三参照。通雅が亀山院の信任厚かったことを示す。

八 後深草院の皇子煕仁親王(後の伏見院)が東宮にお立ちになったので、の意。立太子はこの年十一月で、ここは東宮に内定したことを指すと見る説もあるが、七四頁一～九行辺と同じく、一連の事件を、あまり年月にこだわらず一括回想したものであろう。

九 袖口から見える襲・衣裳の色あい。

一〇 台盤所(一一頁注八)の女房達の様子も、の意。

一一 先年。巻一冒頭の文永八年元旦のことを指す。

一二 作者の父雅忠。久我の一族に中院と称する者が多く、雅忠も中院大納言と呼ばれていた。

一三 「新しき年とも言はずふるものは旧りぬる人の涙なりけり」(『源氏物語』葵)による。

でられて、旧りぬる涙ぞ、なほ袖濡らし侍りし。

春宮の御方、いつしか御方分ち有るべしとて、十五日の中とひしめく。例の、院の御方・春宮、両方にならせ給うて、男・女房、面々に鬮に従ひて分たる。相手、皆男に女房合せらる。春宮の御方には、傅の大臣をはじめて皆男、院の御方は、御所より外は皆女房にて、相手を鬮にとらる。傅の大臣の相手に取り当る。「面々引出物、思ひ思ひに一人づつして、さまざま能を尽してせよ」といふ仰せこそ。

女房の方にはいと堪へがたかりし事は、あまりに、わが御身一つならず、近習の男達を召し集めて、女房達を打たせさせおはしましたるを、「妬き事なり」とて、東の御方と申し合せて、十八日には御所を打ち参らせんといふ事を談議して、十八日に、早朝の供御果つる程に、台盤所に女房達寄り合ひて、御湯殿の上の口には新大納言殿・権中納言、あらはに別当殿、常の御所の中には中納言殿、馬道にまし水・さぶらふなどを立て置きて、東の御方と二人、末の一間

粥杖事件

一 （遊戯等で）人数を左右に分けること。また左右に分けて勝負を争うこと。ここは、平安朝以来正月十五日に宮廷で行われた粥杖の遊びのためと見られ（注四参照）、この日に粥を煮た燃えさしの木（粥に浸した小枝とも言う）で女性の腰を打つと男子を生むとされ、興じたのである。ただ、ここの組分けの説明は分りにくい。

二 十五日に（競技実施）、の意か。

三 東宮の補導役で多くは大臣の兼職。ここは右大臣二条師忠。この時十一月東宮傅、十二月左大臣。

四 下に「ありしか」とでもあるべきところを、文末が略されたものか。但し、ここまでは粥杖とは別の行事の話で、ここに脱落を想定する説もある。

五 主君の側近く仕える者。側近。

六 後の玄輝門院。七四頁注七参照。

七 清涼殿あるいは御所の一室。湯などを沸かし、女房も詰めた。ここは、冷泉富小路御所の寝殿の北面の一室と考えられる。「口」は、その戸口。

八 以下、女房の名。

九 底本「別当九五」、諸注により改める。

一〇 皇居・御所の中で、天皇や上皇が平素居る所。ここは、院御所（冷泉富小路殿の寝殿）の一室（恐らく北側）。

にて何となき物語して、「一定御所はここへ出でさせおはしましなん」と言ひて待ち参らするに、案にも違はず、おぼしめし寄らぬ御事なれば、御[一三]大口ばかりにて、「など、これほど常の御所には人影もせぬぞ。ここには誰か候ふぞ」とて入らせおはしましたるを、東の御方かき抱き参らす。「あな悲しや。人やある人やある」と仰せらるれども、きと参る人もなし。辛うじて[一四]廂に[一五]師親大納言が参らんとするをば、馬道に候ふまし水、「子細候ふ。通し参らすまじ」とて杖を持ちたるを見て、逃げなどするほどに、思ふさまに打ち参らせぬ。「これより後、ながく、人して打たせじ」と、よくよく御[一六]怠状せさせ給ひぬ。

贖いの詮議

さて、しおほせたりと思ひてゐたるほどに、夕供御参る折、公卿達宮の御所に候ふに仰せられ出して、「[一七]わが御身、三十三にならせおはします。御[一八]厄に負けたるとおぼゆる。かかる目にこそ逢ひたりつれ。[一九]十善の床を踏んで[二〇]万乗の主となる身に杖を当てられし、未だ

一一 元来、板を取り外せる渡り廊下。後には長廊下を言う。
一二 「真清水」と書くか。『弁内侍日記』粥杖の条の「ましみつるいつるひる」(女房の名か)と関係あるか。「さぶらふ」は未詳、女房名としたが、「侍ふ」と見ることも可能。
一三 大口袴。束帯着用の際、表袴の下に着る、裾の口の広い袴。一種の下着。八〇頁注九参照。
一四 寝殿造りで、母屋(建物の中核部)から張り出して作った部分。「庇」とも書き、また「廂の間」とも言う。
一五 北畠。前出(四八頁注八)。但し大納言になったのは弘安六年(一二八三)。
一六 元来、わび状。ここは、陳謝の意。
一七 以下、院の自敬表現。
一八 厄年。元来陰陽家の説と言うが、一種の民間信仰として、人間の一生で、災難にあいやすく慎むべきであるとする数え年の年齢を言う。通例、男では二十五、四十二、六十、女では十九、三十三とし、特に男の四十二と女の三十三はそれぞれ「死に」「散々」に通じて大厄とされた。迷信だが、ある程度医学的に警戒すべき年代にも当っている。
一九 天皇の位のこと。三〇頁注五参照。
二〇 「乗」は車、ここは古代中国の兵車、またそれを数える助数詞で、天子は兵車一万輌を出すというところから、天子のことを言う。

昔もその例なくやあらん。などかまた、各々見継[一]がざりつるぞ。一同[二]せられけるにや」と、面々に恨み仰せらるるほどに、各々とかく陳じ申さるるほどに、「さても、君を打ち参らする程の事は、女房なりと申すとも、罪科軽かるまじき事に候ふ。昔の朝敵の人々も、これ程の不思議[三]は現[四]ぜず候ふ。御影[五]をだに踏まぬ事にて候ふに、まさしく杖を参らせ候ひける不思議、軽からず候ふ」由[六]、二条[七]左大臣・三条坊門大納言・善勝寺大納言・西園寺新大納言・万里小路大納言、一同に申さる。

ことに善勝寺大納言、いつもの事なれば、われ一人[八]と申して、「さてもこの女房の名字[九]は誰々ぞ。急ぎ承りて、罪科のやうをも、公卿一同にはからひ申すべし」と申さるる折、御所、「一人[一〇]ならぬ罪科は、親類累るべしや」と御尋ねあり。「申すに及ばず候ふ。六親[一一]親と申して皆累り候ふ」など面々に申さるる折、「まさしくわれを打ちたるは、中院大納言が女、四条大納言隆親が孫、善勝寺大納言

一 底本「みつかさりつるそ」。「見つかざりつるぞ」として、気がつかなかったのか、と解する説もある。
二 心を合わせること。同心。
三 考えられぬこと。ひどいこと。ここは「狼藉」程度の意。
四 「現ず」は、表す、示す、の意。
五 『沙弥威儀経』に「弟子従レ師行、不レ得三以レ足踏二師影一」とあると言い、古来東洋では目上の者の影をも踏むべきではないとされた。
六 ここも、直接話法で始まった引用が、間接話法で結ばれている。
七 二条師忠。当時（文永十二年正月）右大臣（二十二歳、十二月左大臣）。以下順に、中院通頼（当時権大納言、三十四歳）・四条隆顕（同、三十三歳）・西園寺実兼（同、二十七歳）・北畠師親（当時権中納言、三十二歳、前頁注一五参照）。
八 自分一人といった調子で口を開いて、の意。
九 名前。
一〇 一人だけでは済まぬ罪だったら、の意か。
一一 父・母・兄・弟・妻・子、父・母・兄・弟・夫・婦、その他の説がある。要するに一族のこと。

隆顕卿が姪と申すやらん、また[一二]随分養子と聞ゆれば、御女と申すべきにや、二条殿の御局の御仕事なれば、まづ一番に人の上ならずやあらん」と仰せ出されたれば、御前に候ふ公卿、皆一声に笑ひののしる。

「年の初めに、女房を流罪せられんも、その煩ひなり。ゆかりまでその咎あらんも、なほ煩ひなり。[一三]昔もさる事あり。急ぎ贖ひ申さるべし」とひしめかる。その折中す、「これ、身として思ひ寄らず候ふ。十五日に、あまりに御所強く打たせおはしまし候ふのみならず、公卿殿上人を召し集めて打たせられ候ひし事、本意なく思ひ参らせ候ひしかども、身、[一四]数ならず候へば、思ひ寄る方なく候ひしを、東の御方、『この恨み思ひ返し参らせん、同心せよ』と候ひしかば、『さ承り候ひぬ』と申して、打ち参らせて候ひし[一五]時に、われ一人罪に当るべきに候はず」と申せども、「何ともあれ、まさしく君の御身に杖を当て参らせたる者に過ぎたる事あるまじ」とて、御贖ひに

一二 元来、分に随って、の意だが、ここは、一応、ある程度、等の意か。また、この前後、院の言葉としては敬語が多いのが注意される。

一三 『今昔物語集』巻二十八の第二十一話や『宇治拾遺物語』巻十一の一「青常の事」などに、罪のつぐないに物品を贈り、あるいは饗応する、贖いの例がある。

一四 物の数でもない者でございますから、の意。

一五 接続助詞的表現で、……ので、の意。一四頁注四参照。

一 不都合。元来「をこ」（滑稽（こっけい）の意）の宛て字を音読したもの。
二 院の使に対する隆親の語としては、「贖ひ申すべし」とある方が自然なので、ここは隆親の作者に対する指示と見ておく。負担は外祖父隆親がするとしても、名目は作者自身の贖いだからである。

四条家の贖い

三 祖父隆親が私をお責めになって、の意。院が隆親をお責めになって、と見る解もある。
四 （隆親が贖いの事物を）差し出された、の意であろう。（隆親が院の御所へ）参上された、ともとれる。
五「かへで（楓）」の転で、襲（かさね）の色目の一（表裏共に萌黄（もえぎ））か。「かいぐ（皆具）」の誤写として上へつけ、御直衣一式、と解する説もある。
六 檀（まゆみ）・楮（こうぞ）などから漉（す）いた、厚く小皺のある紙。陸奥（みちのく）紙（がみ）（また、ミチノクニガミ）とも言う。
七「練貫」（経（たて）糸を生糸、緯（よこ）糸を練糸で、文様を織り出した絹織物）に同じか。ここは、その紫地のもの。
八 元来、柳の細枝で編んだ箱で、物入れ、または台として用いる。ここは、その銀製のもの。
九 ここは、（御盃を）入れて献上する、の意。
一〇 食物などを入れて運ぶ器。足が外へ反（そ）っていることからの名で、「外居」とも書く。
一一「合」は、箱のような蓋と身とのある物を数える助数詞。従って、ここは行器を十個。
一三 善勝寺（四条）隆顕の弟。

定まる【ることに決った】。
善勝寺大納言【隆顕が】御使（つかひ）にて、隆親卿の許（もと）へ事の由（よし）を仰せらる。「返す【（隆親）】返す尾籠（びろう）[一]【無礼なことをしたものですね】のしわざに候ひけり。急ぎ贖ひ申さるべし[二]【贖い申しなさい】」と申さる【〔私に〕】。「日数延び候へば悪（あ）しかるべし。急ぎ急ぎ」と責められて[三]、二十日ぞ参られたる[四]。御事ゆゆしくして【〔贖いの〕事物は盛大で】、院の御方へ御直衣（なほし）・かいで[五]御小袖十・御太刀一つ参る。二条左大臣より【以下】公卿六人に、太刀一つづつ、女房達の中へ檀紙（だんし）[六]百帖参らせらる。二十一日、やがて善勝寺大納言【早くも隆顕〔の贖いの番で〕】、御事常のごとく【やり方は前と同じで】、御所【院】へは綾練貫（あやねりぬき）[七]、紫にて、琴・琵琶を作りて【琴・琵琶の形を作って】参らせらる。また銀（しろがね）の柳筥（やないばこ）[八]に瑠璃（るり）の御盃参る[九]。公卿に馬・牛、女房達の中へ、染物【染めた布】にて行器（ほかゐ）[一〇]を作りて、糸にて瓜を作りて【〔その中に〕瓜〔の形〕を作って】、十合[一一]参らせらる。御酒盛、いつよりもおびたたしきに【盛大だったが】、折節隆遍（をりふしりゆうへん）[一二]僧正参らる。やがて【早速】御前へ召されて、御酒盛の砌（みぎり）[一三]へ参る。鯉を取り出したるを【鯉を出して来たのを】、「宇治の僧正の例[一四]あり、その家より生れて[一五]いかが黙（もだ）すべき、切るべき」由、僧正【〔僧正は〕】に御気色（みけしき）[一六]あり【〔院の〕】。固く辞退申す。仰せ度々（たびたび）になる折、隆顕、俎板を取りて僧正の前に置く。懐より庖丁刀・真魚箸を取り出でて、この傍に置く。「この上は」としきりに仰せらる。御所の御前に御盃あり。力なくて、香染の袂にて切られたりし、いと珍らかなりき。少々切りて、「頭をばえ割り侍らじ」と申されしを、「さるやういかが」とて、なほ仰せられしかば、いとさはやかに割りて、急ぎ御前を立つを、いたく御感ありて、今の瑠璃の盃を柳筥に据ゑながら、門前へ贈らる。

さるほどに、隆顕申すやう、「祖父・叔父などとて、咎を行はれ候ふ、みな外戚に侍る。伝へ聞く、いまだ内戚の祖母侍るなり。叔母、また同じく侍る。これにいかが仰せなからん」と申さる。「さる事なれども、筋の人などにてもなし。それらまで仰せられ候はん事、あまりに候ふ。うるはしく、苦りぬべき事なり」と仰せあるに、「さるべきやう候はず。主を御使にてこそ仰せ候はめ。また北山准后こそ、幼くより御芳心にて、典侍大も侍りしか」と申す折に、

実兼の贖い

一三 (ある事の行われている)場。
一四 未詳。なお、ここからは院の語で、例によって末尾は間接話法的。
一五 四条家は庖丁(料理)の家であった。「より」は「に」の誤写か。
一六 (院の)御意向があった、の意。
一七 魚を料理する時に用いる箸。
一八 丁子の煮汁(黄渋色)で染めた衣。ここは僧衣。
一九 僧侶の身として、そんな殺生なことはしてはなるまい、と言ったのである。
二〇 下に「あるべき」を補う。
二一 僧正の門前へ、すなわち、僧正へ、の意。
二二 母方の親戚。
二三 父方の親戚。
二四 雅忠の義母久我尼(一四頁注三)。
二五 未詳。あるいは京極殿(六三頁注二七)か。
二六 血筋。血がつながっていること。
二七 院の自敬表現。
二八 「うるはし」は、元来、きちんとしていること。
二九 (彼女達が)いやがることだろう、と解する説もある。
三〇 私(実兼の自称)。一説に、本人(つまり作者)。
三一 西園寺実氏の室貞子。一三頁注一六参照。
三二 後見。八六頁六行参照。七九頁注一五参照。一説に、「傍親」で、縁者の意とする。
三三 作者の母。三七頁注一六・八六頁五行参照。

「准后よりも罪(一)累りぬべくや」と西園寺に仰せらる。「あまりにかすかなる仰せにも候ふかな」としきりに申されしを、「いはれなし」とてまた責め落されて、それも勤められき。御事常のごとく、沈(二)の舟に、麝(三)香の臍三つにて船差(四)作りて乗せてと、御衣と、御所へ参る。二条左大臣に牛・太刀、残りの公卿には牛、女房達の中へは箔(五)・洲(六)流し・梨(七)妙・紅梅(八)などの檀紙百。

院の贖い

さても、さてあるべき事ならずとて、隆顕の許より、「かかる不思議の事ありて、各々(九)咎贖ひ申しては、いかが候ふべき」と言ひ遣したる返事に、「さる事候ふ。二葉にて母には離れ候ひぬ。父大納言、不(一〇)憫にし候ひしを、いまだ襁褓の中と申す程より、御所に召し置かれて候へば、私に育ち候はんよりも、故(一一)あるやうにも候ふかと思ひて候へば、さほどに物おぼえぬいたづら者に、御前にて生ひ立ち候ひける事、露知らず候ふ。君の御不覚とこそ、おぼえさせおはしまし候へ。上(一二)下を分かぬならひ、また御目(一三)をも見せられ参らせ候

一 この院の語から、実兼が作者と特殊な（許嫁的）関係にあったことを院も知っていたともとれるが、「准后よりも」は、准后からの線で考えても、の意にとるのが穏やかなようで、速断はできない。また一説に、「准后よりも」を地の文とし、次を准后の質問とする。
二 沈香。ジンチョウゲ科の常緑喬木で、香木の一。
三 麝香鹿の皮腺から製した香料。「臍」は塊。
四 船頭。
五 金銀などを薄く延ばしたもの。
六 金銀の砂子を散らした紙。
七 梨地（金銀の粉を散らしたもの）にした紙か。底本「名したへ」、一説に「名」を「の」の誤写とし、上から続けて「洲流しの下絵」と解する。
八 紅梅色（濃い桃色または紫がかった桃色）か。
九 各自罪を贖い申しましたが（あなたには）、の意。「申しては」を「申して候」の誤写と見る説、また「各々」を「内戚の各位」と解し、久我尼に贖いを促したと見る説もある。
一〇 不憫に思って（育てて）おりましたが、の意。
一一 「故」は元来、由緒、高い趣味・教養、等の意。
一二 （あの子が）上下の見境もつかぬ習性（になったのは）、と解したが、この句のかかり方は難解。（あの子の）上下の見境もない性質のためか、とか、（御所の）上下の別もないやり方で、などととる解もある。
一三 「見せられ」の「られ」を受身と取って「見せら

ふにつきて（につけこんで）、〔あの子が〕甘え申し候ひけるか、それも私には知り候はず（私の方ではあずかり知りません）。恐れ（恐れ多いことながら）も、咎[一四]は上（かみ）つ方より御使を下され候はばやとこそ思ひて候へ（お使を頂きたいと思っております）。〔私は〕またく累り候ふまじ（全く関係がございますまい）。雅忠などや候はば（おりましたら）、不憫[一五]（ふけう）のあまりにも贖ひ申し候はん（贖い申したでしょう）。〔が〕わが身には（私にとっては）不憫にも候はねば、不孝せよの御気色（御意向が）[一六]ばし候はば、〔私は〕仰せに従ひ候ふべく候ふ」由[一七]を申さる。

〔隆顕が〕この御文を持ちて参りて、〔院の〕御前にて披露するに（披露したところ）、（公卿達）「久我尼上が申し状、一旦そのいはれなきにあらず（一応その理由がないことでもありません）。御所[一八]にて生ひ立ち候ひぬる出で所をこそ申して候ふ（院の御所で生育したという〔この事件の〕背景を申しておりますがその言い分は）といふ事、申すに及ばず候ふ（もっともでございます）。また三瀬河[一九]（みつせがは）をだに負ひ越し候ふなるものを」など申さるるほどに、（院）[二〇]「とは何事ぞ。[二一]わが御身の訴訟にて（私自身の訴えで）贖（あが）[二二]はせられて（贖わせておいて）、また御所[二三]に御贖ひあるべきか」と仰せあるに、（公卿達）「上として（上の方から）〔下の者に〕咎ありと仰せあれば、下（しも）としてまた（下の者もまた〔何かと〕）申すもいはれなきにあらず（申すのも理由のないことではありません）」と、さまざま申して、また御所に（院が〔贖いを〕）御勤めあるべきになりぬ（おつとめになることになった）。御事は（その事務は）、経任[二四]（つねたふ）承る。御太刀一つづつ、公卿達賜はり給ふ（頂戴なさる）。衣（きぬ）一具づつ（一揃えずつ）、女房達賜はる（頂戴する）。をかしくも堪へがたかりし事（〔今思っても〕おかしくてたまらないことであ）

れ参らせ候ふ」全体の主語を作者と見たが、「見せられ」で切ってそこまでの主語を院とする説、「参らせ候ふに」で切って次を「継ぎて」（その結果として）ととる説もある。

一四 （私の）罪科については院（御自身）から、の意。

一五 勘当。義絶。

一六 「ば（「は」の転）」「し」（共に強意の助詞）の複合した助詞。

一七 ここも、直接話法で始まって間接話法で結ぶ例。

一八 次行の「申して候ふ」まで、久我尼の語の要約。「候ふ」の「ふ」は底本なし。正確な直接話法なら「へ」と送るべきだが、送り仮名の略し方の通例からも、間接引用的な結び方と見て「ふ」を補った。

一九 （女の最初の男は）三途（さんず）の川さえも背負って越すと言いますから。「三瀬河」は三途の川（四四頁注三参照）。『十王経』（偽経）に、女が三途の川を渡る時は、最初の男（ここでは院がそれに当る）が負って行く、と見え、平安時代以来そう信じられていた。

二〇 これは一体何事だ、の意。驚いた時の言い方。

二一 ここも院の自敬表現。

二二 主語を院とし、「られ」を尊敬（自敬表現）と見たが、主語を院から見て二人称（お前達）とし、「られ」を受身と見る説もある。

二三 院（私）が贖いをすべきだと言うのか、の意。単なる疑問よりも、反語ととるべきであろう。

二四 吉田。かつて後嵯峨院の近臣。二八頁注一二参照。

どもなり。

有明との出逢い

かくて三月の頃にもなりぬるに、例の（例によって）後白河院御八講にてあるに（〔の時分〕だが）、六条殿長講堂はなければ、正親町の長講堂にて行はる。結願十三日（〔の〕）に御幸なりぬる間に（〔御所へ〕いらした）、御参りある人あり。「還御待ち参らすべし」（（有明）院のお帰りをお待ちしましょう）とて、候はせ給ふ（控えていらっしゃる）。二棟の廊に御渡りあり（お越しになる）。参りて（〔私が〕）見参に入りて、「還御はよくなり侍らん」（もうじきでございましょう）など申して、帰らんとすれば、「しばし、（（有明））それに候へ」（そこにいなさい）と仰せらるれば、何の御用ともおぼえねども、そぞろき（あわてて）逃ぐべき御人柄ならねば（逃げてもよいような御身分ではないので）、候ふに（〔私は〕）、何となき御昔語り（〔有明は〕）、「故大納言（雅忠）が常に申し侍りし事も、忘れずおぼしめさるる」（忘れずに覚えているよ）など仰せらるるも、なつかしきやうにて（なつかしいような感じで）、のどのどとうち向ひ参らせたるに（落着いてお相手申し上げていると）、何とやらん（〔有明は〕何やら）、思ひの外なる事を仰せられ出して、「仏も心ぎたなき勤めとやおぼしめすらんと思ふ」（心の汚れた奉仕と思っていらっしゃるかと思います）とかや承るも、思はずに不思議なれば（思いもよらず理解しがたいので）、何となくまぎらかして立ち退かんとする袖をさへひかへて（〔私の〕袖までも引きとどめて）、「いかなる暇とだに（どんな機会にでも）、せめては頼めよ」とて、まことに偽りならず見ゆる

一 後白河院の命日は三月十三日。例年、この日を結願（最終日）として、法華八講（法華経八巻に開結二経を加えて毎日二巻ずつ五日間講ずる法会）が行われた。
二 後白河院が六条殿（六六頁注四）に法華三昧長講（八講）をするために建てた堂。文永十年十月焼失。
三 正親町殿（七四頁注一四）内の長講堂。六条長講堂の焼失中は、ここを用いた。
四 院が（長講堂へ）行っておられる間に、の意。
五 この後、作者と激しい仲になる阿闍梨。「有明の月」と呼ばれる。後深草院の異母弟、性助法親王（御室、二五頁注二七）が擬せられていると見られる。
六 寝殿造りで渡殿を二棟（柱間二つの幅）にしたもので、通例寝殿の東北または西北に作られ、居間兼応接室その他の用にあてた。「廊」とつくが、通路の機能は、簀子に譲ったことが多い。「二棟」とも略す。
七 ゲンザンとも言う。お目にかかること。
八 「よく」は一〇八頁六行の例と同じく時刻の適合する意とも、「早く」又は「とく」の誤写とも言う。
九 「そぞろく」は、なぜともなく落着かない、そわそわする、の意。「すずろく」とも言う。
一〇 「有明」の自敬表現と見ておく。
一一 のんびりするさま。ここは、気を許して、位の意。
一二 「仏も、なかなか心ぎたなしと見給ひぬべし」（『源氏物語』帚木）によるか。
一三 頼みに思わせてくれ、の意。「頼めよ」は「頼む」

御袖の涙もむつかしきに、「還御」とてひしめけば、引き放ち参らせぬ。思はずながら、不思議なりつる夢とや言はんなど[一四]おぼえてゐたるに、御対面ありて、「久しかりけるに」などとて、九献すすめ申さるる。御陪膳をつとむるにも、心の中を人や知らんと、いとをかし。

両院の蹴鞠

さるほどに、[一五]両院御仲快からぬ事、悪しく[一六]東ざまに思ひ参らせたるといふ事聞えて、この御所へ、[一七]新院御幸あるべしと申さる。[一八]懸り御覧ぜらるべしとて、御鞠あるべしとてあれば、「いかで、いかなるべき式ぞ」と、[一九]近衛大殿へ申さる。「いたく事過ぎぬ程に、九献。御鞠の中に御装束直さるる折、[二〇]御柿浸し参る事あり。女房して[二一]参らせらるべし」と申さる。「女房は誰にてか」と御沙汰あるに、「御年頃なり。さるべき人柄なれば」とて、この役を承る。[二二]樺桜七つ、[二三]裏山吹の表着、[二四]青色唐衣、紅の[二五]打衣、[二六]生絹の袴にてあり。浮織物の[二七]紅梅の匂ひの三つ小袖、[二八]唐綾の二つ小袖なり。

(下二段活用、あてにさせる意)の命令形。
一四 文法的には、(私に)思われていた、であるが、事実としては、(私が)思っていたのである。
一五「両院」は後深草・亀山両上皇。後嵯峨院の没後子孫の皇位継承権をめぐってこの両者が対立した。七四頁一〜三行辺参照。
一六 関東すなわち鎌倉幕府側で、の意。
一七 底本に「せんりんし殿」と傍注があり、亀山院が禅林寺殿(今の南禅寺の辺)を離宮とした故の称。
一八 蹴鞠の競技場。七八頁注二参照。
一九 鷹司兼平(近衛兼経の弟、当時前関白)。「大殿」は、摂政・関白を指す敬称。
二〇 柿浸し(干柿を刻んで酒に浸したもの)を召し上がることがあります、の意。
二一 差し上げられるのがよろしいでしょう、の意。
二二 表蘇芳、裏紅花色。二、三月の用。以下はこの時の作者の服装。
二三 表黄、裏紅(萌黄とも)。冬から春の用。
二四 青は赤と共に禁色。「唐衣」は底本「から花」。
二五 女子の正装で、表着の下に着た。もと砧で打って艶を出した。
二六 練らない絹布。
二七 紅梅(表紅、裏蘇芳、春の用)または紅梅色(濃紅・赤紫)を順に色を薄くして重ねること。
二八 浮織にした、中国伝来の綾。綸子の類。

御幸なりぬるに、御座を対座[一]に設けたりしを、新院御覧ぜられて、「前院の御時定め置かれにしに、御座の設けやう、わろし」とて、長押[二]の下へおろさるる所に、主の院出でさせ給ひて、「朱雀院[三]の行幸には、主の座を対座にこそなされしに、今日の出御には御座をおろさるる、異様に侍る」と申されしこそ、「優に聞ゆ」など、人々申し侍りしか。ことさら式[四]の供御参り、三献果てなどして後、春[五]宮入らせおはしまして、御鞠あり。半ば過ぐる程に、二棟の東の妻戸へ入らせおはします所へ、柳筥に御土器[六]を据ゑて、金の御提子[七]に御柿浸し入れて、別当殿[八]、松襲[九]の五つ衣に紅の打衣、柳の表着、裏[一〇]山吹の唐衣にてありしに、持たせて参りて、取りて参らす。「まづ飲め」と御言葉かけさせ給ふ。暮れかかるまで御鞠ありて、松明[一一]取りて還御。

次の日、仲頼[一二]して御文あり。

いかにせんうつつともなき面影を[一三]

一 対等の座席。
二 母屋から一段下った廂の間へ、の意。
三 『源氏物語』藤裏葉で、朱雀院と冷泉帝とが源氏の六条院を訪ねた折、主の源氏の席が下座に設けてあったのを、宣旨によって同列にされたことを指す。
四 正式のお食事を召し上がり、の意。
五 熙仁親王（後深草院皇子、後の伏見院）。
六 盃。
七 鉉のついた銚子（酒を入れて盃につぐ器）。
八 女房の名。九四頁注九参照。
九 表萌黄、裏紫。四季の用。以下別当殿の服装。
一〇 表白、裏薄青。冬・春の用。
一一 松明を持って、すなわち、つけて、の意。
一二 作者の乳母子。亀山院の近臣。五四頁注一参照。
一三 どうしたらよいのだろう、現実に向き合っているのでもない（幻の）あなたの面影を、夢と思ってみても、（夢ならばさめる筈なのに）さめる時もない（あなたの面影が私の目に浮んで離れない）、の意。
一四 薄く漉いた鳥の子紙。紅の薄様は艶書の通例。
一五 薄い藍色。
一六 現実でも夢でもどちらでもよいではありませんか、（美しい）桜の花も咲いたかと思うと散るような、無常なこの世に（私どもは生きているのですから）、の意。「桜花」は亀山院の甘い語を寓する。
一七「師親」は前出（四八頁注八・九五頁注一五）。亀山院の求愛を避けたのであろうが、この前後、文の続

夢と思へば覚(さ)むる間もなし

紅の薄様(うすやう)[一四]にて、柳の枝に付けらる。さのみ御返りをだに申さぬも（そのまま御返事さえも申し上げないのも）、かつは便(びん)なきやうにやとて（一面不都合でもあろうかと）、縹(はなだ)[一五]の薄様に書きて、桜の枝に付けて、

（私）うつつ[一六]とも夢ともよしや桜花
咲き散る程と常ならぬ世に

その後(のち)も度々(たびたび)（重ねて）うちしきり〔御意向を〕承りしかども、〔私は〕師親[一七]大納言住む所へ、車〔を〕乞ひて〔よこしてくれるよう〕帰りぬ（頼んで帰った）。

六条殿長講堂供養

まことや（そうそう）、六条殿[一八]の長講堂作り立てて、四月に御移徙(わたまし)[一九]。御堂供養は曼陀羅(まんだら)[二〇]供(く)、御導師(だうし)[二一]は公豪(こうがう)[二二]僧正、讃衆(さんじゆ)[二三]二十人にてありし後、憲実(けんじち)[二四]御導師にて定朝(ぢやうてう)[二五]堂供養、御移徙の後なり。御移徙には、出車(いだしぐるま)[二六]五両ありし、〔私は〕一の車[二七]の左に〔乗って〕参る。右に京極殿[二八]〔私は〕。撫子(なでしこ)[二九]の七つ衣、若菖蒲(わかしやうぶ)[三〇]の表(うは)着(ぎ)なり。京極殿は藤[三一]の五つ衣なり。御移徙三日[三二]（移転の後）は白き衣にて、〔その上に〕濃き[三三]物具(もののぐ)・袴なり。「御壺合(つぼあはせ)[三四]あるべし」とて、公卿・殿上人、上臈(じやうらふ)・小(こ)[三五]上臈、御壺を分け賜はる（分けて拝領した）。〔私は〕常の御所の東(ひんがし)向きの二間(ふたま)[三六]の御壺を賜は

きが悪く、「師親」の上に脱文を疑う説もある。

一八 史実では、文永十二年四月七日鎮宅、十三日御移徙、二十三日供養。

一九 移転。それまでの仮の正親町長講堂から仏像・仏具等一切を運び込んだのである。

二〇 曼陀羅を掲げて供養する法会。

二一 法会の中心になって事を行う僧。

二二 三条左大臣実房子。大僧正。毘沙門(びしやもん)堂。弘安元年（一二七八）天台座主。

二三 讃偈(さんげ)を唱える僧達。

二四 四八頁注五参照。

二五 六条殿内の一堂。定朝作の仏像を本尊としたか。

二六 出衣(いだしぎぬ)（簾(すだれ)の下から女房の袖や裾を出して見せること）をした車（牛車）。

二七 一番目の車の左側。最上席。

二八 作者の叔母か。六三頁注二七参照。

二九 表紅梅、裏青。夏の用。

三〇 ワカソウブとも。表青、裏紅梅の匂、四月の用。

三一 表薄紫、裏青。三、四月の用。

三二 移徙後三日間は、謹慎する習いであったと言う。

三三 「濃き」は濃紅。「物具」は正装一式。女子の場合は裳・唐衣をつける。

三四 「壺」は中庭。左右の組に分け、互いに庭の出来ばえを競うこと。

三五 上臈と中臈との間の身分（の女房）。

三六 二間（柱と柱の間が二つあること）分の中庭。

る。とり[一]造る定朝堂の前、二間[二]が通りを賜はりて、反橋[三]（そりはし）を遣水（やりみつ）に小さくうつくしく渡したるを、善勝寺大納言[四]、夜（よ）の間（ま）に盗み渡して、わが御壺に置かれたりしこそ、いとをかしかりしか。

（小ぎれいな感じに渡しておいたのを　隆顕　盗み出して　自分の庭にお架けになったのは）

院の病中、有明と密会

かくしつつ、八月の頃にや、御所に、さしたる御心地にてはなく、そこはかとなく悩みわたり給ふ事ありて、供御を参らで、御汗垂りなどしつつ日数重なれば、いかなる事にかと思ひ騒ぎ、医師（くすし）参りなどして、御灸[五]（やいとう）始めて十所（ところ）ばかりせさせおはしましなどすれども、同じさまに渡らせおはしませば、九月の八日よりにや、延命供[六]（く）始められて、七日過ぎぬるに、なほ同じさまなる御事なれば、「いかなるべき御事にか」と嘆くに[七]、さてもこの阿闍梨[八]に御参りあるは[九]、こ[一〇]の春、袖の涙の色を見せ給ひしかば、御使に参る折々も、言ひ出しなどし給へども、まぎらはしつつ過ぎ行くに、この程細やかなる御文を賜はりて、返事を責めわたり給ふ。いとむつかしくて、薄様の元結[一一]（もとゆひ）のそばを破りて、「夢」[一二]といふ文字を一つ書きて、参らすると

（院には　大したお具合ではなかったが　何となくお加減の悪いのが続くことがあって　お食事をあがらず　汗がお出になるなどして　〔人々は〕どうしたことなのかと心配し　据えさせなさったりなどしたけれども　〔相変らず〕同じ容態でいらっしゃったので　からだったか　七日間経ったのに　やはり同じような御容態なので　〔人々〕一体どういうことなのか　それにしても　〔私が院の〕お見せになって以来　〔私への愛情を〕　〔私は〕　心のこもった　しきりに強要なさる　〔私は〕とても困ってしまい　端を破って　〔広げて〕　差し上げるという）

一 常の御所に取りつけて造った、の意。新造の、と解する説もある。
二 二間（ふたま）の前面。二間分の幅。なお、この部分は前文の繰り返し補足で「渡したるを」までの主語は作者自身と見ておくが、『増鏡』老の波では「なにがしの朝臣」としており、ある人と解する説もある。
三 中央を高く、そり返った形に造った橋。太鼓橋。
四 『増鏡』老の波では平経親（当時正五位下）としている。
五 灸治（きゅうじ）。
六 普賢延命菩薩を本尊として除障・延命を祈る大法。
七 どうなられるというのか、ともとれる。また、人人の語と見て引用としたが、地の文と見てもよい。
八 この（延命供の）阿闍梨（修法の上首）として参仕なさった方は、の意。「有明の月」である。
九 「あるは」の「は」を感動の助詞と見て、ここで文を切る説もあるが、「……参仕なさった方は」と下へ続け、しかもその文脈がやや屈折しているものと解した。
一〇 この年の三月のこと。一〇二～三頁参照。
一一 髪のもとどりを結び束ねるもの。古くは組糸を用いたが、後には紙撚（こより）を用い、ここもそれ。
一二 この一字、いろいろに解釈できるが、この間の三月の後白河院御八講の折の出会いを、私は夢と思って

しもなくて【程のことでもなく】、うち置きて帰りぬ【つと置いて帰った】。また参りたるに【〔私が〕参上したところ】、樒（しきみ）[一三]の枝を一つ投げ給ふ。取りて、片方（かたかた）に行きて見れば【片隅に行って見ると】、葉に物書かれたり【何か書いてある】。

（有明）樒摘む[一四]暁起きに袖濡れて

見果てぬ夢の末ぞゆかしき

優に【優雅で】面白くおぼえて、この後（のち）少し【〔私の〕】心にかかり給ふ[一五]心地して【去来なさる気がして】、御使に参るもすすましくて[一六]【気がはずむようで】、御物語の返事もうちのどまりて申すに【お話の御返事も気楽に申し上げる〔ようになった〕が】、【〔有明が〕】御所へ入らせ給うて【院の御所へいらして】、【〔院に〕】御対面ありて、【〔有明〕】「かくいつとなくわたらせ給ふ事」[一七]【こういつまでも長引いていらっしゃるのは】など嘆き申されて、【（有明）】「御撫物（なでもの）[一八]を持たせて、御時（じ）[一九]始まらん程【始まる頃に】、聴聞所（ちやうもん）[二〇]へ人を賜はり候へ」と申させ給ふ。初夜[二一]の時（じ）始まる程に、【（院）】「御衣（ぞ）を持ちて聴聞所に参れ」と仰せあるほどに【〔私に〕おっしゃるので】、【〔私が〕】参りたれば、【〔折から〕】人も皆伴僧[二二]に参るべき装束しに、各々（おのおの）部屋部屋へ出でたる程にや【出て行った時なのか】、人もなし。ただ一人おはします所へ参りぬ【〔有明〕いらっしゃるところへ参上した】。

【（私）】「御撫物、いづくに候ふべきぞ」【どこに置きましょうか】と申す。【（有明）】「道場のそばの局（つぼね）へ」と仰せ言（ごと）あれば、参りて見るに【〔局へ〕参って見ると】、顕証気（けんそうげ）[二三]に御灯明（あかし）の火に輝きたるに【照らされている所へ】、

います、あなたも夢と思って下さい、の意か。

一三 モクレン科の常緑喬木。枝を仏前に供え、また樹皮や葉から抹香を製する。

一四 暁に起きて、仏に供える樒の葉を摘む時にも、朝露ならぬ（あなたを慕う）涙に袖も濡れて、（あなたとの、あなたもおっしゃる）「夢」のような逢う瀬のその先（私の恋の今後）が、気になって仕方ありません、の意。「樒摘む山路の露に濡れにけり暁起きの墨染の袖」（『新古今集』雑中、小侍従）を本歌とするか。

一五 相手（「有明」）を主語とする言い方なので、敬語を用いた。

一六「すすまし」は、気が進む、気乗りがする、の意の形容詞。

一七 下に、心配ですね、困りますね、などを補うとよい。

一八 体を撫でて穢（けがれ）を祓（はら）い捨てるための衣服、又は紙製の人形（ひとがた）（形代（かたしろ））で、撫で終ると祈禱所で祈禱する。

一九 祈禱の時刻。

二〇 説法を聴聞する場所。御所の一室であろう。

二一「初夜」は一日を六つ、一晩を三つ（初夜・中夜又は半夜・後夜）に分けたものの一。また、一晩を五つ（初更〜五更）に分けた第一（初更）をも言い、仏教では初更すなわち戌（いぬ）の刻（今の八時頃）に行う勤行（ごんぎょう）を指す。ここもその意。

二二 伴僧として奉仕するための衣裳をつけに、の意。「伴僧」は、導師（一〇五頁注二一）に伴う僧。

二三 あらわに、の意。「輝きたる」にかかる。

思はずに萎えたる衣にて、ふとおはしたり。こはいかにと思ふほどに、「仏の御しるべは、暗き道に入りても」など仰せられて、泣く泣く抱きつき給ふも、あまりうたてくおぼゆれども、人の御ため、「こは何事ぞ」など言ふべき御人柄にもあらねば、忍びつつ、「仏の御心の内も」など申せども、叶はず。見つる夢の名残もうつつともなき程なるに、「時よくなりぬ」とて伴僧ども参れば、後の方より逃げ帰り給ひて、「後夜の程に、今一度、必ず」と仰せありて、やがて始まるさまは何となきに、参り給ふらんともおぼえねば、いと恐ろし。

御灯明の光さへ曇りなくさし入りたりつる火影は、来ん世の闇も悲しきに、思ひ焦がるる心はなくて、後夜過ぐる程に、人間をうかがひて参りたれば、この度は御時果てて後なれば、少しのどかに見奉るにつけても、むせかへり給ふ気色、心苦しきものから、明け行く音するに、肌に着たる御小袖に、わが御肌なる御小袖を、強ひて

一 糊のきいていない衣服。普段着を言う。
二 「仏の御しるべは、暗きに入りても更に違ふまじかんなるものを」（『源氏物語』若紫、『法華経』化城喩品の偈「従レ冥入ニ於冥一、永不レ聞ニ仏名一」）による。
三 「暗き道」は、元来は衆生の目ざめない（悟らず無知な）状態を言うが、転じて冥途の意に用い、更にここは、恋の闇路をたとえていると見られる。
四 相手のために、の意。「人」は相手、ここは「有明」を指す。
五 下に、憚られます、恐ろしゅう存じます、などが略されている。
六 強引に「有明」に従わされてしまったことを言う。
七 祈禱の時刻に丁度なりました、の意。
八 夜半から朝まで。また、その時に行う祈禱・勤行。
九 語法的には、（祈禱が）始まる、の意だが、（「有明」が祈禱を）始める、の意に近く解する説もある。
一〇 前注とも関連するが、この部分難解。祈禱に（そのまま）参仕なさるとも……、ととる説もある。
一一 （月の光の上に）御灯明の光までも、の意。
一二 この前後やや難解だが、「火影」は、ここでは灯明の光。それが作者の控えている局にさし込んでいるのである。但し、「火影」を灯明に照らされた「有明」の姿と見る説もある。
一三 「人間」は、人のいない間。作者は、「例の心弱さ」の上に、「有明」の強い個性に一面魅せられてしまったのであろう。

「形見に」とて着換へ給ひつつ、起き別れぬる御名残もかたほなる（一五 妙なもので）ものから（はあったが）、なつかしくあはれとも言ひぬべき御さまも（心が引かれ優雅とも言えそうな〔有明の〕御様子も）、忘れがたき心地して、局にすべりてうち寝たるに（〔私は〕横になったところ）、今の御小袖の褄（一六）に物あり（今取りかえた小袖の）。取りて見れば、陸奥紙（一七）をいささか破りて、

（有明）一八 うつつとも夢ともいまだ分きかねて
悲しさ残る秋の夜の月

とあるも、いかなる隙に書き給ひけんなど、なほざりならぬ御心ざしも（一通りでないお気持も）空に知られて（何となくわかり）、この程は（その後は）隙をうかがひつつ、夜を経て（一九 夜ごとにという位〔頻繁に〕）といふばかり見奉れば（お会いしたので）、この度の御修法（二〇）は心清からぬ御祈誓、仏の御心中も恥かしきに（恥ずかしかったが）、二七日（二一）の末つ方より（終りごろから）よろしくなり給ひて（〔院は〕大分よくおなりになって）、三七日にて御結願（二二）ありて出で給ふ（〔有明は〕退出なさる）。

明日（二三）とての夜、「（有明）またいかなる便りをか待ち見ん（どんな機会を待って会ったらよかろう）。念誦（二四）の床にも塵積り、護摩（二五）の道場も煙絶えぬべくこそ（煙が絶えてしまうに違いない）。同じ心にだにもあらば（〔私に〕同意してさえくれたら）、二六 濃き墨染の袂になりつつ、深き山に籠りゐて、幾程なきこの世に（いくらも長らえきれぬこの世で）、

一四「見る」は、ここでも男女の情交を意味する。
一五 不十分、妙、の意で、「まほ」（完全）の対。相手が高貴の僧で、普通の男との情事とは違って妙な感じであったことを言ったのであろう。
一六 衽（前で左右を重ね合せる部分）の腰から下の縁。
一七 檀紙。九八頁注六参照。
一八（あなたと過した一夜が）現実であったとも夢であったともまだ（私には）区別しかねて、秋の夜の月が有明となって残る今、（お別れするに当っては）悲しさだけが残っています、の意。「有明の月」の名の由来はこの歌あたりであろうか。
一九「夜を経で」と訓んだり、一晩おきに、と解したりする説もあるが、当時の用例から下のように解した。次の「見奉る」の「見る」も、具体的には契ること。
二〇 密教で行う加持祈禱の法。ここは延命供を指す。
二一 初めの七日間を「一七日」、次の七日間を「二七日」（ニシチニチ、またはフタナヌカ、フタナノカ）と言う。現代風に言えば、第二週。
二二 ここは、修法の修了。満期。
二三 明日が結願で御退出という晩、の意。
二四 この上に、私はもはや、あなたへの思いに迷って勤行に励む気もなくなってしまい、の意を補う。
二五 密教の修法の一。炉壇を設けて、ヌルデなどの乳木を焚き、祈る。
二六（現在の高僧としての地位を捨てて、二人とも）ただの遁世者となって、の意。

物思はでも（何も考えずに〔暮したい〕）」など仰せらるるぞ、あまりにむくつけき心地する（空恐ろしいような気がする）。明二け行く鐘に音（ね）を添へて、起き別れ（〔有明が〕）給ふさま、いつ三習ひ給ふ御言の葉にかと、いとあはれなる程に見え給ふ（全くお気の毒な位の御様子にお見えになった）。御袖四の柵（しがらみ）も「洩り五て浮名（うきな）や」と、心苦しき程なり（心配な程であった）。かくしつつ結願ありぬれば（そうこうする中に結願になったので）、御出でありぬるも（〔有明は〕御退出になったがそれも）、さすが心にかかるこそ（さすがに〔私の〕心にかかるのは）、よしなき思ひも数々色添ふ心地し侍れ（六つまらぬ物思いも〔今後〕いろいろふえてゆくことを思わせます）。

九月には御花七。六条殿の御所の新しきにて映々（はえばえ）しきに、新院（亀山院）の御幸さへなりて、「女房達（亀山院）めいめい八に賜はらん（〔花を〕やろう）」など申させ給ふほどに、面々（皆々）に心ことに（特別に）出で立ち（着飾って）ひしめき合はるれども（わいわい言っておられたが）、よろづ物思はしき心地のみして（〔私は〕万事に物思いがつのるようにのみ思われて）、常は引き入りがちにてのみ侍りしほどに（ずっと引きこもりがちでおりましたところ）、御花（供花の）果てて（儀式が終り）、松取り（松茸）九に伏見の御所へ両院御幸なるに、近衛大殿一〇（このゑの）も御参り（おいでにな）あるべしとてありしに（るはずとのことだったが）、いかなる（どんな）御障り（さはり）にか（御差し支えか）、御参りなくて（おいでがなくて）、御文（〔代りに〕）あり（お手紙があった）。

（兼平）伏見山一一幾万代（よろづよ）か栄ふべき

一 悩むことなく、思いのままに、の意。
二 明け行く鐘の音に忍び泣く声を添えて、の意。作者の愛用句で八九頁九行にも既出。
三 「いつ習ひ給へる」の意であろう。「起き別れ」る時の言葉を指す。
四 袖で涙をせき止め押えることの比喩。
五 下に「立たん」などを補う。（袖に止めかねた涙が）人に見咎められて、浮き名（「憂き名」でもある）が流れることだろう、の意。「柏木（かしはぎ）の洩りて浮き名に立ちぬるや燃えし煙の初めなりけむ」（『新続古今集』恋四、読人知らず）も参考になる。
六 この一句、以後の有明との交渉のクライマックスと破局とを予告する伏線と見られる。

六条殿の供花

七 供花（くげ）。仏前に花を供える法会。長講堂では五月と九月に行われた。ここは読点で中止でもよい。
八 底本「あいしに」。上の「たち」と続けて「立ち合ひしに」と訓む説もあるが、意味が不明確。また、この語を後深草院が亀山院へ言った語（「……頂きたいものです」）と見ることもできる。
九 伏見にあった持明院統の離宮。五八頁注六参照。
一〇 兼平。一〇三頁注一九参照。
一一 伏見山（の麓にお越しの院の御代）は、いつまでも栄えることでしょう、丁度、緑の小松が今日から始めて永く伏見山に繋り栄えるように、の意。「栄ふ」は「栄ゆ」の転訛（てんか）。この歌と次の院の歌は、正月の子（ね）の

緑の小松今日をはじめに

御返し、後深草院の御歌、

栄ふべき程ぞ久しき伏見山
老いそふ松の千世をかさねて

中二日の御逗留にて、伏見殿へ御幸などありて、面白き九献の御式どもありて、還御。

扇の女

さても一昨年の七月に、しばし里に侍りて、参るとて、裏表に小さき洲流しをして、中縹なる紙に水を描きて、異物は何もなくて、水の上に白き泥にて、「くゆる煙よ」とばかり書きたる扇紙を、樟木の骨に具して、張らせに或る人の許へ遣したれば、その女のこれを見て、それも絵を美しう描く人にて、ひた水に秋の野を描きて、「異浦に澄む月は見るとも」と書きたるをおこせて、扇換へにしたりしを、持ちて参りたるを、「先々の筆とも見えねば、いかなる人の形見ぞ」など、ねんごろに御尋ねあるもむつかしくて、ありのま

日の小松の折の歌と見られ、元来この時の作ではあるまい。『増鏡』老の波では、「伏見山幾万代も枝そへて栄へん松の末ぞゆかしき」とする。

一二 後人のつけた注記であろう。

一三 伏見山もわが皇統（持明院統）の栄えも（共に）久しいであろう、伏見山に老いを加えて行く松が千代を重ねるであろうように、の意。「老いそふ」は、底本「おいその」。「老蘇（地名）の」、また「生ひそふ」と解する説もある。五句、『増鏡』では「枝をつらねて」。

一四 広義の伏見殿（前頁注九）は、上・下に別れ、ここは、下の御所（狭義の伏見殿）の中で、宇治川に臨み、船戸御所とも言った建物。

一五 金銀の砂子を散らすこと。

一六 中央が縹（薄藍）色の、の意。

一七 泥絵具。金銀などの粉を膠で練り泥状にしたもの。

一八 「浦に焚く蜑だにつつむ恋なればくゆる煙よ行く方ぞなき」（『源氏物語』須磨）による。

一九 クスノキと解したが、底本「しやう木」で、一説に「上木」（上質の木）又は「正木」（正真の名材、例えば紫檀・黒檀など）とも言う。

二〇 一面の水辺、の意か。一説に「ひたみち」（一面の意）の誤写かとも言う。

二一 「忘れじな難波の秋の夜半の空異浦に澄む月は見るとも」（『新古今集』秋上、宜秋門院丹後）による。

二二 前々から描かせていた（絵の）筆者とも見えないので、の意。この一句、地の文ともとれる。

まに申すほどに、絵の美しきよりはじめ、上の空なる恋路に迷ひそめさせ給ひて、三年が程、とかくその道芝いしいしと、御心の暇なく言ひ渡り給へるを、いかにし給ひけるにや、神無月十日よひの程に、参るべきになりて、御心の置き所なく、心ことに出で立ち給ふ所へ、資行中将参りて、「承り候ひし御傾城具して参りつる」由案内すれば、「しばし車ながら、京極面の南の端の釣殿の辺に置け」と仰せありぬ。

初夜打つ程に、三年の人参りたり。青格子の二つ衣に、紫の糸にて蔦を縫ひたりしに、蘇芳の薄衣重ねて、赤色の唐衣ぞ着て侍りし。例の「みちびけ」とてありしかば、車寄せへ行きたるに、降るる音なひなど、衣の音よりけしからず、おびたたしく鳴りひそめくさまも思はずなるに、具して参りつつ、例の昼の御座のそばの四間、心ことにしつらひ、薫物の香も心ことにて、入れたるに、一尺ばかりなる檜扇を浮き織りたる衣に、青裏の二つ衣に紅の袴、いづれもな

一 （一昨年からこの年まで）足掛け三年間ばかり、の意。昔は、期間は通例足掛けで数える。
二 「道芝」は、情事の手引き。
三 従来「十日宵」と解して来たが、「十日余日」であろう。『無名草子』に類例がある。
四 山科資成男。前出（七八頁三行）。
五 資行は、院から言いつかっていた（御指名の）別の女性（「傾城」は美人）を連れてきたのである。
六 京極大路に面した側。
七 寝殿造りで、渡殿の先に、池に臨んで構えた建物。
八 初夜（午後八時頃）の鐘が鳴る頃、の意。一〇七頁注二一参照。
九 三年越しに院が執心してきた扇の女性。
一〇 「格子」は練貫の一種、いわゆる格子縞。底本「あをかうし」。「青柑子」（染め色又は襲の色目で表青、裏柑子）とも考えられる。
一一 例によって、昼の御座の傍の四間（八九頁注一八参照）を、の意。「心ことに……心ことにて」は「……四間」の補足的説明。
一二 極端に糊がきいていること。こうした服を着慣れていないのである。
一三 この部分難解。文意からは、「僧綱聖が僧綱」の誤写で、僧綱（僧官の高い僧正・僧都・律師の称）の僧綱襟（衣の襟首を高く上げて着ること）の意との説が通りやすいが、「かうこ」は「紙子」（和紙で作った衣服）の音便で「紙子、聖が紙子」と繰り返したと

べてならず強きを、いと着しつけざりけるにや、[一三]からこ聖がからこなどのやうに、後に多く高々と見えて、顔の様もいとたわやかに、目も鼻も鮮やかにて、[一四]美々しげなる人かなと見ゆれども、姫君などは言ひぬべくもなし。肥えらかに高く太く、色白くなどありて、内裏などの女房にて、[一五]大極殿の行幸の儀式などに、[一六]一の内侍などにて、[一七]髪上げて、[一八]御剣の役などを勤めさせたくぞ、見え侍りし。

「はや参りぬ」と奏せしかば、御所は、菊を織りたる薄色の御直衣に[一九]御大口にて入らせ給ふ。[二〇]百歩の外と言ふ程なる御匂ひ、御屏風のこなたまでいとこちたし。御物語などあるに、いと[二一]御答へがちなるも、御心に合はずやと思ひやられてをかしきに、[二二]御寝になりぬ。例の、程近く[二三]上臥したるに、西園寺大納言、明障子の外、長押の下に御宿直したるに、[二四]いたく更けぬさきに、はや何事も果てぬるにや、いとあさましき程の事なり。さて、いつしかあらはへ出でさせおはしまして召すに、参りたれば、「[二五]玉川の里」と承るぞ、よそも悲し

か、「高野聖が皮籠」の誤写で高野聖が背に負う籠(笈の類)を言うなどの説もある。

一四「美々し」は華やかで美しい、結構だ、の意。

一五 大内裏の中にあり、即位など最も公式な儀式に用いられた。

一六 第一席の内侍(天皇に仕える女官)。勾当内侍。

一七 正式に髪を結って、の意か。

一八 天皇の剣を持つ役。即位の時は、一の内侍が剣を新帝に奉る。

一九 大口袴。八〇頁注九参照。

二〇「百歩の外」は、百歩の遠くまで匂うという名香「百歩香」から出た言い方。『源氏物語』匂宮に見える語(薫を評したもの)。

二一 返事の多いこと。院には、と言うよりも当時の教養基準では、多弁な女は好ましくないのである。

二二 おやすみになった、の意。

二三 宮中・御所などでの宿直。

二四 この部分、巻一、八〇頁〜八一頁の前斎宮の時とよく似た描写である。

二五 卯の花の名所で、歌で「憂し」をかけて言うことは多く、ここも「憂し」(不愉快だ)の意か。一説に「卯の花の咲かぬ垣根はなけれども名に流れたる玉川の里」(『金葉集』夏、藤原忠通)によると見て、その第四句から「見かけ倒しだった」の意と言うが、この歌の下句は「(中でも)有名な玉川の里(がよい)」の意で、「見かけ倒し」と解するのは疑問。

き。深き鐘だに打たぬさきに（夜ふけの鐘も鳴らぬうちに）帰されぬ（〔彼女は〕帰されてしまった）。御心地わびしくて（〔院は〕御気分がすぐれず）、御衣（ぞ）召し替へなどして、小供御（こくご）だに参らで（お夜食さえも上がらず）、「ここあそこ打て」など[一]とて御寝（よる）になりぬ。雨おびたたしく降れば（雨がひどく降ってきたので）、帰るさ（〔彼女の〕帰り道の）[二]の袖の上も思ひやられて。

まことや（そうそう）、明け行く程に（夜の明けゆく頃）、「資行[三]が申し入れし人は、何と候ひし（どう致しましたか）[四]そら」と申す（〔私〕）。「げにつやつや忘れて（〔院〕ほんとにすっかり忘れて〔いた〕）。見て参れ」と仰せあり（〔私に〕）。起き出でて見れば、はや日さし出づる程なり。[五]角（すみ）の御所の釣殿の前に、いと破（やぶ）れたる車、夜もすがら雨に濡れにけるもしるく（一晩中雨に濡れていたことも一目で分り）、濡れしほたれて見ゆ（ぐっしょり濡れて見えた）。あなあさまし（まあひどいこと）とおぼえて、「寄せよ（〔車寄せへ〕）」と言ふに、供の人（〔私が〕）、[六]門（もん）の下より只今出でてさし寄す（すぐ出てきて〔車を〕寄せた）。見れば、練貫（ねりぬき）の[七]柳の二つ衣の、絵[八]描（か）きそそきたりける（乱れ描きにした）とおぼしきが、車漏りて（車に〔雨が〕漏って）水に皆濡れて、裏の花（裏の花模様が）、表へとほり（表へしみ出し）、練貫の二つ小袖へ（〔下の〕）移り、さま悪（あ）しき程なり（ひどい有様である）。夜もすがら泣き明かしける袖の涙も（〔傾城の〕）、髪は、漏りにやあらん、また涙にや（雨が漏って〔濡れたの〕か）、洗ひたるさまなり（洗ったようである）。「この有様なかなかに侍る（〔傾城〕かえって失礼でございます）」とて降りず（〔私は〕）。まこ

ささがにの女

一 底本「なとて」であるが、「と」を一つ補い改めた。

二 雨に袖の濡れるのも案じられて、の意であるが、「袖」は涙に濡れるもので、院の気に入らず早々に追い返されて泣いているであろう女への同情をも込めてある。なお、末尾は王朝物語以来の「て止め」と見た。

三 (院に)申し上げた、とも、呼び込んだ、ともとれる。

四 「そら」は、当時の口語で強意の助詞か。

五 後深草院の御所(冷泉富小路御所)の東北、すなわち京極面の北側の隅にあった御殿。但し、角の御所が独自の釣殿を有したかは疑問で、「角の御所の南の釣殿」の意か。冷泉富小路御所の釣殿は寝殿の東南方にあったと考えられ、いずれにしても一一二頁六行の釣殿と同じものであることは確かである。

六 ここは、中門(二二頁注六参照)であろう。冷泉富小路御所も、その一角にあった角の御所も、西中門廊の途中に中門を有していたと推定される。

七 表白、裏青。冬から春の用。

八 「そそく」は、元来、せかせか仕事をする、の意。

九 ここは「昨夜」の意。古くは、ある日と前日との

とに苦々しき心地して、「わがもとにいまだ新しき衣の侍るを、着て参り給へ。[九]今宵しも大事の事ありて」など言へども、泣くより外の事なくて、手を擦りて、「帰せ」と言ふさまもわびし。夜もはや昼になれば、まことに、また何とかはせんにて、帰しぬ。

この由を申すに、「いとあさましかりける事かな」とて、やがて文つかはす。御返事はなくて、「[一〇]浅茅が末に惑ふ蜘蛛」と書きたる硯の蓋に、縹の薄様に包みたる物ばかり据ゑて参る。御覧ぜらるれば、「[一一]君にぞ惑ふ」と[一二]彩みたる薄様に、髪をいささか切り包みて、

[一三]数ならぬ身の世語りを思ふにも
なほくやしきは夢の通ひ路

かくばかりにて、ことなる事なし。「出家などしけるにや。いとあへなき事なり」とて、たびたび尋ね仰せられしかども、終に行き方知らずなり侍りき。年多く積りて後、河内国[一四]更荒寺といふ寺に、[一五]五百戒の尼衆にておはしける由聞き伝へしこそ、[一六]まことの道の御しる

境はその日の夜明けにおく（従って未明は前日に入る）のが普通だが、男女の情事などの場合、日没から翌日の日没までを一日とする考え方もあったのであろう。

一〇「風吹けば先づぞ乱るる色変る浅茅が露にかかるささがにに」（『源氏物語』賢木、紫上の歌）とその情景とを描いた硯箱の蓋か。

一一「峯の雪汀の氷踏み分けて君にぞ惑ふ道は惑はず」（『源氏物語』浮舟、匂宮の歌）の第四句を取ったもの。

一二 彩色画で、「君にぞ惑ふ」を葦手（絵文字のようなもの）風にしたのであろう。

一三 物の数にも入らぬ私のことが世間の語り草になることを思うにつけても、夢に終った逢う瀬が、（そしてそうなると知らずにうかうかとお言葉に乗って参上した私の軽率が）やはり悔まれます、の意。初句を「憂かるべき」とした歌が『続古今集』（恋三、式乾門院御匣）に見える。

一四 大阪府大東市四条畷辺にあった寺と考えられる。この付近を古く「讃良」または「更荒」と言い、四条畷岡山に「さららじ」または「さらじ」の遺跡と伝えるものがあると言う。

一五 五百戒を守っている尼。「五百戒」は、比丘尼すなわち尼の守るべき戒で、正確には三百四十八戒だが、概数で言う。

一六 仏道のこと。

べ〔で〕[一]、憂きはうれしかりけんと推し量られしか。

有明とのその後

さても有明[二]の月の御もとより、思ひがけぬ（思いがけず）伺候の稚児のゆかりを（お側に仕える稚児の縁故を求めて）尋ねて、御文あり。思はずに（意外にも）まことしき御心ざしさへあれば（誠実なお気持までが見えるので）、なか[三]なか（かえって）むつかしき心地して（面倒な気がして）、御文にては時々申せども（手紙では時々御返事したけれども）、自らの御ついで（直接お会いする機会）はかき絶えたるも（すっかり絶えたことをも）、いぶせからずと思はぬとしもなくて[四]（気が晴れなくもないと思わぬわけでもなくて）、また年[五]も返りぬ。

新院（亀山院）・本院（後深草院）御花合せ[六]の勝負といふ事ありて、知らぬ山の奥まで〔花を〕尋ね求めなど、この春は暇（いとま）惜しきほどなれば、うち隠ろへたる忍び事[七]（隠れた情事）どもも叶はで、おぼつかなさをのみ書き尽す（気になり逢いたいとのみ毎度〔曙へ〕書き送った）。

今年は〔私は〕御所にのみつと（ずっと）候ひて、秋にもなりぬ。九月（ながつき）の中の十日余りにや（二十日過ぎだったか）、善勝寺大納言（叔父隆顕）のもとより、〔私に〕文[八]細やかに書きて、「申したき事あり。出で給へ。出雲路[九]といふわたりに侍るが（出雲路という辺におりますが）、女ども[一〇]（女達で）の見参したがるが侍るに（お会いしたがっているのがおりますので）、いかがして[一一]。自らの便りは身にかへても[一二]」など申ししを、まめやかに[一三]同じ心に思ふべき事と思ひて[一四]、この大納言[一五]（隆顕）は

一 （院に捨てられたという）つらいことが（仏道に入るという機縁となって）嬉（うれ）しかったであろうと、の意。一種の慣用句。七四頁注九参照。

二 この仮名、ここが初出である。

三 一〇二頁一四行〜一〇三頁一行と同じ心理で、浮気・遊びならそれ相応にあしらうのだが、「有明」が誠実だとかえって引込みがつかず、困るのである。

四 （「有明」と会わなくてすむので）何となく心のふさぎも晴れて、の意。

五 この巻の年次は不明な点が多いが、一応通説通り、建治二年（作者十九歳）になったと見ておく。

六 左右に分れ、花を出し合って優劣を競い、歌など詠み合う競技。

七 「雪の曙」との密通を指す。

八 この「文」の相手を、「有明」と見る説もある。その場合は次頁二行「おぼしめし回らしける」までの主語は「有明」となる（注一三参照）。

九 一条の北、京極の東。出雲寺と言う寺もあったが、ここは仮名遣いから、「出雲路」と見ておく。

一〇 「ども」は謙遜で一人を指すと見ることもできる。

一一 何とかして（おいで下さい）、の意。

一二 私（隆顕）からの御連絡は、どんな御無理をなさってもお聞き入れを、の意。私の方の都合は何とでもいたします、との解もある。

一三 このあたり難解で諸説あるが、（叔父の語は）誠実に、同じ気持になって理解すべきことと（私は）思

幼くより御心ざしあるさまなれば、これもまた身親しき人なればなど、おぼしめし回らしけるは、なほざりならずとも申しぬべき。

例の一六けしからずさは、恨めしく疎ましく思ひ参らせて、恐ろしきやうにさへおぼえて、つゆの御答へも申されで、一七床中に起きゐたる有様は、「あとより恋の」と言ひたるさまやしたるらんと、われながらをかしくもありぬべし。夜もすがら泣く泣く一八契り給ふも、身のよそにおぼえて、「今宵ぞ限り」と心に誓ひゐたるは、誰かは知らん。鳥の音も催し顔に聞ゆるも、人は悲しき事を尽して言はるれども、わが心には一九うれしきぞ、情なき。大納言二〇声作りて何とやらん言ふ音して、帰り給ひなどするが、また立ち帰り、さまざま仰せられて、「せめては見だに送れ」とありしかども、「心地わびし」とて、起き上がらず。泣く泣く出で給ひぬる気色は、げに二一袖にや残し置き給ふらんと見ゆるも、罪深きほどなり。

大納言の二二心の中もわびしければ、いたく白々しくならぬ先にと、

って、の意と解しておく。

一四「思ひて」の主語は、注八の「文」の相手だが、ここに敬語が用いていなく、この行の上に「申ししを」とある点からも、作者と見るべきであろう。なお、下に、行ってみたら「有明」が居た（強く言えば、はかられた）、の意が省かれていると見られる。

一五 ここから（または一一七頁一行「これもまた」から）「人なれば」まで、作者の推測する「有明」の心中思惟を間接話法的に記したもの。

一六（一〇七・一〇九頁などの時点に比べ揺れ動く自分の心理が）理解しがたいことには、の意。元来、異常さ、不思議さ、の意で、通説に、「有明」の異常なまでに激しく言い寄る執拗さと解するが、作者の口調「例の心弱さ」などから見て、執筆時の感想であろう。

一七「枕よりあとより恋のせめ来ればせむ方なみぞ床中にをる」（『古今集』雑体、誹諧歌）による。

一八「契る」は一応男女の契りの意であろうが、原義にとって、（あれこれ将来のことを）約束なさるのも、と解する説もある。

一九 嬉しいのも、（今考えてみれば）薄情なことだ。

二〇 作り声をして、あるいはむしろ、咳払いをして、の意。この前後の情景は巻一、二一頁と類似。

二一「あかざりし袖の中にや入りにけむわが魂のなき心地する」（『古今集』雑下、みちのく）によるか。

二二 叔父を恨む気持であろう。気の毒なので、と同情の意に解する説もある。前頁注一二とも関係する。

公事（くじ）[一]にことづけて（かこつけて）急ぎ参りて、局（つぼね）にうち臥したれば、まめやかに[二]（はっきりとさき）ありつるままの（ほどのままの）面影（〔有明の〕幻）のそばに見え給ひぬる（が目の前に現れなさったの）も恐ろしきに（も恐ろしかったが）、その昼つ方（その日の昼ごろ）書き続けて賜ひたる御言の葉は（綿々と綴っておよこし下さったお手紙の語は）、偽りあらじとおぼえし中に、（〔次の歌があった〕）

（〔有明〕）悲し[三]とも憂しとも言はん方ぞなき
　かばかり見つる人の面影

今更[四]変るとしはなけれども、あまりに[五]憂くつらくおぼえて言の葉もなかりつるものを（お返事もしなかったものだから）、とおぼえて（〔少々申し訳ない〕）、

（〔私〕）変るらん[六]心はいさや白菊の
　移ろふ色はよそにこそ見れ

あまりに多き事どもも（あまりこまごまと書いてあることにも）、何と申すべき言の葉もなければ（何と申してよいかお返事の言葉もないので）、ただかくばかりにてぞ侍りし（この歌だけで失礼したのでした）。

その後（〔有明は〕）とかく仰せらるれども、（〔私は〕）御返事も申さず、まして参らんこと（伺うことなど）思ひ寄るべき事ならず（は思いもよらなかった）。とにかくに言ひなして（あれこれと言いつくろって）、つひに見参に入らぬに（結局お目にかからないでいると）、暮れ行く年に驚きてにや（年末近くなったのにあわててか）、（〔有明の〕）文あり。善勝寺の文に（隆顕の添状には）、「御文[七]

一 公の用。ここは、院への勤め。
二 元来「誠実に」の意だが、ここは「見え給ひぬる」にかかり、はっきりと、の意であろう。
三 悲しいともつらいとも、言いようがありません、あれほど（少しの間）しか逢って貰えなかったあなたの面影が恋しくて、の意。
四 （私としては）今更（「今宵ぞ限り」と誓った決心が）変ると言うのではないが、の意。
五 （昨夜会っていた時は、「有明」の執拗さが）あまりにつらく、いやに思われて。前頁三行辺を指す。
六 この歌、やや難解で諸説あるが、私の心が変るかどうかは存じませんが、御愛情が移ってもよそごとと思っております、という、冷淡な歌か。「有明」の歌に対する返歌に全然なっていないのも不審。あるいはこの贈答は元来の組合せではなく、ここにも何かの虚構があるか。「いさや」は、さあ、どんなものか、の意で、「白菊」の懸詞（かけことば）「知らず」を強める語。「移ろふ」は「菊」の縁語。
七 （「有明」の）お手紙を差し上げます（回送します）、の意。
八 このお手紙へも、の意。「これ」を「私」（隆顕）と解して、（「有明」が）私に対しても、同様に立腹しておられる旨、ととる説などもある。
九 一枚の紙（横長）をそのまま用いた、正式の書状。「立文」とも書く。折文（おりぶみ）・切文（きりぶみ）に対する。

有明の起請文

参らす。このやう、返す返す詮なくこそ候へ。あながちにいとひ申さるる事にても候はず。しかるべき御契りにてこそ、かくまでもおぼしめし染み候ひけめに、情なく申され、かやうに苦々しくなりぬる事、身一つの嘆きにおぼえ候ふ。これ[八]へも同じさまには、返す返す恐れおぼえ候ふ」由、こまごまとあり。

文を見れば竪文[九]、強々しげに、続飯[一〇]にて上下につけ、書かれたり。開けたれば、熊野[一一]の、またいづくのやらん、本寺[一二]のとかや、牛王[一三]といふ物の裏に、まづ日本国六十ヶ神仏・梵天王[一四]・帝釈[一五]よりはじめ、[一六]書き尽し給ひて後、

われ七歳[一七]よりして、金口等覚[一八]の沙門[一九]の形を汚してより以来、炉壇に手を結びて難行苦行の日を重ね、近くは天長地久[二〇]を祈り奉り、遠くは一切衆生諸共に、滅罪生善[二一]を祈誓す。心の中、定めて護法天童[二二]・諸明王、験垂れ給ふらんと思ひしに、いかなる魔縁にか、よしなき事ゆゑ、今年二年[二三]、夜はよもすがら面影を恋

一〇 飯粒を練って作った糊。
一一 紀州熊野権現。
一二 「熊野の」から続き、熊野やその他の本寺、の意か。有明の属する仁和寺を暗に指すと見る説もある。
一三 「牛王宝印」の略。寺社の護符で、裏に起請文をも書いた。熊野のが最も有名。
一四 正しくは「大梵天王」。大梵天（色界十八天の中の初禅天の第三）に住する初禅天の主で、娑婆世界を統領する。また帝釈天と共に仏教の守護神。
一五 「帝釈天」の略。阿修羅と戦って勝つ。
一六 以上の神仏にかけて、以下のことを誓うわけである。
一七 「有明」に擬せられていると見られる性助法親王の出家は、十一歳の時。
一八 「金口」は釈迦の口や説法の尊称、「等覚」は悟った者すなわち仏の異称。「金口等覚」で釈迦（如来）のこと。底本「こんくとうかく」、「勤求等覚」（悟りを求めて修行すること）と解する説もある。
一九 沙門（出家者の総称）の姿になって以来、の意。
二〇 天子の寿命の永遠。「長恨歌」の句から出た語。
二一 現世の罪障を消滅し、来世のため善を生ずること。
二二 以下、底本「こおうてんとうしよみやうちけん」、訓読諸説あるが下のように解しておく。「護法天童」は、童形で人に仕える護法（仏法を護る）の諸天。
二三 作者と知り合って恋慕の情を抱いたことを言う。それが今年で二年目だと言うのである。

ひて涙に袖を濡らし、本尊に向ひ持経[一]を抜く折々も、まづ言の葉を偲び、護摩の壇の上には文を置きて持経とし、御灯明の光にはまづこれを抜きて心を養ふ。この思ひ忍びがたきによりて、かの大納言に言ひ合せば、見参のたよりも心安くや、など思ふ。またさりとも同じ心なるらんと思ひつる事、みな空し[二]。この上は、文をも遣し言葉をも交さんと思ふ事、今生にはこの思ひを絶つ。さりながら、心の中に忘るる事は、生々世々[三]あべからざ[四]れば、われ定めて悪道[五]に堕つべし。されば、この恨み[六]尽くる世あるべからず。両界[七]の加行[八]より以来、灌頂[九]に至るまで、一々の行法、読誦[一〇]大乗、四威儀[一一]の行、一期[一二]の間修するところ、皆三悪道に回向す。この力をもちて、今生永く空しくて、後生には悪趣に生れあはん。そもそも生[一三]を享けて以来、幼少の昔、襁褓の中にありけん事は、おぼえずして過ぎぬ。七歳にて髪を剃り、衣を染めて後、一つ床にも居[一四]、もしくは愛念[一五]の思ひなど、思ひ寄

一 日常所持し読誦する経巻。
二 一一八頁一二行の、「……御返事も申さず、まして……」の辺に対応する。
三 何度生れ代っても、の意。
四 「あるべからざれば」の音便で、「アンベカラザレバ」と訓む。
五 六道の中の地獄・餓鬼・畜生の三道。現世で悪事を働いた者の行く所。「悪趣」あるいは「三悪道」とも言う。「有明」は、作者への妄執（愛欲）の深さから、こう推測するのである。
六 （つれなくされて悪道に堕ちた）恨みは、の意。
七 金剛界と胎蔵界。密教にはこの二つの宇宙観がある。二七七頁注二二参照。
八 密教では、修行の初歩の段階に、十八道・金剛界・胎蔵界・護摩の四度の加行（授戒・灌頂などの前の礼拝・水浴などの予備修行）をすると言う。従ってここは、修行の初めから、の意。
九 密教で修行の一定の到達段階の儀式。
一〇 大乗経典の読誦。「読誦」は底本「こんしゆ」。
一一 行・住・座・臥に戒律を守ること。底本「しにき」。
一二 （私が）一生の間に修めるところのものは、皆三悪道へ（堕ちるように）と祈る（ことになる）、の意。「回向」は、修行の結果を他人へふり向けること。
一三 底本「又もし」、誤写と見て改めた。
一四 「居る」は本来、坐る、の意。同床することの婉

曲(きよく)な表現とも見得る。
一五 愛慾。『涅槃経』二に「如来無レ有(シ)ニ愛念之想(ル)一」とある。
一六 この一文難解だが、私にも言う言葉は、すべて（あなたに言い寄る）誰に向っても言おうと（隆顕が）思っているだろうと思うと、の意か。また「人」を「あなた」の意と見て、「なべて」以下は、すべてあなたにも望んで（言って）いるだろうと思ったのに、とも解される。
一七「天照大神」は伊勢神宮の祭神で皇室の祖先神。「正八幡宮」は源氏の氏神（八幡大菩薩）。ここは、これらの祭神を筆頭に多くの神仏の名を挙げて、それらに誓ったと言うのである。
一八 今後は絶えてしまう（拝見することもない）と思われる御筆蹟（お手紙）を見ると、涙で袖も濡れて萎(な)える（糊気が抜ける）ことでございます、の意。「有明」のしつこさ・激しさを「身の毛も立ち、心もわびし」いほど疎ましく思っていながら、こうした歌を添えるのは、複雑な心理だが、外交的辞令ではなく、本文にも「さればとて何とかはせん」とあるように、この時点で「有明」の熱意にもほだされ、心の奥に彼を慕う気持も出てきて、作者自身が去就に迷っているのであろう。
一九 建治三年（作者二十歳）になったとの設定か。
二〇 院の常の居室（九四頁注一〇参照）。作者は平生ここに奉仕していたものと解される。

りたる事なし（こともない）。この後(のち)またあるべからず（ある筈がない）。一六われにも言ふ言の葉は、なべて人にもやと思ふらんと思ひ、大納言（隆顕の）が心中、返す返す悔(くや)しきなり

と書きて、一七天照大神(てんせうだいじん)・正八幡宮(しやうはちまんぐう)、いしいしおびたたしく（以下次々とたくさん〔列挙して〕）賜はりたるを見れば（下さったお手紙を見ると）、身の毛も立ち（〔恐ろしさに〕）、心もわびしき程なれど（気分も悪くなるくらいだが）、さればとて（だからと言って）何とかはせん（どうすることもできない）。これを皆巻き集めて返し参らする（〔有明へ〕お返し申し上げる）包紙に、

一八今よりは絶えぬと見ゆる水茎(みづくき)の
跡を見るには袖ぞしをるる

とばかり書きて、同じさまに封じて（もとのように封をして）、返し参らせたりし後(のち)は、かき絶え（絶えて）御おとづれもなし（お便りもなかった）。何とまた申すべき事ならねば（〔こちらからは〕何ともお便りする筋のことでもないので）、空しく（そのまま）一九年も返りぬ（改まった）。

春はいつしか（新年には早々と）御参りあることとなれば（〔有明が院へ〕参上なさる例なので）、入らせ給ひたるに（〔有明が〕いらしたところ）、九献参る（御酒宴があった）。ことさら（特に）外様(とざま)なる（外部の）人もなく、しめやかなる御事ども（しんみりした御宴会）にて、例の（例によって）二〇常の御所にての御事どもなれば、（〔私は〕）逃げ隠れ参らすべきやうもなくて（すべもなく）、

御前に候ひし。御所、「御酌に参れ」と仰せありしに、参るとて立ちざまに鼻血垂りて、[一]目も暗くなりなどせしほどに、御前を立ちぬ。その後十日ばかり、[二]如法大事に病みて侍りしも、いかなりける事ぞと、恐ろしくぞ侍りし。

かくて二月の頃にや、新院入らせおはしまして、ただ[三]御差向ひ、[四]小弓を遊ばして、「御負けあらば、御所の女房達を上下みな見せ給へ。われ負け参らせたらば、またそのやうに[五]」といふ事あり。この御所御負けあり。[六]「これより申すべし」とて還御の後、[七]資季大納言入道を召されて、「いかがこの式あるべき。珍らしき風情、何事ありなん」など仰せられ合はするに、「[八]正月の儀式にて、[九]台盤所に並べ据ゑられたらんも、あまりに珍らしからずや侍らん。また一人づつ、占相人などに会ふ人のやうにて出でんも、異様にあるべし」など、公卿達面々に申さるるに、御所、「[一〇]龍頭鷁首の舟を作りて、水瓶を持たせて、[一一]春待つ宿の返しにてや」と御気色あるを、舟いしい

一 目まいがしたのである。
二 本来、作法・法式に従って、の意だが、転じて、甚だ、大層、の意に用いる。
三 底本「さしりむかひ」。「はしりむかひ」と訓み、接待の意に解する説もある。
四 小さい弓で行う遊び（競技）。以下一二五頁までの部分、要点が『増鏡』老の波に記されている。
五 下に、致しましょう、の意が省かれている。なお、下の「と」は底本にないが、脱字と見て補った。
六 上に、約束の実行については、準備ができましたら、の意を補う。

小弓の負けわざ――蹴鞠

七 藤原（二条）資家男。後深草院の寵臣。文永五年出家。この年（建治三年として）七十一歳。
八 正月の儀式風に、の意。整列させるだけでなく、各自の服装も含めてであろう。
九 御所の一室で、女房達の詰所。
一〇 龍の頭と鷁（想像上の鳥）の首とを各船首につけた、舟遊び用の二隻一対の船。
一一 『源氏物語』胡蝶に見える六条院の舟遊びのことで、秋好中宮の「心から春待つ園はわが宿の紅葉を風のつてだにも見よ」（同、少女）の歌に対する紫上の返しとして催された。
一二 御意向があるのを。
一三 上臈女房。「小上臈」は一〇五頁注三五参照。
一四 「鞠足」は蹴鞠をする人、またその名手。「童」

しわづらはしとて（倒だ）、それも定まらず（その案も決らない）。

資季入道、「上﨟[13]八人、小上﨟・中﨟八人づつを、上中下の鞠足[14]の童になして（仕立てて）、橘の御壺[15]に木立[16]をして、鞠の景気をあらんや（蹴鞠の気分を出したら）、珍らしからん」と申す。さるべし（そうしよう）と、皆人々申し定めて（衆議一決して）、面々に（めいめいに）、上﨟には公卿、小上﨟には殿上人、中﨟には上北面[17]、傅[18]に付きて出し立つ。「水干袴[19]に刀差し[20]て、沓[21]・襪など履きて、出で立つべし（出場せよ）」とてあり。[22]いと[23]堪へがたし（〔女房達は〕皆嘆き困った）。「[24]さらば（〔女房達〕では）、夜などにてもなくて（夜なんかではなしに）、昼の事なるべし（昼の事なんだわ）」とてあり。誰かわびざらん。されども力なき事にて（致し方ないことで）、各々[25]出で立つべし（支度することになった）。

西園寺大納言（実兼）、〔私の〕傅に付く。〔私は〕縹裏の水干袴に紅の袿重ぬ。左の袖に沈[26]の岩を付けて（縫いつけて）、白き糸にして滝を落し（白い糸で縫い取った滝を流し）、右に（右袖には）桜を結びて付けて、ひしと散らす（びっしりと散らした）。袴には岩[27]・堰などして、花をひしと散らす。「涙[28]催す滝の音かな」の心（趣向）なるべし。権大納言殿〔という女房は〕、資季入道沙汰す（世話した）〔彼女は〕。萌黄裏の水干袴、袖には[29]、左に西楼[30]、右に桜。袴、左に竹結びて付け、

は、ここは少年。

一五 橘の植えてある中庭。

一六 蹴鞠を行う場所（懸り）を示すため、四隅に木（柳・桜・松・楓）を立て植えること。

一七 院の昇殿を許された四位・五位の諸大夫で、院の御所を警護する武士。

一八 （以上の男性を）世話役として、付添って出仕させる（ことにした）、の意。

一九 水干（狩衣に似て、菊形の飾りと胸紐をつけた服）に袴をつけた服装。元来、男性の服装。

二〇 短刀。腰刀。（今言う刀は「太刀」と言った）。

二一 「沓」は現代の靴と用途は同じ。「襪」は今の足袋のようなもの。

二二 底本「あら」。この辺、句読諸説ある。

二三 作者が当時の自分の気持を回想したものと見る。

二四 この部分、院の語として、……昼のことにしよう、ともとれる。

二五 「出で立つ」は、身支度する、服装をととのえる、の意。次頁注四参照。

二六 香木の一。一〇〇頁注二参照。

二七 岩や堰（川をせき止めた所）など刺繍して、の意。

二八 『源氏物語』若紫の光源氏の歌。上句「吹き迷ふ深山おろしに夢さめて」。「催す」は、誘うの意。

二九 底本「袖」なし。脱字と見て補う。

三〇 「西楼月落チテ花ノ間ノ曲、中殿燈残ッテ竹ノ裏ノ音」（『和漢朗詠集』鶯、菅原文時）の句によったもの。

右に灯台[一]一つ付けたり。紅の単を重ぬ。面々にこの式なり。中の御所[二]の広所[三]を屏風にて隔て分けて、二十四人出で立つ[四]さま、思ひ思ひにをかし。

さて風流[五]の鞠を作りて、ただ新院の御前ばかりに置かんずるを、ことさら、かかり[六]の上へ上ぐる由をして、落つる所を袖に受けて、沓を脱ぎて、新院の御前に置くべしとてありし。皆人、この上鞠[七]を泣く泣く辞退申ししほどに、器量の人なりとて、女院の御方の新右衛門督殿を、上八人に召し入れて、勤められたりし、これも時にとりては美々しかりしかとも申してん。さりながら羨しから[八]ずぞ。袖に受けて御前に置く事は、その日の八人[九]、上首につきて、勤め侍りき。いと晴れがましかりし事どもなり。南庭[一〇]の御簾上げて、両院[一一]・春宮、階下[一二]に公卿、両方に着座す。殿上人は、ここかしこにたたずむ。塀の下を過ぎて南庭を渡る時、皆傅ども、色々の狩衣にてかしづきに具す。新院、「交名[一三]を承らん」と申さる。御幸昼よりな

一 灯火を置くための台。
二 冷泉富小路殿の中の一つの建物だが、「角の御所」に対して寝殿またはそれを中心とする一角を指すか。
三 二棟廊（一〇二頁注六）あたりを指すかとも思われるが、「広御所」のことまたはその脱字とも考えられる。広御所は、冷泉富小路殿の北対であったらしい（一六三頁注一七参照）。
四 出場する、の意にとる説もあるが、情景から下のように解した。前頁注二五参照。
五 趣向をこらした、美しく細工した、の意か。
六 蹴鞠の競技場を言う。「懸り」と書く。前頁注一六参照。
七 蹴鞠で、競技開始の時に一定の作法で鞠を蹴り上げること。
八 上に、いくらほめられ目立ったと言っても、こんなはしたないことで買われるのは、の意を補う。
九 八人の（上臈女房の）上首（上席、最高位）だという理由で、の意。
一〇 ここは、中の御所（注二参照）の南（正面）の庭に面した、の意。
一一 本院（後深草）・新院（亀山）と東宮熙仁親王（後深草院皇子、後の伏見院）。
一二 庭へ下りる階段の下に。
一三 元来は、名簿のこと。ここは、女房達一人一人の名を承りたい、の意。
一四 行事の進行責任者。

りて、九献もとく始まりて、「遅し。御鞠とくとく」と奉行為方責むれども、「今々」と申して、松明を取る。やがて面々のかしづき、紙燭を持ちて、「誰がし、御達の局」と申して、ことさら御前へ向きて袖かき合せて過ぎし程、なかなか言の葉なく侍り。下八人より次第にかかりの下へ参りて、面々の木の本にゐる有様、われながら珍らかなりき。まして上下、男達の興に入りしさまは、ことわりにや侍らん。御鞠を御前に置きて、急ぎまかり出でんとせしを、しばし召し置かれて、その姿にて御酌に参りたりし、いみじく耐へがたかりし事なり。二、三日かねてより、局々に伺候して、髪結ひ、水干・沓など着慣らはし候ふ程、傅達経営して、養君もてなすとて、片寄りに事どものありしさま、推し量るべし。

再度の負けわざ——六条院の女楽

さるほどに、御妬みには御勝ちあり。嵯峨殿の御所へ申されて、按察使二品のもとに渡らせ給ふ今御所とかや申す姫宮、十三にならせ給ふを、舞姫に出し立て参らせて、上臈女房達、童・下仕にな

一五 後深草院の近臣。前出（七八頁注五）。
一六 もうすぐ、もうすぐ、の意。女房達が明るいのを嫌がって遷延策をとったのである。
一七 松明を手にする（時間になった）、の意。
一八 松明の小さいもの。松の木を細長く切り、先を炭火で焦がしてその上に油を引き、乾かしたもの。「脂燭」とも書く。
一九 （私は）誰それ、（こちらは）何がしの御局でございます、の意。傅（介添役）の公卿殿上人の言った語。「御達」は女子の敬称。
二〇 復讐戦（再度の勝負）のことを「妬み」と言う。
二一 後嵯峨院が嵯峨に造営した離宮。
二二 「按察使」は元来地方の政情・民情を視察する官であったが、早く名目だけとなって大納言又は参議の兼官となった。下に官位のつく時は「按察」とも書く。転じて女房名の一。ここの「按察使二品」は、亀山院の乳母藤原永子。「二品」は二位のこと。
二三 底本「と御所」、「外御所」と宛てるのも落着かず、「小御所」の誤写かとも言う。『増鏡』老の波によれば、母は京極院の雑仕（雑用を勤める女）貫川で、後に近衛家基妾、経平母となる姫宮。
二四 五節舞姫。新嘗祭・大嘗祭を中心とする五節（十一月の中の丑～辰の日）の折、辰の日に行われる豊明節会で五節舞を舞う童女。ここは、その儀式をまねた遊び。

りて（して）、帳台（ちやうだい）の試（こころみ）[一]あり。また公卿厚褄（あつづま）[二]にて、殿上人・六位、肩袒（ぬぎ）[三]、北[四]の陣を渡る。ひてう（〔五節の折の〕）[五]・雑仕（ざふし）が景気（有様）など、残るなく（残さず〔まねし〕）、露台（ろだい）[六]の乱舞（らんぶ）、御前（ごぜん）[七]の召し、面白くとも言ふばかりなかりしを（面白いといったら何とも言いようもなかったが）、なほ名残惜しとて、いや妬みまで遊ばして（〔両院は〕再度の復讐戦までなさって）、またこの御所（後深草院）御負け。伏見殿にてあるべし（〔負けわざは〕しようという）とて（ことで）、六条院の女楽（をんながく）[八]をまねばる（まねられる〔ことになった〕）。

紫上（むらさきのうへ）には東の御方[九]（〔が扮し〕）、女三宮（さんのみや）の琴（きん）[一〇]の代りに箏（しやう）[一一]の琴を、隆親の女（むすめ）の今参り[一二]に弾かせんに（弾かせようと）、隆親ことさら所望ありと聞くより（隆親が特に希望していると聞いてから）、などやらん（〔私は〕なぜともなく気が進まず）むつかしくて、参りたくもなきに（参上したくもなかったが）、御鞠の折[一三]にことさら御言葉かかりなどして（〔新院の〕お言葉がかかったりして）、御覧じ知りたるにとて（〔新院が〕見知っておられるからと〔院〕）、「明石上（あかしの）にて（に扮し）、琵琶に参るべし（琵琶の役で参加せよ）」とてあり（とのことであった〔私は〕）。琵琶は、七つの年より、雅光（まさみつ）[一四]中納言に初めて楽二つ三つ（二三曲）習ひて侍りしを（習っておりましたが）、いたく心にも入らで[一五]ありしを（あまり深くは身にもつかないでいたのを）、九つの年より、またしばし御所に教へさせおはしまして（院が〔私に〕お教え下さって）、三曲[一六]（〔伝授〕）まではなかりしかども、蘇合（そがふ）[一七]・万秋楽（まんじうらく）などは皆弾きて、御賀[一八]の折、白河殿荒序（くわうぞ）[一九]とかやいひし事にも（〔当時〕）、十にて[二〇]（十歳で）御琵琶を頼りて、いたいけして弾きたりとて（とてもかわいく弾いたということで）、

一 五節の舞の練習で、五節の第一日すなわち丑の日の夜行われる。もと常寧殿の帳台の前で行われたところから言う。
二 裾の褄に綿を入れたもの。華美な服装。
三 衣服の肩を脱いで垂らすこと。五節の淵酔（えんずい）（寅の日の宴会）の折は公卿が肩脱をして練り歩いた。
四 御所の北の陣。「陣」は、元来警固の武士の詰所。ここは釣殿の辺を指すか。
五 「ひてう」は、「びんぢよ」（便女、雑用をする女）の転「ひでう」か。「雑仕」は、雑役に従事する者。
六 五節の豊明節会の際の侍臣の乱舞。「露台」は紫宸・仁寿（じじゆう）両殿の間にある屋根のない板敷。
七 「御前の試み」とも言い、五節の淵酔の夜（第二夜）に帝が舞姫を清涼殿に召して見ること。
八 『源氏物語』若菜下に見える華やかな遊び。
九 後深草院妃、伏見院母。後の玄輝門院。
一〇 中国伝来の絃楽器の一。七絃。早くすたれた。
一一 十三絃。今日も伝わる。普通「さう」と記される。
一二 「新参」の意だが、ここは隆親女識子を指す。後、従一位。箏の名手。作者の母の異母妹。
一三 以下「知りたるに」まで、院の語とも解し得る。
一四 久我通光男、雅忠の異母弟。作者の叔父。
一五 底本「入て」。次頁三行にも「入らで」（底本仮名）とあり、ここもそれに揃える。
一六 琵琶の三つの秘曲、流泉（りゆうせん）・啄木（たくぼく）・楊真操（ようしんそう）。
一七 蘇合香。舞楽（ぶがく）の曲名。「万秋楽」は雅楽の曲名。

一八 後嵯峨院五十の賀。文永五年三月に予定されていたが、蒙古襲来の騒ぎにより中止。但し試楽（練習）は前年（作者十歳）から行われていた。
一九 白河殿（禅林寺殿。当時後嵯峨院の御所）での荒序（秘曲の名）、の意か。「荒序」は底本「くわいそ」、「会所」と解したり、「楽所」の誤写とする説もある。
二〇（後深草院の弾かれる）御琵琶（の旋律）を頼りに、つまりそれについて行く形で、の意であろう。「御琵琶」を単に拝借した楽器の意として、「琵琶をたどりたどり弾いて」と解する説などもある。
二一 甲（胴）を花梨木（カリン、バラ科の喬木）の一枚板で作った琵琶。
二二 琵琶の棹の頭部の、絃を巻きつける短棒。
二三 日本古来の絃楽器。六絃。
二四「ならめ」は底本「ならぬ」。係結びから「なる」と改める説もあるが、字形と当時の係結びの乱れとから、「ならめ」の誤りと見た。
二五 明石女御。光源氏と明石上との女。女楽では箏を弾く。ここは、その役。
二六 以下、「違ふべからず」まで、院の意向。
二七（紫上の席に）向い合って敷かれた畳の、の意。
二八 底本「いちてう」。「一畳」（畳一枚）と解する説もある。
二九 家紋を入れた網代車（五八頁注五）。上・中流貴族の用。

光源氏（後深草院）	
紫上（東の御方）	明石女御（西の御方）
（上臈）	

花梨木[二一]の直甲の琵琶の、紫檀の転手[二二]したるを、赤地の錦の袋に入れて、後嵯峨院より賜はりなどして、折々は弾きしかども、いたく心にも入らでありしを、「弾け」とてあるもむつかしく、などやらん物ぐさながら出で立ちて、柳の衣に紅の袿、萌黄の表着、裏山吹の小袿を着るべしとてあるが、何ぞしも必ず、人よりことに落ちばなる明石になる事は。東の御方の和琴[二三]とても、日頃しつけたる事ならねども、ただこの程の御習ひなり。琴の琴の代りの今参りの琴ばかりぞ、しつけたることならめ[二四]、女御[二五]の君は花山院太政大臣の女、西の御方なれば、紫上に並び給へり。[二六]これは対座[二七]に敷かれたる畳の右の上臈に据ゑらるべし、御鞠の折に違ふべからずとてあれば、などやらん、さるべしともおぼえず。今参りは女三宮とて、一定[二八]上にこそあらめと思ひながら、御気色の上はと思ひて、まづ伏見殿へは御供に参りぬ。今参りは当日に、紋の車[二九]にて、侍具しなどして参りたるを見るにも、わが身の昔思ひ出でられてあはれなるに、新院御幸

なりぬ。

既に九献(くこん)始まりなどして、こなたに［この部屋に］女房次第に出で［順に進み出て］、心々の楽器［各自の楽器を］前に置き、思ひ思ひの茵(しとね)[一]など、若菜の巻にや［若菜の巻によってか］、記し文のままに定め置かれて［書き付けの通りに決めおかれて］、時なりて［定刻になると］、主(あるじ)[二]の院は六条院[三]に代り［亀山院 光源氏の役をつとめ］、新院は大将(だいしやう)[四]に代り、殿[五]の中納言中将・洞院三位中将(とうゐんのさんみのちゆうじやう)[六]にや、笛・篳篥(ひちりき)に階下へ召さるべき［召される段階になって］とて、まづ女房の座皆したためて並びゐて［女房の席をみなととのえて並んで坐り］、あなた裏にて［向うの蔭の室で］御酒盛ありて、半ばになりて［宴半ばで］、こなたへ入らせ給ふべきにてある所へ［〔両院は〕こちらの室へいらっしゃる手順だったがそこへ］、兵部卿［祖父隆親］参りて、「女房の座いかに［女房の席はどうなっているか］」とて見らるるが［御覧になり］、「このやうわろし［(隆親)このやり方はよくない］。真似(まね)[七]ばるる女三宮、文台(ぶんだい)[八]の御前なり。今真似ぶ人の［〔明石上に〕扮している人の］、これは［こちらは］叔母なり、あれは姪(めひ)なり。上にゐるべき人なり［〔いずれにしても〕上席に坐るべき人だ］。隆親、故大納言には［雅忠よりは］上衆(じやうしゆ)[九]なりき［だった］。何事に、下にゐるべきぞ［なんで〔その娘が〕下に坐ることがあるか］。居直れ居直れ［坐り直せ坐り直せ］」と声高(こゑだか)に言ひければ、善勝寺［隆顕］・西園寺［実兼］参りて、「これは別勅にて候ふものを［特別の仰せでございますから］」と言へども、「何とてあれ［(隆親)何にせよ］、さるべき事かは［それはいかん］」と言はるる上は［言われる以上］、一旦こそあれ［一応はともかく］、さのみ言ふ人もなければ［そう強く言ってくれる人もない事だし］、御所はあなたにわたらせ給ふに［院は〔まだ〕あちらにおいでになるので］、

御所出奔

一 敷き物。「褥」とも書く。
二 この御所の主人である後深草院。
三 当時(若菜の巻の時点で)六条院に居た光源氏を指す。
四 夕霧(当時左大将)。光源氏の息子。
五 鷹司兼忠。摂政(この年を建治三年として)鷹司兼平の次男で、当時は権大納言、十六歳。「殿」は摂政又は関白の称で、ここは兼平を指す。
六 この年の前後には該当者なく、作者の朧化(ろうか)か記憶違いか不明だが、公守(当時権中納言従二位)か。
七 扮される女三宮は(『源氏物語』では)、の意。「るる」は受身。
八 短冊・書籍などを載せる小机。今は、上席後深草院の前にそれを置くのであろう。すなわち、前掲図で「上臈」とある席に、隆親は女(むすめ)の今参りを坐らせようとするのである。
九 身分が上の者。
一〇「誰か告げ参らせん」(誰が御注進申してくれよう)と「告げ参らせんも詮なければ」(告げ口を申し上げても仕方がないので)との二文脈の交錯か。
一一 六条殿長講堂再建移徙の時に出車の最上席に乗ったかつての光栄と、その時の幸せな思い。この時作者は叔母の京極殿より上位に坐った。一〇五頁参照。
一二 これは一体どうしたことか。意外な気持を表す時

の常用句。作者は、モデルの上下によるならともかく（一一七頁一一行）、叔母・姪という口実で祖父隆親が後見する今参りに負けたのがくやしいのである。

一三「まじらひて」の転か。「まじらふ」は「まじる」の派生語で、交際する、つき合う、の意。

一四（私の）小部屋へ下がって、の意。

一五「小林といふ所へ」と書きかけて、その小林を説明する必要を感じ、「小林といふは、……候ふ所へ」と文脈が屈折した（挿入句を含んだ形に近い）もの。「小林」は伏見の地名。

一六（私の）乳母の母、の意。下の「伊予殿といひける女房」（伝未詳）と同格。五二頁注一二参照。

一七後白河院皇女、覲子内親王。建長四年（一二五二）、六十八歳で没。ここは、宣陽門院に仕えて伊予殿と呼ばれた、の意。

一八お仕えしていた宣陽門院に先立たれて、の意。

一九剃髪（ていはつ）して（尼となり）、の意。

二〇即成就院のこと。元来、橘俊綱が伏見山荘（後の伏見殿、伏見離宮）の中に建てた寺。伏見寺とも言う。

二一（宣陽門院の）御墓近く（御墓を守るように）住んでいる所へ、の意。

二二物の数でもない、つらいわが身を思い知りましたので、（今では）琵琶もこの世では思い切ります、の意。「四つの緒」は琵琶のこと。四絃であるから言う。

二三伏見は洛外だから、都へ向って出て行った、という言い方になる。

一〇誰か〔院に〕告げ参らせんも詮（せん）なければ、〔私は〕座を下（しも）へ降（おろ）されぬ。一一出車（いだしぐるま）の事今さら思ひ出（いだ）されて、いと悲し。姪・叔母には、なじか依るべき（何でこだわることがあろう）。あやしの者の腹に宿る人も多かり（身分の低い人の腹から生れる人も少なくない）。それも（その人々も）、叔母は、祖母（うば）はとて、〔それらを〕捧げ置くべきか（奉っておく必要があろうか）。一二こは何事ぞ。すべてすさまじかりつる事なり（全く興ざめなことだ）。これほど面目なからん事に（不面目な行事に）一三まじろひて詮なしと思ひて（加わっていてもしようがないと）、〔私は〕この座を立つ。

一四局（つぼね）へすべりて、「〔私〕〔院の〕御尋ねあらば、〔この〕消息を参らせよ（手紙を差し上げよ）」と〔女童に〕言ひ置きて、一五小林といふは、一六御姆（はは）が母、一七宣陽門院（せんやうもんゐん）に伊予殿（いよ）といひける女房、一八後れ（おく）参らせて一九様変（さま）へて、二〇即成院（そくじやうゐん）の二一御墓近く候ふ所へ、〔私は〕尋ね行く。〔院に〕参らせ置く消息に（差し上げて置いた手紙には）、白き薄様に琵琶の一（いち）の緒（第一絃を）を二つに切りて包みて、

二二 数ならぬ憂き身を知れば四（よ）つの緒も
　　この世の外（ほか）に思ひ切りつつ

と書き置きて、「〔院が私のことを〕御尋ねあらば、二三都へ出で侍りぬ（都へ出て行きましたと）と申せ」と申し置きて、〔伏見殿を〕出で侍りぬ（出奔した）。

さるほどに（そうこうするうちに）、九献半ば過ぎて、〔両院が〕御約束のままに〔女楽の場に〕入らせ給ふに、明

石上の代りの琵琶なし。事のやうを御尋ねあるに、東の御方、ありのままに申さる。聞かせおはしまして、「ことわりや、あが子[一]が立ちける事、そのいはれあり」とて、局を尋ねらるるに、「これを参[二]らせて、はや都へ出でぬ。[三]定めて召しあらば参らせよとて、消息こそ候へ」と申しけるほどに、「[四]あへなく不思議なり」とて、よろづに苦々(にがにが)しくなりて、今の歌を新院も御覧ぜられて、「いとやさしく[五]こそ侍れ。今宵(こよひ)の女楽は、あいなく侍るべし。この歌を賜はりて帰るべし」とて、申させ給ひて、還御なりにけり。この上は、今参り琴弾くに及ばず、面々に、「兵部卿うつつなし。老いのひがみか。あが子が仕様(しやう)[六]やさしく」など申して、過ぎぬ。

朝(あした)は、またとく四条大宮[七]の御姆(はは)がもと、六角櫛笥(ろくかくくしげ)[八]の祖母(うば)のもとなど、人を賜はりて御尋ねあれども、「行くへ知らず」と申しけり。さるほどに、あちこち尋ねらるれども、いづくよりか、ありと申すべき。よきついでに憂き世[九]を遁(のが)れんと思ふに、十二月(しはす)の頃より只な[一〇]

一 わが子、の意で、院が作者を呼ぶ愛称。「あこ」とも。なお、この一句「あが子が立ちける事」を、倒置法として上の「ことわりや」に続ける訓みも可能。

二 これ(手紙)を差し上げ(るように認(したた)め手配し)て、の意。この一句を地の文(「参らせ」の主語を女童)と見る説もあるが、他の箇所の主語の略し方などから考え、右のように解した。

三 作者の語を女童が引用したもの。「定めて召しあらん。召しあらば……」の意。

四 人々の語であろう。新院の語、または、地の文とすることも可能。

五 「やさし」は、優雅、風流、時には、美しい、恥ずかしい等の意。作者の歌(「数ならぬ……」)をほめたものと解されるが、人柄の評と取る説もある。

六 やり方は、(歌を残して黙って出るなど)風流だった(気が利いている)、の意。

七 四条大宮に作者の乳母が住んでいた。四八頁一〇行参照。

八 作者の父(雅忠)の義母。一四頁注三参照。

九 つらいこの世を遁れ、出家しようと思ったが、の意。例によって、出離の思い。

一〇 妊娠した、の意。但しその父親は不明で、出産の記事もない。一四二頁注一四参照。

一一 「憂き世を遁れん」こと、すなわち遁世(とんせい)を指す。

らずなりにけりと思ふ折からなれば、一一それしもむつかしくて、しばしさらば一二隠ろへゐて、一三この程過ぐして身二つとなりなば、と思ひてぞゐたる。一四これよりして、長く琵琶の撥を執らじと誓ひて、後嵯峨院より賜はりてし一五琵琶の一六八幡へ参らせしに、大納言の書きて賜びたりし一七文の裏に、法華経を書きて参らするとて、経の包紙に、

一八この世には思ひ切りぬる四つの緒の
形見や法の水茎の跡

つくづくと案ずれば、一九一昨年の春三月十三日に、初めて「二〇折らでは過ぎじ」とかや承りそめしに、二一去年の十二月にや、おびたたしき誓ひの文を賜はりて幾程も過ぎぬに、今年の三月十三日に、年月さぶらひ慣れぬる御所の内をも二二住みうかれ、琵琶をも長く思ひ捨て、大納言かくれて後は親ざまに思ひつる兵部卿も、快からず思ひて、「わが申したる事を咎めて出づるほどの者は、二三わが一期には、二四よも参り侍らじ」など申さるると聞けば、道閉ぢぬる心地して、いかな

一二「隠ろふ」は「隠る」の派生語で、「ふ」は継続・反復を表す。
一三 妊娠期間を指す。
一四 この一句、誓言の中（「執らじ」にかかる）と解される。但し、これを契機に、と解して地の文と見る（「誓ひて」にかかる）ことも可能。
一五 以下、語法上は「琵琶で八幡へ奉納したのに……」の意だが、傍注は意訳しておく。
一六 石清水八幡宮。作者の属する源氏の氏神。
一七 手紙、とも、書きつけ、とも取れる。また、故人の筆蹟の裏に写経して奉納するのは、その故人を供養するためのことが多いが、ここはその意は少ないか。
一八 この世では（もう弾かぬと）断念しました琵琶の記念として、父の形見の筆蹟の裏に写経して奉納します、の意。
一九「有明」が作者に初めて言い寄った、後白河院御八講の折のこと。一〇二頁参照。
二〇「秋萩を折らでは過ぎじ月草の花摺り衣露に濡るとも」（『新古今集』秋上、永縁）を「有明」が引いたものか。但し作中に該当記事はない。
二一 一一九〜一二一頁参照。
二二 住み憂く（なり）、の意に、「浮かれ」（さすらい出る意）をかけたものか。
二三 私（隆親）の生きている間には、の意。
二四 決して（院の御所に帰り）参ることはありますまい、の意。

りける事ぞと、いと恐ろしくぞおぼえし。如法、御所よりもあなたこなたを尋ねられ、雪の曙[一]も、山々寺々までも、思ひ残すくまなく尋ねらるる由聞けども、つゆも動かれず隠れゐて、聞法[二]の結縁もたよりありぬべくおぼえて、真願房[三]の室にぞ、また隠れ出で侍りし。

隆顕の来訪

さるほどに、四月の祭[四]の御桟敷[五]の事、兵部卿用意して両院御幸なすなどひしめく由も、耳のよそに伝へ聞きしほどに、同じ四月の頃にや、内・春宮[六]の御元服に、大納言の年の長けたるが入る[七]べきに、前官[八]わろしとて、あまりの奉公の忠の由にや、善勝寺が大納言を一日借り渡して参るべき由申す。神妙[九]なりとて、参りて振舞ひ参りて、返し[一〇]つけらるべき由にてありつるが、さにてはなくて、引き違へ、経任[一一]になされぬ。さるほどに、善勝寺大納言、故なく剝がれぬる事、さながら父の大納言が為事やと思ひて、深く恨む。当腹隆良[一二]中将に宰相を申す頃なれば、「この大納言[一三]を参らせ上げて、われを超越せさせんとする」と思ひて、同宿[一四]も詮なしとて、北の方が父、

一 この仮名、ここに初出。
二 仏法を聴聞して、仏道修行あるいは後世安楽の縁を結ぶこと。
三 醍醐の尼寺、勝倶胝院の庵主。五八頁注二参照。
四 賀茂祭（葵祭）のこと。四月の中（第二）の酉の日に行う故の名。
五 賀茂祭の行列を見るために、道路の両側に一段高く設けた板敷。
六 「内」は後宇多帝、「春宮」は後深草院の皇子熙仁親王（後の伏見院）。両者の元服は、前者が建治三年正月、後者は同年八月の予定が十二月に行われており、ここは前者の時のことと見られる。従って、前行「同じ四月の頃にや」は、次頁一行の「籠居しぬる由聞く」あたりにかかると見られる。
七 上寿（式の折祝詞を奏する役、年長者が勤める）として要るのである。
八 前大納言では感心しないと、の意。「前官」は、「現官」の対。『公卿補任』建治二年の大納言隆親の条に「十二月廿還任（依明年正月主上御元服上寿事。罷子息隆顕所職任之）。……」とある。
九 感心なことだと、の意。内（後宇多）もしくはその父の新院（亀山）あたりの隆親に対する評価。
一〇 （その後は「大納言」を隆顕に）返還なさる旨の約束であったが、の意。
一一 経任に（大納言を）任命された、の意。経任は、当時権中納言。二八頁注一二参照。大覚寺統の近臣。

[一五]九条中納言家に（忠高の家に）、籠居しぬる由聞く。いとあさましければ（まことに呆れたことなので）、行きて（行っておも）も訪ひたけれども（見舞を言いたいが）、世の聞えむつかしくて（世間の噂も面倒なので）、文にて（手紙で）、「かかる所に侍るを（〔私は〕こういう所におりますから）、立ち寄り給へかし」など申したれば（〔隆顕に〕）、「跡なく聞きなして後（〔あなたが〕行方知れずと聞いて以来）、よろづ言はん方なくおぼえつるに（何かと言いようもなく心配していたが）、うれしくこそ（〔御無事で〕）[一六]。やがて（早速）夜さり（夜分に）参りて（伺って）、いぶせかりつる日数も」（憂鬱だったこの何日かのことも〔語り合おう〕）など言ひて、暮るる程にぞ（日の暮れる頃に〔隆顕は〕）立ち寄りたる。

[一七]四月の末つ方の事なるに、なべて青みわたる梢の中に（一面青葉となった〔木々の〕梢の中に）、遅き桜の、ことさらけぢめ見えて白く残りたるに（見分けがつくように白く咲き残っている所へ）、月いと明くさし出でたるものから（さし出てはいるものの）、木蔭は暗き中に（木蔭は暗いその中に）、鹿のたたずみありきたるなど（立ち止ったり歩いたりしているのなど）、絵に描きとめまほしきに（描きとめたいほどだが）、寺々の[一八]初夜の鐘只今うち続きたるに（折から鳴り続けているが）、ここは[一九]三昧堂続きたる廊なれば（三昧堂に続いた回廊の所なので）、これにも（私にも）初夜の念仏近き程に聞ゆ（初夜の念仏の声が近くに聞える）。[二〇]回向して果てぬれば（〔それが〕終った時に）、尼どもの森の衣の姿いとあはれげなるを見出して（深く心を打つようなのを見やると）、大納言も（隆顕も）、さしも思ふ事なく誇りたる人の（あれほど悩みもなく誇り高かった人なのに）、ことさらうちしめりて（特にしんみりとして）、[二一]長絹の狩衣の袂も[二二]しぼりぬ。（隆顕）「今は[二三]恩愛の家を出でて、真実の道に（悟りを求める仏道に）

一二「当腹」は、今の北の方の腹、の意。隆良は隆親の末子。建治三年には左中将、任参議は正応五年。

一三 この一句難解。この大納言（という官）を（実力者経任に）差し上げて、とも、自分（隆頴）の大納言職を返上させて（経任に譲り）、とも取れる。

一四（こんな父と）同居していても仕方がないと、の意。

一五 忠高。文永九年前中納言で出家、建治二年没（六十四歳か）。ここの書き方では現存のようでもあるが、年代に錯覚または朧化あるか。

一六 下に「侍れ」「おぼゆれ」等が省かれている。

一七「（四月の）末つ方」ならば、月は明け方近くにならなければ出ない筈で、次の「初夜の鐘」とは合わず、この辺も虚構文飾か。

一八 初夜（の勤行、午後八時頃）を告げる鐘。一〇七頁注二一参照。

一九「法華三昧堂」の略。ここは、醍醐寺のであろう。

二〇 自分の修めた善根功徳を他の人々の菩提にふり向ける（よう願う）こと。ここはそうした内容の回向文を読むことで、勤行は回向文を唱えて終る。

二一 艶と張りのある絹布。四二頁注五参照。

二二「しぼりぬ（しぼった）」とは、涙でしぼるほどであった、の意。中古以来の慣用的表現。

二三 出家を志していることを言う。出家の折の偈「流転三界中、恩愛不能断、棄恩入無為、真実報恩者」（三三二頁注一七）による。

思ひ立つに、故大納言[一]の心苦しく申し置きし事、われさへ[二]またと思ふこそ、思ひの絆[三]なれ」など申せば、「われもげに、いとど何をか[四]」と、名残[五]惜しさも悲しきに、薄き単の袂は、乾く所なくぞ侍りける。「かかる程[六]を過ごして、山深く[七]思ひ立つべければ、同じ御姿にや[八]」など申しつつ、かたみにあはれなる事言ひ尽し侍りし中に、「さても、いつぞや恐ろしかりし文[九]を見し。われ過ごさぬ事ながら、いか[一〇]なるべき事にてかと、身の毛もよだちしが、いつしか御身といひ身といひ、かかる事[一一]の出で来ぬるも、まめやかに報いにやとおぼゆる。さても、『いづくにもおはしまさず』とて、あちこち尋ね申されし折節、御参りありて、[一二]御帰りありし御道にて、『まことにや、かく[一三]と聞くは』と御尋ねありしに、『行くへなく、今日までは承る』と申したりしに、いかがおぼしけん、中門[一四]の程に立ち休らひつつ、とばかり物も仰せられで、御涙のこぼれしを檜扇[一五]にまぎらはしつつ、『三界無安、猶如火宅[一六]』と口ずさみて出で給ひし気色こそ、常なら[一七]

一 （あなたの父君）雅忠殿が（あなたのことを）心配して、（私にあなたをよろしくと）言い残したこと（なのに）、の意。
二 私（隆顕）までもまた（出家してあなたを見捨ててしまうことになる）と思うことが、の意。
三 （私の出家の）思いを妨げ鈍らせるものだ、の意。
四 私も全く、（出家の覚悟ゆえ）これ以上何を（申すことがありましょう）、の意。地の文とも見得る。
五 逐語的には、名残惜しい気持も悲しくて、だが、名残惜しさもあり、また悲しくもあって、の意か。
六 妊娠期間を指す。
七 出家遁世を指す。元来「入於深山思惟仏道」（『法華経』序品の偈）による語か。
八 下に「ならん」などを補う。
九 「有明」の起請文（一一九～一二一頁）を指す。
一〇 「べき」を強意（当然）と見て、そもそもどんな事情（あるいは因果）でか、ともとれる。
一一 二人をそれぞれ見舞った不運を指す。
一二 （院の御所から）お帰りになった途中に（私の所へお寄りになり）、の意であろう。
一三 こうと聞いていることは、の意。「かく」は作者の行方不明（失踪）を指す。
一四 寝殿造りで、左右の渡殿（中門廊）のほぼ中央にあり、機能的には今日の玄関に相当する。
一五 檜の薄板を綴じて作った扇。枚数は身分で定められていた。

ん人の、恋し、悲し、あさまし（嘆かわしい）、あはれと申し続けんあはれにも（つらいと言い続けるような気の毒さに〔比べて〕も）、なほまさりて見え侍りしかば、本尊に向ひ給ふらん念誦も推し量られて（〔有明が〕向っておられる時の念誦〔の有様〕も想像されて）」一八 など語るを聞けば（〔私は〕）、「悲しさ残る」一九 とありし月影も（よこされた月夜のことも）、今さら思ひ出でられて、などあながちに（〔あの時〕なぜむやみに）、かうしも情なく申しけん（ああもつれなく御応対申したのかと）と、悔（くや）二〇しき心地さへして、わが袂さへ露けくなり侍りしにや（私の袖まで湿りがちになったことでした）。

二一 夜明けぬれば、（隆顕）「世の中もかたがたつつまし（世間も何かと憚られるから）」とて帰らるるも（お帰りになる時も）、二二「事あり顔なる朝帰りめきて」など言ひて、いつしか（すぐに）、二三（隆顕）二四「今宵のあはれ、今朝の名残、真（まこと）二五の道には捨て給ふな」などあり（書いてある）。

（隆顕）二六 はかなくも世のことわりは忘られて
つらさに堪へぬわが袂かな

と申したりし（言い添えてあった）。（私）「げに（全く）、憂きはなべてのならひとも知りながら（つらいのは世間一般のならいと知ってはいながら）、嘆かるる（嘆きたくなる）はかやうの事にや（とはこういう〔時の〕事なのか）と、悲しさ添ひて（悲しさも加わって〔おります〕）」など申して、

（私）二七 よしさらばこれもなべてのならひぞと
思ひなすべき世のつらさかは

一六『法華経』譬喩品（ひゆぼん）の有名な偈。三界（この世界）が平安でなく住みにくいことは、ちょうど火事で燃えている家のようだ、の意。
一七 普通の人。「有明」のような出家者に対して、俗人を指す。
一八 下に、「あはれなり」とか、ことばもない、とかの意が略されている。
一九 前出（一〇九頁）の「有明」の恋歌。
二〇 一一二頁注一八にもふれたように、作者は次第に「有明」に引かれる気持になって行くのである。
二一 ここから隆顕の語と見ることもできる。
二二 情事のあったような朝帰りみたいで、の意。『源氏物語』若紫の語による。一七頁注七参照。
二三（隆顕が九条中納言家へ戻って）早速、の意。後朝（きぬぎぬ）の文に準じて、手紙をよこしたのである。
二四 昨夜、の意。一一四頁注九参照。
二五 仏の道に（入る時に）は忘れないで下さい、の意。
二六 あさはかなことに、この世のことははかないという道理をつい忘れて、（そんなにはかないこの世の、またわが身の）つらさに堪えず、涙に袂が濡れることです、の意。
二七 それ（この世はつらい）ならそれとして、私達のつらさも世間一般の慣いのそれと思いなせるような、その程度のものでしょうか、いや、私達の場合は、到底その程度のものとは思われません、の意。

一 奈良の春日神社。「曙」の属する藤原氏の氏神。「二七日」は、十四日間。
二 春日社本殿の四社殿の第二殿。
三 神仏の前を退出すること。
四 伏見の地名。現在、京都市伏見区。
五 召使。前頁の「はかなくも」の歌を添えた「今宵のあはれ……」の手紙を届けた帰りである。
六 「文箱」に同じ。手紙などを入れて運ぶ箱。状箱。
七 醍醐の僧房の名。庵主は真願房。一三二頁注三参照。
八 （出家なさることは）確かと（お前は）聞いているか、の意。「いつ」から続けて、いつに確定したと聞いているか、と解する説もある。
九 「知りたる」の上に、「事情を」あるいは「私（作者）のことを」が略されている。
一〇 隆顕の仮寓している九条忠高邸を指す。
一一 （私は）大納言殿（隆顕）の御使に、の意。注五参照。
一二 春日の霊夢が当って、まだ出家していなかったと知ったことを指す。
一三 神社に奉納する馬。ここは、春日社への奉納。
一四 醍醐寺は、上（山上）・下（山麓）の二区域から成り、作者の潜んでいた勝倶胝院は下醍醐にある。
一五 坊の主。ここは、庵主真願房。
一六 「善道」（三善道すなわち修羅・人間・天上の三道）、「善導」（よく衆生を導く意とも、中国浄土教五

雪の曙は、跡なき事を嘆きて（〔私の〕行方の知れぬのを嘆いて）、春日[一]に二七日籠られたりけるが（参籠なさったとのことだが）、十一日と申しける夜（〔その〕十一日目の夜〔の夢〕に）、二[二]の御殿の御前に昔に変らぬ姿にて侍ると見て（〔私が〕昔のままの〔出家せぬ〕姿で居ると見て）、急ぎ下向[三]しけるに（退出したが）、藤森[四]といふ程にてとかや（あたりとかで）、善勝寺（隆顕）が中間[五]、細き文の箱[六]を持ちて会ひたる（持っているのと出会った）。などやらん（なぜか）、ふと思ひ寄る心地して（ふと思い当る気がして）、人に言はするまでもなくて（相手に口をきかせるまでもなく）、（〔曙〕）「勝倶胝院[七]より帰るな（から帰るのだな）。二条殿の御出家は、いつ。一定[八]とか聞く」と言はれたりければ（〔中間は曙を〕）、よく知りたる人[九]とや思ひけん（知った人と思ったのであろう）、「夜べ（昨夜）、九条[一〇]より大納言殿入らせ給ひて候ひしが（隆顕様が〔二条様の所へ〕おいでになりましたが）、今朝また御使[一一]に参りて帰り候ふが（〔今〕帰るところですが）、御出家の事は、いつとまではえ承り候はず（伺い出せませんでした）。いかさまにも（〔しかし〕とにかく）、御出家は一定げに候ふ（確かのようでございます）」と申しけるに、（〔曙は〕）されば[一二]よと（やっぱりなと）うれしくて、供なる侍が乗りたる馬を取りて、これより（その場で）神馬[一三]に参らせて（として奉納して）、わが身は（曙自身は）、昼は世の聞えむつかしくて（世間の評判も面倒なので〔ひとまず〕）、上[一四]の醍醐に、知るゆかりある（〔彼の〕縁故のある）僧房へぞ立ち入りける。

それも知らで（〔私は〕そんなことも知らず）、夏木立眺め出でて（眺めわたしながら）、坊主[一五]の尼御前の前にて、せん[一六]道の御事を習ひなどしてゐたる暮ほどに、何のやうもなく（何の挨拶もなく）縁にのぼ

る人あり。尼達にやと思ふほどに（尼達かと〔私が〕思っているうちに）、さやさやと鳴るは装束の音から[17]と見返りたるに（〔私が〕ふり返ると）、傍なる明障子[18]を細めて（細めに開けて）、「心強くも隠れ給へども（気強く隠れておられるけれども）、[19]神の御しるべは、かくこそ尋ね参りたれ（こうして尋ね当てて参りましたよ）」と言ふを見れば、雪の曙なり。こはいかにと今さら胸も騒げども（狼狽したけれども）、何かはせん（どうしようもない）。「なべて世の恨めしく侍りて（（私）すっかり世の中が恨めしくなりまして）、[20]思ひ出でぬる上は、いづれを分きてか（どなたも特別扱いには致しません）」とばかり言ひて、立ち出でたり（〔私は〕席を立ちのいた）。例の、いづくより出づる言の葉にかと思ふ事どもを（例の通り〔曙は〕どこから出る言葉かと思う〔ような情愛のこもった〕ことを）言ひ続けゐたるも、げに悲しからぬにしもなけれども（〔私は〕実際悲しくないわけではないけれども）、[21]思ひ切りにし道なれば（断念してしまったことなので）、[22]二度帰り参るべき心地もせぬを（気持もしないのを）、[23]かかる身の程にてもあり（こういう体の時でもあり）、[24]誰かはあはれとも言ふべき。「御心ざしの疎かなるにてもなし（（曙）〔院の〕御愛情が薄らいだわけでもない）。兵部卿（隆親の）が[25]老いのひがみ故に（ひがみが原因で）、[26]かかるべき事かは。ただこの度ばかりは、仰せに従ひてこそ（今回だけは〔院の〕仰せに従った方がよい）」などしきりに言ひつつ（〔私に〕言って〔曙は〕）、次の日はとどまりぬ（〔ここに〕滞在した）。

善勝寺の（〔曙は〕）[27]訪ひ言ひて、「[28]これに侍りけるに、思ひがけず尋ね参りたり（〔私は〕偶然尋ね当ててやって参りました）。[29]見参せん」と言ひたり（言ってやった）。「構へて（ぜひに）、これへ（こちらへ）」とねんごろに言

祖の一人の名とも）あるいは「禅道」（禅定の法）かとも言うが落着かない。「懺法」の誤写かとも言う。

一七 音が原因だ、の意。「音ぞ」の誤写と見る説もある。

一八 襖あるいは衝立を「障子」と言うのに対して、紙を張った、現在のような障子。

一九 神の御導きは（あらたかなもので）、の意。

二〇 決心して（宮廷を）出てきましたからには、の意。

二一 「道」は、これからの自分の行く道、身の処し方、更には「仏道」ともとれるが、やはり「思ひ切りにし」の語と下への続きから、自分の過去の生活態度ないし今回取った方針と考えられる。

二二 再び（院のもとへ）帰って行こうという、の意。

二三 （作者が）妊娠中であることを指す。ここから「曙」の語と見る説もある。

二四 誰も（私のことを）かわいそうとも言ってくれる筈がない、誰も私の不運に同情し、まして見舞の手紙や訪問もあるまい、の意。作者は人一倍人恋しさが強く、従って淋しがりなのである。「曙」の語と見れば、（こんな所に殊勝らしく籠ってみても）誰も（あなたを）……、の意となる。

二五 一三〇頁九行参照。

二六 こんなことになった（作者の出奔から出家の希望までを指す）が、これでいい筈がない、の意。

二七 不運を見舞う手紙を（隆顕宛てに）書いて、の意。

二八 ここに（二条殿が）おりましたがそこへ、の意。

二九 （ここであなたに）お目にかかりたい、の意。

はれて、この暮にまた立ち寄りたれば、「つれづれの慰めに」などとて、九献夜もすがらにて、明け行く程に帰るに、「ただこの度は、それに聞き出したる由にて、御所へ申してよかるべし」など、面々に言ひ定めて、雪の曙も今朝立ち帰りぬ。面々の名残もいと忍びがたくて、見だに送らんと立ち出でたれば、善勝寺は、檜垣に夕顔を織りたる縮羅の狩衣にて、「道こちなくや」などためらひて、夜深く帰りぬ。今一人は、入り方の月くまなきに、薄香の狩衣、車したたむる程、端つ方に出で、主の方へも、「思ひ寄らざる見参もうれしく」などあれば、「十念成就の終りに三尊の来迎をこそ待ち侍る柴の庵に、思ひがけぬ人ゆゑ、折々かやうなる御袂にて尋ね入り給ふも、山賤の光にや思ひ侍らん」などあり。「さても残る山の端もなく尋ねかねて、三笠の神のしるべにやと参りて、見しうば玉の夢の面影」など語らるるぞ、住吉少将が心地し侍る。明け行く鐘の音も催し顔なれば、出でざまに口ずさみしを、強ひて言へれば、

一 この部分、「曙」と隆顕と二人の語（異口同音あるいはこもごも）とも、更には地の文とも、とれる。
二 この主語は、「曙」・隆顕の二人ともとれるが、隆顕が一足先に帰っているので、一応下のように解した。
三 この話者は、見送った「曙」（逆の説もある）。
四 隆顕を指す。「聞き出し」の内容は、作者の居所。
五 敬語のない点から、地の文（心中思惟）と見た。前行の「面々の」から次頁五行まで、時間を戻した手法。
六 檜垣（檜の薄板を網代状に組んだ垣）に夕顔の蔓がからんださまを織った、の意。
七 縮みのように織った絹布。「縬」とも書く。
八 （夜が明けてからでは）帰る道も不体裁かな、の意。
九 四月の夜明け前後に「入り方の月」と言うと、十五夜前ということになり、前夜が「四月の末つ方」という叙述（一三三頁七行）や次頁の歌の「有明の月」とは合わない。文飾か。一三三頁注一七参照。
一〇 薄い香色（黄褐色）。
一一 諸説あるが、十念（「南無阿弥陀仏」と十遍唱えること）を終えて、の意か。
一二 阿弥陀三尊（阿弥陀如来に観音・勢至の両脇侍菩薩）が、衆生の臨終に極楽浄土から迎えに来ること。
一三 俗体を言うだけでなく、「曙」（実兼は建治三年には正二位権大納言春宮大夫）の高貴な身分をも言うか。
一四 六一頁注一八参照。
一五 『住吉物語』の主人公。長谷観音の霊験で、住吉

世[一七]の憂さも思ひつきぬる鐘の音を（曙）

　月にかこちて有明の空

とやらん、口ずさみて出でぬる〔曙の〕後も悲しくて、〔私は〕

　鐘の音[一八]に憂さもつらさも立ち添へて（私）

　名残を残す有明の月

伏見に戻る

今日は、一筋に思ひ立ちぬる道も（いちずに思い立った〔出家の〕道も）、また[一九]障り出で来ぬる心地する（またもや邪魔が出てきたと思っている）を（と）、主の尼御前（真願房）、「いかにも、この人々（隆顕と曙）は申され[二〇]ぬとおぼゆるに（思われますが）、〔今まで〕たびたびの〔院の〕御使に心清く（心強く）あらがひ申したりつる[二一]も、はばかりある心地するに（恐れ多い気がしますから）、小林[二二]の方へ出でよかし（おいでなさい）」と〔私に〕言はる。さもありぬべきなれば（もっともなことなので）、車の事（手配）、善勝寺（隆顕に）へ申し（頼み）などして、伏見の小林といふ所へまかりぬ。

今宵は何となく日も暮れぬ（その晩は何という事もなくて）。御母が母伊予殿、「あな珍らし。御所（院の所）よりこそ、これにや（ここに〔二条はいる〕か）とて、たびたび御尋ねありしか（お尋ねがありましたよ）。清長[二三]も、たびたびまうで来し（やってきました）」など語るを聞くにも、「三界[二四]無安、猶如火宅」

にいた姫に再会する。

一六 この辺、作者好みの場面設定。五八頁注八参照。「催し顔」は、（涙を）誘うよう、ととる説もある。

一七 世のつらさも思い当った（思い当らせる）鐘の音を聞き、そのつらさを月のせいにして、有明月の空の下を帰って行くことだ、の意。「思ひつき」の「つき」は「鐘」の縁語「撞き」を掛けているが、「思ひ付き」であろう（「思ひ尽き」の解もある）。注九参照。

一八（別れをせかす）鐘の音に、世の憂さも別れのつらさも相加わって、有明の月だけが、帰って行ったあの人（「曙」）の名残を悲しく見せていることよ、の意。

一九 隆顕ばかりでなく「曙」にも会い、そしてまた後者に引かれる気持を意識したことを指す。

二〇 以下、文脈不明確だが、「申されぬ」は、（あなたに向って）尤もなことを申された、の意か。（院に、あなたのことないし居所を）申された、と解する説は、通りはよいが「申されぬ」の語法から見て疑問。

二一（二条殿は居ませんと）反論申してきたのも、の意で、主語は「私ども」（庵主達）であろう。但し、作者を主語にして、（あなたが院のお言葉を）お断り申してきたのも、ともとれる（敬語がないのは、次行「出でよ」も同じ）。

二二 作者の乳母の母「伊予殿」の居所。一二九頁参照。

二三 菅原長成男。院の近臣。一六四頁注七参照。

二四 一三五頁注一六参照。

と言ひ給ひける人の面影浮む心地して、とにかくに、さもぞ物思ふ身にてありけると、われながらいと悲し。四月の空の村雨がちなるに、[一]音羽の山の青葉の梢に宿りけるにや、時鳥の初音を今聞きそむるにも、

[二]わが袖の涙言問へ時鳥
かかる思ひの有明の空

いまだ夜深きに、尼達の起き出でて後夜[三]行ふに、即成院[四]の鐘の音もうちおどろかすに、われも起き出でて経など読むに、日高くなるに、また雪の曙より、[五]茨切りたりし人の文[六]あり。名残[七]など書きて後、[八]さても夢[九]のやうなりし人、その後は面影も知らぬ事にてあれば、何とかはと思ひて過ぐるに、「この春の頃よりわづらひつるが、なのめならず大事なるを、[一〇]道の者どもに尋ぬなれば、『御心[一一]にかかりたる故』など申す。まことに[一二]恩愛尽きぬ事なれば、さもや侍らん。都のついでに見せ奉らん」とあり。[一三]いさや、必ずしも、恋し、かなし

一 伏見の東北一帯の山。「音羽山今朝越え来ればほととぎす梢遙かに今ぞ鳴くなる」(『古今集』夏、紀友則)による。
二 私の袖の涙は何の嘆きかと、尋ね慰めてくれ、ほととぎすよ、私はこんなにつらい思いで、有明月の照る空を仰いでいるのだよ、の意。「有明」は懸詞。
三 後夜(夜半から明け方までの間)に行う勤行。
四 即成院。伏見寺とも言う。一一九頁注二〇参照。
五 四九頁辺を受ける。「茨切りたりし人」を「雪の曙」とし、この部分を古注の混入と見る説が可か。当時「曙」が作者に手引きした別の「男」で、その「男」が今回も「曙」に作者への連絡を頼んだとする説、あるいは実際に茨を切った「曙」の従者(その男が注九の女子を養育していたとする)と見る説もあるが、一四三頁一〇～一一行から右のように解する。
六 「曙」の手紙(注五の第二・三説では、「曙」が回送してきた手紙となる)。
七 以下は、「曙」の手紙の内容。
八 「思ひて過ぐるに」までは、「曙」の手紙に触発された挿入句的な作者の感懐。但し、ここから「曙」の手紙の引用と見る説もある。
九 夢のようにはかなく別れた人、の意。巻一、七〇～七一頁で「曙」が立会って作者が生んだ女子を指す。
一〇 陰陽師(易占をする者)達に尋ねたそうで、すると、の意。「なれ」は、いわゆる伝聞推定。
一一 (その子のことが)あなた(作者)のお心にかか

とまではなけれども、「思はぬ山の峯にだに」［一四］といふ事なれば、今年はいくら程など思ひ出づる折々は、一目見し夜半の面影を二度（ふたたび）偲ぶ心も、などかなからん。さればまた、逢はぬ思ひの片糸［一五］は、憂き［一六］節（ふし）にもやと、われながらことわらるれば、「何よりもあさましくこそ［一七］。またさりぬべき便りも侍らば」など言ひて、これさへ［一八］今日は心にかかりつつ、いかが聞きなさん［一九］と悲し。

（〔平素は〕思わなかったが／いくつ位／〔出産の時〕／〔あの子の〕／決してないわけではない／〔なるか〕／冷静に判断されるので〔私〕／適当な機会もございましたら〔お会いしたく〕／このことまでも〔一日中〕心にかかって／どんな報せがくるだろうかと気がかりだ）

暮れぬれば、例の初夜行ふついでに、常座（じやうざ）［二〇］などせんとて、持仏堂［二一］にさし入りたれば、いと齢（よはひ）傾きたる尼の、もとよりゐて、経読むなるべし。遠くて「菩提（ぼだい）の縁」［二二］など言ふも頼もしきに、折戸（をりど）［二三］開（あ）く音して、人の気配ひしひしとす。思ひあへず、誰なるべしともおぼえず、仏の御前の明障子（あかりしやうじ）をちと開けたれば、御手輿（たごし）［二四］にて、北面の下臈（げらふ）一、二人、召次（めしつぎ）［二五］などばかりにて御幸（ごかう）あり。いと思はずに、あさましけれども、目をさへふと見合せ奉りぬる上は、逃げ隠るべきにあらねば、つれなくゐたる所へ、やがて御輿（みこし）を寄す。降りさせおはしまして、

（〔私は〕／入って行ったところ／高齢の尼が／前から坐っていて／経を読んでいるらしい／遠くで／言っているのも頼もしいが／しきりに／思いもよらず／誰だろうとも思い当らないので／少し開けると／〔院が〕／全く思いがけず／意外で言葉もないけれど／目までふとお合わせしてしまった以上は／逃げ隠れもできないので／平静なふうで坐っている所へ／そのまま／〔院は輿から〕お降りになって）

っているから（この子の病状が重いのだ）、の意。

一二 肉親の情愛は（切っても）切れぬものだから。

一三 さあ、どうだか。自分で自分の本心が分らぬ自問。

一四 思いがけぬ山の峯にさえ、「なげき」と言う木は生えるものだから、の意。「あしかれと思はぬ山の峯にだに生ふなるものを人の嘆きは」（『詞花集』雑上、和泉式部）による。

一五 片糸のように相手に逢えずつらさのまさる思い。「片糸をこなたかなたに縒（よ）りかけて逢はずは何を玉の緒にせむ」（『古今集』恋一、読人知らず）によるか。

一六 （将来）つらい目を見ることにもなるかと、の意。「逢はぬ思ひ」が原因で今つらい目を見ているのか、ととる説もある。

院に連れ戻される

一七 （あの方が御病気と聞いて）驚きました、の意。

一八 「曙」の手紙で報された、女子（の病気）のこと。

一九 主語を「曙」として（こんな冷静な返事を、「曙」は）どう取るだろうか、と解する説もある。

二〇 底本「せうさ」で、諸説あるが、「常座不臥」（仏道修行の十二頭陀（ずだ）の一）の略か。

二一 日常祈念する守り本尊を安置してある堂や室。

二二 菩提（仏道修行の結果悟りに達すること）の縁（となりますように）、の意。『千手陀羅尼経』によった『狭衣物語』巻二・下の一節によるとの説もある。

二三 中折れの開き戸。庭先の木戸の類か。

二四 手で、腰のあたりまで持ち上げて運ぶ輿。腰輿（ようよ）。

二五 院・東宮などの御所に仕える下級官人。

「ゆゆしく尋ね来にける」など仰せあれども、物も申さでゐたるに、「御輿をば昇き帰して、御車したためて参れ」と仰せあり。御車待ち給ふほど、「この世の外に思ひ切ると見えしより、尋ね来るに」と、いくらも仰せられて、「兵部卿が恨みに、われさへ」など承るもことわりなれども、「なべて憂き世を、かかるついでに思ひ遁れたく侍る」由申すに、「嵯峨殿へなりつるが、思ひがけず、かくと聞きつるほどに、例の人づてにはまたいかがと思ひて」、伏見殿へいらせおはしますとて、立ち入らせ給へり。「何と思はんにつけても、この程のいぶせさも、心静かに」と、さまざま承れば、例の心弱さは、御車に参りぬ。

夜もすがら、「われ知らせ給はぬ御事。またこの後も、いかなる事ありとも、人におぼしめし落さじ」など、内侍所・大菩薩ひきかけ承るも畏ければ、参り侍るべき由を申しぬるも、なほ憂き世出づべき限りの遠かりけるにやと、心憂きに、明け離るる程に還御な

（傍注）
（院）えらい思いをして尋ねて来たよ　〔私は〕
かつぎ帰って　用意して　〔院は〕お待
ちになる間に　〔お前が〕　この世を捨てるとの様子だったので　尋ねて来たのだよ
いろいろ　隆親への恨みから　〔私が〕仰
せ頂くのももっともだが　（私）何かとつらいこの世を　こうした機会に
（院）行っていたが　こうと
聞いたので　いつものように人を介しては　どんなものかと
おいでになるとおっしゃって　〔私の所へ〕　（院）〔お前が私を〕どう思うとして
も　最近の〔私の〕晴れやらぬ思いも　落着いて〔聞いてくれ〕　気
弱さから〔私は院の〕お供をした
一晩中　（院）自分は知らなかったことだ　どんなことが
あっても　他の女性より軽んずることはしまい　にかけて誓
われるのも　〔また〕御奉仕しましょうと申したが　出離
すべき時期は遠かったのだなあと　つらかったが〔夜の〕

一 私までも恨むのか（または、恨むなよ）、の意。
二 下に「侍る」が用いてあるので直接話法と見たが、「由」で受けている点から、地の文と見てもよい。
三 「御幸なりつる」（院の自敬表現）の略。
四 作者がここ（小林）にひそんでいることを指す。
五 ここは、院が、使を介しての効果に疑問を持っていることを言ったもの。
六 次行の「おはします」まで、院の自敬表現による二重会話と見る説もあるが、下の「立ち入らせ給へり」をも自敬表現と見るのはやや苦しく、ここから一旦地の文と見て、「何と思はんに」からまた院の語と見ておく。
七 以下、二行後の「承るも」または「申しぬるにも」までの部分、時間を少し戻した手法。但し、車の中での情景と見る説もある。
八 この院の語も、間接話法と見ることも可能。
九 宮中の内侍所に安置してある神鏡。三種神器の一。
一〇 八幡大菩薩を指す。源氏の氏神で、よく誓言に引いた。一二一頁四行参照。
一一 局の物（身の廻りの物）も、の意か。
一二 作者の叔母か。六三頁注二七参照。
一三 この世の定め、の意。「世」を宮廷社会（の習慣）ととる説もある。
一四 着帯。但しこの出産の記事はない。一三〇頁注一〇参照。
一五 作者が秘密に生んだ女子。一四〇頁注九参照。

女子と対面

る。(院)「御供にやがてやがて(すぐすぐ)〔参れ〕」と仰せあれば、終(つひ)に参るべからんもの(結局参らねばならないのだから)

故はと思ひて、〔私は〕参りぬ。局も[一一]みな里へ移してければ(実家へ移してあったので)、京極殿の局へ[一二]

ぞまかり侍りし(参上しました)。世に従ふならひも[一三]今さらすさまじきに(面白くないが)、〔四月の〕晦日(つごもり)頃に

や、〔院の〕御所にて帯をしぬるにも[一四](したのにつけても)、思ひ出づる数々多かり(思い出すことは数多い)。

さても夢の面影の人[一五]、わづらひなほ所せし[一六](病状がまだ心配だ)とて、思ひがけぬ人[一七]の

宿所へ〔私を〕呼びて〔娘を〕見せらる。(私)「五月五日は、〔私の〕母〔の命日〕のたらちめの跡弔(と)ひにまかる(墓参に参りますの)

べきついでに(でその折に)〔伺いましょう〕」と申ししを、(曙)「五月は憚(はばか)る上[一八]、苔の跡弔(と)はん便りも[一九]

忌々(いまいま)し」と、強ひて言はれしかば(強く言われたので)、四月(うづき)の晦日(つごもり)の日、しるべある所[二〇](案内された所)

へまかりたりしかば(参ったところ)、〔その子は〕紅梅の浮織物の小袖にや、二月より生(お)ふされ(伸ばされ)

けるとて(たそうで)、いしいしとある[二一](ふさふさとしている)髪姿、夜目(よめ)[二二]に変らずあはれなり(かわいらしい)。北の方[二三]、

折節(をりふし)産したりけるが(出産したのだったが)、亡くなりにける代りに[二四]、〔曙はこの子を〕取り出でてあれば(連れて行ったので)、

人は皆ただそれ[二五]とのみ思ひてぞありける。天子[二六]に心をかけ、禁中にまじらはせん(宮中に出仕させようと思って)

事を思ひ、かしづく由聞くも(大切に育てていると聞くにつけ)、人の宝の玉なればと思[二七]

ふぞ、心わろき[二八]。〔私に〕かやうの(こんな)二心(ふたごころ)[二九]ありとも、〔院は〕露知らせおはしまさねば(少しも御存じないので)、

一六 底本「につらひ」。「……人に、しつらひ」と訓み、設備がまだ不備で、と解する説などもあるが、字形から下のように訓んだ。

一七 一四〇頁注五の「茨切りたりし人」と同一人物を指すと見るべく、「曙」と解しておく。

一八 五月は諸事忌むとの習俗があったからとも解されてきたが、むしろ「曙」の側で差し支える、の意か。

一九 墓参りのついでというのも縁起が悪い、の意。

二〇 指定された所、の意。「思ひがけぬ人(注一七参照)の宿所」ということになる。

二一 髪の多いさまであろう。底本「いこ〳〵」。

二二 出産したその夜に見たのと変らず、の意。

二三 「雪の曙」すなわち実兼の正妻は、源通成女顕子。

二四 (その時生んだ子が)亡くなった代りにと、の意。

二五 北の方の実子と、の意。

二六 帝(の后妃)にと望みをかけ、の意。「天子」は底本仮名、「典侍」と宛てる説もある。この部分、『豊明絵草子』第一段の詞書と類似。

二七 「ともすれば玉に比べします鏡人の宝と見るぞ悲しき」(『後撰集』恋一、読人知らず)によるか。「玉なれば」の下には、今の私には関係のないことだ、あるいは、つまらない、などの意が略されている。

二八 ここは、(冷淡で)ひねくれている、の意。

二九 忠誠でない心。裏切りの秘密。「曙」(もしくは「男」)との密通を指す。

近衛大殿、院と語る

一心より外(ほか)にはとおぼしめすぞ［思っていらっしゃるのは］、いと恐ろしき［まことに〔欺いた罪が〕恐ろしい］。

八月の頃にや［だったか］、近衛大殿(このゑのおほいどの)二［〔院に〕］御参りあり。後嵯峨院御崩れ(かく)の折、［〔故院〕］「かまへて［どうか］御覧じはぐくみ参らせられよ［〔後深草院を〕お世話申し上げて下さい］」と申されたりける三とて、常に御参りもあり［〔院へ〕］。またもてなし参らせられしほどに［〔院も大殿を〕また歓待申し上げなさっていたが］、常の御所にて［〔この日は〕］内々(うちうち)九献(くこん)など参り候ふほどに［酒など召し上がっている中に］、御覧じて［〔大殿は私を〕］、「いかに［〔大殿〕おや］、行くへなく聞きしに［〔あなたは〕行方不明と聞いたが］、いかなる山に籠りゐて候ひけるぞ［こもっていたのですか］」と申さる。「大方［〔院〕およそ］、四方士が術ならでは尋ね出でがたく候ひしを［方士の術でなくては尋ね出せそうもなかったのですが］、蓬萊(ほうらい)五の山にてこそ［〔見つけました〕］」など仰せありしついでに［おっしゃった際に］、「地体(ぢたい)六［〔大殿〕］、兵部卿［隆親］が老いのひがみ、事の外に候ふ［もってのほかです］。隆顕が籠居もあさましき事［〔一方〕隆顕の籠居も言語道断です］。いかにかかる御政(まつりごと)七も候ふやらん［どうしてこんな］とおぼえ候ふ［〔不審に〕思われます］。さても琵琶は捨て果てられて候ひけるか［〔あなたは〕全く捨てておしまいなさったのですか］」と仰せられしかども、ことさら物も申さで候ひしかば［〔私は〕特に何も申さずに侍っていたところ］、「身(み)一代ならず［自分一代だけでなく］、子孫までと、深く八幡宮八に誓ひ申して候ふなる［お誓い申したということです］」と、御所に仰せられしかば［院がおっしゃったところ］、「むげに若き程にて候ふに［〔大殿〕たいそう若い年ごろですのに］、苦々(にがにが)しく思ひ切られ候ひける［残念にも思い切りなさったものですね］。地体(ぢたい)九、あの家の人々は、なのめならず［一通りでなく］家を重くせられ候ふ［重んじなさいます］。経一〇

一 (自分の) 思っている (あるいは、知り、予想している) 範囲以外には (作者の心も行動も伸びている筈がない)、の意であろう。
二 鷹司兼平。一〇三頁注一九参照。
三 故院 (後嵯峨院) が大殿 (兼平) に申されたとの理由で、の意。「申されたりける」までを後深草院に向って言った兼平の語ととる説もあるが、敬語からも「ける」の用法からも、地の文であろう。
四 神仙の方術を行う者。このあたり、白居易の「長恨歌」もしくはそれから出た『源氏物語』桐壺による。
五 道教で言う理想郷。東方海中にあり、神仙の住む世界と言う。
六 大体、そもそも、の意。
七 御政治 (具体的には大納言人事) もあるでしょうかと、の意。当時は亀山院の院政で、それへの批判。
八 一三一頁三行以下参照。
九 隆親・隆顕の四条家を指す。
一〇 ここの文脈、経任が大納言 (という官) を願っておいた事情、の意か。(かつて) 経任大納言 (現官名) が、(隆親に何かこの件で) 申し出ておいた事情、と解する説もある。一三二頁参照。
一一 久我家は、土御門・北畠などの家々と共に、村上天皇の流れを引く村上源氏である。
一二 四二頁注二参照。「傅」は、乳母の夫 (乳父)。以下、かつて兼経 (注一四参照) が仲綱に目をかけた話。

一三 貴族などの家に仕える者。
一四 近衛兼経。前摂政関白太政大臣として正元元年没。五十歳。鷹司兼平（近衛大殿）の兄。
一五 久我家では通光について嫡子通忠も早世したことを指すか。
一六 両方（ここは久我家と近衛家）に仕えること。ケンザンとも。「見参（げざん）」（参上）ととる説もある。
一七 敬語のない点から、間接話法的に仲綱の語を兼平が引いたと見た。
一八 久我家は、いくつかある大臣家の中でも別格だから、の意。久我家の家格の高さを言って、四条家と同列でないことを言う。
一九 （自分の）女（むすめ）の方が（二条の）叔母だから、（席は）上に、の意。一二八頁九～一〇行参照。
二〇 鷹司基忠。兼平の長男、当時（建治三年として）三十一歳。話者の子であるが、以下に敬語を用いたのは、当時の習慣とも、地の文に近い意識で作者の敬意が入ったものとも、考えられる。
二一 元来、美女の意だが、ここは、女子の意。
二二 一二九頁の「数ならぬ」の歌を指す。
二三 （具平）親王から出て八代という古い伝統、の意。「梁園」は、梁の孝王が竹を植えた庭を作ったことから、皇族の意で、ここは具平親王を指す。その子で村上源氏初代師房から作者の父雅忠まで八代。親王は和漢の才人であり、久我家は、代々歌人としても聞えた。
二四 仲綱の子。五四頁注一参照。

任大納言申し置きたる子細などぞ候ふらん。[一一]村上天皇より家久しくしてすたれぬは、ただ久我（こが）ばかりにて候ふ。あの傅（めのと）[一二]仲綱は、久我重代の家人（けにん）[一三]にて候ふを、岡屋（をかのや）[一四]の殿下、不憫（ふびん）[一五]に思はるる子細候ひて、『兼参（けざん）[一六]せよ』と候ひける[一七]に、久我の家人なり、いかがあるべきと申して候ひけるには、『久我大臣家[一八]は、諸家には準ずべからざれば、兼参子細あるまじ』と、自らの文にて仰せられ候ひけるなど、申し伝へ候ふ。隆親卿、『女（むすめ）[一九]、叔母なれば、上にこそ』と申し候ひけるやうも、けしからず候ひつる。前（さきの）[二〇]関白、新院へ参られて候ひけるに、やや久しく御物語ども候ひけるついでに、『傾城（けいせい）[二一]の能には、歌ほどの事なし。かかる苦々（にがにが）しかりし中にも、この歌[二二]こそ耳に留（とど）まりしか。梁園（りやうゑん）[二三]八代の古風と言ひながら、いまだ若きほどに、ありがたき心遣ひなり。仲頼[二四]と申してこの御所に候ふは、その人が家人なるが、行くへなしとて山々寺々尋ねありくと聞きしかば、いかなる方に聞きなさんと、われさへ静心なくこそ』など御物語候ひける由、承り

事情などもあるのでしょう 〔しかし〕 長く続いて零落していないのは だけです 彼女の 久我家代々の 〔彼を〕 事情がありまして 〔兼経公に〕申しました時には との事でしたが〔自分は〕 どうしたものであろうと 一般の家と同様にすべきでもないから 差し支えあるまい 〔兼経公が〕自筆の手紙でおっしゃったそうですなどと 〔世に〕 伝えています 申したという有様も けしからぬことでした 亀山院 参上なさいまして いろいろな雑談がありました折 〔新院〕 芸事としては 歌以上のものはない あんな 〔思い出の〕中でも あの歌 残った 〔二条は〕まだ若年なのに 殊勝な心がけである 院に仕えているのは あの子の〔家の〕家人だが 〔彼女が〕行方不明とのことで どんな結果を聞くことになろうかと 私までも落着かなくて 〔私は〕

今様伝授

き」など申させ給ひき。

「さても中納言中将、今様器量に侍る。同じくは、その秘事を御許され候へ」と申さる。「左右に及ばず。京の御所はむつかし。伏見にて」と御約束あり。

明後日ばかりとて、にはかに御幸あり。披露なき事なれば、人あまたも参らず。供御は、臨時の供御を召さる。台所の別当一人などにてありしやらん。あちこちの歩きいしいしに、姿もことのほかになえばみたりし折節なるに、参るべしとてあれば、兵部卿も、ありし事の後は、いと申す事もなければ、何とすべき方もなきやうに案じゐたるに、女郎花の単襲に、袖に秋の野を縫ひて露置きたる赤色の唐衣重ねて、生絹の小袖・袴など、色々に、雪の曙の賜びたるぞ、いつよりもうれしかりし。

大殿・前殿・中納言中将殿、この御所には、西園寺・三条坊門・師親より外は、人なし。「善勝寺、九条の宿所は近き程なり。この

一 兼忠（一二八頁注五参照）。兼平次男。当時は（建治元年十二月以降）権大納言。
二 平安後期に興った歌謡。原則として歌詞は七五の四句。八三頁注一六参照。
三 いずれ秘伝を受けるのであれば、の意。
四 この一文、地の文として「御約束あり」の修飾語と見る解もある。
五 強いて言えば、人間関係（院と大殿父子との親密さ）が人目に立ちたくないとも、秘伝が洩れるのを恐れるとも、とれる。
六 明後日頃まで滞在、とか、明後日限りで帰る、などと解する説もある。
七 正式でない、簡略な食事。
八 「台所の別当」は、料理をあずかる役の長。
九 以下、次行の「申す事もなければ」もしくはその下の「案じゐたるに」までは、挿入句的。
一〇 女楽の席順の件。一二六〜九頁参照。
一一 特に申し出る事もないので、すなわち、音信を絶っていたので、の意だが、「申す」の主語は、敬語用法から見て、作者自身であろう。
一二 表は経青、緯黄、裏は青。七、八月の用。
一三 こちらの院（後深草）側の者（すなわち主人側）としては、の意。「西園寺」は「雪の曙」と書き分けてあることに注意。
一四 源通頼（四八頁注七）。師親（四八頁注八）と共に、作者の一族。

御所には、「はばかり申すべきやうなし」［遠慮するいわれはない］とて、度々(たびたび)申されしかども［お呼びになったが］、〔隆顕は〕籠居の折節なれば、はばかりある［恐れ多いと］由を申して、参らざりしを、清長[16]を遣(つかは)して召しあれば、〔隆顕も〕参る。思ひがけぬ［意外なことに］白拍子(しらびやうし)[17]を二人召し具せられたりける［〔彼は〕連れて来られたが］、誰かは知らん［〔そのことは〕誰も知る筈がない］。下(しも)[18]の御所の広所［広間で］にて、御事[19]はあり。上(かみ)[20]の御所の方に、車ながら［車のまま］置かる。事ども始まりて［酒宴が始まってから］、案内を申さる[21]［おしらせなさる］。〔院は〕興に入らせ給ひて召さる[22]。姉妹(おとどい)といふ。姉二十(はたち)あまり、蘇芳(すはう)[23]の単襲(ひとへがさね)に袴、妹は女郎花、素地(すぢ)[24]の水干(すいかん)に、萩(はぎ)を袖に縫ひたる［刺繡した］大口［大口袴］を着たり。姉は春菊(はるぎく)、妹(おとと)若菊といひき。白拍子少々申して［少し歌って］[25]、立姿[26]御覧ぜられん［舞姿を御覧になりたい］といふ〔院の〕御気色［御意向］あり。〔姉妹〕「鼓(つづみ)打ちを用意せず」と申す[27]。そのわたり［その辺で］にて鼓を尋ねて［探して］、善勝寺［隆顕］これを打つ。まづ若菊舞ふ。その後、姉を〔見たい〕[28]、と御気色(けしき)あり。〔この芸を〕捨てて久しくなりぬる［やめて長年になると］由、〔姉は〕度々辞退申ししを、〔院は〕ねんごろに仰せありて［言葉を尽しておっしゃって］、〔姉は〕袴の上に妹(おとと)が水干を着て舞ひたりし、異様(ことやう)に面白く侍りき［変っていて愉快でした］。いたく短からず［あまり短くないようにと］とて、祝言(しゆげん)[29]の白拍子をぞ舞ひ侍りし［曲を舞いました］。御所［院は］、如法(にょほふ)酔はせおはしまして後［ひどくお酔いになって後］、夜更けてやがて［夜が更けるとすぐ］出されぬ［〔姉妹を〕下げられた］。〔院は〕それ

一五 この部分、地の文ともとれる。
一六 院の近臣。一三九頁注二三参照。
一七 平安末期に興った遊女の歌舞。また、それを舞う遊女。烏帽子(えぼし)・水干(すいかん)という男装であった。
一八 伏見殿は上(かみ)・下(しも)に分れていた。一一一頁注一四参照。
一九 今様の秘事伝授と、その後の酒宴を指す。
二〇 注一八参照。底本「うへの御所」。なお、この前に「隆顕はその白拍子達を」の意が略されている。
二一 「隆顕は院に、彼女達の来ていることを」を補う。
二二 (彼女達が)召された(受身)、ともとれるが、恐らくは「召す」(この語は通例このままで尊敬語、従って「る」は不要)の意。前行の二つの「る」も尊敬。
二三 表薄赤、裏赤。四季のいつでも用いる。
二四 無地(恐らく白色か)。底本「すち」、「筋」(縞模様)と解する説もある。
二五 この部分、院の自敬表現と見てもよいが、一応地の文(間接話法)と見ておく。
二六 白拍子の舞は立って舞うので、その舞姿を「立姿」と言う。
二七 連れて来ませんでした(から……)、の意。これも、正確な直接話法とするには敬語が不足。
二八 これも、院の語の引用(直接話法)とも見られる。
二九 祝意を表すこと、めでたい内容。シュウゲン。底本「しゆけむ」、「修験」と宛て、修験者(山伏等)のふりをする曲とする説もある。

も知らせおはしまさず、人々は今宵は皆御伺候、明日一度に還御、などいふ沙汰なり。

筒井の御所で

御所御寝の間に、筒井の御所の方へ、ちと用ありて出でたるに、松の嵐も身にしみ、人待つ虫の声も、袖の涙に音を添ふるかとおぼえて、待たるる月も澄みのぼりぬる程なるに、思ひつるよりも物あはれなる心地して、御所へ帰り参らんとて、山里の御所の夜なれば、皆人静まりぬる心地して、掛湯巻にて通るに、筒井の御所の前なる御簾の中より、袖をひかゆる人あり。まめやかに化物の心地して、荒らかに、「あな、悲し」と言ふ。「夜声には木霊といふ物のおとづるなるに、いとまがまがしや」と言ふ御声は、さにや、と思ふも恐ろしくて、何とはなく引き過ぎんとするに、袂はさながらほころびぬれども、放ち給はず。人の気配もなければ、御簾の中に取り入れられぬ。御所にも人もなし。「こはいかにいかに」と申せども、叶はず。「年月思ひそめし」などは、なべて聞きふりぬる事なれば、

一 発表・噂などの意にもとれる。
二 お寝みになっている間に、の意。
三 伏見殿（下御所）の中の一つの建物。作者がそちらの方へ行ったのは、「曙」に会うためであろう。
四 「松虫」（今のスズムシ）に「人待つ」をかけた。「秋の野に人待つ虫の声すなりわれかと行きていざとぶらはむ」（『古今集』秋上、読人知らず）以来の用法。
五 （秋の夜のわびしさ故の）袖の涙に悲しみを添えるかと、の意。「ね」には「哭」（泣く声）をかける。
六 十五夜を過ぎ、二十日前後の、宵遅く出る月を言う。
七 趣深い、ともとれる。
八 ここから次行の「心地して」まで、挿入句。
九 湯巻（元来、貴人の入浴時の、またそれに奉仕した女の、服装、ここは、くつろいだ服か）を羽織った姿。
一〇 前面（正面）の、の意。「手前の」と解する説もある。
一一 「ひかふる」の転訛。引く、引き止める、の意。「人」は近衛大殿（鷹司兼平）。
一二 夜出す声には、あるいは、夜声を出すと、の意。「木霊」は「木魂」とも書く。このあたり、『源氏物語』夕顔による。
一三 あの方（近衛大殿）であろうか、の意。

あなむつかしとおぼゆるに、とかく言ひ契り給ふもなべての事と耳にも入らねば、ただ急ぎ参らんとするに、「夜の長きとて御目覚まして、御尋ねある」と言ふにことづけて立ち出でんとするに、「いかなる隙をも作り出でて帰り来んと誓へ」と言はるるも、逃るる事なければ、四方[一六]の社に懸けぬるも、誓ひ[一七]の末恐ろしき心地して、立ち出でぬ。

また九献参るとて、人々参りてひしめく。なのめならず酔はせおはしまして、若菊[一八]をとく帰されたるが念なければ、明日御逗留ありて、今一度召さるべしと、御気色あり。承り[一九]ぬる由にて後、御心ゆきて、九献ことに参りて、御寝になりぬるにも、うたたね[二〇]にもあらぬ夢の名残は、うつつとしもなき心地して、まどろまで明けぬ。

今日は御所の御雑掌[二一]にてあるべきとて、資高[二二]承る。御事おびたたしく用意したり。傾城[二三]参りて、おびたたしき御酒盛なり。御所の御走り[二四]舞ひとて、ことさらもてなしひしめかる。沈[二五]の折敷[二六]に金の盃据

一四 たちまち、に近いニュアンスもある。
一五 作者が今連れ込まれた筒井の御所を指す。
一六 （必ず帰って来ますと）あちこちの社に誓いをかけたが、の意。
一七 誓いの結果、の意。守れば大殿に抱かれねばならず、破れば破ったで神罰を受けるので、どちらにしても恐ろしいのである。
一八 以下、次行の「召さるべし」まで、一応間接話法的な地の文と見たが、自敬表現を含む院の語と見てもよい。
一九 （人々が）承知いたしましたと申してからは、の意。
二〇 うたたねの夢などと言って軽く忘れてしまうわけには行かぬ、先程の（筒井の御所で近衛大殿に強引に迫られた）夢のような事件の記憶は、の意。
二一 訓みはザッショウか。世話役、ここは、世話・主催の意。
二二 二条資季男。当時（建治三年として）従四位上左少将、十三歳。二六二頁注四参照。
二三 美女あるいは遊女の意だが、ここは前夜の白拍子姉妹。

近衛大殿との情事

二四 奔走・馳走の意。
二五 香木の一。一〇〇頁注二参照。
二六 片木製の盆。三方の上部の形。

ゐて、麝香[一]の臍三つ入れて、姉賜はる。金の折敷に瑠璃の御器[二]に臍一つ入れて、妹賜はる。後夜[三]打つ程までも[四]遊び給ふに、また若菊を立たせ[五]らるるに、「相応和尚[六]の割不動」数ゆるに、「柿本[七]の紀僧正、一旦[八]の妄執や残りけん」といふわたりを言ふ折、善勝寺きと見おこせたれば、われも思ひ合せ[九]らるる節あれば、あはれにも恐ろしくもおぼえて、ただゐたり。後々は、人々の声、乱舞にて、果てぬ。

御とのごもりてあるに、御腰打ち参らせて候ふに、筒井の御所の夜べ[一〇]の御面影ここもとに見えて、「ちと物仰せられん[一一]」と呼び給へども、いかが立ちあがるべき、動かでゐたるを、「御寝[一二]にてある折だに」など、さまざま仰せらるるに、「はや立て。苦しかるまじ」と忍びやかに仰せらるるぞ、なかなか死ぬばかり悲しき。御後[一三]にあるを、手をさへ取りて引き立てさせ給へば、心のほかに立たれぬるに、「御伽[一四]にはこなたにこそ」とて、障子[一五]のあなたにて仰せらるるたる事どもを、寝入り給ひたるやうにて聞き給ひけるこそ、あさま

一 一〇〇頁注三参照。「麝香」の訓みはジャコウか。
二 食器、椀の類。
三 「後夜」は、後夜の鐘。およそ午前四時頃（一説に午後十一～十二時頃）に打ったと言う。
四 底本「までの」。誤写と見て改めた。
五 白拍子の舞は立って舞うから「立たせ」と言った。
六 無動寺の相応和尚が紀僧正（注七参照）の霊の狐を祈り伏せようとしたところ、不動明王が割れたこと（類従本系『八幡愚童訓』下に見える）に取材した今様と思われる。「数ゆ」は「数ふ」の転訛。
七 弘法大師の弟子真済。その霊が染殿后に憑いたとされた。一六〇頁注三参照。
八 一旦思い込んだその妄執（愛欲の念）が残っていたのだろう、の意。
九 隆顕と作者とは、「有明」の執念（一一六頁～一二一頁）を思い合せたのである。
一〇 近衛大殿（鷹司兼平）を指す。
一一 「仰せられん」は、直接話法なら自敬表現だが、間接話法的に作者の敬意が入っているかも知れない。
一二 （院が）お寝みになっている間だけでも、の意。「折」、底本「をか」、底本のまま「あるを、かたに」と訓む説もあるが、誤写と見て改めた。
一三 （院の）お足許にいる私を、の意。
一四 「お伽」は、貴人の寝所に奉仕すること。お伽はこちらで（なさい）と解する説もある。
一五 この辺の情景は、一五八～九頁（作者が「有明」

しけれ（ことである）。とかく泣きさまたれ[一六]（泣きくずれて）ゐたれども（いたけれども）、酔心地[一七]（ゑひごこち）やただならざりけ（普通ではなかったのだろう）ん、終[一八]（つひ）に明け行く程に〔私を〕帰し給ひぬ。われ[一九]過ごさずとは言ひながら（自分で犯した過ちではないけれども）、悲しき事を尽して（悲しい思いの限りを尽して）、〔院の〕御前に臥したるに、〔院が〕ことにうらうらとおはしますぞ（とりわけ朗かな様子でいらっしゃるのは）、いと（なんとも）堪へがたき。

今日は〔都へ〕還御にてあるべきを、（大殿）[二〇]「御名残多き由傾城（白拍子）申して、いまだ侍る（まだおります）。今日ばかり（だけは）〔御滞在を〕」と申されて、大殿（兼平）より御事参るべしとて（御酒宴を手配なさるとのことで）、また逗留（とうりう）あるも、またいかなる事か（どんなこと〔になる〕かと）と悲しくて、局（つぼね）としもなくうち休みたる所へ（局でもない所でちょっと寝ているとそこへ）、

（大殿）「短夜の[二一]夢の面影さめやらで
　　心に残る袖の移り香

[二二]近き御隣りの御寝覚もやと、今朝はあさましく（何と申したらよいか）」などあり。

（私）[二三]夢とだになほわきかねて人知れず
　　押ふる袖の色を見せばや

〔院の〕度々召しあれば〔私は〕参りたるに、〔私が〕わびしくや思ふらん（つらく思っているだろう）と〔院は〕おぼしめしけ（お思いになっ）

に口説かれているのを院が障子越しに盗み聞く）や一八一～二頁（亀山院との情事）と通う点があり、院の性格や作者の立場を示す一例である。

一六「さまたる」は、正体なくなること。

一七 以下の自分の行動を執筆時に弁解している面もある。『源氏物語』花宴（はなのえん）の句で、同巻の影響が見える。

一八「終に」の前または後に「大殿の意のままになり」の意が略されている。

一九 大殿に抱かれたのは、自分から進んでしたことではなく、むしろ自分としては拒否したかったのに院が大殿に口添えまでしたのだから、自分には毛頭罪はないという倫理感である（一八二頁注六参照）。それにしても、不本意な情事や院の残酷さがつらいことは事実なのである。

二〇「いまだ侍る」までは地の文と見る説もあるが、下のように解しておく。但し、話者は「人々」とも解し得る。なお、「侍る」は、底本「侍」。

二一 大殿の後朝（きぬぎぬ）の歌。短い夜の夢のようなあなたの面影はまださめきらず、私の心にはあなたの袖の移り香があなたを偲ばせて残っています、の意。

二二 すぐおそばの方（院を指す）が目をお覚ましになったかと、の意。……お覚ましになるかと、今朝は手紙を差し上げるのも気遣われます、と解する説もある。

二三（昨夜のことが）夢であったかどうかさえ、まだ区別しかねて、人知れず嘆き、涙を押えている私の袖の濡れた色を、お見せしたいものです、の意。

［たのか］るにや、ことにうららと［朗かそうに〔私に〕対されるのには］あたり給ふぞ、なかなかあさましき［かえって応対に窮した］。

事ども始まりて［酒宴が始まって］、今日はいたく暮れぬ程に［あまり夕暮にならぬうちに］御舟に召されて［お乗りになって］、伏見一殿へ出でさせおはします。更け行く程に鵜飼（うかひ）召されて、鵜舟、端舟（二はしぶね）につけて、鵜使はせらる。鵜飼三人参りたるに、［〔院は私の〕］着たりし単襲（ひとへがさね）賜ぶなどして、［〔下御所へ〕］還御なりて後、［〔院が〕］また酒参りて［召し上がって］酔はせおはしますさまも、今宵はなのめならで［一通りでなく］、更けぬれば、［〔大殿は〕〔院の〕おやすみになった所へ］また御よるなる所へ参りて、［（大殿）］三「あまた重ぬる旅寝こそ［幾夜も旅寝を重ねるのは］、すさまじく侍れ［味気ないものです］。さらでも［ただでさえ］四伏見の里は寝にくきものを［寝にくいものですから］」など仰せられて、［（大殿）］「五紙燭（しそく）さして賜（た）べ。むつかしき虫などやうの物もあるらん［気味の悪い虫などもいるかもしれませんから］」と、あまりに［〔しつこく〕］仰せらるるもわびしきを［つらかったが］、［（院）］六「などや」とさへ［とまでも］仰せ言（ごと）あるぞ、まめやかに［まことに］悲しき。［（大殿）］「かかる老いのひがみは［こうした老人のわがままは］、おぼし許してんや［お許し下さいますか］。七いかにぞや見ゆる事も［どうかと思われることでも］、御傅（八めのと）になり侍らん古き例（ためし）も多く」など、［〔院の〕］御枕にて申さるる［枕許で申されるのは］、［〔何とも〕］言はん方なく［言いようがなく］、悲しともおろかならんや［つらいどころの騒ぎではない］。［〔院は〕］例のうららと［例によって朗かに］、［（院）］「こなたも［こちらも］独り寝はすさまじく［つまらないから］。遠からぬ程にこそ［遠くない所で〔やすんでくれ〕］」など申させ給へば［おっしゃるので］、［〔私は〕］夜（よ）べ［昨夜］の所に宿りぬるこそ［寝たのであった］。

一 ここは、下の御所の一殿舎で、宇治川に臨んだ船戸御所を指す。

二 大舟に添えてつける小舟。

三 「旅寝」は、共に寝る人もなく、わびしく不自由なもの、と言いたいのである。

四 古歌に、伏見（「臥し見」をかける）の里は住みにくく安眠しがたいものとされてきた。「恋しきを慰めかねて菅原や伏見に来ても寝られざりけり」（『拾遺集』恋五、源重之）など。

五 「紙燭」は前出（一二五頁注一八）。この部分も、『源氏物語』夕顔による。

六 どうして（行ってやらぬのか）、の意。

七 ここでは、年齢の差の大きいことを言う。鷹司兼平は（建治三年として）五十歳。

八 傅（後見役）になった昔の例も沢山（ございます）、の意。ここは、源氏と女三宮との関係を指すか。

今朝は、夜の中に還御とてひしめけば、起き別れぬるも、「[九]憂き殻(から)残る」と言ひぬべきに、これは御車の尻に参りたるに、[一〇]西園寺も御車に参る。[一一]清水(きよみづ)の橋の上までは、皆御車をやり続けたりしに、[一二]京極より御幸は北へなるに、残りは西へやり別れし折は、何となく名残惜しきやうに車の影の見られ侍りしこそ、[一四]こはいつよりのならはしぞと、わが心ながらおぼつかなく侍りしか。

（翌朝は　暗いうちに〔都へ〕　騒いでいるので〔大殿と〕起き別れたが　言うべき心境で　私は〔院の〕後部に御奉仕したが　実兼も〔同じ〕　進め続けたのだが　[一三]〔の車〕は北へ向ったが　他の人々は西へ進んで〔大殿と〕別れた時は　〔大殿の〕車の姿が見られましたのは　これは一体いつからの〔身についた〕習性かと　不審に思ったことでした）

九 つらい、脱け殻（のようなわが身）の残る、の意か。引歌があると見られるが、未詳。「から」は「かげ（影）」の誤写で、「もろともに見しは昔の増鏡憂き影ばかり何残るらん」（『続古今集』恋五、藤原行家）などによるかとの説もある。

一〇 ここも、公人として「西園寺」と記されている（一四六頁注一三参照）が、「曙」であることはまちがいなく、彼は伏見御所での作者と近衛大殿（鷹司兼平）との情事を知ってしまったのである。そのことが主なきっかけとなって、巻三以後、作者と「曙」との間はしっくり行かなくなる。一六六頁六～八行参照。

一一 五条の橋の別名。

一二 京極大路。今の新京極もしくは河原町通り辺。

一三 冷泉富小路御所へ向うのであろう。

一四 ここで作者は、最初（一四八頁八行以下）には「恐ろし」いとさえ思った近衛大殿に対しても、二晩にわたって体を許してしまうと、早くも心の奥で慕わしさを感じ始めてしまったのである。出家遁世を志しながら、いざとなると妊娠（但し、一三〇～四三頁のは、架空虚構の疑いもある）や院の語で、その決心も捨ててしまう「列の心弱さ」と、根本は一つと見てよいであろう。

巻三

巻二の年代については、問題が多い。詳しくは解説に述べるが、巻二の最後は建治三年（一二七七）八月の伏見殿でのことであり、巻三の末尾は弘安八年（一二八五）三月の北山准后九十賀であるから、一応この期間のことが書かれていると見ることができる。

ところで、作品の叙述を忠実に追えば、この巻の中では四回年が改まっており、弘安八年の史実として動かしがたい五年目を基準にとれば、巻三の初めは弘安四年の二月で、作者二十四歳、巻二の末尾からは三年半の空白があることになる。以下の本文では一応この年立（としだて）に従った。ただ、誰が「有明」に擬せられているにせよこの年立では命日が合わないこと、三年目の秋、作者が御所追放の際に面談したと記している外祖父隆親は、記録によれば弘安二年にすでに没していることなど、何らかの虚構を考えねばなるまい。

そうした問題を含みながら、「有明」との交際を記した第二主題から始まる巻三は、院の御所での愛人としての生活を記した第一主題をないまぜつつ進行し、やがて両主題とも一旦破局に来て、最後に北山准后九十賀に参加した自分の晴れがましさを記す一方、冷たくなって行く院への控え目な恨みや「有明」への追慕の涙の中に世の憂さをかみしめて、「宮廷篇」もしくは「愛慾篇」と呼ばれる前半を終る。

[一]世の中いとわづらはしきやうになり行くにつけても、いつまで同じながめをとのみあぢきなければ、[二]山のあなたの住まひのみ願はしけれども、心にまかせぬなど思ふも、なほ捨てがたきにこそと、われながら[三]身を恨み寝の夢にさへ、遠ざかり奉るべき事の見えつるも、[四]いかに違へんと思ふも[五]甲斐なくて、[六]二月も半ばになれば、大方の花もやうやう気色づきて、梅が香匂ふ風おとづれたるも、飽かぬ心地して、いつよりも心細さも悲しさもかこつ方なき。

人召す音の聞ゆれば、何事にかと思ひて参りたるに、御前には人もなし。[七]御湯殿の上に一人立たせ給ひたる程なり。「この程は人々の里住みにて、あまりに淋しき心地するに、常に[八]局がちなるは、いづれの方ざまに引く心にか」など仰せらるるも、[九]例のと、むつかし

院と疎隔の兆

一「世の中」は、自分の周囲の人間関係（院や「曙」との関係をも含めて）、の意。ここは、「世の中いと煩はしく、はしたなき事のみまされば」（『源氏物語』須磨冒頭）による。

二 七五頁注一八の引歌参照。遁世生活を言う。

三 わが身（の運命）を恨みながら寝る夜の夢にまでも、の意。

四 どのように夢違え（悪い夢をよい前兆に転ずるまじない）をしようかと思うのも、の意。

五（わが身が）不甲斐なく、ととる説もある。またここを「て止め」の文末と見る説もあるが、ここは話題の軽い転換と見てよかろう。

六 この巻の年次には問題があるが、弘安四年（一二八一、作者二十四歳）の設定と見ておく。

七「御湯殿の上」は、元来、清涼殿の一室。湯などを沸かし、女房も詰めた。ここは冷泉富小路殿の寝殿の北側の一室。

八 局（自分の小部屋）にこもりがちなのは、の意。

九（また）例によって（やきもちの御詮索か）と、の意。

一 平然と、態度を変えず、といったニュアンスの語。
二 「今御所」は遊義門院の呼び名だが、新築の殿舎(伏見上御所)に居た故か。なお、ここは初め「今御所御悩み……」と書きかけて、「今御所」に説明を加えたため、文脈が屈折したもの。「遊義門院」は、後深草院皇女姈子内親王。母は東二条院(二五～二七頁参照)、文永七年生れ(作品中では同八年とされている)、後に後宇多院中宮となる。
三 「如法愛染王法」の略。東密(真言密教)の秘法で、巻一、二五頁にも既出。なお、ここから「有明」の身許が東密関係と分る。
四 「申させ給ふ」の主語は、院・「有明」のどちらとも考えられる(この時代の敬語用法は、あまり厳密ではない)が、次の文への続きなどから、院と見た。
五 北斗七星を本尊とする修法。
六 鳴滝(洛西、嵯峨の北)般若(はんにゃ)寺の隆助僧正を指すか。六三頁注二一参照。
七 (私が「有明」に)申した(ことだった)、の意。この部分、「申したるその折しも」と、次の文へ続けたり、「申したる」を「申したが」位に小休止程度と解したりする説もある。
八 巻二、一一六頁以下で、作者が隆顕の手引きで「有明」と出雲路で逢って以来「御返事も申さず」避け、例の起請文も返送して絶交していたことを指す。この部分を弘安四年とすると、その時から六年目となる。

院、有明と作者との対話を聞く

きに（だが〔そこへ〕）、有明の月御参りの由奏す（御参上と奏上があった）。やがて（すぐに〔有明を〕）常の御所へ入れ参らせらるれば（お通しになったので）、いかがはせん（〔私は〕どうしようもなく）、つれなく[一]（そのまま）御前（〔院の〕）に候ふに（侍っていたが）、その頃今御所[二]と申すは、遊義門院（いうぎもんゐん）、いまだ姫宮におはしましし頃の（姫宮でいらっしゃった頃の）御事なり。御悩みわづらはしくて（御病気がひどくて）、程経給ひける（長引いていらした）御祈りに、如法愛染王（にょほふあいぜんわう）[三]行はるべき（なさるようにと）事申させ給ふ[四]。またその外（ほか）も、わが（院自身の）御祈りに、北斗（ほくと）[五]の法、それは鳴滝[六]にや（鳴滝だったか）、承る。

いつよりものどやかなる（いつよりものんびりした〔お二人の〕）御物語の程（お話の間）、さぶらふも（お傍にいるのも）、御心の中（〔有明の〕お気持は）いかがと（どうかと）恐ろしきに、宮の御方（姫宮）の御心地わづらはしく見えさせ給ふ由（御容態がお悪いご様子に見えると）申されたれば（報ぜられたので）、きと（〔院が〕ついと）入らせ給ふ（〔奥へ〕お入りになる際）とて、「還御待ち奉り給へ」と申したる[七]。

その折しも、御前（〔有明の〕）に人もなくて、向ひ参らせたるに（〔私が〕一人お相手をしたが）、〔有明は〕[八]憂かりし（つらい）月日の積りつるよりうちはじめ（月日の積ったことから言い始めて）、只今までの事（〔を述べ〕）、御袖の涙はよその人目も包みあへぬ程なり（はたの見る目にも隠しきれぬ程である）。何と申すべき言の葉もなければ、（〔私は〕）ただうち聞きゐたる（聞いていたが）に、程なく還御なりける（〔院が〕）も知らず、（〔有明は〕）同じさまなる（同じような）口説（くど）[九]きごと、御障子のあなた（向う〔の院〕）にも聞えけるにや、〔院が〕しばし立ち止り給ひけるも（立ち止っていらしたのも）、〔有明は〕いかでか知らん（気づく筈がない）。さるほどに（そうこうするうち）、例の（例によって）人よりは早き[一〇]御心なれば、さにこそありけれ（そうだったのかと）と推し[一一]給ひけるぞ、あさましきや（困ったことであったよ）。

〔院が〕入らせ給ひぬれば、〔有明は〕さりげなき由にもてなし給へれども（さりげないふうに振舞っていらしたが）、しぼりもあへざりつる（しぼりきれない〔くらいの〕）御涙は、包む袂に残りあれば（隠す袂に残っていたので）、〔院が〕いかが御覧じ咎むらん（どう見とがめられるだろうかと）と〔私は〕あさましきに（困惑したが）、火ともす程に（灯をつける頃に）〔有明が〕還御なりぬる後、ことさらしめやかに（ひっそりとして）、人なき宵の事なるに、〔私は院の〕御足など参りて、〔院は〕御とのごもりつつ[一二]（おやすみになりながら）、〔院〕「さて思ひの外[一三]なりつる事を聞きつるかな（意外なことを聞いてしまったものだ）。されば[一四]、いかなりける事にか（どういうことだったのだろう）。いわけなかりし[一五]御程より（幼くていらした頃から）、かたみに（互いに）おろかならぬ御事に思ひ参らせ（疎遠でない間柄とお思い申しており）、かやうの道には[一六]思ひかけぬ事と思ふに（この道に関しては思いがけないことと思うのだが）」と、〔私に〕うち口説き仰せらるれば、さる事なしと申すとも（そんな事実はないと〔私が〕）、甲斐あるべき事しあらねば（役に立ちそうな事ではなかったので）、あひ見し[一七]事の初めより、別れし[一八]月の影まで、〔私は〕つゆ曇りなく（少しも隠さず）申したりしかば、〔院〕「まことに不思議なりける御契り[一九]かな。さりながら（しかしながら）、〔有明が〕さほどにおぼしめしあまりて（思案に余りなさって）、隆顕[二〇]に道芝せさせられける（恋の手引きをおさせになったの）を、情[二一]なく申

九「口説きの言葉」と解したが、「くどき事」（くどいこと）と解する説もある。
一〇 察しの早い御性質なので、の意。院のことを指す。
一一 私達（私と「有明」と）の間柄を推察なさったのは、の意。
一二 ここは、おさすり申し上げて、の意。
一三「有明」の作者に対する愛の告白と、その内容とを指す。　院に告白する
一四 ここは、これは一体、位の意。
一五「いわけなし」の仮名遣いは、「いわけ」か「いはけ」か未詳。底本のまま「いわけ」としておく。また、この語の主語は、「自分達」（院と「有明」と）ともとれるが、「有明」だけと見るべきか。
一六 男女色恋の道（に「有明」がたずさわること）を指す。なお、下の「思ひかけぬ」を、（「有明」が色恋の道に）心を寄せることもない、と解する説もあるが、やはり、（院にとって右のことが）思いがけない、のであろう。
一七「相見し」とも「逢ひ見し」ともとれるが、意味は結局どちらも同じ。
一八 巻二、一一六〜七頁の部分を踏まえるか。下の「曇りなく」は「月」の縁語。
一九「有明」の御運命、作者との縁、の意。
二〇 善勝寺大納言。作者の叔父。一一六頁参照。
二一 お前（作者）がつれなく（お断り）申したというのも、の意。

したりけるも、[一]御恨みの末も、返す返すよしなかるべし。昔の例にも、[二]かかる思ひは人を分かぬ事なり。[三]柿本僧正、[四]染殿后の物怪に[五]て、あまた仏菩薩の力尽し給ふといへども、終にはこれに身を捨て[六]給ひにけるにこそ。[七]志賀寺の聖には、『ゆらぐ玉の緒』[八]と情を残し給ひしかば、すなはち一念の妄執を改めたりき。この御気色なほざりならぬ事なり。心得てあひしらひ申せ。われ試みたらば[九]、つゆ人は知るまじ。この程伺候し給ふべきに、さやうのついであらば、日頃の恨みを忘れ給ふやうに計らふべし。さやうの勤めの折からは、悪しかるべきに似たれども、われ深く思ふ子細あり。苦しかるまじき事なり」と、ねんごろに仰せられて、「何事にもわれに隔つる心のなきにより、かやうに計らひ言ふぞ。[一〇]いかがなどは、返す返す心[一一]の恨みも晴るる」など承るにつけても、いかでかわびしからざらん。

「人より先に見そめて、あまたの年を過ぎぬれば、何事につけてもなほざりならずおぼゆれども、何とやらん、[一二]わが心にも叶はぬ事

一 (それに対する「有明」の)御恨みの結果も、の意。
二 恋愛感情を指す。
三 紀僧正真済(一五〇頁注七)のことだが、この説話は、『今昔物語集』巻二十の七に見える、鬼になった金剛山の聖人の話が、当時柿本僧正のことと誤伝されていたもの。
四 文徳天皇の后、藤原良房女明子。注三の聖人に犯されて狂気となったと言う。
五 物怪(悪霊)のために、の意。「物怪にて」は、「(調伏のため)力尽し」、「(取りつかれて)身を捨て」のどちらにかかるともとれる。要するに、初めはその調伏に来たのだが、遂にそれに取りつかれて破滅したことを指す。
六 前行の「物怪」(間接的には「かかる思ひ」)を指す。
七 近江志賀寺(崇福寺)の僧。参詣に来た京極御息所(宇多帝妃)に思いを寄せたが、御息所の返歌に悟ったと言う。『俊頼髄脳』『太平記』他に見える説話。「には」は「においては」、つまり単に「は」の意。
八 聖の「初春の初子の今日の玉箒手に取るからにゆらぐ玉の緒」(元来、『万葉集』巻二十、大伴家持の歌)に対する御息所の返歌「極楽の玉の台の蓮葉にわれを誘へゆらぐ玉の緒」を指す。
九 (以下のことを)やってみたら、の意。「心見たらば」(事情を知っていたら)と解する説もあるが疑問。
一〇 この部分、省略が多く難解であるが、(お前が)どうしたらよろしいでしょうかなどと言うのを聞く

のみにて、心の色の見えぬこそ（〔自分の〕心の中を見せられぬのが）、いと口惜しけれ（甚だ残念だ）。わが新枕(にひまくら)[一三]は、故[一四]典侍大(すけだい)にしも習ひたりしかば、とにかくに人知れずおぼえしを（〔彼女への恋心を〕感じたが）、いまだ言ふ甲斐なき程の心地して（〔自分が〕一人前でない年頃のように思って）、よろづ世の中つつましくて[一五]（人間関係に気がねをしながら）明け暮れしほどに、冬忠[一六]・雅忠[一七]などに主(ぬし)づかれて（愛されて）、暇(ひま)[一八]をこそ人わろくうかがひしか（みっともなくも狙っていた）。腹の中にありし折も（〔お前が彼女の〕）、心もとなく（待ち遠しく）、いつかいつかと（〔一人前になるのは〕）、手の中なりしより（〔お前が〕抱かれていた頃から）、さばくりつけてありし[一九]（可愛がっていたよ）」など、昔の旧事(ふるごと)さへ（までも）言ひ知らせ給へば、〔私は〕人やりならず[二〇]（他人事でなく）、あはれも忍びがたくて（つらさも耐えがたかったが）、明けぬるに[二一]（一夜明けると）、

今日より御修法[二二]始まるべしとて、御壇所いしいしひしめくにも（〔修法の〕壇を設ける場所などと騒ぎ立てるにつけ）、〔私は〕人知れず、心中(こころうち)[二三]には物思はしき心地すれば（物思いに苦しい気持がするので）、〔自分の〕顔の色もいかがと（どんなかと）、われながらよその人目もわびしきに（他人の見る目もつらかったが）、すでに（早くも）〔有明の〕「御参り」と言ふにも（おいでと聞いても）、〔私は〕つれなく（平然と）〔院の〕御前に侍るにも、〔院の〕御心の中〔を思うと〕いとわびし（まことにつらい）。

院、作者と有明の仲を取り持つ

常に〔院から有明へ〕御使に参らせらるるにも（何回もお使に行かされる時にも）、日頃よりも、心の鬼[二四]とかやも、せん方なき心地するに（どうしようもない感じがしたが）、いまだ初夜[二五]もまだしき程に（初夜にもならない時分に）、真言の事につけて（教理について）〔院の〕御不審ども（御疑問）を記し申さるる折紙[二六]を持ちて〔有明の所へ〕参りたるに、いつよりも

と、ととるべきか。どうやって（あるいは、どんなふうに）などとは（言い思うな）、と解する説もある。

一一 敬語法から、「有明」でなく院の恨みと見るべきか。『……晴るな』と」と訓み、「晴るな」を「晴るべく」などの誤写とする説もある。

一二 東二条院の嫉妬（八四頁以下参照）などを指すか。

一三 初めての男女関係（性生活）。

一四 作者の母。三七頁注一六参照。

一五 ここも一五七頁注一と同じく、周囲の人間関係と男女の道との両意を兼ねたニュアンス。

一六 大炊御門(おおいのみかど)。院の近臣で、作者の母の、雅忠以前の愛人。内大臣に至り、文永五年没、五十一歳。

一七 作者の亡父。巻一参照。

一八 （私は冬忠・雅忠の通わぬ）隙(すき)を、の意か。

一九 「さばくる」は、取り扱う、世話する、等の意。

二〇 元来、他人が原因でなく、の意の句。

二一 ここで「て止め」とする解もあるが、一五七頁注五と同様に、軽い中止で話題の転換と見る。

二二 姫宮御悩平癒祈禱の修法。通例ミシホと訓む。

二三 底本「心中」。「こころのうち」とも訓める。

二四 心の鬼（良心の呵責(かしゃく)を言う）とか（いうのに責められるの）も、の意。

二五 初夜の勤行の時刻。午後八時頃。

二六 一枚の紙を横に（折目を下にして）二つに折ったもの。箇条書などを書く時の形。

人もなくて、[一]面影霞む春の月、朧にさし入りたるに、脇息によりかかりて、[二]念誦し給ふ程なり。[三]「憂かりし秋の月影は、ただそのままにとこそ、仏にも申したりつれども、かくてもいと耐へがたくおぼゆるは、なほ[四]身に替ふべきにや。同じ世になき身になし給へとのみ申すも、[五]神も受けぬ禊なれば、いかがはせん」とて、しばし引き止め給ふも、[六]いかに洩るべき憂き名にかと恐ろしながら、[七]見る夢のいまだ結びも果てぬに、「[八]時なりぬ」とてひしめけば、後の障子より出でぬるも、[九]隔つる関の心地して、「[一〇]後夜果つる程」と返す返す契り給へども、さのみ憂き節のみ止るべきにしあらねば、また立ち帰りたるにも、「[一一]悲しさ残る」とありし夜半よりも、今宵はわが身に残る面影も、袖の涙に残る心地するは、これや逃れぬ契りならんと、われながら先の世ゆかしき心地して、うち臥したれども、[一二]又寝に見ゆる夢もなくて明け果てぬれば、さてしもあらねば、参りて御膳の役に従ふに、折しも人少なる御程にて、「夜べは心ありて振[一三]

一 「面影の霞める月ぞ宿りける春や昔の袖の涙に」(『新古今集』恋二、俊成女、『伊勢物語』四段「月やあらぬ」の本歌取)によるか。あるいは「別れにし後の三年の春の月面影霞む夜半ぞ悲しき」(『新後撰集』雑下、源兼孝、『伊勢物語』同段と二十四段「あらたまの」とによる)をも踏まえるか。
二 祈念しつつ経文を誦すること。
三 巻二、一一六〜七頁の部分を指すか。
四 身に替えてでも遂げねばならぬ恋なのか、の意。
五 「恋せじと御手洗河にせし禊神は受けずぞなりにけらしも」(『古今集』恋一、読人知らず。『伊勢物語』六十五段「……受けずもなりにけるかな」)による。このあたり『伊勢物語』の影響がある。
六 どんなふうにして憂き名が(世に)洩れることか(分らない)と、の意。「憂き名」は、「つらい評判」だが、「浮き名」のニュアンスも含むか。
七 「有明」との情事が十分終らぬうちに、の意。
八 祈禱の時刻になった、の意。「時」は勤行の時刻。
九 恋路に障害のあるたとえ。「彦星に恋はまさりぬ天の川隔つる関を今はやめてよ」(『伊勢物語』九十五段)以来の歌句。「逢坂の名をば頼みて来しかども隔つる関のつらくもあるかな」(『新勅撰集』恋二、読人知らず)などもある。
一〇 後夜の勤行(一〇八頁注八参照)が終った時。
一一 前出(一〇九頁)の「有明」から作者への歌の句。
一二 又寝の夢を見る程の間もなく、すぐに、の意。再び「有明」と結ばれてしまい、彼との関係の来し方行く末を思って眠れなかったのである。
一三 行動したのだが、それを、の意。作者をわざと「有明」のもとへ使にやったことを指す。
一四 自分（作者）が事情を知っているという顔つきをお前はしてはいけないよ、の意。「われ知り顔」は、自分が（事情を）知っているという顔つき・態度の意で、この場合、「われ」は作者を指すと解すべきか。「ばし」は上の語句を強める助詞。
一五（「有明」の行う）御修法の心の汚れているのも、の意。
一六「御心」は、有明の心であろうが、「わびしき」の解し方によっては院の心ともとれる。
一七「弘御所」とも書く。富小路殿の中の北対か（一二四頁注三参照）。その前の紅梅のことは、『弁内侍日記』宝治三年の条にも見える。
一八 二番目の柱と三番目との柱の間の部分。
一九 いつもの場所（「有明」との密会の場所）へ、の意。
二〇（彼との仲を）思い切らねば後悔することになろうなどと思われても、の意。「思ひ絶えずは本意なかるべし」は、あるいは和歌の下句か一種の諺の如きものか。「絶えず」は、底本仮名で「たゝす」とも訓め、「思ひ立たずは……」（私が思い立って訪ねなかったら彼も不満だろう）とする説もあるが、疑問。
二一 まだ足りずに、又もその上に、の意。「不本意ながら」と解する説は疑問。底本「あらす」、今改めた。

舞ひたりしを、思ひ知り給はじな（〔有明は〕お気づきではあるまいな）。一四われ知り顔にばしあるな。つつみ給はんも（〔有明が私に〕気がねなさるのも）心苦し（気の毒だ）」など仰せらるるぞ、なかなか（〔私は〕かえって）言の葉なき（〔御返事の〕言葉もない）。

一五御修法の心ぎたなさも、一六御心の中わびしきに（〔を思うと〕つらいが）、六日と申しし夜は（六日目に当る夜は）、二月の十八日にて侍りしに、一七広御所の前の紅梅、常の年よりも色も匂ひもなべてならぬを御覧ぜられて（〔院は〕）、更くるまでありしほどに（〔夜の〕〔お傍に〕いたが）、後夜果つる音すれば（後夜の勤行の終る気配がすると）、「今宵ばかりの（〔院〕今夜限りの）夜半も更けぬべし（更けてしまうだろう）。暇作り、出でよかし（出て行ってやれ）」など仰せらるるもあさましきに（意外で困惑したが）、深き鐘の声の後（夜更けの鐘の鳴った後）、東の御方召され給ひて（〔院に〕お呼ばれになって）、橘の御壺の一八二の間に御寝になりぬれば（おやすみになったので）、仰せに（〔院の〕）従ふにしもあらねども（従うというわけではないが）、今宵ばかりも（今夜限りというのも）さすが御名残なきにしあらねば、一九例の方ざまへ立ち出でたれば（出かけて行ったところ）、もしやと待ち給ひけるもしるければ（〔私が来るかと〕待っていらした様子も明白なので）、二〇思ひ絶えずは本意なかるべしとかやおぼえても、只今までさまざま承りつる御言の葉（〔院の〕）耳の底にとどまり、うち交し給ひつる御匂ひも（〔院の袖の〕）袂に余る心地するを（〔私の〕）、二一飽かず重ぬる袖の涙は（〔有明と〕）、誰にかこつべしともおぼえぬに（誰を恨んでよいとも）、今宵閉ぢめぬる（最後の）別れのやうに泣き悲しみ給ふも（〔有明が〕）、

一 あれきり（一一六～八頁辺を指す）「有明」ときっぱり切れていたらよかったのに、の意。
二 ここは二月だから「短夜」と言うのはやや異例だが、恋の語らいの夜が短く思われることを言ったものか。作者の愛用語。「今宵」は一一五頁注九参照。
三 （この次は）いつの夕暮を待つことかと、の意。
四 「……後会期遥、霑纓於鴻臚之暁涙」（『和漢朗詠集』餞別、大江朝綱）による。

院、五鈷の夢で作者の懐妊を予言

五 （以前は、お会いしつづけるのが）つらいからと、お別れしたあなたでしたが、その折のままの面影を、（今は）別の（別れを切なく思う）涙に、また浮べていることです、の意。「つらしとて」は恐らく一一八頁の歌「悲しとも憂しとも……」を受ける。
六 （七日目は）初夜の祈禱だけで、の意か。
七 菅原。一三九頁注二三参照。正応二年非参議従三位となるので、「右京権大夫」は事件当時の官名と見られるが、この五字を後人の注の竄入と見る説もある。なお、『公卿補任』によれば、文永九年に右京大夫を去り、弘安四年には散位正四位下。
八 以下、次行「御使ならん」まで、作者の心中思惟。
九 ほんの今（別れた「有明」）のことについての意。上から続けて「……お急ぎの、このお使」ととる説もあるが、作者の発想から見て前者か。

なかなかよしなき心地するに、[一]憂かりしままの別れよりも止みなましかばと、返す返す思はるれども、甲斐なくて、[二]短夜の空の今宵よりの程なさは、露の光など言ひぬべき心地して、明け行けば、後朝になる別れは、[三]いつの暮をかとその[四]期遥かなれば、

[五]つらしとて別れしままの面影を
あらぬ涙にまた宿しつる

とかく思ふも甲斐なくて、御心地もおこたりぬれば、[六]初夜にてまかり出で給ふにも、さすがに残る面影は、いと忍びがたきに、いと不思議なりしは、まだ夜も明けぬ先に起き出でて、局にうち臥したるに、[七]右京権大夫清長を御使にて、「きときと」と召しあり。[八]夜べは東の御方参り給ひき、などしも急がるらん、[九]只今の御使ならんと、心騒ぎして参りたるに、「[一〇]夜べは更け過ぎしも、待つらん方の心尽しをなど思ひてありしも、ただ世の常の事ならば、かくまで心ありし顔にもあるまじきに、[一一]主柄のなほざりならずさに、思ひ許してこそ。

（傍注）かえってどうしようもない気がしたが／いやだったままの〔あの時の〕別れ以来絶えてしまっていたならと／昨夜からのあっけなさは／露の光とでも言えそうな気がして／〔夜が〕／〔私〕／あれこれ思っても甲斐もなかったが／〔姫宮の〕御気分もよくなったので／〔有明が〕／退出なさるにつけても／〔有明の〕／何ともおさえがたいが／〔その朝〕／〔私が〕／〔自分の〕／すぐに／昨夜は／奉仕なさったのに／〔院の〕／〔院へ〕／〔院〕／昨夜はすっかり更けていたが／有明／気をもんでいる事など思って〔あの様に〕したが／〔私も〕これほど物分りよさそうな態度もしないだろうが／おろそかにできぬために／許す気になったのだ

さても今宵（昨夜）不思議なる夢をこそ見つれ。今[一二]の五鈷（ごこ）[一三]を賜（た）び[一四]つるを、〔お前が〕われにちと引き隠して〔お前の〕懐（ふところ）に入れつるを、袖をひかへて〔私はお前の〕引いて、『これほど心（心を）知りて（知り合っているのに）あるに、などかくは（どうしてこんなことを）』と言はれて[一五]、〔お前は〕わびしげに（悲しそうな表情で）思ひて涙のこぼれつるを払ひて、〔五鈷を〕取り出でたりつるを〔私が〕見れば、銀（しろがね）にてありける。[一六]故法皇の御物なれば（後嵯峨院の御蔵品だから）、『わがにせん（私のにしよう）』と言ひて、〔私が〕立ちながら（立ったまま）取る[一七]と思ひて、〔私の〕夢さめぬ。今宵〔お前に〕必ずしるしある事あるらん[一八]（結果の出ることがあったろうと思われるぞ）とおぼゆるぞ。もしさもあらば（そうなったら）、疑ふ所なき岩根の松をこそ[一九]（彼の胤を〔宿したのだ〕）」など仰せられしかども、まことと頼むべきにしあらぬに（本当と信じられることでもなかったが）、その後は、月立つまで（月が改まるまで）、ことさら（特に）〔院のお召しの〕御言葉にもかからねば（お言葉もかからず）、とにかくわが過ちのみあれば（私の過ちに他ならないので）、人を憂しと申すべき事ならで（院を恨めしいと申す筋のことでもなくて）明け暮るるに、[二〇]〔私の体に〕思ひ合せらるる事さへあれば（思い当る事までもあるので）、何となるべき（一体どうなり行く）世[二一]の仕儀ともおぼえぬに、三月（やよひ）のはじめつ方にや、常よりも御人少なにて、夜の供御（くご）（御夕食）などいふ事もなくて、〔院は〕二棟（ふたむね）[二二]の方へ入らせおはします[二三]、〔その時私は〕御供に召さる。いかなる事を〔仰せ〕かなんど（かなどと）思へども、尽きせずなだらかなる（やさしい）御言葉言ひ契り給ふも（御言葉で〔愛を〕約束して下さるのも）、うれしとや言はん（うれしいと言おうか）、

一〇 底本「夜そ」、今改める。
一一 当人（「有明」）の人柄、の意。一説に、「主から」と訓んで、お前（作者）故、の意とする。
一二 意味がとりにくいが、当人（「有明」）が、の意か。
一三 密教の仏具の一。先端が五つに分れた金剛杵（しょ）。
一四 （お前に）お与えになったのを、の意。ここも性夢。
一五 お前は私（院）に言われて、の意。以下、主語が変って「お前（作者）」になる。
一六 「故法皇の御物なれば」をも院の語（二重会話）に入れて読むこともできる。
一七 底本「みる」、今改めた。
一八 作者が懐妊することを指す。
一九 「誰（た）が世にか種は蒔（ま）きしと人問はばいかが岩根の松は答へん」（『源氏物語』柏木、源氏の歌）により、それが「有明」の胤（たね）であることを予言した言い方。更に、『源氏物語』における薫（柏木の胤）のように、生れる子を院が引き取る意向を示したものともとれる。以下、院ないし作者は、院・「有明」・作者の関係を源氏・柏木・女三宮のそれに擬し、対比させている。
二〇 妊娠の徴候を指す。
二一 わが身のなり行き、の意。「世」は、運命あるいは人間（特に男女）関係の意。「仕儀」は底本「しき」、「式」（方法、有様、次第）と宛てることもできる。
二二 「二棟廊」の略。一〇二頁注六参照。
二三 「おはします」で文を切ってもよい。

またわびしとや言はましなど思ふに、「ありし夢の後は、わざとこそ言はざりつれ。月を隔てんと待ちつるも、いと心細しや」と仰せらるるにこそ、されば、おぼしめすやうありけるにこそと、あさましかりしか。違はず、その月よりただならねば、疑ひ紛るべき事にしなきにつけては、見し夢の名残も今更心にかかるぞ、はかなき。

曙とのその後

さても、さしも新枕とも言ひぬべく、かたみに浅からざりし心ざしの人、ありし伏見の夢の恨みより後は、間遠にのみなり行くにつけても、ことわりながら、絶えせぬ物思ひなるに、五月のはじめ、例の昔の跡弔ふ日なれば、あやめの草のかりそめに里住みしたるに、彼より、

憂しと思ふ心に似たる根やあると
尋ぬるほどに濡るる袖かな

細やかに書き書きて、「里居の程の関守なくは、自ら立ちながら」とあり。返事にはただ、

一 前頁八行（月立つまで……）の、院が作者を召さないでいたことの理由を思い当った意。
二 妊娠した、またはその徴候が現れたことを指す。
三 （誰の胤かと）疑ったり曖昧にしたりできることのない以上は、の意。
四 「見し夢」は、「有明」との先夜の契りを、「名残」はその結果（懐妊）と生れて来る子のことを、指す。
五 「言ひぬべく」の表現から、「曙」は実際の「新枕」の相手ではなく、院の愛人になる前の作者と彼との関係はプラトニックなものと考えられる。
六 「伏見の夢」は、伏見で、作者が「近衛大殿」に抱かれたこと（一五〇頁以下）を、「恨み」は、それに対する「曙」の不満・嫉妬を、指す。
七 五月五日は母の命日で、墓参するのが常であった。一四三頁六行参照。
八 「あやめの草の」は、季節をきかせつつ「かりそめ」の「かり（刈り）」を導く序詞。
九 （あなたを恨んで）つらい思いでいる私の心に似た根があるかと探しているうちに、（私の）袖が（涙で）濡れたことです、の意。「沼ごとに袖ぞ濡れける（一本、ぬる）あやめ草心に似たる根を求む（一本、尋ぬ）とて」（『新古今集』恋一、三条院女蔵人左近）による。「根」は「哭」（泣く音の意）をかける。
一〇 四九頁と同じく『伊勢物語』を踏まえ、ここは、人目や障害がないなら、の意。

一二「憂き根をば心の外(ほか)にかけそへて
いつも袂の乾く間(ま)ぞなき

〔あなたとの仲は変るまいと〕 〔私は〕 実際〔言っても〕
一三いかなる世にもと思ひそめしものを」など書きつつも、げによしな

甲斐のない気はしたが〔曙は〕ひどく夜更けておいでになった
き心地せしかど、いたう更かしておはしたり。

つらかったことの 〔私が〕まだ言い出さぬうちに あたりが騒ぎ立てる
憂かりし事の節々(ふしぶし)を、いまだうち出でぬ程に、世の中ひしめく。

〔人々が〕 こうしているわけ
「一四三条京極、富小路の程に火出で来たり」と言ふほどに、かくてある

にもいかないので〔曙は院へ〕 そうこうするうちに 間もなく 〔曙は
べき事ならで、急ぎ参りぬ。さるほどに、短夜は程なく明け行けば、

私の所へ〕戻るわけにもいかない すっかり夜の明けた頃 〔曙〕
立ち帰るにも及ばず。明けはなるるほどに、「一五浅くなり行く契り知

〔私達の〕将来が思いやられて 憂鬱です
らるる今宵の葦分(あしわ)け、行く末知られて、心憂くこそ」とて、

〔曙〕
一六絶えぬるか人の心の忘れ水
あひも思はぬ中の契りに

全く よりによって昨夜邪魔が入ったのは 思い当るふしがあったので
げに、今宵しもの障りは、ただ事にはあらじと思ひ知らるる事あり
て、

〔私〕
一七契りこそさても絶えけめ涙河

一一 立ったまま、つまり、ちょっとだけでも、の意。

一二 つらさが思いの外に重ね加わって、(私は)いつも(涙で)袂の乾く間(ま)もありません、の意。「今日はまた菖蒲(あやめ)の根さへかけそへて乱れぞまさる袖の白玉」(『新古今集』夏、藤原俊成)を踏まえるか。「根」は、「寝」(他の男すなわち「有明」や大殿に求愛されたこと)をもかけるか。

一三 「語らひしその夜の声は時鳥(ほととぎす)いかなる世にも忘れむものか」(『山家集』、夏)によるとの説もある。

一四 「二条京極富小路」(後深草院御所のあった所)の誤写とする説もあり、底本もそうも訓めるが、このままでも、近火だから「曙」がかけつける理由はある。

一五 (次第に)疎くなって行く(私達の)運命が思い知らされる昨夜の障害、の意。「葦分け」は「湊(みなと)入りの葦分け小舟(をぶね)障り多みわが思ふ君に逢はぬ頃かな」(『拾遺集』恋四、柿本人麿)により、恋路の障害を言い、ここでは火事騒ぎを指す。

一六 互いの心の中に絶え絶えに流れている忘れ水のような愛は、思い合ってもいない間柄の故に、絶えてしまったのでしょうか、の意。下句は、作者の冷淡を非難した言い方。「忘れ水」は、野中に絶え絶えに流れ、人にも忘れられている水。

一七 二人の間の結びつきはたとえこのように絶えてしまったとしても、私の嘆きの涙は、将来いつまでも乾くことはないでしょう、の意。「涙河」は涙の比喩的表現。「心の末」は将来の気持。

心の末はいつも乾かじ

かくてしばし（しばらくでも）も里住みせば、今宵に限るべき事にしあらざりしに（〔曙と会う機会は〕昨夜に限ったことでもなかったのだが）、この暮に（この日の）、「とみの事あり」（〔院〕急の用事がある）とて車を賜はせたりしかば（〔院が〕およこし下さったので）、参りぬ（〔御所へ〕）。

秋の初めになりては、一いつとなかりし心地も怠りぬる（おさまったが）に、（院）「二締結（しめゆ）ふ程にもなりぬらんな（なったことだろうな）。三かくとは知り給ひたりや（〔有明は〕ご存じなのか）」と仰せらるれども、（私）四「さも侍らず（いいえ）。五いつの便りにか」など申せば、（院）「何事なりとも（どんなことでも）、われにはつゆ憚り給ふまじ（〔有明は〕私には何も遠慮なさる必要はない）。しばしこそつつましくおぼしめすとも（初めのうちこそ〔私に〕気がねなさっても）、六力なき御宿世（すくせ）、逃れざりける事なれば（のがれられないことだから）、なかなか（むしろ）七何かそれによるべき事ならずなど（決して遠慮するには及ばないなどと）、申し知らせん（〔私から有明に〕）と思ふぞ」と仰せらるれば、何と申しやる方なく（〔私は〕何とも申し上げようがなく）、八人の御心の中もさこそ（さぞ）九と思へども、一〇「いな叶はじ（いえいけません）」と申さんにつけても（〔私が〕申したならば）、なほも心を持ち顔ならん（まだ〔私が有明に〕気があるように〔見えて〕）と、われながら憎きやうにや（憎らしいふうに〔聞える〕かと思い）と思へば、（私）「何ともよきやうに御計らひ（お計らい下さい）」と申しぬるよりほかは、また言の葉もなし。

その頃、一一真言の御談義といふ事始まりて、人々に（〔院が〕学僧たちに）御尋ねなどあり

院、作者の懐妊を有明に告げようとする

一 いつ（治まる）とも分らなかった気分。悪阻（つわり）を指す。
二 着帯を指す。「標」と宛て、男を遠ざけねばならぬことを言うとの説もある。
三 作者が懐妊したこと、更にそれが「有明」の胤であること、を指す。
四 院の語を否定した答だが、「……知り給ひたりや」に対すると見るべきである。
五 いつの機会に（申し上げることができたでしょうか）、何分機会もございませんでしたから、の意。
六 どうしようもない（「有明」の）前世からの運命は、の意。
七 直訳すれば、どうしてそうする必要があろうか、の意。「何か」は反語で、ここは「何かそれによるべき」と「それによるべき事ならず」との二文脈の混合。「それ」は「つつましくおぼしめす」ことを指す。
八 （そう言って頂く）「有明」の、の意。
九 「さこそ」の下に補うべき語としては、「驚かれるだろう」「思い乱れなさるだろう」などが考えられる。
一〇 「有明」に、そんなふうにおっしゃらないで下さい、の意。敬語法からは、地の文と見ることもできる。
一一 真言の教理について説法する催し。
一二 経典（経・律・論）の本文。またその文句。
一三 酒又は酒宴。ここは酒。
一四 （院の）御給仕。ここはお酌。一一頁注六参照。

しついでに、御参りありて、四、五日御伺候ある事あり。法文の御談義ども果てて、九献ちと参る。御陪膳に候ふに、「さても、広く尋ね深く学するにつきては、男女の事こそ罪なき事に侍れ。逃れがたからざらん契りぞ、力なき事なり。されば昔も例多く侍る。浄蔵といひし行者は、陸奥国なる女に契りある事を聞き得て、害せんとせしかども、叶はでそれに堕ちにき。染殿后は志賀寺の聖に、『われを誘へ』とも言ひき。この思ひに耐へずして、青き鬼ともなり、望夫石といふ石も恋ゆゑなれる姿なり。もしは畜類・獣に契るも、みな前業の果す所なり。人よくすべきにあらず」など仰せらるるも、われ一人聞き咎めらるる心地して、汗も涙も流れそふ心地するに、いたくことごとしからぬ式にて、誰もまかり出でぬ。

有明の月も、出でなんとし給ふを、「深き夜の静かなるにこそ、心のどかなる法文をも」など申して、とどめ参らせらるるが、何となくむつかしくて、御前を立ちぬ。その後の御言の葉は知らで、す

一五 底本「侍」。「侍り」と送る訓みもあるが、当時の語法から連体止めが適当と判断した。
一六 浄蔵貴所（三善清行の子、京極御息所の物怪を調伏した）。ただし、ここは、『今昔物語集』巻三十一の三その他に見える湛慶阿闍梨（還俗して高向公輔、高大夫）の説話と混同している。
一七 今日の東北（奥羽）地方の太平洋側。但し『今昔物語集』では国名欠字、『玉葉』では尾張とする。
一八 夫婦となったことを指すが、もと僧だったので「堕落してしまった」と言った。
一九 一六〇頁注四参照。但しここは京極御息所（同頁注七・八参照）と混同している。同頁四行参照。
二〇 愛慾の思いを指す。
二一 染殿后を恋慕した聖（一六〇頁注三〜五参照）が青鬼になったことは、『宝物集』に見える。
二二 松浦佐用姫の伝説（中国湖北省の武昌の貞婦の説話と見る説もある）。ここで文脈やや屈折している。
二三 異類婚姻譚は、『古事記』『日本霊異記』以下、内外の説話に多い。
二四 前世の宿業。前世の行為。
二五 底本「人はしすへき……」。「人はかるべき」「人はたすべき」等の誤写と見る説もあるが、理解はほぼ同じ。
二六 （酒宴が）あまり乱れぬ程度で、の意。
二七 下に、聞きたい、の意を補う。次の「申して」は「申し給ひて」の意で、主語は院。

べりぬ。

夜中過ぐる程に、召しありて参りたれば、「ありしあらましごとを、ついで作り出でて、よくこそ言ひ知らせたれ。いかなる父親・母親の心の闇[一]といふとも、これほど心ざしあらじ」とて、まづうち涙ぐみ給へば、何と申しやるべき言葉もなきに、まづ先立つ袖の涙ぞ抑へがたく侍りし。いつよりも細やかに語らひ給ひて、「さても人の契り逃れがたき事など、かねて[二]申ししは、聞きしぞかし。その後、[三]『さても、思ひかけぬ立聞きをして侍りし。さだめて憚りおぼしめすらんとは思へども、命[四]をかけて誓ひてし事なれば、[五]かたみに隔てあるべき事ならず。なべて[六]世に洩れん事は、うたてあるべき御身なり。忍びがたき御思ひ、前業の感ずる所と思へば、つゆいかにと思ひ奉る事なし。過ぎぬる春の頃より、ただには侍らず見ゆるにつけて、ありし夢の事、ただの事ならずおぼえて、御契りの程もゆかしく、見し[七]うば玉の夢をも思ひ合せんために、三月になるまで待[八]

院、有明を許す

一 子を思う親心の意。「人の親の心は闇にあらねども子を思ふ道にまどひぬるかな」（『後撰集』雑一、藤原兼輔）以来の慣用句。
二 前頁二〜九行の辺を指す。
三 以下次頁三行「変る心なし」まで、院自身が「有明」に語った語を院自身引用したもの。
四 誓った内容は、明示されていないが、次の「かたみに隔て」なくするの意であるべく、敬語法からもこの句の主語は、院自身とすべきであろう。
五 私（院）とあなた（「有明」）とは、の意。
六 「洩れん」の主語として、こうした色恋沙汰の噂が、の意を補う。
七 「うば玉の」は、「夢」・「夜」などにかかる枕詞。
八 彼女（作者）を近づけずに待って、の意。
九 「なほざりならず」は、いい加減でなく、あるいは、心から、よくよく、の意で、「推し量り給へ」にかかる。
一〇 「かつは」は、同時に、一方では、の意。下に、「以上私の申したことが偽りならば」の意を補う。
一一 神仏の加護。
一二 一六八頁六〜九行の意見を直接述べたもの。
一三 あなた（「有明」）が私の女である彼女（作者）と深い仲になってしまったからと言って、の意。
一四 何度生れ変っても、の意。輪廻転生の考え方。
一五 悪い因縁。愛欲の対象となった作者に出会ってし

ち暮して侍るも、なほざりならず推し量り給へ。[九] [一〇]かつは、伊勢・石清水・賀茂・春日、国を守る神々の擁護に洩れ侍らん。[一一] [一二]御心の隔てあるべからず。[一三]かかればとて、われ、つゆも変る心なし』と申したれば、とばかり物も仰せられで、涙の隙なかりしを、払ひ隠しつつ、『この仰せの上は、残りあるべきに侍らず。まことに前業の所感こそ口惜しく侍れ。かくまでの仰せ、今生一世の御恩にあらず、[一四]世々生々に忘れ奉るべきにあらず。かかる[一五]悪縁に遇ひける恨み、忍びがたく[一六]三年過ぎ行くに、思ひ絶えなんと思ふ念誦・持経の祈念にも、[一七]これより外の事侍らで、せめて思ひのあまりに[一八]誓ひを起して、願書を彼の人のもとへ送り遣しなどせしかども、この心なほ止まずして、[一九]また廻りあふ小車の、憂しと思はぬ身を恨み侍るに、さやうに[二〇]しるき節さへ侍るなれば、[二一]若宮を一所渡し参らせて、われは深き山に籠りゐて、濃き墨染の袂になりて侍らん。[二二]なほし年頃の御心ざしも浅からざりつれども、この一節のうれしさは、[二三]他生の喜びにて

まったことを指す。

一六「三年」は足掛け三年の意だが、具体的には分りにくく、諸説ある。一応巻二で「有明」が作者を知ってから起請文（願書）を届けるまでのことと解したが、それなら「二年」とあるべく、誤写または作者の誤記か。また、恋愛で三年を一つの区切りと見ることがあり、ここもそれか。「三年過ぎ行く……絶えなんと思ふ」を今「有明」が語っている時点現在で解し、「思ふ」で切る説もある。

一七 作者への執心を指す。

一八 前出（巻二、一一九頁）の起請文を指す。「願書」は底本「くわんしよ」。「巻書」と宛てる説もある。

一九 車が廻ってもとへ戻るように、また作者と会うことになってしまったことを、つらいとも思わない自分（の不甲斐なさ）を、の意。六道輪廻を車の回転に喩えるのは当時の通例であり、また下の「憂し」は「牛」を掛けて『法華経』譬喩品の大白牛車の比喩を踏まえる。「憂き世は牛の小車の」（謡曲「葵上」）など。

二〇 作者の懐妊を指す。

二一 後深草院第四皇子満仁親王（母、玄輝門院）が性仁法親王となって弘安元年仁和寺に入った（戒師は性助法親王）ことを指すか。

二二 副詞「なほ」に強意の助詞「し」の続いた形。底本「なを〳〵」、何と言っても、と解する説もある。次頁注一〇参照。

二三 生れ変った次の世での生き方。底本「たせん」。

侍る』とて、泣く泣く（〔有明は〕）こそ立たれぬれ（〔座を〕お立ちになった）。深く思ひそめぬるさまも（〔お前に〕深く思いを寄せておられる有様も）、げにあはれにおぼえつるぞ（実に心うたれるものがあったぞ）」など御物語（〔院の〕）あるを聞くにも（〔私は〕）、「一左右に（どの道）も」とはかかる事をや言はましと（にも〔つらい〕とはこういう場合を言うのだろうと）、涙は先づこぼれつつ。二

さても三事柄もゆかしく（知りたく）、御出でも近くなれば（〔有明の〕御退出も間近なので）、更くる程に（〔夜の〕更ける頃）、御使（〔院の〕）の由にもてなして（ように見せかけて）参りたれば（〔有明の所へ〕）、四幼い（をさあ）五稚児（ちご）一人、御前（〔有明の〕）に寝入りたり。さらでは（その他には）人もなし。六例の方ざまへ立ち出で給ひつつ（〔有明は〕）、「七憂き（〔今の〕つらさ）はうれしき方もやと思ふこそ（はかえって後の喜びかと思うのも）、八せめて（強く）思ひあまる心の中、われながらあはれに（われながら可哀そうだ）」など仰せらるるも（〔有明が〕）、九憂かりしままの月影は、一〇なほし（やはり）逃るる心（〔彼から〕遠ざかりたく思うものの）ざしながら、明日はこの御談義一一結願（けちぐわん）なれば、今宵ばかり（今夜限りの）の御名残（〔有明の〕〔を〕）、一二さすがに思はぬにしもなきならひ（〔恋の〕）なれば、夜もすがらかかる御袖の（〔有明が〕御袖に落される）涙も所せければ（とめどないので〔私は〕）、何となり行くべき身（わが身の）の果（はて）ともおぼえぬに、一三かかる仰せ事（〔院の〕）をつゆたがはず（〔有明は〕そっくりその通り）語りつつ、「なかなか（〔有明〕かえって）一四かくては、一五便りもと思ふこそ（思うことから）、げになべてならぬ心の色も知らるれ（一通りでない〔私の〕気持も気づかされることだ）。一六不思議なる事さへあるなれば（思いがけぬことまでもあるというから）、一七この世一つならぬ契りも（この世限りでない〔二世の〕縁も）、いかでかおろかなるべき（どうしておろそかにできましょう）。

一 前出（二一頁注二二）の引歌による。
二 ここで文を切らず、読点にして次へ続ける読解もあるが、作者の文体から、ここで切った。
三 事の真相。院と「有明」との間に実際にどんなやりとりがあったかということを指す。
四 「をさない」（「をさなき」の音便）に同じ。
五 寺院などで、僧達の身の回りの用などをする少年。ここは、「有明」の召使のような少年。
六 いつもの（「有明」と密会する）場所。一六三頁注一九参照。
七 今（あなたと別れて）つらい思いをするのは、（真に仏道に目ざめる機縁となって）後にはかえって喜びの種ともなるだろう、の意。一種の慣用句。
八 この部分、「うれしき方もやと思ふこそ、せめて思ひあまる（ゆゑ）」と、「せめて思ひあまる心の中」との二つの文脈の重なったものと見られる。
九 いやになって別れた時のままの彼の姿は、の意。「月影」は、絶交時の「有明」を暗示する作者の常用句。一五九頁注一八参照。この句の後、文脈屈折か（次注参照）。
一〇 「なほし」、底本「なを〳〵」。前頁注二二参照。この前後、二行後の「さすがに」から一応下のように解したが、「月影は、なほしのばるる」の誤写と見る説もあり、作者の「有明」に対する感情が逆になる。
一一 一六八頁一四行参照。「結願」は、こうした行事

『一八一筋にわれ撫で（な）生さ（おほ）ん』と承りつる（〔院から〕）うれしさも、あはれさも（切なさも）限りなく、さるから（だから）、いつしか心もとなき心地するこそ（早くも〔生れてくる子のことが〕気になるのですよ）」など、泣きみ笑ひみ語らひ給ふほどに（〔有明は〕泣いたり笑ったりしておっしゃるうちに）、明けぬるにやと聞ゆれば（夜が明けたような物音がするので）、起き別れつつ出づるに、また一九いつの暮をかと思ひむせび給ひたるさま（涙にむせんでおられる様子は）、〔私は〕われもげにと思ひ奉るこそ（ごもっともとお察ししたことであった）。

（私）二〇わが袖の涙に宿る有明の
　明けても同じ面影もがな

などおぼえしは、われも二一通ふ心の出で来けるにや（〔彼と〕気持が通い始めたのであろうか）。二二これ逃れぬ契りとかやならん（これが逃れられぬ運命とか言うものなのだろう）など思ひ続け、さながら（そのまま〔局で〕）うち臥したるに、〔院の〕御使あり。（院）「今宵待つ心地して、空しき床に臥し明かしつる（昨夜は〔お前を〕待っていて独り寝の床に寝明かしてしまった）」とて、いまだ夜の二三御座（よ・おまし）におはしますなりけり。（院）「只今しも（今の今も）、二四飽かぬ名残も、後朝（きぬぎぬ）の空は二五心なく」など仰せあるも、〔私は困惑して〕何と申すべき言の葉なきにつけても、二六しからぬ人のみこそ世には多きに、いかなればなど思ふに（どうして〔私はこうなのか〕など思って）、涙のこぼれぬるを、〔院は〕いかなる方におぼしめしなすにか（どんなふうにおとりになったのか）、

の最終日のこと。
一二 この一句、この夜も「有明」に抱かれた作者が、そうした心弱さを恋の一般例として正当化した弁解。
一三 この件（私達の関係）についての院のお言葉、の意。
一四 こうして院に知られてしまっては、の意。
一五 （あなたと会う）機会が少しでも（ほしい）と、の意。
一六 作者の妊娠を指す。
一七 夫婦の縁は二世に亙る（わた）という仏教思想による。
一八 （生れた子は）もっぱら私（院）がかわいがり育てよう、の意。
一九 「暮をか」の下に「頼むべき」などを補う。一六四頁注三参照。
二〇 私の袖の涙に映る有明の月は、夜が明けても消えずに同じ姿でいてほしいものだ、の意。「有明」は、月そのものとその名で呼んでいる愛人をかけ、後者にウェイトがある。
二一 作者の「有明」に対する感情は、今まで何度も揺れていることに注意。
二二 ほぼ同句が二三頁六行・一六二頁一一行にある。
二三 御寝所。
二四 （「有明」に対する）尽きぬ名残、の意。「名残も」の下には「あらん」などが略されている。
二五 無情に（思えるだろう）、の意。院のあてこすり。
二六 こんな立場に立たない、こんなに悩み苦しまない、の意。

院のあてこすり

一心づきなく、「又寝の夢をだに心安くも、など思ふにや」など、二あらぬ筋におぼしめしたりげにて、常よりもよにわづらはしげなる事どもを承るにぞ、三さればよ、思ひつる事なり、終(つひ)にはかばかしかるまじき身の行く末をなど、いとど涙のみこぼるるに添へては、「ただ一筋に御名残を慕ひつつ、わが四御使を心づきなく思ひたる」といふ五御端(はし)にて起き給ひぬるもむつかしければ、局へすべりぬ。

心地さへわびしければ、暮るるまで参らぬも、六またいかなる仰せをかとおぼえて悲しければ、さし出づるにつけても、憂き世に住まぬ身にもがななど、七今さら山のあなたに急がるる心地のみするに、御果なるべければ、参り給ひて、常よりのどやかなる御物語もぞ八そぞろはしきやうにて、御湯殿の上の方ざまに立ち出でたるに、「この程は九上日(じやうにち)なれば、伺候(しこう)して侍れども、一〇おのづから御言の葉にだにかからぬこそ」など言はるるも、一一とにかくに身の置き所なくて聞きゐたるに、御前より召しあり。

曙の恨み言　御所で着帯

一「心づきなし」は、不愉快だ、の意。ここから院の語で、院が作者の心中を推察した語ととる説もある。

二（作者の）涙は院と「有明」の板挟みの立場からなのに、「有明」一人に引かれてのことと邪推して、の意。

三 以下、次行の「行く末を」まで、作者の心中思惟。「行く末を」の「を」は、感動の助詞と見ておく。

四（院が）使をやって作者を呼んだこと（前頁一〇行参照）。「御使」は院の自敬表現。

五 お言葉をおっしゃりかけて、の意。「御端」は底本「御はら」（腹）とも訓め、感情と解する説もある。

六 そうして引き籠っていると、（また「有明」と密会していたろうとか、彼のことを思っていたろうとか、どんなあてこすりを）、の意である。

七 前出（七五頁注一八）の引歌参照。作者が繰り返す出離の願い（一五七頁二行参照）。

八 自分（作者）のことが、またどのように話し合われるかと思って、である。

九 出勤する日。当番の日。

一〇 たまたま、偶然、の意。

一一 受身（主語は作者）とも尊敬（主語は「曙」）ともとり得る。

一二 内々のことで、大げさでなく、の意。

一三 畳を敷いた室。ここは、「常の御所」か。

一四 御前の女房の意。「御前女房」と一続きに訓む説

何事にかとて参りたれば（〔御前へ〕）、九献参るべきなりけり（お酒を召し上がろうというのであった）。内々（うちうち）[二二]に静かな（物静かな）る座敷[二三]にて、御前[二四]女房一、二人ばかりにてあるも（ばかりしかいないのも）、あまりにあひな[二五]し（愛想がない）とて、広御所[二六]に師親[二七]・実兼など音しつるとて召されて（などの声がしていたからとお呼びになり）、うち乱れたる御遊び（〔になり〕）、名残[二八]ある程にて果てぬれば（〔酒宴も〕）、（〔有明は〕）宮[二九]の御方にて初夜勤めて（姫宮の所で初夜の祈禱を）、まかり出で給ひぬる（退出なさる）名残の空も（〔その〕名残の空〔を仰いで〕も）、なべて（すべて）雲居[三〇]もかこつ方なきに、ことごとしからぬさまにて（仰々しくない程度で）、御所にて帯[三一]をしつるこそ、（〔院の〕）御心の中いと耐へがたけれ。（〔その上〕）今宵は上臥をさへしたれば（院のおそばに寝もしたので）、夜もすがら語らひ明かし給ふも、つゆうらなき御もてなしにつけても（少しも隔てのない〔院の〕御態度につけても）、（〔私は〕）いかでかわびしからざらん（何ともつらい思いだった）。

九月の御花と扇の使

九月の御花[三二]は、常よりもひきつくろはるべしとて（改まって行おうということで）、かねてよりひしめけば（前々から準備に騒いでいたので）、身も憚りあるやうなれば（〔妊娠中のため〕）、（〔院に〕）暇（いとま）を申せども（願ったが）、さしも目に立たねば（それほど目立ちもしないので）人数（ひとかず）に参るべき由（参加するよう）（〔院の〕）仰せあれば、薄色[三三]の衣（きぬ）に赤色の唐衣（からぎぬ）[三四]、朽葉[三五]の単襲（ひとへがさね）に青葉[三六]の唐衣にて、（〔私が〕）夜の番勤めて候ふに、「有明の月御参り（御参上）」と言ふ音すれば（声がするので）、何となく胸騒ぎて聞きゐたるに、御花御結縁[三七]とて、

と、「御前、女房一、二人」と切って「院と女房一、二人と」と解する説とあり、共に可能。また、「御前」から「あひなし」までを院の語と見ることもできる。

二五 仮名遣いは「あい」「あひ」未詳。底本に従った。

二六 一六三頁注一七参照。

二七 九五頁注一五参照。

二八 まだ心残りがある位のところで、つまり、興も尽きないうちに、の意。

二九 姫宮すなわち遊義門院（一五八頁注二参照）を指す。

三〇 「雲居」は、雲のたたずまい。「かこつ」には「かこつける」「恨む」の両意があり、ここは、私の気持によそえようもなく、とも、誰を恨むこともできず、とも、どちらにもとれる。つまり、空しくて、位の意。

三一 着帯。御所でしたのは、生れる子を院が認知し、引き取る意思表示。六七頁注一九参照。

三二 長講堂の供花。一一〇頁注七参照。

三三 薄紅色又は薄紫色。なお、底本は「薄色衣」だが、「の」を補った。

三四 一一頁注二参照。但し次行の「唐衣」とのどちらかが「打衣」の誤写か、又は「薄色の……」が昼で「朽葉の……」が夜の服装か。

三五 表は経（たて）紅、緯（よこ）黄、裏は黄（諸説ある）。

三六 未詳。「青色」の誤写か。

三七 供花によって結縁（仏道に縁を結ぶ）する、の意。

御堂に御参りあり。ここにありともいかでか聞き給ふべきに、承仕（しょうじ）[一]がここもとにて、「御所よりにて候ふ。『御扇[二]や御堂に落ちて侍ると御覧じて[三]、参らさせ給へと申せ[四]』」と候ふ」と言ふ。心得ぬやうにおぼえながら、中の障子を明けて見れども、なし。さて引き立てて、「候はず」と申して、承仕は帰りぬる後、ちと障子を細め給ひて[五]、「さのみ積るいぶせさも、かやうの[六]程はことに驚かるるに、苦しからぬ人して、里へおとづれん。つゆ人には洩らすまじきものなれば」など仰せらるるも、いかなる方にか世に洩れんと、人の御名も[七]いたはしければ、さのみ否ともいかがなれば、「なべて世にだに洩れ候はずは」とばかりにて、引き立てぬ。御帰りの後、時過ぎ（じ）[八]ぬれば、御前へ参りたるに、「扇の使はいかに」とて笑はせおはしますをこそ、例の心ある由の御使なりけると知り侍りしか。

法輪寺に籠る

神無月の頃になりぬれば、なべて時雨（しぐれ）がちなる空の気色も、袖の[九]涙に争ひて、よろづ常の年々よりも、心細さもあぢきなければ、実（まこと）[一〇]

一　「承仕法師」の略で、雑役に従う下級の僧。また、剃髪して仙洞や摂関家に仕えるもの。ここは後者か。
二　以下の二重会話の範囲の認定には諸説がある。
三　お探しになって、の意。主語は作者（使の承仕が用いた敬語）と見て、下に「見つかったら」の意を補って解した。「(院が)御覧になり」と解して、ここまでは院の語でなく、承仕の叙述とする説などもある。
四　（私からあなたへ）申し上げよ、とのこと（院の仰せ）でございます、の意。
五　細目にお開けになって、の意。作者に障子を開けさせたのは、「有明」に作者の居所を知らせる院の策略だったのである。一一行目の「扇の使」の語参照。
六　具体的には、場所柄（御所での御修法の折）を指すとも、作者が妊娠中であることとも、考えられ、下の「驚かるる」の意も、それによって動くが、その強さ・深さが、われながら驚かれる、の意か。
七　（そうなっては）「有明」の御名（が傷つくの）もお気の毒なので、の意。「人」は、「有明」を指す。
八　勤行の時刻。一六二頁注八参照。
九　（私の）袖の涙と濡れるのを争って、つまり、袖が時雨に濡れるのに劣らず涙に濡れた、という意。一種の慣用的表現。
一〇　雅忠の後室。雅忠没後、出家（四四頁参照）。
一一　嵯峨嵐山麓の法輪寺。虚空蔵（こくうぞう）菩薩を本尊とする。
一二　嵐山。紅葉の名所。

一三 つらい（この）世（の悩み）を吹き払うような風、の意。「紫の雲路に誘ふ琴の音に憂き世を払ふ峯の松風」（『新古今集』釈教、寂蓮）によるか。
一四 嵐山の麓を流れる川。「飛鳥川瀬々に波寄る紅や葛城山の木枯しの風」（『新古今集』秋下、藤原長方）によるか。紅葉を錦と見る発想は、古来多い。
一五 公私ともに、宮廷生活でも私的生活でも、の意。
一六 文永七年十月、土御門院四十回忌（『続史愚抄』には四十四回忌とある）に、後嵯峨院は宸筆法華経によって嵯峨殿で八講会を催した。
一七 昔が恋しく偲ばれる、の意。上の句「いとどしく過ぎ行く方の恋しきに」で、『伊勢物語』七段の歌。『源氏物語』須磨にも引歌とされている。
一八 「波ただここもとに……」（『源氏物語』須磨）。
一九 誰と共に鳴くのか、の意。「涙のみ霧りふたがれる山里は籬に鹿ぞ諸声に鳴く」（『源氏物語』椎本）による。
二〇 私こそ、昔を思っていつも涙の乾く間もないのに、鹿は何を偲んで鳴いているのだろう、の意。
二一 後深草・伏見院の近臣。当時右中将か。
二二 以下、兼行の伝える院から作者への伝言・指示。文中の敬語は、兼行の敬意であろう。
二三 後嵯峨院后。後深草・亀山両院母。
二四 嵯峨殿（二八頁注六参照）。
二五 改めて（こちらへ）お言葉がかかったわけですよ、の意。以下、院の語を直接話法的に言ったものか。

ならぬ母の嵯峨に住まひたるがもとへまかりて、法輪[一二]に籠りて侍れば、嵐の山[一三]の紅葉も、憂き世を払ふ風に誘はれて、大井川[一四]の瀬々に波寄る錦とおぼゆるにも、古への事も公私[一五]忘れがたき中に、後[一六]嵯峨院の宸筆の御経の折、面々の姿・捧物などまで、数々思ひ出でられて、「うらやましくも返る波かな」[一七]とおぼゆるに、ただここも[一八]とに鳴く鹿の音は、誰が[一九]諸声にかと悲しくて、

わが身こそいつも涙の隙なきに[二〇]
何を偲びて鹿の鳴くらん

嵯峨殿に召される

いつよりも物悲しき夕暮に、ゆゑある殿上人の参るあり。誰ならんと見れば、楊梅中将兼行[二一]なり。局のわたりに立ち寄りて、案内すれば、いつよりも思ひ寄らぬ心地するに、「にはかに[二二]大宮院[二三]快からぬ御事とて、今朝よりこの御所[二四]へ御幸ありけるほどに、里を御尋ねありけるが、これにとて、また仰せらるるぞ[二五]。女房も御参りなくて、にはかに御幸あり。宿願ならばまた籠るべし。先づ参れ」とい

ふ御使なり。籠りて五日になる日なれば、今二日果てぬも心やましけれども、車をさへ賜はせたる上、嵯峨に候ふを御頼みにて、人も参らせ給はぬ由、中将物語すれば、とかく申すべき事ならねば、やがて大井殿の御所へ参りたれば、皆人々里へ出でなんどして、はかばかしき人も候はざりつる上、これにあるを御頼みにて、両院御同車にてなりつるほどに、人もなし。御車の尻に、西園寺大納言参られたりけるなり。大御所より、只今ぞ供御参る程なる。

両院、喜びの酒宴

女院御悩み、御脚の気にて、いたくの御事なければ、めでたき御事とて、両院御喜びの事あるべしとて、まづ一院の御分、春宮大夫承る。彩絵描きたる破籠十合に、供御・御肴を入れて、面々の御前に置かる。次々もこの定めなり。これにて三献参りて後、まかり出して、また白き供御、その後色々の御肴にて、九献参る。大宮院の御方へ、紅梅・紫、腹は練貫にて琵琶、染物にて琴、作りて参る。新院の御方へ、方磬の台を作りて、紫を巻きて、色々の村濃の染物

一 七日参籠の宿願であったと分る。
二 二九頁注一五参照。
三 「出でなんとして（退出しようとするところで）」と訓む説もあるが、前に「女房も御参りなくて」「人も参らせ給はぬ」とあるので、下のように解する。
四 この部分、二行目の兼行の語の繰り返し。
五 お食事を差し上げるところであった、の意。
六 脚気。
七 後深草院の御分担（宴会の手配に関して）。
八 春宮坊（東宮の事務をつかさどる役所）の長官。実兼は、建治元年十一月（熙仁親王立坊）以来、春宮大夫を兼任。
九 彩色画。
一〇 仕切りのある、かぶせ蓋の弁当箱のようなもの。「破子」とも書く。「合」は蓋のある容器を数える助数詞。
一一 以下も、一院（後深草院）の負担による饗応。
一二 紅梅と紫の布で、の意。
一三 琵琶の胴の部分。
一四 九八頁注七参照。
一五 次の琴と共に、模型である。
一六 打楽器の一種。二段の架に鉄板を各八枚掛けて、銅の槌で打つ。ここは、その模型。
一七 濃淡の模様。
一八 （それを）守り袋を下げる糸で吊って、の意。「かね」は、前述（注一六）の鉄板。

を四方に作りて、守りの緒にて下げてかねにして、沈の柄に水晶を入れて、撥にして参る。女房達の中へ、檀紙百、染物などにて、やうやうの作り物をして置かれ、男の中にも鞦・色革とかや積み置きなどして、おびたたしき御事にて、夜もすがら御遊びあり。例の御酌に召されて参る。

一院御琵琶、新院御笛、洞院琴、大宮院姫宮御琴、春宮大夫琵琶、公衡笙の笛、兼行篳篥。夜更け行くままに、嵐の山の松風、雲居に響く音すごきに、浄金剛院の鐘ここもとに聞ゆる折節、一院、「都府楼はおのづから」とかや仰せ出されたりしに、よろづの事みな尽きて、面白くあはれなるに、女院の御方より、「只今の御盃は、いづくに候ふぞ」と尋ね申されたるに、新院の御前に候ふ由申されたれば、この御声にて参るべき由、御気色あれば、新院は畏りて候ひ給ふを、一院、御盃と御銚子とを持ちて母屋の御簾の中に入り給ひて、一度申させ給ひて後、「嘉辰令月歓無極」とうち出で給ひし

一九 沈（香木の一種、一〇〇頁注二）の棒。
二〇 九八頁注六参照。
二一 馬の鞍から尾に掛ける飾り紐。
二二 色や模様などを染めた、なめし皮。染皮。
二三 公守（弘安四年には権中納言正二位）か。
二四 大宮院の御所で養育されていた姫宮。一二五頁注二三の「今御所」か。あるいは『増鏡』老の波に見える五条院（後嵯峨院皇女懌子内親王）または理子内親王（亀山院皇女）か。
二五 西園寺実兼男。この年（弘安四年として）十八歳、正三位左中将。
二六 嵯峨殿の中にあった寺。
二七 「都府楼纔看瓦色、観音寺唯聴鐘声」（『和漢朗詠集』閑居、菅原道真）の朗詠であるが、「わづかに」を「おのづから」と変えたものか。「わづかに」の誤写と見る説もある。「都府楼」は大宰府の建物のこと。
二八 （他の）すべての余興も色あせる感じで、の意。浄金剛院の鐘の音からすぐ「鐘の声」の連想で出された朗詠のタイミングがよかったからである。
二九 その（すなわち新院の）お歌で（お歌を肴にして）お盃を召し上がりたいと、の意。
三〇 恐縮して（困って）いらっしゃるので、の意。
三一 『和漢朗詠集』祝の謝偃の句。「万歳千秋楽未央」と続く。「嘉辰令月」は、五節句など、めでたい月日のこと。そのような日には喜びが極まりなく、（またapproximately めでたい折の楽は、いつまでも終らない）、の意。

に、新院御声加へ給ひしを、「老いのあやにく申し侍らん。われ、一濁世末の代に生れたるは悲しみなりといへども、かたじけなく后妃の位にそなはりて、両上皇の父母として、二代の二国母たり。齢すでに三六旬に余り、この世に残る所なし。ただ四九品の上なき位を望むばかりなるに、今宵の御楽は、五上品蓮台の暁の楽もかくやとおぼえ、今の御声は、六迦陵頻迦の御声もこれには過ぎ侍らじと思ふに、同じくは今様を一返承りて、今一度七聞し召すべし」と申されて、新院をも内へ申さる。春宮大夫御簾の際へ召されて、小几帳引き寄せて、御簾半ばに揚げらる。

八あはれに忘れず身にしむは、忍びし折々待ちし宵、頼めし言の葉もろともに、二人有明の月の影、思へばいとこそ悲しけれ

両上皇歌ひ給ひしに、似るものなく面白し。果は酔泣きにや、古き世々の御物語など出で来て、皆うちしをれつつ立ち給ふに、九大井殿の御所へ参らせおはします。御送りとて、新院御幸なり。一〇春宮大夫

一 濁ったこの世、末世。仏教で言う語。
二 天皇の母。
三 元来六十歳のことだが、大宮院は、この年を弘安四年とすれば五十七歳で、ここは五十代の後半から「むそぢ」と言うのを漢語にしたものと見られる。
四 九品浄土（極楽浄土には上・中・下品があり、それぞれに上・中・下生があって、上品上生から下品下生までの九段階があると言う）の最上位。
五 極楽浄土の上品の蓮の台で聞く暁の音楽。
六 極楽にいると言う、美声の鳥。
七 （御酒を）召し上がろう。大宮院の自敬表現。
八 即興の今様か。一句多い。作者は後深草院であろう。心にしみて忘れられないのは、人目を忍んで逢う瀬を重ねた夜々やいとしい人(男)を待った宵のこと、あの人が私に期待を持たせた言葉、そして二人で眺めた夜明けの月の姿など、どれも切ない思い出であるよ、の意。恋の情趣やさまざまな情景をつらねたもの。
九 ここは、嵯峨殿の中の一建物で、後出の「桟敷殿」（一八三頁注二〇）と考えられる。
一〇「なり」、底本辛うじて「なる」とも訓め、その方が当時の語法には合う。
一一（座を外した方がよいような）気配を感じて、の意。一説に、このまま又は「心地を寒じて」と解して、風邪気味と言って、の意とする。一八三頁五行参照。
一二 この一句、作者への命令で、寝所に仕えよ、の意と見たが、この句の話者を新院と見てその意志（仕り

亀山院との情事

は、心地を感じて[11]まかり出でぬ（退出した）。〔院は〕若き殿上人二、三人は御供にて（お連れになって）、〔大井殿へ〕入らせおはします。

〔院〕「いと御人少なに侍るに、御宿直（とのゐ）[12]つかうまつるべし（御宿直をせよ）」とて、二所（両院）御寝（よる）になる。〔私が〕ただ一人候へば（侍っていると）、「〔院〕御足に参れ（足を揉んでくれ）」など承るも、〔新院の手前〕むつかしけれども（困ったが）、誰に譲るべしともおぼえねば（代って貰うわけにも行かないので）、候ふに（致していると）、「この両所の（われわれ二人の）御傍（そば）に〔彼女を〕寝させさせ給へ（寝させなさいませ）」と、しきりに新院申さる。〔院〕「ただしは（しかし）、所狭（せ）き身の程にて候ふとて（身重の時期ですからと言って）、里に候ふを、[13]にはかに人もなしとて、参りて候ふに召し出でて候へば、あたりも苦しげに候ふ（立ち居も苦しそうに見えます）。かからざらん折は（こんな〔体〕でない時には）」など申さるれども、〔新院〕「〔兄上の〕御そばにて候はんずれば（お傍のことですから）、過（あやま）ち候はじ。[14]女三（にょさん）の御方をだに御許されあるに、なぞしも（どうして）これに[15]限り候ふべき。『わが身は（私の方は）、いづれにても（どの女房でも）、御心にかかり候はんをば（お気に召したのがいれば〔差し上げます〕）』と申し置き侍りし（かねて申しておきましたのに）、その誓ひ（お約束）も甲斐なく」など申させ給ふに、折節（たまたま）[16]按察使二（あぜちのに）品（ほん）のもとに御わたりありし（いらしていた）[17]前斎宮（さきの）へ、「〔こちらへ〕入らせ給ふべし（おいで下さい）」など〔私が〕申す。斎宮を〔新院が〕やうやう申さるる程なりしかばにや（いろいろ口説いておられる頃だったからか）。〔院〕[18]「御傍に候へ（控えていよ）」と仰せら（おっしゃ）

ましょう）ととる説もある。また、「いと……侍るに」を地の文と見ることもできる。

一三 以下、「召し出でて候へば」まで、急のことで女房もいないと、（私が嵯峨殿へ）参る折に（彼女を）呼び出しましたので、と解したが、読点の位置を変えて、（こちらに）女房もいないと、急に来てくれましたのを、呼び出しましたので、ととる説もある。

一四『源氏物語』の女三宮。朱雀院は、皇女の女三宮をさえ、弟の光源氏にお与えになったのに、の意。

一五 なぜこの人（作者）に限りお許し下さらないのですか、の意か。但し、彼女に限らずもっと御愛人を許して頂いてよいでしょうに、とか、「これ」を「物語（中の話）」ととって、物語中の事件と限る要がありましょうか、とか解する説の方が語法的には妥当。

一六 一二五頁注二二参照。

一七 愷子内親王（七六頁注二参照）。ただ、ここで呼び出された前斎宮のことが以下に見えず、不自然な登場である。

一八 自分の傍に控えていよ、の意。「新院の御傍に」ととって新院と斎宮との情事を探ろうとするのも院の性格上考え得るが、次頁注三との関係で右のように解する。また、この語の話者や次頁一行の主語、また二行後の「つゆ知り給はぬ」の主語を新院ととる説があるが、院と新院の立場が逆になり、疑問。

るるともなく（ったが間もなく）、〔院は〕いたく（ひどく）酔(ゑ)ひ過ぐさせ給ひたるほどに、御寝(よる)になりぬ。〔院の〕御前にもさしたる（これといった）人もなければ、（新院）「外(ほか)へはいかが（出るまでもない）」[一]とて、〔新院は〕御屛風後(うしろ)[二]に具し（〔私を〕連れ）、ありきなどせさせ給ふ（〔私を〕引き廻しなど）も、つゆ知り給はぬぞあさましきや（〔院が〕少しも御存じないのは困ったことであった）。

明け方近くなれば、〔新院は院の〕御傍へ帰り入らせ給ひて、おどろかし聞え給ふにぞ（〔院を〕お起し申し上げなさるので）、はじめておどろき給ひぬる（〔院は〕お目ざめになった）。（院）「御寝(い)[三]ぎたなさに（寝過したため）、御添臥(そへぶし)[四]も逃げにけり（逃げてしまったな）」など申させ給へば、（新院）「只今までここに侍りつ（兄上のお傍にいました）」など申さるるも、[五]なかなか恐ろしけれど、[六]犯せる罪もそれとなければ、頼みをかけて侍るに（頼みにしていましたのに）、〔その日は院から〕とかくの御沙汰（お呼びも）もなくて、また夕方になれば、

今日は新院の御分（御分担）とて、景房(かげふさ)[七]が御事したり（御手配した）。「昨日西園寺の御雑掌(ざしやう)[八]に、今日景房が、御所の御代官ながら、並び参らせたる（新院の御代理とは言いながら〔西園寺と〕同格に仕るのは）、雑掌[九]から わろし」など、人々つぶやき申すもありしかども、御事（御酒宴）は、うちまかせたる（型通りの）式（やり方の）の供御（料理や）・九献（お酒など）など、常の事なり。女院の御方（大宮院へは）へ、染物[一〇]（染めた）にて（布で）岩を作りて、地盤[一一]に水の紋をして（模様を出し）、沈(ぢん)の船に丁子(ちやうじ)[一二]を積みて参らす（差し上げる）。一院（後深草院）へ、銀(しろがね)の柳筥(やないばこ)[一三]に沈の御枕を据ゑて参る。女房達（女房達へは）の中に、糸・綿（糸と綿とで）

一 外へ出るのはどうだろう、ととる説、作者の心中思惟（この場を外すわけには行かない）ととる説もある。

二 この部分、特に難解。下のように解したが、御屛風を背に引き廻して歩き回ったりなさるのも、ととる解、また、「具し」（底本仮名）を「候て」または「候に」の誤写と見て、御屛風の蔭で（私が新院に）奉仕していると（または控えていると）、（院が）出歩きなさるのも、新院は……ととる説などもある。

三 院の自敬表現に始まる語。次行の「只今まで……」との対話の話者を逆にとる解もあるが、「けり」「つ」の用法から下のように解する。

四 作者を指す。

五 新院がなまじ（嘘をついて）私をかばって下さるのが却って恐ろしい、の意か。

六 「八百万神(やほよろづ)もあはれと思ふらむ犯せる罪のそれとなければ」（『源氏物語』須磨）による。作者と新院との間には結局何もなかった、ととる説もあるが、むしろ作者としては新院の意向は特例であり、また恐らく院も暗黙に了承したことゆえ、その倫理感に背(そむ)く行為ではなかった、の意であろう。「それとなければ」の下に、院にそう信じて頂けるであろうと、の意を補う。

七 大膳大夫(だいぜんのだいぶ)。西園寺家の家人(けにん)で亀山院の近臣。

八 お世話役だったのに、の意。「雑掌」は世話役。

九 雑掌の（身分の）釣合がよろしくない、の意。

一〇 以下も、前日の院の引出物と同じく、模型の類。

一一 岩がその上に立つ面。盆の類を用いたのだろう。

にて[一四]山滝の景色などして参らす。男達の中へ、色革・染物にて柿作[一五]りて参らせなどしたるに、「ことに[一六]一人、この御方に候ふに」など仰せられたりけるにや、[一七]唐綾・[一八]紫村濃十づつを、五十四帖の草子に作りて、源氏の名を書きて賜びたり。御酒盛は[一九]夜べに皆事ども尽きて、今宵はさしたる事なくて果てぬ。春宮大夫は、風の気とて、今日は出仕なし。「わざとならんかし」「まことに」など、沙汰あり。

今宵も[二〇]桟敷殿に両院御渡りありて、供御もこれにて参る。御陪膳両方を勤む。夜も一所に御寝になる。御添臥に候ふも、などやらん、むつかしくおぼゆれども、逃るる所なくて宮仕ひゐたるも、今更[二一]憂き世のならひも思ひ知られ侍る。[二二]

かくて還御なれば、[二三]「これは、法輪の宿願も残りて侍る上、今は身もむづかしき程なれば」と申して、とどまりて里へ出でんとするに、両院[二四]御幸同じやうに還御あり。一院には春宮大夫、新院には[二五]洞院大納言ぞ、[二六]後々に参り給ふ。

一二 丁字香。丁字（沈丁花）の蕾から作る香料。
一三 九八頁注八参照。ここは銀で作った模型。
一四 山と滝か、山から落ちる滝（いずれも大差ない）。
一五 底本「かき」。「垣」ともとれる。
一六 新院から景房への指示で、「一人」は作者を指す。但し、院から新院への所望の語ととる説もあり、その場合「この御方」は、後深草院を指すことになる。
一七 綸子。ここは表紙か。
一八 紫地で濃淡のあるもの。ここは本文の料紙か。
一九 「夜べ」は、底本「夜る」、今改めた。昨夜の意。
二〇 嵯峨殿の一院。一八〇頁一三行に大井殿と見え、大井川に面し、桟敷が構えてあった。
二一 いわゆる浮世の義理だが、ここは特に相手（新院）の身分や院の意向によって、心ならずも新院の意にも従ったこと、そしてそのことは、さきの近衛大殿の時と同様すぐに実兼（「曙」）にも知られるだろうとつらかったこと、などを指すと見られる。かつ、ここでは暗黙に許した筈の院が、後にやはり作者と亀山院との間を邪推嫉妬して（一九八頁）、それが作者の御所追放（二〇一～五頁）の一因になっているとも見られる。
二二 底本「侍」。一六九頁注一五に同じ。
二三 「これは」は、地の文ととる説もある。
二四 （都から嵯峨への）御幸と同じようにして（都へ）還御、の意か。異説もある。
二五 前出（一七九頁注二三）公守か。
二六 各車の尻（後部）に、の意。陪乗である。

[一]ひしひしとして還御なりぬる（ばたばた賑やかに〔両院が〕帰られた）御後も淋しきに（淋しいので）、「今日はこれに候（ここにおいで）へかし（なさい）」と大宮院の御気色あれば（御意向があったので）、この御所に（〔私は〕嵯峨殿）候ふに、[二]東二条院よりとて御文あり。何とも思ひ分かぬほどに（何の事とも思い当らずにいると）、女院（大宮院）御覧ぜられて後、「とは何事ぞ（何という事でしょう）。うつつなや（正気ではありませんね）」と仰せ言あり。[三]何事ならんと（何の事かと〔女院に〕）尋ね申せば、「（〔女院〕）[四]その身をこれにて（お前を私の方で）、女院もてなして（女院待遇として）、『露見の気色ありて（〔その旨を〕披露するつもりで）、[五]御遊さまざまの御事どもあると聞くこそ、うらやましけれ。旧りぬる身（私の身）なりとも、おぼしめし放つまじき御事とこそ（〔院は〕お見捨てなさる筈もないことと）思ひ参らするに（存じておりますのに）』と、返す返す申されたり（〔東二条院は〕申しておられるよ）」とて、[六]笑はせ給ふも、むつかしければ（〔私は〕気が重いので）、四条大宮なる[七]乳母が許へ出でぬ。

乳母の家に有明と院の来訪

[八]いつしか（早速）有明の御文あり。（〔有明は〕）程近き所に御[九]あひていする稚児の許へ入らせ給ひて（おいでになって）、（〔私は〕そこへ）それへ忍びつつ参りなどするも（参上したりしていたが）、度重なれば、[一〇]人の物言ひさがなさは（口さがないことには）、[一一]やうやう（次第に）天の下の扱ひ種になる（世間の話題に）と聞くもあさましけれど（〔私は〕困ってしまうが）、（〔有明〕）[一二]「身のいたづらにならんも（わが身が破滅したって構わない）いかがせん。さらば（そうしたら）、片山里の柴の[一三]庵の住家にこそ（〔暮そう〕）」など仰せられつつ、通ひありき給ふぞ（通っておいでになるのは）、い

一 ここから大宮院の語ととる説もある。
二 後深草院の正妃。二四頁注七参照。
三 「何事ならん」を作者の語ととる説が多いが、敬語法から間接話法ないし地の文と見ておく。
四 以下、「思ひ参らするに」まで、大宮院が作者に伝達し、途中からは引用する東二条院の手紙の内容。初めの伝達の部分の「これ」を「ここ」（嵯峨殿）、「女院もてなして」を「女院（である私）が（大事に）処遇して」ととる説もあるが、疑問である。
五 管絃の御遊びその他さまざまの御催しども。
六 底本「わたせ」。（その手紙を私に）お渡しになる、あるいは、（その手紙を）放って置かれる、との解もあるが、現存本の字形から「わらはせ」と見た。
七 仲綱の妻。四八頁注一〇参照。
八 作者が乳母の家へ下がったのを聞きつけて早速、の意。
九 「愛悌」（いとしむ意）か。「あひて」（相手）の誤写との説もある。
一〇 「……人の物言ひさがなさよ」（『源氏物語』帚木冒頭）による。
一一 「やうやう天の下にも、あぢきなう人のもてなやみぐさになりて」（『源氏物語』桐壺）による。主語は「二人の仲」。
一二 身が空しくなること。「あはれとも言ふべき人は思ほえで身のいたづらになりぬべきかな」（『拾遺集』恋五、藤原伊尹）の歌もある。

とあさましき。（ことに困ったものである）

かかるほどに、神無月の末になれば、〔私は〕常よりも心地も悩ましくわづらはしければ（気分もすぐれず大儀になったので）、[一四]心細く悲しきに（悲しい折）、御所（院）よりの御沙汰（お指図）にて、[一五]兵部卿（隆親が）その沙汰したるも（出産の準備をしてくれたが）、露のわが身の置き所いかがと思ひたるに（はかないわが身の始末をどうしたものかと）、いといたう更くる程に（夜の更ける頃）、[一六]忍びたる車の音して、〔門を〕門（かど）叩く。「[一七]富小路殿より、[一八]京極殿の御局の御わたりぞ（おいでです）」と言ふ。〔私は〕いと心得ぬ心地すれど（ひどく不審な気がしたが）、明けたるに、[一九]網代車（あじろぐるま）にいたうやつしつつ、〔院が〕入らせおはしましたり（入っていらした）。思ひ寄らぬ事なれば、〔私は〕あさましくあきれたる心地するに（全くあっけにとられた感じでいると）、〔院〕「さして言ふべき事ありて（折入って話したい事があって）」とて、〔院は〕細やかに（こまごまと）語らひ給ひつつ、「さてもこの有明の事（〔お前と〕有明との事は）、世に隠れなくこそなりぬれ（世間でも周知の事になってしまった）。[二〇]わが濡衣（ぬれぎぬ）さへ、さまざまをかしき節（ふし）に（あれこれ変なふうに）とりなさるると聞くが（〔世間は〕とっていると聞くのは）、よによしなくおぼゆる時に（全く困ったことと思われるので）、この程[二一]異方（ことかた）に心もとなかりつる人（産気づいていた女が）、[二二]かの今宵、亡くて生れたるを聞くを（死産したと聞いたのを）、[二三]『あなかま（黙っていろ）』とて、いまだ（まだ）[二四]さなき由にてあるぞ（生れていない事にしてある）。只今も（今にも）これより出で来たらんを（ここで生れるだろう〔有明の子〕を）、あれへ（あちらへ）遣（や）りて、ここのを亡きになせ（死産としておけ）。[二五]さてそこの名（お前の評判）

一三「いづくにも住まれずはただ住までもあらむ柴の庵のしばしなる世に」（『新古今集』雑下、西行）によるか。一〇九頁一四行辺参照。

一四 心細く悲しかったが、ともとれる。

一五 作者の外祖父。但し、史実としては弘安二年に七十七歳で没。

一六 人目を忍んだ、の意だが、いわゆるお忍び（微行）の御幸でもある。

一七 後深草院の御所。冷泉富小路殿。

一八 院の女房、作者の叔母（六三頁注二七参照）。実は院自身が訪ねてきたのである。

一九 屋根の脇を網代（檜・竹などを斜めに互い違いに編んだもの）で張った牛車（ぎっしゃ）。五八頁注五参照。

二〇 私（院）にまで濡衣を着せて、の意か。

二一 他の所で、の意。

二二「かの」は未詳。「かり」の誤写として「……心もとなかりつる人がり（……女のところで）」ととる説、下の「今宵」（底本「こよひ」）を「こかひ」の誤写として「かの子、甲斐なくて」ととる説もある。

二三 死産した女とその家族とへの院の指示。

二四 そうでないように、即ち、その事（出産）がないという風に、の意。

二五「さて」は、そうして、そうすれば、の意。「そこ」を「お前」の意にとって下のように解したが、「さてぞ、この名（お前の浮き名）は」と訓む説もある。

は、少し人の物言ひ種(ぐさ)も静まらんずる。すさまじく聞く事のわびしさに、かくはからひたるぞ」とて、明け行く鳥の声におどろかされて帰り給ひぬるも、浅からぬ御心ざしはうれしきものから、昔物語[一]めきて、よそに聞かん[二]契りも、憂かりし節[三]のただにてもなくて、度(たび)重なる契りも悲しく思ひゐたるに、いつしか文[四]あり。「今宵の式[五]は、珍らかなりつるも忘れがたくて」と細やかにて、

荒れにける葎(むぐら)の宿の板庇(いたびさし)[六]
　さすが離れぬ心地こそすれ

とあるも、いつまでと心細くて、

あはれとて訪(と)はるることもいつまでと[七]
　思へば悲し庭の蓬生(よもぎふ)

この暮には、有明の光[八]も近き程と聞けども、その気にや、昼より心地も例ならねば、思ひ立たぬに、更け過ぎて後(のち)おはしたるも、思ひ寄らずあさましけれど、心知るどち[九]二、三人より外(ほか)は立ちまじる

有明の子を生む

一 特に念頭に置いた物語があったか否か不明だが、「昔物語めきて」は作者好みの発想・語句。二二頁注一・六〇頁注二参照。

二 (わが子を他人に渡して)他人と聞くような(わが身の)定めも、の意。

三 (「有明」との逢う瀬の)つらかった結果が、何もなしではすまなくて(妊娠したことを指す)、の意。通説では(前注のようなことが)一度や二度ではなくて、と解する。

四 院の後朝(きぬぎぬ)の文であろう。

五 「仕儀」と解してもよい。五一頁注二一参照。

六 この歌難解で諸説あるが、荒れてしまった板庇の葎の宿に侘び住まいしているお前は(あたかも『源氏物語』の末摘花(すえつむはな)のようであるが、そんなお前でも)、かねてからの仲ゆえにさすがに離れられぬ気がする、の意か。「荒れにける」は院と作者との間柄が荒(すさ)んできたことをも指す。「葎の宿」は荒れ果てた住まいの形容。

七 私をあわれと思ってお訪ね頂くことも、いつまで続くかと思いますと、(末摘花のような)この荒れた蓬生の暮しが、しきりに悲しく思われます、の意。

八 「有明」が近くにいたことの修辞的表現。一説に、「光」を「児(ちご)」の誤写とする。

九 元来は、同志の意。ここは女達を指す。

一〇（院の）意向。
一一 この語の話者は、作者ともとれるが、敬語法から一応「有明」と見た。但し、そうすると下の「言ふ」が敬語不足となるが、これは従属節の故か、または心理的には、（二人が）言い合った、の意か。
一二 この上に「生れた子は」の意を補うべきである。下の「さへ」は、無事に生れただけでなく（あるいは、「有明」の胤であるばかりでなく）、男の子でもあったのを、の意。
一三 この一句難解。誰に似ているとも見分けがつかぬが、あるいは、（まだ）どんな人間の形かも分らぬが、の意か。他に、どんな人形よりも、何のための身代りとも分らぬが、どんな人物になるかも分らぬが、など諸説紛々。
一四（私達の）前世の因縁が深くて、（お前は）こうして生れてきたのだな、の意。
一五 略されている主語は「二条（作者）の生み奉った御子」であるが、この語の話者、従って下の「言ひて」の主語は、作者（心中思惟的、いわば独白）とも、世間の人々ともとれる。
一六 実兼を指すのであろう。
一七 上に、それ以来、の意が省略されている。

有明の最後の訪れ

いないので　〔有明を〕お入れして　昨夜の　〔私が〕　〔有明〕〔生れる子を〕自
人もなくて、入れ奉りたるに、夜べの趣を申せば、一〇「とても身に添
分の傍に置くわけには行かないが　あなたの所もまた問題があってまずいというのは残念だ　これ
ふべきにはあらねども、ここさへいぶせからんこそ口惜しけれ。か
程でない　世の中には多いのに　〔有明は〕
からぬ例（ためし）も、世に多きものを」とて、いと口惜しとおぼしたれども、
〔院の〕　である以上　どうしようもない
一一「御計らひの前は、いかがはせん」など言ふ程に、明け行く鐘とと
かわいいのを
もに、一二男子（をのこご）にてさへおはするを、一三何の人形（ひとかた）とも見え分かずかはゆげ
〔有明は〕
なるを、膝に据ゑて、一四「昔の契り浅からでこそ、かかるらめ」など、
涙を止めもせず　し
涙もせきあへず、大人に物を言ふやうに口説き給ふほどに、夜（よ）もは
らじらと　〔有明は〕　お帰りになった
したなく明け行けば、名残を残して出で給ひぬ。
赤児　〔院の〕　お渡しした後は　私の所には　どこからの連絡もないので
この人をば仰せのままに渡し奉りて、ここには何の沙汰もなけれ
亡くなっておしまいになったのだろう　すっかり世間の取沙汰
ば、一五「露消え給ひにけるにこそ」など言ひて後は、いたく世の沙汰
不愉快だった噂もやんでしまったのは　〔院の〕よくお気のつく御配慮による
も怪（け）しからざりし物言ひもとどまりぬるは、おぼし寄らぬくまなき
もので　公私ともに忝いことである〔院の〕　諸事
御心ざしは、公私（おほやけわたくし）ありがたき御事なり。一六御心知る人の許（もと）より、沙
手配し仕送りしてくれることなどあり　所詮隠せぬ事かと思うと　ひどくつらい
汰し送る事ども、いかにも隠れなくやと、いとわびし。
〔出産は〕　目立つほどに　〔有明の〕おいでが　度
十一月六日の事なりしに、一七あまりになる程に御訪れのうち頻（しき）る

も空恐ろしきに、十三日の夜更くる程に、例の立ち入り給ひたるも、なべて世の中つつましきに、一昨年(をととし)より春日(かすが)の御榊(さかき)、京に渡らせ給ふが、「この程御帰座あるべし」とひしめくに、いかなる事にか、かたはら病(やみ)といふ事はやりて、幾程の日数も隔てず人々隠るると聞くが、「ことに身に近き無常どもを聞けば、いつかわが身も亡(な)き人(ひと)数(かず)にと心細きままに、思ひ立ちつる」とて、常よりも心細くあぢきなきさまに言ひ契りつつ、「形は世々(よよ)に変るとも、逢ひ見る事だに絶えせずは、いかなる上品上生(じやうぼんじやうしやう)の台(うてな)にも、共に住まずは物憂かるべきに、いかなる藁屋(わらや)の床(とこ)なりとも、もろともにだにあらばと思ふ」など、夜もすがらまどろまず語らひ明かし給ふほどに、明け過ぎにけり。出で給ふべき所さへ、垣根続きの主(あるじ)が方ざまに人目しげければ、つつむにつけたる御有様もしるかるべければ、今日は留まり給ひぬる、空恐ろしけれども、心知る稚児(ちご)一人より外(ほか)は知らぬを、わが宿所にてもいかが聞えなすらんと思ふも、胸騒がしけれども、

一 底本「給さるも」。「……給ふ。さるも」と訓み、「さるも」から「有明」の語と見る説もある。
二 この一句の内容は、これが誰の感情かによって(前注参照)も、いろいろに考えられ、蒙古襲来の騒ぎとする説などもあるが、二人の仲が人目を憚る、の意であろう。
三 史実では、弘安三年某月〜十二月と同四年十月〜五年十二月とに春日の神木が在京している。どちらにしてもこの年を弘安四年と見るのに合わないが、作者は後者の史実によったつもりであろう。
四 「傍(かたわら)の者もかかる病」の意で、流行病、伝染病。
五 かかって何日も経たぬうちに、の意か。
六 死者の数に入ることと、の意。
七 元来、思うようにならぬ、の意で、ここも、そうした意味での、つまらない、の意。
八 何度生れ変っても、の意。二〇頁一二行参照。
九 「逢ひ」、底本仮名。「相」(互いに)ともとれる。
一〇 一八〇頁注四参照。
一一 どんな粗末な住まいでも、の意。「世の中はとてもかくても同じこと宮も藁屋も果てしなければ」(『新古今集』雑下、蟬丸、元来伝承歌か)から出た句。
一二 垣根続きの住人(乳母であろう)の方では、の意。
一三 乳母の家を指すと見られる。
一四 御当人。「有明」を指す。
一五 一一七〜八頁参照。「有明」の語を「俄かに」からとして、この部分を、いやだったあの朝の別れから

主(ぬし)[一四]は（さほど気にしておられないのは）さしもおぼされぬぞ、言の葉なき心地する。

今日は（一日中のんびりと）日暮しのどかに、（有明）[一五]「憂かりし有明の別れより、（〔あなたが〕）[一六]俄かに雲隠れぬと聞きしにも、（急に姿を隠したと聞いた時も）[一七]かこつ方なかりしままに、（嘆き訴える相手もないままに）[一八]五部の大乗経(だいじようきやう)を（自身で）手づから書きて、[一九]おのづから水茎(みづくき)の跡を一巻(ひとまき)に一(ひと)文字づつを加へて書きたるは、必ず下界にて（この世に生れて）今一度(いちど)（〔あなたと〕）契りを結ばんの大願なり。（〔われながら〕全く情けない根性だ）いとうたてある心なり。この経、書写は終りたる、（終ったが〔まだ〕）供養を遂げぬは、この度一所に生れて供養をせんとなり。（今度〔あなたと〕同じ所に生れた時供養しようと思うからだ）[二〇]龍宮の宝蔵(ほうざう)に預け奉らば、[二一]二百余巻の経、必ずこの度の生れに（今度生れ変った時に）供養をのぶべきなり（することができる）。されば（だから）、われ北邙(ほくばう)[二二]の露と消えなん後(のち)の煙に、この経を薪(たきぎ)に積み具せんと思ふなり（積んで役立てようと思うのだ）」など仰せらるる。由なき妄念もむつかしく、（とんでもない〔有明の〕妄念も恐ろしく）（〔私〕）「ただ[二三]一仏の（極楽の）蓮(はちす)の縁をこそ」（〔と祈りましょう〕）と申せば、「いさや（いやいや）、なほ（やはり）[二四]この道の名残惜しきにより（未練があるから）、今一度(いちど)人間に生(しやう)を享(う)けばやと思ひ定め、世のならひ（この世のならいで）[二五]いかにもならば（どうかなったら）、[二六]空しき空に立ち昇らん煙も（虚空にのぼる〔茶毘の〕煙も）、なほあたりは去らじ（やはり〔あなたの〕そばを離れまい）」など、まめやかに（真剣に）かはゆき程に（不憫な位に）仰せられて、[二七]うちおどろきて（ふと目をさまされると）、汗おびたたしく垂り給ふ（汗がひどく流れていらっしゃるのを）

（説き起して）、と解する説もある（一七二頁注九参照）。
一六 作者の出奔（一二九頁）を指す。
一七（悲しみを）紛らわしようもないままに、ととる説もあるが、「かこつ」の用法から考えて疑問。
一八 大乗の法を説く五つの経典（華厳(けごん)・大集(だいじつ)・般若(はんにゃ)・法華・涅槃(ねはん)の五経）。
一九 以下、やや難解で諸説あるが、「おのづから」は、自然と筆が進んで、の意で、「水茎の跡を……」は、各巻の末尾に、（あなたの名を）一字ずつ書き添えたのは、の意か。
二〇「龍宮」は、龍王の宮殿で、水中にあると言う。密教伝持の祖龍樹菩薩が龍宮の宝蔵を開いて大乗経典を得たという伝説を念頭に置いていると思われる。
二一 前出（注一八）の五部の大乗経は、数え方によって百九十巻とも二百五巻ともされるが、今は後者か。
二二「北邙の露と消え」は、死ぬ意で、当時の慣用句。「北邙」は、中国河南省洛陽県の山の名。漢代以来王侯の墓地、転じて墓地の意。
二三 訓みは「いちぶつ」「ひとつほとけ」の両説があり、意味も、単に阿弥陀仏の異名とも、「一仏浄土」の略で極楽浄土のこととも言う。一応後者を採っておく。
二四 愛欲の道を指す。
二五 死んだ時は、の意。今日も用いる慣用表現。
二六 この辺、「行くへなき空の煙となりぬとも思ふあたりを立ちは離れじ」（『源氏物語』柏木）による。
二七 ちょっとまどろまれたが、の意を補うべきか。

を、〔私〕「いかに」(どうなさいました)と申せば、〔有明〕「わが身が鴛鴦(をし)一といふ鳥となりて、御身(おんみ)の中(うち)へ入(い)ると思ひつる(夢に見たが)が、かく汗のおびたたしく垂るは、〔私の〕あながちなる思ひに(あまりの思いのために)、わが魂二や〔あなたの〕袖の中留(とど)まりけん」など仰せられて、「今日さへ(今日まで)〔居続けては〕いかが(どんなものか)」とて立ち出で給ふに、月の入るさの山三の端(は)に横雲四白(しら)みつつ、東の山はほのぼのと明くる程なり。明け行く鐘に音(ね)五を添へて、〔有明の〕帰り給ひぬる名残(名残深かったが)、いつよりも残り多きに、近き程より(近い所から)六、かの稚児〔例の稚児を使にして〕してまた〔有明の〕文あり。

七 あくがるるわが魂は留(とど)め置きぬ
　　何の残りて物思ふらん

〔私は〕いつよりも、悲しさもあはれさも置き所なくて(どうしようもなくて)、

八 物思ふ涙の色をくらべばや
　　げに誰(た)が袖かしをれまさると

九 心に、きと思ひ続くるままなるなり(ふと思い続けたままを詠んだのである)。

やがて(そのまま)その日に〔有明は院の〕御所へ入らせ給ふと聞きしほどに、〔十一月〕十八日よりに(からだっ)

一 オシドリ。夫婦仲のよい喩(たと)えにも用いる。ここは、作者が再び「有明」の子を懐妊したことを示す夢兆。

二 「あかざりし袖の中(なか)にや入りにけむわが魂のなき心地する」(『古今集』雑下、みちのく)による。

三 「入佐(いるさ)の山」は但馬(たじま)の歌枕だが、よくこのような懸詞に用いる。

四 この辺、作者が好んで設定する後朝の情景。二一頁四行以下・五八頁一〇行以下・一一〇頁一行以下など参照。

五 「ね」は、元来「泣く」の名詞で、泣く声、の意。八九頁注二一参照。

六 近くの、稚児の実家（あるいは縁故のある所）を指す。

七 あなたに引かれて私の体から抜け出した私の魂は、あなたの所へ残し置いて来ましたのに、私の中には、何が残っていて、こうも物思いをするのでしょうか、の意。「あくがる」は、何かに誘われて心が抜け出ること。「あくがるるわが魂は帰りなむ思ふあたりに結びとどめば」（『狭衣物語』巻三）によるが、この歌も注二の歌を本歌としている。

八 物思いをしている涙に濡れた袖の色をお互いに比べてみたいものでございます、本当にどちらの袖の方が一層濡れて柔かくなっているかを、の意。

九 この一行、この作品執筆時の説明。物語の草子地に近い手法。

有明の死

や、世の中流行りたるかたはら病(やみ)の気(け)おはしますとて、医師(くすし)召さるるなど聞きしほどに、[一〇]次第に御煩(わづら)はしなど申すを聞き参らせしほどに、思ふ方なき心地するに、二十一日にや、文あり。「この世にて対面ありしを、限りとも思はざりしに、かかる病(やまひ)にとりこめられて、[一一]はかなくなりなん命よりも、思ひ置く事どもこそ罪深けれ。[一二]見しうば玉の夢も、いかなる事にか」と書き書きて、奥に、

[一三]身はかくて思ひ消えなん烟(けぶり)だに
そなたの空になびきだにせば

とあるを見る心地、いかでかおろかならん。げにありし暁を限りにやと思ふも悲しければ、

[一四]思ひ消えん烟の末をそれとだに
ながらへばこそ跡をだに見め

[一五]事しげき御中はなかなかにやとて、思ふほどの言の葉も、さながら残し侍りしも、さすがこれを限りとは思はざりしほどに、[一六]十一月

一〇 だんだん悪くおなりになる、の意。

一一 死んで行く（私の）命も惜しいが、それよりも、この世（やあなた）にいろいろと未練を残して行くのは、罪深いことです、の意。

一二 鴛鴦の夢（前頁一行）を指す。

一三 私の身は、こうしてあなたへの思いのために消えて（滅びて）しまうでしょう、せめて、火葬の煙があなたのおられる方の空になびいてさえくれたら（本望です）、の意。

一四 私への思い故に消えてしまう（とおっしゃるあなたの）火葬の煙の流れるのを、私が生きながらえている限りは、それと見分けましょうが（この私も、遠からずお伴をするような気がします）、の意。

一五 （見舞客などで）お取込みの間に、かえってお邪魔しない方がよいかと思って、の意。

一六 現在通説で「有明」に擬せられている性助法親王の没は、弘安五年十二月十九日。本文の記述は朧化によると解されている。

二十五日にや、はかなくなり給ひぬと聞きしは〈〔有明が〕お亡くなりになったと聞いた時は〉、夢に[一]夢見るよりもなほたどられ〈途方に暮れ〉、すべて何と言ふべき方もなきぞ〈全く何とも言いようがなかったのは〉、われながら罪[二]深き。

「見果てぬ夢」[三]とかこち給ひし〈お嘆きになり〉、「悲しさ残る」[四]とありし面影〈詠んだ〔有明の〕面影〉よりうちはじめ〈をはじめとし〉、[五]憂かりし[六]ままの別れなりせば、かくは物は思はざらましと思ふに〈こうは物思いに沈むこともなかったろうと思っていると〉、今宵しも村雨(むらさめ)うちそそきて、雲の気色さへただならねば〈たたずまいまでもいつもと違うので〉、なべて[七]雲居もあはれに悲し〈総じて空を眺めても〉。「そなたの空に」とありし御水茎〈〔有明の〕御筆蹟〉は、空しく箱の底に残り、ありしままの〈〔日の〕〉御移り香(か)は、ただ手枕(たまくら)に名残多くおぼゆれば、まことの道に入りても[八]、常の願ひ[九]なればと思ふさへ、人の物言ひも恐ろしければ〈世間の人の口も恐ろしくて〉、亡き御影〈〔有明の〕〉の後(あと)までも、よしなき〈つまらぬ浮き〉名にやとどめ給はんと思へば〈名をお残しになるかと思うため〉、それさへ叶はぬぞ〈それもできないのが〉口惜しき。

明け離るる程に、かの稚児来たりと聞くも夢の心地して、自(みづか)ら急ぎ出でて聞けば、枯野(かれの)[一〇]の直垂(ひたたれ)[一一]の雉(きじ)を縫ひたりしが〈刺繍したのが〉、なえなえとなりたるに〈よれよれになった上に〉、夜もすがら露にしをれける袂もしるくて〈袂が露〔と涙〕に濡れていたと一目で分り〉、泣く泣く〈〔稚児が〕〉語る〈〔私に〕〉事

一 「夢に夢見る」は、きわめてはかない気持を表す慣用句。また、「しばしは夢かとのみたどられしを」(『源氏物語』桐壺)をも踏まえるか。
二 愛欲の妄執が、仏教的な倫理から見て、罪深いと言うのである。
三 一〇七頁の「有明」の歌「樒(しきみ)摘む暁起きに袖濡れて見果てぬ夢の末ぞゆかしき」を指す。
四 一〇九頁の「有明」の歌「うつつとも夢ともいまだ分きかねて悲しさ残る秋の夜の月」を指す。
五 「次々と思い出され」と補うべきであろう。
六 「憂かりし有明の別れ」(一八八頁注一五)と同じく、一一八頁の部分を指す。つらい思いのままに、あの時きっぱりと別れてしまっていたら、の意。
七 「のぼりぬる煙はそれとわかねどもなべて雲居のあはれなるかな」(『源氏物語』葵)による。「なべて」は、底本「なへは」、今改めた。
八 出家遁世して仏道に入ったとしても、の意。
九 (出家遁世も)平生の願いだからとは思うが、そう思うことまでも(「有明」の死が契機では)、の意。
一〇 表香(黄褐色)、裏薄青。冬の用。
一一 貴族・武士の平服。
一二 この辺、地の文と稚児の語との区別が判然とせず、次行の「細かに」あるいは三行目の「二十四日の夕」から稚児の語と見る説もあるが、少なくとも内容的には、ここからが稚児の報告であろう。
一三 念誦(仏前に祈念しあるいは経文を読誦するこ

どもぞ、げに筆の海にも渡りがたく［筆にも尽しがたく］、詞にも余る心地し侍る［口でも言い表せない気がします］。「［（稚児）］か[二三]

の『悲しさ残る』とありし夜、着換へ給ひし［（あなたと）交換なさった］小袖を、［（有明は）］細かに畳み給

ひて、いつも念誦(ねんじゅ)[一三]の床(ゆか)に置かれたりけるを、二十四日の夕になりて、

肌に着るとて、［（有明）］『終(つひ)の煙[一四]にも、かくながらなせ［このまま（の服装で）せよ］』と仰せられつるぞ、

言はん方なく悲しく侍る。『参らせよ[一五]［お手紙］』とて候ひし」とて、榊(さかき)を蒔(ま)

きたる［蒔絵にした］大きなる文箱(ふばこ)[一六]一つあり。御文とおぼしき物あり。鳥の跡[一七]のや

うにて、文字形(もじかた)もなし。「一夜(ひとよ)の[一八]」とぞ初めある［冒頭は］。「この世なが

ら［この世に生きながらで］にては［は］[一九]」など、心あてに見続くれども［推量で読み続けるが］、それとなきを見るにぞ［字とも言えない筆蹟を見ると］、同

じ水脈(みを)[二〇]にも流れ出でぬべく侍りし［悲しみの涙に自分も溺れてしまいそうでした］。

浮き沈み三瀬川(みつせ)[二一]にも逢ふ瀬あらば
身を捨ててもや尋ね行かまし

など思ひ続くるは［（私が）思い続けたのは］、なほも［やはり］心のありけるにや[二二]。かの箱の中は［文箱の中には］、包み

たる金(かね)を一(ひと)はた［一杯］入れられたりけるなり。さても御形見の御小袖をさ［着］

ながら［たまま］灰になされし[二三]、また五部の大乗経[二四]を薪(たきぎ)に積み具せられし事な

と）の席に、の意。

一四（私を）荼毘に付す時も、の意。

一五 自分が亡くなったら、彼女（作者）に届けよ、の意の遺言。間接話法的と見ることもできる。

一六 書状などを入れて運ぶ箱。

一七 文字の拙い（ここは、高熱のため）ことを言う。この辺、「言の葉の続きもなう、あやしき鳥の跡のやうにて」（『源氏物語』柏木）の影響。

一八 先夜の、の意。「逢う瀬は忘れがたく」とか「約束を守ろう」とかの意を続けようとしたものであろう。

一九 下には、例えば「もう会う望みも絶えた」の意が来るのであろう。

二〇『狭衣物語』（流布本巻二・下）の狭衣大将の描写「たどる所なき水茎の跡は、……同じ水脈(みを)にも流れ出でぬべくおぼさる」によると見られる。

二一 浮き沈みしつつ越え行く三途(さんず)の川にも、あの人と逢える瀬（浅瀬、つまり機会）があるならば、わが身を捨てて（自殺して）も尋ねて行くのだが、の意。

二二（これほどの嘆きの際にも）あれこれ思いめぐらす心の働きがあったのだろうか。「有明」を思う心（愛情）があったのだろう、ととる説もあるが、他の類句から、右のように解する。一六頁注六参照。

二三「灰になさった」の主語は、「有明」ともとれるが、やはり「人々」とすべきか。「有明」が形見の小袖を着たまま荼毘に付されたのである。

二四 一八九頁三行目以下参照。

院との贈答歌

〔稚児は〕ど、数々語りつつ、直垂の左右の袂を、乾く間(ま)もなく泣き濡らしつつ、出でし後(うしろ)を見るも、〔目の前が真暗になった気がして〕かきくらす心地していと悲し。

〔院も〕御所ざまにも、〔〔有明とは〕特別親密な間柄でいらしたので〕ことにおろかならぬ御仲なりつれば、〔一通りでなくいらしたに違いない〕御嘆きもなほざりならぬ御事なるべし。〔(院)〕「さても〔〔お前の〕〕心の中(うち)いかに」とて文あるも、〔かえって物思いの種でした〕なかなか物思ひにぞ侍りし。

一「面影も名残もさこそ残るらめ
雲隠れぬる有明の月

〔つらい別れはこの世のならいとは言え〕憂きは世のならひながら、〔格別の〔お前への〕御愛情も〕ことさらなる御心ざしも、深かりつる御二嘆きも、惜しけれ」などありしも、〔〔私は〕かえって〕なかなか何と申すべき言の葉もなければ、

三数ならぬ身の憂きことも面影も
一方(ひとかた)にやは有明の月

四とばかり申し侍りしやらん。〔〔私は〕申したのでしたか〕心も言葉も及ばぬ心地して、涙にくれて明かし暮し侍りしほどに、〔この年は〕五今年は春の行くへも知らで、年の暮に

一 亡くなった「有明の月」の面影も名残も、お前にはさぞいろいろと残っていることだろう、の意。院のあてこすりともとれるが、やはりここは心からの悔みであろう。

二 (お前を残して先立たれた) お嘆きも、(思えば) 惜しい (気の毒だ)、の意。「惜しけれ」を「残しけん」の誤写とする説もあるが、そう見る必要はない。

三 物の数ではないわが身ではありますが、このわが身のつらさも「有明」の阿闍梨様の面影も、一通りのものではございません、の意。下句は「一方にやはある」と「有明の月」とをかけてある。

四 回想叙述の中に、現在の記憶の不十分さをほのめかして、一種の朧化を試みたもの。

五 「たれこめて春の行くへも知らぬ間に待ちし桜も移ろひにけり」(『古今集』春下、藤原因香(よるか)) によるが、ここは、新年がどのように来るかも知らないで、(私には) 新年が来そうにもなくて、の意であろう。

六 元来は、急に、あるいは、ちょっと、の意。

七 院は、作者が「有明」に愛されているのを知って以来、それに刺激されて、対抗するように倒錯的な愛を作者に抱いたのであるが、「有明」の死によってそのバランスがくずれ、急速に作者への愛を失うのである。

八 自分の責任ではない (自分で進んでしたのではない、どうしようもなかった) 過ちも、の意。「有明」・近衛大殿・亀山院などとの間のことを指す。

九「物思ふと過ぐる月日も知らぬ間に年もわが世も今日や尽きぬる」(『源氏物語』幻、「わが身」とする本もある)による。
一〇 かつての(「有明」の)手紙。「ども」は複数。
一一 いわゆる紙背写経。四八頁注六参照。
一二『和漢朗詠集』仏寺にも見える白楽天の句から出た語で、仏法を讃えて人々を悟りに導く機縁、の意。「有明」は五部大乗経書写の目的を、そうだとは言わなかった。それを思い出して、彼を罪深いと言っているのである。
一三(「有明」の後世の安楽が)心配されて、の意。
一四 この巻の第二年。一応弘安五年としておく。
一五 四四頁注一〇の「八坂の聖」か。後出(二〇五頁注一六)の「東山の聖」も同一人か。具体的には未詳。
一六 僧が半月ごと(十五日と月末と)に集まり、互いに罪を懺悔して持戒を誓うこと。また、優婆塞・優婆夷(在家のまま仏門に入り、受戒した男女)が六斎日(毎月、斎戒すべき、八・十四・十五・二十三・二十九・三十の六日)に八戒を持すること。ここは後者か。
一七「諷誦文」の略。死者の冥福を祈って僧に読み上げて貰う文。
一八 今度は、互いに待ち望んでいる龍華三会の暁にお会いできるように、導いて下さい、一旦はこうして幽明境を異にして関係が途切れてしまいましたけれども、の意。「待つ暁」は三八頁注九参照。

東山で仏事

もなりぬ。

御使は絶えせず、「など参らぬに」などばかりにて、さきざきのやうに、「きときと」[六]といふ御使もなし。何とやらん、この程より、ことに仰せらるる節はなけれど、色変り行く御事にやとおぼゆるも、[七]わが咎ならぬ誤りも、度重なれば、御ことわりにおぼえて、参りも進まれず。今日明日ばかりの年の暮につけても、「年もわが身も」[九]といと悲し。ありし文ども[一〇]を返して法華経を書きゐたるも[一一]、讃仏乗[一二]の縁とは仰せられざりしことの罪深さも悲しく案ぜられて[一三]、年も返りぬ。

[一四]改まる年とも言はぬ袖の涙に浮き沈みつつ、正月十五日にや、御四十九日なりしかば、ことさら頼みたる聖[一五]のもとへまかりて、布薩[一六]のついでに、かの御心ざしありし金を少し取り分けて、諷誦[一七]の御布施に奉りし包紙に、

[一八]この度は待つ暁のしるべせよ

さても絶えぬる契りなりとも

能説の聞えある聖なればにや、ことさら聞く所ありしも、袖のひまなき中に、また有明の[二]旧事ぞ、ことに耳に立ち侍りし。[一]

つくづくとこもりゐて、二月の十五日にもなりぬ。釈尊円寂の昔も、今日はじめたる事ならねども、わが物思ふ折からはことに悲しくて、この程は例の聖の[三]室に[四]法華講讃、[五]彼岸より続きて、二七日ある折節もうれしくて、日々に[六]諷誦を参らせつるも、誰としあらはすべきならねば、「忘れぬ契り」とばかり書き続くるにつけても、いと悲し。今日、[七]講讃も結願なれば、例の諷誦の奥に、

[八]月を待つ暁までの遥かさに
今入りし日の影ぞ悲しき

[九]東山の住まひの程にも、かき絶え御おとづれもなければ、[一〇]さればよと心細くて、明日は都の方へなど思ふに、よろづすごきやうにて、[一一]四座の講いしいしにて、聖たちも夜もすがら寝で明かす夜なれ

一 説経の上手なこと。能弁。「能舌」とも書く。
二 「有明」生前の事蹟。故人追善の諷誦文には、その故人の生前の事蹟を織り込むのが常である。
三 前頁注一五の「ことさら頼みたる聖」を指す。「室」は僧房。
四 法華経を講説し、讃える法会。
五 春分（旧暦二月半ばごろ）・秋分（同八月半ばごろ）を中心に前後各三日を加えた七日間。ここは二月。
六 事実としては、諷誦文を読んでいただいたが、と言うに同じ。
七 その法華講讃も最終日なので、の意。
八 龍華三会の暁までの、五十六億七千万年という、気の遠くなるような年月を思うにつけ、今沈んだばかりの夕日とも言うべきあの方（「有明」）のことが悲しく思い出されます、の意。
九 作者の仮寓先だが、「聖の室」ではあるまい。前出（五六頁）の綾戸の辺か。当時、鴨川の東は洛外。従って東山も都の外。
一〇 当時の作者の感想としては、やはり、「有明」との関係以来、院の愛情は薄れたのだな、の意であろうが、作品としては「有明」の死以来か。一九四頁注七参照。
一一 涅槃会に修する四つの講式（仏徳を讃える文）。涅槃・羅漢・遺跡・舎利の四講式。
一二 このつらい現世での（お前との）夢のような愛欲

有明の幻を見、懐妊

ば、聴聞所に袖片敷きてまどろみたる暁、ありしに変らぬ面影にて、[一二]「憂き世の夢は長き闇路ぞ」とて抱きつき給ふと見て、おびたたしく大事に病み出しつつ、心地もなき程なれば、聖の方より、「今日はこれにても試みよかし」とあれども、車などしたためたるもわづらはしければ、都へ帰るに、[一三]清水の橋の西の橋のほどにて、[一四]夢の面影、うつつに車の中にぞ入らせ給ひたる心地して、絶え入りにけり。そばなる人、とかく見助けて、[一五]乳母が宿所へまかりぬるより、水をだに見入れず[一六]。限りのさまにて、三月の空も半ば過ぐる程になれば、[一七]ただにもあらぬさまなり。[一八]ありし暁より後は、心清く、目を見かはしたる人だになければ、[一九]疑ふべき方もなき事なりけりと、憂かりける契りながら、[二〇]人知れぬ契りもなつかしき心地して、いつしか心も[二一]となくゆかしきぞ、あながちなるや。

四月の中の十日頃にや、さしたる事とて召しあるも、かたがた身も[二二]憚らはしく物憂ければ、[二三]かかる病にとり籠められたる由申したる

（傍注）袖を片敷いて一人　〔有明が〕生前と変らぬ　〔私に〕　〔私は〕たいそう重い病気にかかり　意識もない位だったので　ここででも様子を見なさい　言われたが　用意したのも〔帰すのも〕厄介なので　現実に　〔私の〕　〔私は〕気絶してしまった　そばにいた侍女が　何かと面倒を見てくれて　着いてからは　湯水ものどを通らない　危篤状態で　普通の体ではなかった　例の暁以後は　潔白で　疑う余地もない事だなあと思うと　つらい〔有明との〕契りではあったが　早くも　道理に合わないことだよ　二十日頃だったか　特別の用事だからと〔院の〕あったが　いずれにしても　大儀なので　かかって引き籠っている旨を

の生活は（まださめず）、（私は）長い闇路を迷っているよ、あるいは、この世での愛慾のため、今（私は）、長い闇路を……、の意か。この世で愛慾に溺れていると死後も救われず長い闇路が続くことになるぞ、との解もあるが、疑問である。また、和歌の下句というわけではあるまい。

一三 清水寺の下の橋、すなわち五条の橋。その「西の橋」は、その西の今出川に架けられた橋と言う。

一四「有明」が生前に語った鴛鴦の夢の姿ととる説もあるが、やはり、この日の暁の夢の姿であろう。

一五 四条大宮の仲綱の妻の家。四八頁注一〇参照。

一六 ここは、連用中止法としてもよい。

一七 懐妊したことを言う。「有明」の胤である。

一八「有明」と最後に会って、彼が鴛鴦の夢を見たと語った時のことを指す。一八九～九〇頁参照。

一九「疑ふべき」の上に、「有明」の子をみごもったことは、の意が略されている。

二〇 人も知らぬ（うちに子までできる程に結ばれていた）契り（の深さ）も、の意。

二一（生れる子のことが）気になり、早く見たいのは、の意。

二二 懐妊中で遠慮すべきであり、の意。摂生すべきで、ともとれる。

二三 具体的には、「絶え入りにけり」と「水をだに見入れず」の症状を報告したのであろう。

亀山院との噂

〔院の〕御返事に、

「一面影をさのみもいかが恋ひ渡る

憂き世を出でし有明の月

二一方(ひとかた)ならぬ袖のいとまなさも推し量りて。三旧(ふ)りぬる身には」など承るも、〔私が〕ただ一筋に有明の御事をかく思ひたるも心づきなしにや(こんなに思っているのもお気に召さぬのか)、など思ひたるほどに(などと思っていたところ)、さにはあらで(そうではなくて)、亀山院の御位の頃(御在位)四乳人(めのと)にて侍りし者、六位に参りて(六位蔵人として奉仕して)、やがて御すべりに(そのまま御譲位の際に)五叙爵して、六大夫将監(たいふのしやうげん)といふ者〔亀山院に〕伺候したるが、七道芝して、〔亀山院は私を〕夜昼たぐひなき御心ざしにて(御寵愛で)、〔私は〕この御所ざまの事はかけ離れ行くべき(後深草院との仲は疎遠になって行くつもりなのだ)八あらましなり、九と申さるる(言われている)事どもありけり(あったそうだ)。〔私は〕いかでか知らん(全く知らなかった)。

一〇心地も暇(ひま)あれば、いとど(これ以上)一一憚りなき程に(差し支えぬうちに)と思ひ立ちて、五月のはじめつ方〔御所へ〕参りたれば、一二何とやらん(どうしたわけか)、〔院は〕仰せらるる事もなく(何もおっしゃらず)、またさして(特に)例に変りたる事はなけれども(いつもと変った事はなかったが)、〔私の〕心の中(うち)ばかりは物憂きやうにて明け暮るるも、あぢきなけれども(面白くなかったけれども)、六月(みなづき)の頃まで〔御所に〕候ひしほどに(奉仕していたが)、一三ゆかり

一 亡き人の面影を、そんなにもどうして慕い続けるのか、「有明の月」は、(山の端をではなく) この現世を出て (あの世へ行って) しまったのに、の意。

二 (お前の) 一通りでない袖の涙の絶え間のなさも推察して (いるよ)、の意。

三 (私のように) 古くなってしまった身には (お前も用はあるまい、冷たくなったな)、の意。次に明かされているように、亀山院との仲の噂(うわさ)を気にして、あてこすっている。

四 ここは、乳母子(めのとご) (乳母の子、乳兄弟) の意 (あるいは脱字か)。仲頼 (仲綱の子) を指す。五四頁注一参照。

五 五位 (従五位下) に叙せられること。

六 右の仲頼を指す。「大夫」は五位の異称。「将監」は左右近衛府の判官 (長官・次官の下)。

七 亀山院を私 (作者) に手引きして、の意。「道芝」は恋の手引きをすること。

八 予定・計画の意。予想・見通し、ともとれる。

九 六行目の「亀山院の……」からここまでが、世人の中傷の内容。

一〇 気分も治まったので、の意。悪阻(つわり)の治まったことを指す。

一一 (院との間に) 困ったことが起ってこないうちに、の意であろう。一説に、(腹が) 目立つこと。

一二 院は作者に冷淡になったのである。一九四頁注七参照。

有明の遺児を生む

ある人の隠れにし憚りにこと寄せて（服喪にかこつけて）、まかり出でぬ（〔御所を〕退出した）。

このたびの有様は（〔出産の〕様子は）、ことに忍びたきままに（人目を忍びたいので）、東山[一四]の辺にゆかりある人のもとに籠りゐたれども、とりわき訪（と）め来る人[一五]もなく、身を変[一六]へたる心地せしほどに（別人となったような気がしているうちに）、八月二十日の頃、その気色[一七]ありしかども（気配が）、先のたびまでは（前回〔の出産〕までは）、忍ぶとすれども（隠そうとしても）言問ふ人もありしに（〔聞きつけて〕訪れる人もあったのに）、〔今回は〕峯[一八]の鹿の音（ね）を友として明かし暮すばかりにてあれども、事なく（無事に）男にてある（〔生れて〕）を見るにも、いかでかあはれならざらん（いとしさは言いようもない）。「鴛鴦（をし）[一九]といふ鳥になると見つる」と聞きし夢のままなるも（夢の通りに懐妊したのも）、げにいかなる事にかと（全くどういう事なのかと）悲しく、わが[二〇]身こそ（自分は）二つにて母に別れ、面影をだにも（〔母の〕面影をすら）知らぬことを悲しむに（悲しんでいるが）、これはまた（この子はまた）、父に腹の中にて先立てぬるこそ（先立たれたことを）、いかばかりか思はん（どんなに〔悲しく〕思うだろう）、など思ひ続けて（〔私は〕）、かたはら去らず（そばを離さず）置きたるに、折節、乳（ち）[二一]など持ちたる人だになしとて、尋ねかねつつ（探しあぐねて）、わがそばに臥せたるさへあはれなるに（寝かしておくのも不憫なのに）、この寝たる（この子の寝ている）下のいたう[二二]（ひどく）濡れにければ、いたはしく（かわいそうで）、急ぎ抱（いだ）きのけて（抱き取って）、わが寝たる方に臥せしにこそ（私の寝ている所へ寝かせたがこうしてみて）、げに深かりける心ざしも（全く深いものと知った〔子への〕愛情も）、

一三 縁故ある者。具体的には未詳。

一四 前出（一九六頁注九）の仮寓先に同じか。

一五 底本「心」、今改めた。底本のまま「心」として、「訪め来る」の主語を「人々」として、人々も特に見舞ってくれるという心づかいもなく、ととる説もある。

一六 境遇・環境が今までとすっかり変ってしまったことを指す。

一七 出産の兆候を指す。

一八 ここは一種の文飾だが、東山の一角、音羽山の辺は鹿の名所。二七五頁注二五参照。

一九 最後の逢う瀬に「有明」の見た夢のこと。一八九〜九〇頁参照。

二〇 作者が二歳で母を失ったことは、本作品中にたびたび記されている（三九頁一四行以下・四三頁三行以下・二七八頁二行以下等）。

二一 乳などの出る人（乳母になれる人）さえ見つからないということで、の意。

二二 おもらし（小用）のためである。

初めて思ひ知られしか。

しばしも手を放たんことは（少しの間でも〔この子を〕手放すのは）名残惜しくて、四十日あまりにや（四十日以上もだったか）、白(みつか)らもてあつかひ侍りしに（世話をしていましたが）、山崎[一]といふ所より、さりぬべき人を語らひ寄せて後も（〔乳母として〕しかるべき人を呼び寄せてからも）、ただ床(ゆか)を並べて臥せ侍りしかば、いとど御所ざまのまじろひも（院の方の出仕も）物憂き心地して（面倒な気がして）、冬にもなりぬるを、「さのみもいかに」[二]と（〔院の〕）召しあれば、神無月の初めつ方よりまたさし出でつつ（出仕して）、年も返りぬ（改まった）。

第三年　有明の面影

今年は元三[三]に候ふ[四]につけても（〔院に〕伺候するにつけても）、あはれなる事のみ（悲しい事ばかり）数知らず。何事を悪(あ)しとも（〔院から〕）承る事はなけれども、何とやらん（何だか）、御心の隔てある心地すれば（〔院は私に〕）、世[五]の中もいとど物憂く（いよいよつらく）心細きに、今は昔とも言ひぬべき人[六]（今では昔の仲とも言うべき）のみぞ、「恨みは末も」[七]とて、絶えず言問ふ人にてはありける（声をかけてくれる人ではあった）。

二月(きさらぎ)の頃は、彼岸の御説法[八]、両院嵯峨殿[九]の御所にてあるにも、去年(こぞ)[一〇]の御面影（〔有明の〕）身（〔私の〕）を離れず、あぢきなきままには（気の晴れぬままに）、生身(しやうじん)二転[一一]の釈迦を申せば、「唯我(ゆいが)一人(いちにん)[一二]の誓ひあやまたず、迷ひ給ふらん道のしるべし給（〔有明が〕迷っていらっしゃる道をお導き下さい）

一　京都府乙訓(おとくに)郡、今の大山崎町の辺。村上源氏伝領の地と言う。
二　そんなに引込んでばかりいるのも、どんなものか、の意。
三　この巻の第三年。今までの仮定では弘安六年。
四　元日・三が日の両意があるが、後者か。六二頁注一一参照。
五　ここは、院との仲や院の御所での生活、の意。
六　「雪の曙」（西園寺実兼）。一五三頁注一〇参照。
七　「思ひかねなほ恋路にぞ帰りぬる恨みは末も通らざりけり」（『千載集』恋四、俊恵(しゅんえ)）の第四句。恨みがあって別れた筈だが、恋しさに縒(よ)りが戻った、の意。
八　御説法が、両院（のおられる）嵯峨殿の御所で行われたが、の意。但し「説法」は底本「せつほう」で「せんほふ」（懺法）の誤写とする説があり、行事としてはその方が適当か。なお「御説法」で文を切り、次の文はただ、両院が嵯峨殿にいる、の意とする説もあるが、疑問。
九　二八頁注六参照。
一〇　前年の春見た「有明」の幻影。一九七頁一行参照。
一一　嵯峨清涼寺の本尊で、現身のまま、菩提・涅槃(ねはん)の二果を得た釈迦、の意。一説に、「生身二伝」と訓み、印度から唐を経て日本に渡来した、の意とする。なお、この句の上に、清涼寺に詣でたが、の意が略されており、また「を申せば」は「と申せば」の誤写か。

へ」とのみぞ思ひ続け侍りし。

　　恋ひ忍ぶ袖の涙や大井川[二三]
　　　逢ふ瀬ありせば身をや捨てまし

とにかくに思ふもあぢきなく（あれこれと何を思ってもつまらなく）、世[二四]のみ恨めしければ、底の水屑（みくづ）と[二五]なりやしなまし（なってしまおうか）と思ひつつ、何となき古反古（ほうご）などとりしたたむるほどに（片づけているうちに）、さても二葉なるみどり児の行く末を（生れたばかりの幼な子の将来を）、われさへ捨てなば（私までが見捨ててしまったら）、誰かはあはれをもかけん（誰が面倒を見てやることか）と思ふにぞ（と思うにつけ）、道[二六]のほだしはこれにや（これかと）と思ひ続けられて、面影も（〔預けた子の〕）いつしか（早くも）恋しく侍りし。

　　尋[二七]ぬべき人も渚（なぎさ）に生（お）ひそめし
　　　松はいかなる契りなるらん

還[二八]御の後、あからさまに出でて見侍れば（ちょっと退出して会ってみると）、殊の外（ほか）に大人びれて（大きくなって）、物語り（話をしたり）、笑（ゑ）み、笑ひみなどするを見るにも、あはれなる事のみ多かれば（胸に迫ることばかり多いので）、なかなかなる[二九]心地して参り侍りつつ（〔院に〕出仕していたが）、[三〇]秋の初めになるに、四[三一]条兵部卿のもとより、「局（つぼね）など、あからさまならずしたためて（いい加減でなく〔きちんと〕片づけて）、出（退出）

御所を追放される

二二 釈迦誕生の折の語と言う「天上天下唯我為尊」（天地の間に自分より尊いものはない、の意。『長阿含経（ちょうあごんきょう）』一、「為尊」は俗に「独尊」とする）による。
二三 （「有明」への）恋しさをこらえて泣いている私の袖の涙は、目の前の大井川のように流れてやまず、その大井川に「有明」との逢う瀬があったなら、喜んで身を投げて果てるのだが、の意。「大井川」は「瀬」と縁語をなすが、「逢ふ」とは、音韻（アウとオヲ）の関係で、懸詞（かけことば）にはなっていないと見るべきであろう。
二四 「世間」というよりも「男女の関係」であろう。
二五 「恋ひわびぬわれも渚に身を捨てて同じ藻屑となりやしなまし」（散佚物語『朝倉』）など、類歌がある。
二六 まことの道（仏道）に入る妨げ、の意。
二七 尋ねてくれる人もない渚に生い始めた小松（のように、淋しく育たねばならぬあの子）は、一体どんな宿縁（で生れてきたの）だろうか、の意。「渚」に「無き」をかける。
二八 両院が嵯峨から京へ還御の後、の意。
二九 かえって会わない方がよかったような気がして、の意。
三〇 ここで「つつ止め」の文と見て段落を切る説もあるが、一応すぐ下へ続くものと見た。
三一 作者の外祖父隆親であるが、弘安二年九月に死んでいる（『公卿補任（くぎょうぶにん）』）。従って、ここに登場するのは何らかの虚構と考えられる（作者の記憶違いとする説もある）。

でよ。夜さり、迎へにやるべし」といふ文あり。心得ずおぼえて、御所へ持ちて参りて、「かく申して候ふ。何事ぞ」と申せば、ともかくも御返事なし。何とある事もおぼえで[一]、玄輝門院[二]、三位殿と申す御頃の事にや、「何とある事どもの候ふやらん。かく候ふを、御所にて案内し候へども、御返事候はぬ」と申せば、「われも知らず」とてあり。さればとて、出でじと言ふべきにあらねば、出でなんとするしたためをするに、四つといひける[三]九月（ながつき）の頃より参りそめて、時々の里居（さとゐ）[四]の程だに心もとなくおぼえつる御所の中（うち）、今日や限りと思へば、よろづの草木も目とどまらぬもなく、涙にくれて侍るに、折節、恨みの人[五]参る音して、「下の程か」[六]と言はるるもあはれに悲しければ、ちとさし出でたるに、泣き濡らしたる袖の色もよそにしるかりけるにや、「いかなる事ぞ」など尋ねらるるも、問ふにつら[七]さとかやおぼえて、物も言はれねば、今朝の文取り出でて、「これが心細くて」[八]とばかりにて、こなたへ入れて泣きゐたるに、「されば

せよ　夜分に　〔人を〕　合点が行かず
院　〔文を〕　〔祖父が〕こう申しております　〔私が〕　〔院は〕何
とも　どういう事ともわからず　申し
あげた頃の事だったか　(私)どんな事があったのでしょうか　〔手紙に〕こうありますのを
院にお尋ねしましたけれども　御返事がございません　(玄輝門院)
とのことだった　退出は嫌だと言うわけにも行かないので　退出のための
支度をしたが　数えの四つの〔年の〕　頃に初めて参って
折々　時すらも気がかりに思ってきた　今日が最後かと
来る　(曙)　おっしゃるのもつらく悲しかった
ので　ちょっと顔を出したところ　はた目にすぐ
分ったのか　(曙)
〔隆親の〕　(私)
言っただけで　〔曙を〕自分の居た室へ入れて泣いていたが　一体

一「事も」は「事とも」の誤写とする説があり、その方が意味は通りやすい。

二 ここは「玄輝門院に」と書きかけて、その玄輝門院を説明する必要を感じ、次に「三位殿と……事にや」と挿入句を入れたため文脈が屈折し、「に」を落してしまったもの。玄輝門院は伏見院の生母で「東の御方」と言った（七四頁注七参照）が、「三位殿」と呼ばれたのは弘安三年（一二八〇）～正応元年（一二八八）。

三 作者が幼時から院の御所に出入りして院に可愛がられていたことは何回か記されている（八七頁一二行以下・一〇〇頁一〇行以下・二七五頁八行等）が、それを四歳の九月からと記しているのは、ここと二四六頁五行だけである。

四 里（実家）に下がっていること。

五「雪の曙」。伏見の一夜以来、作者を恨んでいたから、こう呼んだ。一六六頁注六参照。

六 今は（ここではなくて）下の局においでか、の意。作者の居所を作者の侍女に聞いたのである。「下の局」は、下位の女房や侍女達の詰所。前頁最終行に見るように、今まで作者は一つの局を与えられていた。

七 聞かれるとつらさが増す、の意。三六頁注二参照。

八「心細し」は元来、不安だ、の意だが、ここは、

ば、何とした事ぞ」と九誰も心得ず。

一〇大人しき女房達なども、一一とぶらひ仰せらるれども、一二知りたりける事がなきままには、ただ泣くより外の事なくて、一三暮れ行けば、御所ざまの御気色なればこそかかるらめに、またさし出でんも恐れある心地すれども、今より後はいかにしてかと思へば、今は限りの御面影も、今一度見参らせんと思ふばかりに、迷ひ出でて、御前に参りたれば、御前には公卿二、三人ばかりして、何となき御物語の程なり。一四練薄物の一五生絹の衣に、薄に一六葛を青き糸にて縫物にしたるに、赤色の一七唐衣を着たりしに、きと御覧じおこせて、「今宵はいかに。御出でか」と仰せ言あり。何と申すべき言の葉なくて候ふに、「一八来る山人のたよりには、訪れんとにや。青葛こそうれしくもなけれ」とばかり御口ずさみつつ、女院の御方へなりぬるにや、立たせおはしましぬるは、いかでか御恨めしくも思ひ参らせざらん。いかばかり一九おぼしめす事なりとも、「二〇隔てあらじ」とこそ、あまたの年々契り

悲しくて、つらくて、位の意か。
九 ……と（「曙」は言うが、そのわけは、あるいは、……と皆言うだけで）誰も思い当らない、の意か。
一〇 古参の、あるいは、年輩の、の意。
一一 見舞（あるいは慰め）を言って下さるけれども、の意。「女房達などもとぶらひ、（「曙」も）仰せらるれども」と訓む説もあるが、リズムから考えて疑問。
一二 「知りたりける」の主語を作者自身と解する説もあり、その方が分りやすいが、「けり」の用法から下のように解した。
一三 ここを「て止め」にして段落を切る説もある。
一四 練色（淡黄色）の薄物（絽の類）。以下、この時の作者の服装。
一五 練らない絹の織物。練貫の対。「衣」は、ここは袿。
一六 蔓草。
一七 礼装で、表着の上に羽織るもの。
一八 （その葛の模様は）来る手づるがあったらまた参ろうと言うことか、の意。葛は山人が蔓をたぐり寄せて取るので、「来る」に葛の縁語「繰る」をかける。
一九 この上には、「院が私を不快に」を補うべきであろう。東二条院が私を憎く、と補う説もあるが、疑問。
二〇 （お前を）疎んずることはあるまい、の意。二〇頁一三行参照。なお、この部分直接話法としなくてもよい。

給ひしに、などしもかかるらんと思へば、時の間に世になき身にもなりなばやと、心一つに思ふ甲斐なくて、車さへ待ちつけたれば、これよりいづ方へも行き隠れなばやと思へども、事がらもゆかしくて、[一]二条町の兵部卿の宿所へ行きぬ。

自ら対面して、「いつとなき老いの病（やまひ）と思ふ。この程になりては、ことにわづらはしく頼みなければ、御身のやう、故大納言もなければ心苦しく、[二]善勝寺ほどの者だに亡くなりて、さらでも心苦しきに、東二条院（ひがしにでうのゐん）よりかく仰せられたるを、強ひて候はんも憚りありぬべきなり」とて、文を取り出で給ひたるを見れば、[三]「院の御方奉公して、[四]この御方をばなきがしろに振舞ふが、本意なくおぼしめさるるに、すみやかにそれに呼び出して置け。[五]故典侍大（すけだい）もなければ、そこに計らふべき人なれば」など、御自ら（みづか）さまざまに書かせ給ひたる文なり。まことに、この上を強ひて候ふべきにしあらずなど、[六]なかなか出でて後は、思ひ慰む由はすれども、[七]まさに長き夜の寝覚は、千声万声（せんせいばんせい）

一 「町」は町小路（まちのこうじ）（室町と西洞院（にしのとういん）との間の南北の小路）のことで、ここはそれと二条大路との角。

二 隆顕。隆親男、作者の叔父。建治三年三十五歳で出家、その死はここに初めて見えるが、没年未詳。

三 以下は、東二条院の手紙。

四 東二条院自身を指す。下の「おぼしめさるる」と共に、隆親が間接話法的に言い換えたものとか、東二条院の意を体して執筆した侍女の敬語とか解することもできるが、引用の後に「御自ら」とあり、恐らく自敬表現であろう。

五 作者の母。

六 この一句、插入句。

七 前出（四六頁注三）の「八月九月正（まさ）ニ長夜（キ）、千声万声無二了時（シャム）一」（『和漢朗詠集』秋、擣衣、白居易）による。

八 「鳴き渡る雁の涙や落ちつらむ物思ふ宿の萩の上の露」（『古今集』秋上、読人知らず）による。

九 東山の八坂神社。

の砧の音も、わが手枕に言問ふかと悲しく、八雲居を渡る雁の涙も、物思ふ宿の萩の上葉を尋ねけるかとあやまたれ、明かし暮して、年の末にもなれば、送り迎ふる営みも、何のいさみにすべきにしあらねば、年頃の宿願にて、九祇園の社に千日籠るべきにてあるを、よろづに障り多くて籠らざりつるを、思ひ立ちて、十一月の二日、初めの卯の日にて、一〇八幡宮御神楽なるに、まづ参りたるに、一一「神に心を」と詠みける人も思ひ出でられて、一二

一三いつもただ神に頼みを木綿襷
かくる甲斐なき身をぞ恨むる

七日の参籠果てぬれば、やがて祇園に参りぬ。

今はこの世には、残る思ひもあるべきにあらねば、一四「三界の家を出でて、一五解脱の門に入れ給へ」と申すに、今年は有明の三年に当り給へば、一六東山の聖のもとにて、一七七日法華講讃を一八五種の行に行はせ奉るに、昼は聴聞に参り、夜は祇園へ参りなどして、一九結願には、露消

有明の三回忌　祇園社参籠

一〇 男山の石清水八幡宮（作者も属した源氏の氏神）の御神楽だったので、の意。同宮では、春秋の初卯の日に神楽を奉納することになっていた。但し、弘安年間には十一月二日が卯の日の年はなく、また同六年十一月の初卯は五日だが、当日は亀山院が石清水八幡宮に御幸し、七日参籠を始めている。

一一 「榊葉にその言ふ甲斐はなけれども神に心をかけぬ間（一本、日）ぞなき」（「言ふ」に「木綿」をかけ、「かけ」は後者の縁語。『新古今集』神祇、法印成清）の一句。

一二 右の歌の作者、石清水八幡宮別当の成清を指す。

一三 いつも私は、ただ神に頼み事を言いますが、その願いをかける甲斐もなく運命に見捨てられて行くわが身を恨んでおります、の意。「木綿襷」は、神事の際、榊に木綿をかけたものだが、それに「言ふ」をかけ、またその縁語で「かくる」と言ったもの。

一四 欲界・色界・無色界の三で、現世（娑婆世界）の総称。

一五 悟りの境地。

一六 一九五頁注一五参照。

一七 七日間で行う法華講讃。一九六頁注四参照。

一八 『法華経』法師品に説く五種（受持・読経・誦経・解説・書写）法師の行。

一九 （七日法華講讃の）最終日。それを「有明」の命日である十一月二十五日に当てたのである。

え給ひし日なれば（くなられた日にあたるので）、ことさらうち添ゆる[一]鐘も、涙催す心地して、

[二]折々の鐘の響に音（ね）を添へて

何と憂き世になほ残るらん

[三]ありし赤児（例の赤児は）、引き隠したる（隠して〔育てて貰って〕いるのも人目を憚られるが）もつつましながら、物思ひの慰めにも

とて、[四]年も[五]返り（改まると）ぬれば、走りありき（走り回り）、物言ひなどして（ものを言ったりして）、何の憂さも

つらさも知らぬも、げに悲し。

さても[六]兵部卿さへ（隆親までも）憂かりし秋の露に消えにしかば（つらい事のあった去年の秋に亡くなったので）、あはれもなどか深からざらんなりしを（悲しみも当然深いはずだったが）、思ひあへざりし（思ってもいなかった）[七]世のつらさを嘆く暇なさに（嘆くのに紛れて）、思ひわかざりしにや（〔その悲しみを〕意識しなかったのか）、[八]菅の根の長き日暮し（春の日永を一日中）、紛るる事なき行ひ（一心に勤めている勤行の）のついでに（合い間に）思ひ続くれば、母の名残には一人とどまりしになど（縁者としては〔彼〕ただ一人残っていたのになどと）、今ぞあはれにおぼゆるは（悲しく思われるのは）、心のとまるにやとおぼゆる（〔私の〕心が落着いたためかと）。

やうやうの神垣の花ども（次第に〔祇園社の〕垣の桜）盛りに見ゆるに（見えたが）、[九]文永の頃、[一〇]天王の御歌

とて、

[一一]神垣に千本（ちもと）の桜花咲かば

一「うち添ふる」の転訛（てんか）。

二 折々に聞く鐘の響きに嘆きを加えながら、どうして私はこのつらい世に、まだ生きながらえているのだろう、の意。「音」は、鐘の音に、「哭（ね）」をかける。

三「有明」の死後生れた子を指す。一九九頁参照。

四 下に、「折々訪ねている中（うち）」の意を補う。

五 この巻の第四年（一応弘安七年としておく）。

六 祖父隆親。二〇一頁注二一参照。

七 男女関係のつらさ、の意。院に冷たくされたことを指す。

八「長き」の序詞。この時期が春だから、「長き日暮し」と言った。

九 西暦一二六四～七五年。本作品の巻一は文永八年（一二七一）から始まっており、ここの時点からは十余年の昔となる。

一〇 牛頭（ごず）天王。祇園社の祭神。

一一 この社の垣に千本（「たくさん」の意）の桜を植えて、その桜が咲いたならば、それを植えた人も栄えるだろう、の意。『玉葉集』神祇に、初句「わが宿に」として見え、左注に「これは祇園の御歌とて人の夢に見えけるとなん」とある。

一二 神仏がその存在を示すこと、またその兆候。ここは、「お告げ」と言ってもよい。

一三 底本「しよ」。「せよ（施与）」の誤写と見て、奉納の意とする説もある。

一四「植うる」の転訛。

植ゑ置く人の身も栄えなん

といふ示現[一二]ありとて、祇園の社[一三]におびたたしく木ども植ゆる[一四]ことありしに、まことに神の託し給ふ事にてもあり、またわが身も神恩を蒙るべき身ならば、枝[一五]にも根にもよるべきかはと思ひて、檀那院[一六]の公誉[一七]僧正、阿弥陀院[一八]の別当にておはするに、親源[一九]法印といふは大納言[二〇]の子にて、申し通はし侍るに、かの御堂の桜の枝を一つ乞ひて、二月の初午の日、執行[二一]権長吏法印ゐんやうに、紅梅[二二]の単文、薄衣、祝詞の布施に賜びて、祝詞申させて、東の経所の前に捧げ侍りしに、縹[二三]の薄様の札にてかの枝につけ侍りし。

[二四]根なくとも色には出でよ桜花
　契る心は神ぞ知るらん

この桜生ひ[二五]つきて、花咲きたるを見るにも、心の末は空しからじと頼もしきに、千部[二六]の経を初めて読み侍るに、さのみ局[二七]ばかりはさしあひ、何かのための憚りあれば、宝塔院[二八]の後に二つある庵室の東

一五 この上に、要は花が咲けばよいわけで、霊験は（あるいは、奉納するのは）、とでも補う。
一六 延暦寺の一院。
一七 太政大臣三条実房子。檀那院・阿弥陀院に住した。
一八 これも延暦寺の一院。「別当」はその最高者。
一九 六三頁注二四参照。檀那院門跡から天台座主にもなった。
二〇 親源の父は、系図では万里小路大納言雅家（雅忠の従兄弟）だが、本作品で「大納言」と言えば作者の父雅忠であり、あるいは作者の実の兄弟か。
二一 「執行」は寺の事務長で、ここは祇園執行（祇園社は神仏混淆）、権長吏は長吏（寺の長老で寺務を総理する）に次ぐ役で、ここでは祇園長吏、すなわち執行と兼任か。「ゐんやう」は未詳。
二二 紅梅襲（表紅、裏蘇芳）の単で文様のあるものか。「ひとへもん」を「ひとへ衣（単衣、「ひとへ」に同じ）」の誤写とする説もある。なお、これと次の薄衣とは、祝詞（「のりと」に同じ）の布施。
二三 「縹」は薄青色、「薄様」は薄く漉いた鳥の子紙。
二四 たとえ根が無くても、美しく咲いてくれ、桜花よ、私の誓う心は、神様はご存じだろうから、の意。
二五 いわゆる「差し木」として、ついたのである。
二六 千部会（諸経千部を読むこと）に参加したのである。
二七 ここは、祇園社の局（小部屋）。
二八 祇園社の一院。

なる点じて籠りつつ、今年も暮れぬ。

北山准后九十賀に召される

[一]又の年の正月の末に、大宮院より文あり。「[二]准后の九十の御賀の事、この春思ひ急ぐ。里住みもはるか[三]になりぬるを、何か苦しからん、[四]打出の人数にと思ふ。准后の御方に候へ」と仰せあり。「さるべき御事にては候へども、御所ざまあしざまなる御気色にて里住みし候ふに、何のうれしさにか、打出のみぎりに参り侍るべき」と申さるるに、「すべて苦しかるまじき上、准后の御事は、ことさら幼くより、故大納言典侍といひ、その身といひ、[五]他に異ならざりし事なれば、かかる一期の御大事見沙汰せん、何かは」など、[六]御自らさまざま承るを、さのみ申すも事あり顔なれば、参るべき由申しぬ。籠りの日数は[七]四百日に余るを、帰り参らん程は[八]代願を候はせて、[九]西園寺の承りにて車など賜はせたれば、今は[一〇]山賤になり果てたる心地して、晴れ晴れしさもそぞろはしながら、紅梅の三つ衣に[一一]桜萌黄の薄衣重ねて、参りて見れば、思ひつるもしるく晴れ晴れしげなり。

東の方のを選定して　この春にと準備している　何の差し支えもある　まい　〔加えよう〕　准后様付きの女房として出仕なさい　(私) もっと　もな仰せではございますが　院の御機嫌をそこねて　里住みをし　ております時　何がうれしくて　出衣のような〔晴れがましい〕席へ参れましょう　中　した次第だが　(大宮院)　差し支えあるまい上に　准后様の場合は　〔お前が〕特に幼い頃　から　〔母の〕　お前自身　一代の御盛儀に参加奉仕するのは何の支障もない　〔大宮院〕　あまりお断りするのも意趣があるようなので　参上する旨　〔祇園社〕参籠の　戻っている間は　参籠させておき　〔回して〕下さったので〔私は〕　晴れがましい所へ出るのも落着かなかったが　〔北山殿へ〕　思っていた通り

一 本巻第五年だが、史実としては弘安八年のことで、以下の部分は『増鏡』老の波の資料となっている。
二 北山准后（一二三頁注一六参照）。当時、北山殿（西園寺家の別邸、今の金閣寺の地）に居た。
三 随分になり、いわば宮廷を退いた身だが（この際は）、の意。随分長くなったから（もう謹慎もよかろう）、ととる説もある。
四 「打出衣」の略。「出衣」（二一〇頁注四）に同じ。
五 （お目をかけて下さったことは）他の近親者達と同等だった、の意。あるいは（お前達母子も）他の近親者達と同等にお仕えしていた、ともとれる。なお、「……異なりし」の誤写とする説もある。
六 「御自らより……承る」または「御自ら……仰せらるるを承る」の意。
七 千日の誓いが四百日を越えたところだった、の意。
八 代理で神仏に参詣・参籠する者。底本「たいくわん」で、「代官」と解する説もある。六九頁注一八参照。
九 実兼（大宮院の甥、北山准后の孫、以前の「雪の曙」）が大宮院の命を承って、の意。ここは公務で登場。
一〇 本来は、山の中に住む賤しい者、の意。ここは、作者自身が宮廷を長く離れていたことを言う。
一一 表萌黄（黄緑）、裏赤または紫。
一二 亀山院女御位子。近衛基平女。
一三 帝（後宇多）の行幸と春宮（熙仁親王）の行啓。
一四 午前二時ごろ。『北山准后九十賀記』には「亥刻

両院・東二条院、遊義門院、いまだ姫宮にておはしませしも、かねて入らせ給ひけるなるべし。新陽明門院も忍びて御幸あり。二月の晦日の事なるべしとて、二十九日行幸・行啓あり。まづ行幸。丑三つばかりになる。門の前に御輿を据ゑて、神司幣を奉り、雅楽司楽を奏す。院司左衛門督参りて、この由を申して後、御輿を中門へ寄す。二条三位中将、中門の中より剣璽の役勤むべきに、春宮行啓。まづ門の下まで筵道を敷く。設の御所、奉行顕家、関白・左大将・三位中将など参り設く。傅の大臣御車に参らる。

その日になりぬれば、御所のしつらひ、南面の母屋三間、中に当りて、北の御簾に添へて仏台を立てて、釈迦如来の像、一幅懸けらる。その前に香華の机を立つ。左右に灯台を立てたり。前に高座を置く。その南に礼盤あり。同じ間の南の簀子に机を立てて、その上に、御経箱二合置かる。寿命経・法華経入れらる。御願文、草、茂範、清書、関白殿と聞えしやらん。母屋の柱ごとに、幡・華鬘を懸

行幸北山、子刻行啓」とある。なお「丑」は底本「うし」、「輿」と訓む説もある。
一五 神祇官の役人。
一六 治部省雅楽寮の役人。
一七 院(ここは大宮院)の事務を司る役人。
一八 西園寺公衡。実兼男。一七九頁注二五参照。
一九 行幸到着の旨を、の意。底本「此よし」、「事の由」ととる説もある。
二〇 兼基。師忠男。
二一 剣璽(神璽と宝剣、天皇の象徴)を運ぶ役。底本仮名、「検使の役」(実地検分の役)と見る説もある。
二二 貴人の通行に際して敷いた筵の類。
二三 臨時に設けた御殿。
二四 設けの御所の奉行(責任者)は顕家(藤原親頼男)が勤め、の意。
二五 東宮傅であった左大臣二条師忠。当時三十二歳。

賀宴第一日

二六 母屋の南側三間の中央の部分の北側(内側)の御簾添いに仏台を置き、の意。「仏台」は仏壇の類か。
二七 導師(一〇五頁注二一)のための、一段高い席。
二八 本尊礼拝のため、その前に置く壇。
二九 『一切如来金剛寿命陀羅尼経』の略。
三〇 草稿。ここはその起草者の意。
三一 藤原。当時非参議従二位式部大輔で、五十歳。
三二 「幡」は竿に懸けて垂らす飾布、「華鬘」は金・銅などで作った透かし彫りの装飾具。

けらる。母屋の西の一の間【一番端の柱間に】に、御簾の中に繧繝(うんげん)[一]二畳の上に唐錦[二]の茵(しとね)を敷きて、内【帝の】の御座とす。同じ御座の北に、大紋(だいもん)[三]二畳を敷きて一院【後深草院】の御座、二の間【二番目の柱間に】に同じ畳を敷きて新院【亀山院】の御座、その東の間(ま)に屏風を立てて大宮院の御座、南面の御簾に几帳[四]の帷子(かたびら)出して一院の女房候ふ所をよそに【遥かに】見侍りし、あはれ【感慨も】少なからず[五]【一通りでない】。同じき西の廂(ひさし)に屏風を立てて、繧繝二畳敷きて、その上に東京(とうぎやう)[六]の錦の茵を敷きて、准后【〔北山〕】の御座なり。

かの准后と聞ゆるは【申しあげるのは】、西園寺(さいをんじの)太政大臣実氏公の家[七]、大宮院・東二条院御母、一院【後深草】・新院【亀山】御祖母(そぼ)、内【帝】・春宮御曾祖母(そうそぼ)なれば、世こぞり【世をあげてお】てもてなし奉るも【祝い申しあげるのも】ことわりなり【もっともである】。俗姓(ぞくしやう)は鷲尾(わしのをの)[八]大納言隆房の孫、隆衡[九]卿の女(むすめ)なれば、母方は離れぬゆかりにおはします上【〔私の〕母方では切っても切れぬ縁続きでいらっしゃる上】、ことさら幼くより、母【〔私の〕】にて侍りし者もこれにて生ひ立ち【この方のところで育ち】、わが身もその名残変らざりしかば【私自身もその御愛顧が続いていたので】、召し出さるるに【〔こうして〕】、褻形(けなり)[一〇]にてはいかがとて【どんなものかと】、大宮院御沙汰にて【大宮院のお世話で】、紫の匂ひ[一一]にて准后の御方に候ふべきかと定めありしを【准后様の方へ出仕するのがよかろうと決められていたのに】、な【やは】

一 「繧繝縁(うんげんべり)（錦に華麗な模様を織り出した布の縁）の畳」の略。天皇・上皇の用。

二 唐織の錦。「茵」は、座布団のようなもの。

三 大紋（大柄の文様）の高麗縁(こうらいべり)の畳。院・親王の用。

四 几帳の帷子（横木から垂らした布）が御簾の間から少しはみ出て見えるのである。『増鏡』には、「几帳の帷子を出して」の次に「色々の袖口ども、御方々けぢめ分かれて押し出でたるほど」とあり、女房達がその主君の身分に応じて区別のある袖口を出して見せた（出衣(いだしぎぬ)）とある。

五 作者は本来ならばそこに坐るべき者だからである。「少なからず」、底本「すくなからん」、今改めた。

六 東京（トンキン、安南）産の錦の意だが、後には模造品をも言う。

七 家室。妻。

八 四条隆季男。東山鷲尾に住んだために、こう呼ばれた。平安末に活躍、建永元年出家、五十九歳。

九 隆房男。父と同じく正二位権大納言に至り、建長六年没、八十三歳。作者の祖父隆親は隆衡男。

一〇 普段着姿。「褻」は「晴」の対。

一一 下（内側）へ行くほど色を順に濃くして行くこと、またその衣裳。七九頁注一六参照。

一二 底本「大宮の御方」、「院」脱字と見て補った。

一三 紅梅（表紅、裏蘇芳）または紅梅色（濃紅、赤紫）を匂（注一一参照）にした重ね袿と、もっと色

(紅)の濃い単と。
一四 五つ衣の上に着る衣。元来、砧(きぬた)で打って光沢を出した。
一五 上が紅梅で下が梅襲(表紅、裏桃色)の八枚重ね。
一六 表黄、裏紅。異説もある。
一七 彩色絵を画き、袖口に金・銀・玉などの飾りをつけた服装か。
一八 そんなことをしてほしかったのではない(むしろいつまでも御所に置いて頂きたかったのだ、あるいは、今回は目立たぬようにそっとしてほしかった)、の意。単に「予想外で」と解するのは当らない。
一九 底本「内」なし。『増鏡』(「御門」とある)を参照して補った。
二〇 亀山院中宮嬉子。西園寺公相女。准后の孫。
二一 「ずきやう」とも訓む。経を読誦(どくじゅ)すること。
二二 殿舎から庭へ下りる階段。底本「つくへ」(机)、今、一一〜一二行「階より西に」と揃えて改めた。
二三 「土御門大納言」は、記録・『増鏡』等になく、次と続けて「土御門源大納言」(通頼)とあったのを誤写したかとの説もある。
二四 「春宮大夫」に付した原注と見た。
二五 底本「右大将」、今改めた。
二六 西園寺家の者でこの行事の奉行の、の意か。
二七 裾を長く引く直衣。天皇の常服。
二八 表裏とも濃い縹色(はなだ)。「指貫」は裾を括った袴。
二九 文様を浮かして織った織物。浮文(うきもん)。

ほいかがとおぼしめしけん〈りそれもどうかと〔大宮院も〕〉、大宮院[一二]の御方に候ふべきとて〈出仕せよとのことで〉、紅梅[一三]の匂ひ、まさりたる単(ひとへ)、紅の打衣(うちぎぬ)[一四]、赤色の唐衣(からぎぬ)、大宮院〈〔以上を〕〉の女房は皆侍り〈着てい〉しに〈たが〔私だけは〕〉、西園寺の沙汰にて〈実兼の手配で〉、上紅梅の梅襲(がさね)[一五]八つ、濃き単〈濃紅の〉、裏山吹[一六]の表着(うはぎ)、青色の唐衣、紅の袿(うちき)、彩物(だみもの)[一七]置きなど、心ことにしたるをぞ〈特別にしたのを〉賜〈頂戴〉はりて候ひしかども〈して参列したけれども〉、さやは思ひし[一八]と、よろづあぢきなき程にぞ侍りし〈万事面白くない位でした〉。

事始まりぬるにや〈儀式が始まったのか〉、両院・内[一九]・春宮・両女院〈大宮・東二条〉・今出川院[二〇]・姫宮〈遊義門院〉・春宮大夫(だいぶ)〈実兼〉うち続く。誦経(じゆきやう)[二一]の鐘の響も、ことさらに〈特に〔おごそかに〕〉聞えき。階(はし)[二二]より東には、関白〈兼平〉・左大臣〈師忠〉・右大臣〈九条忠教〉・花山院(くわざんのゐんの)〈長雅〉大納言・土御門(つちみかどの)[二三]〈定実〉大納言・源〈通頼〉大納言・大炊御門(おほひのみかどの)〈信嗣〉大納言・右大将〈源通基〉・春宮大夫〈実兼〉程[二四]なく座を立つ・左大[二五]〈鷹司兼忠〉将・三条〈実重〉中納言・花山院中納言〈家教〉、家奉行[二六]の院司左衛門督〈西園寺公衡〉、階より西に、四条前大納言〈隆行〉・春宮権大夫〈堀川具守〉・権大納言〈洞院公守〉・四条宰相〈隆康〉・右衛門督〈園基顕〉などぞ候ひし。主上御引直衣(ひきなほし)[二七]、生絹(すずし)の御袴。一院御直衣、青鈍(あをにび)[二八]の御指(さし)貫(ぬき)。新院御直衣、綾の御指貫。春宮御直衣、浮織物[二九]の紫の御指貫なり。皆御簾の内におはします。左右大将・右衛門督、弓を持ち、矢を負ひたり。

楽人・舞人、鳥向楽を奏す。一、鶏婁先立つ。乱声。左右桙を振る。この後壱越調の調子を吹きて、楽人・舞人、衆僧集会の所へ向ひて、左右に分れて参る。中門を入りて、舞台の左右を過ぎて、階の間より昇りて、座に着く。講師法印憲実・読師僧正守助・呪願僧正、座に昇りぬれば、堂達磬を打つ。堂童子重経・顕範・仲兼・顕世・兼仲・親氏など、左右に分けて候ふ。唄師声出でて後、堂童子花筥を分つ。楽人渋河鳥を奏して、散華行道一返、楽人鶏婁、御前にひざまづく。一は久資なり。院司為方、禄をとる。

後に杖を退けて、舞を奏す。気色ばかりうちそそく春の雨、糸帯びたる程なるを、いとふ気色もなく、このもかのもに並みゐたる有様、いつまで草のあぢきなく見渡さる。左、万歳楽、楽拍子、賀殿・陵王、右、地久・延喜楽・納蘇利。二の者にて多久忠、勅禄の

一 諸説あるが、「一曲」（曲名、左方は鶏婁鼓、右方は壱鼓を首に懸けて一人ずつ出て舞う）の際、鶏婁鼓が先に出た、の意か。鶏婁鼓・壱鼓は共に打楽器の一。
二 全楽器の合奏。「声」底本なく『増鏡』等で補う。
三 舞人は左方（唐楽）と右方（高麗楽）とあるが、舞楽の初めに両方が出て桙を振る振桙様（振舞）のこと。
四 雅楽六調子の一。ニ（D）を主音とする呂旋音階。
五 「安楽塩を吹く。衆僧」など脱落か（『増鏡』等）。
六 寝殿造りで階を昇り簀子から廂へ入るまでの所。
七 経典を講説する僧。「憲実」は四八頁注五参照。
八 講師と向い合い、経名・品（章）題等を読み上げる役。ドクジとも。守助は西園寺実氏子。
九 法会の趣旨を述べ、願主や死者の冥福を祈る僧。「僧正」の下に「道耀」（守助兄）が脱か。
一〇 法会の際、願文などを伝達する僧。
一一 銅板の打楽器。法会開始の合図に鳴らす。
一二 法会で花筥を配る役。公家の子弟が勤める。
一三 以下、高・藤原・平・堀川・勘解由小路・五辻。
一四 梵唄（声明の一。仏徳を讃嘆する）を唄う僧。
一五 散華を入れるもの。正しくはケコと訓む。
一六 壱越調の曲。
一七 散華（蓮華の花弁形に切った色紙をまき散らすこと）しながら行道（経文又は梵唄などを唱えながら会場をめぐり歩く）すること、一回、の意。
一八 多久行男。多氏は舞楽の家。
一九 主上から准后へ賜る杖（九十になると、上部に鳩

を形どった杖を賜る）を一旦脇へのけて、の意。『増鏡』によれば、この上に「杖取りの使、公教朝臣」とあったか。底本「つくゑをしりかけて」、今改めた。
二〇「帯び」底本「をひ」、「糸をひきたる」の誤写とも。
二一 いつまで続くことかと思うと、（かえって）興ざめに、の意。三五頁注一七参照。
二二 舞楽の一。以下の「賀殿」「陵王」も舞楽。
二三 拍子の一か。一説に、舞はなく、「楽・拍子」だけだった、の意かとも言う。
二四 久資の弟。底本「ひさすけ」、今改めた。
二五 勅命によって禄を賜ることになっている舞の手。胡飲酒（壱越調の曲名）を指すとの説もある。
二六 再び御礼の意を表して舞う筈のところ（次が続いたのでやめて）、の意か。
二七 武官の正装で腋のあいた袍。ケッテキとも。
二八 武官が行事の折に背負う、矢を入れる道具。
二九 腋を縫い合せてある袍。主に文官の用。
三〇 脱文か。『増鏡』には、「俊定・経継などは、巡方の帯を差したり」とある。

賀宴第二日

三一 共に舞のない平調の曲。退出の際に奏する。
三二 膳部の取次役。
三三 母屋と廂との間などに壁代りに垂らす幕。
三四 三間（柱と柱の間が三つ）の中央部分。
三五「一の間」（一番目の柱と二番目の柱との間）、の意。底本は漢字。「いちのま」と訓むこともできる。
三六 貴人の出入りの際に御簾を巻き上げる役。

手とかや舞ふ。この程、右大臣座を立ちて、左の舞人近泰を召して、勧賞仰せらる。承りて、再び[二六]拝み奉るべきに、右の舞人久資、楽人政秋、同じく勧賞を承る。政秋、笙の笛を持ちながら起き伏すさま、つきづきしなど御沙汰あり。講師座を下りて、楽人楽を奏す。その後、御布施を引かる。頭中将公敦、左中将為兼、少将康仲など、[二七]闕腋に[二八]平胡籙負へり。[二九]縫腋に革緒の太刀、多くは細太刀なりしに、[三〇]衆僧どもまかり出づる程に、[三一]廻忽・長慶子を奏して、楽人・舞人まかり出づ。大宮・東二条・准后の御膳参る。准后の陪膳四条宰相、[三二]役送左衛門督なり。

次の日は三月の一日なり。内・春宮・両院、御膳参る。舞台取りのけて、母屋の四面に[三三]壁代を懸けたる、西の隅に御屏風を立てて、[三四]中の間に繧繝二畳敷きて、唐錦の茵を敷きて、公の御座。両院の御座、母屋に設けたり。東対[三五]一間に繧繝を敷きて、東京の錦の茵を敷きて、春宮の御座と見えたり。内・両院[三六]御簾関白殿。春宮には傅の大臣遅参にて、大夫御簾に参り給ふなりけり。主上、常の御直衣、紅の打御衣[一]、綿入れて出さる。一院、固織物[二]の薄色御指貫、新院、浮織物の御直衣、同じ御指貫、これも紅の打御衣、綿入りたるを出さる。春宮、浮線綾[三]の御指貫、打御衣、綿入らぬを出さる。御膳参る。内の御方、陪膳花山院大納言、役送四条宰相[四]・三条宰相中将。一院陪膳、大炊御門大納言。新院、春宮大夫。春宮、三条宰相中将。春宮の役送隆良[五]、桜[六]の直衣、薄色の衣、同じ指貫、紅の単、壺[七]・緌[八]までも、今日を晴れと見ゆ。

御膳果てて後、御遊[九]。内の御笛、柯亭[一〇]といふ御笛、箱に入れて忠世参る。関白取りて御前に置かる。春宮御琵琶、玄象[一一]なり。権亮[一二]親定持ちて参るを、大夫御前に置かる。臣下の笛の箱、別にあり。笙、土御門[一三]大納言。笙、左衛門督。篳篥、兼行。和琴、大炊御門大納言。琴、左大将。琵琶、春宮大夫・権大納言。拍子[一四]、徳大寺大納言。洞院三位中将、琴。宗冬、付歌[一五]。呂[一六]の歌、安名尊[一七]・席田。楽、鳥[一八]の破

一 「御打衣」(打衣は砧で打って光沢を出した布の衣)の意で、ここは衵(下着の一)。それに綿を入れたのを、直衣の下から見えるように出していたのである。
二 文を浮かさず、糸を固くしめて織ったもの。
三 浮織の綾。
四 以下の句読には異説もあり、そうすると奉仕の相手が変ってくるが、構文と『増鏡』とから、下のように訓んでおく。
五 四条隆親男。作者の母の異母弟。当時左中将。一三三頁注一二参照。底本「たるよし」、今改めた。
六 桜襲。表白、裏濃紫又は赤花と言うが、諸説ある。
七 壺胡籙。矢を入れて負う具で、平たくないもの。
八 武官の冠の両耳の上につける飾り。「老懸」とも。
九 管絃の催し。
一〇 笛の名器の名。後漢の蔡邕が柯亭館の椽の竹で作ったと言う。
一一 皇室伝来の琵琶の名器。「玄上」とも書く。但し、記録には、玄象と並ぶもう一方の名器牧馬と見える。
一二 春宮権亮。親定は土御門定実男。当時十九歳。
一三 『増鏡』には「源大納言通頼」とある。二一一頁注二三参照。
一四 打楽器の一。二枚の細長い板を打ち合せる。
一五 管絃などにつけて歌うこと。宗冬がその発声(音頭取り)を勧めたのである。
一六 雅楽の音階の一。律に対する。
一七 共に、催馬楽で呂の歌。

急。律、[19]青柳。[20]万歳楽。これにて侍りしやらん。[21]三台の急。

御遊果てぬれば、和歌の御会あり。六位・殿上人、[22]文台・[23]円座を置く。下臈より懐紙を置く。[24]為道、縫腋の袍に革緒の太刀、[25]壺なり。弓に懐紙を取り具して、昇りて文台に置く。残りの殿上人のをば取り集めて、[26]信輔、文台に置く。為道より先に、春宮権大進顕家、春宮の御円座を文台の東に敷きて、[27]披講の程御座ありし、古き例も今めかしくぞ人々申し侍りし。公卿、関白・左右大臣・儀同三司・兵部卿・前藤大納言・花山院大納言・右大将・土御門大納言・春宮大夫・大炊御門大納言・徳大寺大納言・前藤中納言・三条中納言・花山院中納言・左衛門督・四条宰相・右兵衛督・九条侍従三位とぞ聞えし。皆公卿直衣なる中に、右大将通基[28]表着、[29]魚綾の[30]山吹の衣を出して、太刀を佩きたり。笏に懐紙を持ち具したり。この外の[31]衛府の公卿は、弓に矢を負へり。花山院中納言、[32]講師を召す。[33]公敦参る。[34]読師、左大臣に仰せらるる。[35]故障にて右大臣参り給ふ。兵部卿・藤

一八「鳥」は「伽陵頻」（壱越調の曲）を渡した（移調した）時の名。その破（中間部）と急（終結部）と。
一九 雅楽の音階の一。呂に対する。
二〇 催馬楽で律の歌。
二一「三台」は「三台塩」（一名「天寿楽」、平調の曲）の略。その急のみを奏したのである。なお、この一句、「これにて侍りしやらん」の上にあるべきか。
二二 短冊・書籍などを載せる台。
二三 藁を円く巻いた坐具。「わらふだ（わらうだ）」とも。
二四 御子左（二条）為世男。当時左少将か。
二五 壺胡簶（前頁注七参照）を背負っている、の意。
二六 平高輔男。当時左中弁か。
二七 詩歌の会で、作品を読み上げること。
二八 久我。作者の従兄弟。底本右寄せ小字。原注か。
二九 表着（ここは、縫腋の袍のことか）を着て、の意。
三〇 波形に魚鱗の文のある綾織物。「山吹」は、表朽葉、裏黄。冬・春の用。
三一 六衛府（各左右の近衛府・衛門府・兵衛府）。ヨーと訓む。底本「よう」、通説に「よそ」とする。
三二 披講の際、詩歌を読み上げる役。二一二頁六行も底本は「かうし」。仮名遣いをそう認める説もある。
三三 藤原実光男、当時蔵人頭左中将、五十一歳。
三四 披講の際、懐紙や短冊を整理して講師に渡す役。
三五（左大臣が）差し支えがあって、の意。底本「こしやう」、「御諚」とする解もあるが、仮名遣いは「故障」。

中納言など、召しにて参る（お召しで〔付添い〕奉仕する）。

一 権中納言局（ちゅうなごんのつぼね）の歌、紅（くれなゐ）の薄様に書きて、簾（れん）中より出（いだ）さるるに、新院（亀山院）、「二 雅忠卿の女（むすめ）の歌は、など見え候はぬぞ（なぜ見えないのです）」と申されけるに、（大宮院）「いたはりなどにて候ふやらん（体具合が悪くでもあるのでしょう）、三 すんしうて」と御返事ある。「など歌をだに参らせぬぞ（なぜ歌だけでも奉らないのか）」と春宮大夫（実兼）言はるれば、（私）「東二条院より、四 歌ばし召さるなと〔が私に〕、准后へ申されける由、承りし（伺っております）」など申して、

五 かねてより数に漏れぬと聞きしかば
　思ひも寄らぬ和歌の浦波

などぞ、心一つに（心の中だけで）思ひ続けて侍りし。

内（帝）・新院の御歌は、六 殿下（てんが）賜はり給ふ（頂き〔読み上げ〕なさる）。春宮のは、なほ臣下の列（つら）に（やはり臣下と同列に）て、七 同じ講師読み奉る。内・院のをば、左衛門督（公衡）読師、殿下たびたび講ぜらる。披講果てぬれば、まづ春宮入らせ給ふ。その程も（その際も）、公卿（公卿に禄を賜る）禄あり。

内の御製は、殿（兼平）書き給ひける。八 今の大覚寺の法皇の御事也 九 禅定仙院（ぜんぢやう）。

一 大宮院の女房、為子。京極為教女（為家孫、定家曾孫）、為兼の姉。後に従二位。京極派の歌人。
二 底本「雅忠卿むすめ」。今、「の」を補った。
三 未詳。「寸紙打て」（短い紙片ないし手紙を届けよ）と解する説、「涼しうて」の誤写と見て「春寒のため」と解する説、「ずんじうく（誦じ憂く）」の誤写と見て「詠む気がしなくて（と申しております）」と解する説などがある。
四 （私からは）歌だけはお召しにならぬよう、の意か。作者が東二条院の語を直接話法的に引いたと解すれば、「二条からは、歌だけは……」となる。
五 前々から、（今度の会に）参加する人数には（私は）入っていなかったと聞いているから、歌を差し出すなどということは、思いも寄らぬことだった、の意。「和歌の浦波」は、和歌のこと。よく紀州和歌浦の地名にかけて言い、「寄る」はその縁語。
六 摂政・関白を指す語。ここは関白兼平。
七 前頁一三行目の公敦。
八 行頭の「内」（帝）もしくは下の「禅定仙院」（次注参照）に関して、後宇多院（徳治二年出家）が、伏見院の出家（正和二年）後「大覚寺法皇」と呼ばれた時期に、作者自身か後人かによって付された注。「大覚寺法皇」は、大覚寺殿を平生の居所とした故の称。ここから、亀山・後宇多院の系統を大覚寺統と言う。
九 「法皇」の意で、後宇多院を指し、これも「内」についての注だが、この注の方が、上の二行割りの注

[一〇]「従一位藤原(ふぢはらの)朝臣貞子(ていし)九十の齢(よはひ)を賀(が)する歌

[一一]行く末をなほ長き世と契るかな
　三月(やよひ)に移る今日の春日(はるひ)に」

新院の御歌は、[一二]内大臣(うちのおとど)書き給ふ。端書(はしがき)同じさまながら、「貞子」の二字を留(とど)めらる。（省かれた）

[一三]百色(ももいろ)と今や鳴くらん鶯の
　九返(ここのかへ)りの君が春経て

春宮のは左大将（兼忠）書き給ふ。「[一四]春の日[一五]北山の邸にて行幸するに侍りて、従一位藤原朝臣九十の算を賀して、[一六]制に応ずる歌」とて、なほ、[一七]「上」の文字を添へられたるは、古き例(ためし)にや。

[一八]限りなき齢は今は九十(ここのそぢ)
　なほ千世(ちよ)遠き春にもあるかな

[一九]この外(ほか)のをば、別(べち)に記し置く。さても春宮大夫(とうぐうの)（実兼）の、

[二〇]代々のあとになほ立ちのぼる老いの波

より前に加えられたと見られる。

一〇 歌会・詠進等の際の正式な端書(はしがき)の表記法。但し通例は漢文体で書く。

一一 准后様が更に長くお元気であられることを約束していることです、二月から三月へと変る春たけなわの今日の長い春の日につけて、の意。

一二 近衛家基。当時二十五歳。

一三 百歳までもおすこやかにと、今鶯は鳴いているのでしょう、准后様の九十の春を迎えて、の意。

一四 これも原文は「春日於北山邸侍　行幸賀従一位藤原朝臣九十算応制歌　煕仁親王上」とでもあった筈。

一五 北山殿。西園寺実氏以来の同家の山荘（別邸）。今日の金閣寺はその遺構の一部。

一六 高貴な人（この場合は帝）の求めに応ずる、の意。

一七 応制の場合、作者名の下に「上」（奉るの意）と書く例であるが、ここは東宮もそうしたのが、古式に則(のっと)っていると言うのである。二一五頁六〜七行参照。

一八 准后様の限りなきお年が今は九十に達せられましたが、まだ千代までも遠く重ねて行かれる、今日はめでたい春でございます、の意。

一九 これ以外の人々の詠は別に書きとめた、と言うのであるが、それは現存しない。

二〇 歴代の西園寺家の人々にも超えて重ねて来られた准后様の御長寿は、今日のこの御盛儀のためだったのですね、の意。『増鏡』は、この部分を記す巻の名「老の波」を、この歌から取っている。

寄りけん年は今日のためかも

まことにと（全くと思われて）面白き由、公私[一]申しけるとかや。実氏[二]の大臣の一切経の供養の折の（〔歌の〕）御会に、後嵯峨院、「花もわが身も今日盛りかも」[三]と遊ばし、大臣の（実氏が）「わが宿々の千代のかざしに」[四]と詠まれたりしは（お詠みになったのは）、ことわりに面白く聞えしに（もっともと思われ興深く聞えたがそれに）劣らずなど、沙汰ありしにや（〔人々が〕評判したようである）。

この後、御鞠とて、色々の袖を出せる[五]、内・春宮・新院・関白（兼平）殿・内大臣（家基を始め）より、思ひ思ひの御姿、見所多かりき（見ものであった）。後鳥羽院（〔の〕）、建仁[六]の頃の例とて、新院御上鞠[七]なり。御鞠果てぬれば、行幸は今宵還御なり（帝はこの晩にお帰りになった）。飽かず（名残惜しく）おぼしめさるる御旅（御外出であったが）なれども、春の司召[八]あるべしとて急がるるとぞ聞え侍りし（お急ぎになるとのことでございました）。

賀宴第三日

又の日は（翌日は）、行幸還御の後なれば、衛府[九]の姿もいとなく（あまり見えず〔一同〕）、うち解けたるさまなり。午[一〇]の時ばかりに、北殿[一一]より西園寺へ筵道を敷く。両院、御烏帽子直衣[一二]、春宮、御直衣に括り[一三]上げさせおはします。堂々（諸堂を）御巡礼ありて、妙音堂[一四]に御参りあり。今日の御幸を待ち顔なる花の（〔桜の〕）

一　一同。参会者全員。
二　西園寺公経男。太政大臣に至る。実兼の祖父。正元元年（一二五九）三月に、この北山殿に後嵯峨院の臨幸を仰いで一切経供養を行った。なお、ここから五行目の「劣らず」までは人々の語の引用と見られる。
三　上句「色々に枝（一本「袖」）をつらねて咲きにけり」。四句「身」、一本に「世」、五句「今日」、一本に「今」（『続古今集』賀、『増鏡』おりゐる雲）。
四　上句「色々に栄えて匂へ桜花」、四句「わが君々の」（『続古今集』賀、『増鏡』おりゐる雲）。
五　出衣にした（女房達や）、の意。『増鏡』によってこのように解したが、この前後、脱文あるか。
六　建仁は新古今時代の年号。一二〇一～〇四年。その「例」（先例）は、未詳。あるいは建保（一二一三～一九）の誤りか。
七　一二四頁注七参照。
八　「司召除目」の略。内官（京官、中央政府の官職）を任命すること、またその行事。古くは春、平安中期以降は秋が通例と言うが、臨時のものも多い。
九　武官の姿の意。底本「よう」。諸説あるが、二一五頁注三一の例と同様、下のように解する説に従った。
一〇　昼前後のころ。
一一　「北殿」は、北山殿の寝殿で、西園寺（北山殿の中にあった仏堂）の北にあった。
一二　直衣に立烏帽子をつけた姿。公卿以上の平服。

ただ一木見ゆるも、「[一五]ほかの散りなん後」とは誰か教へけんとゆかしきに、御遊あるべしとてひしめけば、[一六]衣被きにまじりつつ、人々あまた参るに、誰も誘はれつつ見参らすれば、両院・春宮、内に渡らせ給ひ、廂に、笛、花山院大納言。笙、左衛門督。篳篥、兼行。琵琶、春宮の御方。大夫、琴。太鼓、[一七]具顕。[一八]羯鼓、[一九]範藤。調子[二〇]盤渉調にて、[二一]採桑老、[二二]蘇合三の帖・破・急、[二三]白柱・千秋楽。兼行、「[二四]花上苑に明らかなり」と詠ず。ことさら物の音ととのほりて面白きに、[二五]二返終りて後、「[二六]情なきことを機婦に妬む」と一院詠ぜさせおはしましたるに、新院・春宮御声加へたるは、なべてにやは聞えん。楽終りぬれば、還御あるも、飽かず御名残[二七]多くぞ人々申し侍りし。

何となく世の中のはなやかに面白きを見るにつけても、かきくらす心の中は、さし出でつらんも悔しき心地して、妙音堂の御声名残悲しきままに、[二八]御鞠など聞ゆれども、さしも出でぬに、隆良、「文」とて持ちて来たり。「[二九]所違へにや」と言へども、強ひて賜はすれば、

一三 袴の裾を括ったのである。いわゆる狩衣直衣（一名「小直衣」）の姿。
一四 妙音天（一名弁才天）を祀る堂。因みに、西園寺家はこのころから琵琶の家であった。
一五 「見る人もなき山里の桜花ほかの散りなむ後ぞ咲かまし」（『古今集』春上、伊勢）を引いたもの。
一六 貴族女性の外出の服装、またその女性。
一七 源。伏見院の近臣。当時左中将。
一八 台に据え、撥で両面を打つ胴細の鼓。かっこ。
一九 藤原範茂男。これも伏見院の近臣。
二〇 六調子の一。ほぼロ（H）を主音とする律旋音階。
二一 唐楽の曲名。サイソウロウとも。一名「採桑子」。
二二 蘇合香（盤渉調の雅楽曲。三帖・四帖・五帖・破・急の各楽章から成る）の三帖と破と急と。
二三 共に唐楽で盤渉調の曲名。
二四 『和漢朗詠集』花の閑賦の句。桃李の花が上林苑（漢の武帝が長安に作った庭園）に明るく咲いた、の意。
二五 （兼行が）二回詠じ終った後、の意。
二六 『和漢朗詠集』管絃、菅原道真の句。「羅綺之為二重衣一」から続き、舞妓の着る薄物の衣すら重くて、織った女子職人を恨む、の意。
二七 底本「をゝく」、「をしく（惜しく）」の誤写と見る説もある。
二八 御鞠が催されるなどと、の意。「御鞠」を人々の呼ばわりあるいは伝え合う語の直接話法とも見うる。
二九 お門違いではありませんか、の意。

開けたるに（開けてみたところ）、

（院）「かき絶えてあられやするとこころみに[一]

積る月日をなどか恨みぬ

なほ（やはり）（〔お前を〕）忘られぬは、叶ふまじきにや[二]（どうにもならぬことなのか）。年月のいぶせさも今宵こそ（長年の積る思いも今宵こそ〔晴らしたい〕）」などあり。（〔私の〕）御返事には、

かくて世にありと聞かるる身の憂さを[三]

恨みてのみぞ年は経にける

とばかり申したりしに、御鞠果てて、酉の終[四]ばかりにうち寝みてゐたる所へ、（〔院が〕）ふと入らせおはします（入っていらっしゃる）。（〔院〕）「只今御舟に召さるるに[五]（舟に乗るところだが）、参れ」と仰せらるるに、何のいさましさにかと（何に気が進んで〔そんなことを〕と）思ひて（〔私は〕）立ちもあがらぬを、（〔院〕）「ただ褻[六]なるにて」とて、（〔私の〕）袴の腰結ひ[七]なにかせさせ給ふも、いつよりまたかくも（こうも〔やさしく〕）なり行く御心にかと、二年[八]の御恨めしさの慰む（薄らぐというので）とはあらねども（はないけれども）、さのみ（あまり）すまひ申す[九]べきにあらねば（御辞退申してばかりもいられないので〔私は〕）、涙の落つるをうち払ひて、さし出でたるに（顔を出したところ）、暮れかかる程[一〇]に、（〔院達は〕）釣殿より御舟に召さる（お乗りになる）。

一（お前と）すっかり切れて生きて行けるかと、試しに近年過してみたが、そうして（会わずに）積る月日を、お前はなぜ恨んで来ないのか、の意。二句、「あかれや」（飽かれや）と訓み、いやになるだろうかと、と解する説もあるが、字形から「あられや……」と訓んだ。
二 いわゆる宿業（宿縁）と言うものなのか、の意。
三 こうしてまだ世の中に生きていることを知られるわが身のつらさを恨むだけで、（私は）年月を経てきました（別に院をお恨み申してはいません）、の意。
四 定時法だと午後の七時近く、また不定時法だと旧暦三月一日には、午後八時ごろになる。当時は通例不定時法だったと思われるが、一四行目に「暮れかかる程」とあり、八時は遅すぎる感もある。
五 院の自敬表現。
六 普段着の姿で、の意。二一〇頁注一〇参照。
七 腰紐を結んだりなど（院が）なさるのも、の意。
八（御所を追放されてからの）二年間、の意。普通、「二年」は足掛け二年のことを言うが、ここは作品中では三年目である。ただ、正味は満一年半なので、その意味で「二年」と言ったか。
九「すまふ」は、抵抗・拒否する意。
一〇 注四参照。
一一 誰であるか未詳。京極為教女為子（大納言三位と

まづ春宮の御方、女房、大納言殿・右衛門督殿・からの内侍殿、これらは物具なり。小さき御舟に両院召さるるに、これは三つ衣に、薄衣・唐衣ばかりにて参る。春宮の御舟に召し移る。管絃の具入れらる。小さき舟に公卿達、端舟につけられたり。花山院大納言、笛。左衛門督、笙。兼行、篳篥。春宮の御方、琵琶。女房衛門督殿、琴。具顕、太鼓。大夫、羯鼓。

飽かずおぼしめされつる妙音堂の昼の調子を移されて、盤渉調なれば、蘇合の五の帖、輪台・青海波・竹林楽・越天楽など、幾返りといふ数知らず。兼行、「山復山」とうち出したるに、「変態繽紛たり」と両院の付け給ひしかば、水の下にも耳驚くものやとまでおぼえ侍りし。釣殿遠く漕ぎ出でて見れば、旧苔年経たる松の枝さし交したる有様、庭の池水、言ふべくもあらず、漫々たる海の上に漕ぎ出でたらん心地して、「二千里の外に来にけるにや」など仰せありて、新院御歌、

呼ばれた時期がある）とする説もあるが、二一六頁二行の「（大宮院）権中納言局」が為子と思われる。

一二 未詳。

一三 高内侍（勾当内侍高階典子）か。同人であるにせよないにせよ、「督内侍」と当てる説もある。

一四 正装。女房の場合は裳・唐衣をつけた姿。

一五 （それを、東宮達の舟の）端舟（供の小舟）としておつけになった、の意か。

一六 昼に演じた盤渉調（二一九頁五～六行参照）を指す。下の「移されて」は、ここへも持ち込まれて、今回もその通りにして、の意。西洋音楽で言う移調ではない（その場合は「渡す」と言う）。

一七 蘇合香の五帖。二一九頁注二二参照。

一八 以下、盤渉調（越天楽のみ平調、ほぼホ（E）を主音とする律旋音階）の唐楽の曲名。

一九 『和漢朗詠集』山水の大江澄明の句。「何工削成青巌之形……」と続く。

二〇 『朗詠要集』管絃などに見える菅原道真の句。姿がさまざまに変る、の意。

二一 庭の池水の趣も、言いようのない（すばらしい）眺めである、の意。庭の池水とは言えぬ雄大な景である、と解する説もあるが、疑問。

二二 海面の広大なさま。『白氏文集』の詩「海漫々」によるか。

二三 遙かに遠いことの形容。「二千里外故人心」（『白氏文集』、『和漢朗詠集』十五夜）による。

一 雲の波煙の波を分けてけり

（亀山）「二 管絃にこそ誓ひありとて、心強からめ、これをば付けよ」と当て（指名さ）られしもうるさながら、（れたのも　いやではあったが）

（私）三 行く末遠き君が御代とて

春宮大夫、（実兼）

四 昔にもなほ立ち超えて貢物（みつぎもの）

具顕、

五 曇らぬ影も神のまにまに

春宮の御方、

六 九十（ここのそぢ）になほも重ぬる老いの波

新院、

七 起居（たちゐ）苦しき世のならひかな

（私）八 憂きことを心一つに忍ぶれば

九（二条の）「と申され候ふ心の中（うち）の思ひは、われぞ知り侍る」（私には分っていますよ）とて、一〇 富小路殿の

一 （今こうして）雲の波、煙（もやの類）の波を分けてきたことだ、の意。以下、連歌の付合（つけあい）となる。

二 （お前は）管絃こそ（もう弾かないと立てた）誓いがあると、心強くも断るだろうが、（歌はやめたわけではなかろう）、この句の下句をつけよ、の意。前半は、作者が御所出奔の折誓ったこと（一三一頁参照）を指す。

三 （その遠く分け来たように）いつまでも栄える君の御代でございますから、の意。

四 昔にも一層まさって多くの貢物が献上される結構な御時世です、の意。『増鏡』では「なほ立ち超ゆる」。

五 君の曇りなき御威光も、神意のままにますます輝いております（あるいは、輝きますように）、の意。

六 （その神意によって）九十という御高齢の上に、更に多くのお年を加えられることでしょう、の意。

七 （年をとるに従って）立ち居が苦痛になるのが世の常ではありますがねえ、の意。

八 （それと言うのも）つらいことを胸一つに納めてこらえているからです、の意。

九 後深草院の語。

一〇 後深草院のこと。冷泉富小路殿を本居とした故の称。この部分は次の句の作者を示す古注であろう。

一一 いつも涙には有明の月がある（を宿している）わけですよ、の意。作者の句の内容の具体的理由として作者の亡き愛人の名をほのめかし、作者をあてこすった。

一二 この「有明」との詳細（一部始終）がはっきりしないのだが、の意。亀山院の語とするのが通説で、穏

御所、

　絶えず涙に有明の月[11]

「[12]この有明の子細、おぼつかなく」など御沙汰あり。

暮れぬれば、（〔東宮の〕）行啓に参りたる（供奉してきた）掃部寮[13]、所々に立明[14]して、還御急がし奉る気色見ゆるも（急がせ申している様子の）、やう変りて（珍しくて）面白し。程なく釣殿に御舟着けぬれば、（〔院達は〕）下りさせおはしますも（お降りになったが）、飽かぬ御事どもなりけん（種々名残尽きぬことでいらしたろう）。からき浮[15]寝の床に浮き沈みたる（〔わが〕）身の思ひは、よそにも推し量られぬべきを（他人も推察できそうなものだが）、安[16]の河原にもあらねばにや、言問ふ方のなきぞ悲しき（声をかけてくれる人のないのがつらい）。

まことや（そうそう）、今日の昼は、春宮の御方より、帯刀[17]清景、二藍[18]打[19]上下、松に藤縫ひたり（刺繍してある）。「うち振舞（進退挙措）、緌のかかりも由あり（具合も古雅である）」など、沙汰ありし（評判であったが）、（〔彼を〕）内へ御使参らせられしに（帝へお使におやりになったところ）、違ひて（入れ違いに）、（〔東宮へ〕）内裏よりは、頭[20]大蔵卿忠世参りたりとぞ聞えし。このたび（〔大宮院からの〕）御贈物は、内の御方へ御琵琶、春宮へ和琴[21]と聞えしやらん（いうことだったろうか）。勧賞[22]どもあるべしとて、一院御給[23]、俊[24]定四位正下[25]、春宮[26]、惟輔[27]五位正下[28]。春宮大夫（実兼）の琵琶の賞は、為道に譲[29]

当であるが、後深草院の自注的発言ともとれる。

一三 宮中の造営・設備などをつかさどる役所。ここはその役人。

一四 松明の類。ここは、それを手に持って立ち、の意。

一五 つらい不安定な境遇に暮している、の意。

一六 諸説あるが、「安」（底本仮名）は「野州」とも書く。近江の川の名で、ここは『和歌拾遺六帖』に『夫木抄』として引く「物思はぬやすの河原にすむ千鳥何をうしとぞねをばなくらむ」によったのであろう。

一七 東宮付きの武官の職名。清景は家系未詳。

一八 表は濃い紅がかった縹、裏は縹。以下、次行の「沙汰ありし」までは、清景についての説明の挿入句。

一九 未詳。「打衣」の誤写とする説もある。

二〇 平（坊門）時継男。当時正四位上、蔵人頭大蔵卿。

二一 日本古来の六絃の楽器。

二二 功労に対する褒賞。

二三 後深草院が賜ったのは、の意。「御給」は、賜うもの。

賀宴の勧賞　作者の感懐

二四 藤原（坊城）。当時春宮亮兼右中弁、三十四歳。

二五 正四位下。この四字、底本は「俊定」の右に注のように小書しているが、今本文と見て本行へ入れた。

二六 東宮からの御給は、の意。

二七 平。後深草院の近臣。当時春宮少進、十四歳。

二八 正五位下。この四字も注二四の場合に同じ。

二九 二一五頁注二四参照。

りて四位従上[一]（しゐのじゅじゃう）など、あまた聞え侍りしかども（いろいろ耳にしましたけれども）、さのみは記すに及ばず（そんなに書き切れない）。

行啓も還御なりぬれば（東宮もお帰りになってしまうと）、大方しめやかに名残多かるに（しんみりして名残は尽きなかったが）、西園寺[二]の方ざまへ（〔院は〕方へ）御幸なるとて（いらっしゃるとのことで）、たびたび御使（〔私をお召しの〕）あれども、憂き身はいつもと[三]おぼえて、さし出でん空なき心地して侍るも（顔を出す余地もない気がしていましたのも）、[四]あはれなる心の中ならんかし（かわいそうな心の中と言えよう）。

一 （その為道が）従四位上を頂いたなど、の意。

二 北山殿の中にあった仏堂。

三 つらい身はいつも同じことで、の意か。「憂き身はいつも変らざりけり」（あるいは「世を背きつつ」）などといった引歌があるか。

四 上に、今思えばわれながら、の意を補う。巻一の末尾と同じく、この作品執筆時の感想。

巻四

巻四は、記事内容から見て正応二年（一二八九）二月に始まると考えられるから、巻三最後の記事である弘安八年三月の北山准后九十賀以後満四年の空白がある（解説参照）。その間、弘安十年十月には後宇多院が譲位、東宮（熙仁親王）が践祚して伏見帝となり、後深草院の院政となった。持明院統の代になったのである。

北山准后九十賀には特に呼び出されて加えられたものの、その前に後深草院御所を追放されていた作者は、祇園社に千日参籠するなど神仏への帰依に傾き、かねてからの「出離の思い」を次第に強くして、ついに出家の望みを遂げた。それは巻四の始まる直前のことと考えられる。『増鏡』によれば——その史料は不明だが——正応元年六月に西園寺実兼の女鏱子（後の永福門院）が伏見帝の女御（後に中宮）として入内した際、作者は「三条」の名で奉仕しているからである。

巻四・五は、こうして尼となった作者の、諸国遍歴の記で、前半三巻とは様相一変して「修行篇」「諸国篇」もしくは「遍歴篇」とも呼ばれ、そこには幼い頃に見た西行の修行の記（の絵）が、強い影響を与えている。作者は西行のような風流隠者となって諸国の歌枕を訪ねる一方、霊仏霊社に詣でて亡き肉親の菩提を弔い、五部大乗経書写奉納の宿願をも逐次果して行くのであるが、巻四は、まず東国への旅に出発するところから始まる。作者三十二歳の春である。

東国への旅立ち

二月の二十日余りの月と共に都を出で侍れば、何となく捨て果てにし住みかながらも、またと思ふべき世のならひかはと思ふより、袖の涙も今さら、宿る月さへ濡るる顔にやとまでおぼゆるに、われながら心弱くおぼえつつ、逢坂の関と聞けば、「宮も藁屋も果しなく」と詠め過ぐしけん蟬丸の住みかも、跡だにもなく、関の清水に宿るわが面影は、出で立つ足許よりうち始め、ならはぬ旅の装ひいとあはれにて、休らはるるに、いと盛りと見ゆる桜のただ一木あるも、これさへ見捨てがたきに、田舎人と見ゆるが、馬の上四、五人、汚げならぬが、またこの花の下に休らふも、同じ心にやとおぼえて、

行く人の心を留むる桜かな
花や関守逢坂の山

一 正応二年（一二八九）。作者三十二歳。この少し前あるいは直前に作者は出家して尼となっている。
二 字義は「何ということもなく」の意だが、「何の未練もなく」と解する説もある。
三 直訳すれば、再び（帰って来られる）と思うことのできる世の慣いではない、の意。即ち、再び帰って来られるかどうか分らないのが世の慣いである、の意。
四 袖に宿る月までも涙顔なのか、の意。「あひにあひて物思ふ頃のわが袖に宿る月さへ濡るる顔なる」（『古今集』恋五、伊勢）による。
五 山城（京都府）と近江（滋賀県）との境の逢坂山にあった関所。都から東国への旅路の歌枕。
六 「世の中はとてもかくても同じこと宮も藁屋も果しなければ」（『新古今集』雑下、蟬丸）による。「宮」は贅沢な、「藁屋」は粗末な住居の意で、下句は、上を見ても下を見ても際限がないから、の意。
七 平安初期の伝説的歌人。盲目で琵琶の名手。逢坂の関のほとりに庵を結んで住んだと伝えられる。
八 逢坂の関のほとりにあった湧き水。
九 旅立ちの第一歩から早くも、の意。「遠き所も出で立つ足許より始まりて」（『古今集』序）による。
一〇 旅行く人の心を引きとめる桜であることよ、この逢坂山では、花が関守なのであろうか、の意。

など思ひ続けて、鏡[一]の宿といふ所にも着きぬ。暮るる程なれば、遊女ども契り求めてありくさま、憂[二]かりける世のならひかなとおぼえて、いと悲し。明け行く鐘の音にすすめられて出で立つも、あはれに悲しきに、

立[三]ち寄りて見るとも知らじ鏡山
心の中に残る面影

やうやう日数経る程に、美濃国赤坂[四]の宿といふ所に着きぬ。ならはぬ旅の日数もさすが重なれば、苦しくもわびしければ、これに今日はとどまりぬるに、宿のあるじに、若き遊女姉妹あり。琴・琵琶など弾きて情あるさまなれば、昔思[五]ひ出でらるる心地して、九献[六]などとらせて遊ばするに、二人ある遊女の姉とおぼしきが、いみじく物思ふさまにて、琵琶の撥にて紛らかせども、涙がちなるも、身のたぐひにおぼえて目とどまるに、これもまた、墨[七]染の色にはあらぬ袖の涙をあやしく思ひけるにや、盃据ゑたる小折敷[八]に書きて差しお

一 近江国蒲生郡。現在、滋賀県蒲生郡竜王町鏡。
二 「憂き世」と大差ないが、強いて言えば、つらいものと気づいたこの世、の意。
三 立ち寄って見ても、鏡山は、（たとえその名の通り私の姿形は映したとしても）私の心の中に残っている面影までは知るまい、の意。「鏡山」は鏡の宿の南東の山。下句の「面影」は、「有明」らをも含むかも知れないが、主としては院のそれであろう。なお上句は、「鏡山いざ立ち寄りて見て行かむ年経ぬる身は老いやしぬると」（『古今集』雑上、大伴黒主）による。
四 美濃国不破郡。現在、岐阜県大垣市赤坂町。
五 宮廷での管絃の宴などを指す。殊に作者は琵琶の名手であった。
六 酒または酒宴。ここは酒のこと。
七 墨染の衣（尼姿）には似合わぬ（私の）袖の涙、の意に、涙を「紅涙」と言うことから、「墨染の色ではない」ともかけて言った。
八 折敷の小さいもの。折敷は、片木を折り曲げて縁を作った盆。三方の上部のような形。
九 あなた様が出家を思い立たれた心中はどのようなものかと、（これから御覧になる）富士の煙の行く末のように、知りたく存じます、の意。「思ひ立つ」の「ひ」は「煙」の縁語「火」をかけているのであろうが、その目的語は「出家」であって「旅」ではあるまい。

こせ（出した）たる。

思ひ立つ（遊女）[九]心は何の色ぞとも
富士の煙の末ぞゆかしき

いと思はずに（甚だ思いがけぬことで）、情ある心地して（風流な感じがして）、

富士の（私）[一〇]嶺（ね）は恋を駿河（するが）の山なれば
思ひありとぞ煙立つらん

慣れぬる名残はこれまでも引き捨てがたき心地しながら（親しくなってしまった名残にはこんな女までも振り捨てがたい気がしたが）、さのみあるべきならねば（そうもしていられないので）、また立ち出でぬ（出発した）。[一一]八橋（やつはし）といふ所に着きたれども、[一二]水行く川（水の流れる川）もなし。[一三]橋も見えぬさへ、[一四]友もなき心地して（道連れもないような気がして）、

[一五]われはなほ蜘蛛手（くもで）に物を思へども
その八橋は跡だにもなし

[一六]尾張（をはり）の国熱田（あつた）の社（やしろ）に参りぬ。御垣（みかき）を拝むより（拝むや直ちに）、[一七]故大納言（父雅忠が）の知る（知行した）国にて、この社には、わが（〔父が〕自身の）祈りのためとて、[一八]八月の御祭には（〔父は〕）必ず神馬（じんめ）を

一〇 富士の山は、恋をすると言う駿河の国の山ですから、恋の思いがあって燃える煙も立っているのでしょう（私もそういう思いがあって出家したのです）、の意。「恋を駿河」は懸詞。

一一 三河国碧海（あおみ）郡。現在、愛知県知立（ちりゅう）市八橋町。『伊勢物語』以来の歌枕。道順としては、次頁の鳴海の後に来るべきもの。

一二 「そこを八橋と言ひけるは、水行く川の蜘蛛手なれば、橋を八つ渡せるによりてなむ、八橋と言ひける」（『伊勢物語』九段）による。

一三 （その上）橋の見えないことまでも、の意。

一四 「もとより友とする人一人二人して行きけり」（『伊勢物語』九段）を意識しての文。

一五 私は（出家をした今でも）、やはり（昔の人と同じように）蜘蛛手に（あれこれと）物を思い乱れるのだが、その有名な八橋は（今は）跡形さえもない、の意。

一六 愛知郡。現在、名古屋市熱田区の熱田神宮。

一七 文脈はここから次頁四～五行の「数々思ひ出でられて」に続き、その間は「思ひ出でられ」たことを言うための挿入句的表現。

一八 八月八日には神輿渡御祭があり、また八月十五日に神馬を奉納する例は諸社に多いので、それらを指すか。一説に、昔大祭は五月五日であったとし、雅忠が五月に発病して八月に没している点からも、ここを「五月」の誤りとする。

熱田の社

奉る使を立てられしに（お立てになったものだが）、最後の病(やまひ)の折、神馬を参らせられしに（奉納なさった際）、生絹(すずし)[一]の衣(きぬ)を一つ添へて参らせしに、萱津(かやつ)[二]の宿(しゆく)といふ所にて、俄かにこの馬死ににけり[三]。驚きて、在庁(ざいちやう)[四]が中より馬は尋ねて参らせたりける（探して奉納した）と聞きしも、神[五]は受けぬ祈りなりけりとおぼえしことまで、数々思ひ出でられて、あはれさも悲しさもやる方なき（どうしようもない）心地して、この御社（熱田の）に今宵はとどまりぬ（泊った）。

都を出でし事は、二月(きさらぎ)の二十日余りなりしかども（中なので）、さすがならはぬ道（慣れぬ道）なれば、心は進めどもはかも行かで（道のりははかどらず）、三月(やよひ)の初めになりぬ。夕月夜(ゆふづくよ)[六]花やかにさし出でて、都の空も一つ眺めに思ひ出でられて（都の空も同じような眺めであったのが思い出されて）、今さらなる〔院の〕御面影も〔目の前に〕立ち添ふ心地するに、〔社の〕御垣の内の桜は今日盛りと見せ顔[七]なるも、誰(た)[八]がため匂ふ梢なるらんとおぼえて、

春[九]の色も三月(やよひ)の空に鳴海潟(なるみがた)

今いくほどか花も杉群(すぎむら)

社(やしろ)の前なる杉の木に、札にて（札に書いて）打たせ侍りき。

一 練らない生のままの絹糸で織った織物の衣服。

二 海部(あま)郡。現在、愛知県海部郡甚目寺(じんもくじ)町の中。

三 ナ変動詞「死ぬ」に助動詞「ぬ」の接続する語法は、鎌倉時代以後は普通である。

四 在庁官人の（持っている馬の）中から、の意。「在庁」は「在庁（の）官人(くわんにん)」の略で、国府に居て国政をとる職員。

五 （この時の父の祈りは）神が聞き入れて下さらなかった祈りだったのだ、の意。父が間もなく亡くなったことと照応させた考え方。語句は「恋せじと御手洗(みたらし)川にせし禊(みそぎ)神は受けずぞ(も)なりにけらしも」（『古今集』恋一、読人知らず、下句「受けずもなりにけるかな」として『伊勢物語』六十五段にも）による。

六 夕方に出ている月。夕月。

七 「（……と）見せ顔」といった語法は、西行の特徴でもある。

八 誰のために、この梢の桜は、こんなに美しく咲いているのかと思われて、の意。

九 春の情景も三月になる今、鳴海潟にさしかかるが、もう何日かすれば、花も散り過ぎて、あたりは杉の木群の緑ばかりになってしまうだろう、の意。「鳴海潟」は、愛知郡の歌枕、現在名古屋市緑区鳴海町の辺、「三月の空になる」の動詞「なる」と懸詞(かけことば)。「杉群」も「花も過ぎ」をかける。

一〇 神様は、相変らずお情けをかけて下さい、昔とすっかり変ってしまった、つらいこの私であっても、の意。「御注連縄」は「神」の縁語で「引き」の序。
一一 駿河国庵原郡の歌枕。平安時代に関所があり、現在、静岡県清水市興津清見寺町の清見寺がその跡と言う。
一二 一面に白いこと。白一色。「皆白妙」で一語。
一三 駿河国駿東郡の地名。現在、沼津市原の辺。昔は湿地帯であった。
一四「富士の山を見れば、五月のつごもりに雪いと白う降れり。時知らぬ山は富士の嶺いつとてか鹿の子斑に雪の降るらむ」（『伊勢物語』九段）による。旧暦五月は盛夏。

海道筋

一五（雪には跡がつくが）跡も残さぬ流浪のわが身の物思いは、の意。「跡なき」は次の「積る」と共に「雪」の縁語だが、この世に跡の残らぬ、はかない、と解する説もある。
一六 富士山の噴火は、有史以後も頻繁に繰り返されたが、平安時代末～鎌倉時代は休息期であった。
一七「風になびく富士の煙の空に消えて行くへも知らぬわが思ひかな」（『新古今集』雑中、西行）による。
一八 駿河国志太・安倍両郡（現在、静岡市丸子町と志太郡岡部町と）の境の山。宇津谷（宇都谷）峠。歌枕。
一九「宇津の山に至りて、……蔦・楓は茂り、……」（『伊勢物語』九段）による。
二〇 宇津の山を越えて、次の歌を詠んだ地点を指す。

思ふ心ありしかば（祈念したいことがあったので）、これに（ここに）七日籠りて、また立ち出で侍りしかば（出発したのでしたが）、鳴海の潮干潟をはるばる行きつつぞ、社をかへりみれば（〔熱田の〕ふり返ると）、霞の間よりほの見えたる朱の玉垣神さびて（神々しくて）、昔を思ふ涙は忍びがたくて（おさえがたくて）、

一〇神はなほあはれをかけよ御注連縄
　引き違へたる憂き身なりとも

一一清見が関を月に（月明りに）越え行くにも、思ふ事のみ多かる心の中（〔私の〕）、来し方行く先たどられて（思いめぐらされて）、あはれに悲し。一二皆白妙に見えわたりたる（見渡される）浜の真砂の数よりも、思ふ事のみ限りなきに、富士の裾、一三浮島が原に行きつつ、高嶺には（〔富士の〕）なほ（まだ）雪深く見ゆれば、一四五月の頃だにも鹿の子斑には（重ねて）残りけるにと（残っていたと言うからと）、ことわりに見やらるるにも（もっともと見やられるにつけても）、一五跡なき身の思ひぞ、積る甲斐なかりける（も甲斐のないことであった）。一六煙も今は絶え果てて見えねば、一七風にも何かなびくべきとおぼゆ（風になびくものとてもない）。

さても一八宇津の山を越えしにも（越えた時にも）、一九蔦・楓も見えざりしほどに（見えなかったので）、それ（宇津の山とすら気づかず）とだに知らず、思ひ分かざりしを（考えてもみなかったが）、二〇ここにて聞けば（〔宇津の山は〕）、はや過ぎにけ

り。

言の葉もしげしと聞きし蔦はいづら
　夢にだに見ず宇津の山越え

伊豆国三島の社に参りたれば、奉幣の儀式は熊野参りに違はず、長虫などしたる有様も、いと神々しげなり。〔源〕故頼朝大将しはじめられたりける浜の一万とかやとて、故ある女房の壺装束にて行き帰るが苦しげなるを見るにも、わればかり物思ふ人にはあらじとぞおぼえし。

月は宵過ぐる程に待たれて出づる頃なれば、短夜の空もかねて物憂きに、神楽とて少女子が舞の手づかひも、見慣れぬさまなり。禅とて衵のやうなる物を着て、八少女舞とて、三、四人立ちて入違ひて舞ふさまも興ありて面白ければ、夜もすがら居明かして、鳥の音に催されて〔社を〕出で侍りき。

〔三月〕二十日余りの程に、江島といふ所へ着きぬ。所のさま、面白しと

一 物語などにも多く言われていると聞いていた蔦はどうしたのだろう、（それを）全く見かけずに（いつか）宇津の山を越えてしまった、の意。下句は「駿河なる宇津の山辺のうつつにも夢にも人に逢はぬなりけり」（『伊勢物語』九段）による。

二 現在、三嶋大社。静岡県三島市にある。

三 熊野三山参拝。作者は巻五で熊野に詣でている。

四 蛇の異称であるが、ここは祭礼の折の龍の作り物か。但し底本「なかむし」で、「長橋」の誤写とする説もある。構文からはその方が分りやすい。

五 底本「しはしめられ」の「めら」は「かく」と紛らわしいので「暫し隠れ」と訓んで石橋山敗戦の時の話に結びつける説もあるが、地理的に無理か。

六 未詳。浜の一万度参り（の寺社）、の意か。

七 婦人の外出時の服装。

八 （彼女は）私ほどには物思いをしてはいないだろう、ともとれるが、やはり、私だけが物を思う（悩む）人間ではあるまい、の意と解すべきであろう。あるいは「わればかり物思ふ人はまたもあらじと思へば水の下にもありけり」（『伊勢物語』二十七段）を踏まえるか。

九 前後から、二十日ごろと考えられる。『源氏物語』末摘花の語句によるか。

一〇 三月（春）だからともとれるが、月の後半、即ち月の出が遅く月の出から夜明けまでが短い時期をも「短夜」と言う。

もなかなか言の葉ぞなき。[16]漫々たる海の上に離れたる島に、岩屋どもいくらもあるに泊る。これは[17]千手の岩屋といふとて、[18]薫修練行も年たけたりと見ゆる山伏一人、行ひてあり。霧の籬、竹の編戸、おろそかなるものから、艶なる住まひなる。[19]かく、山伏経営して、所につけたる貝つ物など取り出でたる。こなたよりも、[20]供とする人の笈の中より、都のつととて扇など取らすれば、「かやうの住まひには、都の方も言伝なければ、風の便りにも見ず侍るを、今宵なん昔の友に会ひたる」など言ふも、さこそと思ふ。[21]事は何となく、皆人も静まりぬ。

夜も更けぬれども、[22]はるばる来ぬる旅衣、思ひ重ぬる苔莚は、夢結ぶほどもまどろまれず。人には言はぬ[23]忍び音も袂をうるほし侍りて、岩屋のあらはに立ち出でて見れば、雲の波煙の波も見え分かず。[24]夜の雲収まり尽きぬれば、月も行く方なきにや、空澄みのぼりて、まことに[25]二千里の外まで尋ね来にけりとおぼゆるに、後の山にや、

一一 巫女が神事に着る小忌衣(装束の上に着る単)。
一二 童女の普段着。小形の袿で、元来は肌着。
一三 底本「はれなまい」、諸注により改めた。八人で舞う。
一四 三、四人ずつ立って入れ違って舞う様子も、の意。
一五 相模の名所。現在、神奈川県藤沢市。
一六 「海漫々」(『白氏文集』新楽府)による。
一七 千手観音を安置した岩屋か。
一八 「薫修」は徳化を受けて修養を積むこと、「練行」は修練のため苦行すること。
一九 こうして、の意か。「とかく」の脱字とも言う。
二〇 底本仮名。『伊勢物語』(二二九頁注一四)の文からは「友とする人」ともとれる。「笈」は僧・山伏などが仏具・食物・衣類などを入れて背負う箱形の容器。
二一 その山伏とも、それ以上の事は何もなく、の意。「事」は、底本仮名で、「言葉何となく」と訓んで、一同黙ってしまって、と解する説もあるが、疑問である。
二二 「唐衣着つつなれにしつましあればはるばるきぬる旅をしぞ思ふ」(『伊勢物語』九段)により、「来ぬる」に「着ぬる」をかける。また、「はるばる」(張る)「重ぬる」は「衣」の縁語。
二三 元来、忍び泣く声、または忍び泣きの意。ここは、その涙。
二四 「……夜雲収尽月行遅」(『和漢朗詠集』月、野展郢)による。
二五 白居易の有名な詩句「二千里外故人心」による。

一猿の声の聞ゆるも、腸を断つ心地して、心の中の物悲しさもただ今はじめたるやうに思ひ続けられて、一人思ひ一人嘆く涙をも干す便りにやと、都の外まで尋ね来しに、二世の憂き事は忍び来にけりと悲しくて、

三杉の庵松の柱に篠すだれ
憂き世の中をかけ離ればや

鎌倉へ入る

明くれば鎌倉へ入るに、四極楽寺といふ寺へ参りて見れば、僧の振舞都に違はず、なつかしくおぼえて見つつ、五化粧坂といふ山を越えて、鎌倉の方を見れば、東山にて京を見るには引き違へて、階などのやうに六重々に、袋の中に物を入れたるやうに住まひたる。あな物わびしとやうやう見えて、心とどまりぬべき心地もせず。

七由比の浜といふ所へ出でて見れば、大きなる八鳥居あり。九若宮の御社遥かに見え給へば、一〇他の氏よりはとかや誓ひ給ふなるに、契りありてこそ一一さるべき家にと生れけめに、一二いかなる報いならんと思ふほ

一「……猿過二巫陽一始断レ腸」(『和漢朗詠集』猿、白居易)による。「腸を断つ」は、悲しみの極まるさま。
二「鳥の音も聞えぬ山と思ひしを世の憂き事は尋ね来にけり」(『源氏物語』総角)による。
三 杉の庵で松の柱に篠のすだれ(を掛けるというような粗末な住まいでよいから)、つらい世間をかけ離れ(て生き)たいものだ、の意。
四 現在、鎌倉市極楽寺町にある。霊鷲山感応院極楽寺。真言律宗。開山忍性、開基北条重時。
五 ケワイザカと訓む。鎌倉七口の一。西北の佐介(佐助)・梶原方面から扇ケ谷(扇ガ谷)に入る峠路。
六 重なり合って袋の中に物を入れたように。建物が斜面に沿って建つ描写か。
七 ユイノハマと訓む。鎌倉市の南の海岸、由比ガ浜。
八 鶴岡八幡宮の一の鳥居である。通称大鳥居。
九 鶴岡八幡宮もしくはその下宮を言う。鶴岡八幡宮は、源頼義が石清水八幡宮を勧請して初め由比ガ浜の近くに建てた。後に頼朝が今の下宮の地に移し、更に建久二年に現在の地(山の中腹)に本宮を建てた。
一〇 八幡宮は源氏の氏神。作者も村上源氏である。
一一 村上源氏という、れっきとした家、の意。
一二 上に、このように落ちぶれてしまったのは、とか、こうして流浪するのは、等の意が略されている。
一三 来世で生れる所。それがよくなるようにと、の意。
一四 この世での(お前の)幸福と交換にするぞ、の意。石清水八幡のお告げであろう。間接引用としてもよい。

どに、まことや、父の生所[一三]を祈誓申したりし折、「今生[一四]の果報に替ゆる」と承りしかば、恨み申すにてはなけれども、袖を拡げん[一五]をも嘆くべからず。また、小野小町[一六]も衣通姫[一七]が流れといへども、簀[一八]を肘にかけ、蓑を腰に巻きても、身の果はありしかども、「われぱかり[一九]物思ふ」とや書き置きしなど思ひ続けても、先づ御社へ参りぬ。所のさまは、男山[二〇]の景色よりも、海見遥かしたるは、見所ありとも言ひぬべし。大名[二一]ども、浄衣[二二]などにはあらで色々の直垂[二三]にて参り出づるも、やう変りたる。

鎌倉で病む

かくて、荏柄[二四]・二階堂・大御堂などいふ所ども拝みつつ、大蔵[二五]の谷といふ所に、小町殿[二六]とて将軍[二七]に候ふは、土御門[二八]定実のゆかりなれば、文遣したりしかば、「いと思ひ寄らず」と言ひつつ、「わが許へ」とてありしかども、なかなかむつかしくて、近きほどに宿をとりて侍りしかば、「便りなくや」などさまざま訪ひおこせたるに、道の程の苦しさもしばしいたはるほどに、善光寺[二九]の先達に頼みたる

「替ゆる」は「替ふる」の転訛。

一五 「袖を拡ぐ」は、物乞いをして歩くこと。

一六 「小野小町は、いにしへの衣通姫の流れなり」（『古今集』序）による。

一七 允恭天皇の妃で、美人であったと言う。

一八 竹・葦などで編んだ籠で、運搬具。この部分、『玉造小町壮衰書』に見える、小町の零落した姿の描写による。なお、下の「ありしかども」「書き置きし」の助動詞「き」は、「けり」の方が語法には合う。

一九 二三二頁注八の『伊勢物語』二十七段の歌を指すか。但し『伊勢物語』では小町の作とはしていない。

二〇 山城国綴喜郡男山。山頂に石清水八幡宮がある。

二一 ここは、幕府に出仕している御家人達を指すか。

二二 白い狩衣（二三七頁注一三）。神事の折着用する。

二三 武家の礼服。

二四 以下三つとも、鎌倉の寺社。「荏柄」は荏柄天神、「二階堂」は永福寺（現在は廃絶）、「大御堂」は勝長寿院（同上、雪ノ下にあった）。

二五 雪ノ下、鶴岡八幡宮の東、荏柄天神の西の地。頼朝の館があり、初期の幕府の位置。

二六 女房の名。小町（鎌倉の地名、小町大路・小町口などがあった）に因んだのであろう。

二七 当時の将軍は惟康親王。文永三年～正応二年将軍。

二八 村上源氏。作者の又従兄弟。

二九 信州（現在、長野市）の名刹。作者は参詣の宿願があった。「先達」は道案内。

人、四月の末つ方より大事に病み出して、前後を知らず。あさましとも言ふばかりなきほどに、少しおこたるにやと見ゆる程に、わが身またうち臥しぬ。

二人になりぬれば、人もいかなることにかと言へども、「ことさらなることにてはなし。ならはぬ旅の苦しさに、持病の起りたるなり」とて、医師などは申ししかども、今はといふほどなれば、心細さも言はん方なし。さほどなき病にだにも、風の気、鼻垂りといへども、少しもわづらはしく、二、三日にも過ぎぬれば、陰陽・医道の洩るるはなく、家に伝へたる宝、世に聞えある名馬まで、霊社・霊仏に奉る。南嶺の橘、玄圃の梨、わがためにとのみこそ騒がれしに、病の床に臥してあまた日数は積れども、神にも祈らず仏にも申さず、何を食ひ何を用ゐるべき沙汰にも及ばで、ただうち臥したるままにて明かし暮す有様、生を変へたる心地すれども、命は限りある物なれば、六月の頃よりは心地もおこたりぬれども、なほ物参り

一　作者に特に持病があったとは、本作品には見えない。
二　風邪の気（があったり）、の意。
三　陰陽道や医道の行き届かぬことなく、すなわち、陰陽師や医師の世話にならぬことなく、の意。父が在世して何不自由なく育った幼少時代の回想。
四　「南嶺」は中国南部の山地。「玄圃」は仙人の住むという崑崙山。従ってここは珍味稀薬を指す。
五　主語は「私」ともとれるが、やはり「誰も」と補うべきであろう。「祈る」「申す」というのは、現代語と違って、奉幣・布施を伴うと考えるべきだからである。
六　境遇が一変したことを指す。
七　（人それぞれの）寿命は決っているものだから、の意。まだ自分の死期は来ていなかったことを言っている。
八　ここは、宿願の善光寺参詣を指す。

放生会

思ひ立つほどの心地はせで、ただよひありきて月日空しく過ぐしつつ、八月にもなりぬ。

十五日の朝、小町殿の許より、「今日は都の放生会[九]の日にて侍る。いかが思ひ出づる」と申したりしかば、

[一〇]思ひ出づる甲斐こそなけれ石清水
　　同じ流れの末もなき身は

返し、

[一一]ただ頼め心の注連の引く方に
　　神もあはれはさこそかくらめ

また、鎌倉の新八幡[一二]の放生会といふ事あれば、事の有様もゆかしくて立ち出でて見れば、将軍御出仕の有様、所につけてはこれもゆゆしげなり。大名ども皆狩衣[一三]にて出仕[一四]したる、直垂着たる帯刀[一五]とやらんなど、思ひ思ひの姿ども珍らしきに、赤橋[一六]といふ所より将軍車より下りさせおはします折、公卿・殿上人少々御供したる有様ぞ、

九 社前で魚鳥を放生する（放して生かしてやる）儀式。八月十五日に石清水八幡宮で行うのが名高く、ここもそれを指す。

一〇（石清水の放生会のことなど）思い出しても甲斐もありません、（私は）石清水の同じ流れの末、つまり源氏の出と言っても、こうして行くあてもなく落ちぶれさすらっているこの身ですから、の意。「流れ」は「石清水」の縁語、「末」は「流れの末」「末もなき」と上下両方にかかる。

一一（そんなことをおっしゃらずに）ただ（神意に）おすがりなさい、心にかけて一筋に祈る人に、神様もお情けはきっとかけて下さるでしょうから、の意。「心の注連を引く」とは、一心に祈ること。「引く」「かく」は「注連」の縁語。

一二 鶴岡八幡宮のこと。男山の石清水八幡宮に対して言う。二三四頁注九参照。

一三 元来は公家の略服。後、武家の礼服となる。

一四 以下の句読は、「……出仕したる、直垂着たる、帯刀とやらんなど」として、大名達の……出仕したのや、直垂着た者（武士達）や、帯刀とかなど、と解することもできる。

一五 刀を帯びた護衛の者。元来、公家の官制で舎人の一種。

一六 鶴岡八幡宮の正面、放生池にかけた朱の反橋。

あまりにいやしげ（下品にも）にも物わびしげにも侍りし（貧相にも思えました）。平[一]左衛門入道と申す者が（者の）嫡子[二]、平二郎左衛門が、将軍の侍所[三]の所司とて参りし（奉仕している）有様などは、物にくらべば（たとえて言うならば）関白[四]などの御振舞と見えき。ゆゆしかりし（大層な威勢である）事なり。流鏑馬[五]いしいし（等々）の祭事の作法有様は、見ても何かはせん（何にもなるまいと）とおぼえしかば、〔私は〕帰り侍りにき。

将軍惟康親王の上洛

さるほどに（そうこうするうちに）、幾程の日数も隔たらぬに、「鎌倉に事出で来べし（事件が起るだろう）」と〔人々が〕ささやく。「誰[六]が上ならん」と〔人々が〕言ふほどに、〔人々〕「将軍[七]都へ上り給ふべし（将軍が上洛なさるそうだ）」と言ふ程こそあれ（言うか言わぬかに）、〔人々〕「ただ今御所を出で給ふ（出発なさる）」と言ふと見れば（言うので見に行くと）、いとあやしげなる（粗末な）張輿[八]を対屋[九]のつまへ寄す（端へ寄せる）。丹後[一〇]二郎判官と言ひしやらん（いう者）、奉行して（だれかが指揮して）〔将軍を〕渡し奉る所へ（お乗せしようとする所へ）、相模守[一一]の使とて、平二郎左衛門出で来たり。その後、先例なりとて、「御輿逆様[一二]に寄すべし（寄せよ）」と言ふ。また（一方）ここ[一三]には未だ御輿にだに召さぬさきに（輿にお乗りにさえもならぬうちに）、〔将軍邸の〕寝殿には、小舎人[一四]といふ者のいやしげなるが（身分の低いのが）、藁沓[一五]履きながら（履いたままで）上へ上りて御簾引き落しなどするも、いと目も当てられず（〔言語道断で〕全く見ていられない）。

一 平頼綱入道杲円。得宗家（北条氏嫡流）の被官（家司）で、当時幕政に辣腕を振ったが、永仁元年（一二九三）次男資宗らと共に誅せられた（平禅門の乱）。
二 嫡子なら宗綱、二郎なら後出の飯沼判官資宗か。
三 「侍所」は守護・地頭や御家人の進退・処罰などを司る鎌倉幕府の重要機関。「所司」はその次官。
四 豪勢で奢っていることを言い、こうした武士達の態度に比して都から来ている（いわゆる関東伺候の）公家・殿上人達の態度の卑屈なのを、作者は前頁末行からこの頁の一行で慨嘆しているのである。
五 馬を走らせながら馬上から的を射る競技。
六 誰のことだろうと、の意。
七 将軍惟康親王が成人したので、その父で前代の将軍であった宗尊親王の時と同様、北条氏は親王が邪魔になり、排斥したのである。
八 屋形と左右とに畳表を張り、押縁を打った略式の輿。
九 何らかの意味で、ある建物に向い合った建物。ここも寝殿造りの寝殿に対する（将軍邸の）対屋か。当時（嘉禎二年以降）の将軍邸すなわち幕府は、いわゆる若宮大路幕府、一名小町御所。雪ノ下、若宮大路と小町大路の間で、ほぼ今の妙隆寺一帯の地にあった。
一〇 二階堂左衛門尉行貞。
一一 執権北条貞時。時宗男。弘安七年（一二八四）執権、同八年相模守。

さるほどに、〔将軍の〕御輿出でさせ給ひぬれば【出発しておしまいになると】、一六面々に女房達は、一七輿など【輿に乗るなどということもなく】いふ事もなく、物をうち被(かづ)くまでもなく、「御所はいづくへ入らせおはしましぬるぞ」【将軍様はどこへいらっしゃったのですか】など言ひて、〔御所から〕泣く泣く出づるもあり。大名など【大名などで】、心寄せあると見ゆるは【〔将軍に〕心を寄せていると見える者は】、一八若党など具せさせて【〔将軍に〕つき従わせて】、一九暮れ行く程に送り奉るにやと見ゆるもあり【お送り申し上げるのかと見える者もあった】。〔皆〕思ひ思ひ心々に別れ行く有様は、言はん方なし【何とも言いようがない】。

二〇佐介(さすけ)の谷(やつ)といふ所へ〔将軍は〕先づおはしまして、五日ばかりにて京へ御上りなれば【五日ほどして御上洛ということなので】、御出で【御出発の】の有様も見参らせたくて【拝見したくて】、〔私は〕その御あたり近き所に二一推手(おして)の聖天(しやうてん)と申す霊仏おはしますへ参りて、聞き参らすれば【お尋ねしたところ】、〔将軍の〕御発ち二二丑(うし)の時と二三時をとられたるとて、既に発たせおはします折節【まさに御出発になる折に】、宵より降る雨【前夜から降っていた雨が】、ことさらその程となりてはおびたたしく【その時分になってはひどくなり】、風吹き添へて【風までも吹き添って】、二四物など渡るにやとおぼゆる【何かが通るのかと】さまなるに、時違(たが)へじとて〔輿を〕出し参らするに【お出しする際に】、御輿を莚(むしろ)といふ物にて包みたり。あさましく【ひどいことで】目も当てられぬ御やうなり【御様子である】。御輿寄せて〔建物に〕二五召しぬとおぼゆれども、何かとて【何かと言って】また〔輿を〕庭にか【おろ】

一二 輿の前後を進行方向と逆にすること。罪人を護送する時の方法で、ここではそうした貞時の意向を平二郎左衛門が伝えてきたのであろう。
一三 こちら。将軍を指す。
一四 ここは侍所の下級役人。雑用を勤めた年少の者。
一五 藁で作った履物。
一六 (仕えていた)女房達は各自、の意。
一七 将軍付の女房といった身分で、輿にも乗らず衣で顔も隠さずに走って追って行くというのは、よほど狼狽(ろうばい)した状態。もっとも、将軍が罪人となった今、輿は頼んでもつけて貰えなかったであろうが。
一八 従者の若い侍。
一九 明るい中は人目が憚(はばか)られるからである。
二〇 鎌倉の西北方。現在は「佐助」と書く。
二一 「聖天」すなわち歓喜天を本尊とする寺だが、所在未詳。鎌倉末頃には犬懸ケ谷(鎌倉東部)に「推手聖天」なる社があり、また建武元年(一三三四)には南小路に聖天堂のあったことが知られているが、それらとここのとは位置が合わぬようであり、作者の記述の正確性にも疑問はある。
二二 午前二時頃。
二三 時刻をお定めになった、の意。「(幕府側に)時限を切られた」と解する説があり、敬語法からはその方がよいかも知れない。
二四 妖怪変化の類を指す。
二五 (将軍は)お乗りになった、の意。

き据ゑ参らせて、程経れば、[一]御鼻かみ給ふ。いと忍びたるものから、
たびたび聞ゆるにぞ、御袖の涙も推し量られ侍りし。
さても将軍と申すも、[二]夷などがおのれと世を打ち取りてかくなりたるなどにてもおはしまさず。[三]後嵯峨天皇第二の皇子と申すべきにや、後深草帝には、御歳とやらん月とやらん御まさりにて、先づ出で来給ひにしかば、[四]十善の主にもなり給はば、[五]これも位をも嗣ぎ給ふべき御身なりしかども、[六]母准后の[七]御事故、[八]叶はでやみ給ひしを、将軍にて下り給ひしかども、ただ人にてはおはしまさで、[九]中務親王と申し侍りしぞかし。その[一〇]御後なれば、[一一]申すにや及ぶ。何となき御思ひ腹など申すこともあれども、[一二]藤門執柄の流れよりも出で給ひき。いづ方につけてか、少しもいるがせなるべき御事にはおはします、と思ひ続くるにも、先づ先立つものは涙なりけり。

[一三]五十鈴川同じ流れを忘れずは
いかにあはれと神も見るらん

一 悲しみの涙のために出た鼻水をかんだのである。
二 （惟康親王は）夷が自分達で天下を取ってこのように（将軍に）なったなどというのではいらっしゃらない（もともと高貴な身分なのだ）、の意。実力で将軍になった頼朝などを念頭に置いている。「夷」は公家から関東武士をさげすんで言う語。
三 以下、「なり給はば」まで、惟康親王の父で先代の将軍であった宗尊親王（後嵯峨院皇子、建長四年～文永三年将軍）についての叙述。
四 帝王・天子のこと。三〇頁注五参照。
五 この方。惟康親王を指す。
六 宗尊親王の母平棟子（蔵人頭平棟基女）。後に准后となったが、後深草・亀山両院の母大宮院（七六頁注九）には勢威及ばなかった。ここから二行後の「申し侍りしぞかし」まで、また宗尊親王のこと。
七 御身分のために、御身分が低かったので、の意。
八 （立坊・践祚が）叶えられないでそのままになっていらしたので、の意。
九 中務卿である親王、の意。「中務卿」は中務省（八省の筆頭）の長官。中務・式部・兵部の三省は親王が卿を勤めることが多かった。
一〇 ここは、お子様の意。
一一 （御身分の高さは）申すまでもない、の意。
一二 藤原氏の摂関家の出、の意。惟康親王の母は、宗尊親王妃宰子で、摂政近衛兼経の女であった。
一三 （惟康親王が）五十鈴川の同じ流れ、つまり同じ

新将軍久明親王東下

御道の程も、さこそ露けき御事にて侍らめと推し量られ奉りしに、御歌などいふ事の一つも聞えざりしぞ、前将軍の「北野の雪の朝ぼらけ」など遊ばされたりし御後にと、いと口惜しかりし。

かかる程に、後深草院の皇子(わうじ)、将軍に下り給ふべしとて、御所作り改め、ことさら花やかに世の中、大名七人御迎へに参ると聞きし中に、平左(へい)衛門入道が二郎飯沼判官(いひぬまのはうぐわん)、未(いま)だ使の宣旨(せんじ)も蒙(かうぶ)らで新左衛門と申し候ふが、その中に上(のぼ)るに、流され人の上り給ひし跡をば通らじとて、足柄山(あしがらやま)とかやいふ所へ越え行くと聞えしをぞ、皆人あまりなることとは申し侍りし。

御下り近くなるとて、世の中ひしめくさま、事あり顔なるに、今二、三日になりて、朝(あした)とく、「小町殿より」とて、文あり。何事かとて見るに、思ひかけぬことなれども、平入道が御前(ごぜん)、御方(おかた)といふが許へ、東二条院より五つ衣(いつつぎぬ)を下し遣されたるが、調ぜられたるままにて縫ひなどもせられぬを、申し合せんとて、さりがたく申すに、

皇室の出でいらっしゃることを（伊勢の神が）お忘れにならぬならば、何とお気の毒なことよと、その神も御覧になっているだろう、の意。

一四「なほ頼む北野の雪の朝ぼらけ跡なき事に埋もるる身は」（『増鏡』北野の雪）。宗尊親王が将軍を廃せられて上京した後、無実を歌ってその疑いの晴れることを北野天神に祈った作。

一五 久明親王を指す。正応二年～延慶元年将軍。

一六 世の中花やかに、の意か。

一七 平頼綱（二三八頁注一）の次男の資宗。

一八 検非違使尉(けびいしのじょう)（判官）に任命するとの宣旨。「使」、底本「つかひ」だが、元来は「し」と音読すべきもの。

一九 お迎えの人員の中に加わって上洛する折に、の意。

二〇 前将軍惟康親王を指す。

二一 箱根の西方。現在の足柄峠のことか。

二二 平頼綱の奥方。この辺から手紙文の引用とする解もあるが、間接話法的なものと見ておく。

二三 後深草院中宮。二四頁注七参照。

二四 用意された、の意だが、実際は裁断されたままで、の意か。但し、後を読むと、一応縫ったものの、その縫い方が誤っていて、用に立たなかったようである。

二五 辞退できぬほどに（ぜひにと）申してきた上、の意か。「さりがたく」を「さありがたく」と解して、そんなことはできませんと（私が御辞退）申したが、ととる説もあるが、疑問。

「出家のならひ苦しからじ[一]（小町殿）。その上誰とも知るまじ（〔皆あなたを〕誰とも知りますまい）。ただ京の人と申したりしばかりなるに（申しておいただけですから）」とて、あながちに申されしも（強引に頼まれたのも）むつかしくて（面倒に思われ）、たびたび叶ふまじき由を（お受けしかねる旨を）申ししかども、果は相模守[二]の文などいふ物さへ取り添へて何かと言はれし上、これにては何とも見沙汰する心地にてあるに[三]、やすかりぬべき事ゆゑ（〔こんな〕わけもないことのために）何かと言はれん[四]もむつかしくて（何やかやと言われるのも厄介で）、まかりぬ（〔私は〕出向いて行った）。

相模守の宿所の内にや（〔そこは〕邸の中であったか）、角殿[五]とかやとぞ申しし[六]（申した）。御所ざまの御しつらひは（〔将軍の〕お邸の御造作は）、常の事なり（普通のものであった）。これは[七]（〔一方〕）金銀金玉をちりばめ、「光耀鸞鏡を[八]磨いて」とはこれにやとおぼえ（このことかと思われ）、解脱[九]の瓔珞にはあらねども、綾羅[一〇]錦繡を身にまとひ、几帳の帷子[一一]・引物[一二]まで、目も輝きあたりも光るさまなり。御方とかや出でたり（御方とかいう方が出て来た）。地は薄青に（〔彼女は〕薄青地に）、紫の濃き薄き糸にて紅葉を大きなる木に織り浮かしたる（浮織りにした）唐織物の二つ衣[一三]に、白き裳を着たり。みめ（容貌）・ことがら[一四]誇りかに、丈高く大きなり（背も高く大柄な人である）。かくいみじと見ゆるほどに（これはすごいと見ていると）、入道あなたより走り来て（頼綱が向うから）、袖短かなる白き直垂姿にて、

一　出家の常で差し支えあるまい、の意だが、何に関して作者の不審を晴らそうとしたものか、不明確。
二　執権北条貞時。二三八頁注一一参照。
三　この一句、やや難解で諸説あるが、この人（小町殿）としては、（私に関して）何事も面倒を見るつもりでいるので、の意か。
四　勿体ぶっているなどと、の意。
五　執権邸の隅にあった建物の名で、平入道頼綱の館と考えられる（注七参照）。
六　「申しし御所ざま」と一続きに訓む説もあるが、次行の「これ」が「角殿」で、それと「御所ざま」とを対比していると見て、ここで切った。
七　頼綱の館を指す。執権邸の南門西にあったが、執権邸と前述の若宮大路御所ないしはそれと同じ郭（敷地）内の宇津宮辻子御所（泰時時代の幕府の地、今の宇都宮稲荷の北）とは道一つを隔てて地続きであった。
八　「光耀鸞鏡」は、光り輝くこと鸞鏡（裏に鳳凰の一種鸞を描いた鏡）の如く、の意。なお、ここは「光耀瑩ニ鸞鏡ヲ」（『往生講式』）による。「磨いて」、底本「みて」とあるが、今改めた。
九　人々を解脱（悟り）に導く菩薩の瓔珞（装身具）の意。これも『往生講式』による。
一〇　綾・羅（うすもの）・錦・繡（刺繡）。いずれも豪華な衣裳。
一一　几帳の、柱や横木でなく布の部分。

なれ顔に添ひゐたりしぞ、やつるる心地し侍りし。

御所よりの衣(きぬ)とて取り出したるを見れば、[一五]蘇芳(すはう)の匂ひの内へまさりたる五つ衣(ぎぬ)に、青き単(ひとへ)重なりたり。上は、地は薄々と赤紫に、濃き紫、青き格子とを、[一六]片身替りに織られたるを、さまざまに取り違へて裁ち縫ひぬ。[一七]重なりは内へまさりたるを、上へまさらせたれば、上は白く、二番は濃き紫などにて、いと珍らかなり。「などかくは」と言へば、「[一八]御服所(ふくどころ)の人々も御暇(ひま)なしとて、[一九]知らずしに、これにてして侍るほどに」など言ふ。をかしけれども、重なりばかりは取り直させなどするほどに、[二〇]守(かう)の殿より使あり。「将軍の御所の御しつらひ、[二一]外様(とざま)の事は[二二]ひきにて男達沙汰し参らするが、常の御所の御しつらひ、[二三]京の人に見せよ」[二四]と言はれたる。[二五]とは何事ぞとむつかしけれども、行きかかるほどにては、[二六]憎いけして言ふべきならねば、参りぬ。

[二七]これは、さほどに目当てられぬ程の事にてもなく、うちまかせて

なれなれしそうに〔奥方に〕添って坐ったのは　興ざめする気がしました
東二条院　内へ行く程濃くなっている　〔一番〕
裁ち縫ってある　内へ行く程濃くすべきなのに　上になる程濃くしてあるので
一番上は　などという風で　まことに珍妙である　どうしてこんなふうに
〔私が〕　知らぬまま　こちらでやってしまいましたから
おかしかったけれども　重ね方だけは改めさせなどしている中に
新将軍のお邸の御飾りつけ　手配し申しているが
見て貰え　面倒な気がした
けれども　行きがかり上は　腹を立てて断る筋でもないので
それほど目も当てられぬ程〔ひどい〕というのでもなく　普通程度に

一二 壁代(かべしろ)・帳(とばり)など、室内を仕切る幕の類。
一三 中国渡来の織物。金襴(きんらん)・緞子(どんす)・繻子(しゅす)等の称。
一四 「骨柄(こつがら)」と同じで体格の意。「事柄」と宛てて人品・様子と解する説もある。
一五 濃い紅紫色。「匂ひ」は色を順に濃くして行く重ね方。
一六 身と袖とを別々の色にすること。一説に、「代る代る」の意と言う。
一七 ここは、色の重ね合せ方、つまり「匂ひ」の意。
一八 摂関・将軍家などで、衣服のことを司る所。
一九 「し」は強意の助詞で、(縫い方も)知らずに、の意。
二〇 相模守北条貞時のこと。
二一 外回り。表立って見える部分。
二二 「比企」で、比企氏ないしは同氏に縁ある妙本寺に命じて、の意か。一説に「日記」で、記録にのっとって、の意とする。
二三 作者自身を指す。
二四 平入道に対する使の口上を作者は物越しにでも聞いたような書き方。一説に、「言われたのである」と、草子地的に解する。
二五 これは一体どうした事か、の意で、本作品にもよく使われている当時の日常語。
二六 「憎き気」の音便。腹立ちげ、の意。
二七 将軍邸の常の御所を指す。

公(おほやけ)びたる御事どもなり。御しつらひのこと、ただ今とかく下知(げち)し言ふべきことなければ、「御厨子(づし)[一]の立て所、所がら御衣(おんぞ)の掛けやう、かくやあるべき」などにて帰りぬ。

既に将軍[二]御着きの日になりぬれば、若宮小路[三]は所もなく立ち重なりたり。御関迎へ[四]の人々、はや先陣は進みたりとて、二、三十、四、五十騎、ゆゆしげにて過ぐるほどに、はやこれへとて、召次(めしつぎ)[五]など体(てい)なる姿に直垂(ひたたれ)着たる者、小舎人とぞ言ふなる、二十人ばかり走りたり。その後(のち)大名ども、思ひ思ひの直垂に、うち群れうち群れ、五、六町にも続きぬとおぼえて過ぎぬる後、女郎花(をみなへし)[六]の浮織物の御下衣(したぎぬ)にや召して、御輿(こし)の御簾(すだれ)上げられたり。後(のち)に飯沼(いひぬまの)新左衛門、木賊(とくさ)[七]の狩衣(かりぎぬ)にて供奉(ぐぶ)したり。ゆゆしかりしことどもなり。御所には、当国司[八]、足利[九]より、皆さるべき人々は布衣(ほうい)[一〇]なり。御馬牽(ひ)かれ[一一]などする儀式めでたく見ゆ。三日に当る日は、山内(やまのうち)[一二]といふ相模殿の山荘へ御入りなどとて、めでたく聞ゆることどもを見聞くにも、雲居の昔の御

公的なやり方である　今すぐ何かと指示し言わねばならぬことでもないので　〔棚〕　〔や〕場所柄　こんなふうではいけない　などと言いおいて〔私は〕帰った
〔人々が〕ぎっしりと立ち重なった　通り過ぎたとのことで　ものものしげに　〔将軍の本隊が〕もうここへ来たと　〔それは〕と言うのだそうだ　少しずつかたまっては　五六町も続いたかと思われる位〔長々と〕通り過ぎた後　お供していた　〔行列は〕立派なものであった　〔将軍の〕御所では　以下　主要な　結構なものであった　三日目　北条貞時　〔将軍〕お成りなどというふうに　院の御所に仕えた昔

一　置き場所、の意。底本「たて所くらく」、但し上の「く」は少し大き目なので「く〱」と見て、「らく」を「から」の誤写と見たが、「立て所暗く」と訓む説もあり、又その大きい「く」を衍字(えんじ)と見てその下を「から御衣（唐御衣）」の誤写とする説もある。
二　久明親王（二四一頁注一五）を指す。
三　由比ガ浜から鶴岡八幡宮の正面へ通ずる参道。若宮大路とも言う。
四　関所（ここは足柄の関）まで出迎えること。
五　召次（雑用などを勤める院庁の下役人）などのような風体の姿に、の意。
六　ここは新将軍の描写。
七　表青黒又は萌黄(もえぎ)、裏白。四季を通じて着る。
八　この国（相模）の守、すなわち執権北条貞時。あるいは「両国司」の誤写で相模守（執権貞時）と連署（陸奥守宣時）の意か。
九　貞氏。有力な御家人。
一〇　無文の狩衣。
一一　貴人の前に馬を牽き出す儀式。馬御覧の儀。
一二　鎌倉北部の地名。建長寺から円覚寺のあたりにかけての地。時頼の開いた最明寺（今の明月院の近く）の跡に、当時北条氏の別荘があったと見られる。新将軍久明親王の山内邸入御は、康元元年に時頼がここに宗尊親王を迎えたのに倣(なら)ったもの。
一三　（信州の）善光寺に参詣したいという計画も、の意。二三五頁一四行参照。

一四 以下「ゆかしく候」まで、古注（切取注記）。「おぼつかなう」は、内容不明で、の意。「いかなる事にてか」は、「どんな事が書いてあったためか」とも「どうして（切り取られたのか）」とも、とれる。「ゆかしく候」は、知りたく思います、の意。
一五 未詳。
一六 何人かで題を選び取り分担して、一定数（五十首・百首・千首など）の歌を詠むこと。
一七 作者の関東武士に対する先入見とその晴れ行くさまとが見られる。
一八 川越（現在、埼玉県川越市）辺を本拠としていた豪族川越（河越・河肥とも書く）氏の一族であろう。
一九 遺族。未亡人。
二〇 尼が、の意。但し、「武蔵国に……下る」を地の文として、「尼の居る」の意にとる説もある。
二一 「武蔵国に」は武蔵国（の中）で、の意。当時普通の言い方。「に」を「小」と訓んで「小川口」とする説もあるが、字形も「に」でよい。現在、埼玉県川口市の辺。
二二 埼玉県秩父郡に発し、隅田川となって東京湾に注ぐ。但し、現在は荒川の支流だが、江戸初期に荒川の下流を隅田川に通じるまでは、荒川は利根川の支流で、隅田川や入間川とは一応別水系であった。ここは現在の荒川の流域。
二三 現在、東京都北区岩淵町の辺。

川口に移る　年末の述懐

事も思ひ出でられてあはれなり。

やうやう年の暮にもなりゆけば、今年は善光寺[一三]のあらましも叶はでやみぬと口惜しきに、小町殿の、[一四]これより残りをば刀にて破られて候。おぼつかなう、いかなる事にてかとゆかしく候。心の外にのみおぼえて過ぎ行くに、飯沼新左衛門は、歌をも詠み、好き者といふ名ありし故にや、[一五]若林二郎左衛門といふ者を使にて、たびたび呼びて、[一六]続歌などすべき由、ねんごろに申ししかば、まかりたりしかば、[一七]思ひしよりも情あるさまにて、たびたび寄り合ひて、連歌・歌など詠みて遊び侍りしほどに、十二月になりて、[一八]川越入道と申す者の[一九]跡なる[二〇]尼の、「[二一]武蔵国に川口といふ所へ下る。あれより、年返らば善光寺へ参るべし」と言ふも、便りうれしき心地して、まかりしかば、雪降り積りて分け行く道も見えぬに、鎌倉より二日にまかり着きぬ。

かやうの物隔たりたる有様、前には[二二]入間川とかや流れたる、向へには[二三]岩淵の宿といひて遊女どもの住みかあり。山といふものはこの国中には見えず。はるばるとある武蔵野の、萱が下折れ、霜枯れ果ててあり。中を分け過ぎたる住まひ思ひやる。都の隔たり行く住まひ、悲しさもあはれさも、取り重ねたる年の暮なり。

つらつら古へをかへりみれば、二歳の年母には別れければ、その面影も知らず。やうやう人となりて、四つになりし九月二十日余りにや、仙洞に知られ奉りてよりこのかた、かたじけなく君の恩眷を承りて身を立つるはかりことをも知り、朝恩をもかぶりてあまたの年月を経しかば、一門の光ともなりもやすると、心の中のあらましも、などか思ひ寄らざるべきなれども、棄てて無為に入るならひ、定まれる世の理なれば、「妻子珍宝及王位、臨命終時不随者、思ひ捨てにし憂き世ぞかし」と思へども、慣れ来し宮の中も恋しく、折々の御情も忘られ奉らねば、事の便りには、先づ言問ふ袖の涙のみぞ、色深く侍る。

雪さへかきくらし降り積れば、眺めの末さへ道絶え果つる心地し

一 カヤの下葉の折れたもの。
二 この一文、「……住まひ」で切って「思ひやる都」と続け、その中を分け入った住まい（に居て）、遠くなり行く都の住まいを遥かに思いやるにつけ、ととる説もあるが、文のリズムから下のように解した。
三 日給簡。殿上出仕者の名を記した札。「列」は仲間の意で、院の御所に出仕するメンバーに加えられて以来、の意。七五頁注二五参照。
四 目をかけてかわいがること。底本「せんけん」、今改めた。二七八頁注六参照。
五 身を立てる計画・方策、（女としての）生き方、の意だが、具体的には琵琶や和歌などの素養の意か。
六 「かうぶりて」「かうむりて」に同じ。ここは院の愛を受けて、の意。
七 （久我家）一門の繁栄を約束し希望させる基、の意。具体的には皇子出産やその結果の地位等であろう。
八 出家すること。三三頁注一七参照。
九 そうすることに決っているこの世の道理、の意。
一〇 『大集経』十六・虚空蔵菩薩品第八之三の偈。妻子も珍宝もまた王位も、命を終る時に臨んでは随うものではない、の意。
一一 長年慣れ親しんできた後深草院の御所、の意。関東で遥かに往時を懐かしんでいるのである。
一二 （私の安否や気分などを）尋ねる（わが袖の）涙。
一三 見はるかす果て。都の方角を指す。「眺め」は、次

て詠(なが)めゐたるに、主(あるじ)の尼君[14]が方より、「雪の中いかに」と申したりしかば、

思ひやれ[15]憂き事積る白雪の
跡なき庭に消えかへる身を

問ふ[16]につらさの涙もろさも人目あやしければ、忍びて[17]、また年[18]も返りぬ。

軒端(のきば)の梅に木(こ)伝ふ鶯(うぐひす)の音におどろかされ[19]ても、相見返らざる恨み[20]忍びがたく、昔を思ふ涙は、改まる年とも言はず、ふる[21]ものなり。

二月(きさらぎ)の十日余りの程にや、善光寺へ思ひ立つ[22]。碓氷坂(うすひざか)[23]、木曾の懸(かけ)路(ぢ)[24]の丸木(まろき)橋、げに踏みみるからに危ふげなる渡りなり。道の程の名所なども休らひ見たかりしかども、大勢に引き具せられて事しげかりしかば、何となく過ぎにしを、思ひの外にむつかしければ、宿願の心ざしありてしばし籠るべき由を言ひつつ、帰さにはとどまりぬ。一人とどめ置くことを心苦しがり言ひしかば、「中有(ちゅうう)[25]の旅の空に

行の用例ほどではないが、物思いにふける意をも含む。
一四 前出の川越入道の後家。
一五 思いやって下さい、白雪が積るようにつらいことが積り重なり、しかも無実の咎(とが)で宮廷を追放されて悲しみに沈んでいる私のことを、の意であろう。
一六 三六頁注二参照。
一七 (その悲しみや涙を)こらえて、の意だが、人目を忍んで、ひそかに、の意も含むと見られる。
一八 正応三年(一二九〇)、作者三十三歳になった。
一九 (春になったことに)はっと気づかされる、の意であろうが、春眠をさまされる、ともとれる。

善光寺参詣

二〇 (年もわが身も)共に、ふり返っても帰って来ない恨み、の意。
二一 涙が「降る」に、年が「古(ふ)る」をかける。
二二 以下の文は信州へと思い立ちながら実際には川口の同寺をもって代用したとの説もある。
二三 上信国境の碓氷峠。
二四 木曾の桟(かけはし)(懸橋)のこと。長野県木曾郡上松(あげまつ)町にある、東山道(中仙道)の難所。善光寺へ行ったとしても、通った筈はないが、信濃路の険阻から慣用的に出したと解される。なお、ここは「恐ろしや木曾の懸路の丸木橋ふみ見るたびに落ちぬべきかな」(『千載集』雑下、空人(仁とも)法師、「踏み」に「文」すなわち女からの手紙をかける)による。
二五 死出の旅、の意。三一六頁注一参照。

は誰か伴ふべき（誰も連れてはいけない）。生ぜし折も一人来たりき（生れた時も一人で）。去りて行かん折もまた（〔この世を〕去って行く時も）しかなり（そうなのだ）。[一]相会ふ者は必ず別れ、生ずる者は死に必ず至る。桃花装ひいみじといへども（美しさはすばらしいとは言え）、終には根に帰る。紅葉は千入[二]の色を尽して盛りありといへども（幾度も重ねて染めたようで盛りがあると言っても）、風を待ちて秋の色久しからず（風に散るまでのことで秋の美しさも長くはない）。名残を慕ふは（惜しむのは）一旦の情なり（一時の感情です）」など言ひて、〔私は〕一人とどまりぬ。

所のさまは、眺望[三]などはなけれども、生身[四]の如来と聞き参らすれば（お聞きしているので）、頼もしくおぼえて、百万遍[五]の念仏など申して明かし暮すほどに、高岡[六]の石見入道といふ者あり。いと情ある者にて（風流の士で）、歌常に詠み、管絃などして遊ぶとて、かたへなる修行者・尼[七]に誘はれて（一緒に参籠した）まかりたりしかば（〔石見入道邸へ〕出向いたところ）、まことに故ある住まひ（由緒ありげな）、辺土分際[八]には過ぎたり。彼[九]といひ是といひて、慰む便りもあれば（心慰むよすがもあるので）、秋まではとどまりぬ（〔そこに〕）。

八月の初めつ方にもなりぬれば、武蔵野の秋の気色ゆかしさにこそ（景色を見たいからこそ）、今までこれらにも侍りつれ（この〔信州の〕辺にもいたのだ）と思ひて、武蔵国へ帰りて、浅草[一〇]と申す堂あり。十[一一]一面観音のおはします。霊仏と申すもゆかしくて参（〔人々の〕申すのも心ひかれて参詣）

一 中世の諺「生者必滅、会者定離」による。

二 「入」は元来染色をする時に染料を溶かした液に一回入れること。従って「千入」は色濃く染める意。

三 善光寺は長野市の北方、善光寺平が北にやや高くなった所にあるが、京都の東山や鎌倉の鶴岡八幡宮の眺望には及ばない、ということであろう。

四 衆生済度のために現身（人間の形）で現れること。善光寺の本尊阿弥陀如来の生身のことは、縁起に見える。

五 念仏を百万遍唱えれば極楽往生できるとされた。

六 和田石見入道仏阿。高岡・和田は長野市東郊の地名。

七 「修行者や尼」と解するのが普通だが、「修行者尼」と続けて「修行者である尼」と解する説もある。

八 辺鄙な地方（片田舎）の分際、の意。

九 あれこれにつけて、何かと、の意。

一〇 金龍山浅草寺（現在、東京都台東区浅草）。なお、ここで文脈が屈折していると見られるが、次行の「霊仏」までを直接話法と見る説もある。

武蔵野の秋色

一一 浅草寺の本尊は聖観音であるが、俗に十一面観音とも伝えられた。

るに、野の中をはるばると分け行くに、萩・女郎花・荻・薄よりほかは、またまじる物もなく、これが高さは馬に乗りたる男の見えぬ程なれば、推し量るべし。[一二]三日にや分け行けども、尽きもせず。ちとそばへ行く道にこそ宿などもあれ、はるばる一通りは、来し方行く末野原なり。

観音堂は、ちと引き上りて、それも木などはなき原の中におはしますに、まめやかに「[一三]草の原より出づる月影」と思ひ出づれば、[一四]今宵は十五夜なりけり。雲の上の御遊びも思ひやらるるに、[一五]御形見の御衣は、[一六]如法経の折御布施に[一七]大菩薩に参らせて、「今此に在り」とはおぼえねども、[一八]鳳闕の雲の上忘れ奉らざれば、[一九]余香をば拝する心ざしも、深きに変らずぞおぼえし。[二〇]草の原より出でし月影、更け行くままに澄みのぼり、葉末に結ぶ白露は、玉かと見ゆる心地して、

[二一]雲の上に見しもなかなか月ゆゑの
身の思ひ出は今宵なりけり

一二 このあたり、実景・事実の描写・叙述なのであろうが、「武蔵野や行けども秋の果ぞなきいかなる風の末に吹くらむ」(『新古今集』秋上、久我通光)の歌などが念頭にあったことも確かであろう。
一三 上句「行く末は空も一つの武蔵野に」(『新古今集』秋上、藤原良経)。
一四 以下数行、『源氏物語』須磨の有名な一節を踏まえる。
一五 ここは、作者が院から形見に頂いたもの(但し、そのことは作品中の今までの部分には見えない)だが、『源氏物語』も踏まえている菅原道真の詩句「恩賜御衣今在レ此、捧持毎日拝二余香一」を踏まえる。
一六 如法写経。一定の作法で経(通例法華経)を書写すること、またその経。前出(六六頁注六)。
一七 八幡大菩薩。石清水八幡神の本地とされた菩薩。ここは石清水八幡宮の意。
一八 宮中。ここは院の御所を指す。「雲の上」も同じ。
一九 残り香。注一五参照。
二〇 注一三参照。但し、武蔵野の描写として一種の定型句である。
二一 やや解しがたいが、院の御所で美しい月を見た思い出も今ではかえってつらく、これからの私の思い出になるのは今夜の月だよ、の意か。

〔わが身が〕涙に浮ぶ心地して、

隈[一]もなき月になり行く眺めにも
なほ面影は忘れやはする

明けぬれば、さのみ（そう長く）野原に宿るべきならねば（留ってはいられないので）、帰りぬ。

隅田川

さても、隅田川原近き程にやと思ふも（隅田河原の近くの辺かと思うが）、いと大いなる橋の（大層大きな橋で）、清[二]水・祇園の橋の体なるを渡るに（渡った折）、きたなげなき男二人〔私に〕会ひたり。（私）「このわたりに隅田川といふ川の侍るなるはいづくぞ（あるというのはどこですか）」と問へば、（男達）「これなんその川なり。この橋をば須田[三]の橋と申し侍る。昔は橋なくて、渡舟にて人を渡しけるも[四]（渡していたというが）、わづらはしくとて（面倒だということで）、橋出で来て侍る（橋ができました）。隅田川などは（などとは）、やさしきことに申し置きけるにや[五]（優雅な呼び方をしたものですなあ）。賤[六]（土地の者の）がことわざには（言い方では）、須田川の橋とぞ申し侍る。この川の向へをば（対岸を）、昔は三芳野[七]の里と申しけるが、賤が刈り干す稲と申す物に実の入らぬ[八]所にて侍りけるを、時の国司、里の名を尋ね聞きて、理なりけり（それもその筈と）とて、吉田[九]の里と名を改められて後、稲うるはしく（りっぱに育ち）、実も入り侍る」など語れ

一 空高く上るにつれていよいよ曇りなく澄み渡って行く月を眺めるにつけても、やはり（院の）御面影を忘れることは到底できない、の意。御所を追放された恨みよりも、院への思慕が強いことを告白した歌ととれる。

二 「清水の橋」は五条大橋、「祇園の橋」は四条大橋。

三 「須田」は「隅田」の古名。当時、隅田川の浅草の上流「隅田の渡し」に浮橋があったらしい。ただ、以下の記述（次頁一二行まで）は、地理的に必ずしも正確とは考えられない。

四 「……渡しけるもわづらはしくとて」と訓む説もある。

五 「隅田川」の音に「澄み」を聞き取るからか。

六 農民・漁民などを言う。

七 川越市吉田から坂戸市（旧入間郡三芳野村）、狭山市北入曾三芳野の辺一帯の古名か。

八 穂が出ながら粒に実の入っていないものを「みよし」又は「しひな」と言う。

九 旧三芳野村の字。現在、川越市吉田。

ば、業平(なりひら)[10]の中将、都鳥に言問ひけるも思ひ出でられて（尋ねたという故事も思い出されて）、鳥だに見えねば（〔今は〕鳥さえ見当らないので）、

[11]尋ね来(こ)し甲斐こそなけれ隅田川
住みけん鳥の跡だにもなし

川霧こめて、来(こ)し方行く先も（うしろも前も）見えず。涙にくれて[12]行く折節、雲居遥かに（空遠く）鳴くかりがね（雁の）の声も、[13]折知り顔におぼえ侍りて、

[14]旅の空涙にくれて行く袖を
言問ふ雁(かり)の声ぞ悲しき

堀兼の井

堀兼(ほりかね)[15]の井は跡もなくて、ただ枯れたる木の一つ残りたるばかりなり。これより奥ざま（奥の方）までも行きたけれども、[16]恋路の末にはなほ関守も許しがたき世なれば、よしやなかなかと思ひ返して（ままよ、かえって行かぬ方がと思い直して）、また都の方へ帰り上りなん（帰り上ろう）と思ひて、鎌倉へ帰りぬ。

帰京の途につく

とかく過ぐるほどに、九月(ながつき)の十日余りの程に、都へ帰り上らんとするほどに、さきに慣れたる人々、面々に（めいめいに）名残惜しみなどせし中に、

一〇「名にし負はばいざ言問(こと)はむ都鳥わが思ふ人はありやなしやと」の歌を有する『伊勢物語』九段（東下り）の一節による。
一一 はるばる尋ねて来た甲斐がないことだ、隅田川には、昔住んでいたという鳥（都鳥）の跡さえもないよ、の意。
一二 涙に目の前が暗くなって、の意だが、日が暮れて行く意をもかける。次の歌でも同じ。
一三 ちょうどその時にうまく合わせる術(すべ)を心得ているように、の意。二三〇頁注七参照。
一四 旅の空の下で、こうして涙にくれて行く私の袖を、なぜ濡れているのか（私が何を嘆いているのか）と訊くような雁の声が悲しく聞えることだ、の意。
一五 埼玉県狭山市堀兼（旧入間郡堀兼村）の歌枕。但し遺址については異説もある。
一六 恋路の果ての（気ままな放浪の）旅では、やはり関守も許してくれにくい世の道理だから、の意。「関守」云々は、「いかにせむ恋路の末に関据ゑて行けども遠き逢坂の山」（『新勅撰集』恋二、藻壁門院少将）などの例もあり、一種の文飾。

暁とての暮れ方、飯沼左衛門尉（いひぬまのさゑもんのじよう）[二]、さまざまの物ども用意して、今一（いち）度続歌（つぎうた）すべしとて来たり。情（なさけ）[三]（風流心も一通りでなく思われたので）もなほざりならずおぼえしかば、夜もすがら（一晩中）歌詠みなどするに、「涙川[四]と申す河はいづくに侍るぞ（どこにありますか）」といふことを、さき（前回）の度（たび）尋ね申ししかども（〔彼は私に〕）、知らぬ由申して侍りしを（〔私は〕申していましたところ）、夜もすがら遊びて、（資宗）「明けばまことに発ち給ふやは（夜が明けたら本当にお発ちになりますか）」と言へば、（私）「止[五]るべき道ならず」と言ひしかば（言ったところ）、（〔彼は〕）帰るとて（帰りがけに）、盃据ゑたる（盃を置いた）折敷（をしき）[六]に書きつけて行く。

（資宗）

わが袖にありけるものを涙川[七]

しばし止れと言はぬ契りに

返しつかはしやするなど思ふほどに（返歌をやろうかなどと思っているうちに）、また立ち帰り[八]（すぐさま）、旅の衣など賜はせて（贈ってくれて）、

（資宗）

着てだにも身をばば放つな旅衣[九]

さこそよそなる契りなりとも

鎌倉の程は（鎌倉滞在中は）、常にかやうに寄り合ふとて（いつもこうして寄り集まるのを見咎めて）、（〔人々〕）「あやしく（あやしい）。いかなる契（どんな関係があ）

一 明日の暁は発つという日の夕暮れ時、の意。

二 飯沼新左衛門資宗。二四一頁注一七参照。

三 好意ととる説もある。

四 歌語としては、涙の比喩的表現で、実在の川の名ではない。

五 人生の旅は、立ち止るべきものではありません、の意。この世は仮の世という仏教思想も入っている。

六 片木（へぎ）を折り曲げて縁（へり）にした四角い盆。三方（さんぽう）の上部の形。

七 涙川は私の袖にあったのを（そうとも知らずお尋ねしたのでした）、もう暫く（こちらに）御滞在下さいと言わせても頂けない御縁のはかなさに、涙は川となって伝わることです、の意。

八 飯沼左衛門（資宗）が、自宅へ着いてすぐ、餞別の衣と次の歌とをよこしたのである。

九 せめてこの旅衣を、御身放さず着て下さい、それほど浅い御縁であったとしても、の意。巻一、一二頁の「雪の曙」の歌（「つばさこそ……」）と似通っているのが注意される。

りなどぞ（るのだろう）」と申す人もあるなど聞きしも（聞いたことも）、取り添へ思ひ出でられて（あわせて思い出されて）、返しに、

（私）一〇 乾さざりしその濡衣も今はいとど
　恋ひん涙に朽ちぬべきかな

都を急ぐとしはなけれども（都〔への帰途〕を急ぐというのではないが）、さてしもとどまるべきならねば（そうしていつまでも留まってもいられないので）、朝日と共に明け過ぎてこそ発ち侍りしか（出発したのでした）。一一 面々に宿々へ次第に（順々に）輿にて送りなどして（してくれて）、程なく一二 小夜中山に至りぬ。西行が「一三 命なりけり」と詠みける（詠んだとのことが）、思ひ出でられて、

一四 越え行くも苦しかりけり命ありと
　また訪はましや小夜中山

再び熱田へ

一五 熱田の宮に参りぬ。一六 通夜したるほどに、修行者どもの侍る（いましたのが）、「一七 大神宮より（〔来ました〕）」と申す。「（〔ここから〕）近く寺るか（近いですか）」と言へば、（〔私が〕）一八 津島の渡りといふ渡りをして参る由（〔彼らが〕）申せば、（〔私は〕）いとうれしくて、参らんと思ふ（〔伊勢に〕参詣しようと思った）ほどに、一九 宿願にて侍れば（宿願でしたから）、先づこの（〔熱田の〕）社にて、二〇 華厳経の残り今三十巻を書き果て（もう三十巻を書き上げて奉納）

一〇 やや難解だが、敢えて弁明もしなかった、あなたとの仲を疑われた濡衣も、今後はあなたを恋しく思う涙に一層濡れて朽ちてしまうに違いありません、と同時に、そうした誤解の濡衣も、今後は（互いが別れてしまって）消えてしまうでしょう、の意か。この歌も巻一、一二頁の「曙」への返歌と通う点があるが、前頁の歌への返歌としての必然である。

一一 （鎌倉で親しく交わった武士達が）それぞれ、宿駅から宿駅へと、の意。

一二 遠江の歌枕。小笠・榛原両郡の境（現在、掛川市と榛原郡金谷町との境）の峠。「佐夜中山」とも書き、後には「さよの中山」とも言う。

一三 「年たけて又越ゆべしと思ひきや命なりけり小夜中山」（『新古今集』羇旅、西行）による。

一四 こうして越え行くのもつらいことだ、（西行と違って）命があっても、もうこのあと、この小夜中山を訪ねることはあり得ないだろう（と思うと）、の意。

一五 二二九頁注一六参照。

一六 「通夜」は、夜通し参籠すること。

一七 伊勢神宮のこと。

一八 尾張の津島（現在、愛知県津島市）から伊勢へ渡る、木曾川河口辺の海上の渡し。

一九 作者は、五部の大乗経の書写奉納を宿願としていた。二九一頁五行参照。

二〇 「大方広仏華厳経」の略。六十巻・八十巻・四十巻の三訳がある。

一 次行の「取り集めて」にかかる。
二 大きな宮の神職の長。熱田神宮の場合は世襲で千秋氏。
三 写経の手配や奉納の費用等に関してか。
四 作者は鎌倉でも重病に臥している（二三六頁二〜一四行）から「例の」と言ったのであろう。
五 奈良には藤原氏の氏神の春日神社と氏寺の興福寺がある。なお、ここは「奈良の方へ参りぬ」と書きかけて、文脈が屈折したもの。
六 ここでは、春日神社の若宮に対して本宮を言う。
七 春日神社は、祭神ごとに第一殿から第四殿までの四殿から成る。
八 この世に生きていることによる汚れ。
九 春日若宮。春日神社の摂社の一。
一〇 巫女（みこ）を指す。
一一「相舞」（二人で組になって舞うこと）の意。
一二 元来、板を取り外せる渡り廊下。後には長廊下を言う。ここは、そこで終夜参籠したのである。
一三 神楽・今様などを歌うことを「数ふ」と言う。
一四 他愛もない言葉や飾った語の意で、ここでは神楽歌などを指す。狂言綺語（きご）が讃仏乗すなわち人を仏法や悟りに導く機縁になると白居易の文に見え、日本でも広く唱えられた。一九五頁注一二参照。
一五「光をやわらぐ」の意で、仏・菩薩が衆生済度のために光を和らげて俗界の塵に交ること。和光同塵。
一六 興福寺の院家（僧院）の一。「住侶」は住僧。底

帰京後、奈良へ

参らせんと思ひて（しようと思って）、何となく[一]、鎌倉にてちと人の賜（た）びたりし旅衣など、皆取り集めて（〔費用に充て〕ここで）、またこれにて経を始むべき心地せしほどに（写経を始めようという気になった折に）、熱田の大宮司（だいぐうじ）[二]とかやいふ者、わづらはしく（面倒にも）とかく申す事どもありて[三]（あれこれ注文をつけるので）、叶ふまじかりし（出来そうもなくて）ほどに、とかくためらひしほどに（ためらっているうちに）、例の大事に病起り[四]（例によって重病にかかり）、わびしくて（苦しくて）何の勤めも叶ひがたければ、都へ帰り上りぬ。

十月の末にや、都にちと立ち帰りたる（ちょっと戻ったが）も、なかなかむつかしければ（〔都にいるのも〕かえってわずらわしいので）、奈良の方[五]は、藤の末葉にあらねばとて（〔自分は〕藤原氏の子孫ではないからと）、いたく参らざりしかど（あまり参詣していなかったが）も、都遠からぬも（都から遠くないのも）、遠き道（遠い旅で）にくたびれたる折からは（疲れている時には）よし（〔ちょうど〕よい）、など思ひて、（〔奈良へ〕）参りぬ。

誰を知るといふこともなければ、ただ一人参りて、先づ大宮[六]を拝み奉れば、二階の楼門の景気（二階建の楼門のたたずまいや）、四社甍（しやいらか）[七]を並べ給ふさま、いと尊く、峯の嵐のはげしきにも（峯から吹きおろす風の烈しいのにつけても）、煩悩の眠り（ねぶ）をおどろかすかと（さますかと）聞え、麓（ふもと）に流るる水の音、生死（しやうじ）[八]の垢（あか）を濯（すす）がるらんなど思ひ続けられて、また若宮[九]へ参りたれば、少女子（をとめご）[一〇]が姿も由ありて見ゆ（由緒あるように見える）。夕日は御殿の上にさし

本「ちうりう」、「ちうそう」（住僧）の誤写とする説もある。なお、ここから次頁三行「停むることなし」まで、人の語った言葉。
一七 平安中期の僧。実際は僧正でなく大僧都で、また真喜はその弟子ではなく師。
一八 平安中期の僧。林懐の師。なお、以下の説話は『春日権現験記』によれば、林懐のこと。従ってここは林懐と真喜とを取り違えている。
一九 鼓・鈴ともに神楽の楽器。興福寺から程近い春日神社の神楽の音がうるさかったのである。
二〇 南都六宗（三論・法相・華厳・律・成実・倶舎）の総括者。興福寺別当（長官）が勤める。
二一 ここは、興福寺別当になったことを指す。
二二 かんなぎ。神楽の奏楽・舞に奉仕する職の者。
二三 徳化を受けて修養を積むこと（二三三頁注一八参照）と往生を信じて一心に念仏すること。「薫修」は底本「りんしゆ」とも訓め、「臨終正念」（臨終に際して邪念なく往生を願うこと）と解する説もある。
二四 仏法を得た醍醐味。
二五 「法性」は万物の本性、諸法の真理、真如。不変であるから「法性の山」と言った。「動二法性山一入二生死海一」（『摩訶止観』一の一、発心）により、かつ春日明神が春日山の麓に鎮座していることも込めていよう。従って、仏法の真理から現れ出て、の意で、「法性の……身を捨て」までは「和光同塵」に同じ。
二六 死後、来世で悟りを得て仏となること。

て、峯の梢に映ろひたる（映えているところで）に、若き巫女二人、御あひにてたびたびす（何度も舞ってい）る気色なり（る様子であった）。

今宵は若宮の馬道[一二]の通夜して聞けば、夜もすがら面々に物数ふる[一三]（神楽を奏するのも）にも、狂言綺語[一四]を便りとして（縁として）（衆生を）導き給はんの御心ざし深くて、和光[一五]の塵に交り給ひける（春日権現の）御心、今さら申すべきにあらねども（申す必要はないが）、いと頼もしきに、「喜多院住侶林懐[一六]僧正[一七]の弟子、真喜[一八]僧正とかや（とか（いう方）が）の、鼓[一九]の音、鈴の声に、行ひを紛らかされて（修行を妨げられて）、（真喜）『われもし六宗[二〇]の長官ともなるならば、鼓の音、鈴の声、永く聞かじ（永久に止めさせよう）』と誓ひて、宿願相違なく寺務[二一]をせられけるに、いつしか思ひしことなれば（早速（かねて）思っていたことなので）、（春日社の）拝殿の神楽を永く停められにけり。（社の）朱の玉垣も物淋しく、巫覡[二二]は嘆きも深けれども、神慮にまかせて過ぎけるに、（真喜）僧正、『今生の望みは残る所なし。薫修[二三]正念こそ今は望む所なれ』とて、（春日社に）また籠り給ひつつ、わが得る所の法味[二四]を、心のままに（存分に）手向けしに、（春日）明神夢の中に現れて、『法性の山[二五]を動かして、生死の塵に身を捨て（俗界の塵にわが身を捨て）、無智の男子の後生菩提[二六]を憐み思ふ（心配している）

所に（のに）、鼓の声、鈴の音を停めて結縁[一]を遠ざからしむる恨み（〔お前が〕遠ざからせたことへの恨みは）、やる方もなければ、汝が法味をわれ受けず』と示し給ひけるにより（お告げになって以来）、いか[二]なる訴訟・嘆きにもこれ[三]を停むることなし」と申すを聞くにも、いよいよ頼もしく、尊くこそおぼえ侍りしか。

明けぬれば（翌日は）、法華寺[四]へ訪ね行きたるに、冬忠大臣[五]の女、寂円房[六]と申して、一の室[七]といふ所に住まるるに会ひて、生死無常の情なきことわりなど申して（言い合って）、しばしかやうの寺にも住まひぬべきか（住むことにしようかと）と思へども、心のどかに（落着いて）学問などしてありぬべき（していられる心境とも）身の思ひとも、われながらおぼえねば、ただいつとなき心の闇に誘はれ出でて（いつさめるとも分らぬ心の迷いに誘われて去り）、また奈良の寺[八]へ行くほどに、春日の（春日社の）正預[九]祐家[一〇]といふ者が家（者の家）に行きぬ。

誰が許とも知らで（〔初めは〕）過ぎ行くに、棟門[一一]の故々しきが見ゆれば（もののしいのが目に入ったので）、堂な（堂など）どにやと思ひて（でもあろうかと思って）立ち入りたるに、さにてはなくて（そうではなくて）、由ある人の（由緒ある人の）住まひと見ゆ。庭に菊の籬、故あるさまして（由緒がありそうな感じで）、移ろひたる[一二]匂ひも九重に（あせかけてはいるものの色は宮）変る色ありとも見えぬに（中のと変るとも見えなかったがそこへ）、若き男一、二人出で来て、「いづくより（どこからお通りが）

一 仏法と縁を結ぶこと。
二 （神楽の音に対して）どんな非難や願いがあっても、の意。どんな訴訟・嘆願の祈禱の時も、とする説もある。
三 神楽もしくはその音楽としての「鼓の声、鈴の音」を、の意。
四 奈良市の北部、法華寺町にある尼寺。もと、法華滅罪寺と号し、総国分尼寺。底本「法花寺」。

法華寺　菊の籬

五 大炊御門。内大臣。作者の母の愛人。前出（一六一頁注一六）。
六 未詳。作者の異父姉か。
七 法華寺の僧房の一。今の「からぶろ」の北にあったと言う。
八 興福寺を指す。
九 「預」は春日・石清水社の神職で、正と権とあり、正は長官。春日社では中臣氏が勤めた。
一〇 中臣祐氏の長男。弘安六年、四十三歳で預。
一一 切妻破風造りの屋根をつけた門。むなもん。
一二 あるいは、「九重に移ろひぬとも菊の花もとの籬を思ひ忘るな」（『新古今集』秋下、花園左大臣室）を踏まえ、後深草院もしくはその宮廷への思慕を仄かしたものか。
一三 神職の次官（注九参照）。
一四 祐家の長男。正応四年権預。「などぞ」の「な」

通る人ぞ［かりの方ですか］」など言ふに、「（私）都の方より」と言へば、「（男達）かたはらいたき［粗末な］菊の籬も目恥かしく［お恥ずかしいことで］」など言ふも由ありて、祐家が子、権預[13]祐永[14]などぞ、この男は言ふなる。祐敏美濃権守[15]、兄弟なり。

九重の外に移ろふ身にしあれば[16]
都はよそに菊の白露

と札に書きて、菊につけて出でぬるを、見つけにけるにや、人を走らかして［走らせて］やうやうに呼び返して［いろいろ言って（私を）］、さまざまもてなしなどして、（祐家父子）「しばし休みてこそ［しばらく休んで（おいでなさい）］」など言へば、例の［例によって］、これにも［ここにも］またとどまりぬ。

中宮寺[17]といふ寺は、聖徳太子の御旧跡、その妃[18]の御願など聞くもゆかしくて［心引かれて］、参りぬ［参詣した］。長老[19]は信如房[20]とて、昔御所ざまにては［院の御所では］見し人なれども、年の積るにや、いたく［よく］（私を）見知りたるともなければ［というふうでもないので］、（私は）名乗るにも及ばで、ただかりそめなるやうにて［ほんの通りがかりのようにして］申ししかども[21]［声をかけたのだが］、（信如は）いかに思ひてやらん［どう思ったのか］、いとほしく当られしかば［親切に応対してくれたので］、（ここにも）またしばし籠りぬ［参籠した］。

法隆寺より当麻[22]へ参りたれば、「横佩大臣[23]の女、生身[24]の如来を拝

は衍字として「とぞ」と訓む説もある。
一五 祐永の弟、後に正預になる。
一六 都の外をさまよい歩いている身ですから、都のことは遥かに聞くばかりですが、こうして宮中を偲ばせる菊に白露の置いたのを見ますと、まことになつかしく存じます、の意。「菊」に「聞く」をかける。又「移ろふ」は「菊」の縁語。
一七 法隆寺東隣の尼寺。聖徳太子の母后穴穂部皇女の邸址を寺にしたもの。
一八 橘大女郎。聖徳太子没後、発願して「天寿国曼荼羅繡帳」を織った。「御願」は、そのことを指す。
一九 ここは、中宮寺の長官。
二〇 藤原氏出身の僧璋円の女。中宮寺再興に力を尽し文永十一年（一二七四）に「天寿国曼荼羅繡帳」を発見して模本を作った。
二一 底本「よしかども」。「よ（寄）りしかども」の脱字と見る説もある。

中宮寺

二二 二上山禅林寺。奈良県北葛城郡当麻町。中将姫伝説（次注参照）で名高い。底本「たへま」、タエマと訓んだか。
二三 右大臣藤原豊成。天平神護元年（七六五）没、六十二歳。その女が中将姫。なお、ここから次頁九行「飛び去り給ひぬ」まで、『当麻曼荼羅縁起』（当麻寺縁起）からの中将姫の蓮糸曼荼羅伝説の筆録。
二四 二四八頁注四参照。次に述べられる伝説中の尼と女房が、如来の化身。

当麻

み参らせんと誓ひてけるに、尼一人来たりて、『十たんの蓮の茎を賜はりて、極楽の荘厳織りて見せ参らせん』とて、乞ひて、糸を引きて、染井の水に濯げば、この糸五色に染まりけるをぞ、したためたる所へ、女房一人来たりて、油を乞ひつつ、亥の時より寅の時に織り出して帰り給ふを、坊主、『さても、いかにしてかまた会ひ奉るべき』と言ふに、

『往昔迦葉説法所　今来法基作仏事
卿懇西方故我来　一入是場永離苦』

とて、西方を指して飛び去り給ひぬ」と、書き伝へたるも、ありがたく尊し。

太子の御墓は、石のたたずまひも、まことにさる陵とおぼえて、心とどまる。折節、如法経を行ふも、結縁うれしくて、小袖を一つ参らせて帰り侍りぬ。かやうにしつつ、年も返りぬ。

二月の頃にや、都へ帰り上るついでに、八幡へ参りぬ。奈良より

一「十駄」の誤りか。『当麻曼荼羅縁起』その他には「百駄」とある。「駄」は馬一頭分の荷量。
二 極楽の荘麗なさまを、の意。「荘厳」は現代語のソウゴンに同じ。
三『縁起』その他に、この時掘った井戸と伝える。「染井」底本「そめのと井」、「染殿井」「染殿の井」と訓む説もあるが、『縁起』等からこう解した。
四 午後十時ごろ。「寅の時」は午前四時ごろ。
五『当麻曼荼羅縁起』では尼の唱える偈。（ここは昔迦葉尊者が説法した所だが、その後、法基菩薩が（この近く金剛山に）仏事を起した、お前が西方浄土を願うゆえに私は来たのだ、一度この道場（当麻寺）に入（ってこの曼荼羅を拝す）れば、永く苦しみから離れるであろう、の意。「迦葉」は大迦葉尊者、釈迦十大弟子の一。「法基」は金剛山に現れた菩薩。「卿」は汝。
六 聖徳太子の陵（磯長陵）。大阪府南河内郡太子町。
七「心とどまる折節」と、続けて訓む説もある。
八 二四九頁注一六参照。
九 正応四年（一二九一）、作者三十四歳、本巻第三年になったのである。
一〇 男山の石清水八幡宮。三五頁注一二参照。
一一 猪鼻坂。八幡宮のある男山へ登る坂道の一。
一二 神仏殿の前庭。
一三 矮人。この部分、「石見国の者」が「低人」と同一人か、「石見国の者」が「低人」を引き連れていたのか、両説があ

石清水で院に再会

八幡へは、道の程遠くて、日の入る程に参り着きて、[一一]猪鼻を登りて[一二]宝前へ参るに、石見国の者とて[一三]低人の参るを行き連れて、[一四]「いかなる宿縁にてかかる片輪人となりけんなど、思ひ知らずや」と言ひつつ行くに、[一五]馬場殿の御所開きたり。

[一六]検校などが籠りたる折も開けば、必ず御幸など言ひ聞かする人も、道の程にてもなかりつれば、思ひも寄り参らせで過ぎ行くほどに、楼門を登る所へ、[一七]召次などにやとおぼゆる者出で来て、「馬場殿の御所へ参れ」と言ふ。「誰か渡らせ給ふぞ。[一八]誰と知りて、さる事を承るべき事おぼえず。あの低人などが事か」と言へば、「さも候はず。紛ふべき事ならず。御事にて候。一昨日より[一九]富小路殿の一院、御幸にて候」と言ふ。ともかくも物も申されず。年月は心の中に忘るる御事はなかりしかども、[二〇]一年、[二一]今はと思ひ捨てし折、[二二]京極殿の局より参りたりしをこそ、この世の限りとは思ひしに、[二三]苔の袂、苔の衣、霜・雪・霰に萎れ果てたる身の有様は、誰かは見知らんと思

るが、一応前者と解した。従って、「行き連れて」と次行の「言ひつつ」の主語は「私」(作者)となる(後者の説では「石見国の者」となる)。
一四 作者が「石見国の者」(低人)に言った語と見た。但し、注一三の後者の説によれば、話者は「石見国の者」で、この低人を引き廻して人々に見せながら「思ひ知らずや」(皆さんは気づかぬか)と言っていることになり、古来社寺の縁日など人の雑踏する所に居た一種の見せ物で、因果の理を説いたものと解される。
一五 男山八幡宮の境内(山上)にあった建物。馬場に臨んでいた。
一六 寺社の事務を監督する職で、石清水八幡・熊野三山・東大寺・金剛峯寺などに置かれた。
一七 院庁の下役人。二一一頁注二〇参照。
一八 「(私を)誰と知りて、さる事を(仰せらるるぞ)」と言うべきところ、後半文脈が屈折したのであろう。
一九 「富小路殿(冷泉富小路にあった持明院統の御所)におられる一院(上皇が二人以上いる時に最初に上皇になった人を指す語)」の意で、後深草院のこと。
二〇 先年。二〇一〜五頁の御所追放の折を指すか。
二一 今は(これまで)と、(宮廷生活あるいは院への奉公を)思い捨てた折、の意。
二二 作者の叔母(六三頁注二七)。本文には見えないが、作者の御所追放の折にあった事実を受けるか。追放後再度出仕の折のこととする説もある。
二三 尼姿と、その衣も旅にやつれたさまとを言う。

ひつるに、誰か見知りけんなど思ひて、なほ御所よりの御事とは思ひ寄り参らせで、女房達の中に、あやしと見る人などのありて、[一]僻目(ひがめ)[二]にやとて問はるるにこそ、など案じゐたるほどに、北面の下臈[三]一人走りて、「とく」と言ふなり。何と遁るべきやうもなければ、北の端(はし)なる御妻戸(つまど)の縁(えん)に候へば、「なかなか人の見るも目立たし。内へ入れ」と仰せある御声は、さすが昔ながらに変らせおはしまさねば、こはいかなりつる事ぞと思ふより、胸つぶれて少しも動かれぬを、「とくとく」と承れば、なかなかにて[四]参りぬ。

「[五]ゆゆしく見忘られぬにて、年月隔たりぬれども、忘れざりつる心の色は思ひ知れ」などより始めて、「昔今(むかしいま)の事ども、移り変る世のならひ、あぢきなく[六]おぼしめさるる」など、さまざま承りしほどに、寝ぬに明け行く[七]短夜(みじかよ)は、程なく明け行く空になれば、「御籠りの程は必ず籠りて、またも心静かに」など承りて、[八]立ち給ふとて、御肌に召されたる御小袖を三つ脱がせおはしまして、「人知れぬ形見ぞ。

一 以下次行の「問はるるにこそ」まで、作者の心中思惟。

二 見まちがいかと（確かめるために、私は）言葉をかけられたのだろう、の意。

三 「北面」は院の御所を警護する武士。「下臈」は身分の低い者。

四 （お言葉に従わないで縁に居るのも）かえって失礼なので（院のお傍へ）参った、の意。

五 「ゆゆし」は、すばらしい、の意。作者を遠くから見分けた（と言っている）院の自讃めいた語。「ゆゆしく見忘られぬにて」は、「思ひ知れ」にかかる。「見忘られぬ」の「れ」は可能。忘れられずにいて見覚えていた、の意。

六 「おぼしめす」は院の自敬表現（但し、この部分、間接話法と解する説もある）、「るる」は自発。

七 元来多くは夏の夜を言うが、ここは文面によれば二月（春）。ただ、それは虚構で、素材事件としては『実躬卿記』によれば四月末～五月初めであったかと思われ、そうした体験の記憶が虚構を裏切ったとも考えられる。一方、恋人との逢う瀬の夜を、心理的に「短夜」と言うこともあり、ここはその気持もあるか。

八 底本「たり給」。（小袖が）足りておられる、と解する説もある（その場合は、自敬表現を含んだ直接話法と見ることも可能）。

九 こうして愛憎に引かれていると来世でも救われな

身を放つなよ」とて賜はせし心の中は、来(こ)し方行く末の事も、九来ん世の闇も、よろづ思ひ忘れて、悲しさもあはれさも、何と申しやる方なきに、一〇はしたなく明けぬれば、「さらばよ」とて引き立てさせおはしましぬる御名残は、一一御後(あと)なつかしく匂ひ、近き程の御移り香(が)も、墨染の袂にとどまりぬる心地して、人目あやしく目立たしければ、御形見の御小袖を墨染の衣の下に重ぬるも、一二便(びん)なく悲しきものから、

一三重ねしも昔になりぬ恋衣
　今は涙に墨染の袖

空しく残る御面影を、袖の涙に残して立ち侍るも、夢に夢見る心地して、今日ばかりも一四候うて、今一度(ひとたび)ものどかなる御ついでもや、など思ひ参らせながら、一五憂き面影も、思ひ寄らずながらは、一六力なき身のあやまりともおぼしめされぬべし。あまりにうちつけにとどまりて、またの御言の葉を待ち参らせ顔ならんも、思ふ所なきにもなり

い、との考えによる。
一〇 人目もまずい程に、の意か。情けなく、と解する説もあるが、疑問。
一一 下に「匂ひ」とあるから、具体的には残り香を指す。なお、以下「……なつかしく、匂ひ近き程（程近いあたり）の……」と訓む説もある。
一二 ぎこちなく悲しかったので、の意。「ものから」は、……が本来（あるいは通例）だが、の意の接続助詞で、平安時代には逆接的に使うことが多いが、中世以降は順接的な用法が多い。
一三 院に恋心を抱いて衣を重ねた（契りを交わした）のも昔のことになってしまった、今は、（小袖を頂いても）墨染の袖に涙を宿すばかりである、の意。「涙に住み（住んでいる）」と「墨染」とをかける。
一四 （ここに）控えていて、の意。「候うて」、底本「候て」。但し「かて」とも読め、「いかで」の誤写と見る説もある。なお、「今日ばかりも……御ついでもや」は作者の心中思惟。
一五 自分のひどい（惨めな）姿（をお見せしてしまったのも）、の意。ここから次頁一行の「なりぬべし」まで、作者の心中思惟。但し、「憂き面影も思ひ寄らず。半(なか)らは力無き身の……」と訓む説もある。
一六 力ない（どうしようもなかった）わが身（作者自身を指す）のあやまりと（院は）思って下さるに違いない、の意。前注の一説で、「力なき身」が院を指すとする解もあるが、「御身」となっていない点で疑問。

ぬべしなど、心に心をいましめて、都へ出づる心の中、さながら推[一]し量るべし。

[二]御宮廻(めぐ)りをまれ、今一度(ひとたび)よそながら見参らせんと思ひて、墨染の袂は御覧じもぞつけらるると思ひて、賜はりたりし御小袖を上に着て、女房の中にまじりて見参らするに、御裘代(きうたい)[三]の姿も昔には変りたるもあはれにおぼえさせおはしますに、階段登らせおはしますとて、[四]資高(すけたか)中納言、侍従宰相(じじゅうのさいしゃう)[五]と申しし頃にや、御手を引き参らせて入らせおはします。「同じ袂なつかしく」[六]など、さまざま承りて、いはけなかりし[七]世の事まで数々仰せありつるさへ、さながら耳の底にとどまり、御面影は袖の涙に宿りて、[八]御山(おやま)を出で侍りて、都へと北へはうち向けども、わが魂はさながら御山にとどまりぬる心地して帰りぬ。

熱田宮の社殿炎上

さても都にとどまるべきならねば、去年(こぞ)思ひ立ちし宿願[九]をも果たしやすると、試みにまた熱田の宮へ参りつつ、通夜[一〇]をしたりし夜中

一 主語は読者。推察してほしい、の意。
二 摂社・末社を巡拝すること。「まれ」は「もあれ」の約。
三 法皇・門跡や出家した公卿の法服。後深草院は、正応三年（この場面の前年）に出家している。
四 二条資季男。一四九頁注二二参照。正応四年（一二九一）〜永仁四年（一二九六）の間、参議兼侍従。
五 参議の唐名。
六 （互いに、あるいは自分と）同じ（墨染の）袂になったのも、親しく感じられることだ、の意。前夜の院の語。
七 作者は四歳の九月から院の御所に出入りしていた（二〇二頁七行・二四六頁五行参照）。なお、「いはけなし」の仮名遣いは未定、底本に従う。
八 霊仏・霊社のある山を言い、ここは男山を指す。
九 華厳経書写の宿願。二五三頁注一九・二〇参照。
一〇 神仏に夜通し参籠すること。
一一 正応四年二月十三日のこと（「田島氏文書」による。『帝王編年記』によれば二日）。従って事実としては、さきの石清水再会以前のことかと考えられる。
一二 一時(ひととき)の間に、の意。「一時」は厳密には約二時間だが、ここは単に短い間を言う。
一三 大工達。
一四 宮司の長。二五四頁注二参照。

ばかりに、御殿の上に火燃え上がりたり。宮人騒ぎののしるさま、推し量るべし。神火なれば、凡夫(ぼんぷ)の消つべきことならざりけるにや、時の程に空しき煙と立ち上(のぼ)り給ふに、明け行けば、空しき灰を造り返し参らせんとて、工匠(たくみ)ども参る。大宮司、祝詞(のと)の師(し)など申す者ども参りたるに、開(あ)けずの御殿とて、神代(かみよ)の昔、自(みづか)ら造り籠り給ひける御殿の礎(いしずゑ)のそばに、大物(だいもつ)どもなほ燃ゆる炎のそばなる礎にある漆(うるし)なる箱の、表一尺ばかり長さ四尺ばかりなる、添へ立ちたり。皆人不思議の思ひをなして見参らするに、祝詞の師といふは神にことさら御むつまじく宮仕ふ者なりといふが参りて、取り上げ奉りて、側(そば)をちと開(あ)け参らせて見参らするに、「赤地の錦(にしき)の袋に入らせ給ひたりとおぼゆるは、御剣(つるぎ)なるらん」と申して、八剣宮(やつるぎのみや)の御社を開(ひら)きて納め奉る。

さても不思議なりし事には、「この御神は景行天皇即位十年生れましましけるに、東(あづま)の夷(えびす)を降伏(がうぶく)のために、勅を承りて下り給ひける

一五 祝詞・祈禱などを司る正員外の下級神職。「詔刀師」とも書く。熱田神宮では田島氏の世襲であった。

一六 御神体の草薙剣(くさなぎのつるぎ)を納める土用殿であろう。

一七 「自ら……」の主語は、祭神日本武尊(やまとたけるのみこと)。「神代」は、記紀に言うのとは外れるが、伝説的な時代の意か。

一八 大きな木材・石材の類。ここは木材。なお、底本「大」の字形不分明で「く」と見て「供物」とする説もある。また、「大物ども……そばなる礎」は、上の「神代の昔……御殿の礎」の言い代え反復ともとれる。

一九 ここも、「祝詞の師といふが参りて」と書きかけて、「祝詞の師」に説明を加えたため、文脈が屈折したもの。

二〇 ここは、草薙剣を指す。

二一 熱田神宮の摂社。下宮と称する。底本「八けん宮」、今訓読に改めた。

二二 日本武尊。その生年には諸伝があるが、『日本書紀』では景行即位二年。なお、以下次頁八行の「申すなり」まで、焼け残った記文の内容。

二三 第一二代。その「即位十年」は、一応西暦八〇年。

二四 東国の蝦夷(えぞ)。

二五 底本仮名。「降服」（当時の発音はゴーブクか）と宛てる説もあるが、ここは他動詞的な意味と考えられるので、「降伏」（神仏の法力等で悪魔や敵を屈伏させること）と解した。

に、伊勢大神宮にまかり申しに参り給ひけるに、『前[一]の生れ素盞嗚尊たりし時、出雲国にて、八岐大蛇[二]の尾の中より取り出でて、われ[三]に与へし剣なり。錦の袋[四]あり。これを、敵のために攻められて命限りと思はん折、開けてみるべし』とて賜ひしを、駿河国御狩野[五]にして野火の難にあふ時に、佩き給ふ剣おのれと抜けて、御あたりの草を切り捨つ。その折、錦の袋なる火打にて火を打ち出で給ひしかば、炎敵の方へ覆ひ、眼を暗がして、ここにて滅びぬ。その故、この野を焼津野[六]とも言ひき。御剣をば草薙剣と申すなり」といふ御記文[七]の焼け残り給ひたるを[八]、ちと聞き参らせしこそ、見しうば玉[九]の夢の言[一〇]葉思ひ合せられて[一一]、不思議にも尊くもおぼえ侍りしか。

伊勢参宮(一)―外宮

かかる騒ぎの程なれば、経沙汰[一二]もいよいよ機嫌悪しき心地して、[一三]津島の渡りといふことをして、大神宮に参りぬ。

四月の初めつ方の事なれば、何となく青みわたりたる梢も、やう変りて面白し。

一 お前(日本武尊)が前世で、素盞嗚尊(天照大神の弟。スサノオとも)であった時、の意。以下、伊勢大神宮(天照大神)の神託。中世には、日本武尊の前身を素盞嗚尊とする説があった。
二 『古事記』上巻に見える有名な天叢雲剣伝説。
三 天照大神自身を指す。
四 このあたりから「開けてみるべし」までは、『古事記』中巻によれば、伊勢神宮に奉仕していた日本武尊の伯母倭姫命が伝えた神託。
五 御狩野(狩猟用の御料地)で、の意。この伝説も『古事記』中巻で有名。ここは、現在の静岡県焼津市付近と言う。但し『古事記』には「相武国」(相模国)とある。
六 注五参照。
七 書きつけ。ここは、草薙剣の由来を述べた縁起。
八 恐らくこの下に「読み上げているのを」の意が略されているのであろう。
九 夢、夜、闇、黒などの枕詞。
一〇 作者がこの前に見た夢であるが、具体的には不明。
一一 この段落の初めの「さても不思議なりし事には」と首尾応ずる。
一二 経の件、の意。先般来宿願の写経のこと。
一三 二五三頁注一八参照。
一四 外宮(豊受大神宮)を指す。内宮(皇大神宮)を本宮としての考え方と思われる(二七三頁注一七参照)が、約三年前に遷宮があって造営間もない故の称

先づ新宮[一四]に参りたれば、山田[一五]の原の杉の群立ち、時鳥の初音を待たん便りも、ここを瀬にせんと語らひまほしげなり。神館[一六]といふ所に、一[一七]、二禰宜より宮人ども伺候したる。墨染[一八]の袂は憚りあることと聞けば、いづくにていかにと参るべきこととも知らねば、「二[一九]の御鳥居・御庭所[二〇]といふ辺までは苦しからじ」と言ふ。所のさま、いと神々しげなり。館[二一]の辺にたたずみたるに、男二、三人、宮人とおぼしくて、出で来て、「いづくよりぞ」と尋ぬ。「都の方より、結縁[二二]しに参りたる」と言へば、「うちまかせては、その御姿は憚り申せども、くたびれ給ひたる気色も、神も許し給ふらん」とて、内へ入れてやうやうにもてなして、「しるべし奉るべし。宮の内[二三]へは叶ふまじければ、よそより」など言ふ。千枝[二四]の杉の下、御池[二五]の端まで参りて、宮人、祓へ神々しくして、幣を差して出づるにも、心の中の濁り深さは、かかる祓へにも清くはいかがと、あさまし。

帰さには、そのわたり近き小家を借りて宿るに、「さても、情あ

とする説もある。

一五 外宮の辺の地名で、ここは「聞かずともここを瀬にせむ時鳥山田の原の杉の群立ち」(『新古今集』夏、西行)による。「瀬」は逢う場所、決めた場所、の意。

一六 神事潔斎の折に神官達の籠る建物。斎館。一説に、伊勢神宮の庶政および神税を司っていた所。

一七 一禰宜・二禰宜以下宮人達が。「禰宜」は神職の一で、通常、神主の下、祝の上。伊勢神宮では、斎宮・祭主(大中臣氏)の下に大宮司・小宮司および内・外宮に各一禰宜から十禰宜に至る十人の禰宜(内宮は荒木田、外宮は度会氏の世襲)がいて、祭事に奉仕した。

一八 伊勢神宮は古来僧尼の参拝を禁じた。

一九 参道の入口から二番目の鳥居。

二〇 底本「三には所」。二の鳥居を入った広場で、九丈殿の前、古く大庭とも呼ばれた所か。

二一 二行目の「神館」を指すのであろう。

二二 神仏に縁を結ぶこと。

二三 神域の中。数行前と併せ考えると、神垣の中か。

二四 五百枝の杉とも言い(但し、両者は別とする説もある)、千枝と言う大宮司(平安中期の長保年間六四代大宮司)が植えたとも言う杉の木。外宮の神木。板垣御門(三の鳥居)の南、御池(次注)の対岸にあったと言う。当時僧尼はここから参拝した。

二五 外宮参道に沿う三つの池(上中下)のうち、中の池。板垣御門の南にある。

りてしるべさへしつる人（案内までもしてくれた人は）、誰ならん」と聞けば、（相手は）三禰宜行忠[一]といふ者なり。これは館の主なり。「（行忠）しるべしつるは（案内したのは）、当時の（現在の）一禰宜が二郎（の次男）[二]、七郎大夫常良[三]といふ」など語り申せば、（私は）さまざまの情も忘れがたくて、

　（私）おしなべて塵[四]にまじはる末とてや
　　苔の袂に情かくらん

木綿四手[五]の切れに書きて、榊の枝につけて遣し侍りしかば（差し出しましたところ）、

　（行忠）影宿す[六]山田の杉の末葉さへ
　　人をも分かぬ誓ひとを知れ

これに（ここに）[七]先づ七日籠りて、生死[八]の一大事をも祈誓申さんと思ひて侍る程（思っておりました頃）、面々に宮人ども（めいめい神官達が）歌詠みておこせ（よこし）、連歌いしいしにて（連歌（の会）を次々と行って）明かし暮すも、情ある心地するに（風流な気がしたが）、うちまかせての（一般の）社などのやうに経を読むことは、宮の中にてはなくて、法楽舎[九]といひて、宮の中より四、五町のきたる所なれば（離れた所なので）、日暮し（一日中）念誦などして、暮るる程に、それ近く（その近く）、

一　度会氏。嘉元二年（一三〇四）一禰宜に至り、同三年没、七十歳。伊勢神道の祖。なお、「三禰宜」から行忠の語と見て、二行目の「主なり」までは自己紹介ととる説もある。

二　度会貞尚。弘安五年一禰宜、正応六年（一二九三）没、七十三歳。「一禰宜が」、底本「一のねきは」。

三　後、常昌と改める。正応五年禰宜、正和五年一禰宜。歌人としてもすぐれ、『度会系図』を編み、南朝に心を寄せるなど、各方面に活躍、延元四年（一三三九）没、六十七歳。

四　神も仏も一様に俗塵に交わってわれわれを救って下さるその神にお仕えになる方として、墨染の衣（の私）にも情けをかけて下さるのでしょう、の意。「塵にまじはる」は「和光同塵」（二五四頁注一五）の意。

五　木綿（楮の皮の繊維で織った布）で作った四手（榊などにつける布片）。

六　深い影を落す山田の杉の末葉すなわち私ども神官の末端までもが、誰をも差別しない誓願を持っていると知って下さい、の意。

七　外宮を指す。

八　生と死すなわち自分の生き方の根本について悟りを開くこと。

九　誦経・奏楽などをして神仏を慰める殿舎。伊勢神宮では、内宮のは建治元年異国降伏のために後宇多院の勅願として岡田（二六八頁注一）付近に建てられ、外宮のは坂之世古（現在、八日市場町）の世義寺の境

内にあったと言う。ここは後者すなわち外宮の方であるが、両方とも後には僧尼参詣の際布施を納める所となっていたと言う。

一〇 内・外宮の中間にある大岩観音のことかとも言うが、むしろ世義寺（注九参照、現在は岡本町へ移転）内の一堂と見るべきか。

一一 あなたと同じく俗世間を厭って出家している墨染の袂を、どんな色と思って（墨染の衣の私の心中を、どんなものと思って）お見捨てになるのでしょう、の意。

一二 ナンテン。メギ科の常緑灌木。

一三 今は思うことです、旅行く（行きずりの）人のあなたと和歌の縁で親しくなったことも（お別れしなければならないのでかえって）残念だということを、の意。「道行く人」底本「みち行人」、「道行人（ゆきびと）」と訓む説もある。

一四 どうして（残念に）お思いになることがありましょう、旅行く人でなくても、いつまでも留まることのできないのがこの世の慣いではありませんか、の意。「何か」は「なぜ」の意で、反語。「道行く人」は注一三に同じ。

一五 作者自身を指す。

伊勢参宮(二)―内宮

[一〇]観音堂と申して尼の行ひたる所（修行している）へまかりて、宿を借れば、「叶はじ」（〔尼〕だめですね）と固く申して、情なく追ひ出で侍りしかば、（〔私を〕追い出しましたので）

（私）世を厭ふ（[一一]いと）同じ袂の墨染を

いかなる色と思ひ捨つらん

前なる南天竺（[一二]なんてんぢく）の枝を折りて、（〔この歌を〕）四手（しで）に書きて（〔結びつけて〕）遣し侍りしかば（届けましたところ）、返しな（返歌など）どはせで（はせず）、（〔直ちに〕）宿を貸して、それより知る人になりて侍りき（それ以来知己になったのでした）。

（〔参籠の〕）七日も過ぎぬれば、内宮へ参らんとするに、初めの先達（せんだち）せし（案内した）常良、

[一三]今ぞ思ふ道行く人は慣れぬるも

悔しかりける和歌の浦波

（〔私の〕返歌には）返しには、

[一四]何か思ふ道行く人にあらずとも

止り果つべき世のならひかは

内宮には、ことさら（特に）すき者ども（風流人達もいて）もありて、[一五]かかる人の外宮に籠り（参籠し）たると（ていると）聞きて、「いつ（いつ）か内宮の神拝（じんぱい）に参るべき（参拝に来るだろうか）」など待たると聞く

も、そぞろはしけれども（落着かないけれども）、さてあるべきならねば（そうしてもいられないので）、〔内宮へ〕参りぬ。

岡田[一]といふ所に宿りて侍る隣に（泊りましたがその隣りに）、故ある（由緒ありそうな）女房の住みかあり。いつしか（早速）若き女童（めのわらは）、文を持ちて来たり。

（女房）何となく都と聞けばなつかしみ[二]
　　そぞろに袖をまた濡らすかな

二禰宜（にのねぎ）延成（のぶなり）[三]が後家（ごけ）といふ者なりけり。（後家）「かまへて（ぜひ）、みづから申さん（こちらからお訪ねしましょう）」など書きたる返事には、

（私）忘られぬ昔を問へば悲しさも[四]
　　答へやるべき言の葉ぞなき

待たれて出づる[五]短夜（みじかよ）[六]の、〔まだ〕月も出ぬ中に[七]月なき程に宮中へ参るに、これも（こちらも）[八]憚る姿なれば、御裳濯川（みもすそがは）[九]の川上より御殿を（社殿を）拝み奉れば、八重榊（やへさかき）[一〇]もこと繁く立ち重ね、瑞垣（みづがき）・玉垣、遠く隔たりたる心地するに、この御社の千木（ちぎ）[一一]は、上一人（かみいちにん）[一二]を守らんとて上へそがれたる[一三]と聞けば、何となく（私）「玉体安穏」[一四]と申されぬるぞ（祈りの語が出たのは）、われながらいとあはれなる（いじらしい）。

一　現在の伊勢市宇治浦田町と同中之切町・同今在家町を含む辺の地名。
二　何となく、都（の方（かた））と聞くと懐かしくて、なぜともなく袖をまた濡らすことです、の意。
三　荒木田氏。承久四年（一二二二）二禰宜、建治四年（一二七八）没。
四　忘れられないでいる昔のことを（あなたから）聞かれると、（私もつらさに）お答えする言葉がないことです、の意。
五　月が待たれて出る時分、すなわち陰暦十七日から二十日頃までを言う。
六　ここは、陰暦四月で夏の短夜のことであろう。
七　伊勢神宮（内宮）では、二の鳥居の内を宮中と言ったようである（十仏『大神宮参詣記』）。
八　内宮（の参拝に）も（私は）憚る姿なので、の意。二六五頁三行以下参照。
九　内宮の境内を流れる川。一名五十鈴（いすず）川。僧尼は、その対岸から参拝した。
一〇　今は内宮の中重鳥居（四の鳥居）の左右に神垣のように差し立ててあるが、昔は玉串御門（内玉垣御門）の前に儀式の折に左右各六十四本立てたと言う。
一一　棟の両端にX字形に交叉させた木。主祭神が男神の時は「外削（そ）ぎ」と言って縦に、女神の時は「内削ぎ」と言って横に削ぐと言う。
一二　帝のことを言う。
一三　「上を削がれたる」の意か。内宮の千木は上を水

（私）一五 思ひそめし心の色の変らねば
　　千代とぞ君をなほ祈りつる

一六 神風すごく音づれて、御裳濯川の流れものどかなるに、一七 神路山を分け出づる月影、ここに光を増すらん（ここではひときわ照りまさるだろうと思われて）とおぼえて、一八 わが国の外（日本の外）まで思ひやらるる心地して侍る。

神拝事故なく一九遂げて、下向し（退出するに当り）侍るとて、神館の前を通るに、一禰宜二〇尚良が館、ことさらに月さし出でてすごく見ゆるに（とりわけ月のさし昇った光でもの淋しく感動的に見えたが）、皆おろしこめて（すっかり戸や格子をおろしてあったので）侍りしかば、（私）「外宮をば二一月宮と申すか」とて、

二二 月をなど外の光と隔つらん
　　さこそ朝日の影にすむとも

榊の枝に四手に書きて結びつけて、神館の縁に置かせて帰り侍りしかば、（尚良は）開けて見ける（見たのか）にや、（私の）宿所へ、また榊につけて、

二三 すむ月をいかが隔てん槇の戸を
　　開けぬは老いの眠なりけり

平に削いだ「内削ぎ」で、外宮のは「外削ぎ」である。底本「うへ」、「うち」の誤写とする説もあるが、疑問。

一四 ここは、後深草院のお体がつつがないように、の意。

一五 （院を恋しく）思い始めた（昔の）気持は変っていないので、（今日も）やはり、千代までも（お栄えを）と、院のことを祈ったことだ、の意。

一六 神域を吹く風の音が背筋も氷るようで、の意。

一七 内宮神域の裏の山。前出（七九頁注一三）。

一八 白居易の詩句「二千里外故人心」を踏まえるか。

一九 無事に、つつがなく、の意。

二〇 荒木田氏。弘安八年一禰宜、和歌を好み、永仁三年（一二九五）没、八十五歳。

二一 中世には、外宮の祭神を月神と見ていた。「と申すか」の部分、一応、と申すのであろうか、の意と見ておくが、「と申すが」と訓む説や「とか申す」の誤写とする説もある。

二二 月をなぜ無縁の光として（戸・格子を下して）差別しておられるのでしょうか、いくら朝日の宮と申す内宮の中にお住まいでも、の意。「すむ」は「住む」に「澄む」をかける。

二三 美しく照る月をどうして差別するものですか、槇の戸を（閉めて）開けなかったのは、（私の）老いの眠りの（深かった）せいです、の意。「槇」は常緑樹のことだが、山家などの戸をよく「槇の戸」と言う。

これにも[一]（ここにも）七日籠りて出で侍るに（退出する際）、「さても（私）、二見浦[二]はいづくの程（どの辺ですか）にか。御神心をとどめ給ひける[三]（御心をおとどめになったという話も）もなつかしく」など申すに（申すと）、しるべ[四]（案内し）給ふべき由（下さると）申して、宗信神主[五]といふ者をつけたり（つけてくれた）。具して行くに（連れ立って行くと）、清渚[六]、蒔絵の松[七]、雷[八]の蹴裂き給ひける石など見るより（見るのを始め）、佐美明神[九]と申す社は渚におはします（鎮座しておられる）。それより（そこから）舟に乗りて、答志の島[一〇]、御饌の島[一一]、通る島[一二]など見に行く。御饌の島とは、海松の多く生ゆるを、この宮（佐美の）の禰宜参りて、摘みて、御神の御饌供ふる所なり（天照大神の御神饌に供えるその島である）。通る島とは、上に屋の棟のやうなる石うつろに覆ひたる中海にて（家の棟のような石が空洞になって覆っている中が海で）、〔そこを〕舟をさし通すなり。海漫々[一三]たる気色、いと見所多く侍りき。

まことや（そうそう）、小朝熊[一四]の宮〔の祭神〕と申すは、鏡造[一五]の明神の天照大神の御姿を写されたりける御鏡を（御鏡だがそれを）、人[一六]が盗み奉りてとかや、淵に沈め置き参らせけるを取り奉りて、宝前に（社殿に）納め奉りければ、（鏡）「われ苦海[一七]のいろくづ[一八]を救はんと思ふ願あり」とて、自ら宝前より出でて、岩の上に現れまします。岩のそばに桜の木一本あり。高潮満つ折は、〔鏡は〕この木の

一 内宮を指す。作者は外宮にも七日間籠った（二六六頁一〇行参照）。

二見浦

二 伊勢度会郡の名所。今は「二見ガ浦」と言う。
三 倭姫命が天照大神を祀る所を探して伊勢路を巡り、二見浦を二度見たとの伝説を指すか。
四 主語は、一禰宜尚良か。
五 荒木田氏。弘安二年大内人（供物などを供える神職）。なお、伊勢神宮では「神主」は禰宜より下。
六 二見浦付近の海岸。神官達の喪の明けた者や参拝者が身を清めた故の名と言う。
七 二見浦辺一帯の松の称。後には一定の地点（二見町江の辺）を指すようになった。
八 五十鈴川の河口に近い汐合付近の右岸にある巨岩。破石とも言う。
九 『倭姫命世記』に言う倭姫命を二見浦に出迎えた佐見津日女・佐見津日子を祀る社で、「さみ」が正しいか。今は堅田神社と言う。ただ、もっと海岸に近い御塩殿（神社）とも考えられる。なお、ここで文脈屈折。

朝熊

一〇 二見浦の東にある。底本「たかし」、「立石」の誤りで夫婦岩とする説もあり、地理的にはその方がよい。
一一 「みけ島」の音読。今の祓島。
一二 今の潜島。次行以下参照。
一三 「海漫々」（『白氏文集』）による。
一四 朝熊社に同じ。度会郡にある。内宮二十四摂社の一。ここから次頁一行の「おはします」までが人々か

梢に宿り、さらぬ（そうでない）折は、岩の上におはします、と申せば[一九]、あまねき（あまねく衆生を救おうとの誓願も頼もしく思われて）御誓ひも頼もしくおぼえ給ひて、一、二日のどかに参るべき（ゆっくり参拝するつもりで）心地して、汐合[二〇]といふ所に、大宮司[二一]といふ者の宿所に、宿を借る。

いと情ある（親切にしてくれて）さまに、ありよき心地（居心地よく）して、またこれにも（ここにも）二、三日経るほどに、（大宮司）「二見浦は月の夜こそ面白く（印象的で）侍れ」とて、女房ざまも引き具して（女房なども引き連れて出かけた）まかりぬ。まことに心とどまりて、面白くもあはれにも言はん方なきに、夜もすがら渚にて遊びて、〔夜が〕明くれば帰り侍るとて、

（私）忘れじな[二二]清き渚に澄む月の
　　明け行く空に残る面影

照月[二三]といふ得選[二四]は、伊勢の祭主[二五]がゆかりある（祭主の縁続きの者だったが）に、何として（どうして）〔私が〕この浦にある（いると聞いたのか）とは聞えけるにか、院の御所にゆかりある女房の許よりとて、文あり。思はずに（意外で）不思議なる心地しながら、開けて見れば、「二見浦の月に慣れて、雲居の面影[二六]は忘れ果てにけるにや（すべて忘れてしまったのですか）。思ひ寄らざりし[二七]御物語も今一度」など、こまやかに〔院の〕御気色ある由（御意向がある旨）〔照月が〕申されしを見

らの伝聞か。注一九参照。

一五 石凝姥神（いしこりどめのかみ）。倭姫命がここで鏡を鋳造したという伝説と天岩戸（あまのいわと）伝説の一部とが混っている。

一六 神鏡の紛失は、長寛元年（一一六三）から文永六年（一二六九）まで四回の記録がある。

一七 この世の苦しみの多いことを海に譬（たと）えて言う語。

一八 鱗（うろこ）。転じて魚類。更にここは衆生の比喩。

一九 「申す」の主語は人々。その内容は、前行の「岩のそばに」からともとれるが、やはり「小朝熊の宮と申すは」からであろう。

二〇 五十鈴川の下流汐合川の河口付近。

二一 音読してダイグウジとも言う。宮司の長。当時は一〇六代大中臣（おおなかとみ）康雄（正応二～六年在任）。

二二 忘れることはあるまい、美しい渚に清く照っていた月が明け行く空にまだ残っている、このすばらしい情景を、の意。

二三 未詳。

二四 御厨子（みずし）所（宮中で食物を調製する所）の女官で、食膳や雑事に従事する。

二五 伊勢神宮神職の最高者で斎宮の下。大中臣氏が世襲した。当時は五六代為継（正応二～四年在任）。

二六 ここは、後深草院の御所ないしは院を指す。

二七 思いがけなかった語り合い（石清水での邂逅（かいこう）を指す）も、もう一度したいものだ、の意。この女房（照月）が直接話法的に伝える院の語で、「御物語」は院の自敬表現と見られる。

し心の中、われながらいかばかりとも分きがたくこそ。御返しには、

　思へただ慣れし雲居の夜半の月
　　外にすむにも忘れやはする

伊勢の人々との別れ

さのみあるべきならねば、外宮へ帰り参りて、今は世の中も静まりぬれば、経の願をも果たしに、熱田の宮へ帰り参らんとするに、御名残も惜しければ、宮中に侍りて、

　あり果てん身の行く末のしるべせよ
　　憂き世の中を度会の宮

暁、発たんとする所へ、内宮の一禰宜尚良が許より、「この程の名残、思ひ出でられ侍る。九月の御斎会に必ず参れ」など言ひたりしも情ありしかば、

　行く末も久しかるべき君が代に
　　また帰り来ん九月の頃

「心の中の祝ひは人知り侍らじ。君をもわれをも祝はれたる返りご

一 このことだけはお考え（分って）下さい、昔親しくお仕えした御所で眺めた夜半の月を、院の御所を離れて遠く住んでいても、決して忘れてはおりません、の意。「月」は院を譬えたものでもある。「すむ」は「住む」に「月」の縁語「澄む」をかける。
二 熱田神宮炎上後の混乱が静まったことを言う。
三 写経奉納の宿願。二五三頁注一九・二〇参照。
四 伊勢の神や人々への名残。「御」をつけたのは、神々への名残の気持からであろう。
五 この世に生きている限りのわが身の将来をお導き下さい、このつらい世の中を渡る間は、度会の宮よ、の意。「度会の宮」は、度会郡にあるところから、外宮のこと。「渡る」をかける。
六 二六九頁注二〇参照。
七 「斎会」は元来朝廷の公事の一。ここは旧暦九月十七日の神嘗祭を中心とした行事を指す。
八 これから先も長く続くに違いない君の御代ですから、また（この伊勢へ）帰って参りましょう、九月の頃には、の意。「君」は天皇（当時は伏見帝、間接にはその父後深草院をも含める）と相手の尚良とを併せ指す。
九 上に、あなた（作者）の、を補う。尚良の語。但し、この一文は地の文と見る説もある。
一〇 元来は「伊勢と志摩と」の意だが、歌などでは単に「伊勢」の意にも用い、「伊勢島」とも書いた。
一一 この神垣の中で、千年の齢を保つと言う松と共

とは、いかが申さざるべき〔申さぬわけには参りません〕」とて、夜中ばかりに、絹を二巻(ふたまき)包みて、
一〇 伊勢島の土産(どさん)なりとて、

(尚良)一一 神垣にまつも久しき契りかな
千年(ちとせ)の秋の九月(ながつき)の頃

その暁の出潮(でしほ)の舟に乗りに〔乗るために〕、宵より〔前夜から〕大湊(おほみなと)一二といふ所へまかりて、い〔身分〕やしき浦人〔の低い漁民〕が塩屋一三のそばに旅寝したるにも〔旅寝した際にも〕、「鵜(う)一四の居る岩のはざま、鯨(くぢら)の寄る磯なりと、思ふ人だに契りあらば〔愛する人と一緒にさえなれるなら〕」とこそ、古き言の葉にも言ひ置きたるに、こは何事の身の行くへぞ〔これは一体どうした身の果てか〕、待つとてもまた〔待っていたとて〕、憂(つら)き思ひの慰むにもあらず〔い思いが慰むわけでもなく〕、〔私の〕越え行く山の末にも〔先にも〕逢坂(あふさか)一五もなし、など思ひ続けて、〔宿を〕また出でんとする暁、夜深く〔まだ暗い中に〕、外宮の宮人常良一六が許より、「本宮一七へつくべき便り文を取り忘れたる、つかはす〔お届けします〕」とて、

(常良)一八 立ち帰る波路と聞けば袖濡れて
よそに鳴海の浦の名ぞ憂き

返し、

に、あなたをじっとお待ちしていましょう、あなたが約束なさった、千秋万歳を寿(ことほ)ぐ秋の九月の頃まで、の意。第二・三句は、「松」をかけた「待ち遠しい約束」の意に「久しき契り」(末までも変らぬ仲)を込め、「千年の秋」は千秋万歳(いつまでも)の意をかける。

一二 汐合川の河口付近の港。現在、伊勢市大湊町。

一三 塩を焼く(海藻を海水で煮つめて塩をとること)ための小屋。

一四 どんな辺鄙(へんぴ)な所へでも、の意。「げに奥の海のな、鵜の居る岩の摂(はざま)にも、(中略)虎臥す野辺、鯨の寄る島にも」(『宴曲集』三、袖湊(そでのみなと))の他、古歌にも類句がある。

一五 愛する人(ここでは、院を指す)に逢うという名の逢坂もない、の意。

一六 二六六頁注三参照。

一七 「本宮」は通例伊勢では外宮に対して内宮を言うから、(あなたが内宮におられた時に)内宮へお届けすべきお手紙(熱田神宮への紹介状か)を忘れておりましたのを、の意か。「本宮」をここでは熱田神宮の意とする説もある。

一八 あなたが波路を分けてお帰りと聞き、悲しみの涙に私の袖も濡れます、その上、このままあなたと疎遠になってしまうかと思うと、(あなたの向われる熱田の近くの)鳴海の浦の名も恨めしく思われます、の意。「帰る」は「波」の縁語、下句は「よそになる」と「鳴海の浦」とをかける。

(私)[一]かねてよりよそに鳴海の契りなれど
帰る波には濡るる袖かな

熱田の宮には、[二]造営のいしいしとて（造営工事が次々とあって）、事繁かりけれども（たて込んでいたけれども）、[三]宿願のさのみ程経るも（あまり延引するのも）本意（ほい）なければ（不本意なので）、また[四]道場したためなどして（手配したりなどして）、[五]華厳経の残り三十巻をこれにて書き奉りて供養し侍りしに（ここでお書き申して供養しましたが）、[六]導師などもはかばかしからぬ（たいしたことのない）田舎法師なれば、何のあやめ知るべきにもあらねど（何のわけも分るはずもないけれども）も、〔ともかくも〕[七]十羅刹（らせつ）の法楽（ほふらく）なれば、さまざま供養して、また京へ上（のぼ）り侍りぬ。

伏見で後深草院と再会

さても思ひかけざりし[八]男山（をとこやま）の御ついでは、この世の外（ほか）まで（来世までも）忘れ奉るべしともおぼえぬに（お忘れ申し得るものとも思えなかったが）、[九]一つゆかりある人して（縁故のある人を使にして）、〔院は〕たびたび〔私の〕古き住みかをも御尋ねあれども（お見舞下さったが）、何と思ひ立つべきにてもなければ（何ともその気になれることでもなかったので）、あはれに（しみじみ）かたじけなくおぼえさせおはしませども（ありがたいことと思われたけれども）、〔お会いせずに〕空しく月日を重ねて、[一〇]又の年の（翌年の）九月（ながつき）の頃にもなりぬ。

[一一]伏見の御所に〔院が〕御渡りのついで（おいでの折に）、大方も御心静かにて（万事にのんびりしていらして）、人知るべき（人が知るような）便宜（びんぎ）ならぬ由を（機会ではない旨）〔院から〕たびたび言はるれば（言われるので）、〔かつて院を〕思ひそめ参らせし〔私の〕心わろさは（心の弱さには）、

一 前から、いずれは他人となって鳴海の方へとお別れすべき定めの私達ですが、今こうして帰って行くとなると、袖は波にも涙にも濡れることです、の意。「よそに鳴海」「帰る」は前歌に同じ。
二 焼失後の再建工事を指す。
三 二七二頁注三参照。
四 修行場。ここでは、写経を行う場所。
五 二五三頁注二〇参照。
六 法会などの進行を司る首席の僧。
七 「十羅刹」は「十羅刹女」で十人の羅刹女（鬼女）。『法華経』陀羅尼（だらに）品に見え、法華経の受持者を護ると言う。「法楽」は奏楽・誦経などを神仏に奉納すること。
八 この年の春、男山（石清水八幡宮）に参籠した院に邂逅したこと（二五八〜六二頁参照）。それをここで、院が参籠のついでに（作者を呼び寄せて）作者と対面したと記しているのは、恐らく事実に近いであろう。
九 自分（作者）と共通の縁故のある人、の意。恐らくは一族の者の意であろうが、具体的には未詳。
一〇 今までの記事の翌年とすれば、正応五年（一二九二）、作者三十五歳である。ただ、同年九月には大宮院の死去・葬送があるので、ここは翌々年の永仁元年（一二九三）かと言われている。
一一 伏見殿。持明院統の離宮。五八頁注六参照。
一二 なるほど（院のお召しに応ずるのがよい）と思ったのだろうか、の意。当時の自分の心境を執筆時に思

一二 げにとや思ひけん、忍びつつ［人目を忍んで］下(しも)一三の御所の御あたり近く参りぬ。一四 しるべせし人［手引きをした人が］出で来て案内するも、ことさらびたる心地して［〔勝手知った私には〕わざとらしい気がして］をかしけれども［おかしかったが］、出御(しゅつぎょ)待ち参らする程、九体(くたい)一五堂の高欄(かうらん)に出でて見渡せば、一六 世を宇治川の河波も、一七 袖の湊(みなと)に寄る心地して、「一八 月ばかりこそ夜(よる)と見えしか」と言ひけん古事(ふるごと)まで思ひ続くるに、一九 初夜過ぐる程に［夜半近い頃］出でさせおはしましたり［〔院は〕出ていらした］。

二〇 隈(くま)なき月の影に、二一 見しにもあらぬ［昔拝見したのとは違う］御面影は、二二 映るも曇る心地して、いまだ二葉にて［〔私が〕幼くて］明け暮れ御膝の下(もと)にありし昔より、二三 今はと思ひ果てし世の事まで、数々承る［〔院の〕］。いづれもわが古事ながら［自身の昔の事であるが］、などかあはれも深からざらん［〔承れば〕心を深く動かされぬはずはない］。「憂き世の中に住まん限りは［〔院〕つらいこの世に住んでいる以上は］、さすがに愁(うれ)ふる事のみこそあるらんに［悲しいことばかりがあるだろうに］、などやかくとも言はで月日を過ぐす［どうしてそうとも言って来ないで暮しているのか］」など承るにも、二四 かくて［こうして］世に経(ふ)る恨みのほかは、何事か思ひ侍らん［何を思っていると言うのでしょう］。その嘆きこの思ひは、誰に愁へてか慰むべき［訴えて慰むことができようか］と思へども、申し表すべき言の葉ならねば［〔それは〕口に出して申せることではないので］、つくづくと［しみじみと〔院の語を〕］承りゐたるに、二五 音羽(おとは)の山の鹿の音(ね)は、涙

い返して自ら評した語。
一三 伏見殿の一部。一四七頁注一八参照。
一四 注九の「一つゆかりある人」であろう。
一五 伏見殿の殿舎の一。九体の阿弥陀仏を安置した堂。
一六 「世を憂(く思ふ)」をかける。
一七 元来涙が溢れ出ることの形容を、宇治川の波について言い、感無量であったことを描写したもの。
一八 「有明の月も明石の浦風に波ばかりこそよると見えしか」(『金葉集』秋、平忠盛、「明石」に「明かし」を、「寄る」に「夜」をかける)の下句を、うろ覚えで引いたもの。「月」を「波」の誤写とする説もある。
一九 宵から夜半までを言う。
二〇 ここや二八〇〜八一頁の描写によると、十五日頃ということになる。
二一 院が出家姿になっていることを言う。
二二 涙ではっきり見えぬこと。「難波潟霞まぬ波も霞みけり映るも曇る朧月夜に」(『新古今集』春上、源具親)による。
二三 今はこれまでと、院御所の奉公を思い切った時のこと。作者の御所追放(二〇一〜四頁)のことを指す。
二四 単に、こうして生きている、の意に解する説もあるが、やはり、院に見放され御所を追放されて流浪している、の意が主であろう。
二五 伏見付近にもある(一四〇頁注一)が、京都東山の一角、清水寺の裏にもあり、後者は鹿の名所。従って、ここはその二つを混成したもの。

をすすめ顔に聞え、即成院(そくじやうゐん)の暁の鐘は、明け行く空を知らせ顔なり。

　鹿の音(ね)にまたうち添へて鐘の音(おと)の
　　涙言問ふ暁の空

心の中ばかりにてやみ侍りぬ（心の中に浮んだだけでそのままにしてしまいました）。

　さても、夜もはしたなく（きまり悪い程に）明け侍りしかば、〔私の〕涙は袖に残り、〔院の〕御面影はさながら（そのまま）〔私の〕心の底（心の奥）に残して出で侍りしに（〔御所を〕）、〔院〕「さても、この世ながら（この世に生きている）の程（間は）、かやうの月影は（このような月夜には）、おのづからの便りには（たまたま機会があればぜひ）必ずと（〔会いたい〕と）思ふに、〔お前の方は〕遥かに龍華(りゆうげ)の暁と頼むるは、いかなる心の中の誓ひぞ（どんな心中の誓いなのだ）。また、東(あづま)・唐土(もろこし)まで尋ね行くも（旅して行くのも）、男は常のならひなり（男は普通のことだが）、女は障り多くて（障害が多くて）、さやうの（そのような）修行叶はずとこそ聞け（修行もできないと聞いている）。いかなる者に契りを結びて、憂き世を厭(いと)ふ友としけるぞ。一人尋ねては（一人で旅して行くのは）、さりともいかがあらん（いくら何でも無理だろう）。涙川袖にありと知り、菊の籬(まがき)を三笠の山に尋ね、九月(ながつき)の空を御裳濯川(みもすそ)に頼めけるも、皆これ、ただかりそめの言の葉にはあらじ（言葉〔だけの事〕ではあるまい）。深く頼め、久しく（末長く）契るようすがありけん（契る関係があったのだろう）。そのほか、またかやうの所々（この辺をあちこち）具しありく（〔お前を〕連れ回）人

一 下の「知らせ顔」と共に、二三〇頁注七参照。
二 即成就院。伏見寺。一二九頁注二〇参照。
三 (涙を催すような) 鹿の声に更に加えて、(即成院の) 鐘の音が、涙を流している私に言葉をかける、暁の空であるよ、の意。
四 上に「出で侍りしに」とあるが、以下の院との対話は、辞去する前に行われたもの。時間を戻す手法。
五 (私との再会は) 龍華の暁 (三八頁注九参照) と期待させているのは、つまり、この世では会わず来世まで待たせるのは、の意。

院との会話

六 肉体的な不利や、交通・宿泊の不便などを指す。
七 以下数行、院は、作者が院と別れて後、生活などのために契った男があるのだろうと、邪推する。
八 鎌倉の飯沼判官との別れの歌の贈答を指す。二五二頁参照。なお、院が作者の諸国での行動をこの時以前に直接または間接に聞いて知っていた (次行の「頼めける」の「ける」は伝聞過去を表す) という構想になっているが、それはこの (昨夜来の) 会見で作者の口から聞いたと考えるべきであろう。
九 春日神社の預(あずかり)祐家の家を訪ねたことを指す。二五六〜七頁参照。「三笠の山」は春日神社の背後の山。
一〇 内宮の一禰宜尚良との別れの歌の贈答を指す。二七二〜三頁参照。
一一 「頼め」は、前行の例と同じく「頼む」(マ行下二段) の連用形。あてにさせ、頼みに思わせ、の意。ここは、相手を引きつけ、位か。

も、なきにしもあらじ」など、ねんごろに御尋ねありしかば、「九重の霞の中を出でて、八重立つ霧[一三]に踏み迷ひしよりこのかた、三界[一四]無安猶如火宅、一夜とどまるべき身にしあらねども、欲知過去因[一五]拙ければ、かかる憂き身を思ひ知る。一度絶えにし契り、二度結ぶべきにあらず。石清水[一六]の流れより出づといへども、今生の果報頼む所なしといひながら、東へ下りはじめにも、先づ社壇を拝し奉りしは、八幡大菩薩[一七]のみなり。近くは心の中の所願を思ひ、遠くは滅罪生善を祈誓す。正直[一八]の頂をば照し給ふ御誓ひ、これあらたなり。東は武蔵国隅田川を限りに尋ね見しかども、一夜の契りをも結びたること侍らば、本地[一九]弥陀三尊の本願[二〇]に洩れて、永く無間[二一]の底に沈み侍るべし。御裳濯川の清き流れを尋ね見て、もしまた心をとどむる契りあらば、伝へ聞く胎金両部[二二]の教主も、その罰あらたに侍らん。三笠の山の秋の菊、思ひをのぶる便りなり。もしまた、奈良坂[二三]より南に、契りを結び、頼みたる人ありて、春日社[二四]へも参り出でば、四

一二 畿内ないし京都付近を指すか。
一三 諸国を遍歴流浪したことを言う。「九重」の縁で「八重」と言い、「まだ知らぬ暁露に起きわびて八重立つ霧に迷ひぬるかな」（『狭衣物語』巻三）を踏まえる。
一四 『法華経』譬喩品の偈。三界（欲界・色界・無色界の総称でわれわれの住む世界のこと）が安穏でないことは、火事で燃えている家と同じである、の意。
一五 「欲レ知二過去因一、当レ観二（看とも）現在果一、欲レ知二未来果一、当レ観二現在因一」（『法苑珠林』五十六・七十四、『諸経要集』六・十四に引く句）により、ここは、過去現在の因果、の意。
一六 石清水八幡が源氏の氏神であることから、作者が源氏の出であることを言う。
一七 鶴岡八幡宮を指す。源氏の氏神。
一八 中世の諺「神は正直の頭に宿る」によった言い方。
一九 八幡神の本地は阿弥陀如来とされた。「弥陀三尊」は阿弥陀如来とその脇侍の観音・勢至両菩薩。
二〇 阿弥陀如来の、衆生を救おうとの根本の願。
二一 無間地獄。八大地獄の第八（一番下）。
二二 胎蔵界（大日如来の働きを慈悲の方面から説いた部門）・金剛界（同如来の働きを智徳の方面から説いた部門）両界の教主である大日如来、の意。中世、伊勢神宮の本地は金剛・胎蔵両界の大日如来とされていた。
二三 奈良から京都へ向って奈良山を越える坂。従ってそれより南とは、奈良の辺を指す。
二四 春日明神のこと。二五四頁注七参照。

所(しょ)大明神の擁護(おうご)に洩れて、空しく三途(さんづ)[一]の八難[二]苦を受けけん。幼少の昔は、二歳にして母に別れて、面影を知らざる恨みを悲しみ、十五歳[三]にして父を先立てし後(のち)は、その心ざしを偲び、恋慕懐旧の涙はいま[四]だ袂(たもと)を潤(うるほ)し侍る中に、わづかにいとけなく侍りし頃[五]は、かたじけなう御まなじりをめぐらして憐愍(れんみん)の心ざし深くましましき。その御蔭に隠されて、父母に別れし恨みも、をさをさ慰み侍りき。やうやう人となりて、初めて恩眷(おんけん)[六]を承りしかば、いかでかこれを重く思ひ奉らざるべき。拙き心の愚かなるは、畜生なり。それなほ四恩[七]をば重くし侍る。いはんや、人倫の身として、いかでか御情(なさけ)を忘れ奉るべき。いはけなかりし昔は、月日の光にも過ぎてかたじけなく、盛り[八]になりし古(いにし)へは、父母の睦びよりもなつかしくおぼえましましき。[九]思はざる外に別れ奉りて、いたづらに多くの年月を送り迎ふるにも、御幸(みゆき)・臨幸(りんかう)に参りあふ折々は、古へを思ふ涙も袂を潤し、叙位[一〇]・除目(ぢもく)を聞く、他の家の繁昌、傍輩(はうばい)[一一]の昇進を聞くたびに、心を傷ましめ

〔私は〕
〔母の〕
〔父母を〕恋い慕い昔を思う涙は
〔私が〕まだまだ幼かった頃は　恐れ多くも
〔院が〕お目をかけて下さって　憐むお気持も深くいらっしゃいました　御恩
すっかり　次第に
成人して　この御恩を重くお思い申さぬわけはありません
鈍い心で愚かなのは　それらすら　重んじております
まして〔私は〕人間として　〔院の〕
幼かった昔は　〔院を〕光以上にもありがたく〔仰ぎ〕　盛年に達した
〔院が〕父母への親しみよりも慕わしく思われました
思いの外の事情でお別れして　空しく　送り迎える間も
〔あるいは〕　〔自分の〕

一 三悪道(さんあく)（サンマクドウとも）、すなわち地獄・餓鬼・畜生の三道（三つの生き方）。
二 仏を見、法を聞くことを妨げる八つの障碍(しょうげ)。
三 巻一、四一～三頁参照。
四 まだ乾いておりませんでしたが、とも、（今も）まだ乾いておりませんが、ともとれるが、「潤し侍る」とあり（「侍りし」でなく）、また次の「わづかに」から六行目の「慰み侍りき」までが一続きと見られるので、後者が可か。
五 「頃」、底本「心」。一応誤写と見て改めた。
六 寵愛。院の愛人となったことを言う。底本「をんけん」、「恩言」と解する説もあるが、意味は大差ない。二四六頁注四参照。なお、ここに「初めて」とあるのは院が最初の男という意味であろう。またここは、父母の死を併せ述べる文の勢いから、父の死と院に愛されたこととの順序が、事実と逆のようになっている。
七 天地・国王・父母・衆生の恩。異説もある。
八 当時の女の「盛り」は、大まかに言って十代の半ばから二十代の半ばまでと見てよいであろう。巻一～三の作者は、ほぼそれに該当する。
九 これも、院御所を追放されたことを指す。このようにたびたび言及するのは、よほど痛恨無念だったからであろう。
一〇 「叙位」は、位を授けること。「除目」は、公卿の官職を任命すること。
一一 同じ主君に仕えている仲間。同僚（ここは女房）。

仮名遣いを無視して「朋輩」と宛てる説もあり、その場合も大差ないが、一応「友人」の意が中心になる。

一二「三十一字（ミソヒトモジと訓むか）の言の葉をのべ」で、和歌を作り、の意。なお、この句は「夜を重ね」と対等で、主語は私（作者）であろう。

一三 下に「実際には、やましいことはなく」の意が略されている。また、ここで文脈は少し屈折して、「修行者」の前に「一方世間ではよく」の意が略されている。

一四 この一句、修行者と言いながら（修行者の中には）、として、そうした連中を「行きあひ……結ぶ」の主語のようにとる（その場合は女性となる）説もあるが、やはり「梵論梵論など申す」と対になって「風情の者」へ続けるべきであろう。即ち、修行者と自称したり、の意（この場合は男性）。

一五 乞食無頼の徒。梵論字（ぼろんじ）。「暮露暮露」とも書く。後の虚無僧。『徒然草』第百十五段にも見える。

一六「（衣あるいは衣の袖を）片敷く」とは、契る相手もなく一人寝をすること。

一七「花見てはいとど家路ぞ急がれぬ待つらむと思ふ人しなければ」（『新古今集』哀傷、藤原実定）による。

一八 七三頁一〇行に類似の表現がある。

一九 野の表面、野面（のおも）（のづら）、の意。元来「野も狭（せ）」（野も狭いほどに）の意であったのを誤解した語。

二〇「あり」と無敬語なのは直接話法では不自然だが、ここも間接話法に流れたものであろう。

二一 二七七頁一行～二七八頁一行の部分を指す。

ずといふ事なければ、さやうの妄念［〔逆に今度は〕そういう迷いが］静まれば、涙をすすむるもよし［涙を流しているのもつまらぬ］なく侍る故［事ですから］、思ひをもやさまし侍るとて［気持を晴らすこともありましょうかと］、あちこちさまよひ侍れば［諸方を流浪しましたので］、或る時は僧坊にとどまり、或る時は男の中にまじはる［暮しました］。[一二]三十一字の言の葉をのべ［和歌を詠み］、情を慕ふ所には［〔人々が〕風流に憧れる所では］、あまたの夜を重ね、日数を重ねて侍れば、あやしみ申す人、都にも田舎にもその数侍りしかども［たくさんおりましたが］、[一三]修[一四]行者と言ひ、[一五]梵論梵論（ぼろぼろ）など申す風情の者に行きあひなどして［出会ったりして］、心の外なる契りを結ぶ［不本意な契りを結ぶ］ためしも侍るとかや聞けども［〔羽目になる〕例もあるとか聞いておりますが］、さるべき契りもなきにや［〔私は〕そうなるべき宿縁もなかったのか］、いたづらに独り（ひと）[一六]片敷き（かたし）侍るなり。都の中（うち）にもかかる契りも侍らば［こういう関係もありましたら〔そして〕］、重ぬる袖も二つにならば、寒（さ）ゆる霜夜の山風も防ぎ侍るべきに［防げるのでしょうが］、それもまたさやうの友も侍らねば［おりませんので］、[一七]待つらんと思ふ人しなきにつけては［〔私を家で〕待っていると思う人もありませんから］、[一八]花の下（もと）にていたづらに日を暮し、紅葉の秋は、[一九]野もせの虫の霜に枯れ行く声をわが身の上と悲しみつつ、空しき野辺に草を枕として明かす夜な夜な[二〇]あり」など申せば、（院）[二一]「修行の折の事どもは、心清く千々（ちぢ）の社に誓ひぬるが［誓っていたが］、都の事には［都のことについては］誓ひがなきは、古き［昔の関］

契りの中にも改めたるがあるにこそ[一]」と、また承る。（係の中で　よりを戻したのがあるのだろう）

「永らへじとこそ思ひ侍れども、いまだ四十(よそぢ)[二]にだに満ち侍らねば、（（私）長生きしまいと思ってはおりますが　〔私も〕）
行く末は知り侍らず。今日の月日の只今までは、古きにも新しきに（先のことはわかりかねます　〔けれども〕　古いなじみにも新しい友人）
も、さやうの事侍らず。もしいつはりにても申し侍らば、わが頼む（にも　うそでも申しましたなら）
[三]一乗法華の転読[四]二千日に及び、[五]如法写経の勤め自ら筆をとりてあま
たたび、これさながら三途(さんづ)[六]の苞(つと)ぞとなりて、望む所空しく、なほし（これらがそのまま　〔成仏を〕　空しくなり　その上に）
[七]龍華の雲の暁の空を見ずして、生涯無間の住みか消えせぬ身となり（永久に無間地獄に生きる苦悩の消えぬ身となることで）
侍るべし」と申す折、いかがおぼしめしけん、しばし物も仰せらる（しょう　〔私が〕　〔院は〕どうお思いになったのか）
る事もなくて、ややありて、「何にも、人の思ひしむる[八]心はよしな（（院）何にしても　思い込むのはよくないことだ）
きものなり。まことに母に後(おく)れ父に別れにし後は、われのみはぐく（〔お前が〕　私だけが〔お前の〕面）
むべき心地せしに、事の違ひもて行きしことも、げに浅かりける契（倒を見るつもりでいたが　こと志と違って行ったことも　浅かった縁だったの）
りにこそと思ふに、かくまで深く思ひそめけるを知らず顔にて過ぐ（だなと思っていたので　〔お前が〕　〔私を〕　知らぬままで過していたの）
しけるを、[九]大菩薩知らせそめ給ひにけるにこそ、[一〇]御山(おやま)にてしも見出（を　初めておしらせ下さってそれで　男山　〔お前を〕見）
でけめ」など仰せあるほどに、西に傾く月は、山の端(は)をかけて入る。（つけたのだろう）

一 下に「あらめ」の略された言い方。

二 この年、永仁元年（一二九三）として、作者三十六歳。なお、「四十而不レ惑」（『論語』為政）、「四十不レ動レ心」（『孟子』公孫丑上）などを踏まえるかとの説もある。

三 彼岸（悟り）に達する唯一の方法の教えとしての法華経、の意。

四 経の初・中・後の各一節のみを抄読すること。全文を読む「真読」に対して言う。

五 二四九頁注一六参照。

六 「三途」は三悪道（二七八頁注一参照）に同じ。「苞」は土産のこと。「つとぞと」を「く（苦）とぞ」の誤写とする説、やはり下の「と」を衍字と見て「三途の津とぞ」と解する説もある。後者は、「三途の津」を「三途の川」（冥途への途中にある川）のこととし、橘敏行が不浄の心で書写した経の墨が三途の川を黒く染めて流れたという、『今昔物語集』（巻十四の第二十九話）に見られる話を参考にした説で興味深いが、「津」は元来船着き場の意で、「三途の津」を「三途の川」と解し得るか、疑問が残る。

七 弥勒菩薩が衆生を救って下さる説法にも会えず、の意。三八頁注九参照。

八 独断で決めてしまうのはまちがっている、の意。

院が作者の潔白を知らず、御所を追放したり、その後の彼女の行状を疑ったりしたことへの陳謝ととるべきである。

九 八幡大菩薩。石清水八幡宮の祭神。
一〇 二六二頁注八参照。
一一 作者の尼姿を言う。
一二 来世への道。来世。
一三 誠意のあるお見舞（贈物）を思い立って下さったのは、の意。
一四 その上、人の気づかぬようにして下さったことまでも、の意。
一五 以下四行後の「……ぞかし」までの部分、院から受けた処遇に対する作者の本作品執筆時点での回想・感想として一続きと見られるが、二七八頁一〜八行で自ら語っているところなどに比べて、甚だ院に冷淡である。作者の感情の揺れか。
一六「絶えて」に同じ。次行の「なく」にかかる。但し、上の「昔より何事も」に続けて、「院との間は絶えて」と解する説もある。
一七（私に対して）かわいそうな気持の起る感じがなさったのだな、の意。
一八「過ぎにし方」すなわち多年にわたる院との間のいろいろなことが、忘れがたいのである。
一九 永仁二年（一二九四）以後、巻五の始まる正安四年（一三〇二）までの間、恐らく永仁年間（一二九九年四月まで）のことであろう。
二〇 二七〇頁注三参照。

東（ひんがし）に出づる朝日影は、やうやう（次第に）光さし出づるまでになりにけり（光を放つまでになっていた）。一一異様（ことやう）なる姿もなべてつつましければ（総じて人目が憚られるので）、急ぎ出で侍りしにも（〔私が〕退出しました時にも）、「必ず近き程に、今一度よ」（〔院〕きっと近いうちにもう一度な）と承りし御声、一二あらざらん道のしるべにや（あの世への道しるべであろうか）とおぼえて、帰り侍りしに、還御（〔院が都へ〕）の後、思ひかけぬあたりより御尋ねありて（思いがけぬ方面から〔私に〕御慰問の使を下さって）、一三まことしき御訪（とぶら）ひおぼしめし寄りける、いとかたじけなし（大層恐れ多い〔ことだった〕）。思ひかけぬ御言の葉にかかるだに（〔院の〕お言葉を頂いただけでも）、露の御情もいかでかうれしからざらん（〔それが〕はかない一時のお情けであってもうれしいのは勿論だが）。いはんや（まして）、まことしくおぼしめし寄りける御心の色（心をこめて思い立って下さったお気持は）、一四人知るべきことならぬさへ、置き所なくぞおぼえ侍りし（身の置き所なく〔ありがたく〕思われました）。一五昔より何事も、一六うち絶えて（全く）、人目にもこはいかになどおぼゆる御もてなしもなく（どうしてこんなになどと思える〔ような格別の〕御待遇もなく）、これこそなど言ふべき（取り立てて言うような）思ひ出では侍らざりしかども（思い出は〔私の方には〕ありませんでしたが）、御心一つには（〔院の〕御心中には）、何とやらん（何と言うのか）、一七あはれはかかる御気のせさせおはしましたりしぞかし、など、過ぎにし方も今さらにて（今更思い出されて）、一八何となく忘れがたくぞ侍る。

再び二見浦へ

かくて年を経るほどに（何年か経ったが）、一九さても二見浦（ふたみの）は、二〇御神も二度（ふたたび）見そなはし（御覧になったか）

てこそ二見とも申すなれば、今一度（いちど）参りもし、また生死（しゃうじ）[一]の事をも祈誓し申さんと思ひ立ちて、奈良より伊賀路（ぢ）[二]と申す所よりまかり侍りしに、先づ笠置寺（かさおきでら）[三]と申す所を過ぎ行く。[四]

ら二見とも言うとのことなので
生き方を悟ることもお祈りしようと思い立って
を通って

一　二六六頁注八参照。
二　伊賀を通る路。奈良から笠置・伊賀を通って鈴鹿の関へ通ずる道路。底本「いかほ」、「伊賀越（ごえ）」の誤りとする説もあるが、実質的にはほぼ同じ。
三　京都府相楽郡笠置町の笠置山にある寺。今はカサギデラと言う。
四　この後、恐らく脱文があるのであろう。特に、上に「先づ」とある文の勢いから、笠置寺の伝説があったかとも思われる。

巻五

巻四は、永仁元年（一二九三）から数年を経たという時点で脱文と見られる中断で終っていたが、巻五は西国への旅に始まり、五年間のことを記して、嘉元四年（一三〇六）の後深草院三回忌の記事で終る。従って、巻五の初めの旅立ちは、逆算して正安四年（一三〇二）九月と考えられ、現存の形で見る巻四の末尾からは十年近い空白がある。この年作者はすでに四十五歳、老尼と言うにふさわしい。その間に、天皇は伏見院から永仁六年その皇子後伏見院へと変って伏見院の院政となったが、僅か二年半の後、正安三年には大覚寺統の後二条院が践祚、その父後宇多院の院政となった。皇位が両統を往復するたびにそれぞれの廷臣達は浮沈を繰り返したが、かつて長女鏱子（永福門院）を伏見院の後宮に、次いで次女瑛子（昭訓門院）を亀山院の後宮に入れた西園寺実兼は、関東申次としても両統に重きをなし、正安元年に五十一歳で出家した後も、北山太政入道と呼ばれて絶対な権力を誇っていた。

　ところで正安四年の冬には、北山准后の他界、後深草院の六十賀などがあったが、作者はそれらをよそに旅を続ける。そして嘉元二年には、春に、かつて憎み合った東二条院の崩に接し、つづいてその秋には、よくも悪くも自分の一生を支配し、その支えでもあった後深草院の崩にあう。院の病状を案じるところから葬列を泣きながら裸足で追う条は、本作品の一つのクライマックスと言えよう。その後、両親の形見をも手放して、亡き肉親や院のために五部大乗経奉納の宿願を果すべく、作者はひたむきに生きながら、幼時に見た西行の修行の記の絵を思い浮かべて、「身の有様」を綴った、というのである。

厳島への旅

さても、安芸国厳島[一]の社は、高倉[二]の先帝も御幸し給ひける、跡の白波もゆかしくて（その昔の跡も慕わしくて）、思ひ立ち侍りしに（〔参詣を〕思い立ちましたので）、例の鳥羽[三]より船に乗りつつ（乗って）、河尻[四]より海のに乗り移れば（海を行く船に）、波の上の住まひも心細きに、ここは須磨[五]の浦と聞けば、行平中納言[六]、藻塩垂れつつ[七]わびける住まひもいづくのほどにかと（どこの辺りかと）、吹き越す風にも問はまほし（聞いてみたい）。九月[八]のはじめのことなれば、霜枯れの草むらに、鳴き尽したる虫の声、絶え絶え聞えて、岸に船着けて泊りぬるに（泊ったところ）、千声万声[九]の砧の音は、夜寒の里にやとおとづれて（〔ここが〕夜寒の里かと思うくらいに響いて）、波の枕をそばだてて、聞くも悲しき頃なり。明石[一〇]の浦の朝霧に島隠れ行く船どもも、いかなる方へとあはれなる（一体どこへ行くのかと心細く思われる）。光源氏の[一一]月毛の駒にかこちけん心の中まで（月毛の馬で都へ帰りたいと嘆いたという心中まで）、残る方なく推し量られて、とかく漕ぎ行くほどに、備後国鞆[一二]といふ所に至りぬ。

一 広島県佐伯郡宮島町にある厳島神社。
二 第八〇代の天皇。平家全盛時の治承四年（一一八〇）上皇としてこの社に御幸、その折のことは『平家物語』にも見えるが、作者の曾祖父土御門通親にも和文の『高倉院厳島御幸記』がある。
三 通例通り、の意。鳥羽（京都の南、今の伏見区下鳥羽の辺）に当時船着場があり、西国への旅はここから船出するのが普通だった。
四 淀川の河口。詳しくはその分流の一つ神崎川の河口、大河尻。現在の尼崎市大物付近。
五 摂津の名所。現在、神戸市須磨区。
六 在原氏。阿保親王（平城天皇の皇子）の第二子、業平の兄。事に坐して須磨に謫居した。
七 「わくらばに問ふ人あらば須磨の浦に藻塩垂れつつわぶと答へよ」（『古今集』雑下、在原行平）による。但し、ここはこの歌を引歌としている『源氏物語』須磨をも併せて踏まえている。次行の「吹き越す風」、八行の「枕をそばだてて」も同じ。
八 正安四年（一三〇二）作者四十五歳の年か。
九 二〇四頁注七参照。
一〇 「ほのぼのと明石の浦の朝霧に島隠れ行く舟をしぞ思ふ」（『古今集』羇旅、読人知らず）による。
一一 「秋の夜の月毛の駒よわが恋ふる雲居にかけれ時の間も見む」（『源氏物語』明石）による。「月毛」は鴇の羽の裏の色に似た、赤みを帯びた馬の毛色。
一二 現在、福山市鞆町鞆。風光明媚な瀬戸内海の要港。

何となく賑はしき宿と見ゆるに、一たいが島とて離れたる小島あり。遊女の世を遁れて、庵並べて住まひたる所なり。さしも濁り深く、二六つの道にめぐるべき営みをのみする家に生れて、衣裳に薫物しては、先づ語らひ深からんことを思ひ、わが黒髪を撫でても、誰三が手枕にか乱れんと思ひ、暮るれば契りを待ち、明くれば名残を慕ひなどしてこそ過ぎ来しに、四思ひ捨てて籠りゐたるもありがたくおぼえて、五「勤めには何事かする。いかなる便りにか発心せし」など申せば、ある尼申すやう、「われはこの島の遊女の長者なり。六あまた七傾城を置きて、面々の顔ばせを営み、道行く人を頼みて、とどまるを喜び、漕ぎ行くを嘆く。また知らざる人に向ひても、千秋万歳を契り、八花の下露の情に酔ひを勧めなどして、五十に余り侍りしほどに、九宿縁や催しけん、一〇有為の眠り一度醒めて、一一二度故郷へ帰らず、この島に行きて、朝な朝な花を摘みにこの山に登る業をして、一二三世の仏に手向け奉る」など言ふも、うらやまし。これに一、二日とど

一 「対が島」の意であろうが、古くは大可島と書いた。今は陸続きで鞆町の南端。
二 衆生が因果によって輪廻転生する六つの生き方、つまり地獄・餓鬼・畜生・修羅・人間・天上の六道。
三 （今夜は）誰の手枕で、すなわち、誰と共寝をして、乱れるかと思い、の意。
四 そうした生活をきっぱりと思い切って、の意。
五 ここは間接話法と見てもよい。
六 遊女を抱え置いている宿の女主人。
七 元来美女の意、転じて遊女のこと。
八 「花の下露の情はほどもあらじ酔ひな勧めそ春の山風」（『新古今集』釈教、寂然法師）により、風流ごとに酒宴のはかなさを言うが、この歌の意を承けて、散りやすい花の下で露のようにはかない（見せかけの）愛情を売って酒を勧め、の意を込める。
九 前世の因縁が私を動かしたのでしょうか、の意。「催す」は、誘い促すこと。
一〇 「有為」は「無為」の反対で、相対的な仮の現象界を言う仏教語。「有為の眠り」は、それに安住して絶対の悟りに目ざめない状態を言う。
一一 二度ともとの生活（場所や境遇）に帰らず、の意。
一二 過去・現在・未来の三世の諸仏。
一三 さあ（分らない）、の意。この部分、心中思惟。
一四 「別れ路はこれや限りの旅ならむさらにいくべき心地こそせね」（『新古今集』離別、道命法師、「いく」は「行く」「生く」の懸詞）による。

まりて、また漕ぎ出でしかば、遊女ども名残（〔私への〕）惜しみて、「いつ程にか都へ漕ぎ帰るべき（お帰りの予定ですか）」など言へば、「[一三]いさや、[一四]これや限りの（これが最後の〔旅かも〕）」など
おぼえて、

（私）
[一五]いさやその幾夜明石の泊りとも
かねてはえこそ思ひ定めね

厳島にて

[一六]かの島に着きぬ。漫々たる（はるばると続く）波の上に、鳥居遥かにそばだち、百八十間の廻廊、さながら浦の上に立ちたれば（そのままそっくり海の上に立っているので）、おびたたしく船どももこの廊に着けたり（廻廊に横着けしている）。[一七]大法会あるべきとて、[一八]内侍といふ者、[一九]面々になどすめり。九月十二日、[二〇]試楽とて、[二一]廻廊めく海の上に舞台を建てて、[二二]御前の廊より上る。内侍八人、皆色々の小袖に白き[二三]湯巻を着たり。（〔楽は〕）うちまかせての楽どもなり（普通の音楽である）。唐の玄宗の楊貴妃が奏しける（玄宗の愛人楊貴妃が奏したという）[二四]霓裳羽衣の舞の姿とかや、聞くもなつかし。

（法会の）会の日は、[二五]左右の舞、青く赤き錦の装束、菩薩の姿に異ならず。[二六]天冠をして簪をさせる（さしたのが）、これや楊妃の姿ならん（これが楊貴妃の姿であろうと見えた）と見えたる。暮れ行（暮れ行く）

一五 さあ、どうでしょうか、これから幾夜明かして、明石の港を目ざしてまたここへ帰って来ることになるか、前もっては思い定めることはできません（全く予定も立てず、また立たない、流浪の旅ですから）、の意。「明かし（て）」に「明石」をかける。

一六 厳島神社のある宮島を指す。

一七 ここは、秋の例祭（九月十四日）を指す。

一八 厳島神社に仕える巫女。

一九 各自でなど（ある所では二人以上連れ立って）、（その用意もしくは練習を）しているようだ、の意。「など」の上に動詞が略されたと見る説もあるが、むしろ「す」が代動詞化しているのであろう。

二〇 舞楽の予行演習。

二一 この部分難解。廻廊のように社殿を取囲む海の上に、の意か。「めく」を「めぐる」の脱字とする説、「廻廊めく」を「舞台」に続けて解する説などもある。

二二 （内侍達は）社殿の前（正面）の廻廊から登場する、の意。

二三 元来、貴人の入浴に奉仕する女が衣服の上に羽織ったもの、転じて女房の略装。

二四 舞曲の一。玄宗が夢に天人の舞を見て作曲したと言う。

二五 左舞は唐楽の舞、右舞は高麗楽の舞。

二六 舞楽などに用いる、円頂で中央に飾り物を立てた冠。

くままに楽の声まさり、秋風楽[一]ことさらに耳に立ちておぼえ侍りき。暮るる程に果てしかば、多く集ひたりし人、皆家々に帰りぬ。御前も物淋しくなりぬ。通夜[二]したる人も少々見ゆ。十三夜の月、御殿の後の深山より出づる景色、宝前[三]の中より出で給ふに似たり。御殿の下まで潮さし上りて、空に澄む月の影、また水の底にも宿るかと疑はる。法性無漏[四]の大海に随縁真如[五]の風をしのぎて、住まひはじめ給ひける御心ざしも頼もしく、本地弥陀如来と申せば、「光明遍照十方世界、念仏衆生摂取不捨[六]」、漏らさず導き給へと思ふにも、濁りなき心の中ならばいかにと、われながらもどかしくぞおぼゆる。

これには幾程の逗留もなくて、上り侍りし[七]。船の中に、由ある女[八]あり。「われは備後国和知[九]といふ所の者にて侍る。宿願によりて、これへ参りて候ひつる。住まひも御覧ぜよかし」など誘へども、「土佐の足摺岬[一〇]と申す所がゆかしくて侍る時に、それへ参るなり。帰さに訪ね申さん」と契りぬ。

一 雅楽の曲名。盤渉調で、四人の舞を伴う。
二 寺社などに夜通し参籠すること。
三 神仏あるいは寺社の前庭。広前。
四 煩悩のない真理の大海に、の意。「法性」は「真如」に同じで、仏教で言う絶対の真理。「無漏」は「有漏」の対で煩悩のないこと（底本「うろ」、今改めた）。法性は広いことから、大海に譬えた。
五 真理が仏縁によってこの地に現れ、位の意。「随縁真如」は、真如（前注）が縁によって万物となって現れること。「風をしのぎて」は、（この厳島の地に）真如の現れである風波を分けて（鎮座し）、の意であろう。「風」は底本「かせ」。「かけ」（影）の誤写として、……海に映る真如の姿の月影を押し分けて、と解する説もあるが、疑問である。
六『観無量寿経』の中の句。阿弥陀の身から放つ光明は遍く十方世界（世界中）を照らし、念仏する衆生を取って（救って）一人も捨てることがない、の意。
七 都へと帰途につきました、の意。なお、この一句までを前の段落として「船の中に」から段落を変える読解や、逆に「上り侍りし」を「船」の修飾語とする説もある。

足摺岬伝説

八 由緒ありそうな、すなわち古風な、気品のある、等の意。
九 現在、広島県三次市和知町の辺。
一〇 今はアシズリミサキと言う。高知県土佐清水市、四国の最南端の岬。

[一一]かの岬には、堂[一二]一つあり。本尊[一三]は観音におはします。隔てもなく、また坊主もなし。ただ、修行者、行きかかる人のみ集まりて、上もなく下もなし。いかなるやうぞと言へば、

[一四]昔一人の僧ありき。この所に行ひてゐたりき。小法師一人使ひき。かの小法師、慈悲をさきとする心ざしありけるに、いづくよりといふこともなきに、小法師一人来て、時[一五]・非時を食ふ。小法師、必ずわが分を分けて食はす。坊主いさめて言はく、「一度二度にあらず。さのみ、かくすべからず」と言ふ。また朝の刻限に来たり。「心ざしはかく思へども、坊主叱り給ふ。これより後は、なおはしそ。今ばかりぞよ」とて、また分けて食はす。今の小法師言はく、「このほどの情、忘れがたし。さらば、わが住みかへ、[一六]いざ給へ、見に」と言ふ。小法師語らはれて行く。坊主あやしくて、忍びて見送るに、岬に至りぬ。[一七]一葉の舟に棹さして、南を指して行く。坊主泣く泣く、「われを

一一 以下、次頁六行まで、作者の実見と足摺での体験（伝説を聞いた）と見る説もあるが、足摺岬そのものの描写が僅か一行足らずで非具体的なことや、二九一頁八行から九月末には讃岐の松山にいたと認められて日程にも問題があるなど、種々の点で、ここから次頁七行の「と言ふ」までは、作者に以下の話を語った語り手（船中の女自身か）の語の引用と考えるのが可か。但し、作者がその語り手と一体になって読者に語りかけている観がある。

一二 蹉跎山補陀落院金剛福寺。

一三 詳しくは、千手観音。

一四 以下、足摺の地名起源説話で、補陀落渡海説話にもなっている。長門本『平家物語』巻四に類話がある。なお、以下次頁六行までの部分は、足摺岬の堂が「隔てもなく、また坊主もな」い事情の説明で、一行目からの語り手の語の中と見るが、長い上に登場人物の会話を含むので、二字下げとした。但し、作者が現地へ行ったとの説に立てば、三行目の「いかなるやうぞ」という作者の質問に対する足摺の村人の答ということになる。

一五 斎。僧侶の、戒律に基づく午前中の食事。「非時」は、午後の食事。

一六 中世の慣用句で、「いざさせ給へ」（さあ、おいで下さい）の略式の言い方。

一七 一艘の小舟を「一葉の舟」と言う。「舟」、底本「一葉の船」。「船」の字、今改めた。次頁二行も同じ。

捨てていづくへ行くぞ」と言ふ。小法師、「一補陀落世界へまかりぬ」と答ふ。見れば、二人の二菩薩になりて、舟の艫舳に立ちたり。心憂く悲しくて、泣く泣く足摺をしたりけるより、足摺岬といふなり。岩に足跡とどまるといへども、坊主は空しく帰りぬ。それより、隔つる心あるによりてこそ、かかる憂きことあれとて、かやうに住まひたり三と言ふ。四三十三身の五垂戒化現これにやと、いと頼もし。

六安芸の佐東の社は、七牛頭天王と申せば、祇園の御事思ひ出でられさせおはしまして、なつかしくて、これには一夜とどまりて、のどかに手向けをもし侍りき。

讃岐の八白峯・九松山などは、崇徳院の御跡もゆかしくおぼえ侍りしに、訪ふべきゆかりもあれば、漕ぎ寄せて下りぬ。松山の一〇法華堂は、一一如法行ふ景気見ゆれば、沈み給ふともなどかと、頼もしげなり。一二「かからん後は」と西行が詠みけるも思ひ出でられて、一三「かかれとて

一 観音の浄土。南方の海中にあるとされる。
二 観音と勢至（共に阿弥陀の脇侍）であろう。
三 前頁注一一・一四参照。前行までを村人の語とする説に従えば、「言ふ」の主語はその村人となる。
四 観世音菩薩は、衆生済度のために三十三に身を変えて現れるとされる。この一文は、作者の感想。
五 神仏が戒を示す（教えを垂れる）ために、姿を変えて現れること。
六 安芸国の佐東社。広島市（旧安佐郡）祇園町の安神社（旧名、祇園天王社）と考えられる。但し「佐東の社」は底本「さと丶の社」、「さと（郷）の社」の誤写で、「安芸」を国名でなく土佐国の郡名とし、阿波国海部郡で土佐国安芸郡に接する（それ故に作者が安芸郡と誤認した）宍喰の八坂神社かとする説もあるが疑問。
七 素盞嗚尊の本地とされるが、もとインドの祇園精舎の守護神。
八 現在、香川県坂出市青海町（昔の松山郷）にある峯。白峯寺があり、保元の乱によって流された崇徳院の陵がある。
九 坂出市松山。白峯の麓。崇徳院の行在所のあった地。
一〇 元来は法華三昧堂であるが、後には貴人の納骨堂や墓所をも言う。ここは、崇徳院の墓所。
一一 「如法経」（二四九頁注一六参照）の略であろう。
一二 「よしや君昔の玉の床とてもかからむ後は何にかはせむ」（『山家集』他、崇徳院の陵に詣でての詠）。

こそ生れけめ」とあそばされける（お詠みになったと言う）古（いにし）への御事まで、あはれに思ひ出で参らせしにつけても（しみじみとお偲び申し上げたにつけても）、

一四 物思ふ身の憂き事を思ひ出でば
苔（こけ）の下にもあはれとは見よ

さても、一五 五部の大乗経（だいじようきやう）の宿願、残り多く侍るを（多く残っておりますので）、この国（讃岐の）にて、また少し書き参らせたくて、とかく（あれこれ）思ひめぐらして、松山いたく遠からぬほどに（松山からあまり遠くない所に）、小さき庵室を尋ね出して（探し出して）、一六 道場に定め、一七 懺法（せんぼふ）・一八 正懺悔（しやうさんげ）など始む。九月（ながつき）の末のことなれば、虫の音（ね）も弱り果てて、何を友なふべしともおぼえず（何を友としたらよいかも分らない）。一九 三時の懺法を読みて、「二〇 慚愧（ざんき）懺悔六根（ろくこん）罪障」と唱へても、まづ忘られぬ御言の葉は（〔院の〕）、心の底（〔私の〕）に残りつつ、さてもいまだ幼かりし頃（〔私が〕）、琵琶（びは）の曲を習ひ奉りしに（〔院に〕お習いした時に）、賜はりたりし（〔院から〕頂戴した）御撥（ばち）を、二一 四つの緒をば思ひ切りにしかども（思い切ったけれども）、御手なれ給ひしも忘られねば（〔院が〕お手に慣らされたものまでは忘れられなくて）、法座（修行の席）の傍（かたはら）に置きたるも、

二二 手になれし昔の影は残らねど

一三「うき世にはかかれとてこそ生れけめことわり知らぬわが涙かな」（『続古今集』雑下、土御門院）。崇徳院と配流地の近い土御門院（承久の乱で一旦土佐に流され、後に阿波に移された）の詠を連想で出したものか。あるいは両院を混同しているかも知れない。

一四 崇徳院の御霊よ、思い悩まれた御自身のつらさを思い出されましたら、苔の下からも、（同じく現世の煩悩に悩む私を）あわれと御覧になって下さい、の意。

一五 五部の大乗経（一八九頁注一八）を書写奉納しようとの宿願。二五三頁注一九参照。

一六 修行や写経をする場所。二七四頁注四参照。

一七 経を読誦して罪障を懺悔すること。ここは「法華懺法」の略。三一一頁注一八参照。

一八 七日の加行（けぎやう）（予備修行）をして懺法をすること。

一九 晨朝（じんちよう）・日中・黄昏（こうこん）（夕方）に法華懺法を読み、の意。

二〇 正懺悔作法中の礼拝の詞。六根（迷いの原因になる、目・耳・鼻・舌・身・意の六つの感覚器官）の罪障を慚愧し（恥じ）て懺悔する、の意。

二一 琵琶のこと。「四つの緒をば……忘られねば」は挿入句。作者が琵琶を断念したことは、一三二頁参照。

二二 この撥を愛用していた昔の面影は、出家してしまった今の私には残っていないが、院の下さった形見と思うと、懐かしさの涙に濡れることだ、の意。「手になれし昔の影」を、この撥を愛用なさった院の昔（出家前か）の面影と解する説は、下句への続きはよいが、「院の面影が残っていない」と言うのは不自然。

形見と見れば濡るる袖かな

このたびは、大集経四十巻を二十巻書き奉りて、松山に奉納し奉る。経の程の事は、とかくこの国の知る人に言ひなどしぬ。供養には、一年、「御形見ぞ」とて、三つ賜はりたりし御衣、一つは熱田の宮の経の時、誦経の布施に参らせぬ。このたびは、供養の御布施なれば、これを一つ持ちて、布施に奉りしにつけても、

月出でん暁までの形見ぞと
など同じくは契らざりけん

御肌なりしは、いかならん世までもと思ひて、残し置き奉るも、罪深き心ならんかし。

とかくするほどに、十一月の末になりにけり。京への船の便宜あるも、何となくうれしくて、行くほどに、波風荒く、雪・霰しげくて、船も行きやらず。肝をのみつぶすもあぢきなくて、備後国といふ所を尋ぬるに、ここにとどまりたる岸より程近く聞けば、下りぬ。

一 ダイジッキョウとも。詳しくは大方等大集経。仏が十方の仏菩薩を集めて大乗の法を説いたもの。六十巻本と三十巻本とあるが、ここは六十巻本であろう。
二 写経の間の事、の意。写経の場所（前頁七行の「道場」）・用紙・道具などの準備や世話などを指すか。
三 奉納の際の供養には、の意で、文脈は「三つ賜はりたりし御衣、……これを一つ持ちて」と続く。
四 先年、の意。石清水八幡宮で出会った時（巻四、二六〇頁辺）を指す。なお、この行の下の「一つは……」の辺で文脈屈折。
五 この部分は、直接話法として作者が院の自敬表現のつもりで「御」を付したとも、間接話法ともとれる。
六 巻四、二七四頁五行辺の記事の折か。但し本文中には記されていない。
七 院に頂いた小袖の残った二枚の中の一枚を指す。
八 弥勒菩薩がこの世に現れて私達をお救い下さる五十六億七千万年後まで、つまり来世までの形見だぞと、同じことなら、なぜ院はあの時、約束して下さらなかったのだろう（そうしたら、今回も手放しはしないだろうに）、の意。「月出でん暁」は、いわゆる龍華三会（弥勒下生、三八頁注九参照）の暁。
九 院が御肌につけていらした分は、の意。
一〇 「国」の下に、地名（あるいは「和知」）脱落か。
一一 当時停船（仮泊）していた港（鞆の辺か）を指す。
一二 厳島からの帰途の船で知り合った女房を指す。二

和知にて

[12]船の中(うち)なりし女房、書きつけて賜(た)びたりし所を尋ぬるに、程近く（その近くに）尋ねあひたり（〔その家を〕尋ね当てた）。何となくうれしくて、二、三日経るほどに、主(あるじ)（主人）が有様（の様子）を見れば、日ごとに男(をとこ)・女(をんな)を四、五人具し[13]もて来て、うちさいなむ（折檻する）有様、目も当てられず。こはいかにと思ふほどに（これはどうしたことかと思ううち）、鷹狩とかやと（鷹狩だとか言って）て、鳥ども多く殺し集む。狩とて（〔また〕狩と称して）、獣(しし)[14]持て来るめり。大方（きっと）、悪業深重(あくごふじんぢゅう)[15]なるべし。[16]

鎌倉にある親しき者とて（鎌倉勤めの〔主の〕）、広沢与三入道(ひろさはのよざう)[17]といふ者、熊野参りのついでに下るとて、家の中騒ぎ、村郡(むらこほり)[18]の営みなり。絹障子[19]を張りて、[20]絵を描(か)きたがりし時に、何と思ひ分くこともなく（〔私は〕何の考えもなく）、「絵の具だにあらば（絵の具さえあったら）描きなまし（描くのですが）」と申したりしかば、〔人々〕「鞆といふ所にあり」[21]とて、〔使を〕取りに走らかす。よに悔しけれども（〔自分の軽率が〕ひどく悔まれたが）、力なし（仕方ない）。〔絵の具を〕持て来たれば、〔私は〕描きぬ。〔主は〕喜びて、「今はこれに落ちとどまり給へ（今後はここに腰を落着けて下さい）」など言ふも、をかしく（滑稽と）聞くほどに、〔広沢〕この入道とかや（とかいうのが）来たり。大方何とかなどもてなすに（一通り何かともてなすうちに）、〔入道は〕障子の絵を見て、「田舎にあるべしともおぼえぬ筆なり（あろうとも思えない筆使いだ）。いかなる

八八頁一〇行以下参照。
一三 連れて来て、の意だが、実際は誘拐してきたのであろう。
一四 底本「し、」。「猪(しし)」と解してもよいが、「しし」とは元来獣肉の意、転じて肉を食用にする獣類（鹿・猪など）の総称なので、ここは「獣」と宛てた。
一五 悪業が深いこと、またそのような者、の意。「悪業」は、前世の悪事の報いや、来世に悪い結果を招くような悪事。ここは後者で、殺生や弱い者いじめなどを指す。
一六 底本「ふし」。「武士」ととる説や、「をりふし（折節）」の意として次へ続けて訓む説もあるが、一応下のように改めた。「らし」と改める説もある。
一七 広沢行実。藤原秀郷の子孫。この主の伯父で（二九五頁四行）、二九六頁九〜一〇行によれば、宗尊親王（二四〇頁注三参照）の王女の守役(もりやく)。この付近（江田庄）の地頭であった。二九五頁四行・注一三参照。
一八 村や（その上の行政単位である）郡をあげての準備、の意。「むらごほり」と訓む説もある。
一九 絹張りの襖(ふすま)。
二〇 （そこに主が）絵を描きたい（誰かに描かせたい）と言っていたので、の意。「たがる」は「たし」と共に鎌倉期に入って現れた語。「時に」は原義のままにも解し得るが、恐らくは接続助詞的用法（一四頁注四参照）。
二一 現在の福山市鞆町鞆。前出（二八五頁注一二）。

人の描(か)きたるぞ」と言ふに、「これにおはしますなり」［〔人々〕ここに御滞在中の方です］と言へば、「定めて［〔入道〕きっと］歌など詠み給ふらん。修行のならひ［修行者の常として］、さこそあれ一。見参(げざん)に入らん［目にかかろう］」など言ふもむつかしくて［面倒に思って］、熊野二参りと聞けば、「のどかに［三 ゆっくりと］、このたびの下向に［今度の〔熊野からの〕］」など言ひ紛らかして、立ちぬ［〔座を〕］。

このついでに［機会に］、女房二、三人来たり［〔手伝いに〕］。江田(えだ)四といふ所に、この主(あるじ)の兄(あに)のあるが、女(むすめ)五よすがなどありとて、「あなたざまをも御覧ぜよ［〔女房達〕あちらの方をも］。絵の美しき［絵がきれいですよ］」など言へば、この住まひもあまりにむつかしく［居心地悪く］、［〔一方〕〔人々〕］「都へは、この雪に叶はじ［この雪では行けますまい］」と言へば、年の内［〔そちらで〕年内は］もありぬべくや六［いることもできようかと］とて、何となく行きたるに［〔江田へ〕］、この和知(わち)の主(あるじ)、思ふにも過ぎて［予想以上に］腹立ちて、「わ七が年ごろの下人を逃したりつるを［私が長年使っていた下人に逃げられていたのを］、厳島(いつくしま)にて見つけてあるを［見つけて連れてきたのに］、また江田へかどはれたるなり八［誘拐されてしまったのだ］。打ち殺さん」など、ひしめく［わめいている］。

九とは何事ぞと思へども、一〇物覚えぬ者は、「さる［そんな］ちうよう一一にもこそあれ、な働きそ［動きなさるな］」など言ふ。この江田といふ所は、若き女(むすめ)どもあまたありて、情(なさけ)あるさまなれば、何となく、心とどまるまではなけれ［心が引き止められるというほどではな］

一 そうあるものだ、つまり、歌もたしなむものだ、の意。あるいは、自分（与三入道）も修行者なので、修行者同士が歌を交わしたり語り合ったりするのは通例のことだ、とも解される。

二（入道は）熊野参り（のついで）と聞いているので、の意。なお、以下の応答や次頁二行によれば、ここへ立寄ったのはその往路であると分る。

三「のどかに」は、「このたびの下向に」の下に略された「お会い致しましょう」の修飾語とも見られ、それが通説であるが、そうお急ぎにならず、まあ落着いて下さい、の意にもとれなくはない。

四 現在、三次(みよし)市に江田川之内町・向江田町がある。なお、ここから次行の「あり」までをも、女房達の語と見てもよい。

五 この部分、やや難解だが、そこ（江田ないしこの主(あるじ)の兄の家）に、この女房達の一人の、本人もしくは娘の、婚家などもあるとのことで、の意か。「女よすが」は、底本「むすめよする」。そのまま、娘達を集めている、あるいは、（そこから）娘達を（この和知へ）呼び寄せることなどあって、ととる説もあるが、やや前後の落着きが悪い。また「女よすがあり」は、婚家という縁故がある、の意とする説、（女房達の一人が）そこの娘の縁故である、の意とする説もある。

六 いることになるだろうか、とも解し得る。

七 この部分も、具体的には分りにくいが、後文から、「年ごろの下人(げにん)」は作者自身を指し、船で出会った女は奴婢を駆り集めていたのであって、主（弟）は作者の意向や立場を知らずに自分の下人と見なしていた、ということか。

八 拉致（らち）（連行）されてしまった、の意。

九 これは一体何事か、の意。二四三頁注二五参照。

一〇 事情を知らぬ者、の意か。なおここから兄の語と見て、和知の弟を指して「わけの分らぬ者」と言っている、ともとれる。

一一 未詳。「中夭」（歴史的仮名遣い「ち(ゆ)うえう」）で災難の意か。「物覚えぬ者は」から兄の語と見ると、それでは落着かず、「自由」（同「じいう」、勝手の意）の誤写とする説もある。

一二 （この兄弟の争いは）どうしたことか、の意。（この先）どうなることとか、と解する説もある。

一三 理解しがたい下人の訴訟だな、の意。「下人沙汰」は、下人についての訴訟（「沙汰」は裁判・訴訟の意）。当時、庄園やそれに関すること（下人の所属など）については、地頭が裁判権を持っていたから、入道は弟・兄両方の言い分を聞いた上、一〇行で作者を釈放せよとの判決を下したのである。

一四 作者の画才を指す。

一五 二四五頁注一六参照。

一六 飯沼二郎資宗。二四一頁注一七参照。

ども（いが）、さきの住まひ（〔和知の〕）よりは心延ぶる心地するに（のんびりする気はしたのに）、一二いかなることぞと、いとあさましきに（あきれてしまったが）、熊野参りしつる入道（広沢入道）、帰さに（帰途に）また下りたり（〔和知へ〕来たと言う）。これに（この入道に〔弟は〕）、かかる不思議ありて（けしからぬことがあって）、わが下人を取られたる由、わが兄を訴へけり（自分の兄を訴えたと言う）。この入道は、これらが伯父ながら（彼らの伯父であり同時に）、所の（同所の）地頭とかやいふ者なり。〔入道〕「とは何事ぞ。一三心得ぬ下人沙汰（ざた）かな。いかなる人ぞ（〔逃げた下人とは〕）。物参りなどすることは（物詣でなどすることは）、常の事なり。都にいかなる人にておはすらん（〔その人は〕都ではどんな人でいらっしゃるか〔分らない〕）。恥づかしく（恥ずかしいことに）、かやうに情なく言ふらんことよ（言い争っていることよ）」など言ふと（〔弟に〕）聞くほどに（〔私も〕）、これへまた下るとて（〔入道が〕）、ひしめく（〔江田でも〕騒ぐ）。この主（あるじ）（江田の）、事のやう言ひて（〔入道に〕）、〔兄〕「由なき物参り人故に（つまらない参詣人のために）、兄弟（おととい）仲違（たが）ひぬ」と言ふを聞きて、〔入道〕「いと不思議なることなり（意外なことだ）」と言ひて、〔入道〕「備中国（びちゅうの）へ、人をつけて（〔この方を〕）送れ」など言ふもありがたければ、見参して（〔入道に〕面会して）、事のやう語れば、〔入道〕「能（のう）はあだなる方もありけり（才能はあだになることもあるのですね）。一四御能故に、欲しく思ひ参らせて（〔弟はあなたを〕お思い申して）、申しけるにこそ（〔あんな事を〕申したのでしょう）」と言ひて、連歌し、一五続歌（つぎうた）など詠みて遊ぶほどに、よくよく見れば、鎌倉にて一六飯沼（いひぬま）左衛門が連歌にありし者なり（の連歌の会にいた者である）。その事言ひ出して（〔互いに〕）、ことさ（改めて〔先らあさましがりなどして、井田[一]といふ所へ帰りぬ。雪いと降りて、竹簀垣[二]といふ物したる所のさまも、ならはぬ心地して、

　　世を厭ふならひながらも竹簀垣[三]
　　　憂き節々は冬ぞ悲しき

帰京の途

年[四]も返りぬれば、やうやう都の方へ思ひ立たんとするに、余寒なほはげしく、「船もいかが」と面々に申せば、心もとなく、かくゐたるに、二月の末にもなりぬれば、このほどと思ひ立つ由聞きて、この入道、井田といふ所より来て、続歌など詠みて、帰るとて、餞などさまざまの心ざしをさへしたり。これは、小町殿[五]の許におはします中務宮[六]の姫宮の御傅[七]なる故に、さやう[八]のあたりをも思ひけるにやとぞ、おぼえ侍りし。

これより備中荏原[九]といふ所へまかりたれば、盛りと見ゆる桜あり。一枝折りて、送りの者につけて、広沢入道につかはし侍りし。

　　霞[一〇]こそ立ち隔つとも桜花

一　現在、三次市大田幸町皆井田の辺。
二　竹で編んだ透垣。
三　俗世間に背を向けた出家のならいではあるが、竹簀垣の竹の節ならぬ、つらい節々（折々）は、冬は特に悲しいことだ、の意。「節」は「竹」の縁語。
四　乾元二年（一三〇三）、作者四十六歳か。
五　二三五頁注二六参照。
六　「中務宮」は宗尊親王（二四〇頁注三参照）。その姫宮については未詳。
七　傅育役、守役。また、「乳父」（乳母の夫）ともとれ、同時に前者であったこともあり得る。
八　この部分諸説あるが、そうした関係（作者と小町殿とは縁戚）をも考慮したのであろうか、の意か。
九　現在、岡山県井原市東・西江原町の辺。
一〇　たとえ、霞は立ち隔てても、桜花よ、風の吹く折には、春が来たことを思い出して咲けよ、の意だが、広沢入道を桜花によそえて、遠く離れても、何かの折には私のことを思い出して下さい、の意を込める。
一一　二日もかかる道のりを、の意。
一二　花ばかりでなく（私も）忘れる間もない程にあなたのお言葉を懐かしく思い返していますが、（お会いしていた時には）ゆっくりうちとけてお話しすることもしませんで（残念で）した、の意。下句、心は行くけれども語ることはできない、と解する説もあるが、「心は行きて語る」を打ち消して「けり」を添え

風のつてには思ひおこせよ

[一一]二日の道を、わざと人して返したり。

[一二]花のみか忘るる間なき言の葉を
心は行きて語らざりけり

[一三]吉備津の宮は都の方なれば、参りたるに、御殿のしつらひも、社などはおぼえず、やう変りたる宮ばら[一四]体に、几帳などの見ゆるぞ、珍らしき。日も長く、風治まりたる頃なれば、程なく都へ帰り侍りぬ。

さても、不思議なりし事はありしぞかし。[一五]この入道下りあはざらましかば、いかなる目にかあはまし。[一六]主にてなしと言ふとも、[一七]誰か方人もせまし。さるほどには、何とかあらまし、と思ふより、修行も物憂くなり侍りて、[一八]永住みして時々侍る。

都の方の事など聞くほどに、[一九]正月の初めつ方にや、[二〇]東二条院御悩みと言ふ。いかなる御事にかと、人知れずおぼつかなく思ひ参らす

たものとすべきであろう。「心行く」は、思い通りになる、の意。
一三 備中一の宮。鳴釜で有名。現在、岡山市吉備津。
一四「ばら」は複数接尾語で「宮々風」の意か。宮家の趣、つまり寝殿造りの意で、吉備津神社特有の建築様式（吉備津造り、比翼入母屋造り）や、その中の寝殿造り風の建具・調度などを指すと考えられる。一説に「宮でら体」の誤写で、神宮寺風の意とする。
一五 この広沢入道が和知・江田にやって来て、私に逢わなかったならば、つまり、私が彼に逢わなかったら、の意。
一六（和知の男が）私の主人ではない、言いかえれば、私は彼の下人ではない、の意。
一七 誰も味方してくれまい、の意。「方人」は味方。
一八 じっと閉じこもって時々（日々）を送った、の意か。但し、底本「なかすみ」、「なかやすみ」の脱字として、修行も休んで、と解する説、また字形から「ならすみ」とも訓めるので、奈良に住んで、と解する説もある。続く「時々」も文脈上落着きが悪く、「明かし」の誤写とする説もあるが、この前後脱字があるかとも思われる。また、「侍る」は底本「侍」のみで、「侍り」と中止法に訓んで次行へ続ける解もあるが、疑問。

東二条院の崩御

一九 以下に記された東二条院の崩御から、嘉元二年（一三〇四）と考えられる。
二〇 後深草院中宮。二四頁注七参照。この年、七十三歳。正応六年出家していた。

れども、一言問ふべき方もなければ、よそに承るほどに、今は叶ふまじき御事になりて、二御所を出でさせおはします由、承りしかば、無常は常のならひなれども、住みなれさせおはしましつる御住みかをさへ、出でさせおはしますこそ、いかなる御事なるらんと、三十善(じふぜん)の床(ゆか)に並びましまして、四朝政(あさまつりごと)をも助け奉り、五夜は共に夜を治め給ひし御身なれば、今はの御事も、変るまじき御事かとこそ思ひ参らするに、六などやなど、御おぼつかなくおぼえさせおはしましほどに、「はや七御事切れさせ給ひぬ」とて、ひしめく。

折節、近き都の住まひに侍れば、何となく八御所ざまの御やうも御ゆかしくて、見参らせに参りたれば、まづ九遊義門院御幸一〇なるべしとて、一一北面の下臈(げらふ)一、二人御車さし寄す。一二今出川右大臣(いまでがはのみぎのおとど)も候ひ給ひけるが、「御出で」など言ひあひたるに、遊義門院御幸まづ急がるるとて、御車寄すると見参らすれば、また先づ暫(しば)しとて、引きのけて帰り入らせおはしますかとおぼゆること、二、三度になれば、今は

人づてに　助かりそ
うもない　御退出になるとの旨
世の常のことではあるが　住みなれていらっしゃる　御所をすら
御退出になるとは　〔一体〕どんな御事情なのだろうと思い
臨終の御作法も　〔帝と〕違う筈のない　お思い申すのに
納得が行かないとお思い申し上げているうちに
〔人々〕　崩御なさった　騒いでいる
〔私は〕御所に近い都の家にいましたので　御様子も伺いた
くて　拝見に参ったところ
〔伏見殿に〕
〔大臣も〕お出になる〔下臈達が〕言い合っていたが　お急ぎになる
〔門院の〕　お見受けしていたところ　〔車を〕
〔門院は〕戻って〔中へ〕お入りになったかと思われることが　〔思えば母后の〕

一 (御病状を)尋ねることのできるつてもないので、の意。「方」は、手段・方法の意もあるが、ここではむしろ、あてにする相手・縁故。
二 後深草院の御所である冷泉富小路殿を指す。院の御所も内裏と同じく死の穢(けがれ)を避けるため、瀕死の病人は退出させたのであろう。東二条院は伏見殿(下の御所)に移って崩じた。
三 「十善の床」は、天子の位(三〇頁注五参照)。それに並ぶ地位は、皇后・中宮。
四 朝廷の政治。
五 「春従春遊夜専夜」(「長恨歌」)によるか。
六 なぜ(そんなふうに)など、の意。御所退出の事情・理由に対する不審の気持である。
七 東二条院は嘉元二年正月二十一日崩、七十三歳。
八 「御所」を後深草院の意にとって同院の御様子と解することもできようが、後文から考えると、東二条院のおられた御所(伏見殿)の様子であろう。
九 東二条院所生の姫宮。二五~二七頁・二七頁注二三参照。当時三十五歳。
一〇 ここは、御所(伏見殿)から他所への御幸。死の穢に触れるのを避けるため。
一一 院の御所を警固する武士。「下臈」は身分の低い者。
一二 西園寺公衡(きんひら)。実兼男。当時従一位前右大臣、四十一歳。

の御姿、またはいつかと御名残惜しくおぼしめさるる程も、あはれに悲しくおぼえさせおはしまして、あまた物見る人どももあれば、御車近く参りて承れば、「すでに召されぬと思ふほどに、また立ち帰らせおはしましぬるにや」と聞ゆ。[一三]召されて後も、[一四]例なき御心惑ひ、[一五]よその袂も所狭きほどに聞えさせおはしませば、心あるも心なきも、袂を絞らぬ人なし。宮々わたらせおはしましかども、皆先立ち参らさせおはしまして、ただ御一所わたらせおはしましかば、かたみの御心ざし、さこそと思ひやり参らするも、しるく見えさせおはしまししこそ、[一六]数ならぬ身の思ひにも、比べられさせおはします心地し侍りしか。[一七]今はの御幸を見参らするにも、昔ながらの身ならましかば、[一八]いかばかりかなど、おぼえさせおはしまして、

さて[一九]もかく数ならぬ身は永らへて
今はと見つる夢ぞ悲しき

[二〇]御葬送は伏見殿の御所とて、法皇の御方も遊義門院の御方も入ら

一三 （門院は、車に）お乗りになってからも、の意。
一四 尋常一様でないお取り乱し方で、の意。
一五 傍の（私の）袂も（涙に濡れて）どうしようもない程に（泣いていらっしゃるのが）聞えたので、の意。
一六 取るに足らぬ者、の意で、作者自身を指す。下の「思ひ」は、父を失った時の悲しみを指すととる説もあるが、その時（父の死の時）の悲しみの回想をも含んで、この時（東二条院の崩御の時）の作者の気持であろう。
一七 最後の御幸、即ち東二条院の御葬送。
一八 語法的には、どんなにか（悲しかったことだろう）、というのが順当だが、やや落着きが悪い。どんなふうに悲しんだろうか、どんな気持だったろうか、の意か。
一九 それにしても、このように物の数でもないわが身は長生きして、（東二条院の）御最期にお会いしたのは、はかない夢のようで悲しい、の意。
二〇 一〇行目で御葬送を見送ったように書いておいて、この二行は記事としては重複ないし繰り返しである。この作品には折々こうした時間を戻す手法の例がある。

後深草院の病気

せおはしましぬと承れば、〔お二人の〕御嘆きもさこそと、推し量り参らせしかども、伝へし[一]風も跡絶え果てて後は、何として〔私の気持を〕申し出づべき方もな（申し出る方法もないので）ければ、空しく心に嘆きて明かし暮し侍りしほどに、同じ年六月（みなづき）の頃にや、法皇御悩み（御病気と）と聞ゆ。御瘧（おこり）[二]心地など申せば（言うことなので）、人知れず、今や落ちさせおはしましぬと承ると思ふ程に（お直りになったと承るかと思っているうちに）、〔かえって〕御わづらはしうならせおはします（お悪くおなりになったと）とて（言って）、閻魔天供（えんまてんく）[三]とかや行はるるなど承りしかば、事がら（事のなり）もゆかしくて（ゆきも知りたくて）、〔御所に〕参りて承りしかども、誰に言問ひ申すべきやうもな（お尋ねすべき方法もないので）ければ、空しく帰り侍るとて、

　夢[四]ならでいかでか知らんかくばかり
　　われのみ袖にかくる涙を

〔人々〕「御日瘧（ひおこり）[五]にならせ給ふ、いしいし」と申す、「御大事出で来べき」（万一の御事態になるのではないか）など申すを聞くに（聞くと）、思ひやる方もなく（心の晴らしようもなく）、今一度（ひとたび）この世ながらの御面影を見参らせずなりなんことの（拝見しないで終ってしまいそうなことの）悲しさなど、思ひ寄る（思ってみる）。あまりに悲しくて、七月一日より八幡（やはた）[六]に籠りて、武内（たけうち）[七]の御千度をして（お千度参りをして）、このた

一 （院との間の）連絡も切れてしまってからは、の意。「風」は恐らく連絡役（あるいは、二七四頁九行の「一つゆかりある人」か）を指し、その人が亡くなったのであろう。代々続いた生家も父雅忠の没後男子が絶えた後は、と解する説は、「伝へし」の「し」の用法などからも、疑問である。
二 「瘧心地」は、瘧の病気の意。今のマラリアに当る。一定の周期で熱や発作が起る病気。
三 閻魔天（閻魔王）を本尊として供養する修法。御産の祈りと言うが、また延寿・除災などを願う時も行ったと言う。
四 夢でない限り、どうして（院は）知って下さろうか、これほどに、（院の御病気を案じて）私一人袖に涙をこぼしていることを、の意。
五 マラリアで、連日発作が起る状態を言う。「いしいし」は、次々に、の意。なお、「いしいし」から地の文と見る説もある。
六 石清水八幡宮。三五頁注一二参照。
七 武内社。石清水八幡宮の摂社で、武内宿禰（たけのうちのすくね）を祀る。
八 作者は、自分の見た夢を、夢兆（神仏のお告げ）と解したのである。
九 やや分りにくいが、日食と言うものが出て、の意か。日食だぞと（神が）言って、ともとれる。
一〇 この一句も不分明。姿を見せまい（日輪すなわち太陽神の語）、とも、（お前が）外へ出ぬように、とも解されるが、はっきりしない。また、「……出でし」

び別の御事なからん事を申すに（格別の御事のないことを祈ったところ）、五日（五日目の）の夢[八]に、日蝕（にっしょく）[九]と言ひて、「あ[一〇]らはへ出でじ」と言ふ。[一一] 本のまま。ここより紙を切られて候。おぼつかなし。紙の切れたる所より写す。

[一二] めす。また御病（やまひ）の御やうも承るなど（〔院の〕御様子も承ろうなどと）思ひ続けて、西園寺[一三]へまかりて、「昔御所ざまに侍りし者なり（（私）院の御所にお仕えしていた）。ちと見参（げざん）に入り侍らん（お目にかかりたく存じます）」と案内すれ（と取次を乞う）ば、墨染の袂を嫌ふにや（嫌うゆえか）、きと申し入るる人もなし（すぐに取次いでくれる人も）。せめての事に（〔だめなら〕せめてこれをと）、文を書きて持ちたりしを、「見参に入れよ（（私）お目にかけて下さい）」と言ふだにも（言うのをさえも）、きとは（すぐには）取り上ぐる人もなし。夜更くる程になりて（夜のふける頃になって）、春王といふ侍（さぶらひ）一人出で来て、文取り上げぬ。「[一四]年の積りにや（年とったせいか）、きとも覚え侍らず（すぐにも思い出しません）。明後日（あさて）〔翌々日〕ばかり（ごろ）、必ず立ち寄れ」と仰せらる。何となくうれしくて、十日の夜、また立ち寄りたれば、（家人）「法皇御悩み既（すで）にておはします（危篤でいらっしゃる）とて（と言って）、京[一五]へ出で給ひぬ」と言へば（言うので）、今さらなる心地もかきくらす心地して（改めての衝撃に心もまっ暗になる感じがして）、[一六]右近馬場（うこんのばば）を過ぎ行くとても、北野・平野（ひらの）[一七]を伏し拝みても、「わが命に転じ代へ給へ」とぞ申し侍りし（祈ったことです）。この願もし成就して（叶って）、われもし

と訓んで、（日食に暗示される不吉な結果が）はっきり出た、と解する説もある。

一一 ここで料紙が切られている形の親本を転写した人が付した注記。すなわち底本の親本もしくはそれ以前の段階でこの部分は切り取られていたのである。底本ではこの注の部分、下のような二行割に小字に記されて、ちょうど行末に至っている。なお、この部分が切り取られた理由は、不吉な記事があったからとも言われるが、他の部分（二四五頁三〜四行・三一二頁一二〜一三行）と共に、夢想ないし夢兆・霊託の記事であって、そうした「夢の記」を一括するために作者自身がここから切り取ったか、とする説もある。

一二 切り取られる前の形ではこの前にどのような文字があったか不明のため、語としても「召す」か否か断定できない。

一三 元来は西園寺家の別荘北山第（北山殿、今の金閣寺の地）の中にあった仏殿の名（二一八頁注一一参照）だが、ここは北山第の意。北山太政入道と呼ばれた実兼（前太政大臣、当時五十六歳、五年前に出家）が隠居していた。

一四 取次の者（恐らく春王）が伝えた実兼の語。

一五 （御主人すなわち実兼公は）都へお出かけになりました、の意。北山の辺は都の外であった。

一六 一条大宮、今の北野神社の南東の辺。

一七 共に社。北野神社（北野天神）は今の上京区馬喰（ばくろ）町にあり、平野神社は北区平野宮本町にある。

露と消えなば、[一]御故（おんゆゑ）かくなりぬとも知られ奉るまじきこそなど、あ（悲しく）はれに思ひ続けられて、

　　[二]君故にわれ先立たばおのづから
　　　夢には見えよ跡の白露

　昼は日暮し思ひ暮し、夜は夜もすがら嘆き明かすほどに、十四日夜、また[三]北山へ思ひ立ちて侍れば、今宵（こよひ）は入道殿（実兼）出であひ給ひたる（お会い下さった）。昔の事、何くれ仰せられて、「御悩みのさま（〔法皇の〕御病状は）、むげに頼みなくおはします（ひどく悲観的でいらっしゃる）」など語り給ふを聞けば、いかでかおろかにおぼえさせ給はん（とうてい一通り〔の悲しさ〕にお思い申すことではない）。[四]今一度いかがしてとや申すと思ひては、参りたりつれ（〔北山殿へ〕）ども、何とあるべしともおぼえず侍る（どうしたものかとも思いつかずにいますと）に、[五]仰せられ出したりしこと語りて、参れかし、と言はるるにつけても、[六]袖の涙も人目あやしければ（人目に立って変なので）、立ち帰り侍れば（戻ってきましたが）、[七]鳥辺野（とりべの）の空しき跡とふ人（墓に詣でる人々が）、[八]内野（うちの）には所もなく行き違ふさま（びっしり行き交う有様は）、いつか[九]わが身もと、あはれなり。

　　[一〇]あだし野の草葉の露の跡とふと

一 （院の）御ためにこうなった（命を落とした）とも、知られ申す（知って頂く）ことはないのだな、などと、の意。できることなら院の身代りになりたいと願う一方、そうした真心を院に知られずに終るのはつらいのである。

二 院の御ために私がもし先立って命を落したならば、（その時は）何かの折に（院の）御夢には見えてくれ、わが亡き跡の白露（となる私の霊）よ、の意。

三 北山第すなわち西園寺邸（前頁注一三参照）。

四 やや難解で諸説あるが、何とかして（院にお会いしたい）と申す気になって、の意か。「申す」は、特に取次を乞う意ではなく、普通に、願う、頼む、の意で「申さん」と言うに同じく、主語は「私」であろう。

五 （実兼公の）お言葉（御紹介）だと言って（院御所へ）参上せよ、の意。文脈不分明だが、「仰せられ出し」の主語は実兼で、「参れかし」までは、それを間接話法的に記したものと解した。但し「仰せられ出し」の主語を院、「語りて」の主語を実兼と見て、院のおっしゃっていた語を（実兼は私に）語って、とし、「参れかし」を実兼が作者に与えた指示と見る説もある。

六 院に会えることになったうれしさ、けれどもその院が危篤と聞く悲しさ、またかつての愛人実兼に温かい配慮を受け、親しく言葉をかけて貰った感激などの混った、複雑な思いの涙である。

七 東山の一角。火葬場や墓地があった。ここはむしろ、次の歌の「あだし野」と共に、単に墓地の意。

八 二九頁注一四参照。
九 「わが身も」の下に補うべき語は、院のお墓に参るようになるのか、の意とする説もあるが、次の歌から考えても、亡き数に入るのだな、の意であろう。
一〇 あだし野の草葉の露となった故人の墓に詣でると言って行き違う人々も、思えばいつまで（この世に生きていることだろう）、の意。「あだし野」は、元来嵯峨の墓地。注七参照。
一一 二条大路と京極大路との交叉点に近い門（裏門）から後深草院の御所冷泉富小路殿へ参上したのである。
一二 （御病気平癒の）祈禱。崩御になったので、御修法を修する台も不用になり、取りこわすのである。
一三 ここは、冷泉富小路殿の寝殿を指す。
一四 伏見院の第二皇子富仁親王。後の花園院。後深草院の孫に当る。死の穢を避けるため、崩御の後は人々はその御殿を立ち去るのである（二九八頁注一〇参照）。
一五 二条富小路殿。二条大路の南、富小路の西、すなわち冷泉富小路殿の筋向い（南西）にあった。
一六 宵の口から夜中までの間。
一七 鎌倉幕府が京都に置いた役所またはその長官「六波羅探題」の略。探題（長官）は南北二人おり、当時は北方は北条時範、南方は同（金沢）貞顕。
一八 富小路（南北の小路）に面して、の意。
一九 台のような腰掛。
二〇 底本「なみゐたり」。そのままここで文を切る訓みもあるが、「る」の誤写と見て「さま」へ続けた。

後深草院の崩御

行きかふ人もあはれいつまで

十五夜、二条京極より参りて、入道殿をたづね申して、夢のやうに見参らする。

十六日の昼つ方にや、「はや御事切れ給ひぬ」と言ふ。思ひまうけたりつる心地ながら、今はと聞き果て参らせぬる心地は、かこつ方なく、悲しさもあはれさも、思ひやる方なくて、御所へ参りたれば、かたへには御修法の壇毀ちて出づる方もあり。あなたこなたに人は行き違へども、しめじめと、ことさら音もなく、南殿の燈籠も消たれにけり。春宮の行啓は、いまだ明き程にや、二条殿へなりぬれば、次第に人の気配もなくなり行くに、初夜過ぐる程に、六波羅御弔ひに参りたり。北は、富小路面に、人の家の軒に松明ともさせて並みゐたり。南は、京極面の篝の前に、床子に尻かけて、手の者二行に並みゐたるさまなど、なほゆゆしく侍りき。

夜もやうやう更け行けども、帰らん空もおぼえねば、空しき庭に

院の御葬送を裸足で追う

一人ゐて[一]、昔を思ひ続くれば、折々の（院の）御面影ただ今の心地して、何と申し尽すべき言の葉もなく、悲しくて、月を見れば、さやかに澄み上(のぼ)りて見えしかば、

隈(くま)[二]もなき月さへつらき今宵かな
曇らばいかにうれしからまし

釈尊入滅(にふめつ)[三]の昔は、日月も光を失ひ、心なき鳥獣(とりけだもの)までも憂へたる色（悲しみの表情に）に沈みけるに（沈んだと言うのにと）、と、げに[四]すずろに月に向ふ詠めさへ（全く何となく月に向ってする物思いまでも）、つらくおぼえしこそ、われながら、せめての[五]事と思ひ知られ侍りしか。

夜も明けぬれば、立ち帰りても、なほのどまる心地もせねば（落着く気もしないので）、平[六]中納言のゆかりある人[七]（縁続きの人が）、御葬送奉行(ぶぎやう)[八]と聞きしに（聞いたので）、ゆかりある女房[九]を（その縁続きの）知りたる事侍りしを（〔私が〕知っていましてその人を）尋ね行きて、「（私）御棺(くわん)を、遠(とほ)なりとも（遠くからでも）、今一度見せ給へ」と申ししかども、叶ひがたき由申ししかば[一〇]、思ひやる方なくて（どうしようもなく）、いかなる隙(ひま)にても、さりぬべきこと[一一]やと思ふ（そうしたことがあるかと）。試みに女房の衣(きぬ)を被(かづ)きて、日暮し（一日中）御所にたたずめども（たたずんでいたが）、叶はぬに（叶わなくて）、既に御格子(みかうし)[一二]参

一「ゐる」は、通例、単に存在する意ではなく、「立つ」の反対語で、坐る、うずくまる、等の意。
二（平素はよいと思う）明るく澄み切った月までもつらい今宵だよ、（本来心のない月までも今宵は澄み切っているのを恨みたく、私の悲しみに応じて）曇ってくれたら、どんなにうれしいことだろうに、の意。
三 釈迦入滅の折の弟子達や動物達の悲嘆の様子は『涅槃経』にも見えるほか、釈迦涅槃図として伝存するものも多い。
四「げに」は「つらくおぼえし」にかかるか。この辺の心理、分りにくいが、元来心の晴れるべき「月に向ふ詠め」までもつらく思われたのは、の意か。
五（今では院に対するさまざまな恩讐の思いを越えて）よほどの事だと、の意。
六 仲兼。当時、従二位前権中納言、五十七歳。
七 日野資冬を指す。俊光男、徳治二年没。その妻が仲兼女。
八 御葬送の実行担当責任者。いわば葬儀委員長。
九 注七に述べた仲兼女、資冬室を指すと見られる。なお、次の「……侍りしを」は、知っていることがありましたので、と解することもでき、「尋ね行」った相手は平中納言（仲兼）と見ることもできる。
一〇 主語は「尋ね行」った相手と同一人。前注参照。
一一「さりぬべきこと」（そうあり得ること）は、御棺を拝し得ることを指す。

る程になりて、御棺[一三]の入らせ給ひしやらん、御簾の透り[一四]より、やはらたたずみ寄りて、灯[一五]の光ばかり、さにやとおぼえさせおはしまししも、目も昏れ、心も惑ひて侍りしほどに、事なりぬ[一六]とて、御車寄せ参らせて、既に出でさせおはしますに、持明院殿[一七]の御所、門まで出でさせおはしまして、帰り入らせおはしますとて、御直衣の御袖にて御涙を払はせおはしまし御気色、さこそと悲しく見参らせて、やがて京極面[一八]より出でて、御車の尻に参るに、日暮し御所に候ひつるが、事なりぬとて御車の寄りしに、慌てて[一九]、履きたりし物もいづ方へか行きぬらん、裸足にて走り下り[二〇]たるままにて参りしほどに、五条京極を西へやり廻す[二一]に、大路に立てたりし竹[二二]に、御車をやりかけて、御車の簾片方落ちぬべしとて、御車副[二三]上りて直し参らするほど、つくづくと見れば、山科[二四]中将入道、傍に立たれたり。墨染の袖もしぼるばかりなる気色、さこそと悲し。

ここよりや止る止ると思へども、立ち帰るべき心地もせねば、次

一二 格子をおろす時分。夕刻になったことを指す。
一三 御棺が葬儀の行われる室に運ばれたことを指すか。「御簾」へ続けて、御棺が中におられると思われる御簾、と解するのは、落着かない。
一四 隙間。簾と簾との間の意か。
一五 灯の火だけが見え、の意か。
一六 （御葬送の）用意ができた、の意。人々の語の直接話法ともとれる。
一七 伏見院。持明院殿（現在のほぼ今出川新町、光照院の地）を居所とした故の名。ここから、後深草院・伏見院の系統を持明院統と言った。
一八 京極大路に面した部分。冷泉富小路御所では、裏側に当る。ここは、その門。三〇三頁注一一参照。
一九 この句、「寄りしに」から続けて「寄ったのにあわてて」とも、やや独立させて「あわててしまい」ともとれるが、「履き」にかかるのではあるまい。
二〇 御所の簀子あたりから走り下りたのであろう。従って、その直前には（簾の間から覗いた時から）履物を脱いで建物の上に上っていたと考えられる。
二一 車の向きを変える時に、の意。「やる」は車を進めること。
二二 なぜ竹が立ててあったか不明。現在祇園祭の山車の向きを変えるには割った竹を交叉点に敷き、その上を滑らせるが、あるいはそのための割竹か。
二三 牛車の左右に付き随う舎人。
二四 資行。後深草院の近臣。一一二頁注四参照。

第に参るほどに、物は履かず、足は痛くて、やはらづつ行くほどに、皆人には追ひ遅れぬ。藤森[一]といふ程にや、男一人あひたるに、「御幸先立たせおはしましぬるにか」と言へば、「稲荷[二]の御前をば御[三]通りあるまじきほどに、いづ方へとやらん参らせおはしましてしか[四]ば、こなたは人も候ふまじ。夜ははや寅[五]になりぬ。いかにして行き[六]給ふべきぞ。いづくへ行き給ふ人ぞ。過ちすな。送らん」と言ふ。

空しく帰らんことの悲しさに、泣く泣く一人なほ参るほどに、夜の明けし程にや、事果て[七]て、空しき煙[八]の末ばかりを見参らせし心の中、今[九]まで世に永らふるべしとや思ひけん。伏見殿[一〇]の御所ざまを見参らすれば、この春女院[一一]の御方御かくれの折は、二御方[一二]こそ御渡りありしに、このたびは、女院[一三]の御方ばかり渡らせおはしますらん御心の中、いかばかりかと推し量り参らするにも、

露[一四]消えし後の御幸の悲しさに
昔に帰るわが袂かな

一 藤森神社がある伏見の地名。一三六頁注四参照。
二 いわゆる伏見稲荷。伏見区深草町稲荷山にある。
三 葬列は神前を避けるものだからである。お通りになってはならないので、ともとれる。
四 「しかば」は、底本「しからん」。
五 午前四時頃。
六 「べき」をいわゆる意志にとり、どうやっておいでになるおつもりですか、ともとれる。
七 荼毘（火葬）の儀式も終ったことを指す。万事終って、のニュアンスもある。
八 語の原義としては、煙のたなびいた先端を指すが、要するに火葬の煙のこと。
九 今まで生き永らえようとは思わなかった、の意。「今」は、この葬送の時を指すとも、この作品を書いている時点を指すともとれ、それに応じて、それまで生きてきたことを見つめての語である「思ひけん」の時点も変るが、執筆時点を指すと見るべきか。「永らふる」は、「永らふ」が正しい形で、生き永らえるの意。「べし」は、推量・可能の両意にとれる。
一〇 作者は深草辺から伏見殿へ回ったと考えられる。
一一 東二条院。二九七～九頁参照。
一二 後深草院とその皇女遊義門院とを指す。
一三 遊義門院を指す。
一四 院のおかくれになった後の御幸（すなわち御葬送）の悲しさに、（俗世間の恩愛や感情を捨てて尼となった筈の私も）お仕えしていた昔の気持に帰って、

涙で袂が濡れることだ、の意。
一五（私の悲しみや昔の思い出を）語り合おうと思う伏見殿の御所の戸口も、諒闇のため閉ざしていて、の意。縁者の居所（建物）の戸口と解する説もある。
一六 墨染の喪服。主語は遊義門院。
一七 どんなにか濃く染めたであろうに、の意。喪服は、死者との縁故の深い者ほど濃く染めたものを着た。
一八 三二一頁一〇～一二行参照。
一九 喪服を着るべき人数（メンバー）の中に（加えられるよう）お願いしたが、の意。
二〇 私事（父の喪を指す）による喪服を着ておりましたことなど、の意。
二一（尼である私の）墨染の袖は、（これ以上）染めようにも染める色もない、院の崩御を悼む思いは遊義門院と同じ思いなのだけれども、の意。
二二 難波の四天王寺。現在、大阪市天王寺区元町。
二三 釈迦如来が仏法を説いた所、の意。「転法輪」は、迷いを破砕して仏法を説くこと。天王寺は釈迦如来の転法輪所、極楽東門の中心、とされた。
二四 この春（母君東二条院の崩御の折に）喪服をお召しになったのに、この秋の（父君後深草院の）崩御で重ねて喪服を着ていらっしゃるに違いないその色の濃さを、悲しくお察ししております、の意。「たち」は「衣」の縁語「裁ち」に「霧」の縁語「立ち」をかける。「着てし」は底本「きせし」。

天王寺に参籠　院の四十九日

一五 語らふべき戸口もさしこめて、いかにと言ふべき方もなし（どうしているかと訊くわけにも行かない）。さのみ迷ふべきにもあらねば（うろついてもいられないので）、（〔私は〕）その夕方帰り侍りぬ。
一六 御素服（そふく）召さるる由承りしかば、（〔私も〕）昔ながらならましかば（昔のまま〔の身分〕だったならば）、いかに一七 深く染めまし。一八 後嵯峨院御かくれの折は、（〔後深草院の〕）御所に奉公せし頃なりし上（奉公していた時分だった上に）、故大納言（父雅忠が）、思ふやうありてとて（考えるところがあるからと言って）、一九 御素服の中に申し入れしを、（〔後深草院〕）「いまだ幼きに（〔二条は〕幼いから）、大方の（普通の）栄えなき色にてあれかし（派手でない色でおれ）」などまで承りしに、そのやがて（その後間もなく）八月に、二〇 私の色を着て侍りしなど、数々思ひ出でられて、

二一 墨染の袖は染むべき色ぞなき
　　思ひは一つ思ひなれども

かこつ方なき（まぎらわしようもない）思ひの慰めにもや（慰めにもなるかと）とて、二二 天王寺へ参りぬ。二三 釈迦如来転法輪処（てんぽふりんしよ）など聞くもなつかしくおぼえて、のどかに経をも読みて、暫し（しばし）は紛るる方なくて候はん（しばらくはそれに専念していよう）など思ひて、一人思ひ続くるも悲しきにつけても、女院（遊義門院）の御方の御思ひ（お気持を）、推し量り奉りて、

二四 春着てし霞（かすみ）の袖に秋霧の

たち重ぬらん色ぞ悲しき

御[一]四十九日も近くなりぬれば、〔私は〕また都に帰り上りつつ、その日は伏見の御所に参るに（参ったところ）、御仏事始まりつつ（始まっていて）、多く（大勢）聴聞せし中に、わればかりなる心の中はあらじとおぼゆるにも悲し。事果てぬれば（仏事が終ると）、[二]面面の御布施どものやうも、[三]今日閉ぢめぬる心地して（今日が最後になってしまう気がして）いと悲しきに、頃しも九月の初めにや（初めだったか）、[四]露も涙もさこそ争ふ御事なるらめと、[五]御簾の中も悲しきに、[六]持明院の御所、このたびはまた[七]同じ御所と承るも、[八]春宮に立ち給ひて角殿の御所に御渡りの頃までは見奉りし古へも（お移りになった頃まではお見かけしていた昔の事も）、とにかくにあはれに悲しきことのみ色添ひて（積って）、[九]「秋しもなどか」と[一〇]公私おぼえさせ給ひて（思われて）、[一一]数ならぬ身なりともと、さしも（あれほど）思ひ侍りし事の叶はで、[一二]今まで憂き世にとどまりて、[一三]七つの七日に逢ひ参らする、われながらいとつれなくて（薄情なようで）。[一四]

三井寺の[一五]常住院の不動は、[一六]智興内供が限りの病には（最期の病の時には）、証空阿闍梨と言ひける（いう者）が、〔証空〕[一七]「受法恩重し。〔私は〕数ならぬ身なりとも〔師に代りたい〕」と言ひつつ、

一 嘉元二年（一三〇四）九月五日に当る。
二 各自が僧侶達に納める御布施を指す。僧達の各自に配られる御布施ととる説もある。
三 今まで七日ごとに行ってきた仏事も、中陰の明けるこの日を最後に行われなくなるからである。
四 露も涙もさぞ競争することだろう、すなわち、悲しみの涙は、折からの秋の露にも劣るまい、の意。
五 女性方。玄輝門院（かつての東の御方、後深草院妃、伏見院母）・遊義門院などを指す。
六 伏見院を指す。三〇五頁注一七参照。
七 後深草院のおられたと同じ御所、の意。冷泉富小路殿を指す。
八 伏見院の立坊は建治元年。「角殿の御所」は、冷泉富小路御所内の建物。七四頁七〜九行参照。
九 秋はとりわけどうして（悲しいのだろう）、の意。「時分かずいつも夕べはあるものを秋しもなどか悲しかるらむ」（『続後撰集』秋上、洞院実雄）によるか。
一〇 院も父も秋に亡くなったのを言う。
一一 物の数でないわが身でも（院のお命に代れたら）と、の意。三〇一頁一三〜一四行参照。
一二 この「今」は、事件当時現在の「今」である。
一三 四十九日を指す。
一四 ここを読点にして、ただ話題の転換と見ることもできるが、次の説話が長いので、一応「て止め」の文として段落を切った。
一五 園城寺（三井寺）門跡の一。京都市（旧愛宕郡）

一八晴明(せいめい)に祀(まつ)り変へられければ、明王（〔不動〕）、命（〔証空の〕）に代りて、「汝（〔不動〕）は師に代る（代ろうとする）。われは行者に（行者のお前に）代らん」とて（と言うと）、智興も病止(や)み、証空も命延びけるに（延びたというのに）、一九君の御恩、受法の恩よりも深かりき。申し受けし（〔だのに〕お願いした）心ざし（〔私の〕気持が）、などしも空しかりけん。二〇苦の衆生(しゅじゃう)に代らんために、御名（〔八幡神は〕）を八幡(はちまん)大菩薩と号(がう)すとこそ、申し伝へたれ。数ならぬ身にはよるべからず（〔それなら〕数ならぬ身でも構わない筈だ）。御心ざしの（〔院の〕御信心が浅）なほざりなるにもあらざりしに（かったわけでもないのに）、まことの二一定業(ぢゃうごふ)は、いかなることも叶はぬ御事なりけり（御事だったなあ）、など思ひ続けて、帰りて侍りしかども、つゆ（少しも）まどろまれざりしかば（眠れなかったので）、

二二悲しさのたぐひとぞ聞く虫の音(ね)も
老いの寝覚(ねざめ)の九月(ながつき)の頃

古きを偲(しの)ぶ涙は、片敷く袖（一人寝の袖）にも余りて、二三父の大納言身まかりしことも、秋の露に争ひ侍りき（秋の露と消えるのを争ったのでした）。二四かかる御あはれも、また秋の霧と立ち上(のぼ)らせ給ひしかば（〔なって〕）、二五なべて雲居もあはれにて（一面に空も物悲しく）、二六雨とやなり給ひけん、雲とやなり給ひけん、いとおぼつかなき（気がかりな〔あの世への〕）御旅なりしか（御旅であったよ）。

にあったと言う。開祖証空（二一六頁注一参照）。その不動は、いわゆる泣不動。以下の説話は『今昔物語集』『発心集』『宝物集』その他多くの書に見える。

一六 証空の師。安和三年（九七〇）入壇灌頂(かんじょう)。「内供」は内供奉(ないぐぶ)の略で、宮中の内道場に奉仕する僧。

一七 仏法の教えを受けた恩、の意。底本「しゆほう」、「主坊」（主君に当る僧）又は「修法」ととる説もある。

一八 安倍晴明（平安中期の有名な陰陽師(おんようじ)）に頼んで病気を証空に移すよう祈禱したところ、の意であろう。「晴明」底本仮名、「生命」と解する説もあるが、説話に晴明が登場する。

一九（私の場合）院の御恩は証空が智興から受けた受法の恩よりも深かった、の意。「受法」は注一七に同じ。

二〇 苦しんでいる多くの人々に代るべく、の意。このこと、続類従本系『八幡愚童訓』名号御事に見える。

二一 前世からの定まった業因。宿命。

二二 同じように悲しみのために泣いている仲間だと秋の虫の音を聞くことだ、年をとって夜半に眠れないでいるこの九月の夜長の頃には、の意。

二三 ここも、「て止め」と解することもできる。

二四 後深草院の崩御を指す。

二五「のぼりぬる煙はそれとわかねどもなべて雲居のあはれなるかな」（『源氏物語』葵(あおい)）による。

二六「雨となり雲とやなりにけむ」（『源氏物語』葵）のほか、同巻に類句があり、原拠は『文選』。作者の曾祖父通親の『高倉院升遐記(しょうかのき)』にも類句がある。

いづ方の雲路ぞとだに尋ね行く
　など幻のなき世なるらん

大集経書写の宿願成就

さても大集経、いま二十巻、いまだ書き奉らぬを、いかがしてこの御百日の中にと思へども、身の上の衣なければ、これを脱ぐにも及ばず、命をつぐばかりの事持たざれば、これを去りてとも思ひ立たず。思ふばかりなく嘆きゐたるに、われ二人の親の形見に持つ、母に後れける折、「これに取らせよ」とて、平手箱の鴛鴦の丸を蒔きて、具足・鏡まで同じ文にてし入れたりしと、また梨地に仙禽菱を高蒔に蒔きたる硯蓋の、中には「嘉辰令月」と手づから故大納言の文字を書きて、金にて彫らせたりし硯となり。一期は尽くるとも、これをば失はじと思ひ、今はの煙にも友にこそと思ひて、修行に出で立つ折も、心苦しきみどり子を跡に残す心地して、人に預け、帰りては先づ取り寄せて、二人の親に会ふ心地して、手箱は四十六年の年を隔て、硯は三十三年の年月を送る。名残いかでかおろかなる

一 なぜ、（院の御魂は）どこの雲路を旅しておられるか位は知っていて尋ね行く、そんな幻術（を持った方士）のないこの世なのだろうか、の意。「尋ね行く幻もがなつてにても魂のありかをそこと知るべく」（『源氏物語』桐壺）による。

二 二九二頁注一参照。四十巻のうち二十巻は、前々年の九月末頃讃岐の松山に奉納した。

三 平らな手箱で、鴛鴦のつがいの円形の文様を蒔絵にして、の意。化粧道具の箱であろう。母の形見。

四 付属品（この場合は、櫛・かんざしなど）まで同じ文様（鴛鴦の丸の蒔絵）を入れたもの。

五 「梨地」は漆地に金銀の粉末を撒いたもの。「仙禽菱」は仙禽（鶴）を菱形にしたもので、久我家の紋。以下二行後の「硯となり」まで、父の形見の硯の説明。

六 高く盛り上げた蒔絵。高蒔絵。

七 『和漢朗詠集』の句。一七九頁注三一参照。

八 「友」、底本この漢字だが、「共」と宛ててもよい（元来同語）。

九 ここは「現世」の意。無漏（二八八頁注四）の対。

一〇 元来は「伝ふ」が正しいが、中世には「伝ゆ」の形も多い。ハ行動詞のヤ行化で、「教ゆ」なども同じ。なお、ここの記述から作者は自分の生んだ子（巻一の秘密の出産の女子や巻三の有明の二子）とも表向きは縁が切れていたことが分る。

一一 語法不正確で難解だが、院の命に代りたいとの願

べきを（のだが）、つくづくと案じ続くるに（考えてみると）、人の身に命に過ぎたる宝（人間にとって命にまさる宝は）、何か（ありは）
はあるべきを（しないのにそれをも〔私は〕）、君の御為には捨つべき由を思ひき（捨てようと思ったのだ）。いはんや、有漏（うろ）[九]
の宝、[一〇]伝ゆべき子もなきに似たり（ないも同然である）。わが[一一]宿願成就（じやうじゆ）せましかば（したならば）、空し
くこの形見は人の家の宝となるべかりき（なる筈であった）。しかじ（それよりは）、[一二]三宝（さんぼう）に供養して、
君（院の）の御菩提（ぼだい）にも回向（ゑかう）し、二親（ふたおや）のためにもなど、思ひなりて（〔そうするのがよい〕という気になって）、これを（この二品）
取り出でて見るに（を取り出して見ると）、年月慣れし名残は（愛着は）、[一三]物言ひ笑ふことなかりしか（〔この二品が〕）
ども、いかでか悲しからざらん（悲しみを催すことしきりである）。折節、東（あつま）の方（かた）へよすが定めて（縁づいて）行く
人、[一四]かかる物を尋ぬとて、三宝の御あはれみにや（御憐憫であろうか）、思ふ程よりも（〔こちらが〕）い
と多くに（高額に）、[一五]人取らんと言ふ。思ひ立ちぬる宿願成就しぬる事は（〔大集経書写の〕宿願が成就したことは）うれ
しけれども、手箱をつかはすとて（〔先方に〕渡す時に）、

[一六]二親の形見と見つる玉櫛笥（くしげ）
今日別れ行くことぞ悲しき

九月十五日より、東（ひんがし）[一七]山双林寺（さうりんじ）といふあたりにて、[一八]懺法（せんぼふ）を始む。
さきの二十巻の大集経まで、[一九]

ではあるまいか。それを「宿願」と言うのはしっくりしないが、「ましかば」「べかりき」の両語法からそう解しておく。但し、諸注多く五部大乗経書写の宿願とする。その方が六行後とも合い、「まし」には必ずしも非現実でない単純仮定の用法もあるが、それなら次行「なるべかりき」は「なるべし」でよい筈である。

一二 仏・法・僧。仏教で重視する三つのもの。

一三 この一句、挿入句。

一四 こういう物を探していると言って、の意。嫁入道具の一つとしてである。

一五 「人」、やや落着かず、誤写か衍字（えんじ）かとも思われるが、縁づいて行くその人、あるいは間に立って買いつけに来た人、と見る説もある。

一六 両親の形見と見てきたこの手箱が、今日私の手許を離れて行くのは、まことに悲しい、の意。「玉櫛笥」は「くしげ」（箱）の美称。「二親」の「ふた」（「蓋」をかける）、「形見」の「み」（「身」をかける）が、「別れ」と共に、その縁語。

一七 霊鷲（りょうじゅ）山双樹林寺。最澄の建立。日本最古の祈禱道場。

一八 写経の前に行う懺法。二九一頁注一七参照。

一九 底本のこの部分、ちょうど下の形のように丁の表の末行に「……まで」とあって、その下数字分を空白とし、改行して丁裏の初行の頭から「折々も……」と記している。しかし、「……大集経（書写）まで、（写経の）折々も」と続けて解しても、一応意味は通ずる。

折々も、昔を偲び今を恋ふる思ひ、忘れ参らせざりしに、今は一筋に「過去聖霊 成等正覚」とのみ、寝てもさめても申さるるこそ、宿縁もあはれに、われながらおぼえ侍りしか。清水山の鹿の音は、わが身の友と聞きなされ、籬の虫の声々は、涙言問ふと悲しくて、後夜の懺法に夜深く起きて侍れば、東より出づる月影の、西に傾く程になりにけり。寺々の後夜も行ひ果てにけるとおぼゆるに、双林寺の峯にただ一人行ひゐたる聖の念仏の声すごく聞えて、

いかにして死出の山路を尋ねみん
　もし亡き魂の影やとまると

借聖雇ひて、料紙・水迎へさせに横川へ遣すに、東坂本へ行きて、われは日吉へ参りしかば、祖母にて侍りし者は、この御社にて神恩を蒙りけるとて、常に参りしに、具せられては、ここよりまた刀にて切りて取られ候。返す返すおぼつかなし。「いかなる人にか」など申されしを聞くにも、あはれは少なからん

（今も院を恋うる気持で〔院を〕／前世の因縁も悲しく／坐ると／終ってしまったと思われる折に／行をしている／寒々と／いつも参詣していたが〔私も〕連れられては／どんな人に供養なさるのですか／悲しみは並大抵ではない）

一 院の在世時、または院の寵を受けた日々を指す。
二 亡くなった人の霊が等正覚すなわち三藐三菩提（悟り）を成就するように、の意。
三 清水寺の背後の音羽山。鹿の名所。
四 夜半から朝までの間。
五 後夜（前注）に行う勤行。
六 何とかして、死出の山路を尋ねてみたいものだ、もしや、亡くなられた後深草院の御魂が、どこかに留まっておられるかと、の意。
七 底本「かり」の右に「本」とあり、「かの聖」の誤写として三行前の「ただ一人行ひゐたる聖」と見る説もあるが、「借聖」（雇に応ずる聖の意）と解した。
八 写経のための料紙と水と。如法経書写のための水は、横川の如法井から汲んで来る例であった。
九 比叡山三塔の一で、同山の北の一角。円仁がここで如法写経を始めた。
一〇 叡山の東麓、現在、大津市坂本。なお、この一句、上下どちらへ続くか、やや落着かない。上から続けて、東坂本へ行ったのは聖で、彼は東坂本経由で横川へ行ったのだが、東坂本までは作者も同道して、作者はそこで日吉社に参拝した、の意と見ておく。
一一 坂本の日吉神社。山王権現。
一二 久我尼（一四頁注三）。日吉信仰にあつく、その神恩を蒙ったことは、『山王絵詞』に見える。
一三 古く記された注。底本「かたなにてきりて」で改行。
一四 右の借聖の語か。

や。[一五]深草の御墓へ奉納し奉らんも、人目あやしければ、ことさら御心ざし深かりし御事思ひ出でられて、春日の御社へ参りて、[一六]本宮の峯に納め奉りしにも、嶺の鹿の音もことさら[一七]折知り顔に聞え侍りて、

[一八]峯の鹿野原の虫の声までも
　　同じ涙の友とこそ聞け

父の三十三回忌　人麿影供

さても、故大納言身まかりて、[一九]今年は三十三年になり侍りしかば、形の如く仏事など営みて、[二〇]例の聖の許へ遣しし[二一]諷誦に、

[二二]つれなくぞめぐりあひぬる別れつつ
　　十づつ三つに三つ余るまで

[二三]神楽岡といふ所にて煙となりし跡を訪ねてまかりたりしかば、旧苔露深く、道を埋みたる木の葉が下を分け過ぎたれば、石の卒塔婆、形見顔に残りたるもいと悲しきに、さてもこのたびの[二四]勅撰には、洩れ給ひけるこそ悲しけれ。[二五]われ世にあらましかば、などか申し入れざらん。[二六]続古今よりこのかた、代々の作者なりき。またわが身の[二七]昔

一五 深草法華堂とも言う。現在、伏見区深草僧坊町。後深草院以下持明院統の十二帝の陵。深草十二帝陵。
一六 （春日社の）本殿の山、すなわち三笠山。
一七 作者の愛用句。二二頁注二一・二七六頁注一参照。
一八 峯に鳴く鹿や野原にすだく虫の声までも、私と同じ悲しみに涙を流している仲間と聞えることだ、の意。
一九 嘉元二年（一三〇四）、作者四十七歳。
二〇 前出の東山の聖（四一頁注一八）か。
二一 諷誦文（四五頁注二二）の略。
二二 つれない（生きていても甲斐もない）命を永らえてめぐり会ったことだ、（父に）別れてからの三十三年目に、の意。
二三 前出（四三頁注一七）。その下は、「……煙となりし、跡を」（……煙となったが、その跡を）と切って訓むこともできる。
二四 『新後撰集』（嘉元元年十二月成立、二条為世撰、大覚寺統・二条派を優遇した）を指す。
二五 出家していなかったなら、の意にとる説もある。
二六 『続後撰集』（建長三年〈一二五一〉成立、藤原為家撰）とあるべきところ。雅忠は、『続後撰集』に一首、『続古今集』に三首、『続拾遺集』に一首入集。
二七 宮仕え時代に歌道をたしなんでいた、の意か。但し作者の閲歴や作品からはそのことは裏づけられない。「昔」を「先祖」の意とする説もあるが、疑問。

を思ふにも、竹園(ちくゑん)[一]八代の古風、空しく絶えなんずるにや（絶えようというのかと）と悲しく、最期終焉(しゅうえん)の（〔父の〕）言葉など、数々思ひ続けて、

古りにける[二]名こそ惜しけれ和歌の浦に
身はいたづらに海人(あま)の捨舟

かやうに口説き申して（〔墓前で〕繰り言を言って）帰りたりし夜、昔ながらの（〔父が〕）姿、（姿で現れ）われも古(いにし)への心地にて、相向ひて[三]この恨みを[四]述ぶるに、「（〔父の霊〕）祖父(そふ)[五]久我大相国(こがのだいしやうこく)[六]は落葉が峯の露の色づく言葉を述べ、われは『おのが[七]越路(こしぢ)も春の外(ほか)かは』と言ひしより、代々の（〔勅撰集の〕）作者なり。（〔お前の〕）外祖父兵部卿隆親は、鷲尾(わしのを)[八]の臨幸(りんかう)に『今日こそ花の色は添へつれ』[九]と詠み給ひき。いづかたにつけても（〔父方母方の〕）、捨てらるべき身ならず（〔お前は歌道で〕捨てられる筈の身ではない）。具平(ともひら)親王よりこのかた、家久しくなるといへども（[一〇]末代になったといっても）、和歌の浦波絶えせず（和歌の道は絶えず〔続く筈だ〕）」など言ひて、立ちざまに（〔父の霊は〕去り際に）、

[一一]なほもただかきとめてみよ藻塩草(もしほぐさ)
人をも分かず情(なさけ)ある世に

とうち詠(なが)めて（詠んで〔父の霊は〕）、立ちのきぬと思ひて、うちおどろきしかば（目がさめたところ）、空しき（〔父

一 「竹園」は親王の意。村上天皇の皇子具平親王から出て雅忠まで八代（一四五頁注二三）の古い伝統。
二 （歌道でも）長く伝えられてきたわが家の名の消えてしまうのは残念なことだが、今の私は和歌の世界に空しく捨てられた存在で、どうにもできない、の意。
三 互いに向い合って、ともとれるが、私が父の霊に向って、の意であろう。
四 父が「このたびの勅撰」に洩れた恨み。
五 通光。久我太政大臣。雅忠の父、作者の祖父。
六 「限りあればしのぶの山の麓にも落葉が上の露ぞ色づく」（『新古今集』恋二）をうろ覚えで引いたもの。
七 上句「何故(なにゆゑ)か霞めば雁の帰るらん」（『続後撰集』春中）。「越路」は「来(こ)し」をかける。
八 東山霊山の辺。四条家の別荘があり、文永元年（一二六四）春、後嵯峨院の臨幸があった。
九 上句「ふりにける代々の御幸の跡なれど」（『続古今集』雑上）。
一〇 （村上源氏の）家の代数が多くなる、の意。
一一 それでもぜひ、（海人が）藻塩を採る海草をかき集めるように歌稿を書きとめておきなさい、誰彼を差別せず情けある世が来るであろう、その日のために、の意。「かき」は「書き」と「藻塩草」の縁語「掻き」（かき集める意）との懸詞。
一二 和歌の道を指す。
一三 柿本人麿のこと。中古以来ヒトマルとも訓む。その墓は各地にあるが、ここは大和櫟本(いちのもと)の柿本寺の塚か

の）面影は袖の涙に残り、言の葉はなほ夢の枕にとどまる。

これよりことさらこの道[12]をたしなむ心も深くなりつつ、このついでに人丸[13]の墓に七日参りて、七日といふ夜、通夜して侍りしに、

契り[14]ありて竹の末葉にかけし名の

空しき節にさて残れとや

この時、一人の老翁夢に示し[15]給ふ事ありき。この面影を写しとどめ、この言の葉を記し置く。人丸講[16]の式と名づく。先師[17]の心に叶ふ所あらば、この宿願[18]成就せん。宿願成就せば、この式を用ゐて、かの写しとどむる御影の前にして行ふべしと思ひて、箱の底に入れて空しく過ぐし侍るに、又の年[19]の三月八日、この御影を供養して、御[20]影供といふ事をとり行ふ。

父の形見を売り般若経書写奉納

かくて五月の頃にもなりしかば、故御所の御果の程にもなりぬれば、五部[21]の大乗経の宿願、既に三部[22]は果たし遂げぬ。今二部になりぬ。明日を待つべき世にもあらず。二つ[23]の形見を一つ[24]供養し奉り

と言う。現在、近くの和邇下神社境内に歌塚がある。

一四 諸説あるが、縁あって（具平）親王の子孫と生れた私の名が、世に埋れたままでそうしていろというのであろうか（先祖のためにも、歌人としての私の名が世に知られねばなるまい）、の意か。「竹の末葉」は竹園（注一参照）の子孫の意、「節」は「竹」の縁語。

一五 示現を垂れる、の意。すなわち夢に人麿の姿が現れ、歌道について告げを言ったのである。

一六 人丸講式（別名「柿本講式」）。人麿の画像を掲げ、その徳を讃えて祭る儀式。ここは、その祭文。「講式」は、元来仏教で仏菩薩の徳を讃える祭事。

一七 人麿を指す。

一八 わが家の歌道の名を再興したいとの願い。

一九 嘉元三年。作者四十八歳。

二〇 画像（肖像画）または影像に供物を捧げること。ここは人麿影供（柿本影供）。

二一 二九一頁注一五参照。

二二 華厳（二七四頁）・大集（三一三頁）・法華（その書写は直接書かれてはいないが、二四九頁に如法経奉納のための布施ということが見え、成就していたと分る）の三経。

二三 父の形見の硯と母の形見の手箱。三一〇頁参照。

二四 母の形見の手箱の方は、先般売却して大集経の残りの供養に充てた（三一一頁）。

て、父のを残しても何かはせん（何にもならない）。幾世残しても（いつまで残しても）、中有[一]の旅に伴ふべきことならず（持って行くことはできない）など思ひ切りて、またこれを遺すとて（手放す際に）[二]思ふ。ただの人（全くの他人の）の物になさんよりも、わがあたりへや申さまし（自分の縁故の人に引き取って貰おうか）と思ひしかども、よくよく案ずれば、心の中の祈誓、その心ざしをば人知らで（またそう祈る〔私の〕心をも人は知らず〔私が〕）、世に住む力尽き果てて、今は亡き跡（親の）の形見まで、飛鳥河[三]に流し捨つるにや（運命に抗し切れず手放したのかと〔人々に〕思われるのもつまらないと思っていると）と思はれん事も由なしと思ひしほどに、折節筑紫の少卿[四]といふ者が、鎌倉より筑紫へ下るとて京に侍りしが、聞き伝へて取り侍りしかば（〔硯を〕買い取りましたので）、母の形見（〔の手箱〕）は東へ下り、父の（〔形見〕）は西の海を指してまかりしぞ（行ったことは）、いと悲しく侍りし。

[五]する墨は涙の海に入りぬとも
流れん末に逢ふ瀬あらせよ

など思ひ続けて、遺し侍りき（先方に渡したことでした）。

さてかの経[六]を、五月の十日余りの頃より思ひ立ち侍るに、このたびは河内国太子[七]の御墓近き所に、ちと立ち入りぬべき所ありしにて（立ち寄らねばならぬ所がありその地で）、

一 「中有」は「中陰」に同じく、人の死後四十九日間を言うが、「中有の旅」は、それから転じて死出の旅、冥土への旅のこと。

二 次行の「思ひしかども」と相応じた言い方で、ここは、終止形の中止法と見てもよい。

三 奈良県飛鳥地方を流れる川。古来淵瀬の変りやすい川とされており、ここはその意を込めた「家を売りて詠める、飛鳥川淵にもあらぬわが宿もせに変りゆくものにぞありける」（『古今集』雑下、伊勢、「瀬に」に「銭」をかける）を踏まえて、「流し」の序ともしたもの。

四 底本「つくしのしよきやう」。難解だが、一応下のように宛て、大宰少弐と解する説に従う。「少卿」（「小卿」とも）は大宰少弐（大弐と共に大宰府の次官で、大弐の下）を唐名風に言ったもの。藤原氏魚名流の一族の世襲となり、「少弐」を家名とするに至った。

五 硯でする墨が硯の海に入るように、涙ながらに手放す父の形見の硯が西海（九州）に行ってしまっても、将来はまた逢うようにしてくれ、の意。下句は分りにくく諸説あるが、「流れても逢ふ瀬ありやと身を投げて虫明の瀬戸に待ち試みむ」（『狭衣物語』巻一）を本歌としているとも見られる点から考えると、西方浄土で父と逢えるようにしてくれ、の意か。

六 残る二部（涅槃経と般若経）の写経。

七 二五八頁注六参照。

八 『摩訶般若波羅蜜経』(鳩摩羅什訳)のこと。諸本あるが、次頁一一～一二行の記述からここは四十巻本で、その前半の二十巻と考えられる。

九 「石泉」は石泉院で、後深草院臨終の折の善知識、忠源僧正。近衛忠良の子、また良教の子ともいう。

一〇 紙背写経ともとれるが、当日の「願文」(菅原在兼作、『本朝文集』六十九所収)によれば、漉返しである。

一一 この場合は、法華経・無量義経・観普賢経・阿弥陀経・般若心経各一部。

一二 憲実(四八頁注五)の子。その弟に、澄俊・覚守の両法印があるが、ここは覚守。堀川具守の子となる。法印大僧都、横川長吏に至る。歌人。

一三 この方は、『公衡公記』や「願文」(菅原在仲作、『本朝文集』所収)によれば、一部は紙背写経であった。

一四 この場合は、法華経・無量義経・観普賢経・阿弥陀経・般若心経各七部。

一五 ここは、この日で諒闇が明けるからである。三〇八頁五行参照。

一六 いつと言って乾く間もない私の袂であるよ、後深草院追慕の涙も、(慣例では)諒闇の明ける今日を最後とすると聞くけれど、の意。

また[八]大品般若経二十巻を書き侍りて、御墓へ奉納し侍りき。七月の初めには、都へ帰り上りぬ。

後深草院の一周忌

御果の日にもなりぬれば、深草の御墓へ参りて、伏見殿の御所へ参りたれば、御仏事始まりたり。[九]石泉の僧正御導師にて、院の御方の御仏事あり。[一〇]昔の御手をひるがへして、御自らあそばされける[一一]御経といふ事を聞き奉りしにも、一つ御思ひにやと、かたじけなき事のおぼえさせおはしまして、いと悲し。次に、遊義門院の御布施とて、[一二]憲基法印の弟、御導師にて、それも[一三]御手のうらにと聞えし[一四]御経こそ、あまたの御事の中に、耳に立ち侍りしか。悲しさも[一五]今日閉ぢむべき心地して、さしも暑く侍りし日影も、いと苦しからずおぼえて、空しき庭に残りゐて候ひしかども、御仏事果てしかば、還御いしいしとひしめき侍りしかば、誰にかこつべき心地もせで、

[一六]いつとなく乾く間もなき袂かな
　涙も今日を果とこそ聞け

持明院《伏見院》御所・新院《後伏見院》、御聴聞所に渡らせおはします《お移りになる》、御透影（すきかげ）一見えさせおはしましに《拝見されたが》、持明院殿《伏見院》は御色二の御直衣（なほし）、殊に黒く見えさせおはしましし《お見えになったのも》も、今日を限りに《今日が最後かと》やと、悲しくおぼえ給ひて《思われたが》、また院三御幸ならせおはしまして、一つ《御一緒の》御聴聞所へ入らせおはします《お入りになるのを》を見参らせる《拝見する》にも《につけても》、御後（あと）四まで御栄え久しく、ゆゆしかりける《すばらしい》御事かなとおぼえ《思われる》させおはします。

この程より《このころからか》や、また法皇御悩み《亀山法皇御病気》といふ事あり。さのみ《そんなに》うち続かせおはします《〔悪いことが〕お続きになる筈もなく》べきにもあらず、御悩（なう）は常の事なれば《御病気はいつもの事なので》、これを限りと思ひ参らす《最期とお思い申すべきでもなかったけれども》べきにもあらぬに、叶ふまじき御事に侍るとて《望みのない御容態であるとのことで》、既に嵯峨五殿の御幸と聞ゆ。去年（こぞ）六今年（ことし）の御あはれ《御不幸は》、いかなる御事にかと、及ばぬ御事ながら《〔私の力では〕どうにもならぬ事だが》、あはれにおぼえさせおはします《悲しくお思い申したことだった》。般若経の残り二十巻を、今年書き終るべき宿願、年ごろ《多年》熊野七にてと思ひ侍りしが《〔果そう〕と思っておりましたが》、いたく《ひどく》水凍らぬさきにと思ひ立ちて、九月（ながつき）の十日頃に熊野へ発ち（た）侍りしにも《出発しました折にも》、御所《亀山法皇》の御事はいまだ同じさまに承る《まだ同じ御様子と承っても》も、つひに《最後には》八いかが《どのようにお》聞え

一 簾などを透して見える姿。この部分、「……おはします」で文を切る理解もあるが、作者の文体からは「……お移りになる、その御透影が」ととるのがよい。
二 喪服の色を指す。濃い鼠色。
三 後宇多上皇を指す。後伏見院（新院）とする説もあるが、遊義門院（後深草院皇女）を后とする縁で参列したと見る説に従う。そうでなければ参列する筈のない大覚寺統の後宇多院であるから、次行に「一つ御聴聞所へ……」と特記したのである。
四 亡くなられた後まで皇室の御繁栄が長く続き。「後」を「子孫」の意味にとるのは、後宇多院の参列（前注参照）と合わない。

亀山院の病気　熊野詣で

五 嵯峨亀山の離宮（二一八頁注六）。亀山院（当時五十七歳）の嵯峨殿への御幸は、七月二十一日。
六 「去年」は東二条院と後深草院の他界、「今年」は亀山院の病悩を指す。
七 紀州熊野権現。本宮・新宮・那智から成る。
八 現代語の「どうかなられる」などと同じく、お亡くなりになる、の意。
九 後深草院の病悩・崩御の時を指す。
一〇 「愛別」は「愛別離苦」（愛する者と生別・死別する苦しみ、仏教で言う八苦の一）の略。「うたてき」は、そうした差別をつい持ってしまう人間の性（さが）が、作者にとって情けないという、この記を書いている時点での感想。

させおはしまさんなどは、思ひ参らせしかども、[九]去年(こぞ)の御あはればかりは嘆かれさせおはしまさざりしぞ、[一〇]うたてき愛別(あいべち)なるや。

例の宵暁の垢離(こり)[一一]の水を、前方便(ぜんはうべん)[一二]になずらへて、那智の御山にて[一三]この経を書く。九月(ながつき)の二十日余りの事なれば、峯の嵐もやや烈しく、[一四]滝の音も涙争ふ心地して、あはれを尽したるに、

[一五]物思ふ袖の涙を幾入(いくしほ)と
　せめてはよそに人の問へかし

[一六]形見の残りを尽して、[一七]唱衣(しやうえ)いしいしと営む心ざしを、権現も[一八]納受(おうけ)し給ひにけるにや、写経の日数も残り少なくなりしかば、御山を出づべき程も近くなりぬれば、御名残も惜しくて、夜もすがら拝みなど参らせて、うちまどろみたる暁方(あかつきがた)の夢に、故大納言のそばにありけるが、「[一九]出御(しゆつぎよ)の半(なか)ば」と告ぐ。

[二〇]見参らすれば、[二一]鳥襷(とりだすき)を浮織物に織りたる[二二]柿の御衣(おんぞ)を召して、[二三]右の方へちと傾かせおはしましたるさまにて、われは左の方なる御簾(みす)よ

一一 冷水での潔斎。ここは那智の滝に打たれて水垢離をとること。
一二 「前」は底本「せむ」。「水垢離をしようというやり方」「水垢離をする便宜」など諸説あるが、「写経に入る前の精進潔斎の加行(けぎよう)」とする説に従う。
一三 那智権現(那智の滝を神体とする)。熊野三山の一。
一四 那智の滝。高さ約一三〇メートル。ここは、恐らく一二三頁注二八の歌を踏まえる。
一五 物思い(嘆き)をして涙で濡らした袖は、滝に幾度浸したのか(何度泣いたのか)と、せめて、よそごとにも人は尋ねてくれ、の意。「入(しほ)」は、染めようと思う布・衣服を染料に浸す回数を示す助数詞。
一六 二親の形見の中、後に残った父の形見(硯)の方。
一七 比丘(びく)(僧)などが死亡した時、その衣鉢(いはつ)その他を競売に付すことだが、ここは父母の形見を売却して写経の費用に充てたことを指す。
一八 ここは、熊野山ないしその一角の那智山を指す。
一九 (後深草院の)おいでの最中、の意。
二〇 以下この段落は、夢の内容。
二一 綾などの織文様で、尾の長い鳥が二羽ずつ向い合った姿を浮織にしたもの。
二二 柿渋で染めた色か。底本「かき」、「甘」(かん)の誤写とする説も有力。
二三 後深草院は幼時腰の坐りが悪かったと言い(『増鏡』内野の雪)、それが作者の意識下にあっての夢か。

り出でて、向ひ参らせたる。証誠殿[一]の御社に入り給ひて、御簾を少し上げさせおはしまして、うち笑みて、よに御快げなる御さまなり。また、「遊義門院[二]の御方も出でさせおはしましたるぞ」と告げらる。見参らすれば、白き御袴に御小袖ばかりにて、西の御前[三]と申す社の中に、御簾、それも半[四]に上げて、白き衣二つ、うらうへ[五]より取り出でさせおはしまして、「二人の親の形見をうらうへへやりし心ざし、忍びがたく思し召す[六]。取り合せて賜ぶぞ」と仰せあるを、賜はりて本座に帰りて、父大納言に向ひて、「十善の床[七]を踏みましましながら、いかなる御宿縁にて、御片端[八]は渡らせおはしますぞ」と申す。「あの御片端は、いませおはしましたる下に、御腫物あり。この腫物といふは、われらがやうなる無知の衆生を、多く後[九]へ持たせ給ひて、これを憐みはぐくみ思し召す故なり。全くわが御誤りなし」と言はる。また見やり参らせたれば、なほ同じさまに快き御顔にて、近く参れと思し召したるさまなり。立ちて、御殿の前にひざ

一 元来熊野本宮（祭神熊野家都御子神）の社殿であるが、ここはそれを祀った那智大社の第二殿であろう。
二 父の霊の語であろう。
三 元来那智権現（祭神夫須美神また牟須美神）を言うが、ここはそれを祀った那智大社の第四殿であろう。那智の主神夫須美神を祭り、本地は千手観音とされた。
四 半分の高さまで上げて、の意。
五 あちらとこちら。ここは、左と右とか。
六 遊義門院の自敬表現。下の「賜ぶ」も同じ。
七 「十善の床」は、天子の位（三〇頁注五参照）。
八 「片端」は不具の意。院が「右の方へちと傾かせおはしましたるさま」（前頁）であったことを指す。
九 大勢うしろへ従えていらして、の意。
一〇 マキ（槇）科の常緑喬木。「竹柏」とも言う。熊野の神木。

まづく。白き箸のやうに（白い箸のようで）、本は白々と削りて、末には（先端には）一〇梛の葉二つづつある枝を、二つ取り揃へて賜はると思ひて、うちおどろきたれば、（〔私は〕目をさましたところ）一一如意輪堂の懺法始まる。（始まるところだった）

何となくそばを探りたれば、（〔私は〕何気なく傍を探ってみると）白き扇の（白い扇で）檜の木の骨なる、一本あり。夏などにてもなきに、いと不思議にありがたくおぼえて、取りて（〔私はそれを〕）一二道場に置く。この由を語るに、（〔私が〕この旨を話すと）那智の御山の一三師、一四備後律師かくだうといふ者、「扇は一五千手の御体といふやうなり。必ず一六利生あるべし」と言ふ。一七夢の御面影も覚むる袂に残りて、（〔私の〕）写経終り侍りしかば、（〔般若経の〕）ことさら（特に）残し持ち参らせたりつる（〔あの時以来〕手許に残しておいた）一八御衣、いつまでかはと思ひ参らせて、（いつまで〔手許に置けるものでもない〕と思って）一九御布施に泣く泣く取り出で侍りしに、（取り出しました折）

二〇あまた年慣れし形見の小夜衣
今日を限りと見るぞ悲しき

那智の御山に皆納めつつ、（全部奉納して）帰り侍りしに、（帰って来ます時に）

二一夢覚むる枕に残る有明に

一一 那智山青岸渡寺の本堂で、如意輪観音を本尊とする。「懺法」は三二一頁注一八参照。
一二 ここは懺法の道場、すなわち右の如意輪堂を指す。
一三 御師。伊勢・熊野などで、御札や暦を配ったり、参拝する信徒の祈禱・宿泊の便をはかったりした、下級の神職。
一四 未詳。「びんごの」は「備後出身の」ともとれるが、恐らく「備後律師」が「かくだう」（あるいは覚道か）の一種の通称であろう。
一五 千手観音。扇は骨が多いところから連想されたのであろう。
一六 利益衆生（衆生に福利を授けること）の意。御利益。
一七 夢に見た、院の御面影、の意。
一八 石清水で院から「人知れぬ形見ぞ」と言って賜った（二六〇～六一頁）小袖三枚の中、二枚は熱田と松山で写経供養の布施とした（二九二頁三～六行参照）ので、残りの一枚を指す。
一九 今回の写経の布施（供養の謝礼）である。
二〇 長年の間、手許で慣れ親しんできた院の形見の御衣を、今日を最後と見るのはまことに悲しい、の意。
二一 夢のさめた後の枕許にまだ残っている有明月の下で、私の涙と共に落ちている那智の滝の音が聞えるよ、の意。下句は、三一九頁五行の語句と同じく一二三頁注二八の歌による。

涙ともなふ滝の音かな

かの夢の枕なりし扇を、今は御形見ともと慰めて、帰り侍りぬるに、はや法皇崩御なりにける由承りしかば、うち続かせおはしましぬる世の御あはれも、有為無常の情なきならひと申しながら、心憂く侍りて、われのみ消たぬ空しき煙は、立ち去る方なきに、年も返りぬ。

八幡で遊義門院に会う

三月初めつ方、いつも年の初めには参りならひたるも忘られねば、八幡に参りぬ。正月の頃より奈良に侍りしが、外の便りなかりしかば、御幸とも誰かは知らん。例の、猪鼻より参れば、馬場殿開きたるにも、過ぎにし事思ひ出でられて、宝前を見参らすれば、御幸の御しつらひあり。「いづれの御幸にか」と尋ね聞き参らすれば、「遊義門院の御幸」と言ふ。いとあはれに、参り会ひ参らせぬる御契りも、去年見し夢の御面影さへ思ひ出で参らせて、今宵は通夜して、朝もいまだ夜に、官めきたる女房の大人しきが、所作するあり。

一 院から頂いた形見の小袖を三枚とも手放してしまった今は、の意。
二 亀山院（嘉元三年〈一三〇五〉九月十五日崩）。
三 相対・有限のこの世の状態を言う。二八六頁注一〇参照。
四 やや難解だが、私だけが空しく生き永らえて、うち続く火葬の煙は……、の意か。語句は「むせぶとも知らじな心かはらやにわれのみ消たぬ下の煙は」（『新古今集』恋四、藤原定家）によると思われ、「煙」はこの歌では恋の悶えを表すが、ここでは引き続いた火葬の煙すなわち院などの他界とその悲しみを表すか。
五 嘉元四（徳治元）年、作者四十九歳。
六 次頁九行によれば、八日。
七 石清水八幡宮。
八 底本「侍しかのほかたより」、「の」の位置を改めた。「侍り。鹿のほか便り」と訓む説などもある。また「侍りし。かのほか便り」とも解し得よう。
九 「猪鼻」「馬場殿」は二五八頁注一一・二五九頁注一五参照。
一〇 ここでの後深草院との邂逅。二五九～六二頁参照。
一一 社寺の前庭。
一二 那智で見た夢。三二〇頁参照。
一三 翌日もまだ暗いうちに。底本この前後仮名。「あしたもいまだ、女官めきたる……」と改めて訓み、「翌日もまだ」を下の「所作する」にかける説もある。

誰ならんと、あひしらふ。得選[一六]おとらぬといふ者なり。いとあはれにて、何となく御所ざまの事尋ね聞けば、「皆昔の人は亡くなり果てて、若き人々のみ」と言へば、[一七]いかにしてか誰とも知られ奉らんとて、[一八]御宮巡りばかりをなりとも、よそながらも見参らせんとて、したためにだにも宿へも行かぬに、「事なりぬ」[一九]と言へば、片方に忍びつつ、[二〇]よに[二一]御輿のさま気高くて、宝前へ入らせおはします。

御幣[二二]の役を西園寺春宮権大夫[二三]つとめらるるにも、太政入道殿の左衛門督[二四]など申しし頃の面影も通ひ給ふ心地して、それさへあはれなるに、今日は八日とて、狩尾[二五]へ如法御参りと言ふ。網代輿[二六]二つばかりにて、ことさらやつれたる御さまなれども、もし忍びたる御参りにてあらば、[二七]誰とかは知られ奉らん、よそながらも、ちと御姿をもや見参らすると思ひて参るに、またかちより参る若き人二、三人行きつれたる。御社に参りたれば、さにやとおぼえさせおはします御後を、見参らするより、袖の涙は包まれず。立ち退くべき心地も

一四「女官めきたる」の意またはその脱字か。
一五 拝礼などの、決った動作・振舞。
一六「得選」は二七一頁注二四参照。「お(を)とらぬ」はその女房の名で、『中務内侍日記』に見える。
一七 この一句、全く逆に、(それなら)到底(私が)誰であるか知られ申すことはあるまいと思って、ととる説もあるが、次頁八行以下の状況などから疑問。
一八 摂社・末社の巡拝。二六二頁三行に類似の表現。
一九 準備ができました、の意(「御到着になった」ともとれる)。「なりぬ」は、底本「ありぬ」。
二〇 下に「見奉れば」などが省かれている。脱文を疑う説もあるが、それほどではあるまい。
二一 遊義門院は宝前まで輿で乗り入れたと見える。
二二 主君の御幣を持ってこれを捧げる役。
二三 兼季。実兼の四男。今出川、また菊亭と号した。春宮権大夫であったのは正安四年(一三〇二)から嘉元二年までで、当時は従二位権中納言、二十五歳。
二四 文永六年十二月から同八年三月まで。すなわちこの作品の始まる前後。
二五 狩尾社。石清水八幡宮の摂社の一。本殿に参拝した後はここへも参るのが慣例で、それを「如法」(作法通りに)と言ったと見られるが、あるいは縁日か。
二六 屋形の両側などを網代で張った粗末な輿。
二七 上に「人払いなどもあるまいから」(「ちと御姿をもや……」にかかる)の意が略されたのであろう(この一句を挿入句ととる説もある)。なお、ここは反語。

せで侍るに、御所作果てぬるにや（御参拝の儀式も終ったのか）、立たせ（〔女院は〕）おはしまして、「いづく（〔女院〕どこから）より参りたる者ぞ（参詣した者か）」と仰せ（〔私に〕）あれば、過ぎにし昔より語り申さまほしけれども（過ぎ去った昔のことからお話し申したかったけれども）、「（〔私〕）奈良の方（かた）よりにて候」と申す。「（〔女院〕）法華寺[一]よりか」など仰せあれども、涙（〔私は〕）のみこぼるるも、あやしとや思し召されんと（〔女院が〕奇妙にお思いになるだろうと）思ひて、言葉（〔私は〕）少なにて立ち帰り侍らんとするも（したけれど）、なほ（やはり）悲しくおぼえて候ふに（控えていると）、既に還御なる（[二]もうお帰りという）。

御名残もせん方なきに（どうしようもなかったので）、下[三]（お）りさせおはします所の高きとて、え下りさせおはしまさざりし（お降りになれないでいらっしゃった）ついでにて（機会をとらえて）、「（〔私〕）肩を踏ませおはしまして（肩をお踏みになって）下りさせおはしませ（お降り下さいまし）」とて、御そば（〔女院の〕）近く参りたるを（参ったところ）、（〔女院は〕）あやしげに（不思議そうに）（〔私を〕）御覧ぜられしかば、「（〔私〕）いまだ御幼く侍りし昔は（幼くいらっしゃいました昔は）、慣れ仕うまつりしに（常々お仕え申していましたが）、御覧じ忘れにけるにや（お見忘れなさいましたか）」と申し出でしかば（口に出して申すと）、いとど（一層）涙も所狭く（せ 一杯になり）侍りしかば（ましたが）、[四]御所ざまにもねんごろに御尋ね（やさしい言葉で〔私に〕）ありて、「（〔女院〕）今は常に申せ（今後はいつでも訪ねよ）」など仰せありしかば、[五]見し夢も思ひ合せられ、[六]過ぎにし御所に参りあひ申ししも（亡くなられた院に偶然お会いしたのも）この御社ぞかし（石清水社だったよ）と思ひ出づれば、隠れたる信の空しか（〔この社への〕ひそかな信心が空しくな）

一 底本「法花寺」。どちらも書く。二五六頁注四参照。作者が尼姿だったので、咄嗟（とっさ）に法華寺からかと思ったのである。

二 この一句、次の「御名残」へかけて解する説もあるが、作者も用いた「既に……す」（早くも……する、の意。三二七頁三行等参照）という当時の語法から、ここで切っておく。

三 社殿から前庭への階段の段々が高いのであろう。

四 遊義門院の方でも、の意。

五 那智での夢を指す。三二〇頁参照。

六 「過ぎにし」の主体を後深草院と解すると敬語法的に落着かぬためか、過ぎにし日、過ぎ去った日の事だが、等の意に解する説もあるが、三二六頁二行にも

らぬを喜びても（かったのを喜ぶにつけても）、〔私の〕ただ心を知るものは涙ばかりなり。

徒歩(かち)なる女房の中に、殊に初めより物など申すあり（〔私に〕言葉をかけるのがいた）。問へば兵衛(ひやうゑ)[七]佐(すけ)といふ人なり。〔女院は〕次の日〔都へ〕還御とて、その夜は御神楽(かぐら)・御手遊(てあそ)び[八]、さまざまありしに、〔その日の〕暮るる程に（暮れる頃に）、〔私は〕桜の枝を折りて兵衛佐の許(もと)へ、（私）「この[九]花散らざらんさきに（花の散らないうちに）、〔女院の〕都の御所へ訪ね申すべし（お訪ねいたしましょう）」と申して、つとめては（翌朝は）〔女院の〕還御より先に出で侍るべき心地せしを（出立するつもりだったが）、かかる御幸(みゆき)に参りあふも[一〇]大菩薩の御心ざしなり（御意向だ）と思ひしかば（と思ったので）、〔その〕よろこびも申さん（御礼も申し上げよう）など思ひて、〔私は〕三日とどまりて（逗留して）、御社に候ひて後（参籠してから）、京へ上(のぼ)りて〔女院へ〕御文を参らす（お手紙を差し上げる際）とて、（私）「さても〔あの〕花はいかがなりぬらん（どうなったでしょうか）」とて（と書いて）、

[一一]花はさてもあだにや風の誘ひけん
契りし程の日数ならねば

〔女院の〕御返し、

[一二]その花は風にもいかが誘はせん
契りし程は隔て行くとも

用例があり、下の如く解しておく。また、「あひ申し」は底本「あひまし」（但し、「し」は長く、「しゝ」とも訓めなくはない）、今改めた。

七 未詳。あるいは、かつて東二条院の女房であった者（東二条院兵衛佐、『続古今集』の作者）か。

八 元来「なぐさみ」の意だが、簡単な所作か。または「手猿楽」（素人の演ずる猿楽）の如く、自分達で演ずる管絃・舞楽などか。

九 底本「ちらさむ」、文法的にはそれでもよく、この頁末尾の女院の歌にも「誘はせん」と使役的に言っているが、当時の普通の語法では、ここは「ちらざらむ」であろう。

一〇 八幡大菩薩。石清水八幡宮の祭神。

一一（あの桜の）花は、それにしても（つまり、大事にして下さっていても）無情にも風が誘って（散らして）しまったことでしょう、（もう）お約束したほどの日数ではありません（ずっと多く日が経ってしまいました）から、の意。

一二 あの花ならぬその時の約束は、風にも決して誘い散らさせはしませんよ、約束の日数は去って行っても（私は、いつでもあなたを待っていますよ）、の意。

院の三回忌

その後、いぶせからぬ[一]程に申し承りけるも、昔ながらの心地するに、七月の初めの頃より、過ぎにし御所の御三回(みめぐ)り[二]にならせおはしますとて、伏見の御所に渡らせおはしませば、何となく御あはれも承りたく、今は残る御形見[三]もなければ、書くべき経は、今一部[四]なほ残り侍れども、今年は叶はぬも心憂ければ、御所の御あたり近く候ひて、よそながらも見参らせんなど候ひしに、十五日のつとめては、深草の法華堂[五]へ参りたるに、御影(みえい)[六]の新しく作られさせおはしますとて据ゑ参らせたるを拝み参らするにも、いかでか浅くおぼえさせおはしまさん。袖の涙も包みあへぬさまなりしを、供僧(ぐそう)[七]などにや、並びたる人々、あやしく思ひけるにや、「近く寄りて見奉れ」と言ふもうれしくて、参りて拝み参らするにつけても、涙の残りはなほありけりとおぼえて、

露消えし後(のち)の形見の面影に[八]
また改まる袖の露かな

一 元来、気のふさぐことのない程度に、の意だが、ここは、(女院にとって)うるさくない程度に、の意であろう。「申し承る」を、女院をお訪ねしてお話を伺う、ととる説もある。また、「いぶせからぬ」は、私にとって淋しくない程度に、ともとれる。

二 三回忌。三周忌。一周忌の翌年を言う。

三 「御形見」は、石清水で院から頂いた小袖三枚(二六〇～一頁)を指す。作者はそれを、熱田(二九二頁注一八参照)・松山(二九二頁注七参照)・那智(三二一頁注六参照)で、それぞれ華厳・大集・般若各経の奉納供養の布施に手放してしまい、当面写経をしても奉納供養するあてがないのである。

四 宿願の五部の大乗経のうち、涅槃(ねはん)経だけが残っている(前注および三一五頁注二二参照)。

五 三一三頁注一五参照。

六 (後深草院の)御肖像。下に「作られ」「据ゑ」(これは次頁五行にも)とあり、また次頁の運搬の描写からも、画像でなく、彫像であろう。

七 仏事に奉仕する僧。

八 (院の)お亡くなりになった後の形見に作られたこの御肖像に向って、また新たに袖に落ちる涙の露であるよ、の意。

九 底本「みやうしやう院どの」。「即成院」を「明成院」と誤写したものと見て改めたが、即成院(伏見殿の中の寺。一二九頁注二〇参照)は、他の箇所では

十五日の月いと隈なきに（明るい折に）、兵衛佐の局に立ち入りて（立ち寄って）、昔今の事思ひ続くるも（思い続けるにつけても）、なほ飽かぬ心地して（まだ物足りぬ感じがして）、（〔私は〕）立ち出でて、[九]即成院殿の方ざま（あたりに）にたたずむほどに、「既に入らせおはします」（〔人々〕もうおいでになった）など言ふを、（〔私は〕）何事ぞと思ふほどに（と思っていると）、今朝深草の御所（法華堂）にて見参らせつる御影（拝見した御肖像が）、入らせおはしますなりけり（〔即成院へ〕お入りになるのだった）。[一〇]案とかやいふ物に据ゑ参らせて（お据えして）、[一一]召次めきたる者四人して、舁き参らせたり。[一二]仏師にや、墨染の衣着たる者[一三]奉行して、二人あり。また（その他には）、[一四]預一人、[一五]御所侍一、二人ばかりにて、[一六]継紙覆ひ参らせて入らせおはしましたるさま（〔御影の〕入っていらした御様子は）、夢の心地して侍りき。[一七]十善万乗の主として、[一八]百官にいつかれましましける昔は（かしずかれていらっしゃった昔は）、（〔私は〕）[一九]覚えずして過ぎぬ（知らないで過した）。[二〇]太上天皇の尊号を蒙りましまして（お受けになって）後、仕へ奉りしいにしへを思へば（〔私が〕お仕え申した昔のことを思ってみると）、忍びたる御歩き（お忍びの御外出）と申すにも（申す時にすら）、[二一]御車寄の公卿、供奉の殿上人などは、ありしぞかしと思ふにも（あったものだよと思うにつけても）、[二二]まして、いかなる道に一人迷ひおはしますらん（〔今は〕どんな黄泉路に一人迷っていらっしゃるだろう）など思ひやり奉るも（などと思いやり申し上げるのも）、[二三]今初めたるさまに（初めてのことのように）悲しくおぼえ侍るに、つとめて（翌朝）[二四]万里小路大納言師重の許より、「近き程にこそ（近くにおられたのですね）。

「殿」を付しておらず、不審は残る。
一〇 机。
一一 「召次」は、雑用をつとめる下級役人。
一二 仏像を画きまたは刻む職人。
一三 主君の命令で行事を担当すること。ここは、指図して（いるのが）、位の意。
一四 元来、宮中の御書所・絵所などの主任。ここも院御所の何かの役の長であろう。
一五 御所警護の武士。ここは遊義門院の御所に仕える侍であろう。
一六 白紙を（通例横に長く）継ぎ合せたもの。底本「つきかみ」。「……ばかりにて付き、紙覆ひて」と訓む説もあるが、作者の文体から下のように解する。
一七 天子のこと。三〇頁注五、九五頁注一九参照。
一八 文武百官。官僚貴族達の総称。
一九 後深草院の在位は正元元年（一二五九、作者二歳）十一月まで。
二〇 後深草院の太上天皇尊号は、前注の正元元年。
二一 送迎の際に車寄（建物の入口まで車を寄せつける所）に参列する公卿、の意か。
二二 御生前には、御微行すらお一人ではなさらなかったのに、まして（誰も知らない黄泉路を……）、の意。
二三 （今までもたびたびあった、すなわちお思い申したことだが）今更のように、の意。
二四 北畠師親男。当時前権大納言正二位、三十七歳。親房の父。「師重」の二字は、あるいは元来傍注か。

よべの御あはれいかが聞きし（昨夜のしめやかな行事はどうお感じでしたか）」と申したりし返事に、

（私）虫の音(ね)[一]も月も一つに悲しさの
　　残る隈なき夜半(よは)の面影

十六日には、御仏事とて、法華[二]の讃嘆(さんだん)とかやとて、釈迦・多宝(たほう)[三]二仏、一つ蓮台(れんだい)におはします（坐っていらっしゃる）。御堂[四]いしいし御供養あり。かねてより院御幸もならせおはしまして（後宇多院も御幸になって）、殊にきびしく、庭も上も（〔堂の〕）雑人(ざふにん)[五]払はれしかば、「墨染の袂は殊に忌(い)[六]む」といさめらるるも（制止されるのも）悲しけれど（悲しかったが）、と（あれ）かく伺ひて（これ様子を伺い）雨垂(あまだ)[七]りの石の辺(へん)にて聴聞するにも、昔ながらの身ならま[八]しかばと（昔のままの身であったなら）、厭(いと)ひ捨てし古(いにし)へさへ恋しきに（昔までもが恋しかったが）、御願文[九]終るより懺法(せんぼふ)[一〇]既に（すっかり終るまで）終るまで、すべて涙はえとどめ侍らざりしかば（おさえられませんでしたので）、傍(そば)に事よろしき僧（感じの悪くない僧が）の侍りしが（いましたが）、（僧）「いかなる人にて（「あなたは」どんな方で）、かくまで（これほどまで）嘆き給ふぞ」と申ししも、亡[一一]き御影(かげ)の跡までも憚(はばか)りある心地して、（私）「親にて侍りし者に後(おく)れて、この程忌(いみ)明きて侍るほどに、殊にあはれに思ひ参らせて（〔院のことも〕特に悲しくお思い申して）」など申しなして、立ち退(の)き侍りぬ。

一 虫の音も月も一つに取り集めて悲しさの限りなかったことは、残る隈なく（限りなく）明るかった昨夜の月と同じで、そしてその折拝見した、院の御面影を残さず写していた御肖像も、悲しさを添えたことでした、の意。「残る隈なき」は「悲しさ」「面影」の両方にかかる。

二 法華経の功徳を讃える法会。『続史愚抄』によれば、深草法華堂で行われたらしい。

三 多宝仏。諸仏が法華経を説く時に現れて讃嘆すると言う。釈迦仏と共に多宝塔に安置する。

四 御堂では次々と、の意か。「堂」は、底本「たう」、「……おはします御塔、いしいし」と訓んで、……多宝塔を、（皆が）順に、の意に解することもできる。

五 一般の人。

六 底本「いや」、「嫌」の誤読として「きらふ」と改める説もある。

七 軒下の、雨垂れの落ちる所に置いてある石。砌(みぎり)。

八 出家以前の、御所に仕えていた時の身分を指す。

九 神仏に願を奉る文。ここは諷誦文（死者の冥福を祈るため僧に読んで貰う文）。

一〇 経を読誦して罪障を懺悔すること。

一一 亡くなられた院の御名誉が、御没後までも（汚れては）恐れ多い気がして、の意。

一二 後宇多院の御幸は、この晩のうちに還御になった、の意。遊義門院は、この頃伏見殿（上御所）に滞在していたと思われる。

御幸[一二]の還御は、今宵ならせおはしましぬ。御所[一三]ざまも御人少なに、しめやかに見えさせおはしましし（お見えになったのにつけても）も、〔私には〕そぞろにもの悲しくおぼえ（思われ）て、帰らん空もおぼえ侍らねば（どこへ帰ろうという気にもなりませんので）、御所[一四]近き程になほ休みてゐたるに（相変らず滞在していたが）、久[一五]我前大臣（こがのさきのおとど）は、同じ草葉のゆかりなるも（血続きであるのも）忘れがたき心地して、時々申し通ひ侍るに（文通していましたが）、〔私から〕文つかはしたりしついでに（手紙をやった折に）、彼より（向うから）、

都[一六]だに秋のけしきは知らるるを
幾夜伏見の有明の月

問[一七]ふにつらさのあはれも（訊かれて一層つらくなる悲しさも）、忍びがたくおぼえて（おさえがたく思われて）、

〔私〕秋を[一八]経て過ぎにし御代も伏見山
またあはれ添ふ有明の空

また立ち返り（折返し）、〔彼から〕

さ[一九]ぞなげに昔を今と偲ぶらん
伏見の里の秋のあはれに

まことや（そうそう）、〔七月〕十五日は、もし僧などに賜びたき御事やとて（おやりになりたい事もあるかと）[二〇]、扇を参[二一]

一三 （伏見の御所におられる）遊義門院のお傍（そば）、の意。
一四 伏見殿。この部分の叙述から、作者が当時伏見の近くに滞在していたことが分る。前出（一二九頁注一五）の小林であろうか。
一五 作者の従兄（いとこ）久我通基（当時従一位前内大臣、六十七歳）、またはその子通雄（当時正二位前内大臣、四十九歳）であろう。なお、ここから二行後の「通ひ侍るに」まで挿入句。
一六 都にいてさえ、秋の（物悲しい）気配は感じられるのに、（あなたは淋しい）伏見で幾夜有明の月を見て起き伏ししておられることでしょうか、の意。「伏見」は懸詞。
一七 三六頁注二参照。
一八 秋の日数も経って、過ぎ去った（後深草院の）御代を偲（しの）んで伏見山に三夜を過しましたが、有明の空は、改めて悲しみを増すことです、の意か。初句分りにくく諸説あるが、「秋になって日数も経ち」の意であろう（後深草院の命日は七月十六日）。「御代」に「三夜」をかける。
一九 さぞや、全く（おっしゃるように）、昔のことを今のことのように偲んでおられることでしょう、伏見の里の秋の淋しさの中で、の意。
二〇 御布施の役にも立つかと、の意。
二一 那智での夢想を得て拾った扇。遊義門院に献上したのである。

らせし包紙(つつみがみ)に、

[一] 思ひきや君が三年(みとせ)の秋の露
まだ乾(ひ)ぬ袖にかけんものとは

跋文

[二] 深草の帝(みかど)は御かくれの後（崩御になってからは）、[三] かこつべき御事ども（不満を申すべき事も）も跡絶え果てたる心地して侍りしに（もうすっかりなくなった気がしておりましたが）、去年(こぞ)の三月八日、[四] 人丸の御影供(みえいぐ)をつとめたりしに、今年の同じ月日、〔遊義門院の〕御幸に参りあひたるも不思議に、見し[五] うば玉の〔院の〕御面影も、現(うつつ)に思ひ合せられて、[六] さても[七] 宿願の行く末いかがなり行かんとおぼつかなく（どうなり行くことだろうかと気がかりで）、年月の心の信（長年の〔私の〕信心）もさすが空しからずやと思ひ（さすがに無駄にはなるまいと）続けて、[八] 身の有様を一人思ひゐたるも飽かずおぼえ侍る上（思い込めているのも物足りなく思われます上）、〔諸国を〕修行の心ざしも（修行した意図も）、西行が（西行の）修行の[九] 式、羨(うらやま)しくおぼえてこそ思ひ立ちしかば（思われて思い立ったのであるから）、その思ひを空しくなさじばかりに（無駄にしたくないばかりに）、かやうのいたづら事を続け置き侍るこそ（このような他愛もないことを書き続けて置いたのです）。[一〇] 後(のち)の形見とまでは、おぼえ侍らぬ（思われません）。

本ニ云フ[一一]

[一二] ここよりまた刀して切られて候。おぼ[一三]

一 （かつては）思ってもみなかったことです、（生き永らえて）後深草院の三回忌の涙を、（一昨年の崩御の時の涙も）まだ乾かない袖にかけようとは、の意。

二 後深草院を指す。

三 やや分りにくく、諸説あるが、「御事」とあるから、単なる不満や嘆きではなく、内容的に院に関係のあることで、作者が誰かに（一応は院に）聞いて貰いたいことの意である。院の生前にこそ、それを打ち明けて聞いて貰いたかったのであるが、院の没後は、そうした願望も絶え果て、ただ追慕の情だけがあったのだが、と言うのである。すなわち、以下はこの作品執筆の動機を述べたもの。

四 三一四頁注一三・三一五頁注二〇参照。

五 夢の意。三一九〜二〇頁の、熊野（那智）で見た夢想を指す。

六 ここで「て止め」とする解もあるが、単なる中止で話題の転換と見てよかろう。

七 通説に五部大乗経書写の宿願とするが、むしろ久我家の家運ないし歌道再興の宿願（三一五頁注一八参照）であろう。

八 （これまでの）わが身の生き方、生涯、の意。それを一人で胸に納めているのも「腹ふくるるわざ」だ、と言うのである。この前後、本作品の執筆動機として重要な叙述。

九 法式、やり方。「式」は底本「しき」、「し」を衍字と見て「記」と解する説もあるが、「式」で可か。

つかなう、[一四]いかなる事にかとおぼえて候。

一〇 後世に残すものとまでは、の意。
一一 書写した際に、もとの本（親本）に次のようにあった、の意。
一二 古注。いわゆる切取注記であるが、作品としては以上で完結しているから、切り取られた部分があったとしても、それは本文ではあるまい。夢のことなどを記した別記か、歌集的部分かであったと推測する説もある。
一三 気がかりで、不審で、の意。
一四 どんなことが書いてあったのかと思われます、の意。

解説

福田秀一

一　『とはずがたり』の特質と主題

一般に、男性は同時に複数の女性に愛情を抱くことができるが、女性はただ一人の男性との変らぬ愛情を求める傾向にあり、複数の男性を同時に愛することはできないと言われる。こうした男女の差は、ある程度本質的なもので、夫兼家が他の女のもとへ通うのを嘆き恨んで「三十日三十夜はわがもとに」と願った『蜻蛉日記』の作者の嫉妬や苦しみも、この点に起因するものと言えよう。あるいはまた、薫にも匂宮にも引かれてしまい、一旦は入水にまで追いつめられていった『源氏物語』の浮舟の悲劇なども、そうした女性の特質を文学が美しく描いた例である。

ところがここに、そうした点ではやや稀な部類に属する女性がいる。この『とはずがたり』の作者である。

彼女は、後にも述べるように、鎌倉中期の宮廷で後深草院（上皇）に仕えて「二条」と呼ばれた女性であり、院の愛人の一人でもあった。『とはずがたり』は、そうした立場の作者の回想自伝とも言うべきもので、きわめて個性的な内容と魅力を持つ日記文学である。ここではまず、そうしたこの作品の特質と魅力について考えてみたい。

その第一は、作者自身の特異な体験とその表現方法である。彼女は、院の愛を受けている間に、ある期間並行して二人もしくはそれ以上の男性とも関係を持ち、少なくとも院を含めて三人の男性の子を生むという、波瀾に富んだ人生を送っている。また、彼女は人間の生や死そして性にかなり強い関心を抱いていたようであり、例えば、院に初めて――しかも強引に操を奪われて――抱かれる冒頭近くの有名な「薄き衣」の場面をはじめ、たびたびの男との契りやその結果として作者が妊娠したことを示す夢（六六・一六五・一九〇頁）、あるいは作者自身の分娩の様子（七〇頁）など、従来の物語や日記文学には――現存しない作品には『古本とりかへばや』のように多少の例はあったようであるが――あまり例のない、やや露骨とも思われる描写をも敢えて避けていない。『とはずがたり』は、そうした素材・内容や、描写・表現の上でも文学史上特異な位置を占めると言えるのである。

けれども、この作品の特質や意義は、そうした点にのみ存するのではない。前述のような男性遍歴の中で、彼女なりの苦しみ・悩みがあったことは言うまでもなく、例えば、院ともう一人の恋人との両方に引かれて悩んでいる心境を、巻一の末尾近くに、次のように述べている。

慣れ行けば、（恋人が）帰る朝（あした）は名残を慕ひて又寝の床（とこ）に涙を流し、（恋人を）待つ宵には更け行く鐘に音（ね）を添へて、待ちつけて後（のち）はまた世にや聞えんと苦しみ、里に侍る折は君の御面影を恋ひ、（院の）かたはらに侍る折はまたよそに積る夜な夜なを恨み、わが身にうとくなりまします事も悲しむ。人間のならひ、苦しくてのみ明け暮るる（七二〜七三頁）

要するに、恋人に慣れ行くに従って朝の別れのつらさや待つ宵の恋しさはつのる一方であり、そしてまた、それが院の目を忍ぶ、道ならぬ恋であるが故に、世間の噂を恐れる苦しみも消えないのであるが、その一方で院と離れて実家に下がっている時には、院の面影も恋しく、院のおそばに奉仕する時にも、他の女性達と過される夜々があることを思うと嫉妬に胸が安まらない、というのである。

ここには一箇所だけ例を示したが、この作品には、こうした作者の恋愛感情の一部始終を、驚くほど冷静に見つめて記した面がある。日記文学の本質は、作者が自らの体験や思想・心情をもう一人の自分になって省察するという、自照性にあることは言うまでもない（むしろ逆に、われわれはこの作品にそうした自照性を認めて、日記文学と認定するのである）が、『土佐日記』に始まり『蜻蛉日記』において自照性を確立した日記文学の展開の中でも、『とはずがたり』のように特異な男性遍歴の体験を赤裸々に、しかも自らをこれほど冷静に凝視して告白した作品は、前後に例を見ない。

さらに、さきの引用に続けて作者は、いわゆる「出離の思い」を述べる。「人間のならひ、苦しくてのみ明け暮」れるので「ただ恩愛の境界を別れて、仏弟子となりなん」、つまりこの俗世間を捨てて出家し、仏に仕えて生きよう、と言うのである。作者は幼い頃に「西行の修行の記」という絵を見たのをきっかけとして、そうした願いを抱いていたようである。ただ、この時は、まだ宿運逃れがたく、その願いを実行することができなかった。そしてこの願いは、巻二・三でも、運命のちょっとしたつまずきのたびに繰り返されるが、いつも何かの妨げがあって実行に移せず、その間にも作者は多くの人々の愛憎の渦に巻き込まれて苦しむ。前半三巻は、そうした男性遍歴を中心に展開している。

その後作者は、かねての願い通り出家して尼となり、いわゆる「女西行」として諸国遍歴の旅に出る。そのことを記したのが巻四・五の後半二巻で、そこで作者は、各地の寺社に詣でて、父母や夭折した自分の生んだ子、あるいは亡き恋人「有明の月」、それに最後の方では自分の一生を運命づけた後深草院などの菩提を弔うのである。しかしそうした作者の遍歴の旅は、とりも直さず作者自身の修行の旅であり、若くして人一倍俗世間的な生き方に悩んだ作者の、真の道すなわち人間の生き方の根本を求めての、求道の旅であった。

人間の本当の生き方、人生いかに生くべきかという問題こそ、実はこの作品で一貫して作者が追求しようとしたものであって、前半三巻にもそのことは当てはめて考えるべきである。『とはずがたり』は、全体がある時期の回想の筆によると見られるが、その執筆の動機は、作者自身が跋文として巻五の末尾に記している。すなわち「身の有様を一人思ひゐたるも飽かずおぼえ侍る」と、「問はず語り」をする理由を述べ、それに続けて、「修行の心ざし」は西行のやり方をうらやましく思ったためであること、そしてその上で「その思ひを空しくなさじ」という気持からこの作品を書いた、と述べている。このことからも、この作品が何を追求したものであるかは明らかであろう。

　このような作者の、人生に対する真摯な態度、人生とは何かという根本問題に対する自分なりの答を出そうとするひたむきな心が、特異な自身の体験を凝視させ、『とはずがたり』という作品に結実させたのである。この点に本作品の第一の意義はあると言うべきで、そしてそれが前述のような強い個性に裏づけられて相当の成功を収めていると言えよう。

　以上、『とはずがたり』の特質や魅力として、題材や描写の特異性と作者の自照性や求道性の強さとを挙げたが、この作品でもう一つ注意されるのは、虚構性・構想性に富むということである。日記文学に属し、基本的に作者自身の体験を素材とするこの作品が虚構性を有するというのはどういうことか。それは、例えば『曾良随行日記』との対比で知られる『奥の細道』のように、実体験を素材とする日記文学の場合でも、それが文学となる過程では、その構想や描写などに、通例多少とも虚構が入り込むという意味である。本来文学は、芸術の一ジャンルである以上、多少とも虚構の上に成り立つものと考えられるが、『とはずがたり』の場合には、その程度が他の日記文学に比べて格段に甚だしいのである。

一般に、『とはずがたり』のような日記文学のほか、歴史物語・軍記物語など史実・事実を素材とする文学で、記事内容と実際の事実との間に見出される何らかの相違——事実の有無や年月・人物・事情等に関する——は、一応三つのケースに分けられる。文学としての、主題や構想上の要求による意図的な変改や創作のような場合と、事実やモデルを多少ともぼかす場合と、作者（時には作者への資料提供者）の錯覚・誤認に基づく場合とである。第一は狭義の虚構、第二はいわゆる朧化（ろうか）である。『とはずがたり』にも、この三つのケースがいくつか見られる。無論、個々の記事・叙述がこのどれに当るか判定しがたいものや整然と分けにくい場合もある（それ以前に、相違の有無の認定が問題である）が、例えば作者の二人の愛人の「雪の曙」「有明の月」という優雅な仮名（かめい）も、一方では王朝以来の物語、特に『恋路ゆかしき大将』のような擬古物語の手法によったものであろうが、同時に主としてこの二人の身許をある程度伏せる、朧化の意図によるものとも見られる。「有明の月」の場合は、他界の月日にも故意の変改があるようで、これも朧化のためと解されている。もっとも「有明の月」は作中で院にもそう呼ばせている（一九四・一九八頁等）ほか、皆の前でもこの名が出されており（二二三頁）、それが事実通りとすれば当事者達に対しては少しも伏せたことにはならないが。

また、錯覚も、細部には少なくないと思われるが、よく問題になるのは、巻一から巻二にかけての、亀山院の後院設置や後深草院の尊号・兵仗返上の意思表示から伏見院立坊までの記事である。巻一の場合は、一連の事件を作品中の年代にこだわらず便宜上続けて叙述したもので、虚構でも錯覚でもないと思われるが、巻二冒頭の場合は、巻一の叙述を受けて書いている中に事件の年代を錯覚した可能性もある。

けれども、そうした朧化や錯覚よりも重要で問題なのは、主題や構想上の要求によって作者が設けた虚構である。例えば、臨終近い病床の父が、見舞に来た院と枕許に侍した作者に、作者の生い立ちや将来の不安を語った文句は、よく似た表現で、後に父を失った作者の嘆きの言葉としても語られている。また、かつて市古貞次氏（日本古典全書『とはずがたり』月報）も指摘されたように、院や「曙」もしくは「有明」との後朝（きぬぎぬ）の描写が極めて類型的であったりする。それらには、何がしかの虚構を認めないわけには行くまい。また、院に初めて愛された時の「心よりほかに解けぬる……」（二〇頁）の歌や、後にもふれる「帰るさは涙にくれて……」（五一頁）の贈答歌、あるいはいくつかの性夢の記事なども、果して当時の詠や贈答そのままか、実際がその通りであったか、多分に疑わしい点が少なくない。

それらについては適宜頭注にも指摘したが、一言で言えばこの作品は、基本的には作者の体験・回想を素材とする日記文学でありながら、その内容にはかなり虚構性・構想性や物語への傾斜が強く、その意味で物語的とも言えるのである。特に、後朝の場面などでは、作者は自らを物語中の女主人公（ヒロイン）として点出・描写しているのであって、作者自身、「昔物語の心地して」（六〇頁）「昔物語めきて」（二二・一八六頁）とも書いている。そこには、後に述べるような作者と院との宿命的な関係が念頭にあることも影響しているであろうが、作者は時にわが身を『源氏物語』の夕顔（二一頁注二四）や浮舟（三八頁注一・四九頁注一五）によそえ、あるいは自分と「有明」と院との関係を女三宮・柏木・光源氏のそれに擬したりもしている（一六五頁注一九・一九三頁注一七等）のである。

要するに作者は、自身の生涯をふりかえってそこに人生の一つの真の姿を追求しようとしたのであり、その際、必ずしも事実そのままに拘泥せず、時には事実性を少なからず犠牲にしたのであった。よく描けていると言われる「有明」の造型や、一読甚だ印象的な巻四の石清水での院との出会い、巻五で院の葬列を夜通し裸足（はだし）で追う条などには、恐らくそうした面があると考えられる。

けれども、そうした虚構によって、それらの場面は、事実通りに描かれた場合よりも遙かに人間性の本質を衝いた、すぐれた描写になっており、また、人物造型の確かさや事件展開の必然性といった、作品としての密度をも高めたと考えられる。それ故にこそわれわれは、それらの場面に深い印象や感銘を受けるのであって、こうした虚構は、真実を求める有効必要な手段であった。

以上のように考えると、この作品の第三の特質として挙げた虚構性・構想性も、素材や形象といった第一の特質と共に、結局この作品における自照性の強さ、従って作者の自己を通して人間の生き方を追求する姿勢の強さという第二の特質に収束すると見ることができよう。そしてそこに『とはずがたり』の明確な主題意識を見出すことができるのである。

『とはずがたり』の主題については、右に述べたところからおよそ推察されるであろうし、さきにもふれた跋文を手がかりにして考えることが必要かつ可能で、今それを結論的に言えば、やはり、すでに次田香澄氏が説かれた通り（日本古典全書『とはずがたり』解説四五頁）、「自己を含めての人間の探求といふことにある」。そして、そうした題材・主題に基づく『とはずがたり』の構成は、院の御所を主な舞台として何人かの男性と愛憎の関係を続ける前半三巻と、出家して諸国を遍歴・修行する後半二巻から成っている。松本寧至氏は、作中に何度か引かれている出家の折の偈「流転三界中、恩愛不能断、棄恩入無為、真実報恩者」（三三三頁注一七参照）を巧みに用いて、前二句は前半三巻に、後二句が後半二巻にそれぞれ相当し、「全編の主題を要約すれば、この四句偈になるとしてもよいであろう」と言っておられる（桜楓社刊『とはずがたりの研究』二二五頁）。この偈の意味を考えれば、言うところは前記次田氏と同じで、結局『とはずがたり』の主題は以上の所説に尽きると言うべく、そこには、松本氏も言われたように、自己の生涯を綴るという「個に徹する」ことによって深く一人の人間の生き方を追求し、更に人生とは何かという「人生の普遍に通じ」ようとする、『蜻蛉日記』以来の日記文学の精神が強く流れている。その意味でもこの作品は前述のような著しい虚構にも拘らず、最も正統的な日記文学であり、日記文学の展開の中に重要な位置を占めるものである。

なおこの作品は、室町時代以後埋もれていて、知られるようになったのは古典文学作品としては格段に新しく、昭和十五年のことである。当時宮内省図書寮（今日の宮内庁書陵部）にあった本書の底本を山岸徳平氏が発見され、「とはずがたり覚書」（『国語と国文学』昭一五・九）と題して、『増鏡』の資料としても注目すべき日記文学であることなどを報告されたのであった。けれども、次第に戦局がきびしくなった上、この作品は内容的にも（皇室の尊厳を冒すので）戦時中は研究は不可能であった。改めて一般の注目を浴びたのは、右の書陵部本が昭和二十五年に『桂宮本叢書』（山岸氏解題）の一冊に収められて刊行されてからと言ってよく、昭和三十年前後からは、玉井幸助・松本寧至・次田香澄その他多くの学者によって、本文批判・注解・年立（としだて）・人物（モデル）・構想などについての論考が続々と発表されるようになった。昭和四十年代に入ると、凡例にも挙げたようないくつかの校注書も相次いで刊行され、また多くの論文によってこの作品の特質がいろいろと明らかになってきた。

しかしながら伝本としては、今のところ書陵部本しか知られておらず、これが天下の孤本である。同本は、江戸初期に禁裏で書写されたもので、室町時代の明応年間に禁裏で写された本の系統と思われる。従って作者の原本からは相当の距（へだた）りがあり、しかも転写の過程で生じたと見られる誤脱が少なくないと推測される。孤本の伝本が少なからぬ誤脱を有するというのは、研究に当っては不利な点であるが、この作品の魅力はそうした不利を補って余りあるものであろう。そしてまた、以上のような多くの研究や評論のほか、すでに次にあげる二つの英訳も出ている。

Karen Brazell : *The Confessions of Lady Nijo*, Anchor Press, 1973

Wilfrid Whitehouse, Eizo Yanagisawa : *Lady Nijo's Own Story*, Charles E. Tuttle Co. Ltd, 1974

また、本作品と作者を題材とした瀬戸内晴美氏の小説『中世炎上』や、要点を大半取り入れた大岡信脚色・実相寺昭雄監督の映画『あさき夢みし』(昭四九)などもあり、これらはいずれも、ひたむきに人生を考える作者の姿勢に注目し、そこに『とはずがたり』の大きな意義や魅力を認めている。そして今後も、この作品と作者の持つ強烈な個性は、強い魅力となって多くの人々を引きつけるであろう。

二　作者の生い立ちと環境

『とはずがたり』は作者の自伝回想を内容としていると述べたが、逆に作者の生涯や人となりは、この作品から知り得ることがそのほとんどである。その他には、『とはずがたり』をも資料としている『増鏡』(南北朝期成立)の中に、本作品(少なくとも現存部分)にはない一節が見られるだけである。そうした作者の生涯やその背景については年譜にもかなり詳しく挙げておいたので、ここで改めて論ずる必要はあまりないとも言えるが、作品理解の手がかりとして、一応校注者なりに一言しておく。

後深草院に仕えて二条と呼ばれた『とはずがたり』の作者は、久我大納言雅忠の女(むすめ)で、母は四条隆親の女であった。

彼女の家系や呼び名は、作品中の随所に見られるが、いわゆる粥杖(かゆづえ)事件で作者に打たれて怒った院が、犯人は誰かとの善勝寺大納言の問いに対して、

まさしくわれを打ちたるは、中院大納言(雅忠)が女、四条大納言隆親が孫、善勝寺大納言隆顕卿が姪(めひ)と申すやらん、また随分養子と聞ゆれば、御女と申すべきにや、二条殿の御局の御仕事なれば、まづ一番に人の上ならずやあらん(九六〜九七頁)

と答えた箇所に要点は尽されている。そのほか、父が雅忠であることは、『公卿補任(くぎようぶにん)』などからも明らかで、この作品でも、巻三の北山准后九十賀の折に亀山院が作者を「雅忠卿の女」と呼んでいる例(二一六頁)などがある。

雅忠の家系は系図に示したが、村上天皇の皇子具平(ともひら)親王を祖とする村上源氏の一族で、源氏の姓を賜った師房から八代目、近くは鎌倉初期の政界の重鎮で土御門(つちみかど)内大臣と呼ばれた源通親を祖父に、その子で後久我太政大臣と呼ばれた通光を父に持つ名門であった。しかも同家は、「和漢才人」と称された具平親王以来代々勅撰集にも歌を採られた文雅の家で、雅忠の祖父通親には、近年改めて注目されている流麗な和文の二つの日記『高倉院厳島御幸記』(治承四年)、『高倉院升遐記(しようかのき)』(同五年)があって、本作品にも、あるいはその語句を採ったかとも思われる箇所がある(三〇九頁末尾二行)。ついで通光は、『新古今集』に十四首入集して「三島江や霜もまだひぬ芦の葉につのぐむほどの春風ぞ吹く」(「元久詩歌合」の歌)のような名歌を残している。新古今歌人の何名かを的確に品評した『歌仙落書(らくしよ)』の作者を通光とする伝承は、その成立年時から問題があるけれども、そうした所伝の生じたのも、いわれなしとしない才人であった。そして作者の父雅忠も、「続古今よりこのかた、代々の(勅

撰集の）作者」（三一三頁）であったが、『新後撰集』（嘉元元年）に至って、雅忠の跡が絶えたためか、勅撰集に洩れ、作者をして、「竹園八代の古風、空しく絶えなんずるにや」（三一四頁）と嘆かせている。

こうした父方の久我家に劣らず、母方の四条家も歌文に縁のある家系であった。その先祖は遠く藤原魚名（不比等の孫）の三男末茂であるが、平安後期に歌人として名高い顕季を出し、作者の母は顕季の子家保の血を引いている。この家系は、顕輔・清輔と伝わる六条家（六条藤家）ほどではないにしても、歌文の士を出し、家成から隆親まで、代々勅撰集作者で、隆房には二系統の家集があり、その一方が有名な『艶詞』である。そして作者の外祖父隆親はその父隆衡と同じく四条大納言とも呼ばれたが、文永元年の春、東山鷲尾の花の盛りに別荘に後嵯峨院の臨幸を仰いで歌を頂く（三一四頁）など、政界の実力者でもあった。

作者の母は、この隆親の女であるが、初め後深草院に仕えて大納言典侍と呼ばれ、『尊卑分脈』によれば従三位に叙せられている。院への仕え方については後に再び述べるが、典侍として奉仕したのは、恐らく、院の在位中（寛元四～正元元年、院四～十七歳）でもその践祚から元服（建長五年、十一歳）前後の頃まででではなかったかと推測される。その後、院の語によれば「冬忠・雅忠などに主づかれて」（二六一頁）、すなわち初め大炊御門冬忠（建長五年には権大納言、三十六歳）の、ついで雅忠（同年には参議、二十九歳）の愛人となり、やがて正嘉二年（一二五八）に作者を生むのである。因みに、その時、院はまだ在位中で十六歳、翌年弟の亀山院に譲位する。

ところで作者は、二歳の年すなわち生れた翌年に母を失い、その後は十五歳で死別するまで、父の手一つで育てられた。もちろん引き続き、母の実家四条家が後見していたに違いなく、前引の院の語に「随分(隆顕の)養子と聞ゆれば」とあるのもその辺のことを言っているのであろうが、作者が親として仕えたのは、亡き母と父雅忠とだけであった。そのことは、巻五で「二人の親の形見」(三一〇頁)について、何回か言及しているところからも明らかである。

父雅忠にしてみれば、幼くして、まだ物心もつかぬうちに、母を失った作者のことは、不憫でならなかったに相違ない。そしてまた、作者も父のそうした愛情を身にしみて感じていたのであった。そうした二人の恩愛の思いは、作中に繰り返し述べられている。例えば、雅忠が危篤と聞いて突然微行で見舞に訪れた後深草院に向って、雅忠が作者のことを憐れむ箇所(三七頁)や、続いて死期の近づいた父が枕許の作者に向って、

さても二つにて母に別れしより、われのみ心苦しく、あまた子供ありといへども、おのれ一人に

三千の寵愛もみな尽したる心地を思ふ(三九〜四〇頁)

と述懐する条、そして父を失った折の作者の嘆きの部分(四三頁)などである。また、二歳で母を失ったことについてもたびたび言及している(四三・一九九・二七八頁等)。類型的な表現の多いことは本作品の一つの特色であるが、それをもいとわず繰り返し述べているところに、作者の父母それぞれに寄せる「恋慕懐旧の涙」(二七八頁)を見ることができる。

一方、作者は、すでに四歳の九月から後深草院の御所に出入りし、院にもかわいがられていた。前述の粥杖事件の折、贖い(賠償)をさせられた外戚(母方の親戚)の隆顕が、内戚(父方の親戚)にも贖いをと久我尼(雅忠の義母)に言い送ったところ、同尼が反論して、

(二条は)二葉にて母には離れ候ひぬ。父大納言、不憫にし候ひしを、いまだ襁褓の中と申す程より、御所(後深草院)に召し置かれて候へば(一〇〇頁)

と言ったとあり、また巻三で作者が東二条院（後深草院后）の意向で失意のうちに御所を退出させられた折の述懐にも、

　四つといひける九月（ながつき）の頃より参りそめて、時々の里居（さとゐ）の程だに心もとなくおぼえつる御所の中（うち）、今日や限りと思へば、よろづの草木も目とどまらぬもなく、涙にくれて侍るに（二〇二頁）

とあるほか、巻四（二四六頁）にも、以上に見たような生い立ちが回想されている。

　作者はこのように「幼少の昔」から院の膝下で成長したのであるが、それは作品中に院の語として記すところ（八五・八七頁）によれば、作者の母がかつて院に仕えた縁故と遺志によるものであり、また院の意向に即して言えば、作者の母のかつての「奉公」に報いるためでもあった。

　すなわち、作者の母大納言典侍（しばしば院は回想の中で「典侍大（すけだい）」と呼ぶ）は、院の語によれば「夜昼奉公し」（八五頁）、巻三にはもっとはっきりと、「わが新枕（にひまくら）は、故典侍大にしも習ひたりしかば」（一六一頁）とあって、院は彼女によって男女の道の手ほどきを受けたのであった。その時点は、恐らく前に触れたごとく院の元服の前後で、そうした一種の性教育は、当時の皇室や摂関家によくあることだったと思われるが、院にとっては、そうした思い出のある大納言典侍は、いわば初恋の人とも言うべく、忘れられない女性となったのであった。彼女が冬忠や雅忠の妻となった後も、院はひそかに彼女を慕ったと述べている（一六一頁）。

　そしてその大納言典侍は、雅忠の妻となって作者を生んだ翌年、恐らくまだ若くして、突然世を去ってしまった。その時、院は十七歳、多感な年頃である。院が初恋の人の忘れ形見である作者にひそかに思いをかけたというのは、『源氏物語』の桐壺帝―桐壺更衣―藤壺や、もっと適切には光源氏―藤壺―紫上の関係を思い浮かべなくても、十分自然ではある。しかし、特に後者の人物関係は、巻一

冒頭の事件当時には院の、そして本作品執筆時点では作者の、十分意識していたところであると考えられる。言ってみれば、院と作者は、それぞれ時点は異なるが、光源氏―藤壺―紫上の関係を地で行ったのであって、こうした人物関係は、作者がこの作品に設定した基本的な構想の一つであったと思われる。

それはともかく、作者が文永八年十四歳の春を迎えると、院はかねてからの望み、すなわち光源氏がある日紫上を妻としたように、作者を男女の関係において愛したいとの望みを、実行に移す。院はかねてその点について作者の父雅忠に申し入れていたのであるが、その密約の履行を元日の御薬に奉仕した雅忠に院が求めるところから、この作品は始まるのである。

「二条」という作者の名は、東二条院の非難とそれに対する院の弁明（八四〜八八頁）に見えるほか、その前、文永十一年に後深草院が皇位継承問題への不満から「世の中すさまじく」出家の志を抱いてそれに伴するメンバーを指名した条にも、「女房には東の御方・二条とあそばされしかば」とあって、前半三巻の宮廷生活で作者がそう呼ばれていた――少なくとも作者自身の意識としては、それが彼女の女房名であった――ことは、確実である。

ただ、巻一末尾の院と前斎宮の情事の記事をそのまま採った『増鏡』（草枕）が「何がしの大納言の女」とのみ記したのは女房名まで明かすのを省いたものとしても、本作品でも巻三の途中で御所を追放された後、北山准后九十賀に召されて臨時に出仕した条では、亀山院から「雅忠卿の女」と呼ばれている（二一六頁）。そしてその後再び、短期間であろうが、後深草院の皇子伏見院もしくはその后永福門院に仕えたらしく、同女院入内のことを記した『増鏡』（さし櫛）の一節に、

……二の車の左に久我大納言雅忠の女、三条とつき給ふを、いとからいことに歎き給へど、皆人

先立ちてつき給へれば、空きたるままとぞ慰められ給ひける。

とある。これが、さきにふれた、現存『とはずがたり』以外に知られる作者の唯一の伝記事項であるが、右の記述によれば当時は「三条」と呼ばれており、それはあまり格の高い女房名ではなくて当人も不満であったが、良い名は他の女房達に先取りされてしまっていたという。

いずれにせよ、「二条」と呼び得るのは、厳密には巻三の中途の御所退出までの、後深草院御所に仕えていた間に過ぎず、かつ巻一末の東二条院の非難に対する院の弁明によると、「二条」の呼び名も当人ないし父雅忠はあまり歓迎しなかったようである。事実、院は作者に対して二人称としては、「あが子」(「あこ」とも)と呼んでおり、次田香澄氏などは、これらを理由として作者を「二条」と呼ばず「雅忠女」と呼んでおられる。けれども、それも落着かないので、前述のような条件を承知の上では、「後深草院二条」と呼んでよいであろう。

最後に、作者が仕えた時期の後深草院の宮廷がどのような雰囲気であったかを簡単に述べて、作品理解の一助としておきたい。

寛元元年(一二四三)に生れるとすぐ東宮に立ち、同四年四歳で父後嵯峨院の譲位を受けて践祚した——『弁内侍日記』は、この日の条から始まる——後深草院は、在位十三年で正元元年(一二五九)に弟の亀山院に譲位した。亀山院は後深草院より六歳年少で建長元年(一二四九)に生れ、正嘉二年(一二五八)以来東宮であった。その後の態度から見て父の後嵯峨院は、兄の後深草院よりも弟の亀山院の方を一層愛していたと考えられている。

後深草院がまだ十七歳の若さで弟の亀山院に皇位を譲らされたのもそうした後嵯峨院の意向によってであったが、更にその八年後(文永四年)に亀山院の皇子世仁親王(後宇多院)が生れると、後深草院にはすでに皇子熙仁親王（伏見院）があったにもかかわらず、後嵯峨院は、この世仁親王を翌年早くも東宮に立てたのであった。すでに三十歳に近く、分別盛りに達しようとしていた後深草院が快くなかったのは当然で、初めての女性大納言典侍（作者の母）の面影を恋い慕ったり、作者に多年思いを寄せてその成長を見守ったりしてきた——とある作品中の院の語は、おおむねそのまま信じてよいであろう——のも、そうした不満の一つの晴らし方と見られる点がある。

　後深草院が性格的に内向的で女性的な面があったことは次章に述べるが、そうした個人的な性質を抜きにしても、譲位後の後深草院の御所は、もはやかつて弁内侍が明るく無邪気に描写したような空気ではあり得ず、院自身も近臣達も、一方では後嵯峨院や同院の愛が深いと見られる亀山院の宮廷を、一方では関東の意向を、常に気にしつつ、しかもそうした不安を表面には見せずにさりげなく過すべく努めていたのであった。ここで、当時の宮廷が幕府の意向を気にしていたと言うのは、後嵯峨院践祚の事情に由来することで、四条帝の急逝に際して一部の貴族達の期待と予測に反して幕府の指名を受け帝位についた後嵯峨院は、終生幕府への気がねがあり、後深草・亀山両院の宮廷も、幕府の圧力を感じないわけには行かなかったのである。

　作者が四歳で後深草院の御所に上がった弘長元年（一二六一）には、院は十九歳、譲位後三年目であるが、当時の院の心境とその御所の空気は凡そ以上のようであった。そして、作品の始まる文永八年の時点では、院の後宮には、すでに康元元年（一二五六）に女御として入内し翌年中宮となった東二条院（西園寺実氏女）や文永二年（一二六五）に第二皇子熙仁親王を生んだ玄輝門院（山階実雄女、当時の呼び名は「東の御方」）をはじめ、夭折した第一皇子幸仁親王の母である大納言二位成子（西園寺公経女）など何人かの女性がおり、後に将軍になる久明親王（建治元年生）や円満院行覚法親王

（文永十年生）の母従二位房子（三条公親女）や仁和寺深性法親王（建治三年生か）の母従一位忠子（三善康衡女）なども、その所生皇子の生年から推して、作者と前後して院の愛を受けたものと考えられる。後宮女性の多いのは前代以来ごく普通のことで、後深草院に限ったことではないが、院の愛人となった作者の立場は、たとえ院の目から見れば四歳の時から傍で可愛がってきた「あが子」であったとしても、雅忠の没後は、四条家もはかばかしい後見をしたわけでもなく、虚心に見れば東二条院や玄輝門院に比して遙かに不利で不安定なものであったことは、疑いない。『とはずがたり』はそうした立場の作者の回想であることを、特に巻三の御所追放の記事や、巻四における後深草院との語らいあるいは巻五で院の崩を嘆いてありし日を偲ぶ条などを読む際に、思い合せるべきである。ただ、東二条院は院より十一歳の年長で、『源氏物語』で言えば葵上や弘徽殿女御のような面もあって、作者とは相容れぬ仲であったのに対し、玄輝門院（作者より十二歳年長）とは、巻二冒頭の粥杖事件（九四頁）や巻三の御所追放の条（二〇二頁）によれば、気が合っていたようである。

三　作者をめぐる男性達

次に、『とはずがたり』に登場する主要人物の性格や描写、また必要に応じてはその人物が誰に該当するかという問題について、見ておきたい。その場合、父雅忠や母方の祖父隆親・叔父隆顕、作者のライバルでもあり同輩でもある東二条院・玄輝門院などにも注意すべき点はあるが、ここでは作品の主題や意図に直接関係する人物、すなわち作者が交渉を持った男性として、後深草院・「雪の曙」・

「有明の月」の三名を中心とし、亀山院と「近衛大殿」とにも一言ふれておくこととする。

㈠　後深草院

作品中に多く「御所」とのみ記され、あるいは古典作品の通例として「御幸」その他述語への敬語だけで示されている作者の相手が後深草院であることは、作品自体に明白であり、また本作品巻一末尾の前斎宮との情事を採っている『増鏡』(草枕)で本作品の「院」を「本院」すなわち後深草院と記していることによっても明らかである。

後深草院は後嵯峨院の第三皇子で、寛元元年の誕生、母は後述する弟の亀山院と同じく大宮院(西園寺実氏女)である。践祚・譲位の経緯・年月などは、前章にも一部ふれ、年表にも示したので省略し、ここでは、多分に陰性で内向的に描かれている院の性格について、ふれておきたい。

院の性格を一番よく示すのは、作者と「有明の月」との関係に対する院の言動である。すなわち巻三の冒頭近く、院は、作者と「有明」との密談を立ち聞きすると、かえって二人の関係を認めてそそのかし、その後作者を「有明」に取り持つのである(例えば一七五～六頁の「扇の使」)。しかも二人の情事を何らかの方法で盗み見聞くか、少なくとも想像をめぐらすかして、作者の懐妊を予言したり、作者に「有明」が恋しいだろうとあてこすったりもする。

こうした院の倒錯的とも思われる性向は、巻二末の作者と「近衛大殿」との情事の折(一五〇～一一頁)や、巻三で作者が亀山院の要求に屈する部分にも認められる。後者の場合は、頭注に述べたように叙述は難解であるが、院は作者を貸せという亀山院の申し出を一応断るものの、ひどく酔ってすぐ眠ってしまい、その間に作者は亀山院に従ってしまったようである。そして院は、翌朝の亀山院の虚言によって作者の潔白を信じたというのであるが、事実がこの通りであったかどうかはかなり疑わしく、そこには作者の自身を庇い正当化する姿勢も読み取らねばならない。しかし、とにかく院は、亀山院の強引な申し出によってではあるが、亀山院と同室しているところへ作者を呼び寄せ、亀山院と作者との間に情事があっても不思議はないような状況を設定したのであった。ところが後に、院は作者と亀山院との仲を噂によって疑い、これが作者を見捨てる一つの大きな契機となる。

　また、巻四の伏見御所での会談の中で、作者にその後の男性関係をしつこく訊ねるところにも、院の嫉妬深く陰湿な性質が現れており、どちらかと言うと女性的で神経質でもあったらしく、「人よりは早き御心」（察しの早い御性質、一五九頁）で、前述のような情事の推察にもたけていたと見られる。本作品は、院自身の情事についても前斎宮の件をはじめたびたび記しており、院の性格を「くまなき（抜け目のない）御心」と評した箇所もあるが、それらにも西洋のドン・ファンのような無邪気さは感じられず、やはり隠微なものがつきまとっている。

　以上のような性格に描写されている後深草院は、決して病弱ではなかったが、小柄な上、幼い頃腰の坐りが悪かった（『増鏡』内野の雪）と伝えられている。巻一（八一頁）に「小さらかに」とあるのは「身を縮めて」の意と思われるが、小柄な院が一層身を小さくして前斎宮の枕許へ忍び込んださまを、作者は皮肉をもって描写したのであろう。

　同母弟の亀山院も漁色の方では有名であるが、性格は後深草院と対照的に豪放で外向的であったと見られており、両親に当る後嵯峨院・大宮院の愛情が深かったのも主としてその点によるとされている。それだけに後深草院が亀山院に強い「反撥と劣等感とを感じてゐた」という次田氏の見方（日本古典全書『とはずがたり』解説六九頁）は、当っているであろう。

　無論、後深草院に見られるような静的・内向的な態度・性格は、ある程度前代以来の宮廷貴族社会の通性で、宮廷というところは常に権勢や財産、更には男女をめぐって、隠微な駆け引きが渦巻いているところであった。また天皇・皇族の漁色も史上決して珍しいことではないし、女房に男装させて蹴鞠（けまり）の技をさせることなども、松本氏（『とはずがたりの研究』一二三〜四頁）が言われるように、倒錯的な遊び方ではあるけれども当時の宮廷が多少とも持っていた風潮であって、一種のデカダンスという点では、前代以来の行事が羽目を外してしまった巻二初めの粥杖事件なども同じである。しかし、作品に見る限り、作者に対する院の態度の中には、前述のような後深草院個人の性格が強く反映していることを見のがすわけには行かない。

それでは、作者はこのような院にどう対していたか。作品の始まった時点では、作者は自分を、光源氏にある夜妻にされた紫上をひどく大袈裟（おおげさ）にしたように描いている。その後、「これや逃れぬ御契りならん」（一三頁）と思うようになり、院を頼って生きて行くのであるが、例えば前斎宮への情事を手引きさせられるなど、次田氏も強調されるように作者の家柄や自尊心を無視したもので、こうしたことや院の隠微な態度に対して、作者は折々不満を爆発させる。前半三巻で、作者が出奔したり、あるいは院からの呼出しにもたびたび出仕を渋るのは、やはりすでに言われている通り、そうした院に対する不満によるところが多いと見るべきである。「曙」や「有明」との情事に走るのも、感情も欲望も激しい作者の、院への物足りなさの現れであろう。

しかも院は、「有明」の急逝によって作者と作っていた三角関係の一辺が消え、「有明」への対抗という刺激もなくなってしまうと、急速に作者に冷淡になり、亀山院との噂を根に持って、折よく出てきた東二条院の不平を機に、作者を決定的に見捨ててしまう。この御所追放は、作者にとってはまことに意外なことであっただけに、その屈辱は終生忘れ得ないものであった。だから作者は、巻四末の

伏見の御所での語らいの条で、「いろいろつらいことばかりであろうが、なぜ何とも言って来ないのか」と聞かれて、

かくて世に経る（こうして流浪している）恨みのほかは、何事か思ひ侍らん。その嘆きこの思ひは、誰に愁へてか慰むべき（二七五頁）

と、一人唇をかみしめ、ついに院をして（少なくとも作中では）、

何にも、人の思ひしむる心はよしなきものなり（二八〇頁）

と、陳謝させるのである。

こうした院への不満は作者の本音の一つであると見られるが、幼くから「あが子」と呼ばれて可愛がられ、初めて女の操を捧げ、その後も長く傍に仕えた院が、作者の思慕の対象でなかったと言ったら、これも嘘になる。男山での邂逅（かいこう）の感激やその折の形見の小袖に対する巻五での態度、あるいは院の重態を聞く条から葬送・一周忌・三回忌までの記述に、そうした気持の片鱗が見えるのも、男女の情として自然のことであろう。ただ次田氏（前記書五五頁）が力説されるように、院の葬列を裸足（はだし）で追う条などには作者の衝動的な性格をも見るべきであり、むしろ院への思い出としては、かなり冷たい言葉であるが、

昔より何事も、うち絶えて、人目にもこはいかになどおぼゆる御もてなしもなく、これこそなど言ふべき思ひ出でゝ侍らざりしかども（二八一頁）

ということにもなるのであった。作者にとって院に愛された宮廷生活はなつかしく誇り高いものであったが、院その人に対して、身も心も捧げ尽したという程ではない、というのが本音であったろう。しかし作品としては女主人公が最後まで心の中では仕え慕っていたように造型しようともしている、

ということである。

(二) 雪の曙（西園寺実兼）

冒頭直後から作者への贈り物の主として登場し、巻一・二で作者が院に内緒で密会を続ける男性「雪の曙」が西園寺実兼であることは、玉井氏が初めて唱えられ、その後松本氏などによって補強されて、今では定説である。

実兼は、承久の変後は関東中次（もうしつぎ）（朝廷と幕府との連絡役）をも兼ねていた名門西園寺家に、冷泉太政大臣と呼ばれた公相の三男として建長元年（一二四九）に生れた。因み（ちな）に亀山院と同年である。文永四年に父を、同六年に祖父実氏を失って、家督をついだ。時に二十一歳。本作品の始まる文永八年の正月には二十三歳で権中納言正二位、その年三月に権大納言に進んでいる。その後、後深草院の皇子伏見院が東宮に立つに及び東宮大夫となり、その長女鏱子（永福門院）を伏見院の後宮に入れる一方、次女瑛子（昭訓門院）は亀山院の後宮に入れて、両統対立期に巧みに処した。また家司（けいし）京極為兼が伏見院・永福門院らに迎えられて京極派歌壇が結成されるのを暫く好意的に見ていながら、後には為兼の専横を憤って失脚させるなど、その活動は文学史の上でも著名であるが、政治的にも従一位太政大臣に至り、鎌倉後期政界の重鎮であった。

二十三歳で権大納言というのは家柄のしからしめる相当な出世で、豪壮な別邸北山殿（今の金閣寺の地）を営んだ公経の曾孫として、かつ関東中次として、経済的にも恵まれていた。そのことは、作品中の「曙」の描写にも何度か現れている。冒頭の歌を添えての衣裳もそうであるが、醍醐の尼寺に隠れていた作者を尋ね当てた翌朝は、尼達のために都からさまざまの衣裳を取り寄せて彼女達の歓心を買ってしまう（六一～六二頁）し、巻二末で作者が伏見御所へお伴する衣類がなくて困っているのを知ると、早速いろいろ取り揃えて届けてくれ、作者を感激させている（一四六頁）ごとくである。実兼は経済力の上に、早く父や祖父を失って一家の主とならざるを得なかった苦労人らしい行き届いた配慮をも有していたのであろう。

ところで、作品の中では、公人としての実兼と作者の愛人としての「曙」とを書き分けようとする努力が払われている。そのことは折々頭注にも示したが、「曙」としての登場は巻三の途中（一六七頁）まで（その後二〇〇頁と二〇二頁に僅かに顔を出す）で、その後は北山准后九十賀の条も後深草院の重態の時も、公人実兼として登場する。また、巻一〜三においても、院の廷臣として登場する際には、公人実兼として記されているが、そこに微妙な交錯があることは、後に述べる。

「雪の曙」の名は、巻一の醍醐で一夜を共にしての翌朝の情景（六二頁）によると見られるが、彼が作品に初めて登場するのは、冒頭の一節（一二頁）である。そこではまだ「曙」という名さえも伏せ、贈り主が誰であるか、読み進まなければ読者には分らないようにして、作者は歌を交わしている。そこに示されている「曙」の歌は、作者が近く院の愛を受けねばならないという事態は承知していて、そのこと自体は変えようもない（つばさこそ重ぬることの叶はずと）が、かねて二人の約束だけは全うしたい（契りおきし心の末の変らずば）という趣旨であった。

そこで、この「契りおきし心」の内容が問題になり、それまでの「曙」との仲がプラトニックなものであったかどうか、言いかえれば院の来訪を受けた初めの晩に作者が頑なに院を拒み通したのが、処女の羞恥や本能からか演技によるものか、といったことが、かつて一部で論議されたものである。これについて校注者は、この作品を日記文学として読み味わう限り、素材事実がどうであったかは第二の問題で、差し当っては作品中にどのように描かれているかを見るべきだと考える。無論、日記文学の場合は、作者自身の体験を素材とするというジャンル上の基本的な制約があって、事実と創作の関係こそが根底に横たわる問題であることは認めるけれども、作品描写を離れて素材事実を追求することは、不可能でもあり無意味でもあると思うからである。

そこで作者が作中で「曙」についてどのように描写しているかを見ると、特に注意すべき部分として次の二つがある。一つは、父雅忠の没後一箇月余り、九月の十日過ぎに、喪に服している作者を訪ねて来る条で「曙」が言った次のような言葉である。

一年(ひととせ)の雪の夜の九献の式、常に逢ひ見よとかやも、せめての心ざしとおぼえし（四六〜四七頁）

この部分の文意は、本文の注に示したように、父雅忠が生前に、それもある年の「雪の夜」に、作者の将来を「曙」に頼んだと解される。今日しばしば「曙」を作者の「許婚(いいなずけ)」と呼び、校注者もこの語が現代語とニュアンスを異にしていることを認めた上ではそれに賛同しているのも、右の一節によってであり、さきに指摘した冒頭部での「曙」の歌の語「契りおきし心」や「つばさこそ重ぬることの叶はずと……」も、このように父雅忠に公認されていた関係を踏まえて、作者に呼びかけ牽制しているのに他ならない。

もう一つは、巻三の、

さても、さしも新枕とも言ひぬべく、かたみに浅からざりし心ざしの人（一六六頁）

という一節である。この「人」が「曙」を指すことは前後から明らかで、従ってこの書き方からは、「曙」は作者にとって「新枕とも言ひぬべく」（言ってよいほど、言いたい位）いとしい人ではあったが、実際は「新枕の人」ではなかったと考えられ、これと巻一の二晩にわたる院の御幸の描写とを併せ見れば、少なくとも作品中では、作者にとって院が初めての男性として描かれていることは、疑いがない。

　むしろ作者の巻一・二における悲劇や苦悩の一因はそこにあって、院の愛人となるまではプラトニックに過してきた「曙」に、前述のような院への不満も引き金になって、作者はいつか傾斜して行くようになったのである。二人の密会、とまでは言わなくてもしんみりとした語らいは、前述の「九月の十日余り」の条が最初で――ただこの段の記事は、二人は何もなく向い合って語り明かしたと記す一方、歌はいかにも男女の後朝(きぬぎぬ)の調子であって不審もある――、以後院に隠れて逢瀬を重ね、やがて不義の子を宿して秘密の出産をするに至るのである。もっとも、その密会の初期（四九～五五頁）は、「曙」であるか他の男であるか、かなり分りにくく朧化してあり、そのことは次章の後半でやや詳しく述べる。

　さて「曙」は、後深草院の近臣という実兼の立場をそのまま作品中でも持しているらしく、院の行動を熟知してその間隙を縫って作者と会っており、二人の間柄はあくまで院には内緒ということを、当人達は建前として守っているが、実際には院が二人の秘密をある程度察知しているようにも記されている。例えば、作者が「曙」の胤(たね)を宿す「扇に油壺の夢」の条（六五～六六頁）で、院が「うば玉の夢にぞ見つる小夜衣あらぬ袂を重ねけりとは」という歌をよこす場面である（記事には相当の虚構性が疑われるが、作品には右のように記されていることを注意する必要がある）。

　そのことはまた、次田氏も指摘された（前記書七一頁）ように、巻一末の嵯峨での酒宴の折、院が隆顕に向って言う語、「実兼は傾城(けいせい)の思ひ差ししつる。羨しくや」（八四頁）や、巻二の粥杖事件の折、院が「西園寺」（実兼）を「あまりにかすかなる」根拠で無理にも責め落して贖(あが)いをさせる（九九～一〇〇頁）条などにも見られる。これらの箇所では「西園寺」あるいは「実兼」として公人のごとく記されているけれども、次田氏の言われた通り、これらは「曙」の延長としてでなければ理解できない。さきに公人実兼と愛人「曙」との間に微妙な交錯があると言ったのは、このことである。

ところで作者は、巻二までは「曙」と愛人関係を続けていたが、巻三に入ると、両者の間は冷え始める。そのことを述べたのが、前引の「さても、さしも新枕とも言ひぬべく……」（一六六頁）の段であるが、これによれば「曙」が冷たくなった直接の原因は「伏見の夢の恨み」すなわち作者が「曙」の目の前で「近衛大殿」に抱かれたことであった。この伏見参仕に際して作者に衣裳を差し入れてやった（その衣裳の一つを、院は、実兼へのいやがらせもあってか、鶏匠に与えてしまうが）「曙」にしてみれば、堪えがたいことであったろう。その後、「有明」の胤を宿している作者に向って、冷たくなったと恨んでいる（一七四頁）。そして、彼女が「有明」と深い仲になって行くのを見たり、亀山院との噂まで立ったりした段階では、「曙」が離れて行くのももっともではある。ただその経緯は、作品としては、格別の事件も構えず、極めて自然に描かれている。しかも幼なじみの二人は心底では引かれていたらしく、決定的に憎み合うことがなかったばかりか、巻三の第三年の正月、院にも疎んじられ始めて「世の中もいとど物憂く心細」く思っている作者を「絶えず言問」うてくれたのは、「今は昔とも言ひぬべき」「曙」一人であり（二〇〇頁）、御所追放の衝撃を受けた日にも、控え目ではあったが見舞って声をかけてくれたのは、彼であった（二〇二頁）。その後巻五で、院の重病を聞いて詳しい様子も知りたく北山殿を訪ねた作者に応対する年老いた（当時五十六歳）実兼の二つの態度——初めは忘れたと言って取り合ってくれず、二度目には自身面談して「昔の事、何くれ」語る——は、「曙」の作者に対する親疎両様の心理を端的に見せて面白い。

㈢　有明の月（性助法親王か）

後深草院・「曙」について作者の三人目の主要な男性となる「有明の月」については、多くの問題がある。

「有明の月」という仮名の由来については、次章の後半に述べるので、ここでは省略する。次に、誰が擬せられているかという問題であるが、巻二・三の描写から東密（真言密教）を修めた阿闍梨で幼時から後深草院と親しい間柄（一五九頁）の、更に弘安年間に没した人物であると考えられる。これらの点から松本氏は、後深草院の異母弟で仁和寺に入り後中御室と呼ばれた性助法親王（母三条公房女）と推定された。これがその後通説となって、少なくともかつて玉井氏の推定された三井寺円満院の浄助法親王は退けられた。性助とすれば、作者に初めて求愛したと記されている巻二第一年の建治元年（一二七五）には二十九歳、院より四歳の年少、弘安五年に急逝した時は三十六歳となる。

ところが最近新たに宮内三二郎氏が、「有明」は、御室門跡として性助の前任の、開田准后法助（九条道家男、母西園寺公経女）であろうと唱えられた（明治書院刊『とはずがたり・徒然草・増鏡新見』）。氏の説は相当に複雑で、手短かに要約することは困難であるが、注意すべき論拠とされた点を一つ紹介しておく。氏は、

同じ心にだにもあらば、濃き墨染の袂になりつつ、深き山に籠りゐて、幾程なきこの世に、物思はでも（一〇九～一一〇頁）

という「有明」の言葉は、「建治元年にはまだ二九歳で、その後も弘安五年に三六歳で没するまで、仁和寺寺務と摠法務にて在任した性助ではなく、正嘉二年に三二歳で御室の地位を性助にあけ渡し、建元元年には四九歳となっていた法助にこそふさわしい」（前記書一一七頁）とされ、「巻一―三に詳叙された有明の、二条をつけねらい、つきまとっての勝手気ままな諸行状は、どうみても閑暇にめぐまれた隠居者のそれであって、当代御室性助のとうてい能くするところではなかったであろう」（同前）と述べておら

れる。氏の指摘は確かに一理あると思われるが、御室門跡として若き日に女色を絶っていた阿闍梨であれば、性助のように壮年でも、作品に描かれたような言動があって不思議ではなかろう。殊に、法助が院と「いわけなかりし御程より、かたみにおろかならぬ御事に思ひ参らせ」（二五九頁）というような間柄であったかどうか、素直に考えて宮内氏が疑われる性助以上に疑問がある。また「有明」の忌日は作中では十一月二十五日であり、その点でも氏は、弘安五年十二月十九日に没した性助よりも同七年十一月二十一日に没した法助の方がふさわしいとしておられる。しかしその場合は、巻三に、准后九十賀の前年に「有明」の三周忌をすませたとあるのが、実際には一周忌もすんでいないことになる。つまり、准后九十賀の時点では、「有明」は「三か月前に世を去ったばかり」（宮内氏前記書一一七頁）という苦しい認定をしなければならず、全体として法助説は無理であるとの印象は拭いがたい。やはり今のところ、「有明」に擬せられているのは性助法親王であると見るべきであろう。ただ、『とはずがたり』の基本的な方法として、「有明」の言動や性格描写にも、相当の虚構や朧化があることを承知せねばならない。

　さて、この「有明」は、一応作品を素直に読んだ限りでは、巻二の第一年、後白河院御八講の折（二〇二頁）に初めて作者の前に現れ、何やら謎めいたことを作者に言いかけて近づこうとする。御室阿闍梨としては、「曙」における公人実兼の場合と同じく、すでに巻一の東二条院御産の条（二五頁）に登場しているが、作者と私的な交渉が始まるのは、巻二のこの段が最初である。

　その後の二人の経過をたどると、「有明」の方は甚だ情熱的で強引執拗、まさに「思い込んだら命がけ」である。逆に「有明」が初めての男ではない作者は、初めのうちはじらして「まぎらはしつつ」（二〇六頁）あしらい、自分の心理を客観的に見たりもしているが、次第に強引になってくる「有明」の執拗さを疎ましく思うようになる。ところが、作者が「世の中」（男女の間柄を含めた人間関係）をわずらわしく感じて、またも出離の思いをかみしめている頃（巻三冒頭）、院参した「有明」につかまってその「口説きごと」を聞かされ、あまつさえそれが物蔭の院にも聞かれてしまうという事態が起る。こうして院に公認された不倫の関係が始まるのであるが、そういう心理的な要因が加わってみると、作者の「有明」に対する気持は大分変って、かつての反感から急速に恋情へと傾斜して行く。院との間が冷えつつある中で、ひたむきな男の情熱もしくは執心が、ついに女心の一角を捉えたと言うべきであろう。

それからの二人の関係は、恋愛と言うよりもむしろ愛欲と呼ぶべく、命の限りを尽して燃えたものであった。ただそれは終始院の監視するところであって、「有明」の子の懐妊も「五鈷の夢」によって院に察知されている。次田氏も言われるように、こういう不自然な関係が長くつづくはずはなく、果して「有明」は流行病にかかって、あっけなく死んでしまう。その前後や彼の遺児を生んで暫く手許に置き、母としての愛情を感ずるところなど、本作品の中でも特に感動的な部分の一つである。そこには、初め遊戯的であった恋愛がいつかのっぴきならぬ愛欲の行為となり、更にその結果として「妊娠・出産という女だけが負わされる肉体の負担の残酷さ」（次田氏前記書七六頁）を正面から見つめた、作者の深い人間性への洞察と冷静な描写力が見られるのである。

㈣　近衛大殿（鷹司兼平）

「近衛大殿」が鷹司兼平であることは、初めに玉井氏の推測があり、その後松本氏の詳しい考証があって、確定している。作者との交渉が記されている建治三年（巻二第三年、正月に後宇多帝元服）には、五十歳で摂政、四月までは太政大臣も兼ねており、翌年には関白となる。

作品での初出は、巻二の第一年の三月、関東の思惑を配慮して後深草院が亀山院を御所に迎え蹴鞠をしようと、その企画を相談する条（一〇三頁）で、次いで同年九月の伏見の「松取り」（松茸狩り）の条にも、不参加ではあったが、院と歌を贈答したとして、名が見えている。この贈答歌が交わされたのはこの時ではなく、ある年の正月の子日（ねのひ）に違いないことは、本文（一一〇頁注一一）に述べた通りであるが、この部分は、『増鏡』（老の波）にも採られており、『とはずがたり』で「近衛大殿」としている人物を『増鏡』が「鷹司殿の大殿」としているのは注意してよい。松本氏が考証されたように、鷹司家の祖となった兼平は、当時「近衛」とも呼ばれており、「近衛大殿」で構わないわけである――兼平であることを朧化しようとした作者の姿勢は、ないと見てよいであろう――が、年月も距（へだ）った『増鏡』は、兼平であることを、より明確に示すために「鷹司殿の大殿」と記したものと思われる。

そして巻二の末尾、伏見御所での今様伝授の段にまた登場するわけで、さきの不参の松茸狩りの条は、次田氏も指摘された（前記書七八頁）ように、以下の大殿との出会いが伏見で起ったことを示す伏線にもなっているが、当面の部分は、近衛大殿が院に参って後嵯峨院の遺言を持ち出すところ（一四四頁）から始まり、大殿の作者に対する同情の語を引用して、一方では作者が「梁園八代の古風」であることを間接に力説すると共に、主としては彼の作者に対する野心を関心の形で展開させておいて、後に作者を見舞った一件に必然性を与える布石ともしている。

伏見での第一夜、「御所御寝の間（ま）に」（一四八頁）「曙」と密会しようとして出かけ、夜道で大殿に袖をつかまれた作者は「こはいかにいかにと申せども、叶はず」というかなり危ういところまで追いこまれたが、結局また来ることを誓わされて一先ず放されたようである。けれどもその夜再び大殿に、しかも院のいる前で呼ばれる。作者は院の手前立てずにいると、むしろ院が彼女を促し、障子のすぐ向うで大殿と契らされてしまう。作者が院の態度を「死ぬばかり悲しき」と言っているのは、誇張ではないであろう。翌晩も、老獪（ろうかい）強引な大殿の「老いのひがみ」から、同じことが繰り返されたのであった。

そのようにして作者を大殿に貸した院の心中や、大殿に屈した作者の立場については、校注者は今のところ院の自虐的な倒錯趣味と作者の立場上の弱さとを主に考えているが、院には「実兼（注「曙」）に対する嫌がらせの気持も働いていたのかも知れない」と、松本氏は言っておられる（前記書三五五頁）。少なくとも、「曙」はこの事件の一部始終を知っていたに違いなく、この一件を境に作者と「曙」の仲が疎遠になって行ったことは、前に述べた通りである。

ただ、注意されるのは、作者が大殿との情事を決して不快にもやましくも思っていないことである。前述のごとくそのような事態に進む必然性を説いてきた作者は、自分なりに大殿にも引かれる必然を、読者に、ひいては「曙」に、ほのめかしており、そう解することによって、別れ際に大殿の車が「名残惜しきやうに」思われたこととの説明もつく、という次田氏の解釈（前記書七九頁）は、当っていると思われる。

(五) 亀山院

後深草院の同母弟で、とかく院と対照的な性格だったらしい亀山院は、作品中には通例「新院」として見える。

作品へはたびたび登場するが、作者との情事の有無については、従来の諸注も一致していない。けれども校注者には、巻三の嵯峨大井殿の一夜（二八一～二頁）にそれがあったと読み取れる。その部分は、さきにもふれたように本文が甚だ難解であるが、院が「いたく酔ひ過」ぎて先に寝てしまい、その後亀山院が作者を「御屛風後に具し」て契ったようである。ここでも作者は直前に、亀山院が院へしきりに作者を所望したと記して、事態の必然性を強調している。のみならず、すでに巻二の時点から亀山院の作者への執心を、蹴鞠の際の「先づ飲め」との指名や一度の贈答歌とたびたび手紙をよこされたこと、また伏見の女楽の折にも出奔した作者に同情的でその歌を貰い受けて帰ったことなどの記述によって、読者に印象づけている。それと共に、情事そのものに対しては、本文（一八二頁注六）に一言したように、そうした成り行き――それまでの経過を院が見届けている以上、院も暗黙の中に承認したことになる――で運ばれたこと故、やましさはなく、「犯せる罪もそれとなければ」と、うそぶくのである。

ただ、さすがに一方では亀山院が作者をかばったのを「なかなか恐ろし」と言ったり、その日院からお呼びのかからなかったのを落着かず思ったりしている。その夜また両院が「一所に」寝た折に「御添臥」に奉仕したというのは、恐らく後深草院の方であろうと思われ、前夜のことがあった後だけに気が重く、「憂き世のならひ」も思い知ったと記している。

ともかくこうして、作者は一度は亀山院の意にも従ったようであるが、その後同院との噂が世間に広まって後深草院の耳へも入り、それを第一のきっかけとして院が作者に冷たくなって行ったことは、前述の通りである。その意味では亀山院との情事は作者にとって相当なマイナスであったが、院と対照的な性格の亀山院に作者がある程度引かれたのも、事実であろうと思われる。しかし作品の上では、むしろ、亀山院にも愛されてその愛に応えたという、作者の宮廷生活での一つの晴れがましい思い出や誇りとして取り上げられている面が強いと考えられる。

四　構成と成立

『とはずがたり』の各巻に記されている記事の年代を、作者の年齢や史実その他をもとにして考証した結果は次のようになる。但し、巻三の年代については問題があり、その点については後にふれる。

巻一　文永八年（作者十四歳）〜同十一年（十七歳）
巻二　文永十二（建治元）年（十八歳）〜建治三年（二十歳）
巻三　弘安四年（二十四歳）〜同八年（二十八歳）
巻四　正応二年（三十二歳）〜永仁二年（三十七歳）以後
巻五　乾元元年（四十五歳）〜徳治元年（四十九歳）

そしてこの五巻は、大きく前半三巻と後半二巻とに分けられ、次田氏は、前半を「宮廷生活篇」、後半を「紀行篇」、松本氏は同じく「仙洞篇もしくは愛欲篇」「紀行篇または修行篇」とそれぞれ呼ばれている。こうした命名は全くの便宜であるが、作者の生活や素材の場を基準に、前半は「宮廷篇」、後半は「紀行篇」もしくは「遍歴篇」と呼ぶのも一案かと思う。

それはともかく、現存本に見るこうした五巻の構成や本文が、この作品の元来の姿であるかどうかについて、一応考えておきたい。

本文が原作通りか否かと言っても、この作品のように現存本が作者の原本でなくて転写本である限り、誤脱による変改転訛があり得ることは言うまでもなく、特にこの作品は書陵部本が孤本で、しかもそれが多くの誤脱を有し、読解にも少なからぬ支障のあることは、さきにも述べ、頭注にしばしば指摘したところである。けれどもここで問題とするのは、そのような細部の誤脱ではなく、ある程度以上の分量を有する記事や段落ないし一巻全体の脱落である。

すなわち㈠巻四・五に計四箇所の注記を有する切り取り箇所（二四五頁・三〇一頁・三一一頁・三三〇頁）と、㈡それ以外の脱落部分ないし欠巻との、二つの問題である。このうち、㈠の中で巻五の末尾（三三〇頁）以外の三箇所については、従来二つの説が出されている。一つは、その三箇所がそれぞれ久明親王・後深草院（不吉な夢想）・久我尼（日吉神託）に関することで、いずれも他人の目を憚る（はばか）ため、作者またはその近親者が切り取ったとの推測、もう一つは、三箇所とも夢想・霊託に関するものと見て（二四五頁のは、善光寺参詣を前にしての夢想と見る）、中世に夢想の記事を集め残すことが流行（はや）ったことから、後人がこれらの記事の部分を切り取ったとする説である。詳しくは松本氏の『とはずがたりの研究』もしくは拙著『中世文学論考』に譲るが、夢想の記事故に切り取られたとする松本氏説も魅力的であるけれども、切り取ったのが作者自身か後人かの問題は、慎重に考えたいと思う。本作品が勅撰集や秘伝書のような丁重な扱いで転写相伝されたのでないことはもちろんだが、記事の一部を後人がみだりに切り取ってその前後の文章の続きを補綴（ほてつ）せずにおくということは、あまりありふれたことではないし、本作品が成立後もほとんど――『増鏡』が利用しているのは例外で、『豊明絵草子』との前後も問題にはなっている――世に出なかったと見られることをも併せ考えると、以上三箇所の切り取りも、元来作者自身が原本に加えたところではなかったかとも、思われるのである。

巻四・五の中途の計三箇所の切取注記部分に関しては、この程度の推測しかできないが、巻五末尾のそれは、作者自身の切り取りに由来する可能性を、もっと強く示しているように思われる。この部分に関しても、松本氏は夢想の類があったかと推測され、次田氏（前記書二五四頁）は、「作者の参考として添へた若干の部分（歌）があつたのではないか」と言われた。次田氏は、現存本文で実質的な記事はすでに終っていると見られる一方、巻一・三に「別に記し侍れば」（六三頁）「別に記し置く」（二一七頁）などとある記述を根拠に、そしてその「別記」の内容を「連作の歌」であったろうと推測され、右の推論を出されたものである。『蜻蛉日記』の末尾に道綱母の家集が付されている例があることからも興味深い論であるが、「別記」を歌集（家集）的なものと見ることは、文章読解からも作者の詠が本作品以外に今のところ見当らないことからも、多少疑問である。校注者としてはむしろ、次田氏が、現存の巻末が「全篇の結尾らしい内容と文体で終つてゐる」（同前）とされ、この後に切り取られた部分があったとしても実質的な記事はなかったであろうと言われる点に同感で、更に進んで、この巻末の注記に関しては、初めの「本云」の二字を含めて作者自身の手になるものではないか、と考えている。作者の一種のポーズないしジェスチャーであるが、似た例として、平安初期の貞観三年に転写した旨の偽の書写奥書などを付した『松浦宮物語』（藤原定家作と推定されている）のケースがある。『松浦宮物語』の場合は古代の作と見せかけるためで、韜晦の意図・目的は多少違うようであるが、『とはずがたり』においても、作者自身が末尾に偽作の切取注記を加えることで巻五末が全篇の末尾であると断定されることを避け、作品全体の構成の不十分――もしそれが読者の目に映ったとき――に対する逃げ道を残すと共に、この作品が少なくとも一度の転写を経たように見せかけてその内容に一種の客観性――他人に読まれ書写されたという事実は、客観性の一証となる――をも与えようとしたものとは、見られないであろうか。

次に前述の㈡、すなわち切取注記部分以外の大きな欠脱や欠巻については、現存本の形からは積極的に推測する根拠がないことから、巻の途中での段落や文の欠脱は一応考えられない。検討すべきは各巻の間ということになるが、各巻の記事の年代を見ると、さきに示したように、巻一・二の間は問題がない。

巻二・三の間には問題がある。巻三に記されている事実の年代に問題があるからである。巻三は、本文を読むと五年間のことを記しているが、素材事実と内容との対応に疑問が多く、その対比について諸家の説があることは、拙著（『中世文学論考』）にも示したごとくである。今は詳しい説明を省くが、巻三末に記された北山准后九十賀が弘安八年であったことは記録に明らかで、これを基準に素直に読み取ると、巻三の年代は前記のように弘安四〜八年となる。准后賀以外の記事を離れて作品内容だけから見れば、次田氏も言われるように、この見方が「計算が合つて矛盾を起さない」（前記書四七三頁）。

巻三の年代を弘安四〜八年と見た場合に起る記事内容と素材史実との食い違いとして問題になるものは二つあって、一つは「有明」の忌日、もう一つは外祖父隆親の没年である。第一の点は、「有明」を誰に比定するかという点がからまっているが、要するに作品中では「有明」の死は巻三第一年の十一月二十五日である（一九一〜二頁）のに対して、通説で「有明」に擬している性助法親王の忌日は弘安五年十二月十九日、その後宮内氏によって唱えられた法助の場合は同七年十一月二十一日、かつて玉井氏が考えられた浄助法親王のそれは同三年十一月二十一日であって、いずれにしても作品の記述と合わない。第二の隆親の没年と言うのは、史実では弘安二年九月六日に没している隆親について、この巻の第三年の「秋の初め」、御所を追放された作者が訪ねて行って会い（二〇一〜四頁）、そしてその秋に亡くなった（二〇六頁）と記していることである。准后賀の第五年を基準としてこの巻の年代を弘安四〜八年と見ると、右の二点すなわち「有明」・隆親の没年月が問題になるが、さりとて右の一方を基準として年立を改めようとすれば、次田氏も言われるように、巻二・三を通じて新たな破綻を来してしまう。結局右の二点に関しては作者に何らかの虚構があると見られるが、年譜を作ってみても、巻二・三の間には特に記事として一巻を立てるような体験が作者にあったとは思われず、そこに欠巻を想定する必要はあるまい。むしろ作者の意図としては、内容的に続いているものと考えられる。

以上の考察によって巻一〜三の間には欠巻はないと考えられるので、問題は巻四の前後だけということになるが、巻四の末尾が欠けて、ある程度の記事を失っているらしいことは、本文頭注にも述べた。残る問題は巻三・四の間だけ、それも巻三は一応一巻としての結末は持っているし、巻四の冒頭にも脱文があるとは見えないので、この両巻の間に一巻があったか否か、すなわち「欠巻」の存否ということに絞られる。

それについては、従来両説あって、主として前にふれた『増鏡』に見える永福門院入内の折の記事が本作品の欠巻によっているかどうかの認定にかかっているが、校注者としては、少なくとも最終的には欠巻はない、場合によっては作者は一旦この部分の筆を執ったかも知れないが、それを書き残すことはしなかった、と考えている。

従って本作品は、巻四の末尾や巻四・五の中途で若干の欠脱・切り取りはあるものの、ほぼ作者の手になる全文が残っていると見られるのである。なお、そのようにして全体が一応完成したのは、年表にも示した巻三末（二一六頁）の二つの古注の付された時期以前である点から、正和二年（一三一三、作者五十六歳）以前と考えられるが、この二つの古注も、さきに論じた切取注記と同様、作者自身が後に付したものと見ることもできるのではあるまいか。

以上、この作品の成立と構成の要点を述べたが、ここに一、二残った問題がある。巻一で作者の父の死後、「九月の十日余り」（四六頁）に作者を見舞った「曙」の描かれ方と、それに関連する「有明の月」という名の由来とである。以下その点について考えてみる。

作者の愛人としての「有明」の登場は、巻二の第一年であるとさきに述べた。巻二・三を読む限りそう解されるし、作者も「有明」に、巻二第二年の「起請文」の中で、作者と知り合って「今年二年」（今年で二年目）と言わせている。さらにまた、巻二第一年の三月に初めて作者に声をかけ、その九月に強引に契るという「有明」の登場は、かなり自然にかつ効果的に描かれている。

しかしながら、「有明の月」という仮名（かめい）の由来は、どうもはっきりしないのである。と言うより、従来あまりその点は論じられてもいないようで、わずかに性助法親王の勅撰集（『続拾遺』『玉葉』両集）入集歌の句によるかとの軽い推測（冨倉徳次郎氏『とはずがたり』四一三頁）を見るに過ぎないようである。けれども、その推測には従いがたく、この名の由来はやはり作品自体に求めるべきであろうと思われるが、そうなると、恐らく従来考えられてきたように、巻二で「有明」が作者と交換した小袖の褄に入れてよこした歌「うつつとも夢ともいまだ分きかねて悲しさ残る秋の夜の月」（一〇九頁）あたりから出たものと考えねばなるまい。この歌は作者にとって極めて印象的である（一三五・一六二・一九二頁参照）ところから、有力と考えざるを得ないが、それにしてもこれはかなり苦しい解釈と言わねばなるまい。

そこで思い合わされるのが、巻一の第二年、父の四十九日前後の記述である。「九月の十日余り」に訪ねてきたのが「曙」であることは疑いない（但し、その描写に不審があることは前述の通りである)。しかしその後「(十月)十日余り」に使が来て「猿取といふ茨」を切って行った後、「妻戸を忍びて叩」いて訪れたのは誰か。この点については本文頭注(五〇頁注一・二)にも記したが、従来はあまり疑わず「曙」と考えてきたけれども、よく検討する必要があると思う。

先ず、「十日余りの頃にや、また使あり」とある「使」が「曙」の使者であることは、「日を隔てずも……」の口上の内容――「曙」は院の行動を熟知している――から明らかである。「また」と言うのも、その前に、つまり「九月の十日余り」の訪問の翌日、一度「彼よりの使」が来たことを受けての「また」と解するのが、素直な見方であろう。けれども、その使が茨を切って行った後に訪れた男の言動は、何となく他の箇所の「曙」の描写とそぐわないところがある。

その点を強調され、この男は「曙」ではなく「有明」であると唱えられたのが宮内氏である。その第一の理由として氏は、敬語の用法や「恭敬の態度」を挙げられた。作者は「曙」に対しては「終始これを自分にとってきわめて親密な間柄の人物として描出しており」、敬語を用いても「る」「らる」どまりで「給ふ」「おはす」等をほとんど用いない、と言われるのである(前記書六一頁)。敬語法に関しては、氏が言われるほどはっきりした区別があるとは言い切れないが、この場面での作者の応対は、他の箇所における「曙」への応対とやや違っている感じは否めない。例えば「九月の十日余り」の段では、来訪した「曙」に、「人づてに言ふべきにしあらねば」と、身内に近いような接し方をしているのに対し、この段では、「思ひ寄らぬ程の事なれば、何と答へ言ふべき言の葉もなくあきれゐたる」と言う。つい先月まで、毎日のように見舞か何かの手紙をよこした「曙」ならば、「思ひ寄らぬ程の事」と言うのは落着かない。

また、この場面で男が「年月の心の色をただのどかに言ひ聞かせん」と言うのは、それまで何度か歌で愛情を伝えたり、つい先月二人きりで一夜語り明かしたりした「曙」では少し変で、その上「……言ひ聞かせん」という男の口調に「或る尊大なひびきがあり、実兼（校注者注、「曙」の意）の言葉を記したものとしては不似合いである」（前記書九五頁）とされる宮内氏の見解は、ある程度説得力を持つ。すなわち、この場面の男は、必ずしも「曙」ではないように、少なくとも「曙」らしくなく、描かれている。

それではどういう男として描かれているかと言うと、ある程度「有明」らしく描かれていると校注者は考える。その論拠のいくつかはすでに宮内氏も説かれたところであるが、以下校注者なりに挙げてみる。第一にこの「男」が「曙」よりも高貴な身分で、「曙」ほどは親しくない者のように描かれていること、第二に、誓言に「御裳濯（みもすそ）河の神」を引き合いに出したり、この男と寝ることになる室を「夜の御座」と呼んだりして、皇族ではないかとも思わせること、そして最後に、翌日の後朝の歌「帰るさは涙にくれて有明の月さへつらき東雲（しののめ）の空」こそが、「有明の月」という仮名の由来ではないかと思われること、である。第二の点は宮内氏は挙げておられず（氏は「有明」を性助のような皇族としないからである）、また校注者としても決定的なものとは思っていないが、この男を「曙」でなく「有明」と見る立場に有利な点であることは異論があるまい。

それでは、この場面の男は「有明」と見てよいかと言うと、そうは言い切れないのである。と言うのは、巻二・三を読む限り、「有明」の初登場は巻二の第一年であって、巻一のこの場面に出て来ては、巻二・三の構想と衝突するからである。また、この部分の続きを追うと、翌日すなわち後朝の歌を交わした日に、この男は、「暮るれば、今宵はいたく更かさで」訪れ、『源氏物語』の「空蝉」や「夕顔」を下敷にしたような場面が展開する。そしてその場面の男は「有明」よりもむしろ「曙」らしく描かれているからである。

　結論としては結局、「(十月) 十日余り」の条に作者の描写自体の混乱があると考えざるを得ない。すなわち作者はその晩の男を、「曙」とも「有明」とも見得るように設定しているのである。作者の基本的な立場は、前段からの展開や翌日の条などから見ても、巻二・三の構想から見ても、この男を「曙」とすることにあったであろう。しかし、ある時点でそれに迷いを感じ――「曙」をここにこのように登場させることを何らかの事情でためらい憚ったためか、あるいはむしろここに「有明」を登場させておく構想上の必要を認めたためか、理由は不明である――構想を修正して急にこの男を「有明」らしく仕立てようとした。けれどもその構想を巻二以下へはもちろん、巻一の中でも十分貫徹せず、甚だ中途半端な混乱のうちにこの前後を書いてしまった、というのが、現在の校注者の推理である。

　これが当面の結論であるが、以下に若干の点を補足しておきたい。先ず、この場面に見える「心のほかの新枕」は、それが行きがかり上止むを得ずのことであったという自己弁護を含みつつ、この男と初めて契ったことを言ったものであるが、この男が作者の基本的立場ではやはり(通説通り)「曙」であるとすると、作者は「曙」とはここで初めて結ばれたことになり、それまでは(作品中では一貫して)プラトニックな関係であったという、前述の解釈と合う。また、「妻戸を忍びて叩く」という動作は、年末に醍醐の真願房の庵室に籠っていた作者を「曙」が訪れた際にそっくり繰り返されており、そのことも一考に値しよう。

　宮内氏はまた、父の死後すぐ連日のように使をよこした「曙」の手紙の語「心の内はいかにいかに」が、単なる悔みや見舞ではなく、「曙」がかねて申し入れておいたことへの返事の催促で、その申し入れとは「有明」に頼まれての仲介であったとされる。その線から「九月の十日余り」の「曙」の訪問も、単に服喪中の作者への訪問というだけでなく、「有明」の恋の取り持ちをも兼ねており、また翌日「文の箱」を持って来た「檜皮(ひはだ)の狩衣着たる侍」も「有明」からの使であったとされる。この第一の点についてはある程度同感し得る。確かに弔問にしては毎日のようにというのは頻繁すぎて不自然な感もあるからである。けれどもその他の氏の読解には賛同しがたく、この連日のような見舞の意図も、すっきりしない感じが残るという程度に止めざるを得ない。

また、醍醐の場面の男も、宮内氏は「有明」とされるが、これは「雪の曙」という呼称とも関連して「有明」ではあり得ないと思う。

ただ、翌々年の「秘密の出産」に関しては、多少問題が残るので説明を加えたい。宮内氏は、今まで紹介してきたような推理で先年来作者は「有明」と密通していたとし、この出産で生れた女子も実父は「有明」であるが、彼は僧籍で父とはなり得ないため、初めからこの密通に責任のある「曙」が「この出産に深く介入して、その始末をつけてやった」(前記書一五一頁)とされる。作品全体をそういう構想に読むことは必ずしもできないが、出産の場面に限って言えば、居合せて介添えした人物に敬語の混乱があることは事実で(七〇頁注一〇、七一頁注二三、七二頁注二)、ここでいくつかの動詞に「給ふ」を用いて「曙」以外に「有明」の居たことをも暗示していると唱えられた宮内氏の推理は、鋭いようでもある。しかし、例えば、

ことなるわづらひもなくて、日数過ぎぬれば、ここなりつる人も帰りなどしたれども、「百日過ぎて、御所ざまへは参るべし」とてあれば、つくづくと籠りゐたれば、夜な夜なは隔てなくといふばかり通ひ給ふも(七一〜七二頁)

とある「ここなりつる人」も、氏の言われるように「有明」と対比された「曙」と見る必要はないと思われる。敬語の混乱と見て、終日つき添っていた「曙」が一旦は帰り、「夜な夜な」は通って来たととることもできるし、あるいは「ここなりつる人」を侍女と見ることもできるからである。前述の醍醐の条で、同一人物（「曙」）に「る」「らる」と「給ふ」とが混用されていることを考慮に入れると、この出産の場面に関して「有明」の存在を認める必要はなく、通説通りこの出産には「曙」と侍女だけが立会っていたと考えられる。

五　読解に際して——注解補説

どんな作品でも精密な読解はむずかしいものであり、原作者の意図や心中を過不足なく再現することなどあり得るかという議論もある位だが、そういう根本問題は抜きにしても、『とはずがたり』の表現は相当に難解である。本作品の本格的な研究が始まったのは昭和三十年頃からで、その割にはよく研究されてきたと言えるが、それにもかかわらず諸注で難解・不明とする箇所や読解上諸説の一致しない部分が少なくないのである。

これには一つには、前述のように現存本が孤本、それも作者の原本から大分距（へだ）ったものであって、転写過程での誤脱が少なくないためと見られている。そういう箇所については、底本を改めると否とを問わず必要に応じてその旨を頭注に指摘し、紙幅の許す限り誤写推測の諸説をも挙げるように努めた。

ところでここでは、そうした個々の問題についてではなく、本作品を注解してみて、頭注のほかに若干補説の必要を感じた点のいくつかについて、覚書風に記し、読者が本作品もしくはこれに類する古典を読まれる際の参考としたい。

㈠　若干の中世語彙・語法

この中でも、「まがよふ」（二四頁注八）・「さばくる」（一六一頁注一九）・「いしいし」（二七頁注二三他多数）・「……ばし」（助詞、八六頁注一一・一〇一頁注一六・一六三頁注一四その他）などの語彙や「如法」（頻出）・「とは何事ぞ」（一九頁注一五他多数）などのような語法については、頭注に記したので、繰り返さない。

ここで一言しておきたいのは、「栄ふべき」（一一〇～一頁の贈答歌、一一〇頁注一一参照）・「ひかゆる」（一四八頁八行）・「うち添ゆる」（二〇六頁一行）・「替ゆる」（二三五頁一行）・「伝ゆべき」（三一一頁三行、三二〇頁注一一参照）のような例である。これらは中古語法では、それぞれ終止形は「栄ゆ」「ひかふ」「添ふ」「替ふ」「伝ふ」とされたものであるが、例えば「栄ふ」について岩井良雄氏が『日本語法史鎌倉時代編』に、「平安時代までヤ行下二段活用であったが、鎌倉時代になって、ハ行に転換した」と言われる通り、中古と中世とでは活用の行を異にする動詞であって、歴史的に見れば変化・転訛に違いないが、中世語法としては「栄ふ」「伝ゆ」等が確立していたと見るべきである。したがって、作者ないしは転写者の個人的な誤りとか、まして仮名遣いの誤りとか見るのは、正しくない。

このように中古と中世で活用の行を異にする二段活用の動詞としては、中古にハ行又はワ行で中世にヤ行となったものに「変ゆ」「構ゆ」「支ゆ」（ささ）「添ゆ」「揃ゆ」（そろ）「堪ゆ」「教ゆ」「据ゆ」など多数があり、逆に中古にヤ行で中世にハ行となったのに、「栄ふ」「報ふ」などがある。これらはいずれもれっきとした中世の語形であって、みだりに「教ふ」「堪ふ」「報ゆ」などと改めるべきでないことは、

『徒然草』第九段の「堪ゆべくもあらぬ」などを例に引いて、かつて佐藤喜代治氏（「中世語法の特質と解釈上の問題点」、『国文学』昭四四・五臨時増刊「まちがいだらけの文法知識」特集）も言われた通りである。

次に、いわゆる完了の助動詞「ぬ」は、中古語法ではナ行変格活用の動詞には接続しないとされているが、鎌倉時代に入ると「死にに」「死にぬ」という形が現れることも岩井氏の指摘にもある通りで、この作品にも「死ににけり」の例（二三〇頁三行）がある。

第三に、助動詞「き」「けり」の使い分けの問題がある。中古語法では、「き」は確実な記憶、従って主として話者の体験事実を、「けり」は伝聞や発見の驚き、少なくとも非体験事実を表す、ということは周知であろうが、本作品でもその区別は大体守られている。例えば巻一の初めて院の御幸を迎える段（一四頁以下）で、自分が寝込んだ後の事件は「知らぬ程にすでに御幸なりにけり」「引き物も降（おろ）してけるにや」と書いているのに対して、自身の動作は、「しばしは倚（よ）りかかりてありしが」と言っている。翌日の「われながらおぼえ侍りき」「湯などをだに見入れ侍らざりしかば」「薄き衣はいたく綻（ほころ）びてけるにや」も同じである。「薄き衣」の綻びたのはその時点で確認しておらず、後から間接に知った事実だからである。

このように本作品では一応「き」「けり」の区別があるように見受けられるので、注解に際しては、敬語法と共にこれをも基準として、直接話法か間接話法かを判定したり（その例は多い）、主語や話者を推定したり（二〇三頁注一二・三〇二頁注五等）したケースもある。けれども、一方、右のような区別があるとは見られない箇所もあり（一七七頁末尾近くの兼行の語の中や二三五頁の小町伝説、二八九頁の足摺岬伝説等）、全体としては完全に守られているとは言えない。

最後に、『とはずがたり』や中世に独特の語ではないが、よく誤解される「おぼゆ」やその尊敬表現「おぼえさせおはします」について、一言しておく。この語は、「思ふ」やその尊敬語「おぼす」と内容的には同じことを述べるのに用いるけれども、用法は全く違う。「思ふ」「おぼす」は、そのように思う人を主語とするのに対して、「おぼゆ」「おぼえさせおはします」等は、そう思われる内容・対象等を主語とする。英語に直してみれば、前者は think となるのに対して、「おぼゆ」は seem に当るのである。「おぼゆ」の場合はあまり誤ることはない（一〇三頁注一四の場合などが紛らわしいが、誤解しても事実の認定には支障を来さない）が、「（……と）おぼえさせおはします」（二七頁三行・七六頁注八・二九九頁一一行等）の場合は、御産の結果なり斎宮なり院なりのことが、私（作者）にこれこれと思われなさる、の意である。

(二)　服装についての一、二の点

王朝以来の宮廷貴族や女房の服装については、多くの文献に説かれ示されているが、実際に個々の場面に出会うと、必ずしも明確でないことが少なくない。

ただ、『とはずがたり』に見える多くの場面では、極めて大まかに言うと、男女それぞれ次のような重ね方であったようである。まず男子の場合は、上半身は、小袖・単衣・衵と重ね、その上に正式（束帯）の場合は、恐らく下襲・半臂をつけて、袍を着たものであろう。袍は、無論文官と武官とで、縫腋・闕腋の別がある。平服の場合は、恐らく衵の上に、直衣・小直衣（狩衣直衣）・狩衣のどれかをつけたもので、その変形とも言うべきものに、浄衣（二三五頁）・布衣（二四四頁注一〇）・水干（一二五・一四七頁共に男装）などがある。神事の折に着る小忌衣（三二頁）は、束帯の上に羽織る。なお、小直衣（狩衣直衣）を、上皇・親王などの場合には甘の御衣（二一頁注一二等）と言う。一方下半身は、下に下袴（大口袴）をつけ、その上に表袴をはくが、直衣～狩衣の場合には指貫（奴袴）を用いる。

女子の場合は、上半身は小袖・単（単衣）の上に袿を着るが、袿は単に衣とも言い、五枚・七枚等と重ねることが多く、それを五つ衣・七つ衣等と言った。その際、色を順に濃くあるいは薄くするのが「匂ひ」である。更にその上に、正装の場合は打衣を着て表着を重ね、唐衣を羽織る。略装の場合は袿あるいは小袿をもって表着に代える。下半身では、略式には袴（通例打袴か）だけであるが、正装の場合には背面に裳をまとった。唐衣・裳をつけた礼装が「物具姿」である。

およそ以上のことを念頭に置くと、以下のようなニュアンスを読み取ることができる。先ず、作者は「有明」と小袖を交換したり（一〇八～九頁）、院から「人知れぬ形見ぞ」と小袖を頂いたり（二六〇～一頁）しており、そして前者の場合は「有明」が作者の小袖を形見として肌身離さず、ついにそれを着て荼毘に付されたとあり（一九三頁）、院の小袖の方は巻五で泣く泣く手放して写経供養の料に宛てているが、小袖がそれほどの形見になったのも、互いの肌につけたものだったからである。また、院が作者に前斎宮の寝所へと案内させる条（八〇頁）には、「甘の御衣などはことごとしければ、御大口ばかりにて忍びつつ入らせ給ふ」とあり、巻二の「扇の女」の条（一一三頁）にも、「御所は、……御直衣に御大口にて入らせ給ふ」とある。また、巻二初めの粥杖の段（九五頁）にも、院が「御大口ばかりにて」出て来たと記されているが、これらはいずれも、少なくとも下半身は下着姿であって、初めの二つの場合は作者のかなり露骨な描写を読み取るべく、最後の例の場合も、院のくつろいだ姿を見るべきものと思われる。

(三) 富小路殿と伏見殿

『弁内侍日記』の冒頭にも記されているように、後深草院は寛元四年（一二四六）正月富小路殿で践祚し、その後閑院内裏に移った。建長元年（一二四九）二月に閑院内裏が焼失（『弁内侍日記』にも見える）、再建後またも正元元年（一二五九）焼失したので、以後富小路殿を皇居とした院は、同年十一月の譲位後も、弘安十年（一二八七）十月に伏見院が同殿で践祚するに当り常盤井殿へ移るまでここを本居とした。その後、持明院殿を本居とした時期もあるが、最晩年はまた富小路殿に戻っている。その結果、『とはずがたり』における重要な舞台となっているので、本作品前半時点における同殿の殿舎配置その他について若干述べておく。

なお、富小路殿および次に述べる伏見殿の位置や建築・沿革などについては、川上貢氏の『日本中世住宅の研究』（墨水書房刊、昭四二）に詳しく説かれており、校注者もその所説に負うところが少なくない。

(1)位置は、川上氏も考証されたように、「冷泉小路の南、二条大路の北、富小路の東、京極大路の西にほぼ方一町の地を占めていた」（前記書三五頁）。因みに、元来西園寺実氏が公経から譲り受けた邸で、実氏の女大宮院・東二条院がそれぞれ後嵯峨院・後深草院の後宮に入った関係から、大宮院所生で東二条院を中宮とした後深草院の御所となったものである。

また、『とはずがたり』をはじめ当時の文献にも、通例「富小路殿」あるいは「富小路御所」とのみあるが、すぐ近く、二条大路の南で富小路の西、従って二条富小路を中心として点対称の位置に、しばしば二条富小路殿（二条富小路御所）と呼ばれる二条殿（三〇三頁注一五）があり、それとの混同を避けて「冷泉富小路殿」と言うこともあるので、本書の頭注ではそう記した。

(2)正門は富小路に面していた。すなわち富小路面を晴向とする西礼御所で、京極面にも門があった（前記書三六頁）が、これは言わば裏門と考えられる。

院の崩後、両六波羅探題が富小路面と京極面とに手勢を連れて並み居たというのも、弔問を兼ねて正門と裏門とを警備したのであろうし、葬送の日、「日暮し御所にたたず」んでいた作者が出棺に当って「京極面より出でて、御車の尻に参る」とあるのは、すなわち京極面の裏門から出て、先に行った御棺の車を追ったのである。因みに、『公衡公記』によれば、この時の葬列は京極門から出ている。凶事の故に裏門から出たのであろうか。

(3)この境域（敷地）内にあった建物として、川上氏は「寝殿・透渡殿・西中門・同中門廊・二棟廊・東釣殿・弘御所（校注者注、「広御所」とも書かれる）・角御所・北対などの諸屋」（前記書三六頁振仮名校注者）を挙げておられるが、なおそのほかに大柳殿というのもあったらしい。これらの中には、独立していたものもあれば、他の建物と連接していたものもある。

(4)寝殿は南殿とも言い、一般の例と同じく卯酉屋（棟が東西に走る建物）で、桁行（棟に沿った方向、その長さを桁間と言う）七間とおぼしく、梁行（棟と直角の方向、その長さは梁間）は四間以上と思われる。その中は、南面は昼御座を中心に晴れの用に当てられ、北面は「常御所・朝餉・御手水間・御湯殿上の日常生活空間が配されて」褻（け）の機能を果していた（前記書三六頁振仮名同前）。台盤所も御湯殿上と同じく常の御所の近くにあったようで（九四頁）、馬道もあり、総じて寝殿はある程度清涼殿に近い構造・機能を有していたわけである。廂もあったが、公卿達が平生伺候するのは(7)の広御所であって、召しによって常の御所に参上したようである。

昼間晴れの行事の行われる昼御座も、『とはずがたり』（三五～三六頁）の記述によると、夜ともなれば「人の気配もなき所」で、「月なき頃」には「灯籠の火かすかにて内も暗き」有様で、院の日常生活は「常の御所」を中心に展開していたことがわかる。

(5)二棟廊は「二棟」とも略称されるが、この時代の寝殿造りによくあるもので、近年その研究も進んできた。太田博太郎氏の「寝殿造の成立とその発展」（『図説日本文化史大系』5）によれば、多く寝殿の東北に位置して梁行二間で、出居(でい)という室を設け、日用品を備えて居間兼応接室といった用途に当てたらしいという。作者が「有明」に初めて声をかけられたり（一〇二頁）、亀山院の接待の折にも用いられていたり（一〇四頁）するのも、その説に合っており、後者によれば棟は東西に走っていたと見られる。なお、巻三で院が「有明」の胤(たね)を宿した直後に作者を召す条にも見える。

(6)北対については本作品には見えないが、『伏見院宸記(しんき)』（正応元年二月八日の条）によれば卯酉屋（東西に棟の走る建物）で、その西妻が富小路面に近かったと考えられるので、寝殿の西北に位置したのであろう。なお、北対は女房の局に使用されるのがこの頃の慣例と言う（川上氏前記書三八頁）。

また、女房達が蹴鞠の装束をする条（一二四頁以下）に「中の御所の広所を屏風にて隔て分けて」とあって、「中の御所」なるものが見えるが、詳細は不明である。その中に「広所」（広間か）なる部分があるところから、恐らく寝殿の一室ではなく、独立した殿舎であろう。

(7)広御所については、位置など十分明らかでないが、川上氏も言われたように「当番により伺候する公卿達の控室」（前記書三七頁）だったようで（一七五頁）、その前には紅梅が植えられていた（一六三頁）。『増鏡』（二十巻本）はそれを北対としているが、この点は『増鏡』（二十巻本）の正確さが問題となるであろう。

(8)釣殿は、「京極面の南の端」にあった（一一二頁）というから、寝殿から南東の方向にあったことが分る。恐らく透渡殿でつながっていたのであろう。当然池に臨んでいたと思われる。なお、その際「ささがにの女」を待たせた場所を、翌朝の条では「角の御所の釣殿の辺」と記しているが、これは「角の御所」が次に述べるように郭（敷地）内の東側に、すなわち釣殿寄りにあったためこう言ったもので、前夜置かれた「京極面の南の端の釣殿の辺」と同じ場所を指し、角の御所が寝殿のと別に釣殿を有していたわけではあるまい。

(9)中門および中門廊は、この釣殿に向い合う西中門および西中門廊のみがあり、『勘仲記』（正応五年十一月二日の条）によれば西中門廊は透渡殿になっていたようである。また、それと『伏見院宸記』（弘安十年十二月五日の条）とを併せ考えると、南庭を挟んで相対する西中門と東釣殿（前述の釣殿）とが、それぞれ内裏・清涼殿の仙華門と滝口戸とに擬せられていたと見られる（川上氏前記書三七頁）。

(10)角の御所は、院の愛人となった作者が先ず入れられた所として記されているほか、東二条院の御産所、後嵯峨院（川上氏は後白河院とされる）の肖像の仮安置所で伏見院立坊後は東宮御所などと、時に応じて用途は変っており、川上氏は「共通した性格として、富小路殿に同宿された人々のなかで、東宮、女院そして皇后宮など天皇または院などの御所主人を除く人々の専用御所にあてられたことに注目される」と述べておられる（前記書三九頁）。すなわち当時の御所における小御所と見るべきで、早く言えば今日の「離れ」に近い。

その位置は、諸記録によって域内の東北の隅、すなわち京極大路寄りで東面北門に近かったことが知られ本作品の記述もそれと矛盾しない。「西面をもってハレとする子午屋（校注者注、棟が南北に走る建物）で二間に五間の母屋に四周一間の庇（ひさし）がついたいわゆる五間四面屋であって、西南すみに中門廊が附属した建物であった」（川上氏前記書四二頁、振仮名同前）。すなわち桁行は寝殿と直角で、また寝殿と同じ郭内にありながら、半ば独立した御所の体裁を保つべく、中門や中門廊を備えていたものと考えられる。作者も院の愛を受けた翌日は、「角の御所の中門」から入ったのであった。

(11)最後に大柳殿は、前に大柳があった故の名で、『弁内侍日記』によれば京極大路寄りと言う（二七頁注二二）から角殿に近かったらしく、かつ渡殿を有している（八九頁）から、一応独立していたことが分るが、用途等は明らかでない。

次に伏見殿の中核は、平安後期の橘俊綱の山荘が白河院から後白河院・同皇女宣陽門院を経て後深草院に伝領され、以後持明院統に伝えられたものであるが、その規模や殿舎の変遷はやや複雑である。主な点は川上氏の著書に説かれているが、上・下両御所の区別などについては、宮内氏にも詳しい考証がある（前記書一七七・二〇八〜二一一頁）。それらを参照しながら本作品の中から要点を挙げてみると、次のごとくである。

(1)本作品の中では、もっぱら後深草院の離宮のように記され、院がしばしば出かけて滞在しているほか、院の一周忌・三回忌も行われているが、当時は大きく上（かみ）・下（しも）の両御所から成っていた（一四七頁）。このうち上御所は、遊義門院の御所として（二九八・三二六頁参照）新造されたもので、単に「伏見殿」あるいは「伏見の御所」と言えば、下御所を指すのが普通で（二七四頁）あり、特にその中の、宇治川に臨んで船戸御所とも呼ばれた殿舎（川上氏の言われる西面した小御所か）を、「伏見殿」あるいは「下の御所」と称することが多かったようである（一一一・一五二頁）。

もっとも、この点については宮内氏に異論があり、氏によれば本作品では、「伏見の御所」と言うのは上御所を指し、「伏見殿」または「伏見殿の御所」と言うときは下御所（『続史愚抄』乾元元年二月四日の条に言う「古御所」）を指していると言う。氏はその線で巻二の「松取り」の条（一一〇〜一一頁）と今様伝授や舟遊びの条（一五二頁）の人物の動きを明快に説かれたが、後者や巻四（二七四頁）の読みなどに若干疑問があり（また「殿」一字の有無が正確に転写されてきたかどうかの問題も残らないわけではない）、ここでは氏の説を紹介するに止めたい。

⑵下御所には、宇治川に面した船戸御所のほか、九体堂があり（二七五頁）、本作品の描写によればこれも川に臨んで（川上氏によれば「東面して」）、寝殿（右の船戸御所か）とは渡殿でつながっていたようである。このほかに「筒井の御所」と呼ばれる殿舎があり（一四八頁）、また本作品には出て来ないが、川上氏前記書によると、他に愛染堂と不動堂があって、併せて三御堂と呼ばれていた。院の一周忌の折に伏見院・後伏見院達の「御聴聞所」（三一八頁）になったのは、九体堂の西面（川上氏前記書一一〇頁）の道場であろうか。

㈣　鎌倉幕府の位置、入間川の流れその他

巻四で作者は関東に下り、将軍の更迭を目撃するが、当時の将軍邸すなわち幕府の位置について、近年は旧説が否定されているので、念のために記しておく。

鎌倉幕府は頼朝以来百五十年の間に二度場所を変え、当初の位置を大倉幕府址、建保五年（一二一七）十二月に同所が焼失して嘉禄元年（一二二五）に造営され移転した先を宇津宮辻子幕府（宇津宮辻子御所）、その後嘉禎二年（一二三六）に新造成って移った先を若宮大路幕府（若宮大路御所）と呼んでいるが、本作品に記されているのは、もっぱら第三の若宮大路幕府である。

そして、宇津宮辻子幕府の位置は、若宮大路の東で宇津宮辻子（辻子は、通り抜けられる小路で後から開いたもの）の北（南北六十一丈）と分っているが、若宮大路幕府の地については、従来その北の一角とされてきた。けれども、そこには当時北条泰時

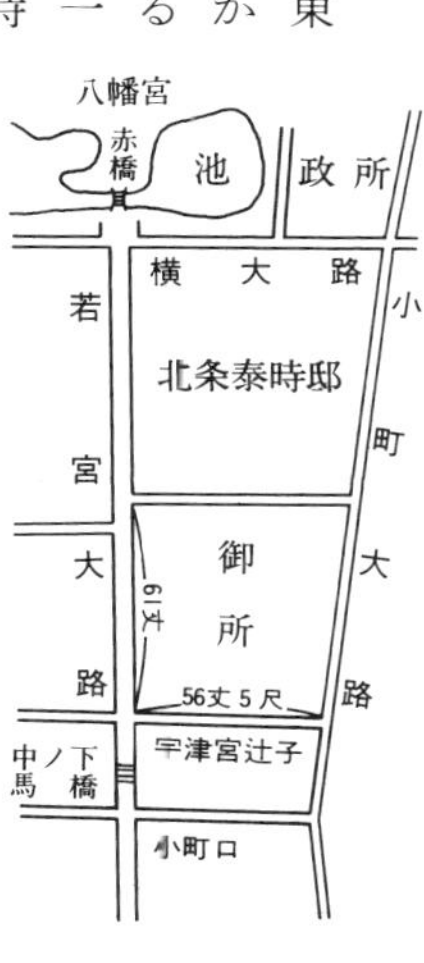

宇津宮辻子幕府址想定図
（『鎌倉市史総説編』より）

の邸があって、泰時邸が移転した形跡がないことから、「若宮大路御所と宇津宮辻子御所とは同一郭内にあったのではないか」、そして両者の名の違いはどちらの通りを主として呼んだかの違いであって、「若宮大路の御所というのは同一郭内でも若宮大路に接した方に寝殿以下の建築があり、それは宇津宮辻子御所といわれるものよりも西にあったからであろう」という『鎌倉市史総説編』(高柳光寿氏執筆)の説が出され、現在これが広く承認されている。その御所には、寝殿のほかに対屋があったことが本作品に記されている(二三八頁)。

ところで作者は、その後小町殿の紹介で平入道頼綱の妻のために五つ衣の仕立を改めに行くが、そこは「相模守の宿所の内にや、角殿(すみどの)とか」言ったという(二四二頁)。当時の相模守は執権貞時で、得宗として右の泰時邸を伝領していたが、『吾妻鏡』(嘉禎二年十二月十九日の条)によれば平左衛門尉の宅はその南門西にあったというから、ここで「角殿」と言うのが正(まさ)しくそれで、平入道の宅と分る。

次に作者は、その年の暮武蔵の川口に移るが(二四五頁以下)、そこは「前に入間川とか」が流れていて対岸は「岩淵の宿」とあり、これは今の地形や地名に合わないので、問題になる。

けれども、これは当時の入間川や荒川の流れが現在と大きく違っていたことを考えて理解すべきで、大まかな結論は本文(二四五頁注二二)に記しておいた。この点に関しては、『大日本地名辞書』や小出博氏の『利根川と淀川』(中公新書、昭五〇)、特に後者が有益な指針となるが、要するに荒川が現在の流路をとるようになったのは江戸時代から明治以降のことで、それまでは熊谷辺から現在よりも北側、今は元荒川と呼ばれるあたりを、今の高崎線に平行するように流れて、下流は利根川に注いでいた。ここで利根川と言うのは、これも江戸時代から明治にわたる何期かの工事の結果本流がかつての広川(常陸川、ほぼ今日の下利根川）を通って銚子へ出るようになる以前の、中流は今日の古利根川や庄内古川を含む多くの流路に分れ、下流はそれらが綾瀬川となったり当時渡良瀬川の下流であった太日(ふとい)川（下流は今日の江戸川）に合流したりして、江戸湾（今日の東京湾）に注いでいたものである。言いかえれば、今日の綾瀬川や江戸川などが当時の利根川のいくつかに分れていた下流の一つ二つだったのであって、荒川はそういう利根川の支流であり、一方「あすだ川」あるいは「須田川」（二五〇頁）とも呼ばれて武蔵・下総(しもうさ)の境とされた隅田川は、荒川とは別水系であった。そして入間川は、この隅田川の上流の称だったのであるが、後世（寛永六年）荒川の流路を変えて利根川から分離し、隅田川へ落したため、入間川が荒川の支流となるに至ったのである。

その他の地名に関しては考証経緯の詳細を省くが、その中で福山敏男氏の『日本建築史の研究』（墨水書房刊、昭四三）所載「伊勢神宮の八重榊」「熱田神宮の土用殿」の二論文、特に前者は有益であったこと、また伊勢各地の地名については、中川紫明（竫梵）氏が雑誌『伊勢郷土史草』（第六・十・十五号、昭四九・一〇～五三・四）に連載された「伊勢文学散歩」四・八・十一（とはずがたり㈠～㈢）にも啓発されたことを、付記しておく。

付録

年表

一、この年表は、『とはずがたり』の記述を年代順に追い、十三世紀後半から十四世紀初頭にかけての時代背景とあわせて理解できるように作成したものである。
一、「先皇」の欄の太線は、その時期に治天の君であった（院政を執っていた）ことを示す。
一、「とはずがたり記事」の欄には、作品に見える主な事件を年代順に挙げた。その際、例えば本文に「九月（の）頃」「九月（の）頃にや」とあるときは、「月・日」の欄を「9・　」とし、それぞれ「この頃」「この頃か」と記した。また同じく本文に「（八月）二十日余り」「（八月）二十日余りにや」とある場合には、「月・日」の欄を「8・　」とし、それぞれ「二十日過ぎ」「二十日過ぎか」と記した。
一、「参考史実」の欄には、記録等によって知られる史実のうち、作品理解に必要と思われるものを挙げた。
一、「とはずがたり記事」の中には、「参考史実」と年月が食い違っているものがある。それらの事項には＊印を付して番号を添え、「参考史実」と対照できるようにした。その食い違いは、作者の錯覚や虚構・朧化によるところが多いと考えられる。
一、「月・日」の欄で月の数字を○で囲んだものは閏月であることを示す。
一、人物の年齢はすべて数え年である。

年号（西暦）	天皇	先皇（太線は院政）	作者年齢	月・日	とはずがたり記事	月・日	参考史実
仁治三（一二四二）	後嵯峨	……順徳				正・9	四条帝没（一二歳）。
						同・20	後嵯峨院践祚（二三歳）。
						6・10	大宮院姞子入内（一八歳）。
						同・15	執権北条泰時没（六〇歳）、経時執権となる。
寛元元（一二四三）						この年	宗尊親王生れる（母准后平棟子）。
						6・10	後深草院生れる（母大宮院）。
二						4・28	藤原頼経将軍を辞し（二七歳）、頼嗣将軍となる（六歳）。
四	後深草（持明院統）	後嵯峨				正・29	後深草院践祚（四歳）、三月十一日即位。
						3・23	経時に代り、北条時頼執権となる。
宝治元（一二四七）						この年	性助法親王生れる（俗名省仁、母三条公房女）。
二						正・18	太政大臣久我通光没（六二歳）。
建長元（一二四九）						5・27	亀山院生れる（母大宮院）。
三						2・26	性助法親王御室（仁和寺）に入る。

天皇	院政	年号	年齢	月日	作者事項	月日	一般事項
後深草	後嵯峨	建長三（一二五一）				10・27	『続後撰集』成る（藤原為家撰）。
		四				4・1	将軍頼嗣を廃し（一四歳）、宗尊親王を将軍とする（一一歳）。
						10・13	現存『弁内侍日記』、寛元四年正月二十九日よりこの日までの記事を収める。
		五				正・3	後深草院元服（一一歳）。
		康元元（一二五六）				11・17	東二条院公子入内（二五歳、院一四歳）、二十三日女御。
						同・22	時頼に代り、北条長時執権となる。
		正嘉元（一二五七）				正・29	東二条院中宮となる。
						10・13	性助法親王出家（一一歳）。
		二	*1*		作者久我雅忠女生れる（母四条隆親女）。	8・7	亀山院東宮となる（一〇歳）。
亀山（大覚寺統）	後深草	正元元（一二五九）	*2*	5・5	作者の母没。	11・26	後深草院譲位（一七歳）、亀山院践祚。
						12・19	東二条院院号（二八歳）。
		弘長元（一二六一）	*4*	9・	二十日過ぎか、作者初めて後深草院御所に参る。		
		二	*5*			11・28	親鸞没（九〇歳）。
		三	*6*			11・22	北条時頼没（三七歳）。

天皇	年号	年齢	事項	月日	一般事項
亀山	文永元（一二六四）	7	この年　叔父雅光に琵琶を習い始める。	7・3	執権長時出家。
				8・11	北条政村執権となる。
	二	8		4・23	伏見院生れる（母玄輝門院）。
				12・26	『続古今集』成る（藤原為家等撰）。
	三	9	この年　後深草院に琵琶を習い始める。またこの頃、「西行の修行の記」を見る。	7・4	将軍宗尊親王を廃す（二五歳）。
				同・24	惟康王を将軍とする（三歳、弘安十年十月四日親王宣下）。
				10・24	西園寺実兼権中納言となる（一八歳）。
	四	10	この年　白河殿で後嵯峨院五十賀の試楽に琵琶を弾く。	正・5	実兼従二位に叙す。
				12・1	後宇多院生れる（母京極院）。
	五	11		正・5	実兼正二位に叙す（二〇歳）。
				同・	蒙古の使者来牒。
				2・19	朝議復牒を不可とし、幕府、蒙古の使を帰す。
				3・5	政村に代り、北条時宗執権となる（一八歳）。
				同・	後嵯峨院五十賀、蒙古の事により停止。
				8・25	後宇多院東宮となる（二歳）。
				9・9	大炊御門冬忠没（五一歳）。
	六	12		12・7	実兼左衛門督を兼ねる。
				この年	『嵯峨のかよひ』（飛鳥井雅有）成る。

年号	亀山	年齢	月日	作品事項	月日	歴史事項
文永七（一二七〇）		13			9・18	遊義門院生れる（母東二条院）。＊1
八		14		巻一	正・2	後嵯峨院、後深草院御所へ御幸。
			正・1	後深草院（以下多く「院」と略称）御所の新年に父雅忠、御薬の役に参り、院と密約。その夕、「雪の曙」より文と衣裳の贈物。	3・27	西園寺実兼権大納言となる（二三歳）。
			同・3	後嵯峨院、後深草院御所へ御幸。作者、「曙」の贈物の衣裳を着る。	9・12	日蓮、龍ノ口の法難にあい、ついで佐渡に流される。
			同・15	父の命で河崎の実家へ退出。	同・19	蒙古の使者筑前に上陸。
			同・16	院、河崎の雅忠邸を訪問。作者、院の意に従わず。	10・	『風葉和歌集』成る。
			同・17	「曙」から文。院再訪、ついにその意に従う。	12・16	異国降伏を伊勢に祈る。
			同・18	院御所に戻り、角の御所に入る。やがて東二条院作者を嫉妬。	この年	永福門院（実兼長女）生れる。
			8・	二十日過ぎか、東二条院御産、姫宮誕生（＊1参照）。七夜の夜、御所に人魂の怪異。		
			9・	この頃か、後嵯峨院発病。		
九		15	正・末	後嵯峨院重態、嵯峨へ御幸。後深草院の御幸に作者同車。	正・17	後嵯峨院、嵯峨亀山殿へ御幸。
			2・15	六波羅南方時輔討たれる。	2・15	執権時宗、六波羅南方時輔に異図ありとし、北方義宗に命じて討たしめる（二月騒動）。
			同・17	後嵯峨院没、翌十八日葬送。父雅忠、出家を願い許されず。	同・17	後嵯峨院没（五三歳）。
			5・14	雅忠発病。		
			6・	作者懐妊の兆、そのために父延命を願い、寺社に祈禱。		

（院政：後嵯峨、後深草）

亀山

年	月・日	作者の事項	月・日	一般事項
	7・27	父危篤の報に河崎へ。院も見舞に御幸。	8・3	久我雅忠没（四五歳）。
	8・2	作者着帯、院使隆顕。雅忠作者に遺誡。	同・9	京極院没（二八歳）。
	同・3	雅忠没。ついで葬送・弔問・仏事。北の方・家司仲綱等出家。		
	同・	京極院没。		
	9・	十日過ぎ、「曙」来訪、語り明かす。		
	同・23	父の四十九日、以後四条大宮の乳母の家に寄寓。		
	10・	十日過ぎか、四条大宮の乳母の家で「男」と契り、以後暫く、関係を続ける（「曙」らしくもある）。		
	同・下	母方の祖母（権大納言）没。		
	11・初	院御所へ帰参、落着かず、同月末、醍醐の勝倶胝院に籠る。		
	12・	二十日過ぎ頃、院来訪。ついで二十七日頃「曙」来訪。		
	同・30	乳人の迎えで都へ帰る。		
十 *16*	正・	石清水八幡に参り、門外で祈誓。	10・12	六条長講堂焼失。
	2・10	院の皇子を生む。	この年	昭訓門院（実兼次女）生れる。
	7・	里居の折、「扇の女」と知る（建治元年十月の条参照）。		
	12・	「曙」密かに来訪、翌日院より推察の文、また懐妊の兆の夢（扇に油壺の夢）。		

後　宇　多（大覚寺統）

後深草……
亀山――後宇多

年	年齢	月日	事項	月日	一般事項
文永十一（一二七四）	*17*	正・	正月より二月十七日まで、院、如法経書写のため精進。	正・26	亀山院譲位（二六歳）、後宇多院践祚（八歳）。
		2・末	「曙」の子の懐妊に気づき、「曙」と共に善後策に苦慮。	3・26	後宇多院即位。
		6・7	実家にて「曙」より着帯。	8・1	宗尊親王没（三三歳）。
		同・12	院からも御帯、院使隆顕。	10・	元軍、九州に来寇（文永の役）。幕府軍防戦する。二十日、敵船大風に漂没。
		9・2	この日か、御所退出、重病の態にして、二十日過ぎ、「曙」の女子を出産、流産と称して「曙」が連れ去る。		
		10・8	この日か、前年出生の皇子死去。出離の思いを抱く。		
			この秋頃か、院、皇位継承の不満から太上天皇の尊号を返上し、随身を辞して出家の意向を示す。幕府の仲介で伏見院の立坊決り、出家中止（＊**2**参照）。		
		11・	十日過ぎか、前斎宮愷子内親王、嵯峨に大宮院を訪問。院も大宮院の誘いで御幸、作者同車。翌日、院斎宮と契る。帰京後、東二条院作者を非難、院作者を弁護して反論。		
		12・	この頃、院、御所に前斎宮を召す。		
		同・30	「曙」を局に引き入れて会う。		
建治元（一二七五）	*18*		**巻　二**		
		正・1	院御所新年、亡父を憶う。		
		同・15	院・東宮、方分ち遊戯。院、近習の男達を召して女房達を打たせる。		

天皇	年	年齢	月日	作者の事項
後宇多			同・18	東の御方と共謀して院を粥杖で打ち、院の怒りを買う。院の訴訟により贖いと定まる。
			同・20	四条隆親贖い。翌日隆顕贖い。その後院、久我尼に贖いを求めて反論され、院贖い。
			3・	正親町長講堂にて後白河院御八講、その結願の十三日、「有明」、作者に言い寄る。
			同・末	この頃か、亀山院、院御所を訪問。蹴鞠の会。亀山院の酌を勧め、翌日同院から文。
			4・	六条殿長講堂新造成り、御堂供養に院も御幸、供奉。壺合せ。
			8・	この頃、院発病。
			9・8	延命供を始め、「有明」御所に参り、作者と契って小袖を交換する。
			同・	六条殿御供花、亀山院も御幸。伏見へ松茸取りの御幸、近衛大殿は歌をよこす。
			10・	十日過ぎ、院「扇の女」と会う。資行の連れて来た傾城（ささがにの女）、雨の夜を泣き明かし、出家。 その後、「有明」と文通。
	二	19	春	院・亀山院、花合せなどで公務多忙。
			9・	二十日過ぎか、隆顕に呼び出され、出雲路で「有明」と会う。作者、絶交を決意。
			12・	隆顕から「有明」の起請文を回送。この頃、懐妊（翌年三月十三日の条に見える）。

月日	一般事項
2・27	正親町長講堂御懺法、この日結願。
4・9	後深草院、尊号・兵仗等を辞す。＊2
同・13	六条殿移徙。
同・23	長講堂供養。
9・7	執権時宗、蒙古の使者を鎌倉龍ノ口に斬る。
10・21	鷹司兼平摂政となる。
11・5	伏見院東宮となる（一一歳）。＊2 実兼春宮大夫を兼ねる（二七歳）。
12・20	隆親大納言に還任（七四歳、明年正月後宇多院元服上寿のため）。そのため隆顕、権大納言を辞退（三四歳）。＊3
同・30	隆顕、本座（権大納言としてのもとの座席）を許される。

後　宇　多

草山　深　後
亀　山

建治三（一二七七）

20

正・　新年の挨拶に「有明」院参、作者酌に出てにわかに発病、十日ばかりわずらう。

2・　この頃か、院の蹴鞠に、作者も上首に出で立ち、実兼その傅につく。院・亀山院小弓。院の負けわざの女房の蹴鞠に、作者も上首に出で立ち、実兼その傅につく。ついで亀山院の負けわざに嵯峨殿で帳台の試の催し。

3・13　再び院の負けわざに伏見殿で六条院の女楽をまねる。作者、明石上の役で琵琶を当てられるが、その女「今参り」（識子）を庇護する祖父隆親に辱められて出奔、伏見の小林に赴き、ついで醍醐に隠れる（前年十二月頃から懐妊中）。

4・　賀茂祭の御幸を隆親沙汰する。この頃か、隆親、帝・東宮の元服の上寿に隆顕の大納言を借りて（＊3参照）返さず（＊4参照）。隆顕父を恨み籠居。

同・末　隆顕、醍醐に来訪。「有明」の噂をする。同じ頃、「曙」春日に籠り、その告げで作者を醍醐に探し当てて訪問。翌日、隆顕を呼び、酒宴。やがて小林に戻り、迎えに来た院と共に御所に戻る。着帯（この出産記事は不見）。

同・29　「曙」との女子に再会。

8・　この頃か、近衛大殿院参。今様秘事伝授のため伏見殿御幸。作者も供奉、その夜と翌晩、大殿と契らされ、以後「曙」と疎遠になる。二晩過して還御。

正・3　後宇多院元服。隆親上寿を勤める。

同・29　経任権大納言となる（四五歳）。＊4

2・2　隆親大納言を辞す。

5・4　隆顕出家（父と不和不調のため）。

12・19　東宮（伏見院）元服（一三歳）。

この年　秋より（春夏よりとも）病気流行。

天皇	年号	年齢	月日	本書関係事項	月日	一般事項
後宇多	弘安元（一二七八）	21			7・13	院の第四皇子満仁親王（一二歳）仁和寺に入る。法名性仁、戒師性助法親王。
					12・27	『続拾遺集』成る（二条為氏撰）。
	二	22			7・29	元の使者九州に来る。
					9・6	隆親没（七七歳）。＊6
					10・16	阿仏、細川庄の訴訟のため鎌倉に下り、翌年秋までは滞在（『十六夜日記』）。
	三	23			正・8	玄輝門院（後深草院妃、伏見院母）従三位に叙す（三五歳）。
					10・5	弘安源氏論義。
					11・11	円満院浄助法親王没（二八歳）。
					この年	『春の深山路』（飛鳥井雅有）成る。
					同	春日神木入京（十二月二十九日までか）。＊5
	四	24	2・13	**巻三**（年次については解説等参照）遊義門院病気のため「有明」院参。院、作者と「有明」の関係を知り、かえってこれを許し、厚遇を命ずる。		
			同・18	院、作者が「有明」の胤を宿したことを夢で知り（五鈷の夢）、翌月に入るまで作者を召さず。		
			3・	懐妊の兆現れる。		

後宇多					
後深草…… 亀山──					
弘安四（一二八一）	24	5・5	母の命日に墓参のため里居。その夜「曙」来訪、御所付近出火のため急ぎ帰る。	6・	元の大軍博多に迫る。防戦（弘安の役）。朝廷各所にて異国降伏の祈禱。
		初秋	真言談義の折、院は「有明」に作者の腹の子を引き取る旨語る。	⑦・1	元軍の兵船大風により覆没。
		9・	長講堂供花の折、院、またも「有明」に作者を近づける。		
		10・	嵯峨の継母のもとに行き、法輪寺に籠るが、院・亀山院が嵯峨殿に大宮院を見舞う際に呼び出されて奉仕。亀山院に契らされる。翌日、東二条院より大宮院に宛て、作者を非難する文あり、四条大宮の乳母の家に下る。以後、「有明」通ってくる。	10・4	春日神木入京（翌年十二月二十一日まで在京）。＊5
		同・末	院、微行で来訪、「有明」との子の処置を指示。		
		11・6	「有明」の胤の男子出産、院が引き取る。この頃、前々年以来在京の春日の神木帰座の噂あり（＊5参照）。また、かたはら病み流行。		
		同・13	「有明」来訪（最後の契り、鴛鴦の夢）。		
		同・18	「有明」発病。		
		同・21	「有明」から最後の文。		
		同・25	「有明」没。翌日、稚児形見を持参。作者悲嘆にくれる。院より悔みの文。		
			その後、院の愛情の薄れ行くのを感じる。		
五	25	正・15	「有明」の四十九日に諷誦を捧げる。	正・	神木在京のため公事等停止。
		2・15	東山の聖の法華講讃にも「有明」の諷誦を捧げる。講讃結願の翌暁、夢に「有明」を見て発		

後宇多

年		月日	事項	月日	一般事項
			病。帰路「有明」の幻を見て気絶。	夏	翌年六月まで、病気流行。
		3・中	懐妊（「有明」の第二子）を知る。	8・12	円助法親王没（四七歳）。
		4・20	この頃か、院よりの召しあるも参らず、亀山院との仲を疑われる。	10・13	日蓮没（六一歳）。
		5・初	院に出仕。	12・19	性助法親王没（三六歳）。
		6・	この頃、退出し東山辺に籠る。	同・21	春日神木帰座。
		8・20	この頃、東山でひそかに男子出産、四十日余り、自ら世話する。		
		10・初	再び院に出仕。		
六	26	正・	院に奉仕するが、この頃院の隔てを感じ、「曙」のみ折々声をかけてくれる。	正・6	日吉神輿皇居に入り、狼藉する。
		2・	嵯峨殿の彼岸の説法に院・亀山院御幸、奉仕。この頃折々退出して幼児を見る。	4・8	阿仏没（六〇余歳か）。
		初秋	隆親の命により院御所を退出させられる。隆親と会い、東二条院の不興故と知る。	12・20	仁和寺性仁法親王灌頂（一七歳）、大阿闍梨准后法助。
		この秋	隆親没（＊6参照）。		
		11・2	初卯の日、八幡に参り、七日参籠。ついで、祇園社千日参籠を始める。		
		同・25	「有明」の三回忌。この日を結願に東山の聖に頼んで七日法華講讃。		
七	27	2・	初午の日、祇園社に桜の枝を奉納し、庵室に籠って千部経を読む。	2・15	前斎宮愷子内親王没（三六歳）。後嵯峨院十三回忌供養。
		この年	祇園社の裏の庵室に籠って暮れる。	4・4	執権北条時宗没（三四歳）。
				7・7	北条貞時執権となる（一四歳）。

伏見（持明院統）	後宇多

後深草
亀山
後宇多

年号	年齢	月日	事項	月日	一般事項
				11・21	開田准后法助没（五八歳）。
弘安八（一二八五）	28	正・末	大宮院より文、北山准后九十賀に出仕を勧められ拝承。		
		2・28	この頃、北山殿へ参る。院・亀山院・遊義門院等御幸。		
		同・29	北山准后九十賀第一日。帝（後宇多）・東宮（伏見）も行幸・行啓。法会・舞楽。作者も陪席。		
		3・1	同第二日。賀宴・御遊・和歌御会、作者も歌を求められるが、東二条院の意向と称して奉らず。帝還幸。	3・1	後二条院生れる（後宇多院皇子、母西華門院）。
		同・2	管絃の遊び、舟中の連歌、院への恨みを抑えて参加。院、「有明」の名を出してあてこする。その後、院の召しにも心進まず。		
				8・19	遊義門院、後二条院准母として後宇多院皇后となる（一六歳）。
九	29			この年	『太神宮参詣記』（通海）成る。
一〇	30			9・26	関東使者平宗綱入洛、ついで春宮大夫実兼邸へ入り、譲位の事を申し入れる。
				10・21	後宇多院譲位（二一歳）、伏見院践祚（二三歳）、後深草院院政。実兼春宮大夫を止める（三九歳）。
正応元（一二八八）	31			2・3	後伏見院生れる（伏見院皇子、母准后藤原経子）。

伏見

この年　六月二日から翌年二月二十余日の間に出家（＊7参照）。

3・15　伏見院即位。
6・2　実兼女鏱子（永福門院）入内（一八歳、八日女御となる）、雅忠女、三条の名で出仕（『増鏡』）。＊7
7・16　四条隆良従三位に叙す。
8・20　永福門院中宮となる。
11・2　後醍醐帝生れる（後宇多院皇子、母談天門院）。
12・16　玄輝門院（東の御方愔子）准三后、同日院号（四三歳）。

二
32

2・　巻　四
二十日過ぎ、都を出て、東海道を下る。
3・初　熱田に七日参籠。ついで鳴海・八橋・清見が関・宇津の山を経て三島社に参り、通夜。
同・　二十日過ぎ、江島着、千手の岩屋に泊り、翌日鎌倉に入る。寺社巡拝、四月末頃より、七月頃まで病臥。
8・15　小町殿と贈答歌、新八幡の放生会を見る。
その後、将軍惟康親王が廃されて上京するのを見る。ついで、新将軍久明親王を迎える準備指導のため平入道頼綱邸及び将軍御所に赴く。
その後、新将軍到着。
この頃、飯沼新左衛門らと連歌・続歌など。
12・　その後、川越入道の後室に招かれ、武蔵国川口へ下り、越年。

8・23　一遍智真没（五一歳）。
同・29　堀川基具太政大臣となる（五八歳）。
9・7　亀山院出家（四一歳）。北畠師親出家（四六歳）。
同・14　将軍惟康親王、廃されて上洛（二六歳）。
10・9　久明親王将軍となる（一五歳）、翌日東下。
同・18　実兼内大臣となる（四一歳）。

伏見

後深草 ———————
亀山 ·······
後宇多 ·······

正応三(一二九〇)	33	2・	十日過ぎか、善光寺へ出立、高岡の石見入道(仏阿)の邸に秋まで滞在。	2・11	後深草院出家(四八歳)。
		8・初	武蔵国へ戻り、十五日浅草観音堂に詣でる。ついで武蔵野の歌枕を訪ね、鎌倉へ帰る。	3・10	浅原為頼、禁中に乱入。
		9・	十日過ぎ、帰京の途につき、飯沼判官と別れの歌を贈答。小夜中山を経て帰途熱田に至り、通夜。華厳経の残りを書写しようとしたが、重病にかかり、断念。	4・25	実兼内大臣を辞す(四二歳)。
		10・末	帰京。ついで奈良へ赴き、春日神社・法華寺・春日正預祐家宅・中宮寺・法隆寺・当麻寺・太子陵(磯長、小袖を奉納)等を巡歴。		
四	34	2・	この頃か、八幡で後深草法皇の御幸に邂逅。院に見出されて一夜語り明かす。ついで熱田へ戻り、通夜した夜、熱田社炎上。	2・2	熱田社炎上(『帝王編年記』、「田島氏文書」によれば十三日)。
		4・初	津島の渡りを経て伊勢へ。外宮に七日、ついで内宮に七日参籠。行忠・常良・尚良その他の神官らと歌・連歌を贈答。その後、二見浦に遊ぶ。再び熱田に戻り、華厳経の残りを書写し、供養する。	4・26	後深草院、この日から八幡に七日参籠(五月三日まで)。
				8・4	遊義門院院号(二二歳)。
				同・25	玄輝門院出家(四六歳)。
				12・25	実兼太政大臣となる(四三歳)。
五	35			3・	『中務内侍日記』弘安三年十二月よりこの年三月までの記事を収める。
				6・24	実兼に随身兵仗を賜う。
				9・9	大宮院没(六八歳)。

伏見					12・29	実兼、太政大臣を辞す（四四歳）。
	永仁元（一二九三）	36	9・	（この年か）伏見殿に院を訪ね、一夜語り明かす。院、作者の誓言に感慨を示し、陳謝する。この後、院から生活上の慰問がある。	4・22	頼綱、二男飯沼判官誅せられる（平禅門の乱）。
					6・7	東二条院出家（六二歳）。
					8・27	伏見院勅撰集撰進を企て、二条為世・京極為兼等四名を撰者に任（永仁勅撰の議）。但し数年にして中絶。
	二	37		この年以後（数年の中）、再び二見浦へと志し、奈良より伊賀路を通って笠置寺を過ぎる。（記事中断）	6・30	遊義門院、後宇多院後宮に入る（二五歳）。
					8・8	鷹司兼平没（六七歳）。
	三	38			5・4	春日神木帰座。
					12・19	東大寺八幡宮神輿帰座。
					同・	大神宮一禰宜尚良没（八五歳）。
	四	39			12・5	四条隆良没。
	五	40			1・19	前権大納言経任没（六五歳）。
					7・25	花園院生れる（伏見院皇子、母顕親門院）。
	六	41			3・16	京極為兼佐渡に配流。

	後伏見（持明院統）		後二条（大覚寺統）
後深草・亀山・後宇多・伏見・後伏見			
永仁六（一二九八）	正安元（一二九九）	三	乾元元（一三〇二）
41	42	44	45
			9・初 巻五 厳島へと志し、瀬戸内海を西下。 同・12 厳島で試楽を見る。 同・13 厳島の大法会を見る。 間もなく帰京の途につき、船中で和知の女と知り合う。 土佐足摺岬の堂の由来と補陀落渡海信仰の伝説を聞く。 ついで、安芸の佐東社（牛頭天王）に一夜参籠。 同・末 讃岐の白峯・松山に滞在して、大集経二十巻を書写し、供養。 11・末 船中で知り合った女房を訪ねて、備後の和知へ赴き、豪族の許に滞在する。 主の伯父広沢与三入道、鎌倉から下向、歓迎準備に絵を描く。
7・22 伏見院譲位、後伏見院践祚（一一歳）。 8・10 後二条院東宮となる（一四歳）。 同・21 永福門院院号（二八歳）。	6・24 西園寺実兼出家（五一歳）。 8・23 『一遍聖絵』成る。	正・16 昭訓門院、亀山院の後宮に入る。 同・21 後伏見院譲位、後二条院践祚（一七歳）。 8・22 貞時に代り、北条師時執権となる。	10・1 北山准后貞子没（百七歳）。

年号	年齢	月日	作者事項	月日	一般事項
後二条					
			やがて江田に移る。江田・和知の兄弟、作者のことで争い、広沢入道に救われる。入道との奇遇に驚く。	12・23	後深草院六十賀（伏見殿にて）。
嘉元元（一三〇三）	*46*	2・末	入道来訪、続歌。送られて出立、備中荏原を経て吉備津宮に詣で、帰京。	12・19	『新後撰集』成る（二条為世撰）。
			以後年末まで、修行も物憂く、無為に過す。		
二	*47*	正・初	東二条院の病、ついで没を聞き、感慨。葬送。	正・21	東二条院没（七三歳）。
		6・	この頃か、後深草院病気と聞き、心痛。		
		7・1	この日より八幡に籠り、院の平癒を祈る。		
		同・5	日食の夢。		
		同・8	院の病状も聞けるかと北山殿に実兼を訪ねるが、忘れたと言われ、会えず。		
		同・10	再び実兼を訪ねるが、実兼は院危篤の報にすでに都へ。		
		同・14	また北山殿を訪ね、実兼と面談。		
		同・15	実兼の取りなしで「夢のやうに」院を見る。		
		同・16	後深草院没。	7・16	後深草院没（六二歳）。
		同・17	葬送の車を裸足で追い、火葬の煙を見て帰る。	同・17	後深草院を深草に葬送。
			やがて、天王寺へ参り、暫く滞在。		
		9・5	伏見殿に院の四十九日の仏事を聴聞。	9・5	後深草院七々忌、伏見殿で行われる。
			大集経の残り二十巻書写の資に、母の形見の手箱を手放す。		
		同・15	これより東山双林寺で懺法。		
			大集経二十巻を春日の本宮の峯に納める。		

天皇	後二条				
治天	亀山…… 後宇多━━ 伏見…… 後伏見……				

年号	年齢	月日	事項	月日	一般事項
嘉元二（一三〇四）	47	9・	この頃か、父雅忠の三十三回忌を営む。和歌の夢想を得る。ついで人丸の墓に七日参籠、七日目に夢想を蒙り、人丸講式を草する。		
三	48	3・8	人丸影供を行う。		
		5・	この頃、五部大乗経の残り二部の書写供養の資に、父の形見の硯を手放し、十日過ぎより大品般若経二十巻を書写して河内の太子の墓に納める。		
		7・16	後深草院一周忌に伏見殿の仏事聴聞。この頃か、亀山院の病を聞く。	7・16	後深草院一周忌、伏見殿で行われる。
		9・10	この頃、熊野へ般若経の残り書写のため出立。	9・15	亀山院没（五七歳）。
		同・	二十日過ぎ、那智で夢想に、父・院・遊義門院を見、白扇を拾う。やがて、般若経の残り二十巻を書写し終え、那智の御山に納める。帰京して、亀山院の没を聞く。		
徳治元（一三〇六）	49	正・	この頃から二月末頃まで奈良に滞在。		
		3・8	八幡に詣で、遊義門院の御幸に逢い、声をおかけする。以後、同院の女房と文通。		
		7・初	この頃より、伏見辺に滞在。		
		同・15	深草法華堂に院の新御影を拝する。那智で拾った扇を遊義門院に献上。		
		同・16	院の三周忌の仏事を聴聞、万里小路大納言師	7・16	後深草院三回忌。

天皇	年号	年齢	事項
後二条			重・久我前大臣（通基か）と贈答。跋文。
	二	(50)	7・24 遊義門院没（三八歳）。 同・26 後宇多院出家（四一歳）。
	延慶元（一三〇八）	(51)	8・4 久明親王、将軍を廃され帰洛（三四歳）。 同・10 守邦王将軍となる（七歳、九月十九日親王宣下）。 同・25 後二条帝没（二四歳）。 同・26 花園院践祚（一二歳）。
花園（持明院統）	三	(53)	正・24 以後七月まで、二条為世・京極為兼、勅撰撰者につき争論（延慶両卿訴陳）。
	応長元（一三一一）	(54)	9・22 執権北条師時没（三七歳）。 10・3 大仏宗宣執権となる。 （「禅定仙院」の古注の付された時期）
	正和元（一三一二）	(55)	3・28 『玉葉集』奏覧（京極為兼撰）。完成は翌年十月頃。 6・2 宗宣に代り北条熙時執権となる。
	二	(56)	7・9 光厳院（後伏見院皇子、母広義門院）生れる。 9・1 この日以前、兼好出家。『徒然草』第一部前半、それ以前に成るか。

天皇	年号	年齢	月・日	事項
花園	正和二（一三一三）	(56)	10・17	伏見院出家（四九歳）。
	四	(58)	7・12	熙時に代り、北条基時執権となり、十一月二十日辞す。
	五	(59)	7・10	北条高時執権となる（一四歳）。
	文保元（一三一七）	(60)	6・4	隆親女識子（鷲尾局、今参り）従一位となる。
			9・3	伏見院没（五三歳）。
後醍醐（大覚寺統）	二	(61)	2・26	花園院譲位（二二歳）、後醍醐帝践祚（三一歳）。
	元応二（一三二〇）	(63)	7・25	『続千載集』完成（二条為世撰）。
	元亨二（一三二二）	(65)	9・10	西園寺実兼没（七四歳）。
	正中元（一三二四）	(67)	6・25	後宇多院没（五八歳）。
			9・19	正中の変。
	嘉暦元（一三二六）	(69)	6・9	『続後拾遺集』完成（二条為藤・為定撰）。
	元徳元（一三二九）	(72)	8・30	玄輝門院没（八四歳）。
			12・28	東宮（光厳院）元服（一七歳）。『竹向が記』この記事から始まる。

院政：後宇多　伏見　後伏見　花園

（『とはずがたり』、これ以前一応成立）

（「いまの大覚寺の法皇」の古注の付された時期）

系図

各家とも主な人物のみを挙げ、中でも作者に関係の深い主要人物は太字で示し、作中の重要な呼称を（　）に入れて補った。

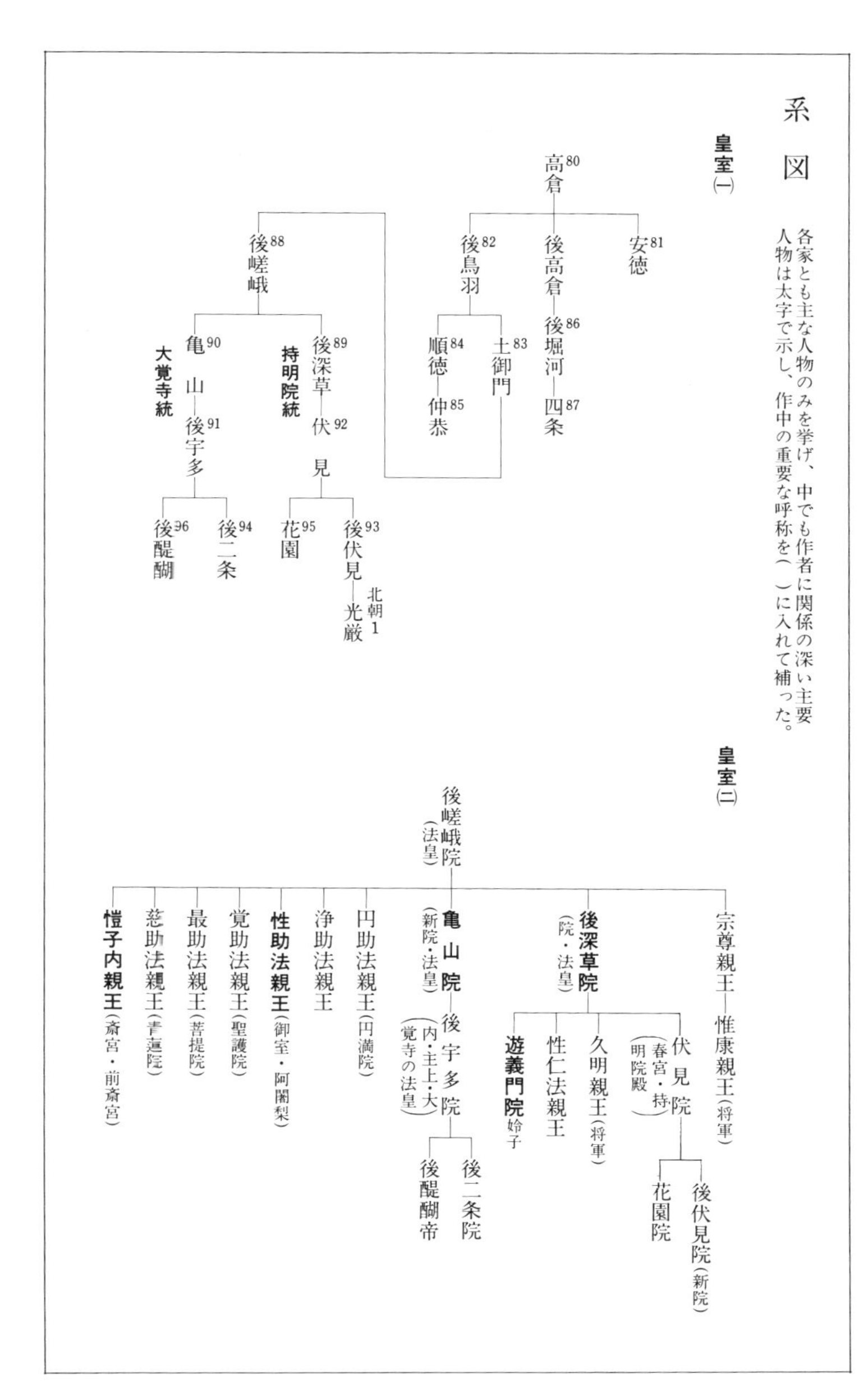

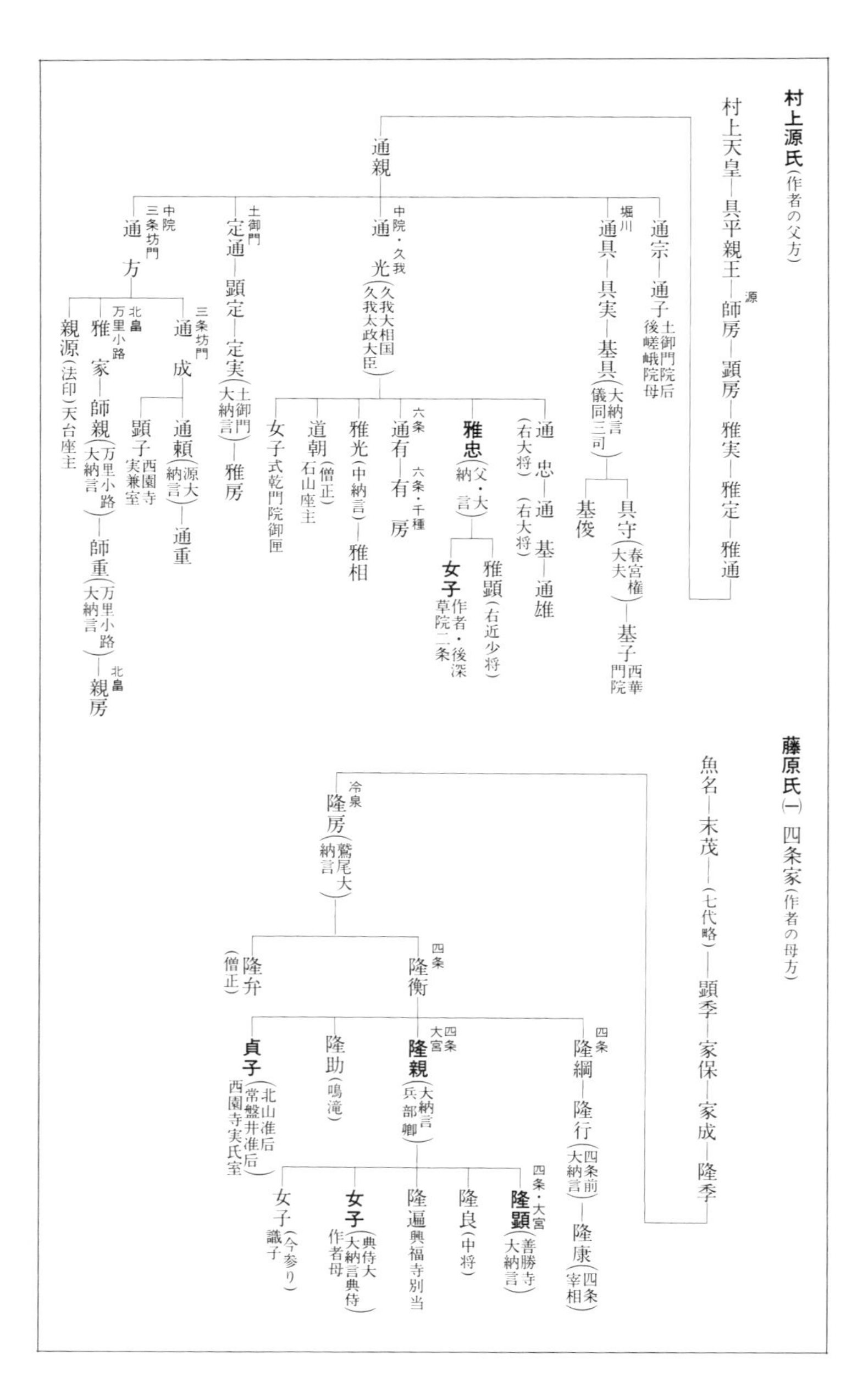

村上源氏（作者の父方）
村上天皇
具平親王
源
師房
顕房
雅実
雅定
雅通
通親
通宗
通子
土御門院后
後嵯峨院母
堀川
通具
具実
基具
（大納言
儀同三司）
具守
（春宮権
大夫）
基子
西華
門院
基俊
中院・久我
通光
（久我大相国
久我太政大臣）
通忠
（右大将）
通基
（右大将）
通雄
雅忠
（父・大
納言）
雅顕
（右近少将）
女子
作者・後深
草院二条
六条
通有
六条・千種
有房
雅光
（中納言）
雅相
道朝
（僧正）
石山座主
女子
式乾門院御匣
土御門
定通
顕定
定実
（土御門
大納言）
雅房
中院
三条坊門
通方
三条坊門
通成
通頼
（源大
納言）
通重
顕子
西園寺
実兼室
北畠
万里小路
雅家
師親
（万里小路
大納言）
師重
（万里小路
大納言）
北畠
親房
親源
（法印）天台座主
藤原氏㈠ 四条家（作者の母方）
魚名
末茂
（七代略）
顕季
家保
家成
隆季
冷泉
隆房
（鷲尾大
納言）
四条
隆衡
隆弁
（僧正）
四条
隆綱
隆行
（四条前
大納言）
隆康
（四条
宰相）
四条大宮
隆親
（大納言
兵部卿）
四条・大宮
隆顕
（善勝寺
大納言）
隆良
（中将）
隆遍
興福寺別当
女子
（典侍大
大納言典侍）
作者母
女子
識子
（今参り）
隆助
（鳴滝）
貞子
（北山准后
常盤井准后）
西園寺実氏室

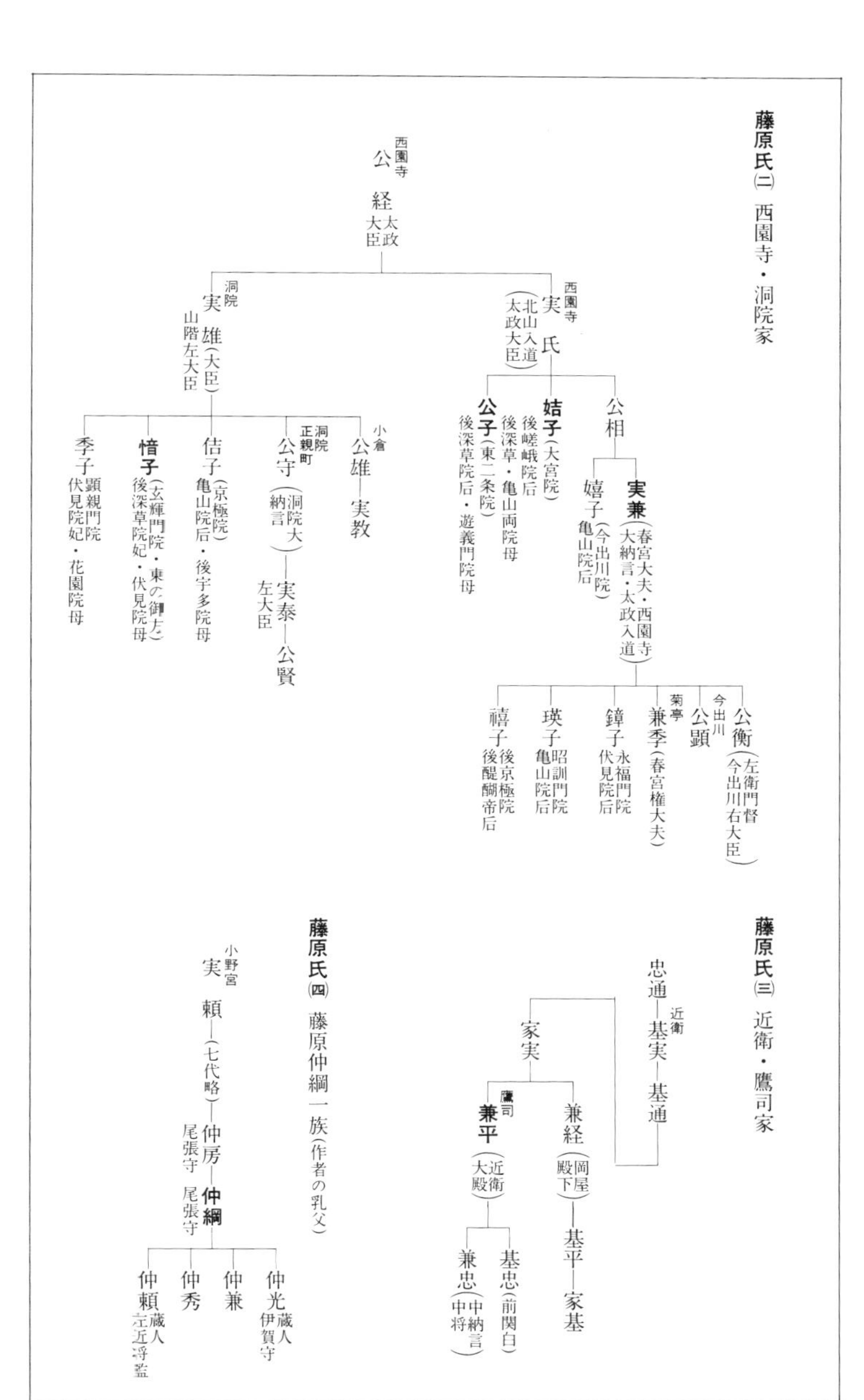
藤原氏(二) 西園寺・洞院家
西園寺 公経 太政大臣
洞院 実雄(山階左大臣)
西園寺 実氏(北山入道太政大臣)
公子(東二条院) 後深草院后・遊義門院母
姞子(大宮院) 後嵯峨院后 後深草・亀山両院母
公相
嬉子(今出川院) 亀山院后
実兼(春宮大夫・大納言・太政入道・西園寺)
禧子 後京極院 後醍醐帝后
瑛子 昭訓門院 亀山院后
鏱子 永福門院 伏見院后
菊亭 兼季(春宮権大夫)
今出川 公顕
公衡(左衛門督 今出川右大臣)
季子 顕親門院 伏見院妃・花園院母
愔子(玄輝門院・東の御方) 後深草院妃・伏見院母
佶子(京極院) 亀山院后・後宇多院母
洞院 正親町 公守(洞院大納言)
実泰 左大臣
公賢
小倉 公雄
実教
藤原氏(三) 近衛・鷹司家
忠通
近衛 基実
基通
家実
鷹司 兼平(近衛大殿)
兼経(岡屋殿下)
基平
家基
兼忠(中納言 中将)
基忠(前関白)
藤原氏(四) 藤原仲綱一族(作者の乳父)
小野宮 実頼
(七代略)
仲房 尾張守
仲綱 尾張守
仲頼 蔵人 左近将監
仲秀
仲兼
仲光 蔵人 伊賀守

主要人物の関係

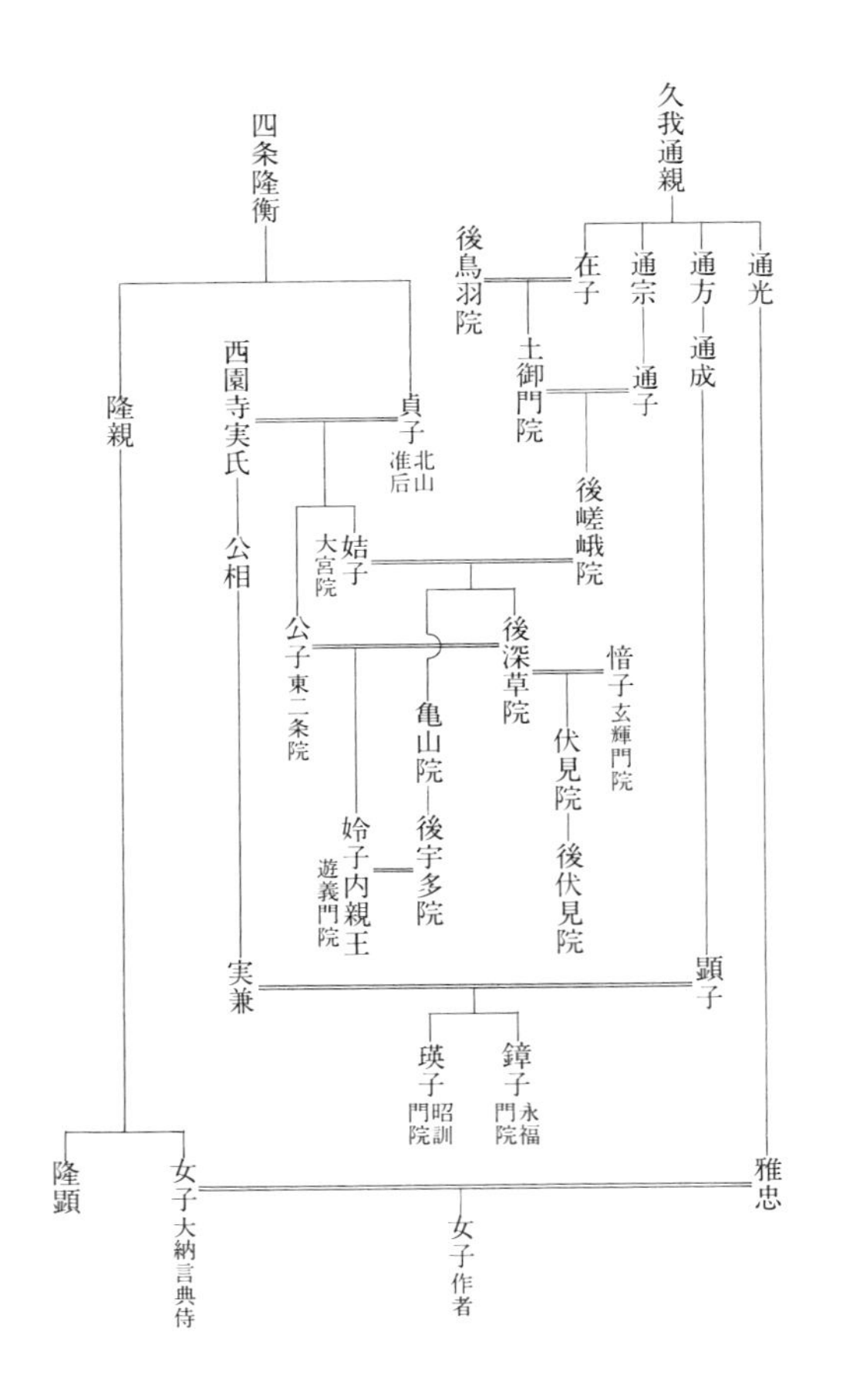
久我通親
在子
通宗
通方
通光
通成
後鳥羽院
土御門院
通子
後嵯峨院
四条隆衡
隆親
貞子
北山准后
西園寺実氏
公相
姞子
大宮院
公子
東二条院
後深草院
亀山院
愔子
玄輝門院
伏見院
後伏見院
後宇多院
姈子内親王
遊義門院
実兼
顕子
瑛子
昭訓門院
鐘子
永福門院
隆顕
女子
大納言典侍
雅忠
女子
作者

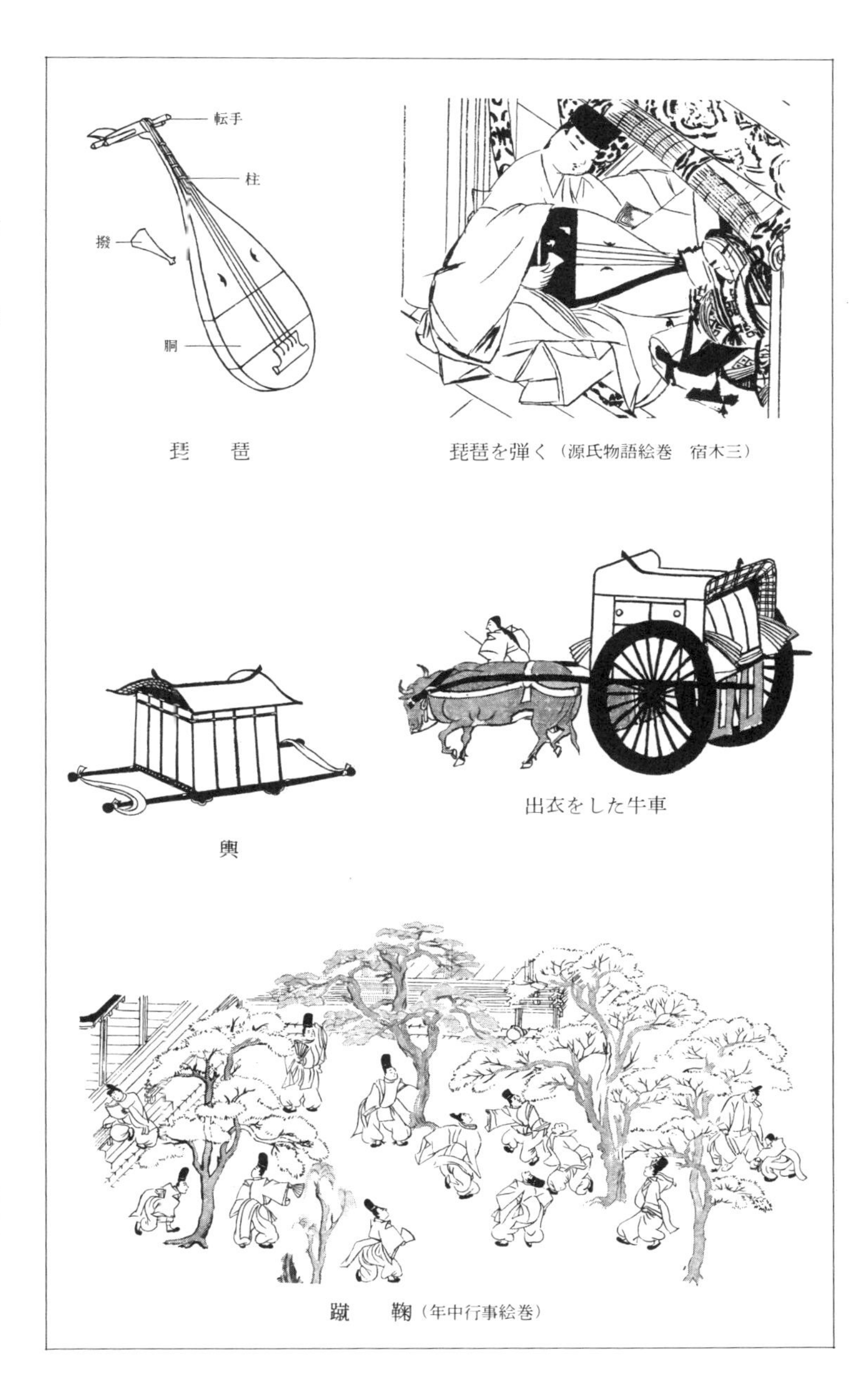

琵琶

琵琶を弾く（源氏物語絵巻　宿木三）

輿

出衣をした牛車

蹴鞠（年中行事絵巻）

女房の正装（三十六歌仙絵巻）

湯　巻

袿 単 姿

衣かずき姿

壺 装 束

狩衣直衣（甘の御衣）

直衣・指貫

狩　　衣

水　　干

直　　垂

小袖と大口袴

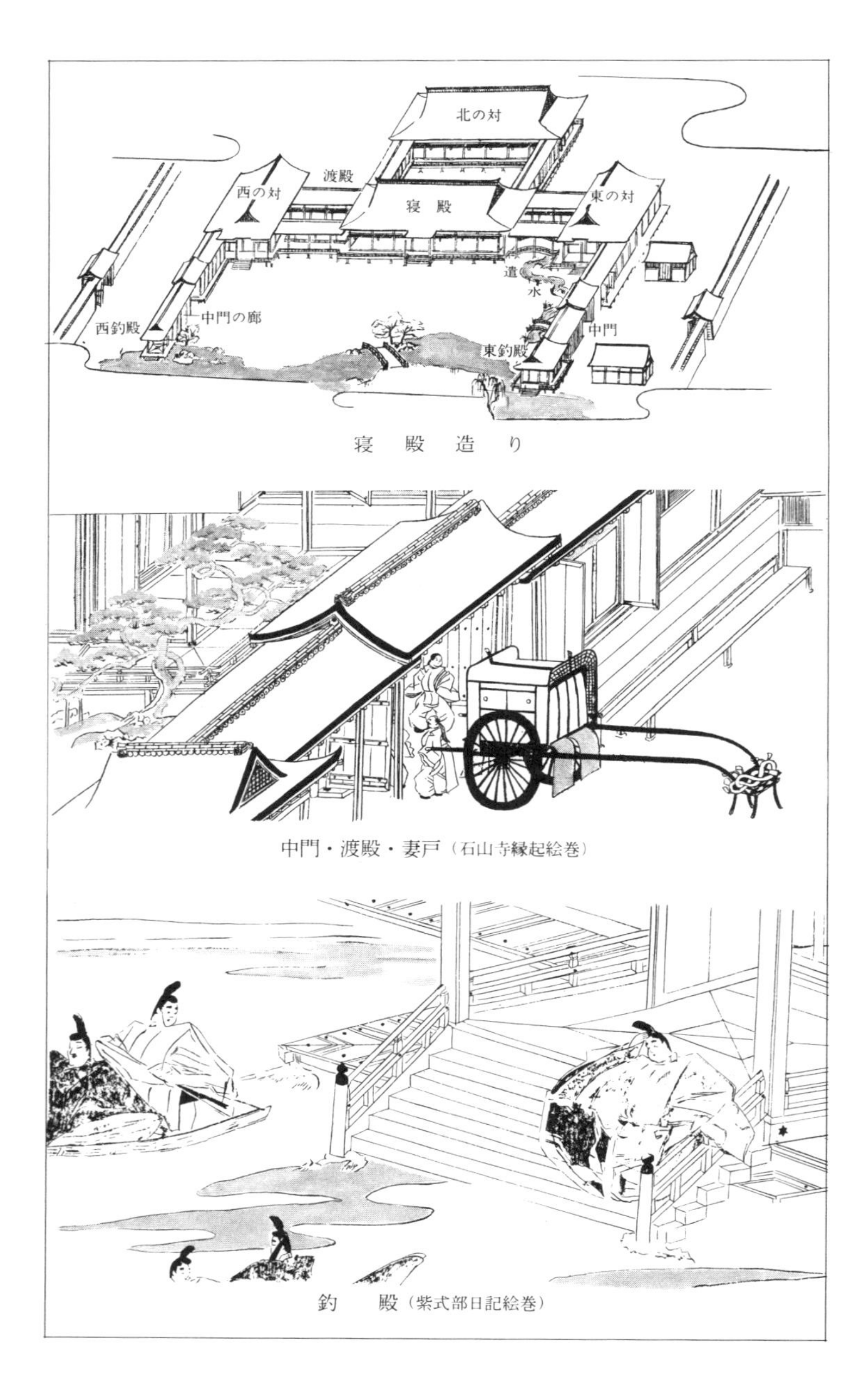

寝殿造り

中門・渡殿・妻戸（石山寺縁起絵巻）

釣殿（紫式部日記絵巻）

寝殿造り内部（源氏物語絵巻　横笛）

正面奥は母屋。長押で一段低くなっている所が廂の間。簾は巻き上げて、壁代を垂らしている。左端は障子、中央には燈台が置いてある。

室内調度（葉月物語絵巻）

右上に屏風、その手前が几帳。女性がよりかかっているのが脇息。左上には、来客接待の装飾として、竿（衣桁）に衣服を掛けている。

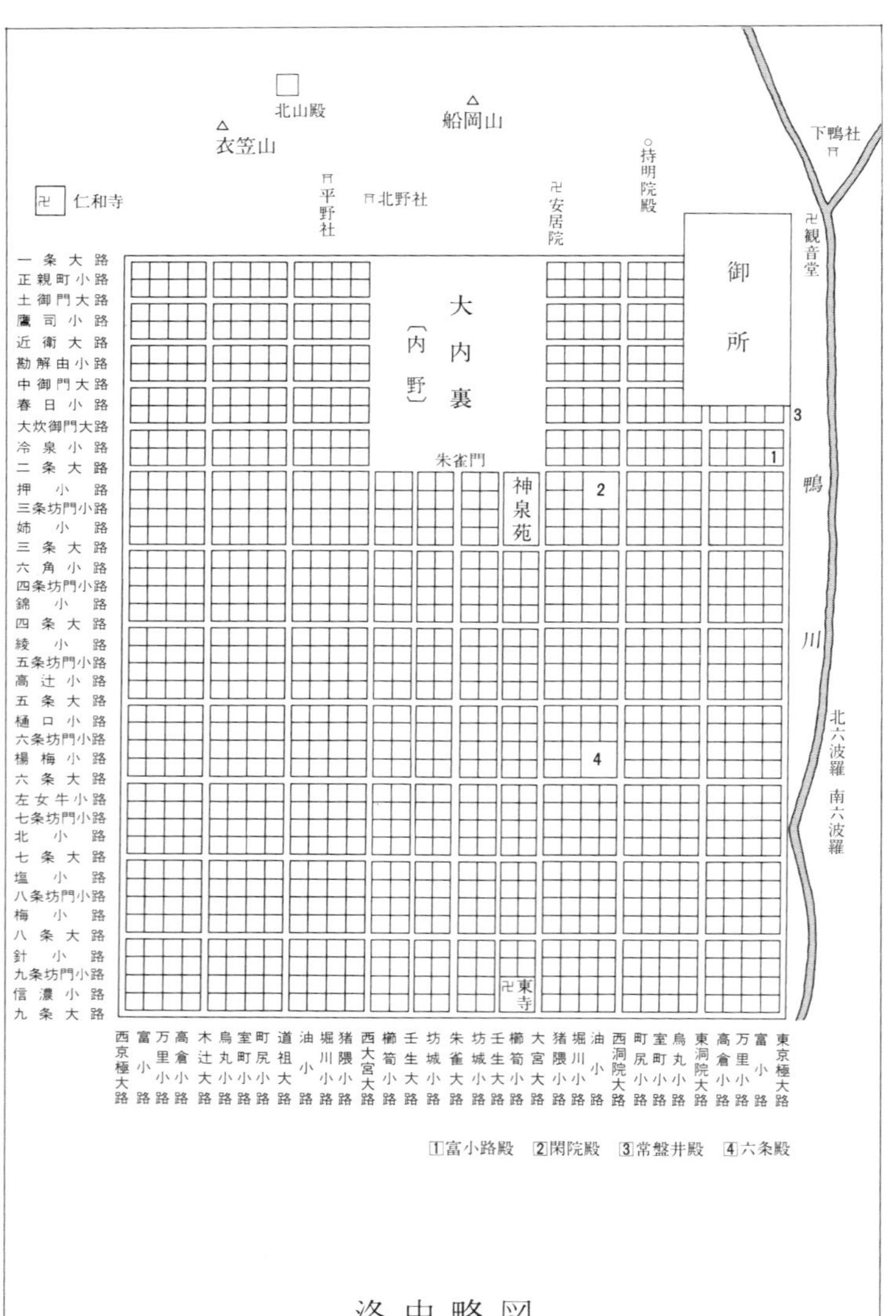
北山殿
船岡山
衣笠山
仁和寺
平野社
北野社
安居院
持明院殿
下鴨社
観音堂
御所
大内裏
（内野）
朱雀門
神泉苑
東寺
鴨川
北六波羅
南六波羅
1
2
3
4
一条大路
正親町小路
土御門大路
鷹司小路
近衛大路
勘解由小路
中御門大路
春日小路
大炊御門大路
冷泉小路
二条大路
押小路
三条坊門小路
姉小路
三条大路
六角小路
四条坊門小路
錦小路
四条大路
綾小路
五条坊門小路
高辻小路
五条大路
樋口小路
六条坊門小路
楊梅小路
六条大路
左女牛小路
七条坊門小路
北小路
七条大路
塩小路
八条坊門小路
梅小路
八条大路
針小路
九条坊門小路
信濃小路
九条大路
西京極大路
富小路
万里小路
高倉小路
木辻大路
烏丸小路
室町小路
町尻小路
道祖大路
油小路
堀川小路
猪隈小路
西大宮大路
櫛笥小路
壬生大路
坊城小路
朱雀大路
坊城小路
壬生大路
櫛笥小路
大宮大路
猪隈小路
堀川小路
油小路
西洞院大路
町尻小路
室町小路
烏丸小路
東洞院大路
高倉小路
万里小路
富小路
東京極大路
1 富小路殿　2 閑院殿　3 常盤井殿　4 六条殿

洛中略図

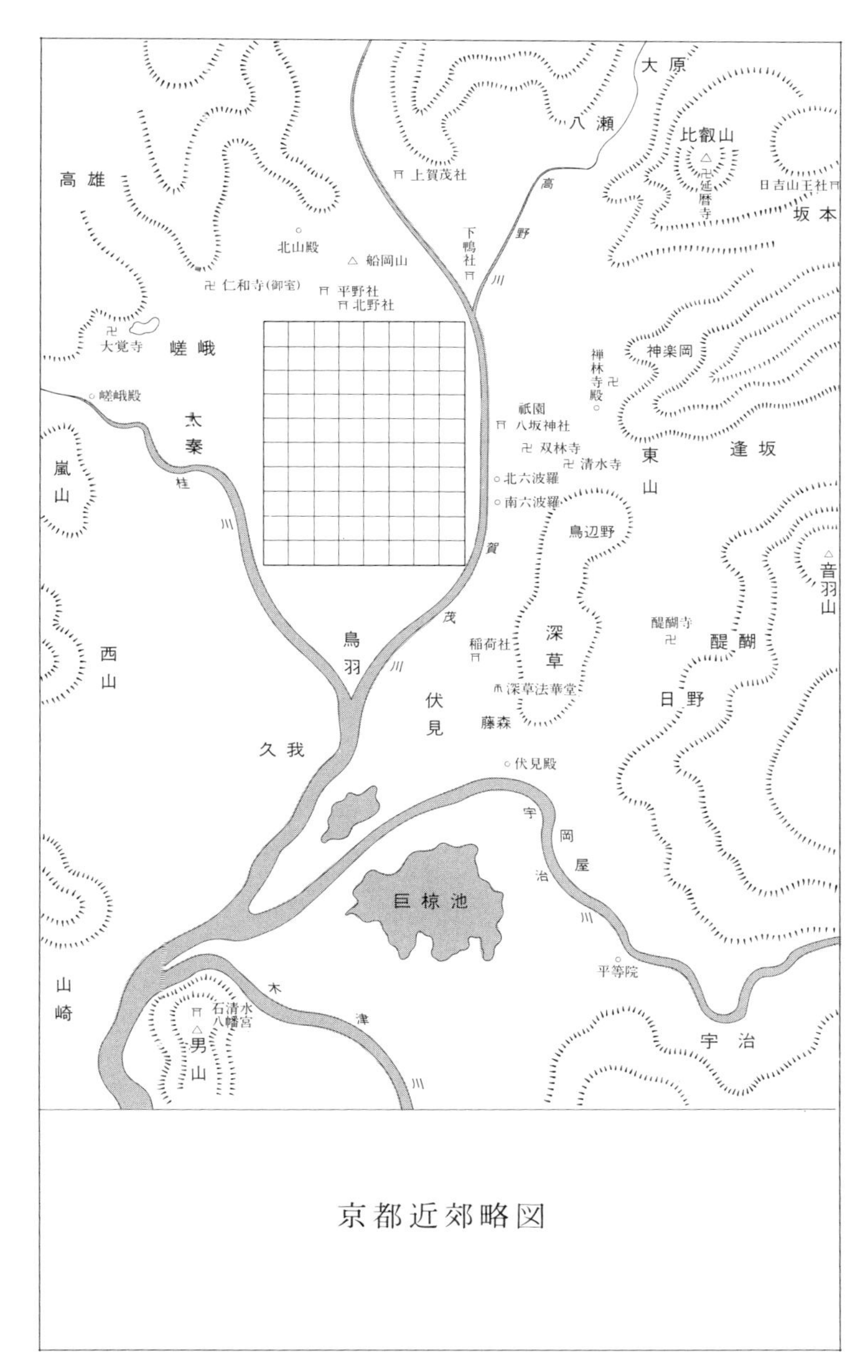
大原
八瀬
比叡山
延暦寺
日吉山王社
坂本
高雄
上賀茂社
高野川
下鴨社
北山殿
船岡山
仁和寺(御室)
平野社
北野社
大覚寺
嵯峨
嵯峨殿
太秦
桂川
嵐山
神楽岡
禅林寺殿
祇園
八坂神社
双林寺
清水寺
北六波羅
南六波羅
東山
逢坂
鳥辺野
賀茂川
音羽山
醍醐寺
醍醐
西山
鳥羽
稲荷社
深草
深草法華堂
伏見
藤森
日野
久我
伏見殿
宇治川
岡屋
巨椋池
平等院
山崎
木津川
石清水八幡宮
男山
宇治

京都近郊略図

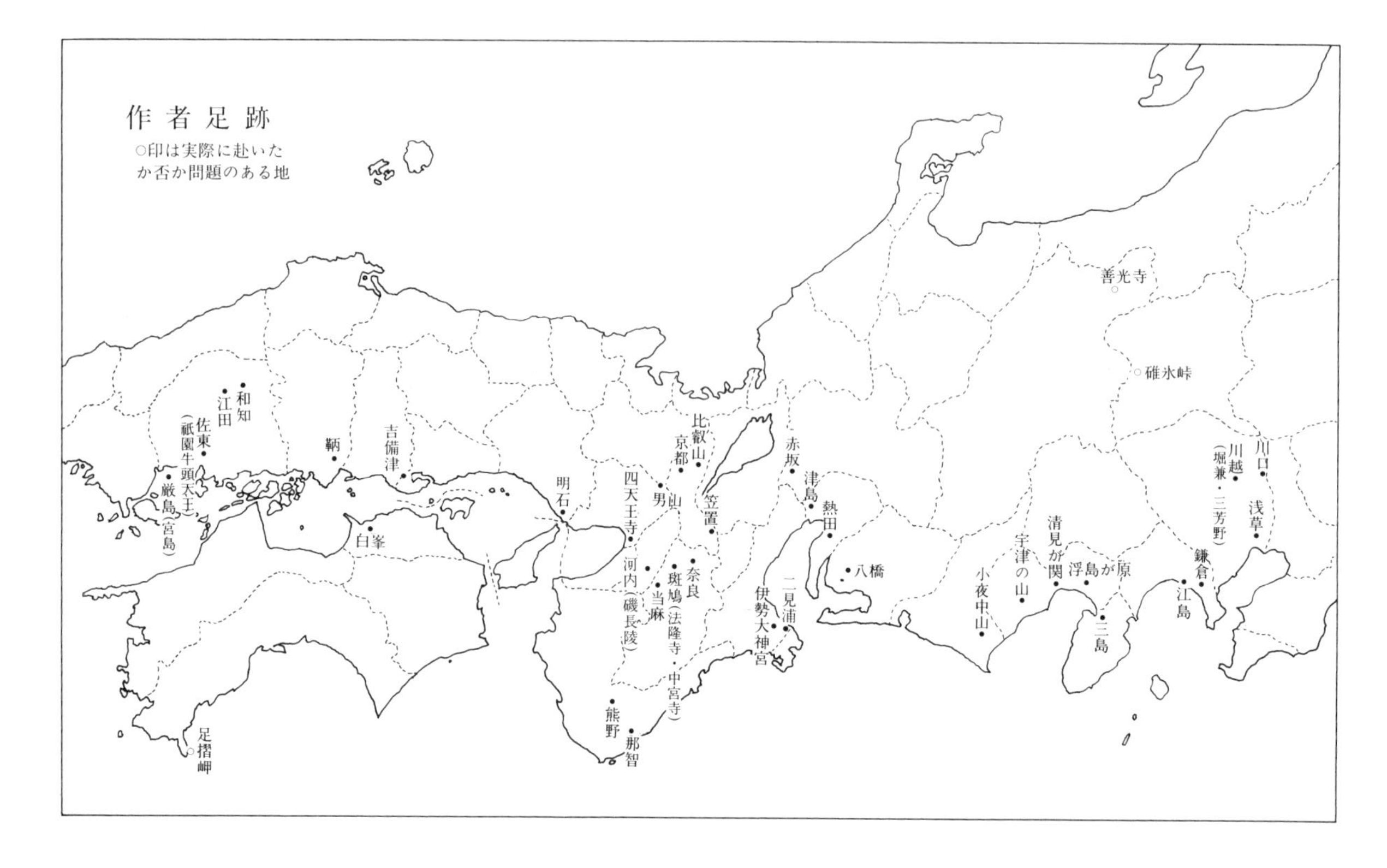
作者足跡
○印は実際に赴いたか否か問題のある地
和知
江田
佐東
祇園牛頭天王
厳島（宮島）
鞆
吉備津
白峯
足摺岬
明石
四天王寺
河内（磯長陵）
男山
当麻
斑鳩（法隆寺・中宮寺）
奈良
京都
比叡山
笠置
熊野
那智
伊勢大神宮
二見浦
赤坂
津島
熱田
八橋
小夜中山
宇津の山
清見が関
浮島が原
三島
江島
鎌倉
堀兼・三芳野
川越
川口
浅草
碓氷峠
善光寺

新潮日本古典集成〈新装版〉

とはずがたり

平成二十九年一月三十日　発　行

校注者　福田秀一（ふくだひでいち）

発行者　佐藤隆信

発行所　株式会社新潮社

〒一六二-八七一一　東京都新宿区矢来町七一
電話　〇三-三二六六-五四一一（編集部）
　　　〇三-三二六六-五一一一（読者係）
http://www.shinchosha.co.jp

印刷所　大日本印刷株式会社

製本所　加藤製本株式会社

装　画　佐多芳郎／装　幀　新潮社装幀室

組　版　株式会社ＤＮＰメディア・アート

乱丁・落丁本は、ご面倒ですが小社読者係宛お送り下さい。
送料小社負担にてお取替えいたします。
価格はカバーに表示してあります。

ISBN978-4-10-620851-5　C0395

古事記　西宮一民 校注

千二百年前の上代人が、ここにいる。神々の哄笑は天にとどろき、ひとの息吹は狭霧となって野に立つ……。宣長以来の力作といわれる「八百万の神たちの系譜」を併録。

萬葉集（全五巻）　青木・井手・伊藤
清水・橋本 校注

名歌の神髄を平明に解き明す。一巻・巻第一～巻第四　二巻・巻第五～巻第九　三巻・巻第十～巻第十二　四巻・巻第十三～巻第十六　五巻・巻第十七～巻第二十

日本霊異記　小泉　道 校注

仏教伝来によって地獄を知らされた時、さまざまな説話、奇譚が生れた。雷を捕える男、空飛ぶ仙女、冥界巡りと地獄の業苦――それは古代日本人の幽冥境。

竹取物語　野口元大 校注

親から子に、祖母から孫にと語り継がれてきたかぐや姫の物語。不思議なこの伝奇的世界は、美しく楽しいロマンとして、人々を捉えて放さない心のふるさとです。

伊勢物語　渡辺　実 校注

引きさかれた恋の絶唱、流浪の空の望郷の思い――奔放な愛に生きた在原業平をめぐる珠玉の歌物語。磨きぬかれた表現に託された「みやび」の美意識を読み解く注釈。

古今和歌集　奥村恆哉 校注

いまもし、恋の真只中にいるなら、「恋歌」を、愛する人に死なれたあとなら、「哀傷」を読んでほしい。華やかに読みつがれた古今集は、むしろ、慰めの歌集だと思う。

土佐日記 貫之集　木村正中 校注

女人に仮託して綴り、仮名日記の先駆をなした土佐日記。屛風歌を中心に、華麗で雅びな王朝世界を詠出して、大和歌の真髄を示す貫之集。豊穣な文学の世界への誘い！

蜻蛉日記　犬養 廉 校注

妻として母として、頼みがたい男を頼みとして生きた女の切ない哀しみ。揺れ動く男女の愛憎の襞を、半生の回想に折り畳んで、執拗に綴った王朝屈指の日記文学。

落窪物語　稲賀敬二 校注

姉妹よりも一段低い部屋〝落窪〟で泣き暮す姫が貴公子に盗み出された。幸薄い佳人への惜しみない優しさと愛。そして継母への復讐。甘美な夢をささやく王朝のメルヘン！

枕草子（上・下）　萩谷 朴 校注

華やかに見えて暗澹を極めた王朝時代に、毅然と生きた清少納言の随筆。機智が機智を生み、連想が連想を呼ぶ、自由奔放な語り口が、今、生々しく甦る！

和泉式部日記 和泉式部集　野村精一 校注

恋の刹那に身をまかせ、あふれる情念を歌に結実させた和泉式部――敦道親王との愛のプロセスをこまやかに綴った「日記」と珠玉の歌百五十首を収める。

紫式部日記 紫式部集　山本利達 校注

摂関政治隆盛期の善美を、その細緻な筆に誌した日記は、宮仕えの厳しさ、女の世界の確執をも冷徹に映し出す。源氏物語の筆者の人となりを知る日記と歌集。

源氏物語（全八巻）　石田穣二・清水好子 校注

一巻・桐壺〜末摘花　二巻・紅葉賀〜明石　三巻・澪標〜玉鬘　四巻・初音〜藤裏葉　五巻・若菜 上〜鈴虫　六巻・夕霧〜椎本　七巻・総角〜東屋　八巻・浮舟〜夢浮橋

和漢朗詠集　大曽根章介・堀内秀晃 校注

漢詩と和歌の織りなす典雅な交響楽――藤原文化最盛期の平安京で編まれ、物語や軍記をはじめとする日本文学の発想の泉として生き続けた珠玉のアンソロジー。

更級日記　秋山虔 校注

光源氏につむいだ青春の夢、砕け散った夢のかけらを、拾い集めて走らせる晩年の筆……。心の寄る辺を尋ね歩いた女の一生、懐かしく痛ましい回想の調べ。

狭衣物語（上・下）　鈴木一雄 校注

運命は恋が織りなすのか？　妹同然の女性への思慕に苦しむ美貌の貴公子と五人の女性をめぐる愛のロマネスク――波瀾にとんだ展開が楽しい王朝文学の傑作。

堤中納言物語　塚原鉄雄 校注

世紀末的猟奇趣味に彩られた「虫愛づる姫君」、稀有のナンセンス文学「よしなしごと」――とりどりの光沢を放つ短編が、物語の醍醐味を満喫させる一巻。

大鏡　石川徹 校注

老翁たちの昔語りというスタイルで描かれる歴代天皇の逸話、藤原道長の権力への階梯。菅原道真の悲話や宮廷女性たちの哀歓をもまじえ、平安朝の歴史と人間を活写。

今昔物語集本朝世俗部（全四巻）　阪倉篤義・本田義憲・川端善明 校注

爛熟の公家文化の陰に、新興のつわものたちの息吹き。平安から中世へ、時代のはざまを生きる都鄙・聖俗の人間像を彫りあげた、わが国最大の説話集の核心。

梁塵秘抄　榎 克朗 校注

遊びをせんとや生まれけん、戯れせんとや生まれけん……源平の争乱に明け暮れた平安後期の民衆の息吹きが聞こえてくる流行歌謡集。編者後白河院の「口伝」も収録。

山家集　後藤重郎 校注

月と花を友としてひとり山河をさすらう人生詩人、西行――深い内省にささえられたその歌は祈りにも似た魂の表白。千五百首に平明な訳注を付した待望の書。

無名草子　桑原博史 校注

『源氏物語』ほか、様々の物語や、小野小町・和泉式部などを論評しつつ、女の生き方を探る。批評文学の萌芽として特筆される、女流歌人による中世初期の異色評論。

宇治拾遺物語　大島建彦 校注

誰もが一度は耳にした「瘤取り爺」や「藁しべ長者」、庶民の健康な笑いと風刺精神が横溢する「芋粥」「鼻長き僧」など、一九七編のヒューマンドキュメント。

新古今和歌集（上・下）　久保田 淳 校注

美しく響きあう言葉のなかに人生への深い観照が流露する、藤原定家・式子内親王・後鳥羽院などによる和歌の精華二千首。作者略伝をはじめ充実した付録。

新潮日本古典集成

古事記　西宮一民
萬葉集　一～五　青木生子・井手至・伊藤博・清水克彦・橋本四郎
日本霊異記　小泉道
竹取物語　野口元大
伊勢物語　渡辺実
古今和歌集　奥村恒哉
土佐日記　貫之集　木村正中
蜻蛉日記　犬養廉
落窪物語　稲賀敬二
枕草子　上・下　萩谷朴
和泉式部日記　和泉式部集　野村精一
紫式部日記　紫式部集　山本利達
源氏物語　一～八　石田穣二・清水好子
和漢朗詠集　大曽根章介・堀内秀晃
更級日記　秋山虔
狭衣物語　上・下　鈴木一雄
堤中納言物語　塚原鉄雄
大鏡　石川徹
今昔物語集　本朝世俗部　一～四　阪倉篤義・本田義憲・川端善明
梁塵秘抄　榎克朗
山家集　後藤重郎
無名草子　桑原博史
宇治拾遺物語　大島建彦
新古今和歌集　上・下　久保田淳
方丈記　発心集　三木紀人
平家物語　上・中・下　水原一
金槐和歌集　樋口芳麻呂
建礼門院右京大夫集　糸賀きみ江
古今著聞集　上・下　西尾光一・小林保治
歎異抄　三帖和讃　伊藤博之
とはずがたり　福田秀一
徒然草　木藤才蔵
太平記　一～五　山下宏明
謡曲集　上・中・下　伊藤正義
世阿弥芸術論集　田中裕
連歌集　島津忠夫
竹馬狂吟集　新撰犬筑波集　木村三四吾・井口壽
閑吟集　宗安小歌集　北川忠彦
御伽草子集　松本隆信
説経集　室木弥太郎
好色一代男　松田修
好色一代女　村田穆
日本永代蔵　村田穆
世間胸算用　金井寅之助・松原秀江
芭蕉句集　今栄蔵
芭蕉文集　富山奏
近松門左衛門集　信多純一
浄瑠璃集　土田衞
雨月物語　癇癖談　浅野三平
春雨物語　書初機嫌海　美山靖
與謝蕪村集　清水孝之
本居宣長集　日野龍夫
誹風柳多留　宮田正信
浮世床　四十八癖　本田康雄
東海道四谷怪談　郡司正勝
三人吉三廓初買　今尾哲也